雷川 金富軾과 그의 詩文

金智勇 著

明文堂

• 三國史記(정신문화연구원 소장)

• 동문선에 전하는 김부식의 詩와 文

• 雷川 金富軾(諡 文烈公) 초상
　(1075 - 1151) (문화부 소장)

• 김부식의 삼국사기에 의거하여 그린 文武大王의 陣頭指揮圖(추상도)

• 김부식의 삼국사기에 의거하여 그린
買肖城 20萬 唐軍擊滅圖(추상도)

• 김부식의 삼국사기에 의거하여 그린
百濟攻略(황산벌 싸움 추상도)

• 김부식의 삼국사기에 의거하여 그린
당나라 수군 殲滅圖(추상도)

• 김부식의 삼국사기에 의거하여 그린
황산벌 싸움(추상도)

• 김부식의 삼국사기에 의거하여 그린 황산벌 전투(추상도)

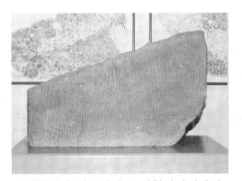

• 김부식의 삼국사기로 사천왕사지에서
찾아 낸 신비로운 문무대왕비

• 김부식과 삼국사기 연구발표 모습

金富軾과 三國史記
~ 부록「문열공 김부식문집」

金鉉勇 申瀅植 외 지음

慶州金氏大宗親會 刊行

• 金富軾과 三國史記(2001년 3월 간행)

雷川 金富軾과 그의 詩·文

- 목 차 -

5

제3편 뇌천 김부식의 변려체(騈儷體) 산문

8

서 : 책을 엮는 뜻은 …
- 보배되고, 거울 삼고자 -

대한민국 문화관광부는 2001년 1월의 문화인물로 뇌천 김부식(雷川 金富軾)을 선정하고 필자가 주관하는 연구위원회와 정신문화연구원이 각각 따로 학술대회를 개최하도록 지원했으며 특히 필자의 연구위원회에서는 김부식에 대한 문헌 발간을 밀어주어서 약 500쪽의 연구서로「金富軾과 三國史記」라는 책이 나왔다.

김부식의「삼국사기」에 대하여는 20세기로 들면서 오해 내지 폄하의 소리가 있어 왔다. 예를 들면 단재(丹齋)나 육당(六堂) 등은 삼국사(三國史)나 김부식을 속깊이 살피기전에 판정한 오해의 혐의에 속하는 부정론이요, 일제의 조선식민사관의 일인 사학가들은 의도적 폄하의 삼국사기 부정론자들일 것이다.

그러나 1960년대 말기부터 국적있는 교육관과 국민정신이 고조된 국사관이 대두되면서 삼국사기도 긍정적인 연구·천착이 활발하게 이루어져서 종래의 삼국사기 및 김부식에 대한 오해나 폄하의 연구 및 그 이론들이 오히려 비판, 시정되면서「삼국사기」는 많은 국내·국외의 사학가들에 의해서 세분하여 깊고도 바르게 연구되어 왔다.(三國史記 研究論選集 1, Ⅱ, Ⅲ 白山學會, 최종 1985간 참조)

문화인물 연구행사의 일환으로 2001년에 발간된「金富軾과 三國史記」는 김부식이 사대주의 사상으로 삼국사기를 엮었다 함은 크게 잘못되었고, 오히려 민족적 자아의식이 강렬했던 사학자요 학자라는 사관으로 신형식교수 외에 6인의 발랄한 사학자들이 집필했으며, 아울러 필자등 2명의 문학도가 김부식의 시문을 연구하여 문열공(김부식 시호)의 또 다른 참 모습을 밝히는데 크게 기여했다.

문열공의 지금까지 전해지는 시·문을 모아서 고찰하면서 필자는 크게 놀라고 각성하였으니 그것은 뇌천 김부식의 또다른 모습을 볼 수가 있었으며 고려시대의 문물제도의 일면을 규지하는 동시에 고려문학의 양면중 그 한 쪽면을 발견할 수 있었기 때문이었다.

문열공 김부식은 높은 벼슬에 있으면서도 벼슬과 아랑곳 없이 항상 별실에 앉아 여러 선비와 문장을 토론하느라고 가족들도 그 얼굴을 보기 힘들었고 늘 꿇고 앉아 독서했는데 글은 반드시 경책(警策)의 문장을 썼다고 이인로는 「파한집」에서 기록하여 김부식의 인품을 대충은 짐작하게 했지만 그 깊은 속마음은 시문을 통해야 알 수가 있었다.

한 작가의 시와 문장은 그 인물의 내면세계를 손금 보듯 들여다 볼 수 있는 것이니 버선목처럼 뒤집어 볼 수도 있고, 한길 사람 속이지만 열길이 아니라 천길 만길이라도 비추어 보고 훤히 살펴볼 수가 있는 것이다. 더구나 고인(古人)은 우리를 못보아도 금인(今人)은 고인을 잘 보는 법이니 더욱 잘 볼 수가 있는 것이다.

이런 객담을 늘어 놓는 이유는 문열공이 위의 기록처럼 대학자요, 문인인데 벼슬에도 재상에까지 오르고, 묘청의 난을 진압할 때는 원수(元帥)로서 천군만마를 통솔했고, 당시 송나라 조야에서까지도 김부식을 학문이나 문장가로 모르는 사람이 없을 정도로 유명한 인물이었기에 여기서 문제가 생겨나서 복잡하게 얽혀졌던 것이다.

그것은 바로 시기와 모함의 악혈이 이 민족 한구석에 흐르고 있기 때문인 것이니 뇌천 김부식의 걸사표(乞辭表)나 삼사표(三辭表) 등 여러번의 사직 애원 표문에는 이러한 정황이 수없이 풍기고 있다.

심지어 고려말 어느 시화(詩話)에서는

"뇌천 김부식이 당시 시재(詩才)가 뛰어난 정지상(鄭知常)의 시 한구절을 빌려달라고 했는데 말을 안들으니 그를 모함하여 얽어서 죽였더니 정지상의 죽은 귀신이 나타나 절간 칙간 밑에서 뇌천의 낭(불알)을 잡아당겨 즉사시켰다"

라고 적고 있으므로, 후세의 시평가들은 김부식이 오히려 시에 옥심이 많아 자기보다 시를 잘하는 사람을 시기했다고 유전하고 있다.

그런데 정지상은 풍수승 묘청(妙淸)과 함께 서경에서 천도(遷都) 문제로 반란을 일으키다가(1134) 묘청등이 자중지란으로 죽을 때 같이 죽었고(고려사) 김부식은 그 뒤 1151년에 타계했다.

이 책을 엮는 뜻은 이러한 일도 전철(前轍)의 교훈으로 삼아야 할 반면 교사가 되어야 하겠고, 더욱 절실한 의도는 고려문학의 또 한 면을 보이려는 욕심이다.

고려의 귀족문학으로 흔히 「한림별곡」을 거론하면서

"당당당 당추자 고협남게 홍실로 홍그네 매요이다

혀고시라 밀오시라 정소년아!"

가 참으로 멋있고 무릎장단 절로 쳐진다 하며 찬사를 보냈고,

"가시리 가시리 잇고 버리고 가시리 잇고"

등 고려가사를 읊으면서 애환과 상사의 절조라 했으며,

"비 멎은 긴긴둑엔 푸른 풀빛 넘실대고

임보내는 남포나루 이별노래 서글프다"(鄭知常의 한시 일부)

를 읊조리며 이별가의 절품이라고 감탄했던 것이 고려 문학이었고, 동시에 자연을 읊고 꽃과 달을 노래하며 애정을 맹서하는 시가와 문장과 그리고 기담과 이설을 즐기던 패관문이 고려 일세의 보편적인 문학이었다면 여기 뇌천 김부식의 또 다른 차원의 문학세계란

시에 있어서는 인생의 근원적인 고뇌를 추구하며 형상화하고, 문장에 있어서는 백성걱정 나라근심이 곡진하게 서술된 문학세계가 바로 그것이다.

벼슬을 던지려고 몸부림치던 시나 문장과 제도적 구속에서 벗어나 자유인이 되고자 고민하던 시구가 잔존하는 시작품에서도 부지기수로 발견된다.

그의 박애정신은 시·문 전반에 깔려 있고, 그의 의식세계에는 임금이나

왕후의 영화는 '한낱 잠깐 부추잎에 붙었다가 사라지는 이슬같은 것' 그래서
그 죽음에는 해로가(薤露歌)의 이미지로 만가(挽歌)를 썼고, 차라리 서민들은
쑥동네에 묻힌다고 호리곡(蒿里曲) 상념으로 곡(哭)하고 있었다.

"수양제는 그 어찌 생각 못하고

운하파고 궁궐꾸며 백성 힘 말렸는가?"

이는 수양제를 꾸짖는 시 '비단궁궐 엮누나'(結綺宮)의 일부이고,

"왜 머리 숙이고 눈을 감고 입을 다물고 소리 없는가

개가 도적을 알고도 짖지 않으며, 고양이 쥐를 보고도 쫓지 않으니 천리(天
理)를 어김이 아니겠느냐"

이는 아부하느라 침묵하며 제구실 못하는 관료를 풍자한 '벙어리닭'(啞鷄
賦)의 일부이다. 이런 시구만으로도 그의 의식과 문학세계를 알만하지만

"이따금 걸으면서 밭가에 쭈그리고 앉아

어부 농부 만나서 담소는 길었었네"

이는 농부 어부와 어울리는 시간이 즐겁다는 '동교별업'(東郊別業)의 결구
인데 이로써 작자의 인생관이 어디에 있는지 알 일이다.

뇌천의 시에 있어서 그 차원 높은 표현 기교는 대조기법과 동중정(動中靜),
정중동 등의 기법을 써가며 뛰어나지만 그 구체적인 사례들은 각편의 작품에
서 논의하기로 하겠으나 이러한 시와 산문들이 김부식의 문학의 세계로서 또
하나의 고려문학에 보완되고 논의되어야 한다는 것이 이 책을 엮는 뜻이다.

2002년 임오 삼복에 저자 쓰다

제1편 뇌천 김부식과 그 시문 고찰

1. 머리말

- 문열공(文烈公) 김부식(金富軾)에 대한 인식은 잘못되어 왔다 -
〈김부식은 어떤 문인, 학자였던가〉
김부식 선생(1075 문종 29~1151 의종5)의 자는 입지(立之)요 호는

---

* 전 세종대 교수.

뇌천(雷川)으로 전하는데[1] 고려사 열전에서는 시호가 문열공(文烈公)
이라고 명기하고 있으니 아마 문학으로 이름 난 집안에서 태어나서
글을 잘 짓고 고금의 사실을 잘 아는 대 학자요, 명성 높은 재상이면
서 동시에 나라와 백성을 위하여 장수로서도 큰 공을 세웠으니 문열
공이라는 시호를 내린 것으로 짐작된다.

필자는 『고려사』의 세가 및 열전에서 문열공의 행장을 살펴보고,
한편 『동문선』 등에서 문열공의 시·문과 『삼국사기』 중에서 사
론(史論)과 전(傳)을 읽어보고는 조선조 임진란 때 위국충절을 다 하
여 국가, 민족을 수호한 충무공 이순신이 계셨다면 고려조 중엽에 사
직이 위태로울 때 호국애민의 정성을 다 한 문열공 김부식 선생이
계셨다고 확신하였다.

지금까지 문열공에 대한 세간의 인식은 크게 잘못되어 있으니 그
것은 중·고등학교 때 국사교육이 부실했고, 국정국사 교과서가 편협
했기 때문이었다고 생각된다.[2] 문열공에 대한 『삼국사기』를 중심
으로 한 학계의 재평가는 사학가와 특히 이 방면의 깊은 연구가인
신형식 교수의 탁견이 있었으므로 졸견으로 사족을 더하지 않겠거니
와 다만 문열공이 사대주의 사학가가 아님을 고증할 수 있는 삼국사
기 편찬 당시의 문헌 두세편을 들면 고려후기 이규보(李奎報)는 고
율시 동명왕편(東明王篇)을 찬하면서 그 서문에서

---

1) 김부식의 字에 대한 최초의 기록은 『破閑集』에 "樞府金公立之"라 보이고 호
에 대한 기록은 『典攷大方』 권3 書畵家와 『增補文獻備考』 권247 禮文考에
雷川이라고 전한다.
2) 국정 국사 교과서 중학교(상)에서는 "김부식이 지은 삼국사기"란 말과 "유
교사관에 바탕을 두고 쓰여진 역사 또는 삼국사기는 사대적 성격을 드러내고
있다는 비판도 있으나 김부식은 이 책의 서문에서 당시 고려의 귀족관리들이
중국의 역사서에는 정통하면서도 우리나라의 역사에 대해서는 모르고 있는
것을 일깨워 주기 위해서 쓴 것이라고 밝히고 있다." 라는 몇마디가 있고
(중학교 국사(상) p.111~p112 1996간) 고등학교 국사(상)에서는 "12세기는
김부식등이 인종의 명을 받아 삼국사기를 편찬하였다. 삼국사기는 고려 초에
쓰여진 구삼국사를 기본으로 유교사관에 입각하여 기전체로 서술한 고려중기
의 대표적 사서이다." (p.148. 1998간)가 전부이다.

하물며 국사는 사실을 있는 그대로 쓰는 직필(直筆)의 문헌이므로 어찌 허망한 일(神異之跡)에 대하여 이를 전하겠는가! 김공부식(金公富軾)은 국사(구삼국사)를 다시 엮으면서 그 일을 많이 줄였으니 그 의도는 공이 국사를 세상을 바로잡는 역사서로 삼기 위함이니 불가불 신이(神異)의 일은 후세에 본을 보이고자 이를 줄인 것이 아니겠는가?

하였는데 문열공 자신도 이 의도에 대하여 '삼국사기를 지어올리는 글'[進三國史表]에서

고기(古記)는 문자가 거칠고 말이 서툴며[蕪詘] 사실 흔적이 빠지고 없어져서 임금의 선악이나 신하의 충사(忠邪)와 국가의 안위(安危)나 인민의 이란(理亂)을 모두 들어내어서 후세에 권면하고 경계할 본을 드리울 수 없으므로…

라고 분명히 밝히고 있으니 『삼국사기』 편찬의 근본 취지가 한간의 부정적 평론과 다름을 알겠고, 일본인 식민정책 사학자들의 『삼국사기』를 폄하하는 평론은 상대할 것이 못되지만 단재(丹齋) 신채호(申采浩)가 문열공을 '사대주의 사학가'로, 『삼국사기』는 읽을 가치가 없다는 혹평에 대하여는 단재 선생이 문열공의 시·문을 모두 섭렵하고 나서 사대주의라고 규정지었는지 의문이다.

1914년 중국 양계초(梁啓超)는 문열공의 글(表, 記, 傳) 몇 편만 읽고도

대저 이 국민성은 무엇으로써 이어지며, 무엇으로써 펼쳐지며, 무엇으로써 나타나는가 하면 문학이 실로 그 신화(薪火)로 전하고 그 원동력을 맡는 것이다. 이 뜻을 밝힌 후에야만 옛사람이 이른바 '문장은 나라를 다스리는 큰 일이며, 썩지 않는 장한 일'이라는 말이 과장이 아님을 알 수 있다.[3]

하였는데 이 어찌 문열공을 자아적 정신이 없는 사대주의자라고 말

---

3) 麗韓十家文鈔, 梁啓超의 序, 1915년 간행.

할 수가 있겠는가?

이보다도 더 근본적인 문제로 삼국사기를 편찬하여 올리는 글 속에는

> 지금 학사, 장부들은 모두 오경과 제가의 책, 진·한의 역사의 책은 혹 널리 통달하여 상세하게 말하는 자가 있으나 우리나라 일에 이르러는 도리어 흐리멍덩하여 그 시작과 끝을 모르니 몹시 한탄할 일이다…4)

라고 하였으니 이 대목은 임금[인종]의 말처럼 썼지만 문열공의 생각을 표현한 것이니 이 한 두가지 예증만으로도 김부식이 사대주의 자가 아니라 오히려 민족적 자주정신이 강렬한 사관과 이념을 가졌다는 사실을 확연히 볼 수 있는데, 단재 뿐만 아니라 일부 사학자들의 심찰없는 평가는 시정되어야 하며 그것은 『삼국사기』 뿐만 아니라 문열공의 시·문을 정독, 감상하면서 『고려사』의 기록을 긍정적으로 해독하여 잘 음미하고 정확한 평가를 해야 한다는 것이다.

2. 문열공가(金文烈公家)의 제제다사(濟濟多士)

2-1. 명성 높던 문열 가문

문열공 김부식에 대한 생애와 행장 등을 기록한 원본격인 문헌은 아무래도 『고려사』 열전 권11(1451년 편저)이 중심이 되고 열전 권10에 가계와 형제들의 기사가 있고, 인물평은 『고려도경』(1123년 편저)에 약술되어 있으며, 또 『고려사』 세가(世家), 지(志) 및 다른 열전들을 상고하면 문열공의 생애와 업적 뿐만 아니라 그 형제들과 자손들이 그 일세에서 얼마나 고루 출세하여 선비로서 학문과 벼슬이 훌륭하게 빛났던가를 알 수가 있다.

---

4) 進三國史表중 (三國史記, 東人之文, 東文選)

한가지 예를 들어 문열공의 부친 김근(金覲)을 필두로 아들 4형제가 모두 과시에 으뜸 아니면 차석으로 올랐고, 고려 인종(1123~1146) 일대에서는 문열공과 그 형제들 및 두 아들이 과거시험의 고시관인 지공거(知貢擧) 직임을 맡고 진사(進士)를 급제시켜 뽑았거나 아들들은 급제하고 있다. 인종, 의종, 명종대의 고과(考課) 상황만 보아도 그 일가의 명성이 높았음을 짐작할 수 있다.

인종2년4월 김부식이 지공거로 취진사(取進士) 37인(문열공)
인종3년5월 김부일이 지공거로   〃   37인(문열공의 중씨)
인종5년6월 김부철이 지공거로   〃   33인(문열공의 계씨)
인종8년4월 김부식이 지공거로   〃   32인
인종11년8월 김부의(부철) 지공거로 〃   25인
인종17년6월 김부식이 지공거로   〃   20인
인종22년5월 김돈중 등 26인이 과거급제   (문열공 맏아들)
의종21년   김돈중이 고시관으로 민식(閔湜)등을 뽑았고,
의종23년   김돈시가 고시관으로 임정(林廷)등을 뽑았으며,(문열공 둘째아들)
명종24년4월 김군수가 과거에 급제하고,   (문열공의 손자)
명종25년3월 김군수가 친시에서 문과 장원급제하고 있다.

이제현(李齊賢)은 『익재집(益齋集)』에서 인종(仁宗)때

   왕과 태자가 모두 정신을 가다듬어 학문을 닦아 훌륭한 선비를 연방(延訪)하였으므로… 김부일, 김부식, 김부의…등의 현사와 명신이 조정에 포열되어 있으면서 토론하고 윤색(潤色)하여 부지런히 힘썼으므로 중화의 풍도가 있었으니 후세에서는 따를 수가 없다.[5]

고 하였다. 여기서 문열공가(文烈公家)라는 호칭은 문열공 손자인 김군수(金君綏: 어떤 번역본에서는 김군유라고도 했음)의 '동도객관(東都客館)' 시에

---

5) 『益齋集』 중 櫟翁稗說

武烈王孫文烈家 雞林眞骨固無多
故鄕尙在天南角 今幸來遊作使華
(무열왕손 문열집안, 계림의 진골인데 많지가 않아,
고향은 아직 하늘 남쪽 모서리에 있지만, 지금 나는 명을 받아 찰방사로 왔다네)

라고 한데서 따온 것이다.[6] 그 일가 개개의 인물에 대하여는 다음 항에서 상술하겠다.

2-2. 문열공(文烈公) 가계(家系)

김위영(金魏英)

문열공 중시조는 고려 초 경주주장(慶州州長)이던 김위영(金魏英)으로 문열공 김부식의 증조부이다. 김군수는 무열왕의 후손이라고 시에 쓰고 있다. 어떤 논자는 김위영이 향리직의 우두머리로만 추정하고 있지만 그것은 오해이다. 이때의 주장(州長)이란 경주를 식읍(食邑)으로 받고 정승자리에 제수되었던 경순왕의 대행인격이었으니 그 지위가 대단히 높았던 것으로 이해된다. 935년(태조18년) 12월에 경순왕이 고려에 양국했을 때 고려 태조는 신라를 경주로 바꾸고 경순왕의 식읍으로 내렸지만 경순왕 자신이 직접 가서 관리하는 일은 불가능하였으므로 김위영이 주장으로 그 일을 맡았을 것이요 그래서 『동경잡기(東京雜記)』에서는 명관(名官)의 모두에 놓고[7] 있으며, 『신증동국여지승람』에서는 명환(名宦)의 첫머리에다 놓고 기술했다.[8]

---

6) 東京雜記 題詠(金君綏) 『東文選』에 실린 이 시는 '鷄林眞骨得無誇 故鄕尙在 天東角'부분이 잘못되었음.

7) 東京雜記 卷2 名官 (各官은 오식)

8) 신증동국여지승람 권21 경주부 명환조

김 근(金 覲)

부친인 김근은 일찍이 송도에 가서, 과거에 오르고 예부시랑 좌간의 대부[정4품]였다가, 1080년[문종34]에 호부상서 유홍(柳洪), 예부시랑 박인량(朴仁亮)과 함께 송나라에 사신으로 가서 시·문으로 이름을 떨쳤으며, 1086년[선종3] 5월에는 중추원부사 이자위(李子威)와 함께 과시의 시험관인 지공거로서 진사시험관을 맡았고, 뒤에 국자좨주(國子祭酒) 좌간의대부[종3품]까지 이르렀다. 벼슬이 높은 편이었고 시·문에 뛰어나서 송나라 문물에도 관심이 많았으나 생존 연대는 미상이다. 따라서 문열공의 상계(上系)는

무열왕(武烈王)……위영(魏英) — ○ — 근(覲) — 부식(富軾) 형제까지 알 수가 있다.

2-3. 문열공과 4형제

『고려사』 열전 권10에서는 국자좨주 좌간의대부 김근에게 아들 4형제가 있다 하고 부필(富弼)과 부일(富佾)과 부식(富軾) 및 부의(富儀)를 순서대로 열거한 다음 부일과 부의의 전기를 기술하였는데 그 첫 부분을 인용하면 다음과 같다.9)

김부일은 자가 천여(天與)로 경주인인데 그 선대는 신라 임금의 친족으로서 태조(고려)가 처음 경주를 두었을 때 위영(魏英)으로써 주장(州長)을 삼았으니 곧 부일의 증조부이다. 아버지는 근(覲)이고 국자좨주(國子祭酒) 좌간의대부이다. 형제가 네사람인데 맏은 부필(富弼)이고 다음은 부일(富佾), 다음은 부식(富軾), 다음은 부의(富儀)인데 부일은 소년때부터 학문에 힘써서 과거시험에 오르고 직한림원이 되어 추밀원사를 따라 송나라에 들어가 표문을 지었는데 글이 아려하여 송나라 황제가 두 번이나 내신을 보내 칭찬하는 글을 내렸다.10)

---

9) 정구복 교수는 "김근이 다섯 아들을 두었는바 그 중 한 아들은 승려로 출가한 현담(玄湛)이었다"고 하나 필자는 아직 상고하지 못했다.
10) 金富佾 字天與 慶州人 其先新羅宗姓 太祖初置慶州 以魏英爲州長 卽富佾曾祖

라고 하여 문열공 집안의 선대와 김부일에 대한 행장을 쓰기 시작했으며, 아울러 김부의(초명 富轍)의 자와 행장을 쓰고 있다.

김부필(金富弼)

이상 4형제를 형제 순서대로 열거하여 다른 기록들을 참고하여 그 약전을 간략하게 적어보면, 맏이 김부필은 1093년(선종5)에 문과에 급제하고, 1107년(예종2년)에 윤관(尹瓘)과 함께 여진 정벌 때 병마판관(兵馬判官)으로 출정하여 공을 세운 고려의 문신이자 무관이었다. 동문선(東文選)에 문장으로 교서(敎書) 「급제방방교서(及第放牓敎書)」 1편이 전한다.

김부일(金富佾; 1071 문종25~1132 인종10)

김부일에 대한 전기는 『고려사』 열전 권10에 소상하나, 열전 권10과 권11은 자료로서 부록으로 붙였으니 이하 3형제에 관한 간추린 약전을 『동경잡기』의 기록을 인용하여 다른 각도에서 보이고자 한다. 김부일은 그 선대가 신라의 종성(宗姓)으로서 어려서부터 학문에 힘써 등과하여 한림원직을 거쳐, 추밀원사를 따라 송나라에 사신가서 문명을 떨치고, 인종 때는 검교태보(檢校太保)수태위문하시랑(守太尉門下侍郞) 및 동중서문하평장사(同中書門下平章事), 판상서예부사(判尙書禮部事)등을 거쳐 상주국(上柱國)에 이르렀다. 문장이 화려하고 내용이 풍성하여 모든 사령과 명령서는 그가 반드시 윤색했다. 시호는 문간(文簡)이다. 그 동생 부식, 부의가 모두 등과하여 문한시종(文翰侍從) 했으므로 국법에 따라 그 어머니를 대부인(大夫人)에 봉했고 1년에 곡식 40석씩 내려주었다. 『동인지문』에는 「삼청표(三請表)」와 「견진사걸입학생표(遣進士乞入學生表)」 등 사륙문(四六文)

也 父覲 國子祭酒 左諫議大夫 兄弟四人 長富弼 次富佾 次富軾 次富儀. 富佾 少力學登第 直翰林院 隨樞密院使 王揚入宋 爲揚作表 辭雅麗 帝再遣內臣獎諭 (高麗史 97. 烈傳 卷第10 金富佾 富儀)

12편이 전한다.

김부식(金富軾; 1075 문종29~1151 의종5)

문열공 김부식의 연보와 행장은 부록으로 연보와 『고려사』 열전 권11 전편을 실으며, 또 다른 필자의 '생애와 업적'이 함께 실리므로 여기서는 간략하게 『동경잡기』에 기록된 것만 옮기겠다.

김부식은 숙종 때 등과하고 한림원직(翰林院直)이 되었다가 우사간(右司諫)을 거쳐 인종이 즉위하면서 국구(國舅)인 이자겸(李資謙)이 권세를 부리며 특별예우를 탐내자 여러 관료들은 모두 이자겸에 뇌동했지만 김부식 홀로 왕정에는 군신의 예를 바로하고, 사사로이는 부자유친의 도리를 다하는 법, 즉 공의(公義)와 사은(私恩)의 한계를 분명히 해야 한다는 글을 올려 임금이 옳다고 하니 이자겸도 물러섰고, 묘청(妙淸)의 풍수지리설에 의한 서경천도(西京遷都) 주장을 막고, 급기야 묘청(妙淸), 조광(趙匡) 등이 서경에서 반란을 일으키자 김부식은 원수(元帥)가 되어 서도(西都)를 평정했다. 수충정난 정국공신(輸忠定難 靖國功臣)과 검교태보 수태위문하시중(檢校太保 守太尉門下侍中) 판상서이부사(判尙書吏部事) 감수국사(監修國史) 상주국(上柱國) 겸(兼) 태자태보(太子太保)가 되었다가 의종이 즉위하자 낙랑군개국후(樂浪郡開國侯)에 봉해지면서 식읍(食邑) 1천석을 받다가 77세로 졸하니 문열(文烈)이라고 시호를 내렸다. 서긍(徐兢)이 찬한 『고려도경』에서는 '사람됨이 몸이 풍만하고, 몸집이 크고, 얼굴이 검고, 눈이 부리부리하며, 문장으로 세상에 이름났다'고 적고 있으며, 송나라 사신 노윤적(路允迪)이 왔을 때 김부식이 관반(館伴)이 되어 있었는데 그 일행 중 서긍(徐兢)이 있어 함께 사귀면서 문열공이 '글 잘 짓고 고금에 박통함'을 보고 책을 지어 그 세가와 형상까지 그려서 본국에 가져갔더니 황제가 감탄하여 도판에 올려 간행하라고 하여 책을 보고 중국천하가 모두 알게 되었는데 문열공이 뒤에 사신 갔을 때 송나라 군신이 모두 예로서 접대하였다고 했다. 문집 20권이 있다고 하나 지금에 전하지 않고 다만 『보한집』『동인지문』『동문선』등에 시·문이 110여편 전한다. 정도전(鄭道傳)은 『삼봉집(三峰集)』에서 도은문집서 (陶隱文集序)를 싣고 있는데, 그 속에서 "우리나라는 비록 바다 밖에 있었으나 대대로 중국의 풍속을 사모하여 문학하는 선비가 전후로 끊이지 않았다. 고구려에는 을지문덕, 신라에는 최지원, 본조에 들어 와서는 시중 김부식, 학사 이규보 같은 이들이 우뚝한 존재였고…"[11]라고 하였다. 『파한집(破閑集)』에서는 서예에도 특출하였다고 쓰고 있다.

김부의(金富儀; 1079 문종33~1136 인종14)

초명은 부철(富轍)이라고 했으며 자는 자유(子由)이다. 1097년(숙종2)에 문과에 급제하고 한림원직에 임명되었다가 1111년에 서장관이 되어 송나라에 사신 다녀오고는 감찰어사(監察御使)가 되었다. 묘청의 반란 때는 좌군수추밀원사(左軍帥樞密院使)가 되어 형 김부식과 함께 난을 평정했다. 벼슬은 형부상서 보문각대학사(刑部尙書 寶文閣大學士)였다가 정당문학 판상서예부사(政堂文學 判尙書藝部事) 감수국사주국(監修國史柱國)에 추증되었다. 시호는 문의(文懿)이다. 『동문선』에 시 5수와 表文 4편이 전한다. 시 두 수만 들어보면

'수다사(水多寺)에서'
經旬雨雪且狂風 獨坐無聊小閣中
賴有白衣觀自在 一回瞻禮萬綠空
(열흘 두고 눈비에다 광풍 부는데, 나 홀로 무료히 소합에 앉아있네
백의의 관자재보살 의지하고, 한번 우러러 절하니 모든 잡념 비어지네.)

'낙산사(洛山寺)에서'
一自登臨海岸高 回頭無復舊塵澇
欲知大聖圓通理 聽取山根激怒濤
(한번 올라보니 바닷가 언덕치고 높기도 하네. 둘러보니 속세 먼지 다시 안 젖어,
부처님 큰 이치를 알고자 하는데, 산 밑에서 노한 파도 부딪는 소리 듣네)

---

11) 三峰集 권3

2-4. 문열공의 자손들

『고려사』 열전 등에는 문열공에게 두 아들과 한사람의 손자가 있어 당대에 훤출한 인사였음을 전하고 있다.

김돈중(金敦中; ? ~1170년 의종24년)

고려 문신, 문열공의 아들. 1144년(인종22)에 문과 장원으로 급제하고 내시(內侍)로 있었다. 고려 때 내시는 재예와 용모가 뛰어난 명문 자제나 시와 문장에 능통한 문신 출신으로 궁중의 숙위(宿衛)나 근시(近侍)의 일을 맡아 보던 관원이었으므로 신임이 두텁던 임금의 문신 측근이었다. 의종 때는 더욱 총애를 받아서 전중시어사(殿中侍御史)가 되었다가 환관을 조신으로 임명함을 반대하다가 시랑(侍郎)으로 좌천되었다.(『보한집』에서는 좌승선(左丞宣)에 올랐다고 했다.) 인종 때 견룡대정(牽龍隊正)이던 정중부(鄭仲夫)의 수염을 촛불로 태운 일이 있어서 원한을 샀다가 정중부가 난을 일으켜 모든 문신들을 살해할 때 감악산(紺嶽山)에 피했다가 붙잡혀 죽었다. 『동문선』에는 시 3수가 전하는데 그 중 한수를 소개한다.

'동생의 궂은비 시에 화답함' (和舍弟苦雨詩)
連旬密雨駕盲風 百谷狂噴氣勢雄 誰借天瓢傾到盡 却疑蛟室捲來空
居貧豈免薪爲桂 禦濕還思麥與藭 早晚蒼空收毒霧 便將餘澤及農功
(열흘 계속 장마 비가 거센 바람 타고 와서, 온갖 골짝 미친 물 뿜어 기세가 등등하다. 하늘 바가지를 누가 빌려다가 죄다 쏟았나, 용의 집을 휘말아 모두 비운 듯, 가난한 살림에 어찌 섶나무가 계수보다 못하겠는가, 습기를 막으려면 보리와 천궁을 생각한다. 조만간 창공은 독묻은 안개 거두고, 곧 남은 은택으로 풍년들게 하리라.)

시제대로 그 아우 돈시(敦時)가 읊은 '궂은 비[苦雨]'에 화답하는 시인데 모두가 정중부의 무인 폭동을 예감하고 앞날을 걱정하면서 읊은 작품이다. 시어에 신위계(薪爲桂)와 맥여궁(麥與藭)은 고사를 인용한 것인데 살림이 어려운 때는 계수나무 보다 섶나무 즉 땔감나무가 났고[戰國楚策] 습기를 막는데 보리나 천궁을 쓴다고 했다.

김돈시(金敦時; ？ ~1170년)

문열공의 아들 고려 문신. 의종 때 시랑(侍郞)이 되었다가 상서우승(尙書右丞)에 올랐으나 무신 정중부 반란 때 살해 되었다. 그에게도 시 2수가 동문선과 보한집에 전하는데 형인 돈중의 시와 맥락이 통한다.

'궂은 비'[苦雨]
苦雨來隨舶趠風　雷車雲棧勢何雄　川塗汎濫輪蹄絶　里巷蕭條井竈空
欲學琴高騎赤鯉　還思無社問山窮　萬民共失三農望　佇待熙朝燮理功
(장마비는 계절풍 따라 몰려오는데, 천둥소리 구름 번개 어찌 그리 등등한가, 개천 넘쳐 범벅되고 수레 말 발길 끊어, 마을은 쓸쓸하고 우물, 부엌 비었구나, 금고의 재주 배워 붉은 잉어나 타고 놀까, 무사가 천궁을 찾은 일이 생각나네, 만 백성 모두가 농사 희망 잃었으니, 임금께서 섭리의 공 이루시기 기다리네.)

금고(琴高)와 적리(赤鯉)와 무사(無社)의 천궁은 고사이고, 섭리(燮理)는 한(漢)나라 진평(陳平)의 말에서 인용한 것이다. 정중부의 무신 반란이 일고 있어 세상이 폭풍에 휩쓸리듯 한 상황을 시로 읊었다. 그 형제는 기린아(麒麟兒)들로 귀공자였으나 무신들의 반란에 땔감이 없고, 쌀이 귀한[薪桂米金] 생활고를 겪다가 정중부에게 살해되었다. 여기에서 박닥풍(舶趠風)은 박초풍으로 읽기도 한다.

김군수(金君綏 호는 雪堂)

고려 무신 김돈중(金敦中)의 아들이자 김부식의 손자. 1194년(명종 24) 4월에 과거에 급제하고, 1195년에 친시에서 문과에 장원급제한 뒤 한림원직과 좌간의대부에 이르렀다. 고종 초에 시랑(侍郞)으로서 각도의 찰방사(察訪使)가 되어 민정을 시찰했다. 이때의 시작품이 두

수가 보인다.

'서 요성역'(書 聊城驛)에서는

去歲楓欲丹　乘軺赴南國　今年柳初黃　返旆朝北極

萬物化無常　四時行不息　溪流似我心　澄淨唯一色

(지난해 단풍 붉으려 할 때, 안찰사 수레 타고 남국 왔었지, 올해엔 버들가
지 누런 순 트는데, 깃발 돌려 임금 앞에 조회를 하네, 만물은 무상하여 변
화가 많고, 사시는 돌고 돌아 쉬지를 않네, 흐르는 계곡 물은 내마음 같아,
맑고 깨끗하기가 마냥 한 빛이네.)

라고 읊고 있는가 하면 또 경주에 갔을 때는 「동도객관(東都客
館)」12)을 읊기도 했다. 요성역(聊城驛)은 경상북도 문경에 있다. 우
간의대부(右諫議大夫)를 거쳐 1218년(고종5)에 거란병이 침입하자 서
북면 병마사가 되어 이를 평정했고, 다음해에 의주에서 한순(韓恂),
다지(多智) 등이 반란을 일으켰을 때 지중군병마사로서 이를 치고,
공을 세웠으나 병마사 김취려(金就礪)의 시기를 받아 한남 수원에
유배되었다. 이때 세상 사람들은 김취려를 몹시 원망하였다고 했
다.13)

시문에 능통하여 보조국사(普炤國師)의 비문을 지었고, 그림으로 대
를 잘 그렸다. 『東京雜記』에서는 청렴 결백하고, 백성을 사랑하여
칭찬이 자자했다고 하였다.

붙 임

김부식의 일문인 문열공가의 가계와 관련하여 현재 사학자들은 경주
김씨(慶州金氏)의 상계(上系)를 세 갈래로 보고 있다. 그 하나는 무
열왕(武烈王) 후손(後孫)으로 위영(魏英)→부식(富軾)→군수(君綬)로
이어지는 경주김씨와, 또 한 계열은 원성왕(元聖王) 후손으로 인윤
(仁允)→신웅(信雄)과 순웅(順雄)을 거쳐 인위(因謂)→인규(仁揆) 혹

---

12) 東都客館 시는 본항 ①에서 보였음.

13) 동경잡기 권2 인물

은 순부(舜符)로 이어지는 경주 김씨와 셋째번 계열은 경순왕(敬順王)의 제3자 영분공(永芬公)과 제4자 대안군(大安君) 후손들의 경주 김씨로 연구되고 있다.14) 이상을 간추려서 도시하면 다음과 같은데 이는 현 경주 김씨에게는 적지 않은 시사점을 보여주는 연구라 생각되며 특히 순웅장군(順雄將軍)을 중시조로 하는 경주김씨 여러 파종에게는 전래의 미심한 문제들이 이해가 갈수 있는 실마리가 되지 않을까 여겨져서 이 문제를 종사연구지인 『계림(鷄林)』 제3집에서 다루어 보고자 한다.

① 무열왕계 경주김씨 약도

武烈王…… 魏英 — ○ — 覿 — 富弼
　　　　　　　　　　　　　　富佾
　　　　　　　　　　　　　　富軾——— 敎中 — 君綏
　　　　　　　　　　　　　　富儀 └——敎時

② 원성왕계 경주김씨 약도

元聖王……金禮—仁允┌信雄—因謂—元晃—景庸—仁揆—之祐—忠彦
　　　　　　　　　　└順雄—因謂┌元鼎—之銳—舜符 …
　　　　　　　　　　　　　　　　└元冲┌ 女　靖宗의 容節德妃
　　　　　　　　　　　　　　　　　　　└ 女　文宗의 仁穆德妃

---

14) 논문1. 金蓮玉, '高麗時代 慶州金氏 家系', 『淑大史論』 11.12合輯 1982.12
　　논문2. 김창겸, '新羅下代의 王位 繼承 硏究'
　　논문3. 신형식, 정구복 등 논문
　　이 계보 약도는 金蓮玉이 제시한 것으로 경주김씨 족보들과는 일치하지 않음을 밝혀둔다.

③ 경순왕 후손 경주김씨 약도

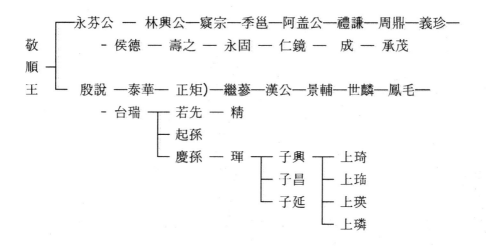

3. 문열공과 그 시(詩)·문(文)을 전하는 문헌

3-1. 인물평

문열공 김부식의 진면목은 그의 시와 문장을 상세히 음미하고 분석하여야만 그 생활과 감정, 사상과 인생관등을 엿볼 수 있을 것이다. 우선 문열공과 한달동안 사귀며 함께 생활하며 접해 온 송나라 사신의 일원이던 서긍(徐兢)의 인물평을 재음미하여 볼 필요가 있다. 서긍은 『고려도경』 인물편에서 문열공에 대하여

　김씨는 대대로 고려의 대족(大族)이 되고 있음은 이미 전부터 역사서에 기록되어 있다. 그 김씨 가문과 더불어 박씨 가문은 명문대가로 서로 비등하다. 김부식의 집안은 예부터 그 자손이 많이 문학으로 진출하였다. 김부식은 그 용모가 풍만하고, 몸집이 크며, 얼굴빛은 검으스레하고, 눈빛은 초롱초롱 빛났다. 그러나 박학강식(博學强識)하여 글을 잘 짓고, 고금의 역사

를 잘 알아서 모든 학사(學士)들이 신복하는 바가 되어 있어 감히 그를 따
를 자가 없었다. 그의 동생은 부철(富轍, 富儀를 이름. 필자 주)인데 역시
때에 빛나는 인물이다. 나는 일찍이 그를 가만히 방문하여 그 형제들의 이
름지은 내력을 물었더니 대개 소원하는 바가 있어서 (항렬자 따라) 그렇게
지었다고 하더라[15]

라고 간략하게 적어놓은 중에서 핵심적인 몇 가지만 추려보면
(1) 고려의 명문대족이다.
(2) 대대로 문학으로 이름난 집안이다.
(3) 박학강식의 학자로서 당시 학사들이 신복하는 인물이다.
(4) 글을 잘 지었고
(5) 고금의 일을 잘 알아서 그를 따를 사람이 없었다.

　문열공에 대한 최초의 기록이자 정면에서 바라보고 평한 이 『고
려도경』의 기사는 김부식은 문학인이요 그의 학문은 넓고 깊었다는
것이다. 고금의 일을 잘 알았다고 하니 으례히 삼국사기를 편찬한 사
학자를 연상할지 모르나 이 『고려도경』은 『삼국사기』를 편찬하
기(1145) 22년 전(1123)의 이야기로 경(經), 사(史), 자(子), 집(集)뿐
만 아니라 시·문에도 박통했다는 표현인데 사실 문열공의 시와 문
에는 수많은 중국의 시서나 고사가 전고(典故)로 나온다. 따라서 지
고금(知古今)이라고 한 대목은 중국 상고시대의 일 뿐만 아니라 당
시의 송(宋)나라의 역사와 학문도 잘 알고 있었다는 표현이었다.

---

15) 徐兢은 고려 인종 원년(1123년)에 宋나라 사신 路允迪을 따라 國信所提轄人
　船禮物官으로 송경에 와 있으면서 보고 들은 사실을 적어서 본국에 가서 황
　제의 명으로 출판한것이 『高麗圖經』이요, 그 권8 人物(5인) 중 한 사람이
　接伴通奉大夫尙書禮部侍郎上護軍賜紫金魚袋金富軾이었고 이때 서긍은 인물
　도형까지 그려 가지고 갔다고 했다. 그 원문은 다음과 같다. (金氏世爲高麗大
　族 自前史己載 其與朴氏族望相埒 故其子孫多以文學進 富軾豊貌碩體 面黑目露
　然博學强識 善屬文 知古今 爲其學士所信服 無能出其右者 其弟富轍亦有時譽
　嘗密訪其兄弟命名之意 盖有所慕云)

3-2. 전하는 시·문

　문열공 김부식의 시와 문장은 『김문열공집』 20권이 있다 하였으니 대단히 많았을 것으로 짐작되나 지금 전하지 않고 다만 1478년 (성종9)에 서거정(徐居正) 등이 편찬한 『동문선(東文選)』에는 부(賦) 2편, 시(5언, 7언) 33수, 산문[고문 각체] 70편 등 모두 105편의 시·문이 채록(採錄)되어 있으니 한 작가의 작품이 이처럼 많을 수 있었다는 것은 분명 문집인 『김문열공집』이 조선 성종 때까지 전해져 있었음을 짐작케 한다. 그러나 문열공의 시·문을 수록했거나 평론한 문헌은 이미 고려 때의 최자(崔滋: 1188~1260)의 『보한집(補閑集)』과 최해(崔瀣: 1287~1340)의 『동인지문사륙(東人之文四六)』이 있었고, 조선조에 와서는 서거정(徐居正)의 『동인시화(東人詩話, 1474)』와 홍만종(洪萬宗)의 『소화시평(小華詩評, 1675)』에 몇편씩 전해지고 있다. 『보한집』에는 문열공 시 7편이 평론된 중에서 3편은 『동문선』에 있는 작품이고 4편[猫兒詩.菊花詩2수 西征詩]은 『동문선』에 없는 작품이다. 『동인지문』에 실린 작품은 모두 문열공의 고문체의 산문인데 91편중 21편만 『동문선』에 없는 문장이고, 『동인시화』나 『소화시평』에는 모두 『동문선』과 같은 작품이니 작품열거 때 언급하기로 하겠다.

　문열공의 시·문평은 이인로(李仁老)의 파한집(破閑集), 이제현(李齊賢)의 역옹패설(櫟翁稗說), 정도전(鄭道傳)의 삼봉집(三峰集) 등 고려말 이전의 문헌에 논평되고 있다. 이익재(李益齋)는

　　김문열, 부식의 혜음원기(慧陰院記), 귀신사(歸信寺), 각화사(覺華寺)의 비문과 최문숙 유청(惟淸)의 옥룡사(玉龍寺)의 비문은 모두 겉치례를 꾸민 것이 아니라 스스로 일가를 이루고 있다.[16]

고 하면서 기(記) 1편과 비문 2편이 더 있다고 하였다. 규장각에서 펴낸 『동문수』(東文粹)에는 2편의 표문이 있으나 『동문선』에 있

---

16) 『櫟翁稗說』 후집 2

는 작품과 같고, 『동국여지승람』에 법흥사기(法興寺記) 1편이 더 보이고 1915년에 편집 발간한 『여한십가문초(麗韓十家文鈔)』 권1에 문열공의 산문 작품이 6편이나 들어있으니 『진삼국사표』와 『혜음사신창기(惠陰寺新創記)』 및 『김거칠부전』, 『김후직전』, 『온달전』, 『백결선생전』 등 후세에 규감이 되는 문장들이 들어있는데 『혜음사신창기』만 동문선에 들어 있고 나머지 5편은 모두 『삼국사기』 속에 있는 작품들이다. 『고려사』 세가(인종 24)에 찬(贊) 1편이 또 보이고 『삼국사기』에는 논(論)이 31편, 전(傳)이 열전으로서 52편(52인전)과 부편(附編) 30인전이 수록되어 있다. 이상과 같이 문열공의 시·문을 발견되는대로 모아보면 『동문선』에 105편 『보한집』에 시4편과 『동인지문』에 산문 21편, 그리고 『삼국사기』에 83편, 『동국여지승람』 1편(동문선에 실린 작품은 제외하고) 『고려사』 세가 중에 1편으로 모두 215여편을 수집할 수 있었다.

이상 작품들을 문체별로 나누어 보면 시(詩)가 37편중 5언이 4수(고시, 율시, 절귀), 7언이 33수(율시, 배율, 절귀)이고, 부(賦)가 2편, 표전(表箋)이 43편, 논(論)이 31편, 전(傳)이 52편, 기(記)가 2편 외 각종 고문체로 된 문장이 11종의 문체가 있는데 특히 주목할 문장은 장(狀) 8편, 소(疏) 5편, 의(議) 1편, 명(銘) 2편 등이다.

참고로 『동인지문』에 등재된 문열공의 각종 산문 문장 현황과 『삼국사기』에서 쓴 사론(史論)을 들어보면 다음과 같다.

참고 1. 『동인지문(東人之文)』에 실린 문열공의 문장 편수

사대표장(事大表狀) 8편, 책문(冊文) 2편, 교서(敎書) 5편, 축문(祝文) 2편, 사직(社稷) 4편, 석전이정(釋奠二丁) 2편, 적전(籍田) 1편, 도사(道詞) 3편, 불소(佛疏) 4편, 배신표장(陪臣表狀) 15편, 표(表) 21편, 장(狀) 23편, 계(啓) 1편등 모두 91편이요 또한 김부식에 대한 제가(諸家)의 교서(敎書), 비답(批答) 등 문장이 9편이나 전한다.

참고 2. 『삼국사기』 사론(史論) 일람 (요지는 정구복 교수 작성)

번호	사론 부분	요 지	사론 취지
1	권1 신라본기 남해차차웅 원년	즉위년칭원제를 그대로 직서하는 이유를 밝힘	임금 직위 시점 표기 이유
2	권2 신라본기 점해이사금 원년	대통을 이은 왕이 자신의 생부 또는 외주부를 왕으로 封崇함이 非禮라고 논함	갈문왕 풍속의 전통성과 문제점
3	권3 신라본기 나물이사금 원년	신라 왕실에서 근친혼이 중국의 예로 책하면 대패한 것이나 흉노의 풍속보다는 낫다고 함	근친혼 사실 기록
4	권4 신라본기 지증왕 원년	신라의 왕호를 방언으로 직서하는 이유를 밝힘	임금 명칭의 우리말 표기
5	권5 신라본기 선덕왕 원년	여왕의 즉위의 부당성을 논함	여왕과 가부장제의 차이
6	권5 신라본기 진덕왕 4년	독자적인 연호 사용의 불가함과 당연호 사용을 칭찬함	당 연호 사용은 문화통일의 의미
7	권10 신라본기 원성왕 5년	수령으로 임명된 子玉이 독서출신과가 아니라는 점을 들어 반대한 집사성의 毛肖의 말을 만세의 보배라고 칭찬함	독서출신과 등용 권장
8	권10 신라본기 신무왕조	신라 하대의 왕위쟁탈전을 모두 사실대로 씀이 춘추의 뜻이라고 함	사실적 기록을 위주로 함
9	권12 신라본기 경명왕 5년	신라의 삼보는 정치에 있어서 참된 보배가 아니라고 함	삼보는 실제 응용이 안됨
10	권12 신라본기 경순왕 9년	신라의 멸망원인을 설명함	경순왕의 애민 정신과 양국의 의미
11	권13 고구려본기 유리명왕 28년	부자의 윤리를 잘못 수행한 처사를 논함	윤리규범의 척도를 논함
12	권14 고구려본기 태무신왕 15년	호동왕자가 아버지의 책망을 받고 자살한 것은 잘못이라고 논함	생명의 존엄성 강조
13	권15 고구려본기 차대왕 3년	태조왕이 大位를 가벼이 여겨 불인한 동생에게 물려준 처사의 결과를 논함	왕위 승계의 척도
14	권21 고구려본기 고국천왕 13년	고국천왕이 현인 을파소를 등용하고 우대한 것을 칭찬함	현인 등용의 찬양
15	권21 고구려본기 보장왕 4년	聖明이 뛰어난 당 태종의 공격을 격파한 안시성주는 豪傑 非常한 자일터인데 이름이 전하지 않음에 대한 안타까움을 표함	호국의 현자를 기록해야 함
16	권22 고구려본기 보장왕 8년	당 태종이 고구려를 침범하여 대패한 사실을 『신·구당서』 및 『자치통감』에서 솔직하게 쓰지 못한 것이 나라를 위해서인지를 논함	나라를 위하여 직필이 필요함

번호	사론 부분	요　　지	사론 취지
17	권22 고구려본기 보장왕 27년	고구려 멸망 원인을 논함	고구려 멸망의 교훈
18	권23 백제본기 개루왕 23년	백제에서 신라의 모반자 吉宣을 받아들인 처 사가 잘못이라고 논함	모반자는 불신의 존재
19	권25 백제본기 개로왕 2년	고구려의 힘을 빌려 왕에게 복수한 桀婁를 책 함	신의와 윤리를 강조
20	권26 백제본기 삼근왕 2년	賊臣 海仇를 토벌하지 못하고 도리어 그에게 국정을 맡긴 처사를 논함	적신과 충신의 구분 안 목
21	권26 백제본기 동성왕 22년	왕이 폐문거간함을 논함	윤리와 치군의 원리
22	권26 백제본기 무령왕 원년	반역할 기미가 있는 苩加를 모반한 후에 늦게 목을 베었음을 논함	모반자에 대한 조치 필 요
23	권28 백제본기 의자왕 22년	백제의 멸망원인을 논함	백제 멸망의 교훈
24	권43 列傳3 김유신전3	신라왕이 김유신을 전적으로 신임하였고, 그는 삼국을 통일하여 공명을 세웠다고 논함	김유신의 현자저행(賢 者著行)
25	권44 列傳4 을지문덕전	조그만 고구려가 수양제 대군의 침입을 막아 내고 거의 섬멸시킨 것은 을지문덕 1인의 힘 인데, 그의 기록이 전하지 못함을 논함	을지문덕의 문무 겸전 한 현자저행
26	권44 列傳4 장보고전	평소 사이가 좋지 못하였던 장보고와 鄭年이 公을 위해 서로 힘을 합쳐 협력한 것을 논함	장보고의 공의(公義)와 공로
27	권45 列傳5 昔于老傳	뛰어난 능력을 가진 석우로가 한 마디의 실수 로 공로를 헛되게 한 것을 논함	실수의 교훈
28	권47 列傳7 金欽運傳	화랑의 芳名美事를 논함	화랑의 미풍
29	권48 列傳8 向德傳	정도가 아닌 효행을 행한 자를 입정한 이유를 밝힘	효행의 미풍
30	권49 列傳9 연개소문전	연개소문은 재사였으나 大逆한 자이며 그의 자손인 남생, 헌성은 중국에서는 이름을 남겼 으나 본국으로서는 반역자라고 논함	연개소문의 양면성
31	권50 列傳10 궁예 견훤전	궁예와 견훤은 群盜로써 元惡大憝이다. 단지 태조를 위해서 백성을 몰아다준 자라고 논함	궁예와 견훤은 도적이 요 악인

4. 엄정(嚴正)한 부사(賦辭)

서거정(徐居正)은 동인시화에서 김문열 부식의 시를 2수 들어 보이면서 평하기를 "말 뜻이 엄정하고 전실하니 참으로 덕 있는 사람의 말이다"(金文烈富軾…詞意 嚴正典實 眞有德者之言也)라고 하였듯이 문열공의 이러한 특징은 시.문 전반에서 엿볼 수가 있다. 『동문선』에 수록되어 있는 문열공의 부 2편과 시 33편 그리고 보한집의 시 4편을 정독하며 감상하여 보면 공의 관조의 세계와 시를 쓰는 표현의 기교도 엿보인다. 자연과 사회와 인생을 어떻게 보느냐에서 우리는 그의 사상과 감정을 알게 되고, 어떤 수사법을 써서 어떠한 감흥을 일으키느냐에 따라서 그 문학적 수월성을 알게되는 것이니 정다산은 그의 문장학과 시론에서 참 문장과 시의 본성을 논하되 "마음으로 중화(中和)의 덕을 닦고 몸으로 충신한 행동을 실천하며 시서와 예약으로 그 기본을 돋우며 춘추와 주역으로 그 사변을 분석하여 천지의 진리에 능통하고 만물의 실정을 두루 알아서"[17] 쓰는 글이 참 문장이라고 하였다. 이는 김부식의 고문체 문장 전반에 걸쳐 적용되는 문학 이론이지만 시에도 적중되는 철칙이다. 다산은 또 시를 쓰는 기본 소양과 관조의 세계와 아울러 표현의 기법에 대하여도 다음과 같이 논하고 있다.

시를 쓰려면 반드시 먼저 경서를 읽어 학식의 기초를 쌓은 뒤에 과거의 역사 문헌들을 섭렵하여 치란 흥망의 근원을 알아내며, 또는 실천적인 이론을 연구하여 선배들의 경제에 관한 저서를 읽을 것… 연후에 혹은 꽃피는 아침 달 밝은 저녁… 때를 당하면 그 마음 속에 서려있던 감흥이 격동하며 표연한 사상이 떠올라 자연스럽게 노래하고 이루워지는 것이 시이다.[18]

의지가 확립되지 못하고 학식이 순정하지 못하며 큰 도를 알지 못하고

---

17) 茶山 丁若鏞의 五學論 중 文章之學
18) 茶山 丁若鏞의 文 寄淵兒

임금의 잘못을 바로잡지 못하고, 백성을 이롭게 하려는 마음이 없는 자는 시를 지을 수 없다.[19]

두보의 시는 전고(典故)를 쓰되 그 흔적이 없어서 얼른 보면 자기가 만들어 낸 말인듯하나 자세히 살펴보면 모두 출처가 있으니 이것이 시성(詩聖)이란 칭호를 받게 된 까닭이다.[20]

이러한 문장론과 시론은 대개가 문열공의 문장과 시에 해당되는 이론이다. 『동문선』에 수록된 김부식의 부 두 편 중 '공자와 봉황새'(仲尼鳳賦)는 품격 높은 봉황새와 같은 공자의 높은 덕의(德義)와 깨끗한 위의(威儀)를 흠모하는 시가로서 특히 '살리기를 좋아하고 죽이기를 싫어하며, 알을 깨뜨리고 새둥지를 뒤엎는 마음을 멀리하는 정신'을 찬양하는 이를테면 박애정신을 표출한 부사(賦辭)이고 무턱대고 공자를 찬양한 것이 아니며, '벙어리 닭'(啞鷄賦)은 새벽을 알리지 못하는 닭이나 도적을 보고도 못 짖는 개나 쥐를 보고도 쫓지 못하는 고양이 처럼 제구실을 못하는 신료를 풍유(諷諭)한 시가이다. 고려 왕조가 어려울 때 소위 복지부동하던 이러한 방관자 관료는 많았다.

그리고 시에서는 저 두보처럼 전고를 쓰되 흔적이 없는 시도 있고, 한퇴지처럼 자귀가 출처 있으면서 시어는 자기 창작처럼 된 작품도 있으니 다음 항에서 살피겠다.

4-1. 공자와 봉황새(仲尼鳳賦)

중니(仲尼)는 인간의 걸출이요, 봉(鳳)은 조류의 왕이니, 이름은 각각 다를망정 지닌 그 덕(德)은 서로 비슷하다. <봉(鳳)이> 나타나고 감춤[行藏]을 삼가니 <중니(仲尼)> 출처를 아는 듯, 모르는 듯 쇠퇴(衰頹)한 뒤에 예악(禮樂)을 바로잡았으니 <봉황의> 문채를 가진 양하다. 스승님은 뜻이

---

19) 前揭 寄淵兒
20) 前揭 寄淵兒

『춘추』(春秋)에 있었고, 도(道)는 계씨(季氏)와 맹씨(孟氏)에게 와서 굽었다. 어질고 슬기로운 동물이 아니면 누가 그 중화(中和)로운 성품을 닮을 것인가. 저 봉을 보건대 한 시대 세상에 상서(祥瑞)가 된다. 칭호를 가지는데, 이 어진 분은 백세의 스승이 된 성인이구나. 그 [봉] 무늬가 찬란함은 나의 도(道)로 꿰었기 때문이다. 덕(德)의 털을 날리어 동류(同類)에 뛰어나고, 떨치는 예(禮)의 날개로 세상에 나타났네, 금(金)이 쟁쟁, 옥(玉)이 댕그랑하는 아름다운 소리는 팔음(八音)의 뛰어난 메아리요, 반듯하고 긴 눈에 거북 무늬의 위대한 모습은 오채(五彩: 오색(五色))를 갖춘 의젓한 자세이다. 그러기에 요순(堯舜)을 계승하여 받들고, 주(周)의 문왕(文王)과 무왕(武王)을 본받아 동서남북으로 천하를 주유(周遊)하며 인의(仁義)의 숲에 너울너울 춤추고, 시서(詩書)의 지역에 화(和)하게 울음 울제, 송(宋)나라를 지날 적 나무를 베이었을제, <봉이> 아마 깃들이기에 위태로움을 탄식했을 것이요, 제(齊)나라에서 소(韶)인 우순(禹舜)의 악(樂))를 들었음은 소(韶)를 아뢸 적에 와서 노닐던 덕을 나타냄과 같으니, 알리라, 형상이 같음이 아니라 오직 지혜가 서로 합하도다. 재주에 놀되 안개[霧]엔 놀지 않으며, 제후(諸侯)의 나라에 이르렀으되 기산(岐山)엔 이르지 못하였다. 옹기솥에 밥을 받았음은 음식을 탐내지 않았음이요, 꿰맨 옷으로 유도(儒道)를 일으켰으니 "왜 덕(德)이 쇠한고"라, 어찌 이를 것인가. 대개 진퇴(進退)가 화열(和悅)하고 <날개를> 굽혔다 폈다 휙 날도다. 정공(程公)이 일산[蓋]을 기울였음은 진실로 같지 않음으로써요, 백이(伯鯉)가 뜰 앞에서 예를 배우라 들었으니 과연 자식을 두었다 이를 만하다. 요순(堯舜) 일컫기를 즐겼음은 살리기를 좋아하고 죽이기를 싫어하는 때로 돌아감이요, 제환공(齊桓公)·진문공(晉文公)을 말씀하지 않았음은 알을 깨치고 새둥지를 뒤엎는 마음을 멀리함이로다. 아아, 높디 높은 그 덕의(德義), 깨끗하고 깨끗한 그 위의(威儀)로다. 이산(尼山)의 우뚝함보다 더욱 높건만, 단혈(丹穴)에 머물러 있지 못했네. 쇠한 주(周)나라의 70 제후(諸侯)들은 소리개 부엉이들처럼 마침내 <봉을> 웃었으되 공자가 살던 마을의 3천 제자들은 새와 참새들처럼 따랐도다.

　보잘 것 없는 작은 선비로 저는 푸른 전(氈)을 진작 물려받았으나, 아로새긴 붓을 아직 꿈꾸지 못하여, 어려서는 장구(章句)의 수식(修飾)을 공부하고, 장년엔 경전을 즐겨 풍영(諷詠)하니, 유풍(遺風)을 못내 찬앙(鑽仰)하여 기어이 봉(鳳)에 붙는 영광을 가지고저 하노라. (原文은 부록 『東文選』에 있음)

이는 문열공이 공자의 덕의와 위의를 찬양하며 본받고자 하는 시부이다.

4-2. 벙어리 닭(啞鷄賦)

어느덧 해가 저물어 낮이 짧고 밤이 긴데, 등 없어 글 읽지 못하랴마는 병으로 억지로 할 수 없어 밤새껏 뒤척이며 잠못 이루니, 온갖 걱정이 창자 속에 감돈다. 닭의 홰가 근처에 놓여 있으니, 조금만 있으면 날개쳐 울리라 잠옷 그대로 가만히 일어나 앉아 창틈으로 바깥을 내다보다가, 갑자기 문 열고 바라보니, 별들이 가물가물 서쪽으로 가울어져 있다. 아이놈 불러 일으켜서 닭이 죽었느냐 물어보았다. "잡아서 제사상에 놓지 않았는데, 괭이에게 물렸는가, 왜 머리를 숙이고 눈을 감고 입을 다물고 소리 없는가." 옛 시경에는 네 울음에 군자(君子)를 생각해, 풍우에도 그치지 않음을 감탄했는데, 이제 울어야 할 때 울지 않으니, 이 어찌 천리(天理)를 어김이 아닌가. 개가 도적을 알고도 안 짖으며 고양이가 쥐를 보고도 쫓지 않는 것 같이, 제 구실 못하기는 매일반이니 잡아버려도 마땅하다마는, 다만 옛 성인의 가르치심에 "안 죽임이 어질다." 하였으니, 네가 생각해서 고마움 알면, 부디 회개하여 새로워져라. (原文은 부록 『東文選』에 있음)

이는 언로(言路)를 열어주어도 임금님 눈치 보느라고 자기 소임에 대하여 아무 소리도 못하는 신하의 무책임을 꾸짖는 부사이다.

5. 전실(典實)한 시율(詩律)

먼저 문열공의 시·문에 대한 옛 평론가의 평가부터 들어보면 최자(崔滋)는 "문열공의 미인을 용사(用事)로 하여 지은 시는 뜻은 빼어나고 부족한 곳이 없지만 용사한 내용은 별로 가치가 없다"고 하였고, 서거정(徐居正)은 "글 뜻이 엄정하고 전실하여 참으로 덕있는 사람의 말"(金文烈富軾 詞意嚴正典實 眞有德者之言也)이라 하였고, 홍만종(洪萬宗)도 '등석(燈夕)' 시를 보고 "전아하고 내용이 실답다"고 하였다. 일반적으로 문열공의 시는 '전아(典雅)' '전실(典實)'로 인식되고 있으나 사실주의(寫實主義)적인 시풍이라는 평가요 대개의 평자들은 정지상(鄭知常)과 대조적으로 비교하고 있다.[21]

　이제 김문열공의 유전하는 작품 중에서 시가 『동문선』에 33편이 실리고 『보한집』에 4편이 보이는데 이 37편의 시를 주제별로 분류하여 되도록 시 만은 전하는 대로 모두 들여 보이고자 한다.

5-1. 자연과 인생을 바라보는 눈

　문열공의 시로 현재까지 발견된 작품이 37편이 있는데 그 모두가 문열공의 관조의 세계인 자연관이나 사회관과 인생관을 보여주는 작품이지만 그 중에서 분류하기 쉬운 작품들은 '충군.애민의 시' '인생 번뇌의 시' '자유 갈망의 시' '만가의 시' 등으로 나누고 그의 인생 전체를 엿볼수 있는 작품들을 앞에다 놓고 감상하려고 한다. 이 번역은 졸역에 의한 것이고 인용한 고사(故事)는 따로 소개하지 않았다.

'부사가 매잠에서 느낀 일에 화답하다'	(和　副使梅岑有感)
중국 땅 끝난 곳에 바닷물이 넓고 큰데	中華地盡水茫茫
백척 돛을 펼쳐 달고 고향으로 가고 있네	百尺張帆指故鄉
하늘 넓어서 파도는 해와 달을 띄어 놓고	天闊波濤浮日月
비온 뒤라 구름 안개 산등에 피어나네	雨餘雲霧槭巒岡
황혼에 물거품 출렁거려 가슴 놀래고	黃昏沸沫驚心白
한 여름 짙은 안개에 얼굴이 서늘하네	朱夏濃陰着面凉
임금께 들어가서 복명 할 일 기쁘나	雖喜正庭行復命
송나라서 겪은 일은 아직도 즐겁구나	猶思帝所樂洋洋

　사신 길에서 돌아오면서 한나라 매선(梅仙; 이름은 福)이 숨어살던 섬인 매잠(산 이름)에서 여러 가지 느낀 일을 읊었다. 문화가 발달한 송나라를 보고 만감이 사무침을 알수 있다. 특히 매선(梅仙)이 숨어

---

21) 이런 비교는 성현의 '용재총화'나 남용익의 '호곡시화' 등에도 보이지만 이규보의 '백운소설'에 보이는 鄭鬼의 이야기는 사실과 다른 것 같다. 홍만종의 '시화총림'에서는 두 갈래의 이야기가 여러가지로 전하지만 모두 적지 못한다.

살던 곳이니 느낌이 많다.

> '안화사에서 재를 올리며'　　　　　　　　（安和寺致齋）
> 가을 깊어 뜰 앞 나무는 그림자 져 어득하고　　窮秋影密庭前樹
> 밤은 고요해 돌 위에서 샘소리 높아라　　　　靜夜聲高石上泉
> 자다가 일어나니 싸늘하기 비온 기분　　　　睡起凄然如有雨
> 예전에 갈대 밭 속 고깃배서 묵던 생각　　　憶曾蘆葦宿漁船

안화사는 개성에 있는 절인데 숲이 빽빽하게 우거지고 밤이 고요한 그리고 쓸쓸한 절이었던 모양이다. 메마른 늦 가을 풍경은 울창한 숲으로, 정막한 밤은 오히려 요란한 물 소리로 표현한 것은 무(無)에서 유(有)로, 정(靜)에서 동(動)으로 대조시켜 삭막함 속에 재올리는 생동적 감흥을 일으켰다.

> '술 깨어 생각하니'　　　　　　　　　　（酒醒有感）
> 하늘 맑고 구름 날으니 더위도 한물가고　　　天淨雲飛暑向殘
> 작은 난간에 바람 맑고 석양 비추네　　　　淸風落日小欄干
> 늙으막의 생계가 이만하면 될 것이니　　　　老來生計皆知足
> 주선 유령이 좁은 자리 넓다함을 이제 알겠다　方信劉伶席幕寬

진(晉)나라 죽림칠현(竹林七賢)의 한 사람이던 유령(劉伶)은 술도 좋아했지만 또한 욕심 내지 않아 지족(知足)했는데 그 경지를 믿을 만 하다는 인생관이다. 원근법(遠近法)을 써서 자연과 인간의 상관관계에서 인간 본연을 찾고 있는 작품이다.

> '새 집을 짓고 나서'　　　　　　　　　（葺新堂後有感）
> 먼지 때를 쓸어 내고 별당 집을 지으니　　　掃開塵垢作虛堂
> 벌써, 늦게나마 깃에 드는 흥미가 진진하다　已覺栖遲興味長
> 산듯한 창과 난간이 가난에 또한 좋고　　　蕭洒軒窓貧亦好
> 쓸모 잃은 서적들은 늙어서도 못잊겠네　　　蹉跎書史老難忘

꽃은 가랑비를 머금고 봄 그늘에 희미하고	花含細雨春陰薄
산은 성긴 안개 띠고 새벽 기운에 서늘하다	山帶疎煙曉氣凉
늙어가니 술마시기 한 방울도 겁나지만	老去酒觴怯涓滴
손님 오면 이따금 다시 술잔 든다네	客來時復更携觴

여기 신당(新堂)은 허당(虛堂)이라 했으니 별당인 것 같고, 서재로 쓰는 이 집에 말년을 몸담는 것 같다. 대조 기법이 아주 무르익어서 화함세우(花含細雨)와 산대소연(山帶疎煙)의 근원법(近遠法)이 인생 황혼을 느끼게 한다.

'국화를 대하고 보니'	(對菊有感)
늦 가을 철 온갖 풀은 다 죽었는데	季秋之月百草死
마당 앞 감국화가 서리 밀고 피어났네	庭前甘菊凌霜開
풍상에 마지 못해 점점 져서 엷어가도	無奈風霜漸飄薄
다정한 벌 나비는 오히려 감도누나	多情蜂蝶猶徘徊
두목지는 술병들고 취미에 올랐단다	杜牧登臨翠微上
도잠은 창망히 흰옷 사자 기다렸지	陶潛悵望白衣來
옛 사람 생각하며 세번 헛탄식 하는 사이	我思古人空三嘆
밝은 달은 느닷없이 황금 술잔 비추누나	明月忽照黃金罍

감국(甘菊)은 국화의 일종으로 달아서 차국(茶菊)으로 쓰는데 문열 공은 무엇보다 오상고절(傲霜高節)의 국화와 자기를 비유하여 읊었 다. 여기 삼탄(三嘆)이란 두목지와 도잠의 고사에다가 자기까지 넣어 서 세 번 헛 탄식을 했다는 것이다. 신체적 노쇠와 인격적 다정이 인 상적이다. '풍상에 마지 못해 점점 져서 엷어가도, 다정한 벌 나비는 오히려 감돈다'에서 문열공의 신체적 쇠약과 인격적 향기를 느낄 수 가 있다.

'붉은 꽃'	(紅花)
아름다운 기약은 도잠의 국화에 안가깝고	嘉期難近陶潛菊

꽃다운 소식은 육개의 매화에 머네 　　　　　　　芳信猶賒陸凱梅
은옹도사는 비철에도 꽃피워 자랑했는데 　　　　不得殷翁誇善幻
지금은 때 아닌데 붉은 꽃이 저절로 피네 　　　非時紅艶自能開

최자(崔滋)는 〈보한집〉에 실으면서 문열공은 이 시를 7, 8월에 피는 꽃을 말하는 것 같다고 했다. 동문선에는 이 시가 없다. 시제는 필자가 붙였다. 아마 일찍 핀 국화인 듯 하다. 그 시기의 정치적 상황이 시기상조임를 풍유한 것 같다.

'새끼 고양이'-혜소선사에게 답하다. 　　　　　(猫兒-答慧素禪師)
땅강아지 개미도 도가 있고 호랑이 이리에게도 인은 있는 법 　　螻蟻道存虎狼仁
반드시 허망함을 버려야 진실을 찾진 않아 　　　　　不須遣妄始求眞
우리 선사 밝은 눈도 분별이 없으서 　　　　　　吾師慧眼無分別
천하 만물 모두다 청정한 몸을 들어낸다네 　　　物物皆呈淸淨身

최자는 〈보한집〉에 실으면서 평하기를 "부처의 기이한 뜻을 말하는데 그 이치가 아주 깊다"(文烈公 奇意 浮屠言 理最深)고 하였다. 이 시도 〈동문선〉에는 없으니 모두 4편의 시가 〈보한집〉에 더 있는 셈이다.

'송나라에서 돌아오는 길에 서장 비서의 "바다 가운데서 산을 바라보는 시"에 화답하다' 　　　　　　　(自宋回次和書狀秘書海中望山)
천년 만에 돌아 왔던 정영위(丁令威)가 우습구나 　　　千載歸來却咲丁
바람타고 수일이면 배가 멀리 바다 속에 나오는데 　　雲帆數日出冥冥
하백도 일찌기 바다 측량 어려움을 알았거니 　　　早知海若觀難測
잠못들어 궁궐 꿈을 쉬 깸을 한하누나 　　　　　　方恨天門夢易醒
물결에 달이 비쳐 파도는 은가루요 　　　　　　月注波濤銀瀉白
섬들에 구름 비켜 푸른 눈썹 그린 듯 　　　　　　雲橫島嶼黛凝靑
군평이 어젯 밤에 별보고 점 쳤으면 　　　　　　君不昨夜占星象
은하 속에 객성이 침범함을 알았으리 　　　　　　應怪河間有客星

송나라로 오가는 서해의 풍경들이 활화처럼 묘사되고, 예측 불허의 서해의 일기와 바다 물결은 아슬 아슬하다. 해신인 해약(海若)과 점쟁이로 유명한 촉(蜀)나라 엄군평(嚴君平)을 이끌어 서해의 변화무쌍한 경관과 기후, 풍랑 등을 활화처럼 썼다.

'추밀 최관의 잔치에 다녀와서 사례하다'　　　　(謝崔樞密灌宴集)
동도 주인의 인정에 경하하며 고마우니　　　　爲嘉東道主人情
무늬 말은 여기 저기, 푸른 가마 몰렸어라　　　文馬翩翩翠盖傾
예의가 엄중하니 손의 거동 질서있고　　　　　禮重賓儀瞻秩秩
정의가 깊어서 벗이 노래하며 위하였네　　　　義深朋舊賦嚶嚶

술통을 연신 기울이는데 봄은 따스함을 더했고　酒尊屢倒春添暖
춤추는 기생 소매 눈보다도 가벼웠네　　　　　舞袖初廻雪比輕
대머리 나를 유곤 하는 뜻이 더욱 정중 했고　　獨感留髡意尤重
삼경이 넘도록 담소는 종용했네　　　　　　　從容談咲到三更

동도 주인이란 손이 주인을 일러서 하는 말이요(鄭나라와 秦나라 고사) 유곤(留髡)은 순우곤(淳于髡)이 제왕(齊王)에게 한 말로서 여인을 시켜 손을 주무시게 하던 고사이다. 고려시대 상류사회의 잔치와 교제의 풍습이 엿보인다.

'적도사'　　　　　　　　　　　　　　　　(赤道寺)
성조가 누선 끌고 이곳에 쉬었으니　　　　　聖祖樓船憩此中
강산은 왕기가 아직도 무성하다　　　　　　江山王氣尙蔥蔥
당시 일 아는 사람 아무도 없는데　　　　　當時故事無人識
당당한 소나무만 제 혼자 아는 모습　　　　除却堂堂十八公

적도사는 어디에 있었던지 상고할 길 없다. 이 시는 동명왕을 성조라고 한 듯하고 그때 고사를 아는 사람 없다고 했다. 십팔공(十八公)은 송(松)의 파자(破字)이다.

5-2. 충군애민(忠君愛民)의 시

문열공의 시에는 임금을 일깨우고 넌지시 충고하는 치군의 시와 백성들을 아끼며 걱정하는 시상이 많이 보인다.

'비단궁궐 엮누나'(結綺宮)이라는 5언 고시에서는

요임금 뜰 섬돌은 낮아서 석자지만	堯階三尺卑
천년토록 그 덕이 남아 전하고,	千載餘其德
진시황 장성은 만리나 되건만	秦城萬里長
두 대만에 나라는 망해버렸다.	二世失其國
예와 지금 본보기 청사 속에서	古今靑史中
옳거니 그.이치 봄 직 하건만	可以爲觀式
수양제는 그 어찌 생각 못하고	隋皇何不思
운하파고 궁궐꾸며 백성 힘 말렸는가	土木竭人力

이는 고구려를 침략한 수양제가 못마땅하여 읊은 시이기도 하지만 고금의 군주들에게 교훈을 주는 이른바 임금을 다스리고 백성을 걱정하는 정념이 결귀(結句)에 담겨 있다. 표현의 기교에 있어서 중국 고대의 사실을 이끌어 대조기법(對照技法)으로 삼척비(三尺卑)와 천재덕(千載德)을 대조시키고 만리장(萬里長)과 이세실(二世失)을 대조함으로써 길다는 사념은 단이장(短而長)으로 짧다는 사념은 장이단(長而短)으로 대립시켜 읊었다.

필자는 '퇴계의 시와 다산의 시를 표현양상으로 비교 연구하는 논문'[22]에서 대우법(對偶法) 중에서 대조(Contrast)와 조화(Harmony)의 기교를 구분하면서 현실비판의 기교가 자동적으로 대조기법 즉 상극적인 대상을 대우시키고, 현실수용의 태도는 스스로 조화기법 즉 상생적이고 합일개념 대상들을 대우시킨다고 했거니와 문열공은 당시의 사회구조나 현실상황을 개조하려는 개혁사상이 농후했었다는 근래의 연구들이 나와 있지만 현실비판적인 사상과 표현의 기교는 여

---

22) 〈退溪學硏究〉 제4집 (檀國大學校 退溪學硏究所, 1990.)

러 작품에서 엿볼 수 있다.

'정월대보름'	(燈夕)
성안 궁궐 깊고 엄해 물시계 더디 가고	城闕深嚴更漏長
등불산 불단나무 어울려져 휘황쿠나	燈山火樹粲交光
춤추는 비단치마 봄바람에 팔랑팔랑	綺羅縹緲春風細
새벽달은 금빛처럼 서늘하게 비추인다	金碧鮮明曉月凉
옥좌는 북극 높은 곳에 휘장덮어 으리하고	華蓋正高天北極
궁중화로는 대궐 중앙에 마주 놓였네	玉爐相對殿中央
임금님 근엄하셔 성색을 삼가시니	君王恭默疏聲色
무대위 교방제자 화장복식 자랑마라	弟子休誇百寶粧

넌지시 궁중이 깊고 엄한 곳임을 암시하고 임금이 성색을 멀리하는 일이 성군의 도리요, 그러므로 높고 근엄해야 함을 권유하고 있다. 문장 평론가 지봉(芝峰) 이수광(李晬光)은 고요함을 노래할 경우는 동중정(動中靜)법을 쓰게 되고, 아득히 먼 모습은 근원법(近遠法)을 쓰게 된다고 하였는데[23] 이 시에서는 궁중의 엄숙함과 등불 놀이, 임금의 높은 옥좌와 관극의 무대, 근엄할 임금과 이원제자의 여기(女妓)등은 대조되는 존재들로 대우되고 있다. 대보름에 관등루 앞에 등을 산 모양으로 달아 만든 등산(燈山)이나 나무가지에 불을 매단 화수(花樹)가 휘황한 무대에서 교방악이 연주되고, 여기들이 춤추던 모습과 궁궐속 규범은 너무 엄숙하다.

그러므로 위의 두 편의 시에 대하여 서거정(徐居正)은 〈동인시화〉에서 '사의엄정전실(詞意嚴正典實)하여 진유덕자지언야(眞有德者之言也)'라 하였고, 홍만종(洪萬宗)은 〈소화시평〉에서 '극히 전아하고 실답다'라고 평했다.

---

23) 『芝峰類說』 권9 文章部2, 詩評에서는 風定花猶落, 鳥鳴山更幽를 靜中動, 動中靜으로 좋다했고 江流遠天外, 山色有無中을 近遠法, 有無法을 써서 좋다고 했다.

'교방기생의 뻐꾹새 노래 부르는 소리를 듣고'　　(聞敎坊妓唱布穀歌有感)
교방기생 아직도 옛 가사 부르지만　　　　　　　佳人猶唱舊歌詞
뻐꾸기 날아와 울 뜰나무가 드므네　　　　　　　布穀飛來櫪樹稀
마치 당현종의 예상우의곡에　　　　　　　　　　還似霓裳羽衣曲
개원의 늙은 공신 눈물에 옷 적시듯　　　　　　　開元遺老淚霑衣

임금(예종)이 포곡가 즉 뻐꾸기 노래(혹은 벌곡조)를 들으려해도
날아가 버려서 못듣는데, 이는 당시 정사의 득실을 듣고자 언로를 열
어도 신하가 두려워 말 못함을 풍자하여 지은 노래라고 고려사 악지
에 전하고 있거니와 이 시는 아무리 옛 포곡가 가사를 불러 보아야
뻐꾸기는 와서 울 곳이 없듯이 언로를 열어도 바른말하는 신하는 없
고, 옛 개국공신은 눈물만 흘린다는 풍자시이다. 문열공의 부 '벙어
리 닭'도 이와 같은 맥락의 시상이다. 고사 인용이 있으되 흔적 없
이 시와 용해되고 있다.

'동궁의 봄 시첩에다 씀'　　　　　　　　　　　(東宮春帖子)
새벽 빛은 누각 모서리에 밝아지고　　　　　　　曙色明樓角
봄바람은 불어서 버들가지 끝을 흔드네　　　　　春風着柳梢
첫 닭은 울어서 사람에게 새벽을 알리니　　　　　鷄人初報曉
동궁 침전 문앞에 아침 사람 오가네　　　　　　　已向寢門朝

늦잠 자기 쉬운 동궁에게 누각에 비친 새벽 빛, 버들가지 끝을 흔
드는 봄바람은 시각적인 섬세함을 보이면서 아침 일찍 일어나 보라
는 유혹이 담겨져 있다. 정중동(靜中動) 수법을 써서 고요한 밤이 새
고, 활화적인 아침 궁궐 안 모습이 엿보이게 읊고 있다.

이러한 시상이 담긴 시를 더 들어 보이면

'내전의 봄 시첩에 쓰다'　　　　　　　　　　　(內殿春帖子)
눈 흔적 아직도 궁중 구름다리에 남아있고　　　　雪垠猶在三雲陛
햇살은 궁궐 오봉루에 올랐어라　　　　　　　　　日脚初昇五鳳樓

때를 알리는 보력서는 주나라 태사때 제도요　　寶曆授時周太史
임금님 만수를 비는 술잔은 한나라 제후들 의식이네　玉巵稱壽漢諸侯

라고 궁궐풍경을 묘사하면서 궁중 법도를 전하고 있다.

　'임진강에서'　　　　　　　　　　　　　　(臨津有感)
　가을 바람 산들산들 물은 넘실넘실　　　秋風嫋嫋水洋洋
　머리 돌려 긴 다리에 생각은 아득　　　回首長橋思渺茫
　슬프다 고운 임은 천리에 있으니　　　惆悵美人隔千里
　강변에 난초와 궁궁이는 누구 위해 향기롭나　江邊蘭芷爲誰香

　조선조 때 정송강(鄭松江)은 사미인곡(思美人曲)을 불러서 유명했
지만 500년전 문열공은 미인시(美人詩)를 불러서 임금을 사모했다.

　'송나라 명주의 호심사 모수의 운을 맞춰서'　(宋明州湖心寺次毛守韻)
　강산이 겹쳐져서 그 끝을 모를레라　　江山重複望難窮
　다시지은 충루는 반공에 솟았구나　　更構層樓在半空
　처마 끝에 푸릇푸릇 은하수 다가오고　簷外蒼蒼河漢逼
　뜰 앞에선 넓고 넓은 바닷물이 출렁이네　階前浩浩海潮通
　올망졸망 인가 밖에 일엽편주와 외로운 새　片帆孤鳥千家外
　망망한 대기 속에 성긴 비에 지는 햇빛　疏雨斜陽一氣中
　뭇 사람과 함께 즐길 성인 말씀 생각더니　想與衆心同所樂
　대왕 바람 일으켜서 임께 풍간 그 언제리　騷人誰諷大王風

　이 시는 문열공이 송나라 사신갔다 명주의 호심사에 들려 모수(毛
守)에게 화답하는 작품인데 굴원(屈原)등의 이소(離騷) 시인들과 같
은 선비들이 고려의 인종이 절륜의 대왕되기를 풍유하는 시를 짓기
를 바란다는 뜻이다.

　'국화를 읊다'　　　　　　　　　　　　(菊花)
　하룻 밤 추풍 불어 온갖 나무 눈속인데　一夜秋風萬樹雪
　국화는 차츰차츰 두세송이 피어나네　菊花纔發兩三叢

| 당나라 번소는 무정키로 봄 따라 갔고 | 樊素無情逐春去 |
| 송나라 조운은 홀로 소공 모시었네 | 朝雲獨自伴蘇公 |

최자(崔滋)는 『보한집』에 실으면서 평하기를 "미인을 인용함에 있어서 용사한 뜻은 비록 자세하고 온당하나, 그 내용사는 추구 즉 쓸모 없는 일들" (文烈公 用美人事 意雖精當 事則芻狗)이라고 하였다. 동문선에는 없는 작품이다. 자신의 오상고절과 일편단심을 풍유한 시이다.

'훈수원에서 읊다'	(熏脩院雜詠)
원은 고요하고 중은 한가한데 밤은 자정 지나네	院靜僧閑夜向分
새벽 등불에 외로운 벼개 베고 마루에 누었어라	殘燈孤枕臥幽軒
스스로 슬퍼함은 인생의 정 그 언제 다할건가	自嗟情習何時盡
꿈 속에서 꽃잡고 술통과 마주 앉네	夢把花枝對酒尊
농가의 어려운 삶, 늘 보아 잘 아는 터	農家生計看來慣
이해로 사귀는 시도교에 사람들은 날로 멀어지네	市道交遊日漸疎
으례 장인은 마루 밑에서 웃으리라	應被輪人堂下笑
백두 노인 고생하며 책 아직 못 버린다고	白頭勤苦未捐書

음식지교(飮食之交)는 불월(不月)이요, 명리지교(名利之交)는 불년(不年)이라 한 것처럼 시도지교(市道之交)도 시장 상인처럼 이해로만 사귀는 세상에서 민생 문제로 고민하나 오히려 윤인(輪人)인 기술자는 비웃을 것이라 했다. 제(齊)나라 환공이 당상에서 글을 읽을 때 마루 밑에서 수레바퀴 만드는 장인(輪人)이 '옛사람이 버린 찌꺼기를 읽는다'고 비웃었다는 것이다.

| '나주수 이선생이 김낭중 연에게 보낸 시에 화답하다'(和羅倅李先生寄金郎中緣) |
요사이 조정에는 별 소문 없던 터에	今日朝廷寂異聞
이공의 성가가 혼자서 뛰어나네	李公聲價獨超倫
벼슬 놓고 세상 돌며 세속인정 깨달았고	倦遊平昔諳時態
여러해 학문 닦아 참된 도를 알았네	力學多年識道眞

회고 맑은 가슴 속엔 고검이 서렸는 듯	皎皎胸襟蟠古劒
늠름한 풍도 절개 서릿대 빼어 난 듯	凌凌風節拔霜筠
구름 사이 나는 날개 빗겨 솟아 천길이요	雲間羽翮橫千丈
조정의 벼슬 자리는 간원 칠인에 섞기었네	天上官班接七人

나라 은혜 못 갚아 뼈를 갈까 기약커늘	未報國恩期粉骨
내몸하나 편하자고 임금비위 맞추리까	敢將私計避逆鱗
엄하기가 여름해로 간신의론 꺾었고	嚴如夏日摧姦議
가볍기는 추호처럼 나라에 몸바쳤네	輕却秋毫許國身

권문 거실 겁에 질려 괜히 눈만 흘길뿐	巨室縮藏空睥睨
연약 서민 감격하여 충절을 세우려네	懦夫感激立忠純
나라의 잘못된일 한마디로 깨었으니	一言已破邦家弊
크게 쓰일 그 인물은 사직의 보배로다.	大用方宜社稷珍

대궐 속에 입시 때만 누가 그를 말하나	誰謂便辭靑瑣闥
몸을 뒤쳐 목민관으로 번화민을 만들었네	飜然出牧錦城民
공 없으면 벼슬자리 차라리 물러나고	無功在位寧爲退
의 아니면 많은 재물 가난만 못하였네	不義多財豈似貧

적삼 잠방이 피곤한 백성에겐 참으로 요행	襦袴疲氓誠小幸
상소문 쓰는 일 말고는 누구에게 말하리오	牋毫餘事與誰陳
임금 심정 벗어나면 다른 일 맡지 않아	宸心委任維無外
문신상 돌조각에 누가 먼지 묻었나	文石何人蹈後塵

당시 나주 졸(倅: 군수)이던 낭중 김연(金緣)이 강직하고 충성스러워 칭찬이 자자했으나 시기받는 인물이 되어 문열공이 안타까워 했다. 고사가 많이 인용 되었으나 흔적이 거이 없고 금성민(錦城民)과 유고가(襦袴歌) 고사가 인상적이다. 대조 기법이 독자의 마음을 움직이는 작품이다.

'현화사에서 어제시에 화답하다'	(玄和寺奉和御製)
양성의 전위마가 갑자기 높이 올라	襄城前馬忽超然
가는 구름 속에서 하늘을 휘어 잡듯	行遇孤雲一握天
임금 행차 소리가 먼 골까지 꽉 차 있네	警蹕聲高盈遠壑
근위병의 창 끝은 찬 연기에 번득인다.	羽林兵梢裂寒煙
기화 요초 펄럭이며 경연 앞에 떨어지고	奇花墮艶繽經座
감로의 향기는 수연에 떠오르네	甘露浮香上壽筵
어제시에 화답코자 다투어 붓 놀리는	酬奉文章爭落筆
신하들의 재주 기품 당나라 현인 같네	侍臣才氣似唐賢

황해도 영취산(靈鷲山)에 있는 현화사에서 임금을 모신 경연(經筵)자리에 어제시에 맞추어 시를 짓는 광경이다.

'서정시'	(西征詩)
일성 고각에 청산이 찢어지듯	一聲鼓角靑山裂
만리의 깃발은 대낮이 캄캄하다.	萬里旌旗白日夢
쓸어 버린 강산으로 임금님은 돌아오고	掃盡河山還聖主
타일러 돌리는 글 시인에 달렸구나	洗回風月付詩翁
삼오산은 험난한데 충성은 장하고	三鰲山峻忠誠壯
오봉루 높고 높아 국수도 씩씩하다.	五鳳樓高國手雄

이 시는 문열공이 서인반란 때 원수로서 진압하러 간 일이 있는데 그 때 진군하는 장관과 서인을 회유하던 모습을 읊은 시이다. 500년 뒤 이순신 장군은 한산섬에서 '一聲胡茄는 나의 애를 긋는다'고 했다. 최자(崔滋)는 〈보한집〉에 실으면서 "셋째편이 가장 맑고 씩씩하고 장중하면서 곱다"(三聯最爲淸雄壯麗)라고 하였다. 그러나 마지막 두 구절(尾聯)이 빠져 있다. 이 시는 동문선에는 없는 작품이다.

문열공이 서정(西征) 즉 서경 진압 때 군사 지휘관으로서 쓴 시는 네편 전한다.

'서정 때 군막에서 느낌 있어'　　　　　　　　(西征軍幕有感)
관서 땅에 머므르니 마음은 답답한데　　　　山西留滯思愔愔
어느덧 봄바람은 꽃 흩고 녹음 짙네　　　　不覺東風散老陰
지친 나그네 옷 털며 강가에서 말이 없고　　倦客拂衣江岸靜
행인은 바쁜 걸음으로 벌판 속을 걷는다.　　行人催渡野洲深
꾀꼬리 우는 골짝에서 새벽 꿈은 고향인데　鶯溪里巷三更夢
한 조각 붉은 마음은 궁궐의 누대에 있어라　鳳闕樓臺一片心
현산의 타루비(墮淚碑)야 내 감히 바라랴만　峴首風流吾敢望
이따금 시를 읊어 맺힌 가슴 푸노라.　　　　閑吟時復遣幽襟

선비가 군문(軍門)에서 진수하는 광경인데 대조기법을 써 가면서 특히 진(晋)나라 양호(羊祜)의 진수(鎭守) 고사가 인상적이다.

'군막에서 읊다'　　　　　　　　　　　　(軍幕偶吟)
조정에서 군사 쓰기 좋아 한다 누가 말하뇨　誰道朝廷好用兵
신하가 승냥이로 변한 때문 아닌가　　　　只因臣妾變豺狼
온갖 생각에 마음은 늘 빙벽처럼 차고 쓰고　心緣思慮恒氷蘖
시름에 가슴 끓어 머리털은 흰 서리발　　　髮爲憂煎盡雪霜
새벽자리 첫 닭 울어 조적(祖逖)처럼 바쁘고　曉枕聞鷄忙似祖
대낮 창가서 이 잡으니 혜강(嵇康)보다 게으르다　牛窓捫蝨懶於康
임금님의 영단은 당헌종보다 뛰어 나시니　君王英斷超唐憲
그까짓 시속배들의 악양자(樂洋子) 비방 쯤이야.　遮莫時人謗樂羊

문인으로서 군막생활하는 고충을 그려낸 시이다. 새벽의 부산함과 한낮에 이 잡는 모습이 대조적이다.

'양재역에 붙여서'　　　　　　　　　　　(題良梓驛)
만리 강남 가신 임 안 돌아오고　　　　　萬里江南人未歸
이중에 수심이야 오죽하리오　　　　　　此中愁緖足堪悲
문밖에는 낙엽지고 서리 왔는데　　　　　門前枯草秋霜後
창밖에선 산이 비고 석양 비추네　　　　窓外寒山夕照時
가난한 아전은 뱀처럼 사람 피하고　　　貧吏畏人如虺蜴

빈 집엔 주인 없고 여우 이리 뿐   虛堂無主有狐狸
포성의 옛 일 일랑 묻는 이 없고   襃城古事無人問
어부와 나무꾼만 내 생각 흔드네   唯有漁樵動所思
(포성은 중국 제나라 때 지명, 襃姒의 출생지)

양재역은 지금 강남의 양재인데 그때는 황성의 옛터처럼 쓸쓸했던 모양이었고, 가난한 지방관리가 살무사나 도마뱀처럼 사람(작자) 두려워 피하는 모습은 사회의 부조리가 그때도 심했던 듯 하다. 작자의 답답한 심사가 문전고초(門前枯草)와 한산석조(寒山夕照)가 근원법(近遠法)으로 묘사되고 있다.

5-3. 인생 번뇌의 시

높은 벼슬에 있었고, 난리 때는 원수(元帥)로서 지휘관이었던 명장이었으며, 왕실수호에서는 명 재상이기도한 문열공의 시에는 인생의 번민이 절절히 흐르고 있으니 문인의 본성이 그런지도 모를 일이다.

  '대흥사에서 소쩍새 우는 소리 듣고'   (大興寺聞子規)
  세속 손님 꿈 마저 끊어졌는데   俗客夢已斷
  소쩍새는 오히려 목메어 우네   子規啼尙咽
  세상에는 새소리 잘아는 공야장이 없으니   世無公冶長
  뉘가 알리오, 마음속에 맺혀있는 그 사연을   誰知心所結

소쩍새를 빌려서 마음에 맺혀있는 사연을 읊은 것이라 하겠는데 행복했다고 여겨지는 그에게 말 못할 번뇌가 있었는듯 더구나 공자의 제자로 새소리 잘 알아 듣는 공야장을 이끌어 온 것을 보니 경륜이 높은 사람이어야 그 심정 알아줄 사연이 있었는 듯 하다..

  '감로사에서 혜원에게 차운함'   (甘露寺次惠遠韻)
  세속사람 이르지 못하는 곳인데   俗客不到處
  올라보니 마음이 맑아지누나   登臨意思淸

산 모양은 가을되니 더욱 더 좋고	山形秋更好
강 빛은 밤이되어 오히려 밝아라	江色夜猶明
흰새는 혼자서 날아 가 사라지고	白鳥孤飛盡※
돛단배는 홀로 사뿐 가볍게 떠 가네	孤帆獨去輕
부끄럽다 달팽이 뿔 같이 좁은 세상에	自慙蝸角上
반생동안 공명 찾아 헤매어 다녔구나	半世覓功名

세속을 떠나 감로사에서 바라 본 자연풍경은 산과 강 흰새와 돛단배들이 입체적으로 조화되는데 달팽이 뿔만한 좁은 세상과 공명길은 허황된 진세의 허사임을 번민하고 있다. 자연의 밝은 빛과 인세의 어두운 욕망이 서로 조화되지 못한 채 불상용의 극을 이루고 있는 대조적(Contrast)의 수법이다. (※보한집에는 白鳥高飛盡이라 했는데 그것이 옳을 것 같다.)

'두솔원루에 올라서'	(兜率院樓)
세속이 구구하여 한가롭지 못한데	末俗區區不自閑
중선루에 올라서 혼자 얼굴 펴보네	仲宣樓上獨開顏
길은 지세따라 높았다 낮았다	路隨地勢相高下
사람은 궁궐다리로 오며 가며 하누나	人向宮橋自往還
비온 뒤에 봄 경치는 나무들을 단장하고,	雨後春容粧樹木
아침 날씨 맑은 기운 강산을 휩싸네	朝來爽氣襲江山
들밭의 늙은 농부 피하지 마오	野田農叟不須避
이 나도 속세 묻혀 세간에서 살려네	我欲和光混世間

자연과 인간을 대조시켜 결국 세속에 함께 살리라는 의지가 역력하다. 자기의 지덕과 재기를 버리고 화광동진(和光同塵) 하여 세간에 살려는 문열공의 의지는 실제의 생활에서도 엿볼 수 있으니 그의 동교별업(東郊別業)이란 시에도 나타나 있다.

'서호에서 김사관 황부에 화답하다'	(西湖和金史館黃符)
늙으막에 범려(范蠡)처럼 오호로 떠갈 마음 없었고	老大無心泛五湖

서책은 열지 않고 술 단지만 기울이네	不開書卷卽提壺
때로는 병든 몸 부축하며 양무제의 소사에 오니	有時扶病來蕭寺
강산은 한폭의 그림과도 같구나	一蔟江山似畫圖

월(越)나라의 범소백(范小伯)의 고사와 양무제의 소사(蕭寺)를 이 끌어 시어로 썼으나 별다른 뜻은 없어 보인다.
다만 늙으막의 인생 번뇌가 있어 보인다.

5-4. 자유를 갈망하는 시

벼슬의 구속에서 풀려나서 자유로움을 호소하는 시가 가장 많이 보인다.

'서도 구제궁 조회후 영명사에서 쉬다'	(西都九梯宮朝退休于永明寺)
이궁 조회 물러나와 좋은 경치 구경하니	朝退離宮得勝游
온갖 형상이 두 눈 앞에 몰려든다	無窮物象赴雙眸
구름가에 줄진 산들 겹겹이 머리 들고	雲邊列岫重重出
성밑에 차가운 강 출렁이며 흘러가네	城下寒江漫漫流
버드나무 으슥한 곳 술 파는 뉘 집인가	柳暗誰家沽酒店
달 밝은데 낚시배는 어느곳에 떠 있는가	月明何處釣魚舟
옛날의 두목 시인 한가하길 원했었지	牧之曾願爲閑客
지금의 이 내 몸은 부자유를 꺼리네	今我猶嫌不自由

서경의 대동강변 모든 정경은 활활 터져 있고, 술집과 낚시배가 간 절히 생각나지만 벼슬에 얽매여 부자유함을 구름과 강을 원근법으로 술집과 낚시배는 근원법으로 대조하여 자유를 갈망했다. 당나라 자유 시인 두목지까지 이끌어 그의 청루생활이 오히려 부러운 듯 지금의 벼슬 굴레에서 벗어나고 싶다는 것이다.

'동구밖 별업'	(東郊別業)
물 곡식 누릇누릇 바람결에 호탕하고	水穀微黃風浩蕩

밭 채소 살쪄 푸릇 비맞아 물결친다	園蔬膩碧雨淋浪
이따금 걸으면서 밭가에 쭈구리고	有時閑步田邊踞
어부 농부 만나서 담소가 길어졌네	逢着漁樵笑語長

　학자요 관료인 김부식의 또다른 면을 볼 수 있으니 아마 별업으로 농사도 지었던 모양이었다. 이 시에서 주목할 것은 전고(典故)를 쓰되 흔적이 없어서 얼른 보면 자기가 만들어낸 말 같다는 것이다. 정다산은 이런 점에서 두보가 시성인 까닭이요 한퇴지나 소자첨은 전고에 흔적이 많아 그 아류라고 했는데 여기서 수곡(水穀)은 도전(稻田)이나 도파(稻波)로 함직도 하나 사기(史記) 편작창공전(扁鵲倉公傳)의 말[水穀]을 연상시켰고, 원소(園蔬)는 후한서(後漢書) 오우전(吳祐傳)의 "자면귀가불복사(自免歸家不復仕) 궁관원소(躬灌園蔬) 이경서(以經書) 교수(敎授)"에 문열공은 흠모의 정을 흠뻑 쏟았던 것 같고, 소어(笑語)는 담소(談笑)로도 되겠지만 역시 시경(詩經)이나 왕유(王維)의 시를 상기시키면서 시어로 써서 수사한 것으로 보인다.

　이런 시들은 일차로 통독 감상할 때는 시어로 내용을 살피고, 그 운율로써 감동과 시상을 느끼는데 다시 정독하며 시귀를 재음미하면 속 깊은 곳을 고사나 전대의 시문을 통하여 알게 된다. 김부식의 다른 시에서도 보듯이 그는 저 후한때 제(齊)나라 재상 오우(吳祐)처럼 벼슬을 던지고 돌아가서 채소나 가꾸면서 후학들에게 경서를 강의하며 여생을 보내고 싶었을 것이다. 그래서 이 시는 별장의 '별업(別業)'이 아니라 따로 업을 가지는 별업으로 새긴다.

'관란사루에서'	(觀瀾寺樓)
유월의 속세에는 더위가 한창인데	六月人間暑氣融
강가 절 누각엔 맑은 바람 불어오네	江樓終日足淸風
산모양 물빛은 예나 지금 다름 없고	山容水色無今古
세태와 인정은 세월따라 달라졌네	俗態人情有異同
거룻배 혼자서 거울 같은 물에 가고	舴艋獨行明鏡裏
해오라비 짝을 지어 그림 같이 걷는구나	鷺鷥雙去畵圖中

아아! 못참을건 재갈물린 세상사	堪嗟世事如銜勒
대머리 늙은 나를 놓아주지 않누나	不放衰遲一禿翁

속세와 선계를 변화와 불변으로 대조하면서 그림 같은 자연 속에 명경지수의 인생을 희구하고 있는 시이다. 그러나 세속에 얽매인 자신이 한없이 안타깝다는 것이다. 인간의 욕망은 끝없고, 자연의 미관은 불변하는 속에서 주저하지 않을 수 없는 존재가 인간이라는 관조이다.

'송나라 명주 호심사에서 서장관의 운을 받아'(宋明州湖心寺次書狀官韻)	
고을 성남 기슭에 물은 끝 없고	郡城南畔水無窮
굽은 길 부교가 막혔다간 뚫리네	曲徑浮橋關復通
이 몸이 어찌하면 구속을 벗어나서	安得此身謝拘檢
일엽편주로 강바람 타고 훨훨 날꼬	扁舟容颺一江風

끝없는 물과 터졌다 막히는 길이 대조되는 속에서 매인 몸 풀려서 강바람에 날아 오르고 싶은 작가의 심정이다.

5-5. 만가(挽歌)의 시

전하는 시 작품 중에는 만가체의 시가 4편이나 있는데 우리나라 애도의 시가 혹은 만가체 시가의 시작이 아닐까 생각된다.

만가에는 왕공과 귀인을 보내는 해로가(薤露歌)와 사대부와 서민을 보내는 호리곡(蒿里曲)이 있다 했는데 문열공의 만가시는 각 두 수씩 전하고 있다.

'유릉만사'	(裕陵挽詞) -예종-
바로 어제 임금께서 숲 정자에 노니실 때	昨日林亭玉輦遊
백관들은 부럽게 면루관을 보았더니	百官咫尺望珠旒
누가 알았으리 더벅머리 고황 속에 들어간 꿈으로	誰知豎入膏肓夢
만백성 음악 끊고 근심에 잠길줄을	便使民纏遏密憂

용의 수레 아득히 가신길이 어디멘고	龍馭渺茫仙路秘
어등은 가물가물 능묘는 고요쿠나	魚燈明滅壽宮幽
혼백 수레 성서 길을 비어서 돌아오니	素輿空返城西路
구름 가린 산을 보며 피눈물 흐르네	日斷雲山血淚流

이는 예종의 인산 장면이지만 누구나 죽으면 부귀영화가 남가일몽이었음을 절감하게 된다. 여기서 더벅머리 고황에 든 꿈이란 진(晉)나라 경공(景公)이 병들었을 때 진(秦)나라의원이 오기전에 두 더벅머리 아이가 와서 고황속으로 들어가는 꿈을 꾸고는 의원이 왔어도 도리 없이 죽었다는 고사다. 일반 사람은 혼백을 싣고 돌아오는데 소려(小輿)를 쓴다

'경화왕후 만사'	(敬和王后挽詞)
펄럭이며 붉은 명정 궁궐 담에 세웠으니	翩翩丹旌立宮墻
신첩들이 호곡하며 눈물에 치마젖네	臣妾哀號淚滿裳
주문왕의 태사후비 덕으로 가도 서고	太姒嗣音家道正
장강비는 아들 없어 나라가 근심했네	莊姜無子國人傷
용의 상여 가는 길에 구름 연기 참담하고	龍輔啓路雲煙慘
말갈기 인산 봉분 수목들도 처량해라	馬鬣因山樹木蒼
슬프다! 신선된 종적을 어디가서 물어 볼꼬	惆悵仙蹤何處問
황천에도 상천에도 모두 망망하여라	黃泉碧落兩茫茫

이는 예종의 비의 만사이다. 경화왕후의 높은 부덕은 주문왕의 태사비와 견주고, 그러나 소생없이 죽은 안타까움을 춘추때 위장공의 비 장강이 아들 없던 일을 상기시키며 애도하고 있다. 경화왕후는 주(周)나라 문왕(文王)의 비인 태사의 덕과 같이 덕행이 높았지만 위(衛)나라 장공(莊公)의 비처럼 아들이 없었다.

'권학사 적을 곡함'	(哭權學士適)
글과 검으로 그때 중국 변경에 갔었지	書劍當年入汴京
황제가 친히 영광된 급제를 주었었네	玉皇親賜好科名

붓 놀림 빠르기를 그 누가 따르리	揮毫敏捷渾無類
술상 맞으면 따로 정이 넘쳤네	對酒2字缺別有情
홀홀히 떠나가니 뜬 인생 크던 꿈 놀라	忽忽浮生驚大夢
표연히 높은 기개 자연으로 돌아갔네	飄飄逸氣返元精
끊어진 거믄고줄 아교로도 못이으리	斷絃難得鸞膠續
눈물 흘려 슬픔 읊어 늙은 벗은 곡하네	含淚悲吟老友生

만가는 대개 생전의 칭찬과 일장춘몽의 허무한 인생과 하늘의 정기인 원정(元精)으로 돌아가는 것이 인생의 정한 길이라는 것이요 그러나 슬픔은 크다는 것이다. 학사 권적은 왕년에 중국 고대의 서울인 변경(汴京)에 가서 과거에 합격한 수재인 모양이다.

'참정 김순을 곡하노라'	(哭金參政純)
오로지 노력으로 재상까지 이르렀다	獨將功業到巖廊
장한 기운 늠름하여 감당할 이 없었네	壯氣憑凌莫敢當
동녘 싸움 선봉서서 범의 굴을 더듬었고	東戰先登探虎穴
서쪽 평정 밤중 길에 양장 험로 나갔었네	西征半夜出羊腸
임금께서 일 시킬땐 늘 앞자리 앉았었고	君王訪事常前席
빈객으로 즐기실땐 마냥 뒷 자리에	賓客追懽每後堂
벼슬 놓고 강호에서 배타고 놀잔 다짐	長說乞身縱煙棹
가련하다 그 계획 헛되고 말았구나!	可憐此計落空亡

해로가(薤露歌)는 부추잎에 묻은 이슬같은 왕공과 귀인의 죽음이요, 호리곡(蒿里曲)은 쑥 동네로 가게되는 관료나 서민의 죽음인데 무열공은 그 허무함을 구분해서 해로가 쪽에서는 허무함을 읊었고, 호리곡에서는 애석함을 주제로 했다.

6. 배달(倍達)의 중리(衆理)이던 사론(史論)

먼저 문열공의 고문체 문장으로 평판이 높은 『삼국사기』의 사론

58

(史論)과 열전(列傳)과 표(表)를 살펴보면 문열공은 사기를 엮어가면서 간간이 '논왈'(論曰)이라 하여 자기 견해를 붙였다. 일반적으로 이 사론을 역사서 서술에 있어서 하나의 양식처럼 생각하지만24) 김문열공의 경우는 특수한 점이 있다.

첫째 『삼국사기』의 논찬이 '근거 없이는 기술하지 않는다'는 술이부작(述而不作)이란 대 원칙은 중국의 다른 사서의 경우와 같지만 그러면 어떤 경우에 논을 첨가 삽입했는가가 문제이다. 고병익 교수는

그 내용이 <포폄>이라는 유교적 윤리평가로 일관되어 있고 이런 형식적인 윤리관에다가 중국 중심의 사대적(事大的) 사고방식이 거리낌 없이 노출되어 있음을 본다.25)

라고 했지만 필자는 오히려 다른 각도에서 보고자 한다. 논(論)의 본령은 문체의 일종으로 윤리적 관점에서, '중론을 모아 이치에 맞도록 고찰하는 글'로서 『문심조룡(文心雕龍)』에서는

聖世彝訓을 經이라 하고 述經敍理하는 것을 論이라 하며 論은 곧 倫인데 倫理의 有無로 聖意가 不墜한다.

하였고 『문선(文選)』에서는 說論과 史論과 論으로 분류하였다. 여기서 『삼국사기』의 사론은 곧 당시의 중론이요, 중리(衆理)였고 그것은 윤리에 기초한 것이었다. 그러면 그 윤리의 기준은 어디에 있었던가 그때의 선진문화였던 경서(經書)와 사서(史書)등이 그 본보기요 우리 민족의 본성 즉 고유한 생활양식과 정서가 바탕이 되어있는 즉 우리의 정서에서 윤리적이라고 신념하던 것을 김부식은 논한 것이다. 그러므로 한마디로 "『포폄』이라는 윤리평가로 일관되었다"고만 할 수 없고, 우리의 본질적인 풍토위에서 생성되고 있는 제반 양식과 사

---

24) 高炳翊의 三國史記에 있어서 歷史敍述(金載元 박사 회갑기념논총 1969)
25) 高炳翊의 前揭논문

고방식이 민족 고유의 규범이 되어 『삼국사기』의 논(論)에서 기술되었다고 보아야 할 것이다.

전술 3-2항 참고 2의 『삼국사기』 사론(史論) 일람에서 보는 바와 같이 문열공이 사론을 붙인 취지는 당시의 윤리와 질서의 기준을 밝혀두자는 것임을 알 수 있고, 한마디로 '표폄'의 기술이라고만 말할 수 없다. 30여편의 사론 중에는 신라 마지막왕 경순왕이 고려에 양국한 사실을 논평한 글이 있는데 문장으로서도 명문이거니와 백성 위해 왕관을 던지는 쾌거를 논한 내용에서 문열공의 사상적 일단도 볼 수 있으니 조선조 학자나 문신들도 "사씨(史氏)는 천승사시(千乘徙視)를 논했다"는 사실을 칭송했다. 고려 중기에 있어서 우리보다 개명했던 중화의 문화에 흠모의 정념이 깊었던 것은 배운 사람이면 모두가 일반이었으니 이 모두 사대주의자가 될 수는 없다.

7. 현자저행(賢者著行)인 열전(列傳)

다음으로 전(傳)에 대하여 『삼국사기』 열전에는 김유신전을 비롯하여 52인의 인물전이 기술되고 있는데 이 역시 '<포폄>의 사례 기록'이라고 할지 모르나 문체상 전의 본령이나 『삼국사기』에서 기술한 전의 실제적 의의는 자못 큰 것이었다. 문체상으로는 "전(傳)은 전(轉)인데 인물의 사적을 기록하여 후세에 보이는 문장"이니 그 인물이란 "현자저행왈전(賢者著行曰傳)"이라 하고 그 기술 방식은 "실제적 사실을 숭상하며 함부로 들뜬 이야기는 쓰지 않는 글"이라 했듯이 『삼국사기』에서는 여기에 비중을 두면서 50권중 10권이나 할애하여 52인에 붙임(附)인 병전(倂傳) 30인의 전을 서술하였으니 2인의 부정적인 인물을 제외하고는 모두가 현자의 저행(賢者著行)과 위국 충렬의 인물, 효도와 정절의 남녀들인데 특히 국문학 사상 의미가 큰 것은 후세의 모든 설화문학의 원형적 모태가 되었다는 사실이다. 필자는 전년에 「토(兎)의 간(肝)」의 전신(前身)이 「별주부전(鼈主簿傳)」이요 그 원형은 김부식이 김유신전에서 서술한 「귀토설화(龜兎說話)」였다고 주장한 바가 있지만[26] 조선조 후기의 판소리 12마당의 대부분이 그 원형은 『삼국사기』의 전에 있었으며 오랜 세월을 두고 세속에 따라 윤색되어 전해진 것이니 가령 춘향전의 원형은 설씨녀(薛氏女)와 도미(都彌) (사기열전8)에 이미 있었고, 심청전의 모태는 효녀지은(孝女知恩)에 있었으며, 김만중의 『사씨남정기』가 임금을 일깨우는 모티브가 있었다면 사기에는 설총전(薛聰傳) (열전6)에서 화왕계(花王戒)를 서술하여 임금을 다스리는 신하의 지혜와 도리 즉 치군류(致君類) 정서의 모태가 되어 있고, 박연암은 광문전(廣文傳)을 써서 조선 후기사회에서 박수를 받았지만 이러한 유형은 사기 열전에 온달전(溫達傳)이 있었으니 애독되는 그 공통점은 정직과 신의에 있는 것으로 김부식의 사상의 일단이기도 한 것이다.

신라의 김후직(金后稷)전이나 고구려의 창조리(倉助利)전은 화왕계와 동류로 보국계왕(輔國戒王)의 이야기요, 향덕(向德)과 성각(聖覺)의 전기는 효(孝)의 본을 보이는 원전으로 후세에 전하는 효가리(孝家里)의 연기설화(緣起說話)로 되고 있다. 또한 열전 권7은 화랑들의 전기로서 그 내용들이 충국열사(忠國烈士)의 사례가 되고 있어 우리나라 화랑사(花郎史)의 귀중한 자료가 되고 있다.

이와 같은 사실들은 우리 민족이 본질적으로 정서와 체질 속에 향유하고 있고, 세월따라 흐르면서 겉옷은 달라져도 몸통은 변하지 않는 말하자면 혈통속에 면면히 흐르는 정서를 서술한 작품들이요, 그 10권 속의 전들이 모두가 주옥같은 산문문학이었다고 말할 수 있는 것이다.

8. 곡진(曲盡)한 문열공(文烈公)의 변려문(騈儷文)

쌍명재(雙明齋) 이인로(李仁老 ; 1152~1220)는 그의 「파한집」(破

---

26) 韓國古典小說選集(이화서림, 1965)

閑集)에서 김부식(金富軾 ; 시호 文烈公)을 평하기를

"문열공(文烈公)은 처음 먼저 중추부의 중서(中書)직에 들어갔기 때문에 중추원 높은 벼슬에 올랐고 추부에 10여년간 있으면서도 그 성품이 독서를 좋아해서 중추원 안에 따로 별실을 마련해 열고 항상 선비[土大夫]들과 문장을 토론하며 지내느라고 비록 가족의 처첩이라도 그 얼굴을 보기가 어려웠다.

… 종일토록 끓어앉아 책을 읽었고 사장(詞章)을 쓰는 일은 좋아하지 않았으며 글을 짓게 되면 붓은 반드시 싯고 글은 단지에 넣어두고 끝낸다. 그런 까닭에 한테 모아 편집 못한 글이 세상에 많이 전한다.

그리고 전해지는 글은 반드시 경책(警策)의 글이다. 가령 "마차타고 염주객사를 지나다"와 같은 문장이다."

라고 썼는데 '염주객관'의 문장은 시로서 본서 시문집에 번역하여 실어 보이지만, 많은 사람들은 문열공 김부식을 「삼국사기」를 편술한 사학가라는 사실외에는 벼슬이 높아 재상의 고관직에 있었고, 묘청의 반란때는 문신으로서 무신의 대임(大任)인 원수(元帥)로 선임되어 백장(百將) 만병(萬兵)을 이끌고 서정(西征)의 대공을 세운 충신정도로 아는 것이 고작인데 문열공 사후 1년 뒤에 출생한 이인로는 김부식이 학자요 문인임을 아주 구체적이며 특징적으로 위와같이 전하고 있다.

특히 김부식이 남긴 글은 반드시 경책(警策)의 글이라고 했는데 달리는 말을 채찍치듯 문장에 있어서 전편을 채찍치듯 생동케 하여 독자들을 감동, 경각시키는 문학가 임을 강조한 이인로의 평론이요, 실제로 전해지는 시문을 모아 이 책에 실은 시와 부 40편과 곡진(曲盡)하고도 아려(雅麗)한 문장 76여편은 모두가 그러한 경책의 시문이라고 말할 수 있는 것이다.

그 중 경책의 산문은 곡진한 위국애민의 정념이요, 아름다운 고문체 문장이다.

특히 관직을 사양하여 어진 후진 청백지사(淸白志士)에게 벼슬을 물려주고 그들 앞길을 열어주려고 한 걸사표(乞辭表)나 삼사표(三辭表)의 문장은 자기를 낮추어 겸손하며, 나라를 걱정하는 정념이 너무도 간절하여 사람들의 심금을 울리고, 크게 거울 삼게 한다.

고려때 변려사륙체(騈儷四六休) 문장은 문열공에 의해 크게 유행되어 고려문학에서 새 장을 열었다 할 것이니 문열공 선고(先考)인 근(覲)때부터 송(宋)나라에 사신가서 배워 왔고 문열공 자신도 사신으로 두번이나 입송(入宋)하여 송나라의 개명한 문물과 함께 문장도 크게 영향 받아 왔었다. 이러한 흔적은 그의 입송(入宋) 사신길에서 지은 여러 표문에 엿보인다.

변려체(騈儷休) 문장은 본래 중국 후한(後漢) 중, 말기부터 시작하여 제(齊), 양(梁)을 거치면서 귀족문학으로 유행하고 당(唐)에 와서는 그 문체의 특징상 사륙문(四六文)으로 불리고 송(宋)을 거쳐 청대(淸代)에 와서 문장이 아려하다 해서 변려체라고 불렀지만, 고려때 유행되던 사륙변려문은 중국 당나라에서 유행되던 문체로서 그 특징은 ① 대구(對句)의 양식으로 ② 4자구(四字句)와 6자구(六字句)를 기본형으로 하고 ③ 음조(音調)를 맞추고(자수, 운율, 평측등) ④ 전고(典故)를 많이 삽입하며 ⑤ 화려한 문사(文辭)로 쓰여지는 문장이었다.(「騈文類苑」, 「騈體正宗」, 「文心雕龍」, 「四六法海」)

문열공이 구사한 사륙문은 다분히 동인문(東人文)으로 변형된 양식으로 이는 김부식 뿐만 아니라 고려의 문인 대부분이 그러했지만 그 두들어진 양상은 사륙구(四六句)를 근본으로 하면서도 3자구, 5자구, 7자구 외에도 산문식 문장으로 쓰고 있다.

그리고 음조는 자연, 자수율(字數律) 외에는 중국처럼 맞추기는 어려웠다.

사륙체 문장은 아려할 뿐만 아니라 경건한 정감을 나타냄으로 고려 이후 이런 문체는 차츰 없어졌지만 다만 제문(祭文)과 축문(祝文)에서는 지금도 유전되어 오고 있다. 그것은 신(神)에 고하는 마음은 극히 간절하고 경건함으로 그 표현이 또한 시적이요, 정결, 아담함을 요하는 까닭이다.

　김부식의 축문은 「동인지문사륙」(東人之六四六)에 9편이 전한
다.(이 축문은 창작이라기 보다 다분히 투식(套式)이므로 이 책 시문
에는 번역하여 싣지 않는다.)
　그 한편을 예로 보이면
　冬享(겨울 제사)
　성음용사　양월기사　추모위용　복증처창　공수시사　이달효성
　成陰用事　良月紀事　追慕威容　伏增悽愴　恭脩時祀　以達孝誠
　(양식만 보인다)
　라고 했는데 이와 관련하여 지금 우리나라 항간에서 쓰고 있는 시
제축(時祭祝) 일례를 들어보면
　…　기서유역　시유중추　추감세시　불승영모　감이청작
　　　氣序流易　時惟仲秋　追感歲時　不勝永募　敢以淸酌
　　　서수지천　세사상　향
　　　庶羞祗薦 (歲事尙　饗)

　이와 같이 고려 때 양식과 지금의 축문 양식이 다르지 않다.
　뇌천 김부식의 시문은 고려사에 문열공 문집 20권에 들어 있다고
했으니 굉장히 많았을 것으로 짐작되나 문집은 전하지 않으므로 여
기서는 그의 문장 76편만(「동문선」에 전하는 것만) 번역하여 해제를
붙여 싣는다.
　그 중에는 후대 평론가들이 명문으로 찬양하여 마지 않는 문장이
많으니 가령, 제고(制誥)로 '유가업수좌관고'(瑜伽業首座官誥)나 표
전(表箋)으로 '하팔관표'(賀八關表), '하행국학표'(賀幸國學表),
'대사급제표'(代謝及第表), '대청부시표'(代請赴試表), '인년걸퇴
표'(引年乞退表), '삼사기복표'(三辭起復表) 등의 여러편의 사직을
청하는 사표(辭表)와, 계(啓)로서 '사위추밀칭예계'(謝魏樞密稱譽
啓), 기(記)로서 '혜음사신창기'(惠陰寺新創記), 인종의 외조로 방자
하게 이를데 없던 이자겸(李資謙)을 굴복시킨 '대외조의'(待外祖
議), 그리고 '흥왕사홍교원화엄회소'(興王寺弘敎院華嚴會疏) 등 5편

의 도량소문(道場疏文) 등은 그 문장도 명문이지만 고려 문물을 잘 보여주는 역사적인 기록이며 경사(經史)와 불교까지 해박함을 보여주는 학술적 문장이다.

현재 전하는 문열공의 40편의 시와 함께 여기 역주한 76편의 문장으로써나마 김부식을 재평가하면서 고려문학도 새 경지를 추가 보완하여야 하겠다는 사명감을 느낀다.

9. 맺는말
- 전통을 적어 지킨 문학가 김부식 -

문열공 김부식의 시와 산문을 감상하고 있노라면 그의 다정다감한 관조의 세계가 직접 보는 듯 눈 앞에 전개된다. 글 속에 펼쳐지는 대자연의 신비로운 풍광과 그것을 붓으로 그려내며 읊조리는 표현 수법이 사실주의적이면서 대조기법으로서 독자로 하여금 때로는 활화처럼, 때로는 깊은 명상의 세계로 이끌어 간다. 그러나 문열공의 근본 정신과 참 모습은 '살리기를 좋아하고 죽이기를 미워하는(好生惡殺) 덕의(德義)와 위의(威儀)의 실체이며 그 정신은 박애주의(博愛主義) 이념이었던 작가임을 간과할 수 없다. 그 위에 관직이 높았으므로 충군(忠君)과 애민의 정념이 강렬하여 일찍이 사미인시(思美人詩)를 읊었는가 하면 묘청의 난 때는 원수(元帥)로 대군을 지휘하면서 무인에 못지 않은 호기가(豪氣歌)를 읊기도 하였다. 그러나 항상 정을 못 잊고, 벼슬 놓고 자유의 몸이 되기를 갈망하면서 일생을 살되 청빈낙도의 신념으로 일관하였다.

『삼국사기』를 편찬한 사학가로만 알려졌던 문열공 김부식에 대한 재평가 활동이 근래 학계에서 활발하다. 사학분야에서는 이기백, 신형식, 정구복 교수등이 『삼국사기』의 올바른 이해를 강조하면서 과거 사대주의자로만 혹평했던 견해들을 오히려 자주적인 면모를 강조하게 되었고, 국문학계에서도 작가론적 입장으로 시·문의 대가로서 김부식을 연구하기 시작했다. 이러한 활동은 2001년 1월의 문화인물로 선정하여 기념학술대회를 여기저기에서 열므로서 더욱 활기를 띠고 있거니와 시·문으로 통해 본 문열공 김부식은 사실주의 작가요 그 사상과 정서는 박애주의자요 애민사상가요 특히 고문체인 산문각체를 많이 쓰되 경세제민의 글과 후세에 귀감이 될 수 있는 규범적인 문장을 많이 남겼다는 문학가로도 부각되고 있다.

『삼국사기』는 고대사일 뿐만 아니라 우리 민족 고유한 생활과 정서를 전하는 한국문학사의 원전이기도 한 절대적 가치의 문헌이다. 그리고 그는 우리 민족의 전통적인 생활과 윤리와 문화를 기술하여 유산으로 남긴 하자요 문학인이었다.(#)

제2편 뇌천 김부식의 시·부

賦(부)

(1) 仲尼鳳賦

仲尼乃人倫之傑, 鳳鳥則羽族之王, 句其名之稍異, 舍厥德以相將, 愼行藏於用捨之間, 如知出處, 正禮樂於陵遲之後, 似有文章, 夫子志在春秋, 道屈季孟, 如非仁智之物, 孰肯中和之性, 相彼鳳矣, 有一時瑞世之稱, 此良人何作 百世爲師之聖, 于以其文炳也, 吾道貫之, 揚德毛而出類, 掀禮翼而聘時, 金相玉振之嘉聲, 八音逸響, 河目龜文之偉表, 五彩雄姿, 斯乃祖述憲章, 東西南北, 蹌蹌乎仁義之藪, 翽翽乎詩書之域, 過宋伐樹, 應嫌栖息之危, 在齊聞韶, 若表來儀之德, 則知非形之似, 惟智所宜, 游於藝而不遊於霧, 至於邦而不至於岐, 受饒瓦甌, 乃是不貪之食, 興儒縫掖, 那云何德之衰, 盖進退闇如, 屈舒欸彼, 程公傾盖兮 諒以不似伯鯉趨庭兮 堪云有子, 樂稱堯舜, 歸好生惡殺之時, 無道桓文, 遠毁卵覆巢之里, 於戲巖巖德義, 皓皓威儀, 高尼山之岐 嶷非丹穴之捷遲, 衰周之七十諸侯, 鴟梟竟笑, 闕里之三千子弟, 鳥雀相隨, 小儒靑氈早傳, 鏤管未夢, 少年攻章句之彫篆, 壯齒好典謨而吟諷, 鑽仰遺風 勃勃深期於附鳳.

(1) 공자와 봉황새(仲尼鳳賦)

중니(仲尼)는 인륜의 걸출이요, 봉(鳳)은 날짐승의 왕이니, 이름은 각각 다를망정 지닌 그 덕(德)은 서로 비슷하다. 나타나고 감춤[行藏]을 삼가는 일은 출처를 아는 듯, 모르는 듯 서로 같고, 쇠퇴(衰頹)한 뒤에 예악(禮樂)을 바로잡은 문장은 봉황의 아름다운 문채를 가진 양하다. 공부자는 뜻이 〈춘추(春秋)〉에 있었는데, 도(道)는 노(魯)나라 대부 계손씨(季孫氏)와 맹손씨(孟孫氏)로 굽었다.

어질고 슬기로운 동물이 아니면 누가 그 중화(中和)로운 성품을 닮을 것인가. 저 봉의 모습은 한 시대 세상의 상서(祥瑞)로움이리라.

이 어진이야 말로 어찌 백세의 스승된 성인이 아니랴! 그 봉의 무늬가 찬란함은 우리의 도(道)로 꿰뚫었기 때문이다. 덕(德)의 털을 날리어 동류(同類)에 뛰어나고, 떨치는 예(禮)의 날개로 세상에 나타났네. 금(金)이 쟁쟁, 옥(玉)이 댕그랑하는 아름다운 소리는 팔음(八音)[1]의 뛰어난 메아리요, 반듯하고 긴 눈에 거북 무늬의 위대한 모습은 오색[五彩]을 갖춘 의젓한 자세이다. 그러기에 요순(堯舜)을 계승하여 받들고, 주(周)의 문왕(文王)과 무왕(武王)을 본받아 동서남북으로 천하를 주유(周遊)하며 인의(仁義)의 숲에 너울너울 춤추고, 시서(詩書)의 지역에 화합의 나래치며 울고, 송(宋)나라를 지날 적 나무를 찍어 없앴으니, 아마 깃들이기에 위태로움을 탄식했을 것이다.

제(齊)나라에서 소(韶)인 우순(禹舜)의 악(樂)을 들었음은 소(韶)를 아뢸 적에 와서 노닐던 덕을 나타냄과 같으니, 알리라, 형상이 같음이 아니라 오직 지혜가 서로 합함이였다. 재주에 놀되 안개[霧]엔 놀지 않으며, 제후(諸侯)의 나라에 이르렀으되 기산(岐山)엔 이르지 못하였다. 질그릇에 밥을 받았음은 음식을 탐내지 않았음이요, 꿰맨 옷으로 유도(儒道)를 일으켰으니

---

1) 팔음(八音) ; 종(鍾=金), 경(磬=石), 현(絃=絲), 관(管=竹), 생(笙=匏), 훈(塤=土), 고(鼓=革), 축(祝=木) 등 여덟가지 악기

"덕(德)이 쇠했다고" 어찌 이를 것인가. 대개 진퇴(進退)가 화열(和悅)하고 굽혔다 폈다 하면서 휙 날도다. 정공(程公)에게 수레 덮개를 기울였음은[2] 진실로 제후처럼 거만하지 않았던 까닭이고 이(鯉)가 뜰 앞에서 예를 배우라 들었으니[3] 과연 자식을 두었다 이를 만하다. 요순(堯舜)을 말하기를 즐겼음은 살리기를 좋아하고 죽이는 것을 싫어하는 때로 돌아감이요, 제환공(齊桓公)·진문공(晋文公)을 말씀하지 않았음은 알을 깨고 새둥지를 뒤엎는 마음을 멀리함이로다. 아아, 높고 높은 그 덕의(德義), 깨끗하고 깨끗한 그 위의(威儀)로다. 이산(尼山)의 우뚝함보다 더욱 높건만, 단혈(丹穴)에 머물러 있지 못했네. 쇠한 주(周)나라의 70 제후(諸侯)들은 독수리 부엉이들처럼 마침내 봉을 웃었으되 공자가 살던 마을의 3천 제자들은 뭇새와 참새들처럼 따랐도다.

보잘 것 없는 작은 선비로 저는 푸른 전(氈)을 진작 물려받았으나, 아로 새긴 붓을 아직 꿈꾸지 못하여, 어려서는 장구(章句)의 수식(修飾)을 공부하고, 장년엔 경전을 즐겨 풍영(諷詠)하니, 유풍(遺風)을 못내 찬앙(鑽仰)하여 기어이 봉(鳳)에 붙는 영광을 가지고저 하노라.

> – 공자의 덕의(德儀)와 봉황새의 덕성스러움을 노래한 부(賦)인데 이름은 다르나 그 숭고함이 같다는 것이다. 작자도 이런 위의(威儀)를 배우겠다고 하였다.
> 김부식의 부는 두편이 남아 전한다.

---

2) 정공(程公)에게 …기울였다 ; 정공경개(程公傾蓋)를 말하는 것으로 공자가 담(郯)에 갔을 때 정자(程子)를 만나 수레. 덮개를 기울이고 이야기하여 옛친구처럼 친했다는 고사 (공자가어)
3) 이(鯉)가 뜰에서… ; 공자의 아들 백어(伯魚) 이름은 이(鯉)가 마당을 지날때 공자가 "너 예를 배웠느냐?"하고 물은 일이 있는데 이를 '이추과정'(鯉趨過庭)이라 하여 자식 바른 교육의 표제로 쓰고 있다.

(2) 啞鷄賦

歲崢嶸而向暮, 苦晝短而夜長, 豈無燈以讀書, 病不能以自强, 但展轉以不寐, 百慮縈于寸腸, 想鷄塒之在邇, 早晩鼓翼以一鳴, 擁寢衣而幽坐, 見㸦隙之微明, 遽出戶以迎望, 惚昂澹其西傾, 呼童子而令起, 乃問鷄之死生, 旣不羞於俎豆, 恐見害於貍猩, 何低頭而瞑目, 竟緘口而無聲, 國風思其君子, 嘆風雨而不已, 今可鳴而反嘿, 豈不違其天理, 與夫狗知盜而不吠, 猫見鼠而不追, 校不才之一揆, 雖屠之而亦宜, 惟聖人之敎誡, 以不殺而爲仁, 倘有心而知感, 可悔過而自新.

(2) 벙어리 닭(啞鷄賦)

어느덧 해가 저물어 낮이 짧고 밤이 길어 괴로워라,

등 없이 글 읽지 못하랴마는 병드니 억지로 할 수 없어, 밤새껏 뒤척이며 잠못 이루어, 온갖 걱정이 창자 속에 감돈다.

닭의 홰가 근처에 놓여 있으니, 조금만 있으면 날개쳐 한바탕 올리라 생각하며, 잠옷 그대로 가만히 일어나 앉아 창틈으로 바깥 새벽 빛을 내다보다가, 얼결결에 문열고 밖에 나가 바라보니, 별들이 가물가물 서쪽으로 기울어져 있다.

아이놈을 불러일으켜서 닭이 죽었느냐 살았느냐 물어보았다. "잡아서 제사상에 놓지 않았고, 살쾡이에게 물려간 것 본적 없는데, 왜 머리를 숙이고 눈을 감고 입을 다물고 소리 없는가." 옛 시경에는 네 울음에 군자(君子)를 생각해, 비바람에도 그치지 않음을 감탄 했는데, 이제 울어야 할 때에 울지 않으니, 이 어찌 천리(天理)를 어김이 아니겠는가.

개가 도적을 알고도 안 짖으며 고양이가 쥐를 보고도 쫓지 않는 것 같이, 제 구실 못하기는 매일반이니 잡아버려도 마땅하다마는, 다만 옛 성인의 가르치심에 "죽이지 않는 것이 어질다." 하였으니, 네가 생각해서 고마움을 알거들랑, 부디 회개하여 새로워져라.

― 당시 관직에 있는 사람들이 아첨만 하고 바른 소리 한마디 못하는가 하면 국록을 받으면서 제 구실 못하는 폐단을 나무라는 부이다. 언로를 열어 놓아도 벙어리처럼 침묵하는 답답함을 노래한 시 뻐꾹새(布穀歌)도 있다.

詩(시)

五言古詩

(1) 結綺宮 　　　　　'비단궁궐 엮누나'

堯階三尺卑	요임금 뜰 섬돌은 낮아서 석자지만
千載餘其德	천년토록 그 덕이 남아 전하고
秦城萬里長	진시황 장성은 만리나 되건만
二世失其國	두 대만에 나라는 망해버렸다
古今靑史中	예와 지금 본보기 청사 속에서
可以爲觀式	옳거니 그 이치를 봄 직 하건만
隋皇何不思	수양제는 그 어찌 생각 못하고
土木竭人力	운하파고 궁궐꾸며 백성 힘 말렸는가

> ─ 이는 고구려를 침략한 수양제가 못마땅하여 읊은 시이기도 하지만 고금의 군주들에게 교훈을 주는 이른바 임금을 다스리고 백성을 걱정하는[致君憂民]의 시인데 그 간절한 정념이 결귀(結句)에 담겨 있다. 표현의 기교에 있어서 중국 고대의 사실을 이끌어 대조기법(對照技法)으로 삼척비(三尺卑)와 천재덕(千載德)을 대조시키고 만리장(萬里長)과 이세실(二世失)을 대조 함으로써 길다는 사념은 단이장(短而長)으로 하고 짧다는 사념은 장이단(長而短)으로 대립시켜 읊었다.

五言律詩

(2) 甘露寺次惠遠韻 '감로사에서 혜원에게 차운함'

俗客不到處	세속사람 이르지 못하는 곳인데
登臨意思清	올라보니 마음이 맑아지누나
山形秋更好	산 모양은 가을되니 더욱 더 좋고
江色夜猶長	강 빛은 밤이되어 오히려 길어라
岸遠疑燃皓	강언덕 멀어서 산대추 잎인양 희고
樓高散吹凉	다락이 높아서 바람불어 서늘하다
半天明月好	반공에 뜬 밝은 달 좋을시고
幽室照輝光	가람 깊은 방을 훤히 밝히네

- 세속을 떠나 감로사에서 바라 본 자연풍경은 산과 강 강언덕 높은 다락이 입체적으로 조화되는데 달팽이 뿔만한 좁은 세상과 공명길은 허황된 진세의 허사임을 번민하고 있다. 자연의 밝은 빛과 인세의 어두운 욕망이 서로 조화되지 못한 채 불상용의 극을 이루고 있는 대조적(Contrast)의 수법이다. (※보한집에는 "白鳥高飛盡 孤帆獨去輕 自慙蝸角上 半世覓功名"이라 했다.

七言律詩

(3) 燈夕　　　　　　　'정월대보름밤'

城闕深嚴更漏長	성안 궁궐 깊고 엄해 물시계 더디 가고
燈山火樹粲交光	등불산 불단나무 어울려져 휘황쿠나
綺羅縹緲春風細	춤추는 비단치마 봄바람에 팔랑팔랑
金碧鮮明曉月凉	새벽달은 금빛처럼 서늘하게 비추인다
華蓋正高天北極	옥좌는 높은 곳에 휘장덮어 으리하고
玉爐相對殿中央	궁중화로는 대궐 중앙에 마주 놓였네
君王恭默疏聲色	임금님 근엄하셔 성색을 삼가시니
弟子休誇百寶粧	무대위 교방제자 화장복식 자랑마라

- 넌지시 궁중이 깊고 엄한 곳임을 암시하고 임금이 성색을 멀리하는 일이 성군의 도리라는 것과, 그러므로 높고 근엄해야 함을 권유하고 있다. 문장 평론가 지봉(芝峰) 이수광(李睟光)은 고요함을 노래할 경우는 동중정(動中靜)법을 쓰게 되고, 아득히 먼 모습은 근원법(近遠法)을 쓰게 된다고 하였는데 이 시에서는 궁중의 엄숙함과 등불 놀이, 임금의 높은 옥좌와 관극의 무대, 근엄할 임금과 이원제자의 여기(女妓)등은 대조되는 존재들로 대우되고 있다. 대보름에 관등루 앞에 등을 산 모양으로 달아 만든 등산(燈山)이나 나뭇가지에 등불을 매단 화수(花樹)가 휘황한 무대에서 교방악이 연주되고, 여기들이 춤추던 모습과 궁궐속 규범은 너무 엄숙하다.

(4) 題良梓驛　　　　　'양재역에 붙여서'

萬里江南人未歸	만리 강남 가신 임 안 돌아오고
此中愁緒足堪悲	이중에 수심이야 오죽하리오
門前枯草秋霜後	문밖에는 낙엽지고 서리 왔는데
窓外寒山夕照時	창밖에선 가을 산에 석양 비추네
貧吏畏人如虺蜴	가난한 아전은 뱀처럼 사람 피하고
虛堂無主有狐狸	빈 집엔 주인 없고 여우 이리 뿐
褒城古事無人問	포성의 옛 일 일랑 묻는 이 없고
唯有漁樵動所思	어부와 나무꾼만 내 생각 흔드네

(포성은 중국 제나라 때 지명. 포사(褒姒)의 출생지)

> － 양재역은 지금 강남의 양재인데 그때는 황성의 옛터처럼 쓸쓸했던 모양이었고, 가난한 지방관리가 살무사나 도마뱀처럼 사람(작자) 두려워 피하는 모습은 사회의 부조리가 그때도 심했던 듯하다. 작자의 답답한 심사가 문전고초(門前枯草)와 한산석조(寒山夕照)의 근원법(近遠法)으로 묘사되고 있다.

(5) 玄和寺奉和御製　　　'현화사에서 어제시에 화답하다'

襄城前馬忽超然	양성의 전위마가 갑자기 높이 올라
行遇孤雲一握天	가는 구름 속에서 하늘을 휘어 잡듯
警蹕聲高盈遠壑	임금 행차 소리가 먼 골까지 꽉 차 있네
羽林兵梢裂寒煙	근위병의 창 끝은 찬 연기에 번득인다
奇花墮艷繽經座	기화 요초 펄럭이며 경연 앞에 떨어지고
甘露浮香上壽筵	감로의 향기는 수연에 떠오르네
酬奉文章爭落筆	어제시에 화답코자 다투어 붓 놀리는
侍臣才氣似唐賢	신하들의 재주 기품 당나라 현인 같네

- 황해도 영취산(靈鷲山)에 있는 현화사에서 임금을 모신 경연
(經筵)자리에 어제시에 맞추어 시를 짓는 광경이다.

(6) 宋明州湖心寺次毛守韻 '송나라 명주의 호심사 모수의 운을 맞춰서'

江山重複望難窮 강산이 겹쳐지니 그 끝을 모를레라
更構層樓在半空 다시지은 충루는 반공에 솟았구나
簷外蒼蒼河漢逼 처마 끝에 푸릇푸릇 은하수 다가오고
階前浩浩海潮通 뜰 앞에선 넓고 넓은 바닷물이 출렁이네

片帆孤鳥千家外 올망졸망 인가 밖에 일엽편주 외로운 새
疏雨斜陽一氣中 망망한 대기 속에 성긴 비에 지는 햇빛
想與衆心同所樂 뭇 사람과 함께 즐길 성인 말씀 생각더니
騷人誰諷大王風 대왕 바람 일으켜서 임께 풍간 그 언제리

- 이 시는 문열공이 송나라 사신갔다 명주의 호심사에 들려 모수(毛守)에게 화답하는 작품인데 굴원(屈原)등의 이소(離騷) 시인들과 같은 우리 선비들이 고려의 인종이 절륜의 대왕되기를 풍유하는 시를 짓기를 바란다는 시상이다.

(7) 自宋回次和書狀秘書海中望山 '송나라에서 돌아오는 길에 서장 비서의 "바다 가운데서 산을 바라보는 시"에 화답하다'

千載歸來却咲丁　천년 만에 돌아 왔던 정영위(丁令威)가 우습구나

雲帆數日出冥冥　바람타고 수일이면 배가 멀리 바다 속에 나오는데

早知海若觀難測　해신도 일찍이 바다 기후 예측 못해

方恨天門夢易醒　잠못들어 궁궐 꿈을 쉬 깸을 한하누나

月注波濤銀瀉白　물결에 달이 비쳐 파도는 은가루요

雲橫島嶼黛凝靑　섬마다 구름 비켜 푸른 눈썹 그린 듯

君平昨夜占星象　군평이 어젯 밤에 별보고 점 쳤으면

應怪河間有客星　은하 속에 객성이 침범함을 알았으리

－ 송나라로 오가는 서해의 풍경들이 활화처럼 묘사되고, 예측 불허의 서해의 일기와 바다 물결은 아슬 아슬하다. 해신인 해약(海若)과 점쟁이로 유명한 촉(蜀)나라 엄군평(嚴君平)을 이끌어 서해의 변화무쌍한 경관과 기후, 풍랑 등을 활화처럼 읊었다.

(8) 和 副使梅岑有感　　'부사가 매잠에서 느낀 일에 화답하다'

中華地盡水茫茫	중국 땅 끝난 곳에 바닷물이 넓고 큰데
百尺張帆指故鄕	백척 돛을 펼쳐 달고 고향으로 가고 있네
天闊波濤浮日月	하늘은 넓어서 파도는 해와 달을 띄어 놓고
雨餘雲霧襯巒岡	비온 뒤라 구름 안개 산등에 피어나네
黃昏沸沫驚心白	황혼에 물거품 출렁거려 가슴 놀래고
朱夏濃陰着面凉	한 여름 짙은 안개에 얼굴이 서늘해라
雖喜王庭行復命	임금께 돌어가서 복명 할 일 기쁘나
猶思帝所樂洋洋	송나라서 겪은 일은 아직도 즐겁구나

- 송나라 사신 갔다 돌아오면서 서해바다를 배로 건느며 한나라 때 매선(梅仙)이 숨어 살던 매잠(梅岑) 섬을 보고 지은 시

(9) 西都九悌宮朝退休于永明寺 '서도 구제궁에서 조회하고 영명사에서 쉬다'

朝退離宮得勝游	이궁 조회 물러나와 좋은 경치 구경하니
無窮物象赴雙眸	온갖 형상이 두 눈 앞에 몰려든다
雲邊列岫重重出	구름가에 줄진 산들 겹겹이 머리 들고
城下寒江漫漫流	성밑에 시원한 강 출렁이며 흘러가네
柳暗誰家沽酒店	버드나무 으슥한 곳 술 파는 뉘 집인가
月明何處釣魚舟	달 밝은데 낚시배는 어느곳에 떠 있는가
牧之曾願爲閑客	옛날의 두목 시인 한가하길 원했었지
今我猶嫌不自由	지금의 이 내 몸은 부자유를 꺼린다네

- 서경의 대동강변 모든 정경은 활활 터져 있고, 술집과 낚시배가 간절히 생각나지만 벼슬에 얽매여 부자유함을 구름과 강을 원근법으로 술집과 낚시배는 근원법으로 대조하여 자유를 갈망했다. 당나라 자유시인 두목지까지 이끌어 그의 청루생활이 오히려 부러운 듯 지금의 벼슬 굴레에서 벗어나고 싶다는 것이다.

(10) 征西軍幕有感　　　'서정 때 군막에서 느낌 있어'

山西留滯思愔愔	관서 땅에 머므르니 마음은 답답한데
不覺東風散老陰	어느덧 봄바람은 꽃 흩고 녹음 짙네
倦客拂衣江岸靜	지친 나그네 옷 털며 강가에서 말이 없고
行人催渡野洲深	행인은 바쁜 걸음으로 벌판 속을 걷는다.
鶯溪里巷三更夢	꾀꼬리 우는 골짝에서 새벽 꿈은 고향인데
鳳闕樓臺一片心	한 조각 붉은 마음은 궁궐의 누대에 있어라
峴首風流吾敢望	현산의 타루비(墮淚碑)야 내 감히 바라랴만
閑吟時復遣幽襟	이따금 시를 읊어 맺힌 가슴 푸노라

– 작자가 원수(元帥)로서 선비가 군문(軍門)을 진수하는 광경인데 대조기법을 써 가면서 특히 진(晉)나라 양호(羊祜)의 진수(鎭守) 고사가 인상적이다. 전쟁터에 있으면서 꾀꼬리 우는 골짜기의 삼경몽은 군인 장수의 기질이 아니다.

(11) 軍幕偶吟　　　　'군막에서 읊다'

誰道朝廷好用兵	조정에서 군사 쓰기 좋아 한다 누가 말하뇨
只因臣妾變豺狼	신하가 승냥이로 변한 때문 아닌가
心緣思慮恒氷蘖	온갖 생각에 마음은 늘 빙벽처럼 차고 쓰고
髮爲憂煎盡雪霜	시름에 가슴 끓어 머리털은 흰 서리발

曉枕聞鷄忙似祖	새벽자리 첫 닭 울어 조적(祖逖)처럼 바쁘고
午窓捫蝨瀨於康	대낮 창가서 이 잡으니 혜강(嵇康)보다 게으르다
君王英斷超唐憲	임금님의 영단은 당헌종보다 뛰어 나시니
遮莫時人謗樂羊	그까짓 시속배들의 악양자(樂洋子) 비방 쯤이야

- 문인으로서 수자리에서 군막생활하는 고충을 그려낸 시이다. 새벽의 부산함과 한낮에 이 잡는 모습이 대조적이다.

(12) 觀瀾寺樓　　　'관란사루에서'

六月人間暑氣融	유월의 속세에는 더위가 한창인데
江樓終日足淸風	강가 절 누각엔 맑은 바람 불어오네
山容水色無今古	산모양 물빛은 예나 지금 다름 없고
俗態人情有異同	세태와 인정은 세월따라 달라졌네
舴艋獨行明鏡裏	거룻배 혼자서 거울 같은 물에 가고
鷺鷥雙去畵圖中	해오라비 짝을 지어 그림 같이 걷는구나
堪嗟世事如銜勒	아아! 못참을건 재갈물린 세상사
不放衰遲一禿翁	대머리 늙은 나를 놓아주지 않누나

> - 속세와 선계를 변화와 불변으로 대조하면서 그림 같은 자연
> 속에 명경지수의 인생을 희구하고 있는 시이다. 그러나 세속에
> 얽매인 자신이 한없이 안타깝다는 것이다. 인간의 욕망은 끝없
> 고, 자연의 미관은 불변하는 속에서 주저하지 않을 수 없는 존재
> 가 인간이라는 관조이다. 그러한 시상을 유·무법의 대조기교로
> 표현하고 있다.

(13) 兜率院樓 　　　　　'도솔원루에 올라서'

未俗區區不自閑　　　　세속이 구구하여 한가롭지 못한데
仲宣樓上獨開顏　　　　중선루에 올라서 혼자 얼굴 펴보네
路隨地勢相高下　　　　길은 지세따라 높았다 낮았다
人向宮橋自往還　　　　사람은 궁궐다리를 스스로 오가네

雨後春容粧樹木　　　　비온 뒤에 봄 경치는 나무들을 단장하고
朝來爽氣襲江山　　　　아침 날씨 맑은 기운 강산을 휩싸네
野田農叟不須避　　　　들밭의 늙은 농부 피하지 마오
我欲和光混世間　　　　이 나도 속세 묻혀 세간에서 살려네

– 자연과 인간을 대조시켜 결국 세속에 함께 살리라는 의지가 역력하다. 자기의 지덕과 재기를 버리고 화광동진(和光同塵) 하여 세간에 살려는 문열공 김부식의 의지는 실제의 생활에서도 엿볼 수 있으니 그의 동교별업(東郊別業)이란 시에도 나타나 있다.

---

(14) 謝崔樞密灌宴集　　'추밀 최관 잔치에 다녀와서 사례하다'

爲嘉東道主人情	동도 주인의 인정에 경하하며 고마우니
文馬翩翩翠盖傾	무늬 말은 여기 저기, 푸른 가마 몰렸어라
禮重賓儀瞻秩秩	예의가 엄중하니 손의 거동 질서있고
義深朋舊賦嚶嚶	정의가 깊어서 벗들 노래 주고 받네
酒尊屢倒春添暖	술통 연신 기울여서 봄은 더욱 따스하고
舞袖初廻雪比輕	춤추는 기생 소매 눈보다도 가벼웠네
獨感留髡意尤重	대머리 나를 유곤 하는 뜻이 더욱 정중 했고
從容談咲到三更	삼경이 넘도록에 담소는 종용했다

> － 동도 주인이란 손이 주인을 일러서 하는 말이요(鄭나라와 秦
> 나라고사) 유곤(留髡)은 순우곤(淳于髡)이 제왕(齊王)에게 한 말
> 로서 여인을 시켜 손을 주무시게 하던 고사이다. 고려시대 상류
> 사회의 잔치와 교제의 풍습이 엿보인다.

(15) 葺新堂後有感   '새 집을 짓고 나서'

掃開塵垢作虛堂	먼지 때를 쓸어 내고 별당 집을 지으니
已覺栖遲興味長	벌써, 늦게나마 깃에 드는 흥미가 진진하구나
蕭酒軒窓貧亦好	산듯한 창과 난간이 가난에 또한 좋고
蹉跎書史老難忘	쓸모 잃은 서적들은 늙어서도 못잊겠네

花含細雨春陰薄	꽃은 가랑비를 머금고 봄 그늘에 희미하고
山帶疎煙曉氣凉	산은 성긴 안개 띠고 새벽 기운 서늘하다
老去酒觴怯涓滴	늙어가니 술마시기 한 방울도 겁나지만
客來時復更携觴	손님 오면 이따금 다시 술잔 든다네

- 여기 신당(新堂)은 허당(虛堂)이라 했으니 별당인 듯, 서재로 쓰는 이 집에 말년을 몸담는 것 같다. 대조 기법이 아주 무르익어서 화함세우(花含細雨)와 산대소연(山帶疎煙)의 근원법(近遠法)이 인생 황혼을 느끼게 한다.

(16) 對菊有感   '국화를 대하고 보니'

季秋之月百草死   늦 가을 철 온갖 풀은 모두다 죽었는데
庭前甘菊凌霜開   마당 앞 감국화가 서리 밀고 피어났네
無奈風霜漸飄薄   풍상에 마지 못해 점점 져서 엷어가도
多情蜂蝶猶徘徊   다정한 벌 나비는 오히려 감도누나

杜牧登臨翠微上   두목지는 술병들고 취미정에 올랐단다
陶潛悵望白衣來   도잠은 창망히 흰옷 사자 기다렸지
我思古人空三嘆   옛 사람 생각하며 세 번 탄식 하는 사이
明月忽照黃金罍   밝은 달은 느닷없이 황금 술잔 비추누나

- 감국(甘菊)은 국화의 일종으로 달아서 차국(茶菊)으로 쓰는데 문열공은 무엇보다 오상고절(傲霜孤節)의 국화와 자기를 비유하여 읊었다. 여기 삼탄(三嘆)이란 두목지와 도잠의 고사에다가 자기까지 넣어서 세 번 헛 탄식을 했다는 것이다. 신체적 노쇠와 인격적 다정이 인상적이다. '풍상에 마지 못해 점점 져서 엷어져 가도, 다정한 벌 나비는 오히려 감돈다' 에서 문열공의 신체적 쇠약과 인격적 향기를 느낄 수 가 있다.

(17) 裕陵挽詞 - 睿宗 -　　　　　'유릉만사' - 예종 -

昨日林亭玉輦遊	바로 어제 임금께서 숲 정자에 노니실 때
百官咫尺望珠旒	백관들은 부럽게 면루관을 보았더니
誰知堅入膏盲夢	누가 알았으리 더벅머리 고황 속에 들어간 꿈으로
便使民纏遏密憂	만백성 음악 끊고 근심에 잠길줄을

龍馭渺茫仙路秘	용의 수레 아득히 가신길이 어디멘고
魚燈明滅壽宮幽	어등은 가물가물 능묘는 고요쿠나
素輿空返城西路	혼백 수레 성서 길을 비어서 돌아오니
目斷雲山血淚流	구름가린 산을 보며 피눈물 흐르네

- 전하는 시 작품 중에는 만가체의 시가 4편이나 있는데 우리나라 애도의 시가 혹은 만가체 시가의 시작이 아닐까 생각된다.
만가에는 왕공과 귀인을 보내는 해로가(薤露歌)와 사대부와 서민을 보내는 호리곡(蒿里曲)이 있다 했는데 문열공의 만가시는 각 두수씩 전하고 있으니 이 시는 예종의 인산 장면이지만 누구나 죽으면 부귀영화가 남가일몽 이었음을 절감하게 한다. 여기서 더벅머리 고황에 든 꿈이란 진(晋)나라 경공(景公)이 병들었을 때 진(秦)나라 의원이 오기전에 두 더벅머리 아이가 와서 고황속으로 들어가는 꿈을 꾸고는 의원이 왔어도 도리 없이 죽었다는 고사다. 일반 사람은 혼백을 싣고 돌아오는데 소려(小興)를 쓴다.

(18) 敬和王后挽詞 - 睿宗   - '경화왕후 만사' - 예종 -

翩翩丹旒立宮墻	펄럭이며 붉은 명정 궁궐 담에 세웠으니
臣妾哀號淚滿裳	신첩들이 호곡하며 눈물에 치마젖네
大姒嗣音家道正	주문왕의 태사처럼 덕으로 가도 서고
莊姜無子國人傷	장강비도 아들 없어 나라가 근심했네
龍輀啓路雲煙慘	용의 상여 가는 길에 구름 연기 참담하고
馬鬣因山樹木蒼	말갈기 인산 봉분 수목들도 처량해라
惆悵仙蹤何處問	슬프다! 신선된 종적을 어디가서 물어 볼꼬
黃泉碧落兩茫茫	황천에도 상천에도 모두 망망하여라

> - 이는 예종의 비의 만사이다. 경화왕후의 높은 부덕은 주문왕
> 의 태사비와 견주고, 그러나 소생없이 죽은 안타까움을 춘추때
> 위장공의 비 장강이 아들 없던 일을 상기시키며 애도하고 있다.
> 경화왕후는 주(周)나라 문왕(文王)의 비인 태사의 덕과 같이 덕
> 행이 높았지만 위(衛)나라 장공(莊公)의 비처럼 아들이 없었다.

(19) 哭金參政純　　　'참정 김순을 곡하노라'

獨將功業到巖廊	오로지 노력으로 재상까지 이르렀다
壯氣憑凌莫敢當	장한 기운 늠름하여 감당할 이 없었네
東戰先登探虎穴	동녘 싸움 선봉서서 범의 굴을 더듬었고
西征半夜出羊腸	서쪽 평정 밤중 길에 양장 험로 나갔었네
君王訪事常前席	임금께서 일 시킬땐 늘 앞자리 앉았었고
賓客追懽每後堂	손님으로 즐기실땐 마냥 뒷 자리였었지
長說乞身縱煙棹	벼슬 놓고 강호에서 배타고 놀잔 다짐
可憐此計落空亡	가련하다 그 계획 헛되고 말았구나!

─ 해로가(薤露歌)는 부추잎에 묻은 이슬같은 왕공과 귀인의 죽음이요, 호리곡(蒿里曲)은 쑥 동네로 가게되는 관료나 서민의 죽음인데 문열공은 그 허무함을 구분해서 해로가 쪽에서는 허무함을 읊었고, 호리곡에서는 애석함을 주제로 했었다. 김순(金純)은 고려 무신이며 대장군인데 인명사전에는 김부식 보다 뒤에 죽은 (1197) 것으로 되어 있다.

(20) 哭權學士適　　　　　'학사 권적을 곡함'

書劍當年入汴京	글과 검으로 그때 중국 변경에 갔었지
玉皇親賜好科名	황제가 친히 영광된 급제를 주었었네
揮毫敏捷渾無類	붓 놀림 빠르기를 그 누가 따르리
對酒2字缺別有情	술상 맞으면 따로 정이 넘쳤네
忽忽浮生驚大夢	홀홀이 떠나가니 뜬 인생 크던 꿈 놀라
飄飄逸氣返元精	표연히 높은 기개 자연으로 돌아갔네
斷絃難得鸞膠續	끊어진 거믄고줄 아교로도 못이으리
含淚悲吟老友生	눈물 흘려 슬픔 읊어 늙은 벗은 곡하네

- 권적(權適)은 고려 때 학자(1094-1146)요, 벼슬은 국자좨주 한림학사였다. 만가는 대개 생전의 칭찬과 일장춘몽의 허무한 인생과 하늘의 정기인 원정(元精)으로 돌아가는 것이 인생의 정한 길이라는 것이요, 그러나 슬픔은 크다는 것이다. 학사 권적은 왕년에 중국 고대의 서울인 변경(汴京)에 가서 과거에 합격한 수재인 학자이다. 그러나 그 크던 꿈도 허무하게 거문고 줄 끊어지듯 죽어 이별했다는 것이다. 아내를 다시 맞을 때를 단현(斷絃)의 반대인 속현(續絃)이라 한다.

七言排律

(21) 和羅倅李先生寄金郎中緣 '나주군수 이선생이 김낭중 연에게 보낸 시에 화답하다'

今日朝廷寂異聞	요사이 조정에는 별 소문 없던 터에
李公聲價獨超倫	이공의 성가가 혼자서 뛰어나네
倦遊平昔諳時態	벼슬 놓고 세상 돌며 세속인정 깨달았고
力學多年識道眞	여러해 학문 닦아 참된 도를 알았다네

皎皎胸襟蟠古劒	희고 맑은 가슴 속엔 고검이 서렸는 듯
凌凌風節拔霜筠	늠름한 풍도 절개 서릿대 빼어 난 듯
雲間羽翮橫千丈	구름 사이 나는 날개 빗겨 솟아 천길이요
天上官班接七人	조정의 벼슬 자리 관원 칠인에 섞기었네

未報國恩期粉骨	나라 은혜 못 갚아 뼈를 갈까 기약커늘
敢將私計避嬰鱗	내몸하나 편안차고 임금비위 맞추리까
嚴如夏日摧姦議	엄하기가 여름해로 간신의론 꺾었고
輕却秋毫許國身	가볍기는 추호처럼 나라에 몸바쳤네

巨室縮藏空睥睨	권문 거실 겁에 질려 괜히 눈만 흘길뿐
懦夫感激立忠純	연약 서민 감격하여 충절을 세우려네
一言已破邦家弊	나라의 잘못된일 한마디로 부셨으니
大用方宜社稷珍	크게 쓰일 그 인물은 사직의 보배로다.

誰謂便辭靑瑣闥	대궐 속에 입시 때만 누가 그를 말하나
飜然出牧綿城民	몸을 뒤쳐 목민관팬 번화민을 만들었네
無功在位寧爲退	공 없으면 벼슬자리 차라리 물러나고
不義多財豈似貧	의 아니면 많은 재물 가난만 못하였네

襦袴疲氓誠小幸	적삼 잠방이 피곤한 백성에겐 참으로 요행
毫餘事與誰陣牋	상소문 쓸 일 말고 누구에게 가슴열까
宸心委任維無外	임금 심정 벗어나면 다른 일 맡지 않아
文石何人蹈後塵	문신상 돌조각에 누가 먼지 묻혔나

- 당시 나주 졸(倅: 군수)이던 낭중 김연(金緣)이 강직하고 충성스러워 칭찬이 자자했으나 시기받는 인물이 되어 문열공이 안타까워 했다. 고사가 많이 인용 되었으나 흔적이 거이 없고 금성민(錦城民)과 유고가(襦袴歌) 고사가 인상적이다. 대조 기법이 독자의 마음을 움직이는 작품이다.

五言絕句

(22) 大興寺聞子規   '대흥사에서 소쩍새 우는 소리 듣고'

俗客夢已斷	세속 손님 꿈 이미 끊어졌는데
子規啼尙咽	소쩍새는 오히려 목메어 우네
世無公冶長	세상에는 새소리 잘아는 공야장이 없으니
誰知心所結	뉘가 알리오 마음속에 맺혀있는 그 사연을

> – 소쩍새를 빌려서 마음에 맺혀있는 사연을 읊은 것이라 하겠는데 벼슬 높고 행복했다고 여겨지는 작자 김부식에게 말 못할 번뇌가 있었는 듯 더구나 공자의 제자로 새소리 잘 알아 듣는 공야장을 이끌어 온 것을 보니 경륜이 높은 사람이어야 그 심정 알아줄 사연이 있었는 듯하다.

(23) 東宮春帖子   '동궁의 봄 시첩에다 씀'

曙色明樓角	새벽 빛은 누각 모서리에 밝아지고
春風着柳梢	봄바람은 불어서 버들가지 끝을 흔드네
鷄人初報曉	첫 닭은 울어서 사람에게 새벽을 알리니
已向寢門朝	동궁 침전 문앞엔 벌써 사람 오가네

> – 늦잠 자기 쉬운 동궁에게 누각에 비친 새벽 빛, 버들가지 끝을 흔드는 봄바람은 시각적인 섬세함을 보이면서 아침 일찍 일어나 보라는 유혹이 담겨져 있다. 정중동(靜中動) 수법을 써서 고요한 밤이 새고, 활화적인 아침 궁궐 안 모습이 엿보이게 읊고 있다.

七言絶句

(24) 內殿春帖子　'내전의 봄 시첩에 쓰다'

雪垠猶在三雲陛　눈 흔적 아직도 궁중 구름다리에 남아있고
日脚初昇五鳳樓　햇살은 궁궐 오봉루에 올랐어라
寶曆授時周太史　때를 알리는 보력서는 주나라 태사때 제도요
玉巵稱壽漢諸侯　임금님 만수를 비는 술잔은 한나라 제후들 의식이네

- 궁중에 비치하는 시첩에 써 넣은 시로서 궁궐풍경을 묘사하면서 궁중 법도를 전하고 있다.

(25) 宋明州湖心寺次書狀官韻　'송나라 명주 호심사에서 서장관의 운을 받아'

郡城南畔水無窮　고을 성남 기슭에 물은 끝 없고
曲徑浮橋關復通　굽은 길 부교가 막혔다간 뚫리네
安得此身謝拘檢　이 몸이 어찌하면 구속을 벗어나서
扁舟容颺一江風　일엽편주로 강바람 타고 훨훨 날꼬

- 끝없는 물과 터졌다 막히는 길이 대조되는 속에서 매인 몸 풀려서 강바람에 날아 오르고 싶은 작가의 심정이다. 송나라 명주 호심사에서 작자는 깊은 인상을 받고 있으며 두편의 시를 쓰고 있다.

(26) 安和寺致齋　　　　'안화사에서 재를 올리며'

窮秋影密庭前樹	가을 깊어 뜰 앞 나무 그림자 져 어득하고
靜夜聲高石上泉	밤은 고요해 돌 위에서 샘소리 높아라
睡起凄然如有雨	자다가 일어나니 비온듯 싸늘하고
憶曾蘆葦宿漁船	예전에 갈대 밭 속 고깃배서 묵던 생각

- 안화사는 개성에 있던 절인데 빽빽하게 우거지고 밤이 고요한 그리고 쓸쓸한 절이었던 모양, 메마른 늦 가을 풍경은 울창한 숲으로, 정막한 밤은 오히려 요란한 물 소리로 표현한 것은 무(無)에서 유(有)로, 정(靜)에서 동(動)으로 대조시켜 삭막함 속에 재 올리는 생동적 감흥을 일으켰다.

(27) 酒醒有感　　　　'술 깨어 생각하니'

天淨雲飛暑向殘	하늘 맑고 구름 날으니 더위도 한물가고
淸風落日小欄干	작은 난간에 바람 맑고 석양 비추네
老來生計皆知足	늘그막의 생계가 이만하면 될 것이니
方信劉伶席幕寬	주선 유령이 좁은 자리 넓다함을 이제 알겠다.

- 진(晋)나라 죽림칠현(竹林七賢)의 한 사람이던 유령(劉伶)은 술도 좋아했지만 또한 욕심 내지 않아 지족(知足)했는데 그 경지를 믿을만 하다는 인생관이며 원근법(遠近法)을 써서 자연과 인간의 상관관계에서 인간 본연을 찾고 있는 시.

(28) 聞敎坊妓唱布穀歌有感　'교방기생의 뻐꾹새 노래 부르는 소리 듣고'
　　　(睿王喜聽此曲)　　　　－ 예왕은 이 노래를 즐겨 들었다 －

佳人猶唱舊歌詞　　　　　교방기생 아직도 옛 가사 부르지만
布穀飛來櫺樹稀　　　　　뻐꾸기 와서 울 뜰나무가 드므네
還似霓裳羽衣曲　　　　　마치 당현종의 예상우의곡에
開元遺老淚霑衣　　　　　개원의 늙은 공신 눈물에 옷 적시듯

　－ 임금(예종)이 포곡가 즉 뻐꾸기 노래(혹은 벌조곡)를 들으려해
도 날아가 버려서 못듣는데, 이는 당시 정사의 득실을 듣고자 언
로를 열어도 신하가 두려워 말 못함을 풍자하여 지은 노래라고
고려사 악지에 전하고 있거니와 이 시는 아무리 옛 포곡가 가사
를 불러 보아야 뻐꾸기는 와서 울 곳이 없듯이 언로를 열어도 바
른말하는 신하는 없고, 옛 개국공신은 눈물만 흘린다는 풍자시
이다. 문열공의 부 '벙어리 닭'[啞鷄賦]도 이와 같은 맥락의 시
상이다. 고사 인용이 있으되 흔적 없이 시와 융해되고 있다.

(29) 熏脩院雜詠　　　　'훈수원에서 읊다'

院靜僧閑夜向分	원은 고요하고 중은 한가한데 밤은 자정 지나네
殘燈孤枕臥幽軒	새벽 등불에 외로운 벼개 베고 마루에 누었어라
自嗟精習何時盡	스스로 슬퍼함은 인생의 정 그 언제 다할건가
夢把花枝對酒尊	꿈 속에서 꽃 잡고 술통과 마주 앉네
農家生計看來慣	농가의 어려운 삶, 늘 보아 잘 아는 터
市道交遊日漸疎	이해상관 시도교로 사람들은 멀어지네
應被輪人堂下笑	장인은 으레히 마루 밑서 웃으리라
白頭勤苦未損書	백두 노인 고생하며 책 아직 못 버린다고

> - 음식지교(飮食之交)는 불월(不月)이요, 명리지교(名利之交)는 불년(不年)이라 한 말처럼 시도지교(市道之交)도 시장 상인마냥 이해로만 사귀는 세상에서 민생 문제로 고민하나 오히려 윤인(輪人)인 기술자는 비웃을 것이라 했다. 제(齊)나라 환공이 당상에서 글을 읽을 때 마루 밑에서 수레바퀴 만드는 장인[輪人]이 '옛사람이 버린 찌꺼기를 읽는다'고 비웃었다는 것이다.

(30) 西湖和金史館黃符 '서호에서 김사관 황부에 화답하다'

老大無心泛五湖	늙으막에 범려(范蠡)처럼 오호로 떠갈 마음 없었고
不開書卷卽堤壺	서책은 열지 않고 술 단지만 기울이네
有時扶病來蕭寺	때로는 병든 몸 부축하며 양무제의 소사에 오니
一蔟江山似畵圖	강산은 한폭의 그림이어라

- 월(越)나라의 범소백(范小伯)의 고사와 양무제의 소사(蕭寺)를 이끌어 시어로 썼으나 별다른 뜻은 없어 보인다.
다만 늘그막의 인생 번뇌가 한폭의 산수화로 승화되고 있다.

(31) 東郊別業   '동구밖 별업'

水穀微黃風浩蕩	물 곡식 누릇누릇 바람결에 호탕하고
園蔬膩碧雨淋浪	밭 채소 살쪄 푸릇 비맞아 물결친다
有時閑步田邊踞	이따금 걸으면서 밭가에 쭈그리고
逢着漁樵笑語長	어부 농부 만나서 담소가 길어졌네

– 학자요 재상이던 김부식의 또 다른 면을 볼 수 있으니 아마 별업으로 농사도 지었던 모양이었다. 이 시에서 주목할 것은 전고(典故)를 쓰되 흔적이 없어서 얼른 보면 자기가 만들어낸 말 같다는 것이다. 정다산은 이런 점에서 두보가 시성인 까닭이요 한퇴지나 소자첨은 전고에 흔적이 많아 그 아류라고 했는데 여기서 수곡(水穀)은 도전(稻田)이나 도파(稻波)로 함직도 하나 사기(史記) 편작창공전(扁鵲倉公傳)의 말[水穀]을 연상시켰고, 원소(園蔬)는 후한서(後漢書) 오우전(吳祐傳)의 "자면귀가불복사(自免歸家不復仕) 궁관원소(躬灌園蔬) 이경서(以經書) 교수(敎授)"에 문열공은 흠모의 정을 흠뻑 쏟았던 것 같고, 소어(笑語)는 담소(談笑)로도 되겠지만 역시 시경(詩經)이나 왕유(王維)의 시를 상기시키면서 시어로 써서 수사한 것으로 보인다.

이런 시들은 일차로 통독 감상할 때는 시어로 내용을 살피고, 그 운율로써 감동과 시상을 느끼는데 다시 정독하며 시귀를 재음미하면 속 깊은 곳을 고사나 전대의 시문을 통하여 알게 된다. 김부식의 다른 시에서도 보듯이 그는 저 후한때 제(齊)나라 재상 오우(吳祐)처럼 벼슬을 던지고 돌아가서 채소나 가꾸면서 후학들에게 경서를 강의하며 여생을 보내고 싶어했다. 그래서 이 시는 별장의 '별업(別業)'이 아니라 따로 업을 가지는 별업으로 새긴다.

(32) 臨津有感   '임진강에서'

秋風嫋嫋水洋洋	가을 바람 산들산들 물은 넘실넘실
回首長橋思渺茫	머리 돌려 긴 다리에 생각은 아득
惆悵美人隔千里	슬프다 고운 임은 천리에 있으니
江邊蘭芷爲誰香	강변에 난초와 궁궁꽃은 누굴 위해 향기롭나

- 조선조 때 정송강(鄭松江)은 사미인곡(思美人曲)을 불러서 유명했지만 500년전 문열공은 미인시(美人詩)를 지어서 임금을 사모했다. 미인(美人)이란 시구와 그 사미인(思美人)의 시상은 일찍 고려 때 김부식 시구에 있었다.

(33) 赤道寺   '적도사'

聖祖樓船憩此中	성조가 누선 끌고 이곳에 쉬었으니
江山王氣尚蔥蔥	강산은 왕기가 아직도 무성하다
當時故事無人識	당시 일 아는 사람 아무도 없는데
除却堂堂十八公	당당한 소나무만 제 혼자 아는 모습

- 적도사는 어디에 있었던지 상고할 길 없다. 이 시는 동명왕을 성조라고 한 듯하고 그때 고사를 아는 사람 없다고 했다. 십팔공(十八公)은 공(松)자의 파자(破字)이다.

「파한집」(破閑集)에서

(34) **鹽洲客舍**　　　　'염주객관에서'

鴛衾無夢夜厭厭　　　원앙금에 꿈도 없이 밤 한번 흐뭇했고
冷月多情照畫簷　　　반달은 다정하게 그림 처마 비추었네
喚作鹽洲眞大誤　　　이곳을 염주라니 크게 잘못 부른 이름
一洲風物摠無鹽　　　온 고을 둘러봐야 소금 하나 없는데

　　- 이인로(李仁老)는 「파한집」(破閑集)에서 이 시를 소개하면서 문열공(김부식)은 재상으로 10여년 있으면서 독서를 좋아하여 별실을 차려 여러 선비[土大夫]와 문장을 토론하느라고 그의 처첩도 얼굴을 보기 어려웠다고 하고 꿇고 앉아 책읽기[危坐看書]를 종일토록 하고 있었다고 썼다. 염주(鹽洲)는 황해도 연안(延安)의 옛 이름인데 그곳에 객관이 있어 가 묵었는데 이름과 달리 소금은 없었던 모양이다.

「보한집」(補閑集)에서

(35) 紅花　　　　　　'붉은 꽃'

嘉期難近陶潛菊　　아름다운 기약은 도잠의 국화에 가깝잖고
芳信猶賒陸凱梅　　꽃다운 소식은 육개의 매화에 머네
不侍殷翁誇善幻　　은옹도사는 비철에도 꽃피워 자랑했는데
非時紅艶自能開　　지금은 때 아닌데 붉은 꽃이 저절로 피네

－ 최자(崔滋)는 〈보한집〉에 실으면서 문열공은 이 시를 7, 8월에 피는 꽃을 말하는 것 같다고 했다. 아마 일찍 핀 국화인 듯 그때의 정치적 상황이 시기상조임을 풍유한 시로 보인다. 동문선에는 이 시가 없다. 시제는 역자가 붙였다.

(36) 猫兒 － 和慧素禪師 '새끼 고양이' － 혜소선사에게 화답하다.

螻蟻道存虎狼仁　　땅강아지 개미도 도가 있고 호랑이 이리에게도 인은 있는 법
不須遣妄始求眞　　반드시 허망함을 버려야 진실을 얻는다네
吾師慧眼無分別　　우리 선사 밝은 눈도 분별이 없으셔
物物皆呈淸淨身　　천하 만물 모두다 청정한 몸을 들어낸다네

－ 최자는 〈보한집〉에 실으면서 평하기를 "부처의 기이한 뜻을 말하는데 그 이치가 아주 깊다"(文烈公 奇意 浮屠言 理最深)고 하였다. 이 시도 〈동문선〉에는 없는 작품이다.

(37) 菊花   '국화를 읊다'

一夜秋風萬樹雪	하룻 밤 추풍 불어 온갖 나무 눈속인데
菊花纔發兩三叢	국화는 차츰차츰 두세송이 피어나네
樊素無情逐春去	당나라 번소는 무정케도 봄 따라 갔고
朝雲獨自伴蘇公	송나라 조운은 홀로 소공 모시었네

- 최자(崔滋)는 〈보한집〉에 실으면서 평하기를 "미인을 인용함에 있어서 용사한 뜻은 비록 자세하고 온당하나, 그 내용사는 추구 즉 쓸모 없는 일들"(文烈公 用美人事 意雖精當 事則芻狗)이라고 하였다. 동문선에는 없는 작품이다. 자신의 오상고절과 일편단심을 풍유한 시이다.

(38) 西征詩　　　　　'서정시'

一聲鼓角靑山裂	일성 고각에 청산이 찢어지듯
萬里旌旗白日濛	만리의 깃발은 대낮이 캄캄하다
掃盡河山還聖主	쓸어 버린 강산으로 임금님은 돌아오고
洗回風月付詩翁	타일러 돌리는 글 시인에 달렸구나
三鰲山峻忠誠壯	삼오산은 험난한데 충성은 장하고
五鳳樓高國手雄	오봉루 높고 높아 국수도 씩씩하다

- 이 시는 문열공이 서인반란 때 원수로서 진압하러 간 일이 있는데 그 때 진군하는 장관과 서인을 회유하던 모습을 읊은 시이다. 500년뒤 이순신 장군은 한산섬에서 '一聲胡茄는 나의 애를 긋는다'고 했고 그런데 문열공은 '一聲鼓角은 청산을 찢는다'고 했다. 최자(崔滋)는 〈보한집〉에 실으면서 "셋째편이 가장 맑고 씩씩하고 장중하면서 곱다"(三聯最爲淸雄壯麗)라고 하였다. 그러나 마지막 두 구절(尾聯)이 빠져 있다. 이 시는 동문선에는 없는 작품이다. 문열공이 서정(西征) 즉 서경 진압 때 군사 지휘관으로서 쓴 시이며 보한집에 실린 김부식의 시 네편은 이상의 紅花, 猫兒, 菊花, 西征 등 이다.

제3편 뇌천 김부식의 변려체(騈儷體) 산문

教 書

(1) 及第放牓教書

朕聞紡 書典所載帝王已來, 惟理道之多端, 以求賢而爲急, 虞舜之納大麓, 賓于四門, 皐陶之矢厥謨, 敍其九德, 宗周多士, 盖由德行之興, 炎漢得人, 亦本賢良之擧, 延及魏晋, 迄于隋唐, 或以策論觀其能, 或以詩賦考其藝, 設科之目, 時有異同, 選士之門, 則無今古, 肆予凉德, 率舊明章, 尙邦國之榮懷, 須英雄之來輔, 考槃在澗, 焉知無窮處之碩人, 有卷者阿, 庶幾見來游之君子, 命知貢擧某官 同知貢擧某官, 俾之試可, 各以名聞, 雖鑒照之間 研蚩各辯, 而簸揚之際 糠粃在前, 明揚造庭, 申命射策, 傾山探玉, 巳登和氏之場, 剖蚌得珠, 皆檀隋候之價, 進士某可 乙科及第, 進士某等可, 丙科及第, 進士某可, 同進士出身, 某進士等, 崎嶇十載, 脫落一名, 憫爾功夫, 垂成而敗, 沛然渥澤, 爲仕之階, 可恩賜及第, 明經某等, 勤過書 嫦學幾傳癖, 非但味古人之糟粕, 得以聞夫子之文章, 不有褒嘉, 孰爲勤勉, 可本業某科及第, 許之看 牓宜令所司知委者.

교서(敎書)

(1) 과거급제를 알리는 교서 (及第放牓敎書)

- 급제 방방은 과거급제 증명서와 같은 것이고, 교서는 임금이 교시하는 글이다. 대개 신하가 지어 올리는 것이 통례이며, 이에 임금은 비답만 한다. 임금의 문교(文敎) 진흥책의 글이다.〈뇌천(雷川) 김부식(金富軾). 시호 문열공(文烈公)의 교서 문장 7편과 표(表)와 전(箋) 40여편 및 장(狀), 계(啓), 명(銘), 기(記), 찬(贊), 의(議), 소(疏)등 76편의 주옥같은 문장이 동문선(東文選)과 동인지문사륙(東人之文四六)에 전하므로 동문선의 시와 문을 모두 역주하여 고려문학의 일 면모를 보이려고 한다.

짐이 듣건데 서전(書典)에 기록하기를 제왕 이래에 오직 다스리는 도리가 여러 가지 있는 중에 어진이를 구하는 일을 가장 급한 것으로 삼았다.

순임금은 대록(大麓) 들에 들어가 천하를 다스릴 때 상서(尙書)라는 벼슬로서 사문(四門)의 빈객이 되었고, 고요(皐陶)는 순임금 신하로서 법을 세울 때 아홉가지 덕으로써 하였다.

주(周)나라에서 선비가 많은 것은 대개 덕행(德行)으로 인재를 기른 까닭이오, 한(漢)나라에서 인재를 얻은 것은 또한 현량(賢良)을 천거함에 있는 것이다.

위(魏) · 진(晉)을 거쳐 수(隋) · 당(唐)에 이르기까지 혹은 책론(策論)으로 그 능력을 관찰하고 혹은 시(詩) · 부(賦)로 그 재주를 시험하였다. 과거를 베푸는 과목은 때에 따라 다르고 같음이 있으나, 선비를 뽑는 일은 고금에 다름이 없었다. 내가 분명하게 덕을 가르치고자 하는 것은 옛적의 밝은 법을 따르고 방국(邦國)이 번영하자면 영웅의 보좌를 기대하는 일이다.

고반(考槃)의 시(詩)[1]처럼 숨어 있는 큰 사람이 없는지 어찌 알며, 권아(卷阿)[2]의 시처럼 와서 노는 군자를 혹시 볼수 있을까 함이다.

---

1) 고반의 시 ; 「시경」(詩經)의 편명인데, 산수 사이에 반환(盤桓)하여 즐기는 것을 읊은 시이다.

지공거(知貢擧)[3] 모관(某官)과 동지공거(同知貢擧) 모관(某官)을 명하여 우선 시험 보아 각각 이름을 알리게 하였다. 거울로 비치면 곱고 추한 것이 각각 분별되고, 키로 까불면 겨와 쭉정이 앞에 나가서 가리어 진다.

모두 궁궐뜰에 이르게 하여 거듭 사책(射策)[4]을 명하였다. 산을 기울여 옥을 캐니 이미 화씨(和氏)[5]의 마당에 올랐고 조개를 쪼개서 진주를 얻으니 모두 수후(隋侯)[6]의 값을 차지하였다.

진사 아무개에게는 을과(乙科)가 합당하였고, 진사 아무개 등에게는 병과(丙科) 급제가 가하였으며, 진사 아무개는 진사출신(進士出身)과 동등한 자격을 준다. 진사 아무개 등은 10년을 고생하고도 급제자 명부에서 탈락되었다니 너의 공부가 거의 성취되었다가 실패한 것을 불쌍히 여긴다.

흡족한 은택으로 벼슬의 계제가 되게 하려고 급제를 은사(恩賜)한다. 명경(明經) 모(某)등은 부지런하여 독서가 지나쳐서 허리 꾸불고[7] 학업은 전벽(傳癖)[8]에 가깝다. 고인의 조박(糟粕)을 맛보았을[9] 뿐만 아니라 부자(夫子)의 문장(文章)을 얻어들었다[10] 하겠다.

칭찬하여 축하해 주지 않으면 누가 근면하려 하겠는가. 본업(本業) 모과(某科) 급제를 주어서 방(牓)을 보게 허락한다. 마땅히 해당 관청으로 하여금 알리게 하라.

---

2) 권아(卷阿) ; "군자가 와서 놀고 노래한다."는 말이 있다.《詩經:卷阿篇》

3) 지공거(知貢擧) ; 고려때 과거의 시험관

4) 사책(射策) ; 관리를 선발할 때 책문(策問)으로 시험하던 것

5) 화씨(和氏) ; 전국시대(戰國時代)에 옥(玉)을 잘 알아보았다는 변화(卞和)씨

6) 수후(隋侯) ; 수후가 큰 뱀이 상한 것을 보고 불쌍히 여겨 치료해 주었더니 그 뒤에 뱀이 광채가 백리에 뻗는 구슬을 물어다가 은혜를 갚았다함.

7) 허리 꾸불고 ; 서요(書媱)는 독서로 등이 굽었다는 뜻. 서음(書淫)과는 다름.

8) 전벽(傳癖) ; 진(晋)나라 두예(杜預)가 춘추(春秋) 좌씨전(左氏傳)을 애독함으로 사람들이 그에게, 「좌씨전」의 벽(癖)이 있다." 하였다.(晋書 杜預傳)

9) 조박(糟粕) ; 옛사람의 참뜻을 모르고 옛글만 외우는 것을 옛사람이 남긴 쌀찌꺼기 먹는다고 하는데, 장자(莊子)에 나오는 윤편(輪扁)과 제환공(齊桓公)과의 문답이다.

10) 부자(父子)의 문장 ; 자공(子貢)이 말하기를, "부자(夫子)의 문장(文章)은 얻어들을 수 있어도 부자가 성(性)과 천도(天道)를 말하는 것을 듣지는 못하였다." 하였다.《論語》

(2) 睿王遺敎

敎 內外文武臣僚僧道軍民等, 朕荷天地之景命, 承祖宗之遺基,
奄有三韓, 十有八載, 扶衰救弊, 思與萬民而同休, 旰食宵衣, 未嘗
一日而暫逸, 而憂勞積慮, 疾恙踰時, 有加無瘳, 遂志大漸, 權國
事 仁王諱 濬哲之性, 稟自天成, 元良之資, 鬱於人望, 宜承末命,
以卽王位, 凡軍國大事,
並取嗣君 處分喪服, 以日易月, 山陵制度, 務從儉約, 方鎭州牧,
只於本處擧哀, 不得擅離理所, 成服三日而除, 於戱死生常道, 人
所難逃, 始終得宜, 朕亦何憾, 尙賴廟社儲祉, 臣鄰協心, 用輔嗣
君, 永康王室, 使我國祚, 垂于無窮, 咨爾多方, 體予至意.

(2) 예왕의 유교 (睿王遺敎)

> - 유교(遺敎)는 유조(遺詔) 즉 임금의 유언을 적은 글이다.
> 고려조 16대 예종(睿宗)이 1132년 정월에 승하하면서 남긴 유언
> 을 작자 김부식이 찬한 것인데 「삼국사기」의 신라 문무왕의 유조
> 와 비슷하다.

내외 문무 신료(臣寮) 승도(僧道) 군민(軍民) 등에게 하교(下敎)한다.

짐은 천지의 큰 명을 맡아 조종의 물려 준 기업을 이어 삼한(三韓)을 차
지한지가 18년이 되었다.

쇠(衰)한 것을 붙들고 폐단을 구제하여 만민과 더불어 아름다움을 같이
하려하여, 날저물어 밥먹고 새벽 일어 옷 입으니 일찍이 하루도 편안하지

못하였다.

근심하고 노고하여 염려가 쌓여 병이 된지가 오래나 날로 더함은 있어도 차도는 없어서 드디어 위독한 지경에 이르렀다.

권국사(權國事:인왕(仁王)의 휘(諱))[1]는 깊고 밝은 성품을 천생으로 타고 나서 원량(元良)의 자질이 인망(人望)에 두터웠다. 마땅히 나의 말명(末命)을 받아서 왕위에 오를 것이다.

대개 군국(軍國)의 큰 일은 모두 왕위를 이을 사군(嗣君)의 처분을 받는 것이니, 상복은 날로써 달로 바꾸고, 산릉(山陵) 제도는 힘써 검약한 것을 따르며, 방진(方鎭)과 주목(州牧)은 그 곳에서 거애(擧哀)하여 함부로 임소를 떠나지 말게하고, 성복(成服)한 후 3일 만에 벗으라.

아아, 죽고 사는 것은 떳떳한 도리이니 사람으로서 면하기 어려운 것이오, 시종(始終)이 마땅함을 얻었으니 짐이 또한 무엇을 한하리오.

바라건대, 종묘 사직은 복을 쌓고, 신하들은 마음을 합하여 사군(嗣君)을 도와서 길이 왕실을 편안케 하라. 우리나라 운수로 하여금 무궁하게 누리도록 하라.

아아! 너희 신민들은 나의 지극한 뜻을 살피도록 하여라.

---

1) 휘(諱) ; 예왕(睿王)이 병이 위독하자 그의 태자인 인왕(仁王)에게 대리(代理)를 시켰는데, 그것을 권지국사(權知國事)라 한다. 원주에는 인왕(仁王)의 휘(諱)라고 했다.

制誥

(3) 瑜伽業首座官誥

敎, 善學道者, 不離文言, 卽得解脫, 故未始忘言, 能見性者, 不壞
名相, 卽見眞如, 故未嘗壞相, 是以瑜伽唯識之宗趣, 因明百法之
指歸, 備義學之筌蹄, 入聖人之閫奧, 惟時碩德, 深契玄源,
某, 天資聰穎, 慧性超殊, 早斷蓋纏, 精求講解, 循靈基之軌轍, 得
玄奘之心肝, 止水之淵, 旣返流而不動, 高堂之鏡, 能應物而不藏,
或設法以攝生, 或說經而對御, 道用無礙, 師子嚬伸, 學人成群, 旃
檀圍繞, 可謂副如來遺敎, 爲季末之道師, 故賁以寵章, 增其名位,
惟國舊典, 非朕私恩, 噫執柯伐柯, 爲道不遠, 以器受器, 傳法非
難, 宜揚無盡之燈, 以作將來之福云云.

제고(制誥)

(3) 유가승의 수좌를 임명하는 교서 (瑜伽業首座官誥)

> - 불가의 유가불법을 맡은 수좌승려에게 내리는 임금의 임명장
> 이다. 작자 김부식이 지어 올렸는데 그 불교적 지식의 깊고, 넓
> 음을 이 글에서 보게된다. 작자는 유학자이지만 불법의 해탈자
> 와 교감이 있기를 은근히 기원하고 있다.

하교하노니 불교의 도를 잘 배우는 자는 문장의 글로 따로 세우지 않아
도 이심전심으로 해탈(解脫)[1]을 얻는다. 그런 까닭으로 처음부터 말,글을
잊은 것이 아니요, 능히 불법의 본체인 성(性)[2]을 보는 자요, 마음의 심상인

명(名)[3]과 사물의 형상인 상(相)[4]을 어기지 않고 파악하여 똑바로 진여(眞如)[5]를 보는 것이다.

그러므로 일찍이 명(名)과 상(相)의 본체를 파괴하는 일이 없는 것은 이로써 유가(瑜伽), 유식(唯識)[6]의 근본 취지요, 인명(因明), 백법(百法)[7]의 귀결되어 가는 길로써 의학(義學)의 전제(筌蹄)[8]를 갖춤이 성인의 심오한 경지에

---

1) 불리문언(不離文言) ; 이 대목은 부처[世尊]이 영산회(靈山會)상에서 꽃을 꺾어쥐고 대중에게 보였을 때[拈花示衆] 오직 가섭(迦葉)이 파안미소함으로 세존이 말하기를 "나에게 正法眼藏과 涅槃妙心과 實相無相과 微妙法門은 不立文字하는 敎外別傳이다. 마가가섭(摩訶迦葉)에게 부촉한다." 한데서 문자,언어가 아니라도 이심전심한 불교의 진리터득을 말한다. 본문의 "不離文言"은 "不立文字"를 의미함.

2) 성(性): 불교에서 말하는 성(性)은 체(體)와 인(因)과 불개(不改)의 뜻이 있다 함. 그러나 「大乘義章」1에서는' 만유(萬有)의 원인'으로 네 뜻이 있으니 種子因本 體義名性 不改名性 性別爲性이라하고 「傳心法要」上에서는 범부(凡夫)의 경(境)과 도인(道人)의 심(心)이 모두 없어지면 이것이 진법(眞法)이라고 성을 설명하고 있다.

3) 명(名): 소리를 따라 물체에 가서 주관하며 사람에게 생각나게 하는 것이라 하고 「法華玄義」1에서는 "명은 법(法)의 이름이며 법은 명의 체(體)가 된다." 하고 "이름을 알면 체를 안다"고 했다.

4) 상(相): 불교에서 상은 사물의 상(相,狀)이 외계에 나타나서 마음에 상상되는 것이라하고, 「大乘義章」3에서는 "諸法의 體相을 相이라 한다." 하였다..

5) 진여(眞如): 불교의 진여는 영구히 변하지 않는 일체 만유의 진성(眞性)을 의미함.

6) 유가종(瑜伽宗): 불교 밀교(密敎), 유가의 뜻은 마음을 다스려 정리(正理)와 상응(相應)하는 상태라 하며 주관과 객관이 일체의 사물과 상응, 융합하는 경지인데 '相應五義'가 있으니 경(境), 행(行), 이(理), 과(果), 기(機)와의 상응이 있다하며, 밀교(密敎)란 불교의 교설(敎說)중에 최고로 심원하여 그 경지에 도달한 자 외에는 알수없다는 뜻. 「삼국유사」에서 당나라 20만 대군이 신라를 쳐들어왔을 때 사천왕사라는 가건물을 짓고 명랑(明朗)법사가 유가명승(瑜伽明僧). 12명과 도량을 열고 물리쳤다고 했다.

○ 유식(唯識): 불교유식론, 심외무법론(心外無法論). 유(唯)는 간별(簡別), 식(識)은 요별(了別)이라 하는데 유심(唯心)의 명(名)은 인과(因果)에 통하고 유식의 칭(称)은 오직 인위에 있다함.

7) 인명(因明): 고대 인도의 논리학, 오명(五明)중의 논리학 부문, 종(宗), 인(因), 유(喩)의 삼지(三支)작법이 있다함. 즉 "소리는 무상하다(宗), 소작성(所作性)이 있기 때문이다(因), 종과인의 관계를 예증한다(喩).

○ 백법(百法): 불교 유식종(唯識宗)에서 설명하는 세간(世間), 출세간(出世間)의 백가지 법 즉 심소유법(心所有法)51, 심법(心法)8, 색법(色法)11, 불상응법(不想應法)24, 무위(無爲)6등 다섯가지 백법을 이른다 했음.

들었으니 오직 때의 큰덕과 현묘한 근원과 깊이 교합되었다 할 것이다.

모(某)는 천품이 총명하고 슬기로움이 초월하며 일찍이 번뇌를 끊어버리고 강해(講解)하여 탐구하고, 영기(靈基)[9]의 궤철(軌轍)을 따르고, 현장(玄奘)[10]의 심간(心肝)을 얻어서 고요한 연못 물이 돌아와서 움직이지 않음과 같고 대청의 거울이 물건을 비추어 숨김이 없음과 같다.

혹은 설론하여 양생(養生)도 하고, 혹은 불경(佛經)을 번역하여 왕에게 바쳤다. 도(道)의 용(用)이 막힘이 없어서 사자(獅子)의 분신(奮迅)[11]하는 것 같고, 배우는 사람들이 무리지어 전단향(旃檀香)에 둘러 쌓다. 가히 여래(如來)의 유교(遺敎)에 부합하여 말세의 도사(道師)가 되었다고 하겠다. 그러므로 은명(恩命)으로 그 이름을 빛내 명위(名位)를 높이는 바이니 이것은 나라의 오래된 예전(禮典)이요, 나의 사사 은혜가 아니다.

아, 도끼자루를 잡고 도끼자루 감을 베니, 도(道)를 이룸이 멀지 않고,[12] 그릇으로써 그릇을 받으니 법을 전하는 것이 어렵지 않다. 마땅히 다함이 없는 등불[13]을 높이들어 장래의 복을 마련하라. 운운.

---

8) 전(筌) ; 물고기를 잡는 기구인데, 물고기를 얻고 나면 전(筌)은 잊어버려야 하고, 제(蹄)는 토끼를 잡기 위한 기구인데, 토끼를 잡은 뒤에는 제(蹄)를 잊어버려야 한다. 여기서는 유가(瑜伽) · 유식(唯識) · 인명(因明) · 백법(百法) 등의 의학(義學)은 마음을 닦아 진리(眞理)를 깨닫기 위한 전제(筌蹄)란 뜻이다.
9) 영기(靈基):중국 경조 장안의 법상종의 개조(開祖 632~682) 일명 규기(窺基). 현장의 제자
10) 당나라 중 현장(玄奘:三藏法師)이 법상종(法相宗)을 중국에 처음 가져 왔고, 그의 제자 규기(窺基)가 학풍(學風)을 크게 진흥시켰다.
11) 분신(奮迅) ; 석가여래가 대위력을 나타내는 것을 비유하여 말한 것이다.
12) "도끼자루를 베는데는 그 법칙이 멀지 않다."는 구절이 있는데, 그것은 도끼를 들고 가서 도끼자루될 만한 나무를 베는 데는 쥐고 있는 묵은 도끼자루를 표준을 하여 새로 만들 도끼자루에 맞추어야 한다는 뜻이다. 《시경(詩經)》
13) 등불 ; 불법(佛法)이 마음에서 마음으로 전하여 가는 것을, "등불로써 다른 등불에 불을 붙여서 다함 없이 전파(傳播) [以心傳心 以燈傳燈]"하는 데 비유한 것이다.

册

(4) 册皇太子敎書

敎 元子, 毅王 諱 爾心識聰明, 容儀端雅, 旣貳體於宸極, 須正名於國儲, 爰擧典常,特頒寵渥, 今遣使 攝太尉佐理同德功臣開府儀同三司守太尉 門下侍郞同中書門下平章事 判尙書吏部事 上柱國稷山縣開國伯 食邑三千戶食實封三百戶 崔洪宰, 副使 攝司徒守司空門下侍郞平章事 判尙書禮部事監修國史 上柱國南平縣開國伯 食邑三千戶食實封三百戶 文公仁等, 持節備禮, 往彼册命 爾爲王太子, 兼賜 印綬 衣帶 弓箭 金銀器匹段 米穀鞍馬等諸物, 具如別錄, 至可領也.

책봉칙서(册封勅書)

(4)황태자책봉칙서 (册皇太子敎書)

> – 이는 고려 인종이 18대 의종(毅宗)을 태자(太子)로 책봉하던 때의 교서를 김부식이 지어 올렸는데, 처음 태자는 원자 철(徹)이었으나 뒤에 바뀌어 현(晛) 즉 의종이 태자가 되던 때의 교서다. 교서에서 몸과 마음을 바르게 하라는 김부식의 글인데 의종은 방탕한 임금으로 결국 쫓겨났다.

원자(元子 의왕(毅王)의 휘(諱))에게 하교한다.

너는 마음과 식견이 총명하고 용모와 거동이 단아하여 이미 임금의 다

115

음가는 몸이 되었으니, 모름지기 태자로서 몸과 마음을 그 이름에 합당토록 바르게 할 것이다. 이에 전례(典禮)를 들어서 특별히 분부하여 영광스러운 은혜를 준다.

이제 사신(使臣) 섭태위 좌리동덕공신 개부의동삼사수태위 문하시랑동중서 문하평장사판상서이부사 상주국직산현개국백 식읍삼천호 식실봉 삼백호(攝太尉佐理同德功臣開府儀同三司 守太尉門下侍郞 同中書門下平章事 判尙書吏部事 上柱國稷山縣開國伯 食邑三千戶食實封三百戶) 최홍재(崔洪宰)와,

부사(副使) 섭사도수사공 문하시랑 평장사 판상서예부사 감수국사상주국 남평현개국백 식읍삼천호 식실봉삼백호(攝司徒守司空門下侍郞 平章事 判尙書禮部事 監修國史上柱國南平縣開國伯 食邑三千戶食實封三百戶) 문공인(文公仁) 등을 보내어 절차에 의해서 예를 갖추어가서[1] 너를 책명하여 왕태자를 삼고, 겸하여 인수(印綬) · 의대(衣帶) · 궁전(弓箭) · 금은기(金銀器) · 필단(匹段) · 미곡(米穀) · 안마(鞍馬)등 여러 물건을 별록(別錄)과 같이 주노니 이르거든 받을 것이다.

---

1) 예를 갖추어 ; 절차에 의해서 예를 가추어가서[持節備禮]란 고려때 '책왕태자의(冊王太子儀)'란 복잡하고 자세한 절차 의식이 있었다.(고려사 지(志)20 가례조)

(5) 册公主

敎 仁人之相親也, 愛之故欲其富, 寵之故欲其貴, 況朕無他兄弟,
惟爾姉妹, 友悌之念, 式切中心, 册命之儀, 率由舊典, 非特申寡
人同氣之眷, 亦將慰先后在天之靈.

(5)공주책봉교서 (册公主)

> ― 이는 인종(仁宗)이 그 여동생 두자매에게 공주의 외명부 책봉
> 을 내리는 글인 듯 하다.
> 김부식이 지었지만 인종의 처지와 성품이 잘 들어나고 있는 사
> 류 변려문이다.

하교한다.

어진사람의 상하가 서로 친하여(相親) 가까이 하는 것은[1] 사랑하는 까닭
에 그것을 더 너그러이 하려는 것이다.

하물며 짐은 다른 형제가 없고 오직 너희 자매(姉妹) 뿐이니 형제간 우
애하는 생각이 마음속 간절하여 책명하는 의식을 옛법[2]에 따라 시행하니
특히 과인이 동기간에 대한 애틋한 정념을 펴는 일 뿐만 아니라 또한 하늘
에 계신 엄마마마의 혼령을 위로 하려는 것이다.

---

1) 상친(相親) ; 인인지상친(仁人之相親)이란 「예기」(禮記) 경해(經解)에 "上下相親謂之仁"
   을 앞뒤 바꿔서 한 말이다.
2) 책명하는 의식(册命之儀): 고려때 공주는 정1품으로 그 책명 절차가 복잡하였다.(고려
   사)지(志) 29~31)

(6) 王太子册文

王若曰, 易以一索爲長男之位, 記以三善爲世子之禮, 是故古之王者, 曷嘗不封立上嗣, 以固宗廟社稷之本, 以定君臣父子之分, 此萬世不易之常典也, 咨爾元子, 毅王 諱 天賦英銳之生, 幼挺岐巍之表, 稚不好弄, 自知向學, 讀書若夙習, 揮翰若神助, 德行協於元良, 天序當於儲貳, 必能承匕 轡之嚴, 塞中外之望, 朕於是奉若方册之大訓, 兼採士夫之公議, 涓選嘉辰, 俾膚顯册, 今遺使某官某副使某官某, 持節備禮, 册命爾爲王太子, 於戱惟至仁 可以主重器, 惟作善可以保令名, 爾其順時, 習敏厥修, 踈遠邪佞之人, 親近方正之士, 惟忠孝之是務, 非禮義則勿踐, 丕承祖宗之耿光, 以永邦家之景業, 可不勉乎

(6) 왕태자책봉문 (王太子册文)

> - 고려 의종(毅宗)이 태자로 있을 때 내린 왕태자 책봉 책문이다. 위의 황태자 책봉때는 교서로 하고 왕태자 때는 책문으로 책명하고 있다.

왕은 말한다.

「주역(周易)」에는 일색(一索)[1]으로 장남(長男)의 위(位)로 삼고, 「예기(禮記)」에는 삼선(三善)으로 세자(世子)의 예(禮)로 삼았다.

---

1) 일색(一索) ; 주역에 곤괘(坤卦)의 초효(初爻)가 변하면 진괘(震卦)가 되는데, 첫 번 찾아서[一索] 진괘가 되었다는 것이니 장남의 위(位)가 된다는 것이다.

그러므로 옛날의 제왕이 일찍이 태자를 세워서, 종묘 사직의 근본을 굳게 하고 군신 부자의 분(分)을 고정시키지 않았던가. 이것은 만세(萬世)토록 바뀌지 않는 상전(常典)이다.

아, 너 원자(元子 의왕(毅王)의 휘(諱))는 하늘이 주신 영예(英銳)한 천품을 타고 났으므로 어려서부터 우뚝하게 빼어난 의표(儀表)가 들어났다.

어려서 희롱하기를 좋아하지 않았고, 스스로 공부할 줄을 알았다. 글을 읽으매 전에 익힌 것 같고, 붓을 휘두르매 귀신이 돕는 것 같았다.

덕행은 원량(元良)에 합하고 서차(序次)는 원자(元子)에 합당한다. 반드시 능히 제사(祭祀)의 중함을 받들고 안팎의 물망에 부합할 것이다.

짐이 이에 옛글의 교훈을 받들고, 사대부들의 공론에 의하여 복된 날을 가리어 책명을 받게 한다.

이제 사신 모관(某官) 모(某)와 부사(副使) 모관(某官) 모(某)를 보내어 절차에 따라서 예를 갖추어 너를 책명하여 왕태자로 삼는다.

아, 오직 지극히 어진 사람만이 막중한 그릇이 될 수 있고, 오직 착한 일을 하여야 아름다운 이름을 보전할 수 있다.

너는 배운대로 따라서 닦는 것을 민첩하게 하여, 간사하고 아첨하는 사람을 멀리하고 방정(方正)한 선비를 가까이하여, 오직 충효(忠孝)에 힘쓰고 예의(禮義)가 아니면 아니하여, 크게 조종(祖宗)의 빛을 이어 국가의 큰 기업을 영원하게 하라. 어찌 가히 힘쓰지 않겠는가.

---

2) 삼선(三善) ; 사군(事君), 사부(事父), 사장(事長)의 삼강을 말한다. 「예기」 '文王世子'에 "行一物而三善皆得者唯世子而已云云父子君臣長幼之道得而國治"라 함.

批答

(7) 韓安仁讓守(缺)郞平章事不允

朕以冲眇 之躬, 當艱難之託, 思與有一德之相, 不二心之臣, 同守成規, 以光大業, 況卿, 名世俊德, 覺民眞儒肅祖知其能 而拔之於稠衆之中, 睿考愛其才 而擢之於左右之列, 近自樞府, 入叅政機, 屬子訪落之初, 是謂責成之際, 進忠退補, 所益旣多, 送往事居, 其勤亦至, 爰擧疇庸之典, 以優進德之文, 且恩禮之豐, 爵命之數, 不如是不足 以繼先志 而慰輿精也, 宜體至懷, 毋煩固辭.

비답(批答)문

(7) 한안인이 □□□랑 평장 사직을 사퇴하려는데 대해 허락하지 않는 교서 (韓安仁讓守□□□郞平章事不允)

> ― 한안인(?~1122)의 마지막 벼슬은 중서시랑 평장사였으니 탈락된 빈칸은 중서시(中書侍)가 탈락된 듯하고 이때 권신이던 이자겸(李資謙)의 횡포를 제거하려다가 되잡혀 죽었는데 이때의 사직상소에 대한 불윤하는 비답 교서로 보인다. 이는 고려 인종(仁宗)을 대신하여 쓴 김부식의 사륙변려체의 비답이다.

짐이 어린나이의 몸으로 어려움을 당했을 때 생각하기를 덕(德)이 한결같은 재상과 두마음이 없는 신하와 더불어 함께 기성규모[成規]를 지키면서 큰 업을 빛나게 할까 함이었다.

하물며 경은 세상에서 높은 덕으로 이름나고 백성을 일깨우는 참된 유자[眞儒]로서, 숙종 할바마마께서 그 능력을 알으시와 여러 신하 중에서 뽑으셨고 예종 부왕께서 그 재주를 사랑하시와 좌우의 반열에 올려 두셨다.

근자에 추부(樞府)로부터 들어와서 정치의 기밀에 참여했는데, 마침 나의 방락(訪落)[1]하는 처음에 대신에게 위임(委任)할 즈음이라 충성을 다하고 허물을 없이하여 주어서 보탬된 바 이미 많았고, 지극한 충성으로 가신 이[先王]를 보내고 있는 이[今王]를 섬기매[2] 그 근로가 또한 지극했기에, 이에 공로에 보수하는 예(禮)를 거행해서 덕을 장려하는 은전(恩典)을 넉넉히 하는 것이다.

은례(恩禮)의 후함과 작명(爵命)의 계급이 이러하지 않으면 선왕의 뜻을 계승하고 뭇 백성의 정을 위로함이 될 수 없나니, 마땅히 극진한 회포를 체득하여 굳이 사양하기를 번거로이 하지 말지어다.

---

1) 방락(訪落) ; "주성왕(周成王)이 처음 즉위(卽位)하여 종묘에 뵙고 신하들에게 도를 물었다."는 말이 있다.〈시경 주송의 민여소자지습(閔予小子之什)에 있는 편명〉
2) 가신이 보내고 있는 이 섬기다[送往事居] ; 「좌씨(左氏) 僖 9」에 "送往事居　俱無猜 貞也"라 하고 주(注)에 "간 것은 죽은 자 있음은 산 자[往死者居生者]"라 했다.

表箋

(8) 賀年起居表

正朔迭用於三微, 寅爲人統, 春秋備書於五始, 元見天端, 日月所臨, 車書畢湊, 中賀 伏惟聖上, 光烈文虎, 包籠古今, 時乘六龍, 萬物以之利見, 敬用五事, 庶徵所以順行, 履茲交泰之辰, 介爾大平之福, 春生草木, 樂洽人民, 伏念臣等, 僻守海隅, 夐遙天厥, 不獲仰厠朝列, 抃舞丹墀.

표(表)와 전(箋)

(8) 새해 임금의 안부를 하례하는 표문 (賀年起居表)

> — 이 하표(賀表)는 지금에 말하는 임금께 올리는 연하장이다.
> 고려때 정월은 사람이 천하를 통어(人統)하는 시작의 달로서 궁중에서 큰 하례잔치가 있었던 모양인데 작자 김부식은 22세부터 30세까지 안서대도호부(安西大都護府) 사록참군사(司祿參軍事)로 나가 있어서 이 하례잔치에 참석 못하고 하표를 써올려 하례하였던 것이다. 당시의 아려한 사륙변려체 문장으로 된 연하장 양식을 엿볼 수 있다. 여기 해우(海隅)는 해주(海州)이다.

정월달을 옛 역서(曆書)에서 천,지,인 삼정(三正,三微)을 번갈아 바꿔가며 쓴 것은 인(寅)의 별자리가 사람을 통어(人統)한다는 의미요,[1] 춘추(春

---

[1] 삼정(三正)과 삼미(三微) ; 천,지,인의 삼정이 움직이기 시작하는 때, 정월은 시작이라고해서 정(正)이고 이때 건자(建子), 건축(建丑), 건인(建寅)중에서 별자리가 이(寅) 방에 있다하여 인통(人統)의 달이라 함.(夏曆)

秋)에서 다섯가지 일의 시작[五始]²⁾을 갖추어 쓴 것은 정월을 의미하는 원(元)이 해와 달이 비추어 이르는 것이 하늘 첫머리에 보여서 규범과 문자로 천하를 통합하는 차서(車書)³⁾를 모두 갖추어 말한 것입니다.

정성을 다하여 머리 조아려 말씀드리오니 중하(中賀)⁴⁾ 오직 생각건대 우리 성상께서는 문,무를 빛내시고, 고금을 아울우시어 통하시고 때를 만나 육룡을 타시니(임금) 만물이 순조롭게 행해지오며 이 천지의 상서로움이 교태(交泰)하는 아침을 맞이하여 태평의 복록을 누리시와 봄이 초목에 들어나고 즐거움이 만백성에게 흡족 하옵니다.

엎드려 생각 하옵건대 신등은 외진 바닷가 구석땅을 지키느라고(해주) 멀리 궁궐과 떨어져 있어서 아침 어전 행사에 직접 참석하여 경하하는 잔치에 함께 춤추지 못하옵니다.

※ 표(表)는 사리를 밝혀 임금께 알리는 글. 옛날 상서(上書), 전(箋)은 전(牋)으로도 쓰고 군상(君上)에 올리는 상주문(上奏文). 원자(元子)는 표(表), 제왕(諸王)은 계(啓), 황후(皇后)나 태자(太子)는 전(牋)이라함.

---

2) 오시(五始) ;「춘추」의 공양가(公羊家) 설에 원년(元年), 춘(春), 왕(王), 정월(正月),공즉위(公卽位)의 다섯가지 일(五事)의 시작이었는데 원(元)은 기(氣)의 시작이요, 춘(春)은 사시의 시작, 왕(王)은 수명(受命)의 시작, 정월(正月)은 정교(政敎)의 시작, 공즉위는 나라의 시작이라 했다.

3) 차서(車書) ; 수레와 문자이나, 이는 궤도 즉 규범과 문자(文字)를 의미하며 천하통일의 뜻이다.「수서」(隋書) 煬帝紀에 "恢夷宇宙混一車書云云 漢有天下車書混一"이라 했다.

4) 중하(中賀) ; 하표문(賀表文)에서 성관(誠懼), 성변(誠忭), 돈수(頓首), 돈수의 8구를 줄여서 하는 투구(套句), 중사(中謝) 또는 중위(中慰)라고도 했다. 표문의 투식(套式)이다.

(9) 賀冬表

四序相推, 一陽方至, 聖人演策, 庸知來復之符, 太史登臺, 預備
望書之法, 中賀 伏惟聖上, 德包仁智, 道貫神明, 叙夏禹之彛倫, 立
用皇極, 理唐高之曆象, 敬援人時, 當天統之吉辰, 亞歲朝而展慶,
集神休於北闕, 保國壽於南山, 伏念臣等, 軒裳散材, 江海遠宦,
莫預稱觴之末, 但增思幄之心.

(9) 동지(冬至)를 하례하는 표문 (賀冬表)

> – 고려때 동지(冬至)는 설 다음가는 명절로 만물이 차츰 움지기
> 기 시작한다는 중국 하(夏), 은(殷), 주(周)의 역법(曆法)을 따라
> 서 크게 잔치하며 하례식을 궁중에서 올렸는데 작자는 안서(安
> 西) 즉 해주의 대도호부에 나가 있어서 참석하여 함께 춤추지 못
> 한다고 하였다. 여기 강해(江海)란 해주를 말하며 해주의 옛 이
> 름이 안서(安西)이다.

네 계절 순서가 서로 밀어 바뀌며 새 양월(陽月)인 동지가 이르오니 성
인은 옛일을 궁구하여 자연의 이치가 갔다가 다시오는(來復) 증표임을 알
았고, 역관(曆官)인 태사(太史)는 대에 올라 바라보며 그 쓰는 법을 미리 갖
추었습니다. 중하 하옵고,
엎드려 생각 하옵건대 성상께서 덕(德)은 인(仁)과 지(智)를 포괄하시고
도(道)는 신명(神明)을 꿰뚫었으니 하나라 우나라 같은 밝은 법과 두터운
윤리를 펴시어 황제의 정사에 쓰여 세우시고 요(堯)나라 임금 역법(曆法)[1]

을 다스리어 공경스럽게 농사철을 백성에게 가르쳐 주시오니 이제 주(周)
나라 역법의 천통(天統)²의 길상(吉祥)한 날을 맞아 설에 버금가는 경사인
동지를 펴시오니 신(神)의 축복이 궁궐에 모여 빛나시고 나라의 수명이 남
산처럼 보전 하오리다.

엎드려 생각 하옵건대 신등은 사대부집 쓸모없는 재목으로서 서해 강해
(江海)땅³ 먼 곳의 관직에 있어 궁궐에 동 떨어져서 천수를 하례하는 어전
행렬에 참여치 못하여 함께 박장치며 춤추지 못하옵니다.

---

1) 요나라 임금 역법 ; 본문의 당고지역상(唐高之曆象)은 옛날 요(堯)임금이 희(羲)와 화
(和)에게 명하여 천체(天體)의 운행을 잘 관찰하여 백성들에게 농사철(人時)을 알렸다
하는 역법
2) 주나라 역법의 천통(天通) ; 주력(周歷)은 삼정(三正)중 건자(建子) 즉 목성(木星)인 세
성(歲星)이 자방(子方)에 돌 때를 정월(正月)로 함으로 하(夏)나라 역법으로는 이는 천
통(天通)이라 했다. 천통은 하늘이 만물을 통어하여 차츰 움직이기 시작(微動始)한다는
개념이다.
3) 강해(江海)땅 ; 해주(海州)의 옛이름인 안서(安西). 고려 태조때 남림대해(南臨大海)라
하여 해주로 바꿈.

(10) 賀八關表

祗率彝儀, 張皇盛禮, 至誠上格, 群靈所以懷柔, 和氣旁通, 萬物 靡不鼓舞, 中賀 恭聞太祖神聖大王之將興也, 風塵涭洞, 劍戟縱 橫, 應天順人, 革三韓之積亂, 刱業垂統, 啓千載之永圖, 以謂肅 殺行面陽和來, 雷霆作而膏澤洽, 爰備燕樂, 以休神人, 煥示將來, 傳爲故事, 恭惟聖上, 位居天德, 光繼离明, 性高舜之仁, 常恐一 夫之不獲, 蹈曾閔之孝, 故得百姓之懽心, 應此令辰, 載陳嘉會, 濟濟九賓之序, 洋洋六樂之音, 喜動乾坤, 春還草木, 臣等限居海 邑, 阻遠闕庭, 不獲進卽朝行, 抃舞宸陛.

(10) 팔관회 의식을 하례드리는 표문 (賀八關表)

> - 팔관회는 고려때 연등회(燃燈會)와 함께 2대 불교의식이었는
> 데 신라때 시작한 이 의식은 고려 태조때 더욱 강조되고(訓要十
> 條) 처음은 임금이 중동(仲冬:11월15일)에 법왕사(法王寺)에 나
> 아가 문무백관과 내외 인사들의 하례를 받았으나 차츰 불교색채
> 가 없어지고, 하늘과 명산 대천 용신(龍神)에게 제사하는 토속신
> 제사의식이 되어갔으며 주로 궁궐의 의봉루(儀鳳樓)등에서 행하
> 여 졌다. 이 하표에서는 작자가 해읍(海邑) 즉 해주에 있어서 직
> 접 참석하여 함께 기뻐하지 못한다고 하였다.

지상의 제신(諸臣) 백관을 거느리고 법식을 갖추어 차리시고 성대한 예 식(팔관회)을 장황스럽게 베프오니 그 지성(至誠)은 하늘을 격동시키고 여 러 혼령을 흐뭇하게하여 화기는 인근에 가득하고 세상만물이 모두 고무 되

었습니다. 중하 하옵고,

삼가 듣자옵건대 태조 신성대왕께옵서 장차 나라를 일으켜 임금이 되려 하실 때 세상이 어지러워서 풍진은 연달아 일어나고 칼과 창이 종횡하여 싸움판인 세상에서 하늘의 뜻을 따르고 백성의 희망에 순응하여 삼한의 오랜 난리를 바로잡고, 왕업을 열으시어 천만년 영구한 큰 계획을 꾸미시니 이로써 가을날 싸늘함이 가고 봄날 화창한 기운이 와서 천둥치듯 세상이 바뀌고 임금 은택이 흡족히 하리라 이르시니 이에 즐거운 잔치를 갖추어 베플고(팔관회) 제신과 백성[神人]을 기쁘게하여 앞날을 환히 밝혀주는 고사(故事)가 되게 전해 주셨습니다.

공손히 생각하옵건대 성상께서는 하늘의 복덕[天德]을 받으신 임금님 자리에 계시면서 앞을 밝게 보는 이주지명(离朱之明)¹⁾을 이어받고 성정이 높음은 순임금의 어지심이시고 항상 한사람이라도 얻지 못할까 두려워 하시며 증자(曾子)와 민손(閔損)의 효도를 본 받았으므로 백성들의 기뻐하는 마음을 얻었아온데 이 좋은 때를 맞아 아름다운 의식 모임을 베플어 열으시어 많고 엄숙한 구빈(九賓)²⁾들이 열지어 들어서 양양한 육악(六樂)³⁾의 소리가 천지를 기쁨으로 진동하니 봄은 초목에 다시 돌아오고 있습니다.

신등은 해읍(海邑)⁴⁾에 살아 궁궐과 먼거리에 있어서 경사스러운 의식에 참여치 못하여 함께 하례드리는 춤을 추지 못하옵니다.

---

1) 이주지명(离朱之明) ; 본문의 이명(离明), 이주(离朱 또는 離朱)는 중국 황제(黃帝)때 눈 밝았다는 사람. 백보 밖에서 가을 새털 끝을 본다고 했다.이루(離婁)라고도 함.
2) 구빈(九賓) ; 임금이 우대하는 아홉가지 작위 즉 공(公), 후(侯), 백(伯), 자(子), 남(男), 고(孤), 경(卿), 대부(大夫), 사(士)인데 주례(周禮)에서는 구의(九儀)라 하고 각각 9종의 예복을 입고 임금 앞에 조회한다고 함.
3) 육악(六樂) ; 황제(黃帝)이하 6대의 악 즉 운문(雲門)→황제의 악, 함지(咸池)→요제(堯帝)의 악, 대소(大韶)→순제(舜帝)의 악, 대하(大夏)→우왕(禹王)의 악, 대호(大濩)→은(殷)의 탕왕(湯王)의 악, 대무(大武)→주무왕(周武王)의 악을 말함.
4) 해읍(海邑) ; 해주(海州)를 말함.

(11) 賀幸國學表

臣某等言, 伏覩聖上陛下 以今月十三日 駕幸國學, 酌獻至聖文宣
王, 仍命大司成朴昇中 講尙書說命三篇者, 黃屋翠華, 光臨黌宇,
高冠大帶, 盛集橋門, 慶洽臣工, 風傳寰海, 中賀, 竊以經術 所以
明道, 非其人則不行, 學校所以養賢, 待其時而後用, 發明大典,
允屬昌朝, 恭惟聖上, 道極高明, 政由仁義, 若高舜之稽古, 體殷
周之右文, 乃據舊章, 以興盛禮, 拜聖師而尊爵, 命博士以繙 經,
君子育材, 行見菁莪之詠, 虎臣獻馘, 必成泮水之功, 不唯推美於
一時, 抑亦垂休於萬祀, 伏念臣等, 幸逢明世, 承乏宰官, 仰咫尺
之德威, 將光明之聖學, 秋水時至, 固莫測於望洋, 春木之芚, 實
知榮於援手.

(11) 국학에 행차하심을 하례하는 표문 (賀幸國學表)

> - 임금께서 국학 즉 성균관에 행차하시고 문선왕(공자)에게 석
> 전제 드리고 학자들로 하여금 경학을 강설하게 하여 학문연구와
> 인재양성에 힘쓰시는 성상을 치하하는 표문이다.

신 아무 아무는 아뢰옵니다.

엎드려 뵈오니 성상폐하께서는 이달 13일에 국학에 행차하시어 지성(至
聖)이신 문선왕(文宣王:공자)께 헌작하시고 이어서 대사성 박승중(朴昇中)
에게 명하여 서경(書經)의 열명(說命) 삼편[1]을 강론하게 하셨습니다.

---

1) 열명(說命)삼편 ; 서경(書經) 일명 상서(尙書)의 상서(商書)중 열명편(說命篇) 상,중,하
3편.

임금님 수레[黃屋]가 천자의 깃발[翠華]을 휘날리면서 학당에 광림하시며 고관대작들의 학교의 다리와 문에 성황스럽게 모였으니 경사가 군신백관(群臣百官)에게 넘치옵고 풍화의 덕이 천하에 전하여 집니다. 중하 하옵고,

그윽히 생각하옵건대 경술(經術)은 도를 밝게하는 학문임으로 그 사람됨이 아니면 행하여지지 못하며, 학교는 어진이를 기르는 곳이니 그 길러진 때를 기다린 뒤에야 쓰여질 것이므로 국학에서 대전(大典)을 밝게 여는 것은 진실로 융성한 조정의 분부입니다.

공손히 생각하옵건대 성상께서 도는 지극히 고명하시고 정사는 인의(仁義)에 근본하시니 이는 요순의 공부하심 같고 은나라 주나라 법도 학문을 숭상하여 터득하시어 이의 옛법전에 근거하여 성황된 전례를 일으켰습니다.

성사(聖師)께 절하며 잔을 부어 올리시며 박사에게 명하여 경전을 강론하라 하시니 군자로 기른 인재가 청아지육(菁莪之育)[2]을 노래함을 보게 될 것이요, 용감한 신하는 반수(泮水)에서[3] 교육받고 적군을 이기는 공을 볼 것이니 다만 한때에 빛날 아름다움이 아니라 또한 만세까지 드리워질 빛나는 향사입니다.

엎드려 생각하옵건대 신등은 다행스럽게도 성상께서 다스리는 밝은 세상을 만나 재상의 자리를 다하지 못하고 있으나 지척에 모시는 덕위(德威)를 우러러 광명한 성학을 받으오니 가을 물이 때만나 이르러서 대양을 바라보고 흐르는 측량함이 없음과 같고 봄나무의 싹들이 실로 전하의 손길에 닿는 영광을 느낍니다.

---

2) 청아지육(菁莪之育) ; 무 배추 기르듯 임금이 인재를 기르는 일.「시경」小雅에 "菁菁者莪"라 했다.
3) 반수(泮水) ; 국학 즉 성균관을 말함. 성균관 앞을 흐르는 개울을 반(泮)이라 함.

(12) 入宋謝差接伴表

陪臣某等言, 昨於九月五日, 到泊明州定海縣, 伏蒙聖慈, 差降 朝請大夫試少府監淸河縣開國男 食邑三百戶賜紫金魚袋 傳墨卿 武德大夫兼閤門宣贊舍人長安縣開國男 食邑三百戶 宋良哲, 爲臣等接伴者, 遠介來朝, 仰天威之咫尺, 近臣逆勞, 屈星節之光華, 祇對恩輝, 不勝震越, 臣某等誠惶誠懼頓首頓首, 竊以 夫子之論 孝理不遺 小國之臣, 周官之命 行人以待 四方之使, 曾聞斯語, 今見其眞, 伏念臣等, 俱乏使才, 忝持邦貢, 挾寡君之忠信, 賴上國之威靈, 乘木道之危, 訖濟風波之險, 望天衢之近, 欣瞻日月之明, 豈謂聖慈, 猥令卿迓 如待大賓之異數, 實非小己之所堪, 此盖伏遇 皇帝陛下 信及豚魚德被草木, 謂柔遠而能邇, 故一視而同仁, 入周庭而永觀, 則臣豈敢, 免塗山之後至, 爲幸實多, 臣等無任 感天荷聖 激切屛營之至, 謹奉稱謝以聞.

(12) 송(宋)에 사신 들어갔을 때 접반사를 보내주신데 대하여 감사하는 표문 (入宋謝差接伴表)

- 김부식은 42세때(1116) 송나라로 사신 갔었는데 이때 송의 휘종(徽宗)이 명주(明州)의 정해현(定海縣: 浙江省)까지 두사람의 접반사를 보내서 안내 받았다. 이에 감사하다는 표문을 송의 황제에게 올린 글인데 당시의 문물제도중 특히 사신에 대한 접빈사들의 작위나 예우에 관한 모습이 잘 들어나고 있다. 이하 송나라 사신 가서 쓴 표문은 작자가 박학다식을 보이고 있으니 송나라가 얕보지 못하게 하려한 것이다.

임금님을 모시는 배신(陪臣) 모(某) 등은 아룁니다.

지난 9월 5일에 명주(明州) 정해현(定海縣)에 도착하니, 자애로운 천자(聖慈)께서 내려보내신 조청대부 시소부감 청하현개국남 식읍삼백호 사자금어대(朝淸大夫試少府監淸河縣開國男食邑三百戶賜紫金魚袋) 부묵경(傅墨卿)과,

무덕대부 겸 합문선찬사인 장안현개국남 식읍삼백호(武德大夫兼閤門宣贊舍人長安縣開國男食邑三百戶) 송양철(宋良哲)이 신들의 접반사(接伴使)로 와 있었습니다.

먼 곳의 사신(使臣)이 와서 천자의 거룩한 모습을 지척에서 우러러 뵈옵는데 근신(近臣)이 마중나와 밝은 길을 인도하는 성절(星節)의 광영을 베풀어 주는 은총(恩榮)을 대하오니 송구함을 이기지 못하여, 신모 등이 진실로 황공하고 진실로 두려워 머리를 조아리고 또 조아리옵니다.

그윽히 생각하옵건대, 공부자(孔夫子)께서 효도로 다스리는 일을 논하실 때, "작은 나라의 신하를 빠뜨리지 않는다." 하셨고, 주(周)나라 관제(官制)에, "외교사신을 임명하여 사방의 사절(使節)을 접대한다." 하였사온데, 일찌기 그 말을 들었다가 지금 그것이 사실임을 실감합니다.

엎드려 생각하옵건대, 신 등이 모두 사절의 부족한 재능으로 외람되이 본국의 예물을 가지고, 저희나라 임금의 충신(忠信)만 믿고[1] 상국(上國)의 위령(威靈)을 의지하여, 위태한 배를 타고 험한 풍파를 건너와서 왕경이 가까움을 바라보며 밝은 일월을 뵈옵기를 기뻐하였더니, 어찌 이리도 성자

---

1) 충신(忠信)만 믿고 ; 「열자」(列子) '설부'(說符)'에, "여량(呂梁)은 물이 3천 길을 내려 쏟아 거품이 40리나 가는 험한 곳인데, 한 사람이 뛰어 들어갔다가 헤엄쳐서 나왔다. 공자가 그것을 보고, '그대는 무슨 술(術)이 있는가.' 하고 물으니 그는 답하기를, '나는 충신(忠信)으로 들어갔다가 충신(忠信)으로 나올 뿐이다.' 하였다." 한다. 또 「대학」(大學)에서는 "君子大道 必忠信爲得之"라 하고, 「주역」문언(文言)에 "忠信所以進德也"라 했다.

(聖慈)께서 분수넘치는 분부로 중신(重臣)들을 보내어 맞아주시니, 큰 손님을 대접하는 각별한 은전 같아, 실로 조그마한 저희들이 감당할 바가 아닙니다.

이는 대개 황공하옵께도 황제폐하께옵서 신임하심이 돼지와 물고기에까지 미치시고 덕을 풀과 나무에까지 입히시며, 먼 곳 백성을 회유(懷柔)하여 가깝도록 하심으로 이렇듯 한결같이 어짐을 베풀고자[一視同仁] 하심이오니, 중국조정에 들어가 오래 구경[觀光]하옴은 신이 어찌 감히 바라오리까마는, 도산(塗山)의 모임에 뒤진 것을[2] 면하여 진실로 다행하옵니다.

신 등이 천은(天恩)을 입고 크신 혜택을 받아서 감격하고 황송함을 이기지 못하오며, 삼가 감사드리는 표를 받들어 올립니다.

---

2) 도산(塗山)의 모임 ; 우(禹)가 도산(塗山)에서 제후들을 모이게 했을 때 방풍씨(防風氏)가 늦게 왔으므로 죽였다는 고사가 있다.

(13) 謝郊迎表

陪臣某言, 今月七日 伏蒙聖慈 以臣初屆郊亭, 差降 中亮大夫貴
州防禦使充樞密院使承旨知客省事同館伴 范訥 押賜御宴, 兼賜
帶來 三節人酒食者, 王事靡監, 式遄周隰之行, 天威不違, 已沐需
雲之渥, 失風波之枯槁, 覺徒馭之光輝, 中謝 臣非膚使之才, 辱寡
君之命, 不憚透迤之役, 鼎來衆大之都, 魏闕在瞻, 已慰子牟之戀,
甘泉入侍, 願效呼韓之朝, 豈謂宸慈, 遽霑犒飮, 此盖伏遇法道善
貸, 體神曲成, 特推字小之仁, 以示包荒之德, 進於中國, 免貶絕
於春秋, 如彼南山, 但詠歌於天保.

(13) 교외나와 맞아준데 대한 감사의 표문 (謝郊迎表)

- 작자등 사신 일행이 10월7일에 송(宋)나라 수도[汴京] 성밖에
도착 했을 때 황제(휘종)가 사신을 보내어 교외 정자에서 맞으면
서 잔치를 베풀어 주었는데 이에 감사드리는 표문을 지어 올린 글
이다. 사신 일행은 9월7일 절강성(浙江省) 정해진에 도착하였다
가 한달간 걸려서 성밖까지 이르는 고심 참담한 흔적이 보인다.

임금님을 모시는 저희 신하[陪臣] 아무는 아룁니다.

금월 7일에 황제폐하께서는 신들이 처음 성밖 정자에 도착하였다 하여
중량대부 귀주방어사 충추밀원사 승지지객성사관반(中亮大夫貴州防禦使充
樞密院使承旨知客省事館伴) 범눌(范訥)을 보내어 어연(御宴)을 베풀어 주
시고, 겸하여 데리고온 삼절인(三節人)[1]들에게 술과 음식을 주시었습니다.

임금님 분부[王事]로 쉴 틈이 없이 습승[周隰]의 길을 빠르게 와서 천위
(天威)가 멀지 않은 곳에서 이미 수운(需雲)의 은택²이 푸짐하오니, 풍파에
지친 것을 온통 잊어버리고 일행이 모두 영광을 느끼옵니다. 중사(中謝)하
옵고,

신이 워낙 사신(使臣)의 재능이 모자라면서 저희 나라 임금[寡君]의 명
을 받자와, 길고 머나먼 길을 꺼리지 않고, 재상이 모이는 크나큰 황도(皇
都)에 들어와서, 큰 궁궐이 눈앞에 보이자, 벌써 자모(子牟)의 연모(戀慕)³
를 위로하였었고, 감천궁(甘泉宮)에 입시(入侍)하던 호한(呼韓)의 조회함⁴
을 본받고자 하였삽더니, 뜻밖에도 성자(聖慈)께서 문득 연회를 하사하옵
시니, 이는 대개 도(道)를 법도로 은혜를 베푸시고 신(神)을 체험하시고 곡
진(曲盡)히 이루어 주시고, 특히 작은 나라를 사랑하는 인애(仁愛)를 넓히
어 먼 지방을 포용하는 덕을 보이심이오니, 중국에 나아감이 춘추(春秋)의
말에 이적이라 폄절(貶絶)한다 함⁵을 면하게 된 저희들은, 다만 저 남산(南
山)과 같으리라는 천보시(天保詩)⁶를 노래 하옵나이다.

---

1) 삼절인(三節人): 여기서는 호위병을 말함. 즉 삼절곤(三節棍)을 든 사람.
2) 수운(需雲)의 은택 ; "구름이 하늘로 오르는 것이 수(需: 괘 이름)이니 군자는 이 괘에
   따라 음식으로 잔치하고 때를 기다리며 즐긴다." 하였다. 《周易》需
3) 자모(子牟)의 연모 ; 「장자」(莊子)에, "위(魏)나라 공자모(公子牟)는 몸은 강호(江湖)에
   있어도 마음은 궁궐[魏闕]에 있었다." 하였다. 이것은 임금을 존경하는 뜻이다.
4) 호한(呼翰)의 조회 ; 흉노(匈奴)의 호한야선우(呼韓邪單于)가 한(韓)나라에 와서 조회하
   였다는 고사.
5) 춘추의 이적 ; 춘추(春秋)의 필법(筆法)에 이적(夷狄)은 폄절(貶絶)하였다 하고 공양(公
   羊)에 "春秋不待貶絶 而罪惡見者 不貶絶以見罪惡也"라 함.
6) 천보시(天保詩) ; 「시경」천보편(天保篇)에, "남산이 오래 견디어[壽] 무너지지 않음과
   같으소서." 하였는데, 신하가 임금의 수복(壽福)을 비는 말이다.

(14) 謝天寧節垂拱殿赴御宴表

陪臣某等言, 今月十日 天寧節, 伏蒙聖慈 許今臣等 詣垂拱殿 隨
班上壽, 仍賜忝赴御宴者, 帝出乎震, 茂對嘉辰, 雲上於天, 溥霶
需飲, 惟是介鱗之賤, 亦忝魚藻之歡, 進退周章, 俯仰惷懼, 中謝
恭惟皇帝, 應千齡而接統, 御六辨以撫辰, 琴瑟改張, 誕布惟新之
政, 土茸以理, 已成不朽之功, 擁純福以如山, 暢餘波而漸海, 屬
此流虹之旦, 霈然湛露之恩, 會九實而在庭, 稱萬歲以獻壽, 眷言
遠介, 俶抵樂郊, 指日計程, 慾望丘壇之祀, 自天有命, 屢催驛路
之行, 及茲難得之時, 獲覩非常之慶, 諸侯畢集, 想宗周方岳之朝,
九奏正聲, 迷簡子鈞天之夢, 況又上心申眷, 中貴傳宣, 昇大角之
天庭, 瞻華盖之帝座, 退思奇遇, 實幸平生, 賦魚麗之詩, 竊自嘉
於備禮, 詠鹿鳴之叶, 恨難效於盡心, 感戴兢惶, 倍萬常品.

(14) 천녕절에 수공전 잔치에 참예함을 사례하는 표문
   (謝天寧節垂拱殿赴御宴表)

- 10월10일은 송나라 황제 휘종(徽宗)의 탄신일로서 김부식등
사신 일행은 이 천녕절(天寧節) 수연(壽宴) 축하 사신으로 갔었
다. 이때 축하연에 참석하던 그 감회를 적으면서 황제의 홍덕과
만수를 빌면서 감사의 글을 올렸는데, 이 표문에서 경서(經書)와
고사(古史)의 글을 많이 인용해 쓰고 있는 것은 당시 중국이 동
이(東夷), 서융(西戎), 남만(南蠻), 북적(北狄)이라 하여 모두 무
식한 오랑캐로 여겼기 때문에 그 깊은 학문을 보여주기 위함이
라 여겨지며 작자의 박학다식 함을 볼수 있는 문장이다.

배신(陪臣) 모 등은 아뢰옵니다.

금월 10일 천녕절(天寧節)에 성자(聖慈)께옵서 신 등(臣等)에게 수공전(垂拱殿)에 나아가 반열(班列)에 참가하여 축수(祝壽) 올리고, 바로 이어서 어연(御宴)에 참예하라는 성지(聖旨)를 받자왔습니다.

황제께서 진방(震方)에 나옵신[1] 이 반가운 아침을 맞아, 구름이 하늘에 올라 음식에 흥건히 젖고, 어류 패류[鱗介] 같은 낮은 몸으로 천자의 잔치[魚藻][2]의 기쁜 자리에 참예하게 되오니, 진퇴(進退)함에 몸둘 바를 모르옵고 굽어보나 우러러보나 부끄럽고 송구하옵니다. 중사하옵고,

공손히 생각하옵건대, 황제께옵서 천년만에 성인 난다는 옛일에 따라 황통(皇統)을 잇고, 육변(六辯)[3]을 다스려 시절을 고르게 하시고, 금슬(琴瑟)의 줄을 고쳐[4] 크게 새로운 정사를 펴시고, 토저(土苴)로써 다스려[5] 이미 불후(不朽)의 공(功)을 이루셨나이다.

순수한 복을 누리심이 산(山)과 같아 남은 물결을 퍼뜨려 바다에까지 미쳤나이다.

이 임금 생신인 유홍(流虹)[6]의 아침에 담로(湛露)의 은혜[7]를 내리오시

---

1) 황제께서 진방(震方)에 나옵신 ; 「주역」에, "제가 진에서 나왔다."[帝出乎震] 란 말이 있는데, 인용하여 황제의 탄생 한 날을 축하한 것이다.

2) 어조(魚藻) ; 여기서는 천자가 제후에게 잔치한다는 뜻 「시경 소아편(小雅篇)」

3) 육변(六辯) ; 변(辯)은 변(變)자와 통한다. 육변(六辯)은 음(陰), 양(陽), 풍(風), 우(雨), 회(晦), 명(明), 육기(六氣)의 변화함이란 말이다.《左氏》'昭,元'

4) 금슬(琴瑟)줄을 고쳐 ; 금슬(琴瑟)의 줄을 오래 그대로 두면 늘어나므로 간간히 고쳐서 팽팽하게 버티어야[更張]한다.

5) 토저(土苴)로 다스려 ; "도(道)의 진(眞)으로는 몸을 다스리고, 실마리 남은 것[緖餘]으로는 국가를 다스리고, 그 찌꺼기[土苴]로는 천하를 다스린다." 하였다.(道之眞以治身 其緖餘爲國家 其土苴 以治天下)《莊子》'讓王'

6) 유홍(流虹) ; 소호금천씨(少昊金天氏)의 어머니 여절(女節)의 꿈에 큰 별이 무지개 같은 깃을 흘려 내리는데 그것을 받았더니 잉태하여 소호(少昊)를 낳았다 했다.

7) 「시경」담로(湛露)편은 천자가 제후를 연회하는 시다.

니, 뜰에 가득히 모인 구빈(九賓)들이 모두 만세를 불러 헌수(獻壽)의 잔을 받드옵니다.

돌아보옵건대, 저희들 먼나라의 사신이 이 낙토(樂土)에 이르러 날을 손꼽아 노정(路程)을 헤아리면서 원구단(圓丘壇) 제사에 참여하기를 바랐삽고, 하늘에서 명(命)이 내려 여러번 역로(驛路)의 길을 재촉하여, 이 얻기 어려운 때에 비상한 경사를 얻어 보게 되었사오니, 제후(諸侯)들이 모두 모인 자리에 종주(宗周)[8] 각 지방관들의 조회를 연상하옵고, 구주(九奏)의 음악소리에 조간자(趙簡子)가 균천(鈞天)의 꿈[9]을 꾸는 듯 하옵니다.

하물며 또 황제의 마음으로 권애(眷愛)를 거듭하시매 중귀(中貴 ; 宦官)가 어지(御旨)를 전하와, 대각(大角)의 천정(天庭)[10]에 올라 화개(華蓋)의 제좌(帝座)를 우러러 뵈오니, 물러와 기우(奇遇)를 생각하오매 실로 평생의 행(幸)이었나이다.

어려(魚麗)[11]의 시를 읊으면서 그윽이 스스로 예(禮)를 갖추었음을 대견히 여기오나, 녹명(鹿鳴)의 편(篇)[12]을 노래하매 마음껏 정성을 바치지 못함을 한(恨)하와, 감격하고 송구하옴이 평소보다 만 배나 되옵니다.

---

8) 종주(宗周) ; 주(周)나라 때에 제후들이 주(周)를 종주(宗周)라 하였다. 또는 주의 왕도. 천하의 종주(서전)

9) 조간자의 균천(鈞天) 꿈 ; 춘추 시대에 조간자(趙簡子)가 꿈에 천제(天帝)의 처소에 가서 균천(鈞天)의 음악을 들었다 했다 ; 균천광악(鈞天廣樂) 〈사기. 조사가(趙世家)〉

10) 대각의 천정(天庭) ; 대각(大角) · 화개(華蓋)는 모두 별 이름인데 황제의 궁궐을 상징(象徵)한다.

11) 어려(魚麗) ; 「시경」어려(魚麗)편은 연회에 노래하는 시다.

12) 녹명(鹿鳴)편 ; 「시경」녹명(鹿鳴)편은 임금과 신하가 연회하는 시다.

(15) 謝睿謨殿侍宴表

陪臣某等言, 今月二十三日 入朝崇政殿次 伏蒙聖恩 衆赴睿謨殿
御宴者, 負展法宮, 旣畢視朝之禮, 肆筵秘殿, 特推折俎之慈, 叨
榮遇之非常, 撫蒙襟而失次, 中謝, 恭惟皇帝, 體道御辨, 法天持
盈, 明陶唐之德以時雍, 盡文王之勤而終逸, 雲天成象, 實惟燕樂
之時, 鹿野將誠, 尤盛忠嘉之會, 香橙鮮鯉, 出自禁園, 妙舞淸歌,
選之金屋, 多矣大平之物, 燦然相接之文, 列在周行, 不可勝數,
趨陪密席, 會無幾人, 臣賤有司阿下執事, 顧惟何幸, 竊此殊恩,
跼影彤闈, 股慄而汗出, 擡顔玉宇, 目眩而意迷, 非四照之英姿,
餉八珍之嘉味, 龍光至渥, 臨履靡寧, 彼簡子帝所之游, 空傳恍
惚, 晉武華林之樂, 未免誼譁, 今日之榮, 前古無比, 非但曾臣之
寵, 實增小國之光, 雨露霑濡, 未嘗擇物, 草芥微賤, 無處謝榮, 感
戴難堪, 涕洟交下.

(15) 예모전 잔치에 참석함을 감사하는 표문 (謝睿謨殿侍宴表)

> — 사신 일행은 송 휘종의 예모전에서 연회를 베푼 연회장에 특
> 별히 초대 받았는데 이는 극히 드문 예우이었다. 여기서 송나라
> 여러 신료들과 자리를 함께하고 어사주를 받았다고 하였다.〈문
> 장이 깊고 경사(經史)에 해박하여 특별대우를 받을만 했다.〉

배신(陪臣) 모 등은 아룁니다.
금월 23일에 숭정전(崇政殿)에 입조(入朝) 하였다가 그 길에 성은(聖恩)

을 입어 예모전(睿謨殿)에서 베푸는 임금님 잔치에 참석하라는 어명을 받았습니다.

예모전 정전[法宮]에는 병풍을 둘러치고 그 앞에서 조회(朝會)의 예(禮)를 끝내자 비전(秘殿)에 자리를 베풀어 특히 시연(侍宴)의 인자하신 분부를 내리오니, 특별한 영우(榮遇)를 받자와 몽매한 생각에 몸 둘 바를 몰랐습니다. 중사 하옵고,

공손히 생각하옵건대, 황제께옵서 도(道)를 몸소 실천하여 통치(統治)하시고 하늘의 법대로 나라를 길이 다스리며 요 임금의 덕을 밝혀 때 맞추어 백성들을 화락(和樂)하게 하고, 주문왕(周文王)의 부지런을 다하여 마침내는 편안하옵시니, 구름이 하늘에 오르는 수괘(需卦)의 상(象)¹⁾은 실로 잔치로 즐길 때요, 사슴이 들에 모이듯 더욱 충량(忠良)들이 정성을 다하는 융성한 잔치 모임이었습니다.

향기로운 귤과 신선한 잉어가 궁궐 동산에서 나오고, 묘한 춤 맑은 노래가 금전옥루[金屋]에서 뽑혀 나오니, 태평의 물건이 많기도 하옵고 서로 교제하는 문채가 찬란도 하온데, 줄로 늘어선 행렬은 이루 셀 수 없사오나, 은밀한 자리에는 나아가서 모인 이가 몇 사람이 안되었습니다.

비천한 신(臣)이 유사(有司)의 하료(下僚)로서 무슨 요행으로 이런 각별한 은전(恩典)을 받자왔나이까. 어전(御殿)에 그림자를 서성거리매 다리가 떨리고 땀이 나며, 임금님 계신 곳에 얼굴을 들매 눈이 어지럽고 마음이 아찔하며, 천리를 환히 비추는 네 영자(英姿)²⁾가 아니면서 팔진미(八珍味)의 아름다운 맛을 먹었으니 임금님 은혜가 지극히 몸에 넘쳐서 떨리어 편안하

---

1) 수괘(需卦)의 상 ; 주역의 괘이름, 즉 정정(貞正)하여 때를 기다리다가 뒷 일을 기약하면 만사가 잘된다는 상(象). (周易,需)
2) 네 영자(英姿) ; 전국 시대에 제 위왕(齊 威王)이 말하기를, "나는 검자(黔子) 등 네 신하가 있어 천리를 비춘다." 하였다.

지 못하였습니다.

　저 조간자(趙簡子) 제소(帝所)의 놀음은 부질없이 황홀한 꿈을 전할 뿐이요, 진무제(晉武帝) 화림원(華林園)의 즐김은 떠듦을 면치 못하였거늘[3], 오늘의 영화는 전고(前古)에 비길 바가 없사오니, 신들의 영광 뿐만이 아니라 실로 소국(小國)의 빛을 더하였습니다. 비와 이슬이 내려 적시을 때 일찍 물건을 가리지 않사오매, 초개(草芥)같은 미천(微賤)한 몸이 영광을 사례할 곳이 없사와, 감격함을 이기지 못하여 눈물이 흘러 내리옵나이다.

---

3) 떠듦을 면치 못한다 ; 조간자(趙簡子)는 춘추시대 진(晉)나라 사람. 제소(帝所)는 천자의 거처이니 조간자는 제소를 즐겼다는 잠고대를 하엿다 함.(史記 趙世家). 진무제(晉武帝)는 진나라 사마염(司馬炎). 임금된 뒤 비빈을 몹시 편애하다가 호빈(胡嬪)과 저포놀이를 즐겨서 손가락을 다쳤다[胡嬪爭樗]는 고사가 있다. 즉 떠들어 왁자지글한 모습들. 본문의 훤화(諠譁).

(16) 謝宣示御製詩仍令和進表

陪臣某等言 今月二日 舘伴所傳 下勅旨伏蒙 聖慈宣示 睿謨殿御
製詩一首 仍令臣等和進者, 游於鈞天, 退惟帝所之樂, 倬彼雲漢,
仰觀宸章之高, 捧玩知榮, 震兢失措, 中謝, 恭惟皇帝, 聰明體舜,
智勇兼湯, 煥乎文章, 固難名於盛德, 終於逸樂, 能備禮於大平,
旣推湛露之恩, 遂著白雲之詠, 英辭炳於日月, 精義幽於風騷, 遽
辱寵宣, 猥令屬和, 强求音而叩寂, 顧游聖以難言, 庶事康哉, 但
美明良之作, 時雨降矣, 自慙浸灌之勞, 謹當鑽仰忘疲, 緘縢至
密, 傳之海域, 俾瞻奎璧之餘光, 藏彼名山, 若寶丘墳之大訓.

(16) 어제시를 내려보이면서 화운(和韻)하여 올리라는데 대한 사례의 표
문 (謝宣示御製詩仍令和進表)

> - 김부식을 위시한 고려사신 일행이 송나라 서울에 머므르고 있
> 는 동안 휘종이 예모전의 시를 지어서 관반을 통해 보이면서 이
> 에 화운 하기를 명했다. 이에 사례하는 글을 따로 지어 올리는데
> 극히 겸손하고 자기를 낮추고 있는 글로서 문장의 깊이나 격조
> 가 송나라 학자를 놀라게 했다.

배신(陪臣) 모 등은 아뢰옵니다.

금월 2일에 관반(舘伴)에게 전하여 내리신 칙지(勅旨)를 받자오니, 황제
께옵서 예모전(睿謨殿)의 어제시(御製詩) 한 수를 내리시고 이에 신등(臣
等)에게 화답하여 올리라 하셨습니다.

상제 계신 균천(鈞天)에 놀다가 돌아와 제소(帝所)의 음악을 생각하면서

높고높은 은하수같은 폐하의 글을 우러러 뵈옵고, 받들어 완상(玩賞)하매 영광을 알겠사오며, 몸이 떨리어 어찌할 바를 모르겠습니다. 중사하옵고,

공손히 생각하옵건대, 황제께옵서 총명은 순(舜)임금을 본뜨시고, 지용 (智勇)은 탕(湯)임금을 겸하시니, 빛나는 문장은 진실로 성덕(盛德)을 형용 하기 어렵고, 처음에는 노고(勞苦)하다 마침내는 편안하고 즐거시니, 능히 태평의 예(禮)를 갖추었습니다. 이미 담로(湛露)의 은혜를 내리시고 드디어 백운(白雲)의 시를 지으시니[1], 아름다운 문사(文辭)가 일월보다 더 빛나고 정(精)한 뜻이 풍소(風騷)[2]보다 더 깊사온데, 문득 신들에게 선시(宣示)하시 와 외람되이 화답하라 하시오니, 억지로 소리를 내보고자 고요함을 두드리 고 애써보나 본시 숫기린 울음소리(游聖)는 형언하기 어려운 것이니[3] 모든 일이 편안하다는 명량(明良)의 작(作)[4]을 찬미하올 뿐, 철맞는 비가 내려서 물대는 수고를 덜었으니 스스로 부끄러워 하옵니다.

삼가 마땅히 피곤함을 잊고 받들어 연구하고 보배롭게 함속에 챙겨넣 어, 우리 동방인 해역(海域)에까지 전하여 규벽(奎璧)의 남은 별빛을 쳐다 보고 저 명산(名山)에 간직하여[5] 구분(丘墳)의 대훈(大訓)[6]처럼 보배롭게 하 자 합니다.

---

1) 백운의 시 ; 주목왕(周穆王)이 백운시(白雲詩)를 지은 일에 비유함.
2) 풍소(風騷) ; 풍(風)은 시경(詩經)의 국풍(國風)이요, 소(騷)는 굴원(屈原)이 지은 이소 (離騷)를 말한다.
3) 유성(游聖)은 기린 숫컷의 울음소리. 서투른 울음을 말함
4) 명량(明良)의 작(作) ;「서경」에 "순(舜)이 노래를 지어 부르니 고요(皐陶)가 화답하기 를, 원수(元首)는 밝고[明] 고굉(股肱:신하의 팔다리라는 뜻)이 어질매[良] 모든 일이 편 안하네." 하였다.
5) 명산에 간직하다 ; 사마천(司馬遷)이, "사기(史記)를 지어 명산(名山)에 감춰 두겠다." 하였다. 유실되지않게 깊이 감춘다는 뜻.
6) 구분(丘墳) ; 삼분(三墳)·오전(五典)·팔색(八索)·구구(九丘)는 모두 옛적의 가장 귀 중하고 얻기 어려운 글들이니 구구(九丘)와 삼분(三墳)이 구분이다.

(17) 謝法服叅從三大禮表

陪臣某等言 日者伏蒙 聖慈賜以法服 叅從景靈宮大廟及南郊祀禮
者, 拜命殊尤, 寵假服章之盛, 綴行密邇, 親瞻禋祀之嚴, 退省僭
踰, 伏深戰懼, 中謝, 臣等誤將使指, 來獻表章, 從容館舍之居, 渥
洽朝廷之眷, 及玉鸞之親饗, 許法服以趨陪, 觀淸廟之肅雝, 望圓
壇之帖妥, 昔者呼韓邪之朝漢, 宣帝待以羈縻, 頡利發之入唐, 呂
尙諫其親近, 豈臣蒙鄙, 有此遭逢, 齒於從官, 不以戎索, 此盖伏
遇　時五福, 奄有四方, 威之所加, 震以防風之戮, 義有可進, 賁
然儀父之褒, 至於微臣, 被以華寵, 介鱗之賤, 旣已預於衣裳, 草
木之微, 何以酬於雨露.

(17) 법복으로 삼대제례에 참여케 하신데 대한 사례표문
(謝法服參從三大禮表)

> - 송나라때 만 해도 동이(東夷), 서융(西戎), 남만(南蠻), 북적(北
> 狄)의 의식이 강했으나, 김부식 사신 일행에게는 제례의 예복 즉
> 법복을 입고 3대 제례에 참석케 했으니 고려사신의 위상을 알수
> 있게 하는 표문인데, 휘종의 덕을 몹시 칭송하고 있다.

배신(陪臣) 모 등은 아뢰옵니다.

며칠 전에 폐하께옵서 법복을 주셔서 경령궁(景靈宮)과 태묘(太廟) 및
남교(南郊)의 제사의식에 함께 참예하게 하셨습니다.

내리신 은명(恩命)이 각별하여 훌륭한 복장(服章)을 하사하옵시어 지극
히 가까운 행열에서 엄한 제사를 직접 뵈었사오니, 물러 나와 생각하매 분

수에 넘쳐서 엎드려 송구함이 깊사옵니다. 중사하옵고,

신등(臣等)이 외람되이 사절(使節)로 와서 표장(表章)을 올리옵고, 관사(館舍)에 조용히 묵으며 조정의 돌보심을 푸짐히 받았는데, 옥란(玉鸞)으로 친히 제사를 올릴적에 법복(法服)을 주사 배종(陪從)하게 하여 엄숙한 태묘를 보옵고 원단(圓壇)의 모양을 바라보게 되었습니다.

옛날 호한야(呼韓邪)가 한(漢)나라에 조회했을 때 선제(宣帝)가 굴레와 고삐[羈縻]로 대우하였고[1], 힐리발(頡利發)이 당(唐)나라에 입조했을 때 여상(呂尚)은 그 친근(親近)함을 간(諫)하였거늘[2], 어찌 어둡고 낮은 신(臣)에게 이런 융숭한 대우를 베푸시어 종관(從官)들과 나란히 끼게하고 이융(夷戎)의 무리로 여기지 않으시니, 이는 대개 오복(五福)을 갖추시고 온 천하를 소유하신 황제께옵서 위엄을 더하실 때는 방풍(防風)을 죽이듯이 진노(震怒)하시다가도 받아들일 만하면 의보(儀父)[3]를 포상(褒賞)하듯이 빛나게 대우하시어, 미신(微臣)인 저희들까지도 화려한 총은(寵恩)을 입히시는 성은이옵니다.

인개(鱗介)같은 저희가 이미 법복 의상을 받게 되었으니 초목같은 미미한 몸이 무엇으로 우로(雨露)같은 큰 은덕을 갚으오리까.

---

1) 굴레와 고삐로 대우 ; 한(漢)나라 선제(宣帝)가 말하기를, "이적(夷狄)은 가까이 할 수도 배척할 수도 없고, 다만 굴레를 씌우고 고삐를 달아 다른 데로 달아나지 못하게 할 것이다." 하였다.
2) 여상(呂尚)의 간함 ; 여상이 태종에게, "오랑캐들과 한자리에 앉아 너무 가까이 하면 의외(意外)의 변이 있을지도 모른다."고 간하였다.
3) 의보(儀父)의 표상 ; 「춘추」(春秋)에, "공(公)이 주의보(邾儀父)와 회맹(會盟)하였다."고 썼는데, 「좌전」(左傳)에서 해석하기를, "의보(儀父)는 주자(邾子)의 자(字)이다. 왜 자(字)를 썼는가 하면, 귀여겨긴 때문이다." 하였다.

(18) 謝冬祀大禮別賜表

陪臣某等言 今月十四日 中使某官 某至奉傳勅旨, 伏蒙聖慈 賜臣
等各 衣著一襲 金二十兩 銀一百兩 絹一百疋 兼賜上中節各銀一
十兩 絹二十疋者, 膚使厚辭, 俯加褒寵, 積金腆幣, 尤極匪頒, 祗
荷靡勝, 震驚自失, 中謝, 伏惟皇帝, 純孝同於虞舜, 至誠過於文
王, 尊祖配天, 旣講郊丘之禮, 赦過宥罪, 肆推雷雨之仁, 歡然萬
國之心, 蔑矣一人之獄, 兼行大賚, 周及百官, 顧念賤臣, 來從絕
域, 各以其職, 雖微助祭之勤, 永觀厥成, 獲齒在庭之列, 自幸遭
逢之異, 遽蒙錫予之多, 將意承筐, 仰戴周家之德, 假人以器, 退
慙魯史之言, 在疎以何酬, 但兢銘而不已.

(18) 겨울제사 대례때 따로 금품을 하사한데 대한 감사표문
   (謝冬祀大禮別賜表)

> - 송나라 황실에서 겨울제사 대례를 동지달 14일에 지내면서 고
> 려 사신에게 옷과 돈과 비단을 하사 하였는데 이는 대단한 특전
> 이었다. 이에 감사하다는 글을 지어 올렸으니 구체적이면서도
> 아려한 사륙 변려체로 쓰고 있다. 김부식 문장은 모두가 변려체
> 이다.

배신(陪臣) 모 등은 아뢰옵니다.

금월 14일에 중사(中使) 모관(某官) 모(某)가 이르러 전하는 칙지(勅旨)
를 받은 바, 폐하께옵서 신 등에게 각기 옷 한 벌과 금 20량(兩), 은 1백량

(兩), 비단 1백필(匹)을 하사하시고, 겸하여 상절(上節) 중절(中節)에게 각기 은 10량, 비단 20필씩을 하사 하시었습니다.

근신(近臣)을 보내어 후하신 말씀으로 굽어 총은(寵恩)을 내리시며, 숱한 금은(金銀)과 많은 폐백(幣帛)이 더욱 분수에 넘치는 내려주심인지라. 큰 은혜에 감격함을 이기지 못하오며 송구하여 어찌 할 줄을 모르겠습니다. 중사하옵고,

엎드려 생각하옵건대, 황제께옵서 우순(虞舜)과 같으신 효도(孝道)와 문왕(文王)보다 더하신 지성(至誠)으로 황조(皇祖)를 높여 하늘에 짝하시고 제사 올리며 , 이미 교구(郊丘)의 예(禮)를 강(講)하시고 만물의 허물을 사(赦)하고, 죄를 용서하여 이제 뇌우(雷雨)와 같은 인(仁)[1]을 베푸시니, 만국(萬國)의 마음이 모두 기뻐하고 옥(獄)에는 한 사람도 갇힌 사람이 없으며, 겸하여 크신 은총이 백관(百官)들에게 미치옵니다.

돌아보건대, 천신(賤臣)이 먼곳에서부터 와서, 각기 자기의 직분으로 비록 제사를 돕는 일은 미미 하오나 큰 성과는 대례를 영구토록 보아두려고 제전의 뜰에 끼일 수 있었사오니, 거룩한 기회를 특별히 만났음을 스스로 다행으로 여겼는데, 뜻밖에 이렇게도 많은 하사품을 받게 되온지라 충심으로 은전의 광주리를 받자와[2] 우러러 주실(周室)의 덕을 감대(感戴)하오며 "물러나와 못난 사람에게 기물[器]을 빌린다"는 노사(魯史)의 말씀[3]을 부끄러워하옵니다. 먼 지방 신하로서 무엇으로 갚으오리까. 오직 송구하여 마음속 깊이 새겨 둘 뿐입니다.

---

1) 뇌우(雷雨) 같은 인(仁) ; "천지가 풀리어 뇌우(雷雨)가 내리면 초목(草木)이 모두 싹이 터진다." 하였다. 《周易 屯, 解卦》
2) 은전의 광주리 ; 「시경」녹명편(鹿鳴篇)에, "〈폐백의〉 광우리를 받는다(承筐)."는 구절이 있다. 이것은 주(周)나라의 시다.
3) 기물을 빌린다 ; "귀천(貴賤)의 신분을 구별하는 명호와 그릇은 남에게 빌려줄 수 없다." 고 하였다. (사기(史記)

(19) 謝許謁大明殿御容表

陪臣某言 十一月二十六日 西景靈宮隨駕次 伏蒙聖慈 許令臣等
進謁大明殿御容者, 忝從勝游, 目眩雲龍之盛, 仰瞻舘御, 心驚天
日之淸, 揆寵踰涯, 捫襟積懼, 中謝, 竊念析津之域, 舊惟箕子之
封, 上自新羅, 臣屬大漢, 至於本國, 服事皇朝, 禮義文章, 庶幾夏
道, 衣冠制度, 又慕華風, 雖慙鴂舌於南蠻, 冀變鴳音於泮水, 顧
以被山戎之侵軼, 困疆場之繹騷, 闕修貢儀, 屢換年所, 及裕陵御
辨, 推道化以東漸, 文王占風, 貢至誠而上達, 沔水之朝不息, 蓼
蕭之澤浸深, 故令荒落無知之人, 不敢斯須 輒忘其德, 豈期今日,
親覯晬容, 此盖伏遇 體不可知之神, 行若稽古之政, 聖能饗帝,
奠圭幣於圓丘, 仁不遺親, 奉衣冠於原廟, 許叅侍從, 得謁聖眞,
不唯賤介竦瞻, 哀榮殞涕, 抑亦寡君聳聽, 感激增懷, 仰惟字小之
至仁, 誓堅事大之一節.

(19) 대명전의 영정을 뵙게 허락한데 대한 감사표문 (謝許謁大明殿御容表)

> – 사신 일행은 휘종의 어가를 따르다가 대명전에 걸어 놓은 송
> 나라 역대 임금의 사진인 영정을 뵙는 영광을 허락 받고 구경하
> 였는데 그 소감을 표문으로 써서 감사의 뜻을 밝혔다. 역시 전형
> 적인 유려한 사륙 변려체 문장이다.

배신(陪臣) 모는 아뢰옵니다.

11월 24일 서경령궁(西景靈宮)에 어가(御駕)를 따르던 때에, 성자(聖慈)
께서 신등(臣等)에게 대명전(大明殿)에 나아가 어진(御眞)을 뵈옵기를 허락

하셨습니다.

거룩한 행차에 배종(陪從)하여 운룡(雲龍)의 성(盛)하옴에 눈이 어지러웠고, 우러러 어진(御眞)을 바라보매 임금님[天日]의 맑으심에 마음이 놀라오니, 총애(寵愛)가 그지없으시어 옷깃을 여미며 송구함이 겹치옵니다.중사,

그윽이 생각하옵건대, 해동(海東)의 지역이 옛날 기자(箕子)의 봉지(封地)로서 위로 신라(新羅) 적부터 대한(大漢)에 속하고, 본조(本朝)에 이르러 황조(皇朝)를 복사(服事)하여서 예의(禮義)와 문장(文章)이 거의 중국에 가깝고, 의관(衣冠)과 제도(制度)가 또 화풍(華風)을 흠모하여 비록 언어만은 남만(南蠻)의 결설(鴂舌)[1] 임을 부끄러워하나, 학문은 반수(泮水)에서 효음(鴉音)을 변하기를 바랐나이다.[2] 그러나 중간에 오랑캐의 침로를 입어 강토가 어수선한 곤경에 빠져 여러 해 동안 조공(朝貢)을 치루지 못하였더니 금나라 유릉(裕陵)이 왕위에 오르시자 교화(敎化)를 넓혀 동으로 뻗치시고, 문왕(文王)이 바람을 점치매[3] 지성을 바쳐 상달(上達)하여 면수(沔水)의 조종[4]이 쉬지 않고 요소(蓼蕭)의 은택이 깊이 젖었사오니, 먼 지방의 무지한 사람도 감히 잠깐 동안이라도 그 덕을 잊지 못하였는데, 어찌 오늘에 친히 어진(御眞)을 뵈올 줄을 기대하였사오리까.

─────────────

1) 결설(鴂舌) ; 국어나 중국어와 말이 달라 새가 지저귀는 소리와 같다는 뜻. 즉 남만결설 지성(南蠻 鴂舌之聲)

2) 효음(鴉音) 변하기를 ; "서쪽에 있는 올빼미가 비둘기를 보고 '이 지방 사람들이 나의 우는 소리를 싫어하니 나는 장차 동쪽으로 옮기겠다.' 하니 비둘기는, '옮기는 것 보다도 너의 울음소리를 변하여야 한다. 소리만 변하면 서쪽에 그대로 있어도 좋고, 나쁜 소리를 고치지 않으면 동쪽으로 가도 동쪽 사람이 역시 싫어 하리라.' 하였다." 한다.《說苑》

3) 문왕이 바람을 점치다 ; 주문왕(周文王)이 바람 부는 것을 보고 점을 쳐서 외국 사신이 올 줄 알았다함.

4) 면수(沔水)의 조종 ; "면수(沔水)가 바다에 조종(朝宗)한다." 즉 넘쳐흐르는 물은 모두 바다로 흘러든다는 뜻 《詩經》

이는 대개 폐하께옵서 불가지(不可知)의 정신(精神)[5]으로서 요순의 어짐을 익혀 정사를 행하시어, 성(聖)스러우심이 상제(上帝)를 흠향(歆饗)할 수 있어 원구(圓丘)에 규폐(圭幣)를 드리고, 인(仁)하심은 어버이를 버리지 않으사 원묘(原廟)에 의관(衣冠)을 받드시며,[6] 시종(侍從)들을 참여케하여 성진(聖眞)께 배알(拜謁)을 허하심이오니, 다만 저희들 천한 사신은 황공히 바라보며 영광으로 눈물을 떨어뜨릴 분만 아니오라, 저희 나라 과군(寡君)이 듣자오면 감격한 회포를 더하오리다.

우러러 소국을 사랑하는 지극한 인(仁)을 생각하오며 사대(事大)의 절개를 굳히옵니다.

---

5) 불가지(不可知)의 정신 ; "커서 화하는 것을 성이라 하고, (大而化之之謂聖) 성하여 알 수 없는 것을 신이라 이른다." (聖而不可知之謂神) 하였다. 《孟子》
6) 원묘에 의관을 받드다 ; 한(漢)나라 혜제(惠帝)가 고제(高帝)의 원묘(原廟)를 짓고 의관(衣冠)을 달마다 지어 올렸다고 전한다.

(20) 乞辭表

陪臣某等言, 高明在上, 冒四海以靡遺, 誠懇由中, 表一言而可達,
仰瀆德威之重, 不勝震懼之深, 中謝 伏念臣等, 承乏使人, 來脩聘
禮, 離鄕國已踰六朔, 在京館將浹十旬, 旣厚沐於異恩, 亦縱游於
樂所, 蓼蕭零露, 但自覺於霑濡, 秋水望洋, 浩不知於涯涘, 永言
感戀, 豈忍辭違, 然念使事已成, 理當歸報, 王程有限, 勢不懷安,
遂敷衽以上陳, 若履冰而積懼, 伏望體道善貸, 法天必從, 憐臣雖
戀於聖朝, 謂臣未遑於王事, 渙然大號, 賜以俞言, 許令臣等, 以
今正月下旬離館, 三月到明州, 四月過洋歸國, 則伏北海之驚波,
永依聖德, 致中天之寵旨, 速尉君心, 區區之誠, 期於得請.

(20) 하직을 청하는 글 (乞辭表)

> – 고려사신이 송나라 황제에 사신임무를 마치고 귀국하겠다는
> 글인데 이 속에 송나라 서울에 묵었던 일정(日程)이 엿보인다.

배신(陪臣) 모 등은 아뢰옵니다. 고명(高明)함이 위에 계시어 사해(四海)
를 빠짐없이 덮어 주시는 황제께, 가슴 속에서 우러나오는 정성으로 한 말
씀을 표하여 아뢰오나 우러러 위덕(威德)을 모독함이 있을까, 외람됨을 깊
이 이기지 옷하옵니다. 중사,

엎드려 생각하건대, 신 등은 사명을 받들고 와서 방문하는 예를 이행하
느라고 고국을 떠난 정은 이미 6개월이 지났사옵고 경관(京館)에 머물기도
거의 백 일이 되었습니다. 이미 특별한 은혜에 후히 젖었사옵고 또 즐거운

곳에서 실컷 놀았으므로 육소(蓼蕭)[1]의 지는 이슬에 다만 함초롬히 젖어드
는 것을 깨달았을 뿐이오며, 가을물이 바다를 바라보듯[2] 넓어 그 가를 모르
겠사와 오래오래 느끼고 그리워 해야 하거늘, 어찌 차마 하직하겠다 하겠
옵니까. 그러하오나 사신의 임무가 이미 끝났으므로 사리로 보아 마땅히
돌아가 보고를 해야 하오며, 임금명을 받든 기간이 한정 있어서 형세가 편
안히 있을 수 없으므로, 드디어 옷깃을 여미고 우러러 아뢰오니 엷은 얼음
장을 밟는 것같은 두려움에 쌓입니다. 엎드려 바라옵건대 도(道)를 체받아
용서를 잘하시고 하늘을 법삼아 아랫사람의 소원을 반드시 이뤄 주시어 신
이 비록 성조(聖朝)에 연연하고 있으나 왕사(王事)를 다 못마쳐서 그렇다고
여기시고, 빛나는 명령으로 윤허를 내리시와 신 등으로 하여금 이달 정월
하순에 사신이 머무던 객관을 떠나서 3월에 명주(明州)에 당도하고[3], 4월
에 바다를 건너 고국으로 돌아가게 하여 주시오면, 북해(北海)의 놀라서 노
한 파도가 잠잠하여 길이 성덕(聖德)을 의탁하게 될 것이오며, 은지(恩旨)
를 전달하여 속히 제 임금의 마음을 위로하겠옵니다. 신등의 구구한 정성
이 청원대로 얻어지기를 기대 하옵니다.

---

1) 육소(蓼蕭) ; 시경(詩經) 소아(小雅)에 있는 말인데, 천자의 은택이 사해에 미쳤다고 말
한 "蓼彼蕭斯零露湑兮"의 대목이다.
2) 가을물이 바다를 바라보듯 ; 장자(莊子)에 있는 말인데 초가을에 장마가 져서 강물이
불어나 바다와 같이 넓어졌으므로 강의 신령이 물 많은 것은 내가 제일이라고 생각하
면서 물흐르는 대로 따라서 바다에까지 내려가 물이 많음을 보고서 망연자실 하였다는
말이 있다.《추수편(秋水篇)》본문의 「秋水望洋 浩不知於涯淡」라는 대목이다.
3) 명주(明州)에 당도 ; 그 때에 중국에 가려고 하면, 중국의 북반부를 점령하고 있는 여진
족(女眞族)이 송나라와 교통하는 것을 허락하지 않으므로 부득이 바다 길로 갔었는데
절강성(浙江省) 명주(明州) 땅에 상륙하게 되었다. 그래서 정월에 객관을 떠나 4월에
나 돌아간다고 하는 것이다.

(21) 謝御筆指揮朝辭日表

陪臣某等言, 今月二十一日, 中使某至, 奉傳勅旨, 伏蒙聖慈, 以
臣等陳乞辭退, 特降御筆指揮, 許令二月下旬朝辭, 三月初進發
者, 需封仰愍, 方懷殞越之憂, 渙汗俯臨, 猥示丁寧之訓, 拜嘉之
辱, 撫已以驚, 中謝 臣遠造京華, 反安館穀, 帝居甚樂, 縱偃仰以
忘歸, 使事畢修, 欲淹留而無計, 不能自止, 唯號斯言, 仰兢天日
之威, 若蹈氷淵之險, 豈謂薰慈從欲, 聰鑒聽卑, 不加斧鉞之誅,
特沛絲綸之旨, 蒼黃承命, 感激交懷, 顧秋燕之未歸, 尙依大厦,
念疲駑之將退, 增戀君軒, 始終之恩, 生死奚報.

(21) 조례때 하직할 일정을 지시하는 어필을 내려주신데 대한 감사의 표문 (謝御筆指揮朝謝日表)

> – 당시 고려 사신이 송의 황제앞 조례때 하직인사 절차가 있었
> 던 것을 알수 있는데 이는 중화(中華)의 특별 대우라고 여겨지고
> 그 의식 일정과 절차를 송의 휘종이 손수 써서 내려보내니 더욱
> 감격한 모양이다. 이 표문에서 귀국 일정도 엿보인다.

배신(陪臣) 모 등은 아뢰옵니다.

이 달 21일에 중사(中使) 모가 이르러 전하옵는 칙지(勅旨)를 받들어 보
오니, 성상께옵서 신 등(臣等)이 하직을 청해 올린데 대하여 각별히 손수
글씨써서 지시하여 내리시기를 2월 하순에 폐하를 하직하고 3월 초에 출발
함이 마땅하다 하였습니다.

　봉서(封書)를 올려 우러러 하직을 바라올 때 바야흐로 황공하여 근심을 품었사온데 윤음(綸音)이 굽어 내리시어 분에 넘친 간절한 가르침을 보이시오니, 고마우신 은명(恩命)을 받자오매 몸둘 바를 아지 못하겠습니다. 중사,

　신이 멀리 번화한 중국 서울에 와서 객관에 편안히 묵으며 서울 생활이 심히 즐거워 이럭저럭 돌아가기를 잊었사오나, 사신의 일을 마쳤으므로 더 묵고자 하여도 도리가 없는지라 어쩔 수 없이 말씀을 올려 우러러 천일(天日)의 위엄을 바라옵고 얇은 얼음 밟듯 깊은 못에 다다른 듯 하였더니, 뜻밖에도 성자(聖慈)께옵서 저희들의 청을 허락하시고 폐하의 밝으심으로 하정(下情)을 들어주시어, 무거운 벌[斧鉞之誅]을 가하지 않으시고 사륜(絲綸)의 특지(特旨)를 내리시오니, 창황히 어명을 받자오매 감격한 회포에 사무치옵니다.

　돌아보옵건대 가을 제비가 돌아가기 전에 아직 큰 집을 의지하고 있듯, 지친 노마가 장차 물러갈 때 주인의 난간이 더욱 그립듯하여, 처음부터 끝까지 내리신 은혜를 생사간에 어찌 다 갚사오리까.

(22) 謝二學聽講兼觀大晟樂表

陪臣等言, 昨奉勅旨, 伏蒙聖恩 詣辟雍大學 謁大成殿, 仍聽講經義, 兼觀大晟雅樂者, 濟濟衣冠之集 獲覩虞庠, 洋洋雅頌之音, 兼聞周樂, 退省殊常之遇, 伏增越分之羞, 中謝 竊以天下之才, 待敎育而后用, 聖人之說, 須講習而乃明, 故先王立學以作人, 而四海承風而遷善, 去聖逾遠, 逮德下衰, 書焚於秦, 道雜於漢, 虛無之說 盛於晉宋, 聲律之文 煽於隋唐, 方術幾至於淪胥, 習俗久恬於卑近, 至于我宋, 復振斯文, 恭惟皇帝, 挺神聖之姿, 述祖宗之志, 興百年之禮樂, 復三代之泮廱, 在彼中阿, 樂育才之有道, 于此菑畎, 欣采芑之無方, 見多士之彙征, 肆小子之有造, 絃歌之詠周徧 四方學校之修 若無前古, 在於中夏 實希闊而難逢, 芑若遠人豈僥倖而可覩, 獨緣至幸, 叨此殊榮, 納履橋門, 類互鄕之與進, 摳衣講席, 同子貢之不聞, 復遊簧簣之場, 杳若韶鈞之奏, 昔者淮夷來獻, 季禮請觀, 此皆未登天子之庭, 只見邦君之事, 比臣所遇, 彼不足云, 逃楊墨必歸, 雖慙於善學, 在夷狄則進, 厚荷於至仁, 感抃兢銘, 倍萬常品.

(22) 이학에서 청강하고 대성악을 보게한 사례의 표문
(謝二學聽講兼觀大晟樂表)

> - 김부식 사신 일행은 특별히 대성전에 참배하고 경전 강의를 듣고 또한 대성 아악 연주를 구경하는 영광을 입었다. 콧대 높은 중국 황실에서 방국의 사신을 좀처럼 만나주지도 않는 당시에 고려사신의 특별대우가 놀랍고, 그 만큼 사신들의 학문적으로나 예의범절이 수준 높았음을 알 수 있다.

배신(陪臣) 등은 아뢰옵니다.

어제 칙지(勅旨)를 받들어 뵈오니, 성상께옵서 신 등에게 태학(太學)에
나아가 대성전(大成殿)에 참배하고, 이어서 경의(經義)를 청강하고 겸하여
대성 아악(雅樂)을 보라고 하셨습니다.

제제(濟濟)한 의관의 모임을 태학[虞庠]에서 볼 수 있고, 양양(洋洋)한
아송(雅頌)의 소리를 겸하여 주악(周樂)을 들었사오니, 물러와 각별하신 총
우(寵遇)를 생각하오며 엎드려 분수에 넘치는 부끄러움을 더하였습니다.
중사,

그윽히 생각하옵건대, 천하의 재주는 교육을 기다린 뒤에 쓰여지고 성
인의 말씀은 강습을 해야 밝아지나니, 그러므로 선왕(先王)이 학(學)을 세
워 사람을 만들고 사해(四海)가 그 풍습을 이어 선(善)한 데로 옮았습니다.

이제 성인과는 더욱 멀어지고 덕은 바뀌어 후대로 쇠퇴하여 진대(秦代)
에 글이 모두 불타고 한조(漢朝)에 도(道)가 뒤섞였으며, 허무(虛無)의 설이
진송(晉宋)에 성해지고 성률(聲律)의 문(文)이 수(隋)·당(唐)에 어지러이
일어나, 방술(方術)[1]이 거의 없어져 윤몰(淪沒)할 지경에 이르고 습속이 오
래 낮고 천해졌더니 우리가 존숭하는 송(宋)나라에 이르러 다시 사문(斯文)
을 진작(振作)하게 되었습니다.

공손히 생각하옵건대, 황제께옵서 신성하신 양자로 빼어나셔서 조종(祖
宗)의 뜻을 이으시고 백년의 예악(禮樂)[2]을 일으키시며 삼대(三代)의 대학
을 다시 일구어, 저 중아(中阿)에서 재주를 기름이 도(道)가 있음을 즐기고,

---

1) 방술(方術)이 없어지다 ; 한대(漢代)에는 순수한 유학(儒學)이 아니고 도가(道家)인 황
　로학(黃老學)을 섞었고, 진송시대(晉宋時代)에는 노장(老莊)의 허무 사상(思想)이 성하
　였고, 수(隋)·당(唐) 때에는 부화(浮華)한 병려문(騈儷文)과 율시(律詩)가 성하였다.
2) 백년의 예악 ; 한(漢)나라 초기에 예악(禮樂)을 제정하려고 선비들을 부르니, 노(魯)나
　라의 두 선비[兩生]가 오지 않고서, "예악은 덕을 쌓은 지 백년이 되어야 일으킬 수 있
　다." 하였다.

이 치묘(菑畝)³⁾에 상추나물[芑]을 캠이 일정한 곳이 없다함을 기뻐하여, 많은 선비들이 무리를 지어 나아가고[彙征]⁴⁾ 줄지은 학생들도 나아갈 곳이 있어 현가(絃歌)를 읊는 소리가 사방에 들리고, 학교의 규모가 전고(前古)에 없는 듯하오니, 중국에 있어서도 실로 만나보기 어려운 일이거든, 하물며 먼뎃사람이 어찌 요행으로만 볼 수 있사오리이까. 신 등이 홀로 지극한 행운으로 이 비상한 영광을 누리와 교문(橋門)에 발을 들여놓으니,⁵⁾ 호향(互鄉)이 함께 나아가듯, 강석(講席)에 옷을 걷으니[攡衣]⁶⁾ 자공(子貢)이 듣지 못하던 것을 들은 것 같았으며,⁷⁾ 다시 각가지 음악의 연주 마당에 이르니 아득히 순(舜)의 악(韶)과 천제의 음악(鈞)의 주악을 듣는 듯하였습니다.

옛날에 회이(淮夷)가 와 공물을 드릴 때 계례(季禮)가 뵙기를 청했었는데, 이들은 모두 천자의 뜰에 오르지 못하고 다만 방군(邦君)의 일만 본 것이온데, 신의 받자온 예우(禮遇)에 비하면 저들은 이를 것이 못되옵니다. 양주(楊朱) 묵적(墨翟)에서 도망하여 반드시 돌아옴⁸⁾은 비록 잘 배운자로서 부끄럽사오나, 이적(夷狄)이면 나아오게 하옵

---

3) 치묘(菑畝)의 상추나물 ;「시경」소아 의 "청청자아(菁菁者莪)의 중아(中阿)와 채기장(采芑章)인데 모두 인재를 양성하고 등용함을 읊은 시이다.
4) 휘정(彙征) ; "현인(賢人)을 쓰면, 띠뿌리를 뽑을 때 여러 뿌리가 한꺼번에 따라 일어나듯 여러 현인이 무리를 지어 나아간다." [拔茅茹以其彙征吉]하였다.《周易》'地天泰'
5) 교문(橋門) ; 태학(太學)에는 물이 돌았기 때문에 교문(橋門)이 있는데, 한명제(漢明帝)가 태학에 가서 친히 경전(經典)을 잡고 질문하니, 교문(橋門)에 둘러서서 구경하는 이가 수만 명이었다.《後漢書》
6) 옷을 걷다(攡衣) ; 제자가 선생의 앞에 들어 갈 때에는 긴 옷자락을 걷고 조심히 들어간다는 뜻이다.《禮記 '曲禮'》
7) 자공이 듣지 못한 ; "자공이 말하기를, 부자(夫子: 孔子)께서 성(性)과 천도(天道)를 말씀하신 것은 듣지 못하였다." 하였다.《論語》
8) 묵적에서 도망 ; "묵자(墨子)의 도에서 도망하면 반드시 양자(楊子)의 도에 돌아오고, 양자의 도에서 도망하면 반드시 유도(儒道)로 돌아온다.' 하였다.《孟子滕文公》

는[9] 지극한 어지심을 깊이 감사하오며, 감격되고 춤추며 송구하여 명심함이 무엇으로도 비길 데 없사옵니다.

---

9) 이적이면 나오게 하다 ; 양웅(楊雄)의 「법언」(法言)에, "문장(門墻)에 있으면 몰아내고, 이적(夷狄)에 있으면 나오게 한다."는 말이 있다. 이것은 가까운 문장(門墻)에 있는 자는 조금이라도 틀리면 내쫓고, 이적(夷狄)에게는 웬만한 것은 용서한다는 뜻이다.

(23) 謝宣示大平睿覽圖表

陪臣某等言, 今月十一日, 伏蒙聖慈 宣示宣和殿 大平睿覽圖二
冊, 及成平曲宴圖, 仙山金闕圖, 蓬萊瑞靄圖, 姑射圖, 奇峯散綺
圖, 村民慶歲圖, 夫子杏壇圖, 春郊耕牧圖, 玉淸和陽宮慶雲圖,
筠莊縱鶴圖, 秋成欣樂圖, 白玉樓圖, 唐十八學士圖, 夏景豊稔圖,
太上度開圖, 各一卷者, 北宸恩眷, 沛爾淪肌, 東壁圖書, 爛其溢
目, 省遭逢之尤異, 肆震越以靡寧, 中謝 恭惟皇帝, 逍遙穆淸, 出
入神聖, 日新盛德, 持盈而守成, 天縱多能, 依仁而游藝, 或興懷
於物景, 或寓意於杳冥, 裂素繪形, 發精華於五彩, 繫辭題跋, 掩
文曜於三辰, 旣煥乎而有章, 信作者之謂聖, 宜帝宮之秘玩, 豈俗
眼之可觀, 惟是遠人, 厚蒙誤寵, 皇華密命, 交午道塗, 寶翰珍篇,
光輝羈旅, 靑天有象, 雖容側管之窺, 大海無涯, 但有忘洋之愧,
兢榮感刻, 不知所圖.

(23) 대평예람도를 보여 주신데 대한 감사표문 (謝宣示大平睿覽圖表)

> - 김부식등 사신 일행은 휘종의 특별한 배려로 선화전(宣和殿)
> 에 비장된 대평예람도 2책등 17책의 귀중문헌을 관람하였는데
> 이는 송나라 조정의 문물제도를 보여주는 정화(精華)요 보배이
> 었다. 이에 대한 놀라움과 감사의 표문을 지어 올렸다.

배신 모 등은 말씀드립니다.

이달 11일에 성상께옵서는 선화전(宣和殿)의 태평예람도(太平睿覽圖)
두책과 성평곡연도(成平曲宴圖)·선산금궐도(仙山金闕圖)·봉래서애도(蓬
萊瑞靄圖)·고야도(姑射圖)·기봉산기도(奇峰散綺圖)·촌민경세도(村民慶

歲圖)·부자행단도(夫子杏壇圖)·춘교경목도(春郊耕牧圖)·옥청화양궁경
운도(玉淸和陽宮慶雲圖)·균장종학도(筠莊縱鶴圖)·추성흔락도(秋成欣樂
圖)·백옥루도(白玉樓圖)·당십팔학사도(唐十八學士圖)·하경풍념도(夏景
豊稔圖)·태상도개도(太上度開圖) 각 1권을 신 등에게 보여 주셨습니다.

북극성과 같은 임금의 은권(恩眷)이 비내리듯 몸에 젖어 동벽(東壁)의
도서(圖書)가 찬란히 눈에 넘치오니, 각별한 은총 입음을 살피오매 송구하
여 몸이 편안하지 못하였습니다. 중사,

공손히 생각하옵건대, 황제께옵서는 맑고 화평한 덕으로 교화하시면서
신성(神聖)함에 출입하시며, 날마다 새로우신 성덕(盛德)은 가득하여[持盈]
이룬 것을 지키시고[守成] 하늘에서 타고나신 많은 재능은 인(仁)을 의지하
고 예(藝)에 높으사, 혹 자연의 경치를 보시고 회포를 일으키시고 혹 아득
한 경지에 뜻을 두자 흰 비단을 찢어 형상을 그리시니, 정화(精華)가 오채
(五彩)로 드러나고 화제(畵題)를 쓰시고, 발문(跋文)을 붙이시매 문채가 해
와 달과 별보다 더 빛나나이다.

이렇듯 이미 그 전장(典章)이 환하게 빛나오니 지으신 이를 성인(聖人)
이라 이르올지라, 제궁(帝宮)에서나 그윽히 완상(玩賞)함이 마땅할지니 어
찌 속안(俗眼)으로 관람(觀覽)할 것이오리까, 그렇거늘 오직 저희들 먼곳
사람들이 분수없이 두터운 성총(聖寵)을 받자와, 사신의 밀명(密命)이 번갈
아 도로에 오가고 보한(寶翰)과 진편(珍篇)이 여관(旅館)을 빛내오니, 푸른
하늘에 나타나는 상(象)을 비록 조그만 관(管)으로 엿보라 하시오나 가없는
큰 바다에 다만 대양(大洋)을 바라보는[望洋]¹⁾ 부끄러움이 있을 뿐, 송구하
고 영광스럽고 감격하와 몸 둘 바를 모르겠나이다.

---

1) 망양(望洋) ; "하수의 신[河伯]이 하수가 큰 줄만 알았다가 바다를 바라보고는 탄식하였다."
   한다. (望洋之嘆)《莊子 秋水》

(24) 謝赴集英殿春宴表

　　陪臣某等言, 二月二十九日, 伏蒙聖慈 特令臣等及三節人 叅赴集
英殿春宴者, 需于酒食, 易言君子之光, 燕爾忠嘉, 詩有聖人之雅,
示慈良渥, 爲寵則多, 中謝 臣等饗千載之休辰, 輸一方之陋貢, 介
鱗之賤, 叨厠於鴛鸞, 葵藿之微, 幸依於天日, 便蕃周賚, 猒飫漢
醑, 況今屬星鳥之正時, 會雲龍而同樂, 昇于密座, 俯同在藻之歡,
侑以金觴, 愈極晞陽之澤, 循涯甚越, 在昔實希, 此蓋伏遇盛德并
容, 大明旁燭, 柔遠能邇, 旣行三代之風, 一視同仁, 不謂九夷之
陋, 勿遺下使, 被以殊恩, 雖冒昧不貲, 顧難勝於感激, 而幽荒無
頓, 愧莫效於論酬.

(24) 집영전 봄잔치에 불러주셔서 감사하는 표문 (謝赴集英殿春宴表)

> － 사신 일행은 궁궐 집영전에서 베푼 봄 연회에 특별히 초청 받
> 고 참석하여 황제의 술잔을 받았다 하였으니 큰 영광이요, 특별
> 대우였다. 필자는 시경,주역,서경할 것 없이 열거하면서 박학다
> 식을 은근히 보여주고 있으며 그래서 송나라 황제도 고려사신을
> 눌러보지 못한 듯 하다.

배신 모 등은 말씀 드립니다.

　2월 29일에 성상께옵서 특히 신 등과 삼절인(三節人)에게 집영전(集英
殿) 봄 잔치에 참석(參席)하라는 특명을 받았습니다.

　"술과 음식으로 기다린다"[需于酒食] 함은 주역(周易)에서 "군자(君子)

의 빛이라." 하였고, "너희들 충성되고 아름다운 자들과 잔치한다." 하고 시경(詩經) 소아(小雅)에 성인(聖人)의 노래가 있사오나,[1] 이 흡족하고 넘치시는 성자(聖慈)를 받드오매 총영(寵榮)이 지극하옵니다. 중사,

신 등이 천재(千載)의 반가운 때를 당하여 변방(邊方)의 보잘 것 없는 공물(貢物)을 바치려 하여, 개린(介鱗)같은 천한 몸이 외람되이 원앙과 난새[鸞]를 따르고, 해바라기 같은 작은 정성으로 다행이 천일(天日)을 의지하며, 주실(周室)의 사물(賜物)[2]을 여러번 받잡고 한정(漢廷)의 포(酺)를 배부루도록 먹었나이다.[3] 하물며 지금 중춘(仲春)의 이 철에 구름[臣]과 용(龍)이 모여 같이 즐기시오니, 은밀한 자리에 오르시와 굽어 물고기가 마름사이에 있는 즐거움[4]을 같이하시고, 금잔으로 술을 내리옵시니 더욱 담로(湛露)의 은택[5]이 지극하온지라, 분수에 넘치어서 옛날에도 실로 드문 일이옵니다.

이는 대개 성상께옵서 성덕(盛德)으로 아울러 포용하여 주시고 크나큰 밝은 빛을 옆으로 비쳐주시와, 먼 데를 회유(懷柔)하여 가까이 하심에 이미하(夏), 은(殷), 주(周)의 삼대(三代)의 유풍을 행하시고, 한결같이 차별없는 인(仁)으로 보아 구이(九夷)를 더럽다[6] 이르지 않으시고, 하사(下使)라도 남감이 없이 특수한 은혜를 입힘이오니, 비록 어두운 저희들로서도 감격함을

---

1) 술과 음식으로 기다린다 ; 「주역」의 수괘(需卦)의 말과 「시경」의 소아(小雅)에 "我有旨酒 以燕樂嘉賓之心"이라 한 말.
2) 주실(周室)의 사물(賜勿) ; 주(周)나라 천자가 제후(諸侯)에게 각기 내려준 물건이 있었다는 사실을 상기
3) 포를 먹다 ; 포(酺)는 나라에 경사가 있을 때에 조정에서 민간에 술과 고기를 내려주어 실컷 먹게 하는 것인데, 한문제(漢文帝) 때에 크게 행하였다 함
4) 물고기… 즐거움 ; 「시경」의 어조(魚藻)장에, "물고기가 마름[藻]에 있다. 왕은 호경(鎬京)에 있다." 하였는데 천자가 제후를 잔치하는 시다.
5) 담로의 은택 ; 「시경」의 담로장(湛露章)은 천자가 제후(諸侯)에게 잔치하여 줌을 읊은 시다.(湛湛露斯 匪陽不晞)라 함.

이기지 못하오며, 보잘 것 없는 저희들이 글로써 다할 길이 없사옴을 부끄러워하옵니다.

---

6) 구이(九夷)를 더럽다 ; 공자(孔子)가 구이(九夷)에 가서 살려 하매 누가 묻기를, "누추하여 어찌 하렵니까."하니 공자는, "군자가 거하는데 어찌 누추함이 있으랴." 하였다.

(25) 謝回儀表

陪臣某言, 今月某日, 伏蒙聖慈 以臣進奉土宜回 賜絹五千七百三十四 兼給上中節員有差者, 寵章繁夥, 精爽震兢, 中謝 竊以易言束帛以賁園, 蓋尊高逸, 詩載實幣而杼意, 特厚忠嘉, 豈宜疎逖之徒, 過辱使蕃之貺, 伏念臣明庭修聘, 傳舍偸安, 厚禮殊恩, 靡勝感激, 愚誠卑欵, 不自忖量, 謂蘊藻之可羞, 以縷縶而爲奉, 退惟煩黷 上懼德威, 豈謂神聖推慈, 匪頒加等, 載省多藏之戒, 俯慙稛載之譏, 此盖伏遇道極帝先, 人漸海外, 有容乃大, 未始拒來, 善貸且成, 故令厚往. 致茲渥澤, 沛及賤微, 天地父母之恩, 終始不替, 蛇雀犬馬之報, 生死難期.

(25) 돌아오는 의례를 사례하는 표문 (謝回儀表)

> – 고려사신 일행은 귀국하겠다고 송나라 휘종에게 가져갔던 선물을 바치며 아뢰었더니 황제는 비단 5,730필과 수행원에게도 하사품을 내려 주었다. 이는 특별한 송나라 조정의 고려사신에 대한 대우였다. 이에 김부식은 표문을 올렸는데 간결한 문장이지만 박식함과 예의가 갖추어져 있다. 지나친 자기 비하 같지만 당시 중국의 관행 문사(文辭) 임으로 지나친 사대(事大) 정신만은 아닌 것 같다.

배신 모 등은 말씀 드립니다.

금월 모일에 성상께옵서는 신(臣)이 토산물(土産物)을 바치고 귀국하겠다고 아뢰오니 신에게 비단 5천7백30필을 하사(下賜)하시옵고, 겸하여 상중절원(上中節員)에게도 각기 하사품이 있었습니다. 총애하시는 표시가 이 렇듯 많사오니, 정신이 어리둥절 합니다. 중사,

그윽히 생각하옵건대, 주역(周易)에, 묶은 비단[束帛]으로 산림(山林)을 빛나게 한다[1]함은 대개 고일(高逸)한 선비를 높임이요, 시경(詩經)에, "폐백 으로 뜻을 펴노라."함은 특히 충성되고 아름다운 신하에게 후하게 베푸는 뜻이니 어찌 보잘 것 없는 먼 곳의 사신들이 지나치게 후한 선물을 받자온 은전이겠습니까.

엎드려 생각하옵건대, 신(臣)이 밝은 조정의 초청을 받고 사관(使館)에 편안히 묵으며 후례(厚禮)와 수은(殊恩)에 감격을 이기지 못하여, 어리석은 정성과 우둔한 충심을 스스로 헤아리지 못하고, 바다풀[蘊藻] 반찬을 드실 까 엷은 비단(緋緞) 옷을 입으실까 드리고 물러나와 번거로움만 끼친 것을 생각하옵고 위로 덕위(德威)를 두려워하였더니, 이제 뜻밖에도 성상께서 인자하신 마음으로 밀어주시고 각별하신 하사품을 내리시오니, 이로써 많 이 감추어 두는 경계[多藏之戒][2]를 살피겠사오며, 저희들이 밧줄로 묶어 싣 고 돌아가는 옛 말을[3] 부끄러워합니다.

이는 대개 성상께옵서 도(道)가 어느 황제보다도 앞서고, 인(仁)이 해외 (海外)에까지 젖어, 널리 포용해 주시어서 오는 것을 마다하지 않으시고, 선하심으로써 가는 자에게도 후하게 돌리고자 하심이오니, 그러므로 이 분 에 넘치는 성택(聖澤)이 비내리듯 이 미천(微賤)한 저희들에게 끼치옵는지

---

1) 속백(束帛)은 폐백인데 산림에 숨어사는 고상한 선비를 초빙한다는 뜻이다. 「주역」에 "賁于丘園 束帛戔戔"이라 함.
2) 많이 감추는 경계 ; 후한서(後漢書)에 "많이 저장하면 망한다는 뜻이 된다"하고 경계한 말이 있다.(感多藏厚亡之義)라 했다. 숙어 ; 다장지계(多藏之戒)
3) 밧줄로 묶어서 돌아간다 ; 「서경」에 고사(故事)라하여 "반 자루를 들고 왔다가 밧 줄로 묶어서 많이 싣고 간다."는 말이 있다. 많이 받아가지고 간다는 뜻.

라, 천지와 부모의 은혜는 처음부터 끝까지 변함이 없사오니 사작(蛇雀)과
견마(犬馬)의 보답은[4] 사나 죽으나 다 갚기 어렵습니다.

---

4) 사작(蛇雀)과 견마(犬馬) ; 옛날 수후(隋侯)가 뱀을 구해 주었더니 뱀이 구슬을 물어다
가 은혜를 갚았고(蛇珠故事), 양진(楊震)은 황작(黃雀)을 구했더니 황작이 구슬을 물어
다가 은혜를 갚았다(黃雀銜環)는 고사가 있다. 여기 견마(犬馬)의 보답은 임금에게 충
성을 다한다는 견마지심(犬馬之心)을 말한다.

(26) 謝獎諭表

陪臣某言, 今月十日 中使某至 奉傳勅旨 伏蒙聖慈 以臣馬一匹納
萬壽觀祝聖壽萬年事 特降詔書獎諭者, 眷愛殊深, 俯賜絲綸之詔,
褒嘉至渥, 實踰袞黻之華, 拜命兢惶, 撫躬震越, 中謝 伏念臣占雲
萬里, 濫吹九賓, 恩深周雅之爲龍, 賞僭義經之錫馬, 雖乾坤覆載,
草木皆被其榮, 而山海高深, 塵涓豈有所益, 思乞靈於福地, 效申
祝於華封, 不圖一介之誠, 上徹九重之聽, 賜之寶訓, 示以至懷,
雲漢高明, 沐餘光而知幸, 江湖悠遠, 藏一札以爲榮, 仰省寵私,
不勝感涕.

(26) 권장하는 유시 주신데 대한 감사의 표문 (謝獎諭表)

> － 사신 일행은 황제의 축수로 말 한필을 가져다가 드렸는데 이
> 에 대하여 칭찬과 장려하는 글을 내려 주었다 했으니 송나라 휘
> 종의 각별한 배려를 짐작케 하는 글이다.
> 이 표문에서도 넓고 깊은 전적을 인용하여 표문을 쓰고 있어 송
> 나라 학자들이 고려사신을 얕볼수 없었던 정황을 짐작케 한다.

배신 모는 말씀 드립니다.

이달 10일에 중사(中使) 모가 이르러 전하는 칙지(勅旨)를 받자오니, 성
상께서 신(臣)이 말 한 필을 만수관(萬壽觀)에 바쳐 성수(聖壽) 만년을 축원
하였다 하여 특히 조서(詔書)를 내려 권장하는 유시를 내려 주셨습니다.

사랑하시는 마음이 특별히 깊으시어 굽어 윤음(綸音)을 내리옵시고, 칭

찬하여 권장하심이 분에 넘치시어서 실로 곤불(袞黻)의 영광보다 더하오
니,[1] 어명을 받잡자 너무나 황공하여 제 몸을 어루만지며 몸 둘 바를 모르
겠습니다. 중사,

엎드려 생각하옵건대, 신(臣)이 만리 밖에서 구름을 점치며[2] 와서 구빈
(九賓)[3]에 외람되이 끼어서, 은총은 주아(周雅)의 용(龍)이 된다는 것[4] 보다
더 깊고, 상(賞)은 역경(易經)에 말을 내려준다 함을[5] 지났사오니, 비록 하
늘·땅이 덮고 실어 초목이 다 그 영화를 입사오나, 산과 바다가 높고 깊어
티끌과 물방울이 어찌 더함이 있겠습니까. 다만 복지(福地)에 신령(神靈)을
빌고 저 화봉인(華封人)의 축수[6]를 본받고자 하였더니, 뜻밖에도 한낱 정성
이 위로 구중(九重)에 들려 이제 보훈(寶訓)을 하사하시고 지극하신 정희를
보이시오니, 높고 밝은 운한(雲漢)[7]의 남은 빛을 목욕하여 다행인 줄을 알
겠사오며, 머나먼 강호(江湖)에서도 일찰(一札)을 간직하여 영광을 삼겠습
니다.

우러러 총사(寵私)를 살펴 감격한 눈물을 금치 못하옵니다.

---

1) 곤불(袞黻)의 영광 ; 공자가 「춘추」(春秋)를 짓는데 인물에 대하여 한 글자로 표창함이
곤룡포[袞]보다 더 빛났다고 하였다. 곤불은 곤포와 면류관.
2) 구름을 점치며 ; 당나라 때에 오색구름이 나타나니 태사(太史) 장선(張璇)이 점쳐서 말
하기를, "송(宋)의 분야(分野)에 있으니 이 뒤 1백60년에 성인이 그 땅에 날 것이다."하
더니 과연 그 시기에 송태조(宋太祖)가 났다고 했다.
3) 구빈(九賓) ; 조정의 친지의 조정에 늘어선 아홉 가지 예복(禮服)을 입은 손님들.(公,侯,
伯,子,男,孤,卿,大夫,士)
4) 주아의 용 ; 「시경」육소(蓼蕭)장은 천자가 제후를 잔치하는 시인데, "이미 군자를 보니
용이 되고 빛이 된다."(旣見君子 爲龍爲光)고 하였다.
5) 말을 내려준다 ; 「주역」진괘(晋卦)에, "제후가 천자의 주는 말을 받는다."(康侯用錫馬
蕃庶)라 하였다.
6) 화봉인(華封人): 요(堯)나라때 사람으로 요를 위해 수와 부와 다남을 빌었다는 화(華)의
봉인(封). (華封三祝)
7) 운한(雲漢) ; 임금의 글을 하늘에 밝게 나타난 은하수[雲漢]에 비유한 것이다.

(27) 謝遣使弔慰表

海隅纏釁, 諒積悲哀, 宸極軫憐, 特垂慰藉, 中謝 伏念臣, 藐居冲幼, 奄遘閔凶, 雖從易月之權, 迺抱終天之痛, 嫚然號慕, 缺爾告稱, 豈謂遣以使臣, 諭之德意, 詔辭溫厚, 禮物便蕃, 旣拜命以凌兢, 但撫懷而感咽.

(27) 조위 사절을 보내신데 대한 감사의 표문 (謝遣使弔慰表)

> - 김부식이 해주에서 근무하고 있을 때 친상을 당했는데 임금이
> 사람을 보내 조문하고 위로하며 금품을 내렸다. 친상의 애통과
> 성상에 대한 감사가 간절하다.

바닷가 구석진 땅에서 친상(親喪)을 당하여 슬픔이 쌓였는데 전하께서 염려하여 민망히 여겨 주셔서 각별하신 위로의 은총을 내려 주셨습니다. 중사,

엎드려 생각하옵건대, 신(臣)이 아직 어린 몸으로 갑자기 이 상사(喪事)를 만나, 비록 날로써 달로 바꾸는 상례(喪禮)[1]의 권도(權道)를 좇아도 이에 하늘 끝까지 가는 애통을 가슴에 품어, 슬프게 호곡(號哭)하기에 정신이 없어 아직 부고도 아뢰지 못하였삽더니, 뜻밖에 사신을 보내시어 덕의(德意)로써 하유(下諭)하옵시니, 조사(詔辭)가 온후하옵시고 예물이 풍성하온지라, 명을 받자오매 황공함을 이기지 못하옵고 오직 회포를 달래며 목매어 웁니다.

---

1) 날로써 달로 바꾸는 상례 ; 부모의 복상을 3년에서 36일로 탈상하던 옛법인데 「진서」 (晉書) '예지'(禮志)에 "효문공이 권제로 36일 부모 탈상제를 제정했는데 날로써 한달로 했다."(敎權制三十六日之服 以日易月…)고 했다.

(28) 謝樞密院副使御史大夫表

千載一時, 何幸非常之遇, 淸資顯秩, 濫叨兼委之榮, 牢讓無階,
凌兢就列, 中謝, 臣天機拙訥, 俗狀迂疎, 道自信於直前, 未嘗枉
已, 學雖博而寡要難以適時, 但恃孤忠, 久塵臎仕, 徒速曠官之
誚, 蔑聞報國之能, 敢期睿眷之豐, 擢置宰司之貳, 此盖勤儉爲德,
聰明好文, 布政在於惟新, 用人先於任舊, 敢不寵至益懼, 誓堅頂
踵之誠, 知無不爲, 少輔公家之利.

(28) 추밀원부사 어사대부 임명에 대한 감사표문(謝樞密院副使御史大夫表)

> – 김부식은 1126년(52세)에 추밀원부사(정3품)로 임명 받았다.
> 추밀원은 고려때 밀직사(密直司)의 한때 명칭으로 궁궐의 호위,
> 숙직,출납,수도경비 등을 맡아보던 기구인데 작자는 이 표문에
> 서 청렴,결백으로 국리,민복을 위하여 분골 쇄신하면서 봉사하
> 겠다고 다짐하고 있다.

천재일우로 어찌 다행스럽게 이런 비상한 대우를 받자옵니까.

맑은 자질과 높은 관직을 겸한 이 벼슬의 영광을 외람되이 받자오니,굳
이 사양할 도리가 없사온지라, 황공함이 앞설 뿐입니다. 중사,

신(臣)이 천품(天稟)이 졸눌(拙訥)하고 속된 인품이 우소(迂疎)하여, 도
(道)에는 자신(自信)으로 바로 나아가서 일찍 자기를 굽힌 적이 없삽고, 학
문은 비록 넓으나 요령이 적어 시대를 맞추지 못하면서, 다만 충성(忠誠)만
을 믿고 오래 벼슬길에 올라 한갓 직책을 못한다는 비난만 받고, 국가에 보

답하는 능력이 있다 함을 듣지 못하였는데, 어찌 감히 성상(聖上)의 두터우신 사랑으로 발탁하여 재상의 두 번째 자리를 맡겨 두시니 이는 대개 성상께옵서 근검(勤儉)으로 덕을 삼으시고, 총명하여 글을 좋아 하시어, 정사를 함이 새롭게 함에 있고, 사람을 씀에는 먼저 옛 사람에 맡겨야 하리라 생각하신 때문이오니, 총애(寵愛)가 지극하오매 더욱 두려워 맹세코 머리 정수리부터 발끝까지[摩頂放踵]의 힘과 정성을 굳히려 하오며, 아는 것은 모두 행하여 적이 공가(公家)의 이(利)를 돕겠습니다.

(29) 代謝及第表

伏覩禮部 貢院放牓, 伏蒙聖慈 賜臣等及第者, 射策重闈, 共恨猥
幷之論, 第名中禁, 並忝俊造之游, 仰沐寵靈, 退深震悸, 中謝 竊
以理世之道, 得人爲先, 大漢揭賢良之科, 李唐嚴詞律之選, 皆所
以光華文物, 黼藻典章, 凝德政於大中, 格聲名於無外, 洪惟景
範, 允屬良辰, 聖上內聖外王, 體元居正, 沉機先物, 遂獨化於陶
鈞, 通變適時, 乃更張於琴瑟, 深惟善俗之術, 實繫能官之方, 在
彼中阿, 旣育材之有地, 于此薔歊, 亦采芑之無方, 於是鄕老獻其
賢書, 宗伯論其秀士, 宜有方聞之傑, 來符虛佇之懷, 臣等性本下
中, 識蔑孤陋, 幸仰陶於文敎, 久佋事於師模, 適丁泛駕之求, 獲
預粉袍之藉, 並趨明試, 載奉巨題, 顧刻鵠以難工, 況注金而愈
拙, 揮毫落紙, 僅得於終篇, 飮墨脫刀, 尙虞於報罷, 泊于奏御,
辱賜備觀, 聖鑒至精, 纖瑕盡露, 仁心特厚, 介善兼收, 振拔泥塗,
跨騰雲路, 此盖務求籲俊, 道廣包荒, 憫狂簡以成章, 容輪囷而爲
器, 謹當激昂素志, 奮勵雄圖, 不徒章句之是攻, 亦以忠廉而自許,
庶幾糜粉, 少答生成.

(29) 과거급제를 사례하는 대작(代作) 표문(代謝及第表)

- 과거급제에는 임금이 내리는 합격증서로 방방교서(放牓敎書)
가 있었고 이에 급제자의 사례표문을 써 올렸는데 이 표문은 김
부식이 본보기로 모범답안처럼 지은 글로 고려때 과거의 분위기
나 절차 등이 소상하게 들어 나 있다.

엎드려 예부(禮部)에서 발표한 방(榜)을 보오니, 인자하신 임금께서 신

등(臣等)에게 급제(及第)의 은총을 내려 주셨습니다.

대궐에 과거과목 선택[射策]하러 나아가 분별없이 뒤섞여 시험 본다는 여론을 듣고 왔다가 임금께서 이름을 뽑으시매 준재(俊才)들의 축에 함께 참예하오니, 우러러 총은(寵恩)을 흠뻑 입고 물러나와 황공함이 깊었습니다. 중사,(中謝)

그윽히 생각하옵건대, 세상을 다스리는 길은 인재를 얻음이 먼저인지라, 한대(漢代)엔 현량과(賢良科)를 창설하였고, 당(唐)은 사율(詞律)로 선발 하였사오니, 이는 다 문물(文物)을 빛나게 하고 전장(典章)을 화려하게 하여 덕정(德政)을 큰 중정(中正)의 도에 화합하게 하고 성명(聲名)을 멀리 세상[無外]에 이르도록 하려는 일이라 생각합니다.

우러러 생각하옵건대, 성상(聖上)의 큰 덕이 좋은 시대에 맞이하여, 나라 안에서는 덕성있는 성인이요 나라 밖으로는 위엄있는 왕(王)으로 건원(乾元)을 본떠서[1] 정위(正位)에 계시면서 침착한 지혜로 모든 일을 먼저 알아 드디어 도균(陶鈞)[2] 하심에 홀로 힘쓰시고, 임기응변하여 때에 맞도록 이에 다시 금슬(琴瑟)을 경장(更張)하시고 계십니다. 풍속을 착하게 하는 술(術)은 실로 관직을 잘 내리는 데에 달렸음을 깊이 통촉하시온지라, "저 가운데 언덕[中阿][3]에서 이미 인재를 기르는 터전이 있거니와 이 황무한 밭에서 어찌 나물을" 이리저리 캘수[采芑]있으오리까.

이에 향촌 어른[鄕老]들이 그 선비추천서[賢書]를 바치고 예부상서[宗

---

1) 안에는 덕성있는 …왕(內聖外王) ; 「장자」(莊子)에, 내성외왕(內聖外王)이란 말이 있는데, 이것은 안으로는 수양이 깊은 성인이요, 나라 밖으로는 제왕의 위엄있는 정치를 한다는 뜻이다.(莊子,天下)

2) 도균(陶鈞) ; 흙으로 도기(陶器)를 만들 듯 쇠를 풀무에 녹이듯 천하를 교화시킨다는 뜻이다.

3) 가운데 언덕(中阿) ; 「시경」소아(小雅)의 '菁菁者莪' 중 "在彼中阿"의 문구인데 인재를 양성한다는 뜻으로 인용하였다.

伯]가 그 수사(秀士)를 시험하게 되었사오니, 마땅히 전달받은 영재(英才)들이 와서 허심(虛心)으로 기다리는 성의(聖意)를 받들어 과시에 맞추었습니다.

신들의 품성이 원래 용렬하고 식견이 외지고 좁은데 다행이 문교(文敎)의 훈도(薰陶)를 받아 오래 스승에게 배웠던 바, 마침 범가지마(泛駕之馬)도 구하는 기회4)를 만나 분포(粉袍)5)의 자리에 끼어 함께 밝게 보이시는 시험에 나아가 거창한 제목을 받자왔을 때 , 고니새를 새기다가 따오기를 새기[刻鵠]6)기도 어려웠거든, 하물며 금을 놓음[注金]7)에는 더욱 붓을 휘둘러 종이에 떨어뜨려 겨우 종편(終篇)을 할수 있었으나, 먹을 마시고 칼을 벗어[脫刀] 놓고는8) 오히려 낙방(落榜)될까 근심하였삽더니, 급기야 시관(試官)이 상주(上奏)하여 성상께서 두루 시권(試券)들을 어람(御覽)하실제, 지극히 정밀하신 성감(聖鑑)에 섬세한 흠도 다 드러났건만, 특히 후하신 인심(仁心)으로 잘된 것 덜된 것을 겸하여 거두시와, 진흙길에서 뽑아 올려 구름길에 솟아오르게 하시오니, 이는 대개 힘써 영준(英俊)들을 구하고자 넓으신 도(道)로 모든 것을 포용하시와, 소자(小子)들의 광간(狂簡)한 중에 문장을 이룸9)을 민망히 여기시고, 저희들 굽고 삐뚤어진[輪囷] 것이 작품이 되도록 용납하여 주신 일이라 생각합니다.

---

4) 범가지마(泛駕之馬) ; 한무제(漢武帝)가 인재를 구하는 조서(詔書)를 내리기를, "멍에를 엎치는 사나운 말[泛駕之馬]도 천리를 갈 수 있고, 예법에 구애받지 않는 선비도 공명(功名)을 누릴 수 있다." 하였다. (漢書 武帝紀)
5) 분포(粉袍) ; 과거보는 선비들이 분포(粉袍)를 입었던 모양이다. 분포는 색갈있는 도포
6) 각곡(刻鵠) ; 고니새(鵠)를 조각하다가 잘 되지 않으면 따오기(鶩)라도 된다.(刻鵠不成尙類鶩) (後漢書 馬援傳)
7) 주금(注金) ; "도박(賭博)하는 자가 기왓장으로 내기하면 솜씨가 잘 나고, 금을 놓으면(金注) 정신이 얼떨떨해 진다." 하였다. 《莊子》
8) 먹을 마시고 칼을 벗어 ; 시험답안을 쓰던 붓을 내려 놓았다는 뜻. 장설(張說)「送郭大夫詩」에 "脫刀贈分手書帶加餐食"이라 했다.

삼가 마땅히 평소에 품었던 뜻을 드높이고, 큰 뜻을 펴고자 떨쳐 노력하여 한갓 문장의 장귀(章句)만 다스릴 것이 아니오라, 또한 충성과 청렴으로 스스로를 면려하여, 분골쇄신 저으기 키우심[生成]의 은혜에 보답코자 하옵나이다.

---

9) 소자들의 광간 문장 ; 공자가 진(陣)에 있다가 말하기를, "나는 돌아가야겠다. 내 고장 소자(小子)들이 광간(狂簡)하여 문장(文章)은 이뤘으나 재단할 줄은 모른다." 하였다.

(30) 謝門下侍中表

臣於丙辰年三月 自西京復命, 伏蒙敎書除授臣 輸忠定難靖國功臣守太尉門下侍中判尙書吏部事監修國史上柱國兼太子傳, 恩命殊異, 非臣所堪, 不敢虛受, 遜讓至今, 又蒙聖慈 累遣近臣敦促拜命者, 詔旨丁寧, 不容辭遜, 恩榮過越, 祗益兢惶, 中謝 平地寒門, 凡材俗學, 妄意周孔之道, 不讀孫吳之書, 謬登槐鼎之司, 又摠干戈之事, 師尹之德, 不合於民瞻, 衛靑之功, 只由於天幸, 陛下不以罪責, 申之褒嘉, 荒虛無實而名益浮, 齷齪無能而任愈重, 恐顚躋而不就, 非屑退以自高, 邇臣荐來, 溫諭屢促, 叨榮冒進, 雖不可安, 聞命久淹, 則非所敢, 强顏卽寵, 撫已增憂, 況惟犬馬之年, 已當退老, 徒荷乾坤之施, 何以報酬, 唯餘忠義之初心, 更誓始終之一節.

(30) 문하시중 벼슬을 사례하는 표문 (謝門下侍中表)

> - 김부식은 1136년(62세)에 문하시중 벼슬(종1품)을 제수 받았다. 이 3월에 묘청(妙淸)의 난을 평정하고 돌아와 복명하니 인종(仁宗)이 문하성(門下省)의 으뜸 재상인 문하시중으로 제수했는데 처음은 사양하다가 임금의 간곡하신 분부로 취임 수락하면서 이 표문을 올렸다.

신(臣)이 병진(丙辰:1136)년 3월에 서경(西京)에서 돌아와 복명(復命)하옵고 교서(敎書)를 엎드려 받자올 때, 신(臣)에게 수충정난정국공신수태위

문하시중판상서이부사 감수국사상주국겸 태자태부(輸忠定難靖國功臣守太
尉門下侍中判尙書吏部事監修國史上柱國兼太子太傅)를 제수(除授)하시어,
은명(恩命)이 각별하시므로 신의 감당할 바가 아니어서 감히 헛되이 받잡
지 못하고 사양하여 지금에 이르렀더니, 또 성자(聖慈)께서 여러 번 근신
(近臣)을 보내시어 배명(拜命)을 도탑게 독촉하셨습니다.

전하의 뜻이 너무 간절하시어 감히 사양치 못하고 보니, 은영(恩榮)이
분에 넘쳐서 황공하고 부끄러움이 더할 뿐입니다. 중사,

신(臣)은 평지(平地)의 한문(寒門)에서 태어난 범재(凡材) 속학(俗學)으
로 망녕되이 주(周)·공(孔)의 도(道)를 뜻하여 익히고저 손무(孫武), 오기
(吳起)의 병서(兵書)를 읽지 못했는데 잘못 삼공[槐鼎]의 벼슬에 오르고 또
반란 진압의 간과(干戈)의 일을 맡게 되어, 사윤(師尹)의 덕이 백성이 우러
러 봄[1]에 합당치 않사옵고, 저 한(漢)나라 장수 위청(衛靑)처럼 그 전공은
다만 천행(天幸)에 의한 것이었습니다.[2]

하온데 전하께옵서는 죄로써 책하지 않으시고 도리어 포상(褒賞)을 가
(加)하옵시니 황당하고 허황한데 실(實)이 없이 이름이 더욱 들뜨고, 악착
(齷齪)하여 재능이 없사온데 책임이 더욱 무거워지므로 자빠지고 넘어질까
두려워 취임하지 못했을 뿐이요, 경망되게 물러서서 스스로 높은 체함이
아니었습니다. 이제 근신(近臣)이 여러 번 와서 따뜻한 유시(諭示)로 자주
재촉하오니, 외람되게 나아감은 마음에 편안치 못하오나, 명(命)을 듣잡고

---

1) 사윤(師尹)의 덕 ;「시경」에, "혁혁(赫赫)한 사윤(師尹)이여, 백성이 모두 너를 본다."
  하였다. 이것은 주(周)나라의 태사(太師) 윤씨(尹氏)가 덕이 부족한 것을 풍자한 시다.
  (詩經 小雅 節彼南山')
2) 위청처럼 천행 ; 왕유(王維)의 시에, "위청(衛靑)이 패하지 않음은 천행에 말미암은 것
  이다."[衛靑不敗由天幸]하였다. 이것은 한(漢)나라 이광(李廣)은 무용(武勇)이 뛰어났으
  나 운이 나빠서 공을 이루지 못하고, 위청은 흉노(匈奴)를 쳐서 공을 이룬 것을 읊은 것
  이다.

오래 지체함은 또한 감히 할 바가 아니온지라 염치불구하고 총명(寵命)에 따르자니 자신을 어루만지며 근심이 더해갑니다.

하물며 소신의 견마(犬馬)의 나이가 이미 퇴로(退老)할 때를 당하였사온데, 한갓 하늘과 땅같은 후은(厚恩)만 입사오니 무엇으로 이를 보답하오리이까. 오직 충의(忠義)의 첫 마음이 남았사오매, 다시금 시종(始終)의 한결같은 절개를 맹세하옵나이다.

(31) 謝賜犀帶表

臣某言, 昨以奏對 詣明仁門幕次 內侍兵部員外郎 裴景誠奉傳聖
旨 以臣入內殿講周易, 特賜紅鞓 金襷班犀腰帶一條 金鍍銀匣盛
紅印紋羅夾㡠全者, 具臣得對, 仰瞻咫尺之威, 近侍傳宣, 特有寵
光之施, 傴僂承命, 兢惶失圖, 中謝 伏念臣, 世係平微, 材資拳曲,
少嘗慕道, 樂從闕里之遊, 老不捐書, 動被掄人之誚, 業動矣而不
聞於世, 仕久焉而無補於時, 遽沐異恩, 進陪閒燕, 顧匪桓榮之稽
古, 曷同穎達之講經, 技已竭於黔驢, 望徒勞於河伯, 豈謂宸衷之
眷, 爰頒御府之珍, 人以爲榮, 臣惟自愧, 此盖伏遇云云, 聰明天
縱, 德業日新, 求先王之多聞, 謂愚者之一得, 遂察胸中之蘊, 又
加分外之榮, 仰惟此恩, 何以爲報, 騏驥云老, 雖與爭於駑駘, 朽
壤無能, 或可出於芝菌, 庶幾盡瘁, 不負生成.

(31) 서대를 내려 주신데 대한 감사표문 (謝賜犀帶表)

> – 김부식이 어전에서 주역을 강의 한 일은 여러번 있었는데 이
> 글은 인종(1138) 임금을 모시고 내전에서 주역을 강한 때 인듯하
> 다. 이때 임금은 고뿔소 수놓은 띠와 붉은 갖신과 금실 옷끈 도
> 금 문갑 옷등을 하사 하였으며 이에 대한 감사의 표문을 지어 올
> 렸다.

신 모는 말씀드립니다.

어제 전하께 상신[奏對]차 명인문(明仁門) 막차(幕次)에 나아갔삽더니,
내시(內侍) 병부원외랑(兵部員外郎) 배경성(裴景誠)이 전하는 성지를 받들

어 뵈온즉, 신을 내전(內殿)에 들이시와 주역(周易)을 강하게 하옵시고 특히 홍정(紅鞓), 금실 옷끈[金䋲] 달린 반서요대(班犀腰帶) 한 조(條)와 도금(鍍金) 은갑(銀匣)에 담은홍인문라협복(紅印紋羅夾服) 한 벌을 신에게 하사하셨습니다.

구신(具臣)이 주대(奏對)할 기회를 얻어 우러러 지척(咫尺)의 위엄을 뵈옵고 근시(近侍)가 칙지를 전하여 특히 총광(寵光)의 베품이 계시오니, 엎드려 명을 받자오매 황공하여 몸 둘 곳을 아지 못하겠습니다. 중사,

엎드려 생각하옵건대, 신이 세계(世系)가 한미(寒微)하고 재질이 옹졸하여 젊어서 일찍이 도(道)를 사모하여 공자의 궐리(闕里)에 좇아 놀기를 즐거워 하였삽고, 늙어서도 서책을 버리지 않았으나 걸핏하면 윤인(掄人)의 비양을 들어[1] 업(業)을 부지런히 하였으되 세상에 이름이 들리지 않고 벼슬이 오래되었으되 시국에 도움이 없삽더니, 갑자기 특이한 은혜를 입삽고 나아가 한가한 자리에서 모시게 되었사오나, 스스로 돌아보아 환영(桓榮)[2]처럼 계고(稽古)하지 못한 몸으로 어찌 공영달(孔穎達)과 같이 경서를 강하오리이까. 금(黔)땅의 나귀의 재주가 이미 다하고[3] 하백(河伯)의 바다 바라

---

1) 제환공(齊桓公)이 당상(堂上)에서 글을 읽는데 당하(堂下)에서 수레바퀴를 만들던 대목(大木)이, '임금의 읽는 것이 무슨 글입니까.' 하니 '옛 성인의 글이다.' 하였더니, '그것은 옛사람의 찌꺼기일 뿐입니다. 신(臣)이 대목질을 하는데 기술을 자식에게 전하려 하나, 기구는 줄 수 있지마는 손을 빠르게 더디게 마음대로 놀리는 기술은 줄 수가 없습니다. 그와같이 옛 사람도 글만을 전하였을 뿐이요, 미묘한 도리는 전하지 못한 것입니다.' 하였다.《莊子》

2) 한명제(漢明帝) 때에 환영(桓榮)이 경학(經學)에 통한 선비로 황제의 스승이 되고 태학(太學)에서 교수하였다. 임금에게서 상품으로 받은 많은 물품을 자손에게 보이며, "이것은 내가 옛글을 상고한[稽古] 힘이다." 하였다. 윤인(掄人)은 재능을 고르는 사람.

3) 공영달(孔穎達)은 당태종(唐太宗)의 명령을 받아 오경정의(五經正義)를 편찬하였다. 당나라 유종원(柳宗元)의 글에, "검(黔)땅에는 당나귀가 없는데, 한 사람이 배에 싣고 가서 산에 놓았더니 범이 처음에는 안보던 큰 짐승이므로 놀래었다가 점점 가까이 익숙해지자 나귀가 발로 찼다. 범은 나귀의 재주가 이 뿐이로구나 하고 잡아먹었다." 하였다.

봄이[望洋]이 부질없삽더니, 뜻밖에도 성상께서 어부(御府)의 진미(珍味)를 주시니 남들은 영화라고 하나 신은 스스로 부끄럽사옵니다. 이것은 대개 전하께서 총명은 하늘에서 타고 나셨고, 덕업은 날로 새로워서 선왕으로부터 많이 들은 것은 얻고, 어리석은 자가 한가지 얻은 것이 있다고 해서 드디어 마음속에 쌓인 것을 살피시고 분수에 넘치는 것을 엎드려 만나게 된 것이니, 우러러 생각하옵건대, 이 은혜를 어찌 갚으리까. 기마(騏馬)가 늙었으매 비록 노마(駑馬)와 다투지 못한다고 하나 썩은 흙덩이가 무능하다고 해도 혹 영지버섯을 낳을 수[4]가 있으니, 거의 있는 힘을 다해서 조석(朝夕)으로 게으르지 않겠나이다.

---

4) 「사기」형가전(荊軻傳)에 "기마가 빠르나 늙어 쇠하면 노마가 앞선다." (騏驥盛壯之時一日而馳千里 至其衰老 駑馬先之)라 했고 또「당서」유종원전(柳宗元傳)에 "비록 썩은 그루터기에서도 영지가 솟아난다." (雖朽木敗腐⋯猶足蒸出芝菌)고 했다.

(32) 謝酒食表

右臣某言, 今月十一日 夜直次入 內侍某官某, 奉傳旨特賜臣酒食者, 祇承寵渥, 伏切震惶, 中謝 器淺斗筲, 榮叅槐鼎, 若酒惟麴, 曾無殷相之謀, 不畋胡貉, 但被魏人之刺, 常愧君恩之難報, 又叨臺之有加, 伏遇云云, 薰然慈仁, 好是正直, 愛勞臣則 推食以接韓信, 尊高士則 設醴以待穆生, 兼容不才, 致此奇遇, 旣醉旣飽, 豈不感於爲光, 如山如陵, 切自期於歸美.

(32) 주식을 내려주시니 감사하다는 표문 (謝酒食表)

- 밤 입직 때 성상께서 각별히 술과 음식을 내려 주셨는데 그 영광을 한신(韓信)과 목생(穆生)에 비기면서 감사드리고 있다.

여기 신 모는 말씀드립니다.

이달 11일 밤에 숙직으로 들어간 때에 내시(內侍) 모관 모가 전지(傳旨)를 받들어 특히 신에게 주식(酒食)을 내리셨으니, 삼가 은택을 받들매 엎드려 황송하옵니다. 중사,

그릇이 두소(斗筲) 같이 얕은 소인이 영광되게 삼공의 자리[槐鼎]에 참예했사오니 술과 누룩[麴]은 일찍이 은(殷)나라 정승의 지모가 없는데 공들여 사냥하지 않고 어찌 담비의 갖옷을 입겠습니까. 다만 위(魏)나라 사람의 풍자[刺]함을 입었습니다. 그래서 항상 임금의 은혜를 갚기 어려움을 부끄러워 하였더니 또 궁궐에서 음식 내려 더해주심을 입었으니, 이것은 대개 전하께서 훈훈한 어지심이 정직함을 좋아하여서, 공로 있는 신하를 사랑하

심이 밥을 밀어 주어 한신(韓信)을 대접함이요,[1] 높은 선비를 존경하심이 단술을 베풀어 목생(穆生)을 대접함이라,[2] 이 부재(不才)를 사랑하시어서 이런 기이한 대우를 입사오니, 이미 취하고 이미 배불러 어찌 이 영광에 감격되지 않사오리까. 산과 같이 구름과 같이 오래 사시기를 간절히 축원하옵고 아름다움을 돌리옵기를 스스로 기약하옵나이다.

---

1) 한신대접 ; 한신(韓信)은 한(漢)나라 고조(高祖)에게 공이 있었고 포의(布衣) 때는 표모 (漂母)에게서 밥을 얻어 먹었다.(韓信乞食)
2) 목생대접 ; 목생(穆生)은 한나라때 노(魯)나라 선비로 술을 좋아하지 않으므로 초의 원 왕(元王)은 잔치때 꼭 목생에게는 감주(醴)를 따로 차렸다.

(33) 誓表

天會六年十二月二十四日 報踰使司右德 副使韓昉等至, 親援語
錄 承樞密院剖字准奉聖旨意, 謂貴國必能祗率舊章, 遵奉王室,
故朝廷不愛其地, 特行割賜, 尒後數歲, 尙未進納誓表, 果能推誠
享上, 則納誓表, 皎然自明, 朝廷亦當回賜誓詔, 一切務從寬大,
誠長久之計者, 使節賣來, 訓辭密踰, 俯僂聞命, 凌兢失圖, 中謝
竊以周官司盟, 掌其盟約之法, 盟邦國之不協, 與萬民之犯命, 而
詛其不信而已, 至於衰季春秋之時, 列國交相猜疑, 不能必於誠
信, 而唯盟誓之爲先, 故詩人識其屢盟, 而夫子與其胥命, 伏惟皇
帝, 至德高於帝先, 大信孚於天下, 光開一統, 奄有四方, 大邦震
其威, 小邦懷其德, 惟是小邑, 介在方隅, 聞眞人之作興, 先諸域
而朝賀, 故得免防風之罪, 辱儀父之褒, 略諸細故, 待以殊札, 錫
之邊鄙之地, 諭之貢輸之式, 朝廷更無於他故, 屬國敢有於異心,
而嚴命荐至, 敢不祗承, 謹當誓以君臣之義, 世脩藩屏之職, 忠信
之心, 有如皎日, 苟或渝變, 神其殛之.

(33) 서약의 표문 (誓表)

- 송나라에서는 휘종이 바뀌고 흠종(欽宗)이 1년 재위하고 금인
(金人)에게 화를 당하니 휘종의 제9자 조구(趙構)가 왕위에 올라
남송(南宋)의 제1세가 되었는데 실지 회복을 위해 주변국들에게
서 서약서를 받아 들였던 모양이다.
1128년 고종 2년에 징구한 이 서표를 쓰면서 김부식은 국제간
맹약이 무슨 소용인가?
신의의 약속인 서명(胥命)이 중요함을 강조했다.

천회(天會) 6년 12월 24일에 보유사(報諭使) 사우덕(司友德)과 부사(副使) 한방(韓昉) 등이 이르러 친히 내리신 말씀을 기록한 성지(聖旨)를 받든 추밀원(樞密院) 부서(副署)의 차자(箚子)를 보오니, 그 내용이 다음과 같았습니다.

귀국(貴國)이 반드시 옛날의 법도를 준수하여 왕실을 받들 줄로 생각하고 조정에서 그 당연함을 아끼지 않고 특별히 할애해 주었는데 그뒤 몇 해가 지나도 아직도 서표(誓表)를 바치지 않으니 과연 귀국에서 우리나라를 성심껏 상국으로 받든다면 곧 서표를 바쳐 밝게 스스로 밝힐것이며, 우리 조정에서도 또한 맹약의 조칙을 회사(回賜)하여 일체 관대하도록 힘써서 정성껏 장구한 계책을 세우려 한다 하였습니다.

사절(使節)이 와서 훈사(訓辭)로 친밀히 일러주옵시니, 허리를 굽혀 명(命)을 듣자옵고 황공하여 몸둘 바를 모르겠습니다. 중사

그윽히 생각하옵건대, 주관(周官)에 사맹(司盟)을 두어 맹약(盟約)하는 법을 관장(管掌)하게 하였으나, 나라와 나라 사이의 화협(和協)되지 못함과 만민(萬民)의 명령을 거역한 자들을 맹세하게 하여 그 불신을 막으려는 것 뿐이러니, 쇠계(衰季) 춘추(春秋) 때에 이르러는 열국(列國)이 서로 시기 의심[猜疑]하여 반드시 성신(誠信) 만을 지키지 않고 오직 맹세를 앞세웠으므로, 그래서 시인(詩人)은 그 맹약이 빈번함을 기록하였고, 공자는 서명(胥命)[1]을 옳다고 하였나이다.

엎드려 생각하옵건대, 황제께옵서 지극한 덕은 먼저의 황제보다도 높으시고, 큰 미더움이 천하에 알려져 환하게 일통(一統)을 열으시고 사방을 모두 차지하시니, 큰 나라는 그 위엄에 떨고, 작은 나라는 그 덕을 생각하옵

---

1) 서명(胥命) ; 춘추시대 제후(諸侯)가 서로 만나 동물의 피로 맺는 삽혈동맹(歃血同盟)이 아닌 신의로 약속하는 서명(胥命)이 좋다고 하였다.(「춘추」환(桓) 및 「시경」주(注)

나이다. 그런데 저희 작은 나라는 구석에 끼어 있으나 진인(眞人)이 일어나심을 듣고, 여러 지역보다 먼저 조하(朝賀)하여 방풍(防風)의 죄를 면할 수 있었고 의보(儀父)의 포상(褒賞)을 받았사오며, 모든 조그마한 허물들을 생략하고, 특수한 어찰(御札)로 대우하와 변방의 땅을 주시고 공물을 수송하는 격식을 유시(諭示)하셨사오니, 조정에 다시 다른 변괴가 없는 터에 속국이 감히 이심(異心)을 두오리까, 그러하온데 이제 다시 엄명(嚴命)이 내리오니, 감히 그 명을 받들지 않사오리까. 삼가 군신(君臣)의 의(義)로써 대대로 왕실을 옹호하는[藩屛] 구실과 충신(忠信)의 마음을 백일(百日)을 두고 맹세하오니, 혹시 변함이 있으면 신(神)이 죽을 것입니다.

(34) 代請赴試表

伏以乾坤之德, 至大而有容, 螻蟻之誠, 雖微而可達, 敢披悃愊,
仰瀆高明, 退省僭踰, 伏深震懼, 中謝 臣材惟拳曲, 性本侄侗, 少
追甫掖之流, 久服序庠之敎, 呻吟之學, 非止於三年, 混沌之姿,
未穿於七竅, 資蔭爲吏, 折腰事人, 觀朶頤而拾靈龜, 自知其賤,
下喬木而入幽谷, 人指爲愚, 遂激初心, 願酬素志, 今伏遇國家急
求秀士, 申命至公, 窮漢水之濱, 精搜照乘, 剖荊山之璞, 必得連
城, 臣不揆庸才, 欲趨明試, 操刀必割, 恐失於良時, 被羽先登, 庶
幾於勇士, 伏望道優善貸, 化極曲成, 體大易之包荒, 示互鄉之與
進, 則論功漢殿, 雖非韓信之無雙, 援簡梁園, 庶效相如之末至.

(34) 대신하여 과거시험에 나아감을 청하는 글 (代請赴試表)

> - 인재를 얻기 위해 과거시험 보인다니 한 번 겨뤄 보려 한다는 굳
> 은 의지가 담긴 표문이다. 고려조의 과거시험 절차가 엿보인다.

엎드려 생각하옵건데, 천지의 덕은 지극히 커서 포용함이 있사오니, 신
의 개미[螻蟻]같은 정성이 비록 미미하오나 아뢸 만 하옵기로, 감히 속마
음을 피력하여, 우러러 고명(高明)을 귀찮게 하옵고, 물러나서 본분을 넘었
음을 깨달았을 때, 엎드려 송구함이 깊사옵니다. 중사,

신은 재질이 옹졸하고, 천성이 본래 우매하므로, 젊어서 선비의 무리[甫
掖]를 추종하고 오래도록 학생으로[序庠] 가르침을 받아, 신음(呻吟)의 수
학[1]은 3년만이 아니었사오나, 혼돈(混沌)처럼 일곱 구멍을 뚫지 못하였으

---

1) 신음(呻吟) ; 장자(莊子) 열어구(列禦寇)에, "구씨(裘氏)의 땅에 신음(呻吟)한다"[呻吟裘
氏之地]하였고 주에, "신음은 읊조리고 노래하는 것을 이른다." 하였다.

며[2], 문벌(門閥)을 힘입어 관리가 되매, 허리를 굽혀 남을 섬기자니[3], 타이(朶頤)를 보고 영구(靈龜)를 버린 격[4]이노라고 스스로 자기의 천함을 알게 되면 교목(喬木)을 내려서 깊숙한 골짜기로 들어가니[5] 남들이 어리석음을 지적합니다. 드디어 초지를 격려하여, 본래 목적을 이루려 하였사옵더니, 지금 조정에서 급히 빼어난 선비를 구하려 명령을 내리심이 지극히 공평하와, 한수(漢水)의 물가를 뒤져서 조승(照乘)[6]의 구슬을 찾고, 형산의 박석(璞石)을 쪼개서 연성(連城)[7]의 옥을 얻을 것입니다.

　신은 용렬한 재주임을 헤아리지 아니하고 밝은 시험에 응하고자 하오니, 칼을 잡으면 반드시 물건을 잘 베므로 좋은 깨를 잃을까 저어하며, 우(羽)[8]를 입고 먼저 오르는 것은 용사와 방불할 것입니다. 엎드려 바라옵건

---

2) 혼돈처럼 일곱 구멍 ; 장자(莊子) 응제왕(應帝王)에, "혼돈(混沌)은 중앙(中央)의 제(帝)라 하고, 또 일곱 구멍을 뚫으니 혼돈이 죽었다."[七竅鑿而混沌死] 하였다.

3) 허리를 굽혀 ; 허리를 구부리고 절한다는 말이다. 진서(晉書) 도잠전(陶潛傳)에, "내가 어찌 다섯 말의 녹미(祿米)를 받아 먹기 위하여 즐겨 향리(鄉里)의 어린 아이 같은 자들에게 허리를 굽힐 수 있느냐."[吾豈爲五斗米 背折腰於鄉里小兒耶] 하였다.

4) 타이(朶頤)를 보고 영구(靈龜)를 버린 격 ; 주역(周易) 이(頤)에, "너의 영구(靈龜)를 버리고 나의 타이(朶頤)를 쳐다보는 것이니 흉하다"[舍爾靈龜 觀我朶頤凶]하였고 그 주에, "타이는 물건을 씹는 턱을 말한 것인데, 사람이 제가 갖고 있는 좋은 것을 버리고 물건을 씹어먹는 남의 턱만 쳐다보면서 부러워하는 격이라 흉하다." 하였다.

5) 교목(喬木)을 버리고 ; 꾀꼬리가 유곡(幽谷)을 벗어나 교목(喬木)으로 옮기는 것이 현명한데 반대로 교목을 떠나 유곡으로 들어가는 것은 어리석다는 뜻.[下喬入幽] 〈맹자〉 등문공편

6) 조주(照珠) ; 조승주(照乘珠)를 말한 것인데 구슬의 광채가 멀리 비쳐 수레 여러 채의 앞을 볼 수 있다는 말이다. 사기(史記) 전경중완세가(田敬仲完世家)에, "위왕(魏王)이 제왕(齊王)과 들에서 만나 사냥 하면서 말하기를, 과인(寡人)의 나라는 소국이지만 그래도 열두 채의 수레 앞뒤를 비치는 경촌(經寸)의 구슬이 열 개 있다." 하였다.

7) 연성(連城)의 옥 ; 화씨벽(和氏璧)을 말한 것이다. 사기(史記) 인상여전(藺相如傳)에, "조(趙)나라 혜문왕(惠文王)이 초(楚)나라 화씨(和氏)의 벽(璧)을 얻었는데 진(秦)나라 소왕(昭王)이 그 소문을 듣고 사람을 시켜 조왕에게 편지를 보내어 열 다섯의 성(城)과 바꾸자고 하였다." 하였다.

8) 우(羽) ; 우(羽)는 새깃이다. 후한서(後漢書) 가복전(賈復傳)에, "우(羽)를 입고 먼저 올라가매 가는 곳마다 대적하는 자 없었다."[被羽先登 所向無敵] 하였다.

데, 죄를 용서[寬貸]하시는 도(道)가 거룩하고, 양성하시는 교화가 극진하여, 주역(周易)의 감싸주는 이치를 체받아, 호향(互鄕)[9]과 함께 나가는 길을 보여 주시오면 한전(漢殿)에서 공을 따지매 비록 한신(韓信)의 무쌍(無雙)[10]은 아닐망정, 양원(梁園)에서 간(簡)을 받아 거의 상여(相如)의 맨 끝에 와서 우등하는 것을 본받을 듯하옵니다.

---

9) 호향(互鄕) ; 궁벽한 고을을 말한다. 논어(論語)에, "호향(互鄕) 사람은 더불어 말할 수가 없다."[互鄕難與言]하엿고, 주자주(朱子註)에 "그 사람의 습성이 착하지 못하여 예를 말할 수 없다는 뜻이다." 하였다.

10) 한신무쌍 ; 제일이요 둘도 없다는 뜻이다. 사기(史記) 한신전(韓信傳)에, "국사(國士)로서 둘도 없는 자격이다."[國士無雙] 하였다. 양효왕(梁孝王)이 만든 토원(兎園)을 말한다.

(35) 引年乞退表

伏以 上之待下以仁, 臣之事君以禮, 當其强仕, 病不盡忠, 及其耄
衰, 患不知止, 敢傾蟲蟻之懇, 冒犯雷霆之威, 中謝 臣天機淺近,
心術愚蒙, 所學雖聖人之緖餘, 其業則童子之雕篆, 陳力就列, 寢
致高華, 當軸執鈞, 訖無輔相, 旣不能獻可替否, 以穆其政典, 又
不能黜幽陟明, 以淸其官班, 泛泛隨流, 悠悠卒歲, 算生我之日,
已經六十八年, 距致仕之時, 纔有一十八月, 往焉之事, 固無足觀,
今也不休, 豈有所益, 而況旣老且病, 將(缺)而(缺), 耳目失其聰明,
步履殆其顚蹶, 難容勉强以從事, 豈合因循而在公, 遂披腹心, 乞
賜骸骨, 伏望回天日之照, 推父母之慈, 特降兪音, 俾安老境, 櫟
社之本, 雖拳曲而無傷, 埳井之蛙, 得跳梁而自樂.

(35) 나이많아 물러나기를 청하는 글 (引年乞退表)

> - 나이 이미 68세니 당시 정년인 70세까지는 몇 달 안 남았으므
> 로 물러나게 해 주십사 하는 일종의 사직원이다.

엎드려 생각하옵건대, 웃어른이 아랫사람을 대우하는 것은 인(仁)으로
써 하고, 신하가 임금을 섬기는 것은 예로써 하므로 그 강사(强仕)의 나이[1]
에 있으면서 충성을 다하지 못함도 병이옵고, 노쇠의 지경에 미쳐 그칠 줄
모르는 것도 걱정이옵기에 감히 개미처럼 미미한 정성을 기우려 우레같은
위엄을 범 하옵니다. 중사,

신은 천질이 천박하고 소견이 우매하여, 배운 바는 비록 성인(聖人)의
끼치신 학문이오나 그 업은 동자(童子)의 조전(雕篆)[2]이온데, 힘을 다하여

반열에 나아가, 차츰 높고 화려한 자리를 얻고, 축(軸)을 맡고 균(鈞)³⁾을 잡 았으나, 이제껏 보익되게 한 일이 없었사오며, 이미 옳은 것은 올리고 그른 것은 버리는 정법(政法)을 씩씩하게 못하였고, 또 어두운 자를 내쫓고 밝은 자는 등용하여 관반(官班)을 깨끗이 하지 못하였으며 어리벙벙 들뜬채로 시속을 따르고 유유하게 한가하게 세월을 보냈습니다.

저의 생년을 헤어보면 이미 68년이 경과하였사옵고, 정년 퇴직할 시기 는 겨우 18개월밖에 남지 않았으므로, 지난 일도 진실로 족히 보잘 것이 없 사온데, 지금 그만두지 아니한들 무슨 이익이 있겠습니까. 하물며 늙고 병 들어 장차 ㅁㅁ 이목(耳目)은 총명함을 잃을 것이고, 걸음은 거의 넘어질 듯 하여 억지로 일을 보기는 어렵사온데, 어찌 그대로 공직에 주저앉겠사 옵니까. 드디어 속마음을 피력하오니, 해골(骸骨)이나 편히 묻히게 하여 주 시기를 비옵니다. 엎드려 바라옵건대, 태양의 빛을 비쳐주시고 부모의 사 랑같이 밀어 주셔서, 특히 유음(俞音)을 내리어 노경을 편안히 하여 주시오 면, 역사(櫟社)의 나무⁴⁾가 비록 굽었사오나 상함이 없고 우물안의 개구리 [井中之蛙]처럼 스스로 즐기겠사옵니다.

---

1) 강사(强仕) ; 예전에는 40세라야 벼슬길에 나서게 되는데, 40이 지나서 벼슬하는 것은 억지로 벼슬한다는 뜻으로 강사라 하였다.
2) 조전(雕篆) ; 학문의 참뜻을 알지 못하고 글자나 그대로 옮겨쓰는 것은 마치 어린아이 가 전자 쓰는 것 같은 작은 재주라 하여 조전이라 말한다.
3) 축(軸)과 균(鈞) ; 국가의 중추 관직에 참여하여 최고의 관직을 맡게 된 것을 균축(鈞軸) 을 맡았다고 한다.
4) 역사(櫟社) ; 역은 갈참나무요, 사(社)는 마을의 신(神)을 제사하는 곳이다. "늙은 갈참 나무가 수백년을 묵었으나 그대로 성하게 있다" 즉 쓸모가 남아있다는 뜻 《莊子》 '人 間世'

(36) 乞致仕表

日暮塗遠, 宜息其行, 天高聽俾, 必從所欲, 敢敷悃愊, 仰瀆威嚴,
中謝 臣起自寒門, 濫從膴仕, 夙宵一節, 出入百爲, 小器短材. 訖
無所立, 殘年餘力, 豈得自强, 況禮典有致仕之文, 道家貽知足之
誡, 或戀軒而不退, 必貪餌而斯亡, 宜收老身, 以避賢路, 伏望至
仁大度, 惻然見憐, 容倦鳥之知還, 使游魚而得所.

(36) 사직을 빌어 청하는 글 (乞致仕表)

> - 예경(禮經)에는 치사(致仕)라 하여 70세에 그만 둔다고 하고,
> 도가의 글에서는 만족할 줄 알아야 한다고 했는데 이제 정말 물
> 러나야 만사 편안하다며 사퇴를 바라는 표문을 쓰고 있다.

해는 저물고 갈 길이 멀면 마땅히 그 걸음을 정지해야 하옵고, 하늘이
높으되 들음은 나직하여 반드시 소원을 이루어 주시리라 믿고, 감히 충정
을 아뢰어 우러러 존엄(尊嚴)을 무릅씁니다. 중사,

신은 한미한 가문에서 기용되어 분수넘게 큰 벼슬에 종사하였사오나,
낮이나 밤이나 한결같이 내보내고 들이는 온갖 일과에 있어, 국량은 적고
재주는 짧아 이제껏 세워놓은 것이 없사온데, 더구나 쇠한 나이에 남은 힘
이 어찌 스스로 부지할 수 있겠사옵니까. 하물며 예경(禮經)에는 치사(致
仕)라는 문구(文句)가 있사옵고, 도가(道家)에는 만족할 줄 알아야 한다는
경계를 남기었사오니, 혹시 부귀에 연연하여 물러가지 않으면 반드시 낚시
밥을 탐내다 결국 죽게 되는 것이오니, 마땅히 늙은 몸을 수습하여 물러나

게 하시고 어진 이의 진출하는 길을 막지 않게 하겠사옵니다. 지극히 어지신 도량으로 측은히 생각하시와, 날다 지친 새가 돌아가 쉴려는 것을 용납하시고 헤엄치고 노니는 고기로 하여금 제자리를 얻게 하여 주시옵소서.

(37) 上疏不報辭職表

明聖作爲, 謂無闕政, 愚臣冒犯, 合置常刑, 中謝 臣有泥古之愚,
無周身之智, 當官論事, 實昧變通, 伏閣上書, 不知忌諱, 公乏分
毫之益, 私蒙 媿恥之深, 事至如斯, 身何足惜, 伏望擧國正典,
罪臣狂言, 更選忠良, 以備諫職, 望闕拜表, 涕洟交切, 謹先着白
衫詣 東上閣門祗候某臣, 嘗受職牒告身 幾道同在進納.

(37) 상소한 것이 누가되어 사직을 청하는 표 (上疏不報辭職表)

> ─ 잘 살필 줄 모르고 직언으로 상소하니 옛것만 고집한다는 비
> 난이 일고 있으므로 새 인재로 바꾸고 사직을 허락해 달라는 표
> 문이다.

　명성(明聖)의 하시는 정사는 빠짐이 없다 이르옵는데. 우신(愚臣)이 함
부로 위엄을 범하였사오니, 정한 형벌에 처함이 합당하옵니다. 중사,
　신은 옛것만 고집하는 어리석음이 있사옵고 몸을 두루 살필 지혜가 없
사오므로 관에 있어 일을 논하면 실로 변통에 어둡사옵고, 대궐문에 엎드
려 글월을 올리오면 기휘(忌諱)할 줄 모르오며, 공적으로는 털끝만큼도 유
익됨이 없사옵고 사적으로는 낯이 부끄러운 은혜를 입었사오니, 일이 이
지경에 이르므로 몸이 무엇이 아깝겠사옵니까. 엎드려 바라옵건대, 국가의
정법[正典]에 비추어 신의 광언(狂言)을 죄주시고, 다시 충량(忠良)을 선택
하시와 간직(諫職)에 대비하시옵소서. 대궐을 바라보고 표로 절하오니 눈
물콧물이 함께 흐르옵니다. 삼가 먼저 흰 옷을 입고 동으로 나아가 합문지
후(閣門祗侯) 아무개에게 올리오며, 신이 일찍이 받자온 직첩 고신(告身)
몇 통도 동봉하여 올리옵니다.

(38) 三辭起復表

草土臣某言, 昨者再具表 辭免起復從事, 今月某日 伏蒙特降教書 不允仍斷來章者, 危言屢貢, 嚴命繼臨, 拜詔語之愈深, 恐私情之難遂, 敢茲三瀆, 仰叩重威, 中謝 臣聞三年執喪, 雖王公而遂服, 百日從吉, 因金革而制宜 故閔子有腰絰從事之嗟, 而檜風著素冠勞心之制, 苟行權於平世, 則見戾於先王, 伏念臣早以不天, 少亡所怙, 同彼諸幼, 鞠於偏親, 顧之復之, 以免水火之傷, 教之誨之, 以至室家之定, 洪惟恩義. 何以報酬, 方忻逮養於釜鍾, 遽嘆纏悲於風樹, 含至痛之未幾, 荷訓辭之再頒, 俾卽吉儀, 復居公次, 聞命惶駭, 撫襟涕洟, 昔臣父之卒也, 童孩無知而不克服哀, 今臣母之亡也, 詔命强起而不許畢願, 則非唯爲子之職永失, 實恐移忠之道又虧, 有累於臣, 無補於國, 伏望俯回淵聽, 灼照悃悰, 俾終祥禪之期, 少尉昊天之慕, 則欲報之德, 下得盡其愚誠, 不呼其門, 上可全於孝理, 皇天白日, 臨照此心.

(38) 세 번째 복상중 기용을 사양하는 글 (三辭起復表)

> - 김부식이 모친상을 입었을 때 조정(임금)은 중책 자리를 비울수 없어서 재상으로 재 임명햇다. 기복(起復)이란 상중의 몸을 먼저의 직책에 임명하는 것을 말한다. 그러나 이를 세번씩이나 사퇴하려고 했다.

상중(喪中)에 있는 초토(草土) 신(김부식)은 아뢰옵니다. 전날 두 번째

표를 갖추어 상중의 관직임명인 기복(起復)을 면해달라고 하였던 바 금월 아무날에 특별히 교서를 내리시어 윤허하지 아니하시고, 따라서 상소도 올리지 말라는 분부를 엎드려 받자왔사옵니다. 송구한 말씀을 자주 올리므로, 엄한 명령이 계속 내리시와 유시하신 말씀이 더욱 심각하시어 아무래도 소원을 이루지 못할까 저어하여 감히 두세 번 외람을 무릅쓰고 우러러 막중하신 위엄을 범하옵니다. 중사, 신은 듣자오니, 3년의 집상(執喪)은 비록 왕공(王公)일지라도 시행해야 한다고 되어 있사오나 백 일 만의 길복(吉服)을 따른 것은 난세에 만들어진 임시 편법이므로, 민자(閔子)는 요질(腰絰)[1]로 종군(從軍)한 슬픔이 있었고, 「시경」의 회풍(檜風)장에는 소관(素冠)이 애닯아 하는 시(詩)가 있사오니, 만약에 평시에 권도를 쓰면 선왕의 법에 위배되는 일이옵니다. 엎드려 생각하옵건데, 신은 일찍이 불행하여 젊어서 아비를 잃고 여러 어린 동생과 함께 편모(偏母)의 양육을 입어 돌보고 또 돌보아 주므로 수화(水火)의 손상을 면하였사옵고, 가르치고 또 가르쳐서 실가(室家)의 안정을 이루게 하였사오니, 그 은혜를 무엇으로 갚겠사옵니까. 바야흐로 부종(釜鍾)의 봉양[2]을 받들게 됨을 기뻐하던 차에, 갑자기 풍수(風樹)의 설움[3]에 얽힘을 한탄하옵니다. 지극한 쓰라림을 머금은 적이 얼마 아니온데, 훈사(訓辭)가 두 번째 반포됨에 길의(吉儀)에 나아가서 다시 공직에 거하게 하시니, 명령을 듣고 황송하와 옷깃을 만지며 눈물을 흘리옵니다. 옛날 신의 아비가 죽었을 적에 어린 나이로 지각이 없어서 능히

---

1) 요질(腰絰)은 허리에 차는 상복, 베로 만든 띠.
2) 부(釜)와 종(鍾)은 모두 곡식을 두량하는 단위이니, 부(釜)는 6두 4승이고, 종(鍾)은 그의 10배로서 64두이다. 여기에서 한 말은 나라에서 봉급으로 주는 얼마 되지 않는 곡식이나마 그것을 가지고 봉양하려 하였다는 뜻이다.
3) 풍수(風樹)의 설움 ; 나무는 가만히 서 있으려 하여도 바람이 그치지 아니하고, 자식이 봉양하려 하여도 부모가 그 때까지 살지 못한다는 옛말이 있어서, 부모가 일찍 돌아가고 봉양하지 못하는 것을 풍수(風樹)의 탄(歎)이라 한다. (樹欲靜而風勿止 子欲養而親不待)

슬픔을 다하지 못하였사온데, 지금 어미가 죽어서도 조명(詔命)으로 강력히 기용하시와 소원을 다하지 못하게 하시오면 자식된 도리를 영원히 잃어버릴 뿐 아니라, 실로 충성으로 옮기는 길마저 이즈러질까 하오니, 신에게 누가 남게 되고 나라에는 보탬이 없을 것이옵니다. 엎드려 바라옵건대, 굽어 총청(聰聽)을 돌리시와 간곡한 정성을 참작하시며 소대상 담제[祥禫]의 기한을 마치어, 조금이라도 호천망극(昊天罔極)의 사모함을 위로하게 하여주시오면, 그 은덕을 보답하고자 하여, 아래로 어리석은 정성을 다하게 되오며, 그 문에 부르지 아니함으로써[不呼其門] 위에서는 효도의 정치를 오로지 하실 것이오니, 황천(皇天) 백일(白日)은 이 마음을 짐작할 것이옵니다.

(39) 辭知貢擧表

昨奉敎命, 伏蒙聖慈 以臣知貢擧者, 推揚畏被, 荒淺何堪, 沐寵渥以踰涯, 洒驚汗而洽背, 中謝 竊以設弓旌而招士, 有國之恒規, 考名實以取人, 爲時之重務, 若匪宗工碩德, 博學雄才, 負和凝徹棘之舌, 等行儉兼資之貴, 則何以主持文柄, 銓度士流, 倘稍致於乖差, 則終成於笑媿, 如臣者, 性鍾蹇鈍, 器謝淵沖, 幸叨負扆之知, 久竊育材之地, 殘編墜簡, 徒涉獵以申勤, 礫句灘辭, 皆狂斐而取誚, 每虞見逐, 竊匪自寧, 豈謂曲念羈蹤, 特垂優獎, 掩葑菲之下體, 采箕斗之虛名, 擢越於持橐之儔, 俾司於撞鍾之選, 雖重瞳恩厚, 乃異顧於遠方, 而陋質才微, 何足臨於大事, 敢罄知難之懇, 仰干從欲之仁, 伏望察以不能, 愼其所與, 特寢溫純之命, 少安昏瞀之心, 厚譴無辭, 俞音是望.

(39) 지공거 사퇴를 청하는 글 (辭知貢擧表)

> - 지공거(知貢擧)는 과거시험의 시험관인데 김부식은 여러차례 지공거에 임명되었다. 이 사직원은 자기를 낮추는 겸손이 지나치리 만큼 자기 비하가 있는데 고려때 문장 양식인 듯 하다.

전날 교명(敎命)을 받자와 성상폐하께서 신으로써 지공거(知貢擧)를 삼으심을 입어 외람되이 추켜올려 주시니, 천박한 몸으로 어찌 감당하겠습니까. 분에 넘친 은총을 입었사오니 놀래어 땀이 등을 적시옵니다. 중사,

그윽이 생각하오면 궁정(弓旌)을 마련하여 선비를 초청함[1]은 국가의 떳

떳한 규례이옵고, 명실(名實)을 상고하여 사람을 뽑는 것은 한 시대의 두터운 행사이오니 만약 종공(宗工) 석덕(碩德)과 박학(博學) 웅재(雄才)가, 화응(和凝)의 철극(徹棘) 언변을 자부하며[2], 행검(行儉)[3]의 겸자(兼資)의 귀함과 상등하지 않으면 어떻게 문병(文柄)을 쥐고 선비들을 전형(銓衡)하겠사옵니까. 혹시 조금만 틀리게 되면 마침내 웃음거리가 되고 마는 것이옵니다. 신 같은 자는 천성이 우둔[蹇鈍]하고 국량이 천박하온데 다행이 부의(負扆)[4]의 지우(知遇)를 입어 오래도록 인재를 육성하는 위치에 있었사오나, 낡은 편집(編輯)과 떨어진 간책(簡策)을 한갓 애써서 이리저리 찾아 다녔을 뿐이오며 억센 구절과 산뜻한 사연은 다 문채가 경망하여 핀잔만 받게 되오니, 매양 쫓겨날 것이 염려되어 스스로 편안치 아니하온데, 뜻밖에 각지의 종적을 생각하시와 특별이 거룩한 포장(褒奬)을 내리시며, 봉비(葑菲)[5]의 하체(下體)를 감춰주고, 기두(箕斗)[6]의 허명(虛名)을 채택하시와, 지

---

1) 궁정(弓旌) ; 옛날 선비나 대부를 부를 때의 신호로서 사(士)를 부를때는 활[弓]을 쏴 올려 부르고 대부(大夫)는 깃발 즉 정(旌)으로 부른다.

2) 화응(和凝)의 철극(徹棘) ; 화응(和凝)은 후주(後周) 사람이요, 오대(五代) 때에 진(晉)나라 학자요 대신이다. 과거를 맡아 볼 때에 범질(范質)을 제10위로 선발하고 범질을 불러, "그대의 성적은 장원으로도 마땅하지만 예전에 내가 제10위로 급제하였어도 이와 같이 대신이 되었으므로 그대에게 이 대신의 지위를 선사하기 위하여 나와 같이 제10위로 선발하였노라." 하였는데 과연 뒷 날에 범질도 정승이 되었다. 그래서 화응이 사람 알아 보는 안력이 탁월하다고 칭송하였다.

3) 행검(行儉)의 겸자(兼資) ; 배행검(裴行儉)은 당나라의 대장이다. 그는 북방의 흉노족과의 전쟁에서 얼굴이 풍후한 사람만 뽑아서 일을 시켰다. 그러면서 그는, "얼굴이 풍후한 자라야 복이 있는 것이요, 복이있는 자라야 나라 일도 잘한다." 하였다. 역시 사람을 잘 알아보았다는 이야기이다.

4) 부의(負扆) ; 의(扆)는 도끼를 그린 병풍인데 제왕은 그 병풍을 등 뒤에 둘러치고 있으므로 왕을 부의(負扆)라 한다.

5) 봉비(葑菲)의 하체 ; 봉비(葑菲)는 잎사귀와 줄기는 먹을 수 있으나 그 뿌리는 먹을 수 없는 풀이다. 그래서 그 아래에 있는 뿌리는 위에 있는 잎사귀와 줄기로서 감추어 진다는 뜻으로 쓰인다. 시전(詩傳)에, "봉비를 뜯는데 아랫도리는 생각할 것 없다."[采葑采菲 無以下體]하였다.

6) 기두(箕斗) ; 기(箕)와 두(斗)는 모두 별 이름이다. 하늘에 있으므로 높은 것을 의미한 것.

탁(持橐)의 총중에서 뽑아올려, 당종(撞鍾)[7]의 선발을 맡게 하시니, 비록 중동(重瞳)[8]의 은혜 갚사와 특별히 먼 지방 사람을 돌보신 것이오나, 고루한 자질과 재주가 미약하온데 어찌 족히 대사에 가담하겠습니까. 감히 사람을 알아보기 어렵다는 것으로써 간청을 다하여 우러러 "네 사양하는 뜻대로 하라." 하시는 인자(仁慈)를 구하옵니다. 엎드려 바라옵건대, 능하지 못할 것을 미리 살피시와 맡길 사람을 심중히 가리시고 특히 따사로운 명령을 철회하시와 조금이나마 우매한 심정을 편안하게 하여 주시옵소서. 후하신 견책도 달게 받겠사오니 천하의 유음(俞音)을 바라옵니다.

---

7) 당종(撞鍾)의 선발 ; 승(僧)들은 절에 있을 때에 그 절의 소임을 맡지 못한 자는 자루[橐]를 가지고 동냥하게 됨으로 절에서는 제일 아래 계급에 속한다. 종치는[撞鍾] 중은 탁발승보다 높은 직위에 있는 승으로 탁발하던 승이 종치는 소임을 맡았다 하면 승진한 것이다.

8) 중동(重瞳) ; 예전에 순(舜)임금은 눈동자가 둘씩 있었다 하여 중동(重瞳)이라 하고, 순임금은 훌륭한 임금이었으므로 그 후에는 제왕을 중동이라고 말했다.

(40) 辭恩命表

昨聞 聖上以臣, 從事西京, 特命有司, 擇日備禮 降使錫命, 臣具
狀辭免, 未蒙聖允者, 天地至仁, 靡極生成之造, 瓶罍小器, 恐貽
滿溢之災, 敷危 以自陳, 望淵衷之曲照, 中謝 臣遭逢盛際, 忝據
宰司, 謀猷不適於時, 議論未孚於衆, 徒妨賢路, 無補王明, 至於
受鉞臨戎, 隳城執馘, 此皆上賴君德, 下仗人和, 故得歲律一周,
罪人乃服, 而臣無勞可紀, 無德可珍, 豈宜上貪天功, 虛受恩命,
不獨人言之可畏, 抑亦鬼責之堪虞, 重念臣衣冠遠孫, 寒素單族,
少而孤賤, 常恐未免於飢寒, 壯則猖狂, 不敢妄期於富貴, 因緣資
序, 過竊寵榮, 雖叨將相之大名, 猶有生平之舊態, 頑愚無恥, 儉
陋自居, 將何迎使指之光華, 得以副恩章之蕃庶, 固非獲已, 罔敢
好名, 牢讓不諼, 俞音尙阻, 伏望天光委照, 聖德包容, 念臣期止
足以自安, 察臣非矯激以爲詐, 哀矜微懇, 收復明緡, 則犬馬之力
旣疲, 固難堪於驅策, 葵藿之誠猶在, 豈敢怠於傾依.

(40) 은명의 벼슬을 사양하는 글 (辭恩命表)

> - 김부식이 서경반란 때 원수(元帥)로서 군사를 지휘하여 묘청
> (妙靑)등 반란군을 진압하였는데 그 공으로 은명으로 벼슬을 내
> 렸는데 이를 사양하고 있다. 시기하는 무리는 말도 많았던 모양
> 이고 또 자신도 분수에 넘는 포상은 '자기 만족을 앎[知足]'을
> 해친다고 여겼다.

어제 들건대, 성상께서는 신이 서경(西京)에 종직(從職)한 것으로써, 특

별히 유사에게 명하여 날을 가리고 예를 갖추어서 사신을 보내어 은명(恩命)을 내리신다 하옵기로, 신은 상소장을 올려서 사면(辭免)하였사오나, 윤허하시는 분부를 입지 못하였습니다. 천지는 지극히 어질어서 생성(生成)을 마련함이 그지없사오나, 병앵(瓶罌)같은 작은 그릇은 가득 차면 넘치는 재앙을 끼침이 두려운지라 옷깃을 여미고 스스로 아뢰어 굽어살펴 주시기를 바라옵니다. 중사,

신은 좋은 세대를 만나서 재사(宰司)의 자리에 앉아 있사오나, 계획은 시대에 적합하지 아니하고, 의론은 대중에게 믿음을 주지 못하오며, 한갓 어진 이의 진출길을 방해할 따름이옵고, 임금의 밝으심을 보필한 적이 없었옵니다. 도끼[鉞]를 받아 전쟁에 나가 성을 무너뜨리고 적의 목을 베어 바친 일에 있어서는, 이것이 모두 위로 임금의 덕을 힘입고 아래로 인화(人和)를 의지한 까닭이오며, 그러므로 날짜가 걸려 한 돐 만에 죄인이 굴복하게 된 것이옵고, 신에게 가히 기록할 만한 공이 없사오며, 가히 진귀할 만한 덕이 없사온데, 어찌 뒤로 천공(天功)을 탐내어 오직 헛되이 은명을 받을 수 있겠사옵니까. 인언(人言)이 두려울뿐 아니오라, 또한 귀신의 꾸지람이 염려되옵니다. 더구나 신은 양반 집안의 후손이요, 한소(寒素)하고 외로운 족속으로 젊어서는 가난하고, 천하여 항상 기한(飢寒))을 면치 못함을 두려워 하였으며, 작년 서정(西征) 때에는 창광(猖狂)되게 감히 부귀를 망상하지 아니했사오며, 자서(資序)[1]를 인연 삼아 은영(恩榮)을 지나치게 입어 비록 장상(將相)의 큰 이름을 지녔사오나 오히려 평시(平時)의 구태(舊態)가 남아 있어, 완악하고 어리석으며 부끄러움이 없고 검소하고 누추함으로 자처하옵는데, 장차 어떻게 고귀한 사명[使指]을 영접하고 수다한 은장(恩章)에 부응하겠사옵니까. 진실로 몸에 감히 명예를 좋아함이 아니옵

---

1) 자서(資序) ; 자(資)는 벼슬하는 자격을 말함이요, 서(序)는 벼슬의 지위를 말한다.

기로, 속임없이 굳이 사양하였는데, 전하의 유음(俞音)이 아직 막연하옵니
다. 엎드려 바라옵건대, 하늘 빛처럼 두루 비치시고 성덕(聖德)으로 포용하
시와 신의 멈추고 족함을 아는[知足] 분수에 기하려는 것을 생각해 주시옵
고, 신이 고쳐서 교격(矯激)하여 함부로 꾸며대는 것이 아님을 살피시고,
미약한 정성을 애석히 여기시와 밝은 윤음(綸音)을 걷우어 들이시면, 견마
(犬馬)의 힘이 이미 피곤하여 진실로 몰고 채찍질하는 데는 견디기 어렵사
오나, 해바라기(葵藿)의 정성이 아직 남아 있으므로, 어찌 감히 기울여 의
지할 것을 게을리 하겠습니까.

(41) 再辭表

昨具表章, 陳讓恩命, 伏蒙內降教書不允者, 俯躬聞命, 肆極褒嘉, 省已循涯, 固難稱副, 未免再三之瀆, 上瀆咫尺之威, 中謝 臣質本迂疎, 才惟蹇淺, 行猖狂而可笑, 志愚直以自持, 聖考誤知, 屢加器使, 陛下過記, 特欲登庸, 不疑臣於積毁之中, 乃置臣於三事之地, 期國士之報, 雖欲激昂, 無王佐之才, 未有裨補, 昨者妖人妄作, 近臣詭隨, 久而無成, 反以爲亂, 下駭輿人之聽, 上胎聖慮之憂, 臣於倉卒之時, 遽辱徂征之命, 軍旅之事, 未之嘗聞, 忠義之心, 豈可苟免, 乃不辭而徑往, 固莫知其所爲, 伏遇陛下悔過責躬, 畏天修德, 神祇享誠而陰助, 士卒臨難而直前, 故得未踰二朞, 乃克元惡, 陪京城闕, 原廟衣冠, 確爾不移, 儼然猶在, 此皆聖德之致, 人和所然, 而臣無微勞之足稱, 受厚賞而奚可, 況念臣小始安於貧賤, 不以高華自期, 仕寖幸於遭逢, 過叨宰輔之職, 滿招損則聖人之訓, 寵若驚亦道家之言, 常恐辱殆之尤, 內懷止足之計, 矧以大名而增秩, 又令華使以臨門, 顧臣孤陋之姿, 何以克堪其事, 是用瀝懇, 必冀回天, 伏望貞日月之明, 廓乾坤之度, 愍臣以衰老而猒事, 察臣非飾讓以徼名, 勿顧反汗之嫌, 追還出綸之制.

(41) 다시 사직상소의 글을 올림 (再辭表)

- 서경반란 평정에 대하여는 가부의 논란이 많았던 모양이다. 김부식이 개선하고 높은 벼슬을 받게되니 그 시비가 많았으므로 굳이 사양하려고 재차 사직 상소 표문을 써 올리고 있다. 이때 작자의 영광은 극에 달했고 그래서 스스로가 "가득차면 손(損)을 부른다"는 신념을 토로하고 있다.

어제 표장을 갖추어 올리면서, 은명(恩命)을 사양하였으나 궁내로부터 불윤(不允)의 교서가 내림을 받았습니다. 몸을 굽히고 명을 듣자오니 칭찬하시고 아름답게 여기심이 그지 없으시나, 자기를 반성하여 분에 따라야 하므로 진실로 감당하기 어렵삽기로 두세 번 외람됨을 무릅쓰고 지척의 위엄을 범하옵니다. 중사,

신은 자질이 본래 공소(空疎)하옵고, 재주는 오직 천박하오며, 행동은 방자하여 가히 웃음거리가 되옵고, 뜻은 우직(愚直)하여 스스로 고집스러워, 성고(聖考)께서는 잘못아시고 여러번 관직을 더하여 주셨고, 폐하께서는 지나치게 기억하시고 특별히 등용코자 하시니, 신을 모두 헐뜯는 데도 의심하지 아니하시고, 이에 신을 삼사(三事)의 지위에 두시었으므로, 국사(國士)의 보답을 기약하고 비록 격려를 다하고자 하오나, 왕좌(王佐)의 재주가 없어서 보익(補益)된 바 있지 아니하옵니다. 거느린 아래의 요사스런 자 들이 함부로 망동하고 근신(近臣)이 맹종하여 오래도록 이룬 것이 없으며, 도리어 난(亂)을 꾸며 아래로는 뭇 사람의 이목을 놀라게 하며, 위로는 성상(聖上)의 우려를 끼치게 하므로, 신은 창졸한 때에 갑자기 "가서 반란 무리를 치라"는 명령을 받았으므로, 군사에 대한 일은 일찍이 배우지 못했으나, 충의의 마음을 어찌 구차히 면하려 하지 못하고 이에 하직도 못드리고 바로 떠났사오나 진실로 어찌 할 바를 몰랐습니다. 다행이 폐하께서 소신의 허물을 뉘우치게 히시며 자신을 책하게하시며, 하늘을 두려워하게 하시고 덕을 닦으시어, 귀신은 정성으로 흠향하여 음으로 돕고 군사들은 어려움을 당하여도 곧장 앞을 섰기 때문에, 두 둟을 넘기지 아니하고 이에 원흉을 이기어, 서경(西京)의 성궐(城闕)과 원묘(原廟)의 의관이 확고하여 천동(遷動)되지 아니하고 엄연히 그대로 있사오니, 이는 다 성덕(聖德)의 소치와 군졸의 인화로 그렇게 된 것이오며, 신은 조그만한 노력조차 족히 칭

칭할 것이 없사온데, 후한 상을 받는다면 어찌 옳겠사옵니까. 하물며 신의
처지를 생각하오면 젊어서는 빈천에서 자라서 고화(高華)로움을 스스로 기
대하지 아니하였사온데, 벼슬은 때를 잘 만나[際遇] 지나치게 재상의 자리
에 올랐사오니, 가득 차면 손(損)을 부르게 된다는 것은 성인의 훈계이옵
고, 은총을 입으면 놀란 듯이 하라는 것도 역시 도가(道家)의 말이옵기로
항상 위태롭고 욕된 허물을 두려워 하오며, 마음으로 그치고 만족한 생각
을 품었사옵니다. 더구나 큰 이름으로써 관직을 더하시고 또 사신을 보내
어 문앞에 다다르게 하시니 신같은 고루한 자질이 어떻게 그 일을 감당하
겠습니까. 이러므로 마음속을 피력하여 반드시 천의(天意)를 돌리시기를
바라옵니다. 엎드려 바라옵건대, 일월의 밝으심을 굳히시고 천지의 도량을
넓히시와 노쇠한 신이 일에 싫증난 것을 민망히 여기시고, 신의 사양하는
것을 꾸며서 이름 내려는 것이 아님을 통찰하시고, 반한(反汗)[1]의 혐의를
돌아보지 마시고 내리신 윤음(綸音)을 도루 거두어 주옵소서.

---

1) 반한(反汗) ; 땀[汗]은 한 번 몸에서 나오면 다시 돌아가지 않으며 제왕의 명령도 한번
   내리면 취소하지 못하는 것인데, 왕명을 회수하는 것을 반한(反汗)이라 한다.

(42) 三辭表

螻蟻賤微, 冒陳誠欵, 乾坤廣大, 尙阻矜從, 荐乘詔旨之殊, 曲示眷懷之厚, 自顧無狀, 不知所圖, 中謝 臣性本顓蒙, 學又淺近, 厥初干祿, 只迫飢寒, 未始有心, 妄期富貴, 因緣幸會, 顓竊寵靈, 侍從高華, 登庸過越, 執鈞當軸, 自知斷斷以無他, 援鉞卽戎, 孰謂多多而益辯, 徒以夙夜勤瘁, 中外驅馳, 訖無毫髮之功能, 但荷丘山之渥澤, 而以滿溢難守, 元窮卽災, 理之必然, 臣豈不戒, 矧今陰陽乖戾, 風俗凌夷, 黎民窮困而流亡, 是誰之過也, 隣敵倔強而跋扈, 宜有以待之, 事繫國家之安危, 責在公輔之賢否, 而臣未有嘉謀而告后, 又無膏澤以及民, 論罰則當, 何賞之有, 而況崇高之秩, 希闊之恩, 惟我素心, 固非所望, 揆之行事, 又非所宜, 是故瀝方寸以固辭, 至再三而無已, 伏望俯憐愚懇, 特降俞音, 則坎井之蛙, 期入休於缺甃, 江湖之鳥, 免眩視於大牢, 區區之誠, 期於得請.

(42) 세 번째 사직 상소(三辭表)

> - 묘청의 난을 진압하고 돌아오니 그 공으로 수충정난 정국공신과 감수국사 상주국 겸 태자태보의 직책을 받았으나 당시의 정치 및 주변국의 분위기가 몹시 어지러웠던 모양인데 그래서 김부식은 여러번 사직 상소를 올렸는데 이는 세번째 상소이다. 그는 아무리 선한 일도 분수에 넘치면 재앙이 된다고 했다.

땅강아지 개미(螻蟻)같이 천미한 몸이 체면을 무릅쓰고 진실한 사정을 아뢰었으나, 전하의 천지의 광대하신 도량이 아직도 가엽게 여기시지 아니하시고, 거듭 특수한 조지(詔旨)를 내리시와 간곡히 두터우신 정념을 보여 주시니, 이 보잘 것 없는 위인이 어찌할 바를 모르겠습니다. 중사,

신은 본래 성질이 몽매하옵고 학식 또한 천박하여 맨 처음에 녹(祿)을 구한 것은 다만 기한(飢寒)을 면하고자 함이었고, 마음에 망령되게 부귀를 기대하지는 아니하였사온데, 벼슬이 순조로웠던 기회를 인연하여 은총을 욕되게 하였고, 높고 빛난 자리에 시종하여 지나치게 등용되었으며 대신의 벼슬[鈞軸]을 잡으니 결단코 다른 재주가 없음을 자인하고 있사온데, 도끼[鉞]를 받아 원수가 되어 전쟁에 나아가니 어느 뉘라서 군사가 많을수록 더 잘 거느릴 것이라 이르겠습니까. 한갓 밤낮없이 근로하고, 안팎으로 헤매었을 뿐이오며, 이제껏 털끝만한 공효와 재능이 없으면서 다만 태산 같은 거룩한 은택을 입었으니 뜻은 차서 넘치면서 지키기 어렵고, 선함을 뜻하는 원(元)도 극에 이르면 재앙이 되는 것임은 필연적인 이치이거늘 신이 어찌 경계하지 아니하겠습니까. 하물며 지금 음양(陰陽)은 서로 어긋나고 풍속은 물러져서 백성이 곤궁하여 유리 방랑 분산하는 것은 그 누구의 잘못이겠습니까. 이웃에 도적이 억세게 발호하므로 마땅히 대비하여야 하겠습니다. 일에는 국가의 안위(安危)가 매여 있고, 책임은 재상이 어질고 어질지 못한 데 있겠거늘 신에게는 임금에게 아뢰어 도울 만한 좋은 계획이 있지 아니하므로, 또 백성에게 미칠 아무런 혜택도 없사오니 벌(罰)을 논한다면 마땅하옵거늘 어찌 칭찬이야 있겠사옵니까. 하물며 숭고한 관질(官秩)과 특수한 은총은 오직 신의 본마음이 진실로 바라는 바 아니오며, 지난 일로 미루어 보아도 또한 마땅하지 않습니다. 이러므로 마음속을 펴 보여서 굳이 사양하기를, 두세 번이 아닙니다. 엎드려 바라옵건대, 어리석은 정성

을 사랑하시와 특히 유음(兪音)을 내려 주시오면 우물의 개구리가 우물벽
의 돌틈에 편히 쉴 것을 기약하고, 강호(江湖)의 새가 큰 제물(祭物)을 대뢰
(大牢)에서 보는데 현기증을 면하게 하여주시옵소서. 구구한 정성으로 청
원얻기를 기대하옵니다.

(43) 讓寶文閣直學士御書檢討官表

龍光之施, 優渥自天, 駑猥之才, 震惶無地, 中謝 臣襟懷堪闇, 學
術庸虛, 因緣難得之時, 叨竊非常之寵, 超資越序, 屢經淸要之官,
積月累年, 未有毫毛之益, 宜在譴訶之域, 遽蒙拔擢之私, 聞命靡
遑, 以榮爲懼, 伏望聖上, 回日月照, 鑑蟲蟻之誠, 改命有孚, 勿嫌
於反汗, 用人猶器, 無至於敗官, 非敢爲誣, 期於得請.

(43) 보문각직학사 어서검토관을 사양하는 표문
(讓寶文閣直學士御書檢討官表)

> – 작자 김부식은 여러차례 벼슬을 사양, 또는 사직하겠다는 표
> 문을 혹은 양표(讓表) 혹은 걸사표(乞辭表)를 써내고 있으니 첫
> 째는 선비로서 벼슬과는 적성이 안맞고, 둘째는 시기와, 비비방
> 이 만연했던 당시의 악풍때문이었다.

　은총을 베풀어 주심이 하늘로부터 거룩하오니, 재주없는 노태(駑駘)와
같은 둔한 신은 황공무지 할 뿐입니다. 중사,
　신은 가슴속이 캄캄하옵고, 학술이 공허하온데, 인연이 어려운 때를 만
나서 외람되이 비상한 은총을 입었사오며, 관급[資序]을 초월하여 여러 번
청직과 요직을 지냈사오나, 세월이 쌓이도록 털끝만큼도 비익됨이 없었사
오니, 마땅히 견책을 받을 처지에 있사온데, 갑자기 발탁의 은혜를 입었사
옵기로 명령을 듣자오매 편안하지 못하옵고, 영화로써 두려움을 입었사옵
니다.

엎드려 바라옵건대, 성상(聖上)께서 일월의 밝은 빛을 벌레나 개미[蟲蟻] 같은 소신의 정성을 밝게 굽어 살피시옵고, 명령을 고치시되 믿음 있게 하여 반한(反汗)[1]의 혐의를 두지 마시고, 사람을 쓰시되 제 그릇에 맞게하여 관(官)을 무너트리는 지경에 이르지 않게 하시옵소서. 억지로 하는 말은 아니오니, 기어이 청을 받아 주시옵소서.

---

1) 반한(反汗) ; 한서(漢書) 유향전(劉向傳)에, "주역(周易) 환(渙)에 땀이 솟듯이 큰 호령이 내린다."[汗其大號]하였다. 이는 호령은 땀이 솟는 것과 같다는 말이며, 땀이란 한 번 쏟으면 다시 들여 보낼 수 없는 것이고 지금 좋은 명령을 내렸다가 때를 넘기기도 전에 철회한다면 이는 솟는 땀을 다시 들여보내는 격이다.

(44) 讓西北面兵馬使判中軍兵馬事表

軍旅之事, 非書生之所知, 將師之謀, 豈懦者之能預, 聞命之辱,
旣驚且憂, 中謝 臣樗櫟散材, 斗筲小器, 壯而從仕, 旣未效於長
才, 老矣無能, 又何堪於大用, 偷榮竊位, 靡所贊襄, 省己知難, 但
思老退, 況今黎民 貧殘而財力俱屈, 隣國橫恣而形勢自强, 非因
循姑息之時, 實奮勵有爲之日, 宜得一時之傑, 萬夫所望, 委以閫
外之權, 符於師中之吉, 然後禍難不作, 安平可期, 如臣之愚, 無
用而可, 伏望修身而無逸, 謀國以稽疑, 願得橫行, 恐樊噲之生事,
莫如自理, 取杜牧之論兵, 急於愼簡以得人, 使之好謀而防患, 有
能俾乂, 期寢致於其昌, 自知者明, 得以安於乃分.

(44) 서북면병마사 판중군병마사를 사양하는 표문
(讓西北面兵馬使判中軍兵馬事表)

> – 이 병마사 벼슬을 사양하는 이유는 첫째 문신(文臣)으로 군사
> 에 관계할 일이 아니라는 것과 당시 묘청(妙淸)의 난을 진압하고
> 공을 세우고 돌아오자 시기, 비방하는 소리가 들렸던 모양으로
> 일체 관료생활을 그만두고 싶었던 것으로 병마사를 사직하려고
> 했고 자신을 아는 자는 스스로 밝은 자라고 했다.

군사(軍事)의 일은 선비인 서생이 모르는 일이오며, 장수의 지모에 감히
나약한 자가 어찌 능히 참견하겠습니까. 욕명(辱命)을 듣자오매 놀랍고 또
근심스럽사옵니다. 중사,

　　신은 쓸모없는 저력(樗櫟)같은 버린 재목이옵고 궁량적은 두소(斗筲)의
작은 그릇으로, 한창때 벼슬에 나가서도 이미 훌륭한 재간을 나타내지 못
하였사온데, 늙고 무능한 몸이 또 어찌 크게 쓰임을 감당하오리까. 영화와
지위만을 훔치고는 도와드리지는 못하오니, 자기를 반성하고 어려움을 알
게 되오매, 다만 노퇴(老退)할 일만을 생각하옵니다. 하물며 지금에 백성은
빈곤하여 재력이 모두 딸리고, 이웃나라는 버릇없이 횡행하여 형세가 스스
로 강성하오니, 그대로 내버려둘 시기가 아니오라, 실로 분발함이 있어야
할 날이오니, 마땅히 한 세상의 준걸로서 만인의 우러르는 인물을 얻어, 궁
궐 밖인 곤외(閫外)의 권세를 위임하여 군사가 잘 되게 한 연후에야, 화란
이 일어나지 아니하고, 태평을 기대할 수 있을 것이오며, 신 같은 어리석은
자는 쓰임이 없어야 하옵니다. 엎드려 바라옵건대, 몸을 닦음에, 안일하지
마시고, 국사를 꾀하심에 의심된 일은 상고하시고, 횡행(橫行)하는 인물을
얻기 원하시면 번쾌(樊噲)처럼 일을 저질을 염려가 있사옵고, 자치(自治)하
는 것이 제일이라는 것은 두목(杜牧)의 병론(兵論)을 취하시며, 신중히 선
택하여 인재를 얻으시는 일을 급선무로 하시와, 그로 하여금 계획을 잘하
여 근심을 없애도록 하시옵소서. 능한자에게 맡기시면 차츰 창성함을 이루
게 될 것이오매, 자신을 아는 자는 스스로 밝은지라 제 분수에 편안하겠사
옵니다.

(45) 讓叅知政事判戸部事表

高位重爵, 本以待賢, 懦夫小臣, 曷能稱職, 俯仰慚懼, 不知所圖,
_{中謝}　臣世系單平, 天資魯鈍, 刳心學道, 自慊子夏之儒, 操翰爲
文, 未入相如之室, 因緣仕路, 汗羬宰司, 鐵石心腸, 誓事君之直
道, 斗筲器局, 迷經國之遠圖, 當軸秉鈞, 孰云其可, 投閑置散, 皆
謂之宜, 遽沐異恩, 進叅大政, 官高則責必重, 名過則毀亦多, 旣
施命於外庭, 方見彈於憲府, 風聞似實, 言之則謂當然, 浪說構虛,
訴者何其甚也, 雖聖明判其曲直, 而物議處其嫌疑, 只宜收拙以避
賢, 豈可偸安而懷寵, 伏望至仁天覆, 雄斷雷行, 調琴瑟以不膠,
反絲綸於如綍, 大廈之構, 須揀用於棟梁, 駑馬旣疲, 恐不勝其鞭
策, 倘蒙器使, 免辱哲知.

(45) 참지정사 판호부사를 사양하는 표문 (讓叅知政事判戸部事表)

> － 참지정사 호부상서는 사헌부 종2품의 높은 벼슬인데 유학자
> 인 김부식이 제수되자 헌부(憲府)에서 탄핵상소가 올라갔으므로
> 도시 벼슬에 정이 안간다는 것이니 다른 사람으로 바꾸시라는
> 표문이다. 어진이에게 양보하려는 글이 진실로 간절하다.

높고 중한 작위는 본시 어진 이를 기다리고 있는 것이온데, 나약한 자인
소신(小臣)이 어찌 능히 그 직에 맞으오리까. 굽어보고 쳐다보며 두렵고 부
끄러워, 어찌할 바를 모르옵니다. 중사,
신은 세계(世系)가 평범하고, 천성이 노둔하여, 마음을 깎아가며 학문과

도를 배웠으나 자하(子夏)의 도(道)에 미치지 못하고, 붓대를 잡고 글월을
만들어도 사마상여(司馬相如)의 문실(門室)에 들어가지 못하였사온데, 벼
슬길을 인연하여 재사(宰司)를 더럽혔사오며, 철석같은 심장은 올바르게
임금 섬기기를 맹세하였사오나 두소(斗筲)같이 보잘 것 없는 좁은 그릇과
재주로 나라를 경륜하는 원대한 계획이 있을 리 없으면서, 축(軸)에 당하고[1]
균(鈞)을 잡으니[2] 뉘 옳다 하오리까. 한산한 데 던져 두어야 마땅하다 이를
것입니다. 갑자기 특수한 은혜에 젖어, 큰 정사에 참여하게 되오니, 관이
높으면 반드시 책임이 중하고, 명예가 지나치면 헐뜯는 무리가 또한 많은
지라, 이미 외정(外庭)에 명령을 베푸셨는데, 바야흐로 헌부(憲府)의 탄핵
(彈劾)을 보게 되오니, 뜬소문은 실지와 같아서 그 말만 들으면 당연히 그
럴거라 이를테지만, 낭설(浪說)은 터무니 없는 것을 만들어내니 헐뜯는 자
는 어찌 그리하옵니까. 비록 성명(聖明)이 곡직(曲直)을 가린다 하실지라도
물의는 혐의에 처해 있사오니, 다만 졸렬한 자의 벼슬을 거두어 어진 이에
게 사양하는 것이 마땅하온데, 어찌 구차히 편안히 총애를 받고 있겠사옵
니까.

　엎드려 바라옵건대, 하늘처럼 덮어 주시는 지극한 인(仁)과, 벽력같이
시행하시는 용단으로, 교주의 비파를 퉁기지 마시고[膠柱鼓瑟][3] 내리신 명

---

(1) 축(軸) ; 가장 중요한 관직(官職)을 가리킨 것이다. "축(軸)을 당하여 중(中)에처한다."
　　[當軸處中]하였다. 《漢書 : 田千秋傳》
2) 균(鈞) ; 나라의 정사를 장악한 자를 말한 것이다. "윤씨 태사는, 주(周)나라의 근본이
　　고, 나라의 균(鈞)을 잡았다."[尹氏太師雄周之氏秉國之鈞]하였고, 그 주에, "균(鈞)은
　　공평하다는 뜻이다."하였다. 《詩經 : 小雅》
3) 교주고슬(膠柱鼓瑟) ; 한군데만 집착하여 변통할 줄 모르는 사람을 비유하여 교주고슬
　　이라 하였다. "인상여(藺相如)는 말하기를 왕이 이름만 듣고 조괄(趙括)을 부리신다면
　　부래풀이 발린 기둥에 비파(琵琶)를 타는 격입니다. 조괄은 한갓 제 아비의 병서를 읽
　　었을 뿐이요, 합변(合變)을 모릅니다." 하였다. 《史記 : 趙奢傳》

령을 다시 환수하시옵소서.

큰 집을 지으려면 모름지기 동량(棟梁)을 가려 써야 하옵는데, 노마(駑馬)가 이미 지쳐 채찍을 이기지 못할까 염려되오니 적합한 인물에게 맡기시와 철지(哲知)에 욕됨을 면하시기 바라옵니다.

(46) 平西京獻捷表

臣富軾等言, 去乙卯歲春正月, 西京謀叛, 臣等伏奉制命出征, 以
地險城固, 久不能平, 自冬十月, 於其城西南隅, 積土木爲山, 列
砲車其上飛大石, 所當皆潰, 繼以大攻城門, 陴屋摧破, 至今年二
月十九日昧爽, 潛師入侵, 賊奔敗不能拒, 逆縛僞元帥崔 永 副元
帥趙匡死屍, 相率出降, 臣等入城, 汎掃城闕, 安撫軍民者, 王者
之師, 有征無戰, 天威所被, 已日乃孚, 中賀 臣聞光武之征隗囂,
三年乃定, 德宗之討希烈, 四載而平, 蠢爾姦兇, 據我城邑, 罪已
浮於梟獍, 惡亦積於丘山, 惟睿算之無遺, 至朞年而斯剋, 銜枚踰
堞, 列兵攻門, 士纔交鋒, 賊已褫氣, 步騎奮而霆擊, 呼謀進而濤
崩, 雲旝雷車, 直斬鯨鯢之臷, 風聲鶴 唳渾爲金革之音, 鼎魚環
走以求生, 林鳥驚翔而迸散, 其罪重而自知不免者, 斫産息以燒
亡, 其志劫而不能引決者, 甘鼎鑊以見俘, 積日之憂, 一朝頓釋,
於是入淮西而宣布上意, 如解倒懸, 復長安而撫綏遺黎, 盖云歸
處, 豈特市廛之不改, 巍乎城闕之固存, 毒螫旣除, 腥膻已滌, 遂
掃離宮之氛祲, 聿瞻原廟之衣冠, 黼座儼然, 仍几如舊, 父老士女,
漁樵芻蕘, 踊躍爭前, 驩呼相詡, 謂不圖於今日, 乃復得爲王人,
此乃伏遇 聖上陛下體天地之常生, 用神武而不殺, 三靈薦祉, 四
海輸誠, 電掣風驅, 肆捷一戎之定, 川渟岳峙, 允恢萬世之安, 臣
等親承睿謀, 出管師律, 賴聖神之造, 惟以斷成, 非將帥之才, 媿
無拙速, 忻喜抃舞, 倍萬常倫.

(46) 서경평정에서 이기고 올리는 글 (平西京獻捷表)

> — 묘청(妙淸)의 난을 평정하고 돌아와 올리는 표문인데 이 속에
> 평정과정과 그 양상이 소상하고 반란군 두목 일부 이름이 나온
> 다. 그리고 승리의 공은 부하의 인화(人和)와 성상의 은덕으로
> 돌리고 있다.

신 부식(富軾) 등은 아룁니다.

지난 을묘년 봄 정월에 서경(西京)이 모반함으로, 신 등은 엎드려 전하
의 제명(制命)을 받들고 출정하였는데, 지리가 험하고 성이 견고하여 오래
토록 평정하지 못하였습니다. 그래서 겨울 10월부터 그 성 서남 쪽 구석진
곳에 흙과 나무를 쌓아 올려 산을 만들어, 포차(砲車)를 그 위에 설치하고
서 큰 돌을 날려 부딪치는 곳은 다 무너지자 따라서 크게 공격하여, 성문과
성의 가퀴가 모두 부서졌으며, 금년 2월 19일 새벽을 기하여 몰래 군사를
출동시켜 쳐들어가니, 적이 무너져 항거하지 못하고, 원수(元帥)로 거짓 자
칭하던 최영(崔永)과 부원수(副元帥) 조광(趙匡)의 시체를 묶어가지고 나와
항복하므로, 신 등은 성안에 들어가서 성궐(城闕)을 말끔히 물 뿌려 소제하
고, 군·민을 달래어 안정시켰습니다.

왕자(王者)의 군사는 성토는 있으되 싸움은 없사옵고, 천위(天威)가 미
치는 곳에는 그 날로 누그러지는 것이었습니다. 중하,

신은 듣자오니, 한나라 광무(漢光武)가 외효(隗囂)를 정벌할 때 3년 만
에 이겼었고, 당(唐) 덕종(德宗)이 이희열(李希烈)을 토벌함에, 4년 만에 평
정하였거늘, 무지한 간흉(姦凶)이 우리 성읍(城邑)을 점령하였으니, 죄는
이미 효경(梟獍)보다 더하고, 악은 역시 구산(丘山) 만큼 쌓였던 것이었는
데, 오직 성산(聖算)이 실수가 없으시와, 만 1년 만에 이처럼 이기셨습니다.
입에 물건을 물려서 말을 못하게 함매(銜枚)하고 성을 넘어, 군사를 벌여

문을 부수고 들어가 군사가 겨우 칼날이 어울리자, 적은 이미 기운을 잃으므로, 보병(步兵)과 기병은 용맹을 떨치어 번개같이 공격하고, 호통치고, 고함지르며, 앞으로 나아가 파도가 무너지듯하여, 운기(雲旗)와 뇌거(雷車)는 곧장 적의 우두머리의 목을 베이고, 바람 소리와 학의 울음[風聲鶴唳][1]이 한데 뭉쳐 금혁(金革)의 소리로 되자, 솥안의 고기는 발길을 돌며 살길을 찾고, 숲속의 새는 놀래어 높이 날아 모두 흩어지며, 죄가 중해서 스스로 면하지 못할 줄을 아는 자는 식구들과 함께 불에 타 없어지고, 뜻이 비겁하여 능히 결단을 못하는 자는 처형도 달게 여겨 포로가 되었으니, 오랫동안의 근심이 하루아침에 완전히 해소 되었습니다.

이에 서경(西京)에 들어가 성상(聖上)의 뜻을 선포하매, 거꾸로 매달렸다 풀린 것같이 되었고, 장안(長安)을 회복하여 유민(遺民)들을 위로하니, 대개 "돌아와 정착하겠다" 하였으니, 어찌 시전(市廛)만이 변하지 아니했으리요. 우뚝히 성궐(城闕)도 그대로 보존되었으며, 해독은 이미 제거되고, 피비린내도 쾌히 씻어졌기로, 드디어 이궁(離宮)의 먼지를 청소하고, 원묘(原廟)[2]의 의관(衣冠)을 우러러 보니, 선왕의 위패를 모신 곳이 완연하고 잉궤(仍几) 의물(儀物)도 여전하오며, 부로(父老)·사녀(士女)와, 어초(漁樵)·나무꾼[芻蕘]도 모두 춤추고 뛰놀며 앞을 다투고, 웃음과 노래로 서로 어울이며, 이르기를, "생각지 않은 오늘에, 다시 임금의 백성이 되게 되었

---

1) 풍성학려(風聲鶴唳) ; 진서(晋書) 사현전(謝玄傳)에, "부견(符堅)이 군사 백 만을 거느리고 진을 벌려 비수(肥水)에 육박하자 사현은 군사 8천 명으로 하여금 물을 건너 드리치니 부견의 군사가 무너져서 갑옷을 벗어던지고 밤에 달아나는데 바람소리나 학의 울음소리만 들어도 모두 왕사(王師)가 몰려온다고 여겼다."하였다. 의구심이 많은 데 쓰는 말이다.

2) 원묘(原廟) ; 사기(史記) 고조기(高祖記)에, "효혜(孝惠) 5년에 이르러 고조(高祖)를 생각하여 패궁(沛宮)을 고조(高祖)의 원묘(原廟)로 만들었다."하였고, 집해(集解)에, "원(原)은 두 번째라는 뜻이니 이미 먼저 묘(廟)를 세웠는데 지금은 또 다시 세우므로 원묘(原廟)라 했다." 하였다.

다." 하옵니다.

이는 마침내 성상폐하께옵서 천지의 항상 살게 하는 것을 실천하시고, 신무(神武)를 써서 죽이지 아니하시므로, 삼령(三靈)이 복을 내리고, 사해가 정성을 바치어, 번개처럼 치고 바람같이 달려 저 시경의 말처럼 "한번 갑옷을 입고 천하를 평정"하셨고, 내가 흐르고 산이 솟아서 진실로 만세의 안녕을 열은 것이옵니다.

신 등은 손수 계책 하시는 전하의 뜻을 받들어, 나아가서 군기(軍紀)를 관장하오매, 성신(聖神)의 홍조(洪造)를 힘입어 오직 결단하였을 뿐이옵고, 장수의 재목이 못되어 졸속(拙速)이 없지 않아 부끄럽사오며, 춤추고 기뻐하는 마음은 보통보다 만배나 더하옵니다.

(47) 進三國史記表

臣某言, 古之列國, 亦各置史官以記事, 故孟子曰, 晋之乘 楚之檮
抏 魯之春秋一也, 惟此海東三國, 歷年長久, 宜其事實, 著在方
策, 乃命老臣, 俾之編輯, 自顧缺爾, 不知所爲, 中謝 伏惟聖上陛
下, 性唐堯之文思, 體夏禹之勤儉, 宵旰餘閒, 博覽前古, 以謂今
之學士大夫, 其於五經諸子之書, 秦漢歷代之史, 或有淹通而詳說
之者, 至於吾邦之事, 却茫然不知其始末, 甚可歎也, 況惟新羅氏
高句麗氏 百濟氏 開基鼎峙, 能以禮通於中國, 故范曄漢書, 宋祁
唐書, 皆有列傳 而祥內略外, 不以具載, 又其古記, 文字蕪拙, 事
迹闕亡, 是以君后之善惡, 臣子之忠邪, 邦業之安危, 人民之理亂,
皆不得發露, 以垂勸戒, 宜得三長之才, 克成一家之史, 貽之萬世,
炳若日星, 如臣者, 本匪長才, 又無奧識, 洎至遲暮, 日益昏蒙, 讀
書雖勤, 掩卷卽忘, 操筆無力, 臨紙難下, 臣之學術, 蹇淺如此, 而
前言往事, 幽昧如彼, 是故疲精竭力, 僅得成編, 訖無可觀, 祇自
媿耳, 伏望聖上陛下, 諒狂簡之裁, 赦妄作之罪, 雖不足藏之名山,
庶無使墁之醬瓿, 區區妄意, 天日照臨.

(47) 삼국사기를 지어 올리는 글 (進三國史記表)

- 중국에 사서가 있으나 저들의 일만 소상히 기록하고 우리 해 동에
삼국의 역사가 오래되었으나 군신의 선악을 후손에게 본 보일 것이
없으니 고기(古記)를 다듬어 새로 삼국의 역사를 편찬하였다. 여기
에 신라, 고구려, 백제등 우리나라 사실을 자세히 기록하여 군후의
선악, 신하의 충성과 사악, 나라의 안위, 백성의 이란등을 본보였다
고 하였다.

신 부식(富軾)은 아룁니다.

옛적에는 열국(列國)도 역시 각기 사관(史官)을 두어 옛일을 기록하였던 것입니다. 그러므로 맹자(孟子)는 말하기를, "진(晉)의 사서(史書)인 승(乘)과 초(楚)의 역사서인 도올(檮杌)과 노(魯)의 역사 춘추(春秋)는 그 의의가 한가지다." 하였습니다. 오직 해동(海東)의 삼국이 지나온 연조가 장구하니, 마땅히 그 사실이 역사에 나타나 있어야 하므로, 마침내 노신(老臣)에게 명하여 편집하게 하신 것이온데, 견식이 부족하와 어찌할 바를 몰랐습니다. 중사,

엎드려 생각하옵건대, 성상폐하께서는 저 요 임금인 당뇨 (唐堯)의 문사(文思)를 타고나시고, 하우(夏禹)의 근검(勤儉)을 체득하시와, 밤낮 없이 여가에 전고(前古)를 널리 보시고 이르시기를, "오늘날의 학사(學士) 대부(大夫)가 오경(五經) 제자(諸子)의 서적과 진(秦)·한(漢) 역대의 역사에 대해서는 간혹 두루 통달하고 자상히 설명하는 자가 있으나 우리 나라 사적에 이르러는 도리어 아득하여 그 시종을 알지 못하고 있으니 매우 한탄스러운 일이라." 하시며, 신라·고구려·백제가 나라를 세워 세 솥발처럼 맞서서 능히 예로써 중국과 상통하였었을 것이라 말씀하셨습니다. 그러므로 "범엽(范曄)의 한서(漢書)나 송기(宋祁)의 당서(唐書)에 모두 열전이 있기는 하나, 자기네 나라 안일은 자상하게 다루고 있지만 우리 나라 등 바깥일은 허술하게 만들었기 때문에 갖추어 싣지 아니하였고, 또 이른바 우리의 고기(古記)는 문자가 너무도 거칠어 우졸하고 사적도 빠진 것이 많은 까닭으로, 군왕(君王)의 선악(善惡)과 신자(臣子)의 충사(忠邪)와 국가의 안위(安危)와 백성의 치란이 모두 정확하게 드러나지 못하여 권면하고 경계할 일을 남길수 없으니, 마땅히 재주·학문·식견의 삼장(三長)한 인재를 구하여 일가(一家)의 역사를 이루어서 만세에 물려주되, 일성(日星)과 같이 빛나게 해

야 하겠다." 하였습니다.

신 같은 자는 본시 장재(長才)가 아니옵고, 또 깊은 학식이 없사오며, 늙으막에 이르러는 날로 더욱 어두워져서, 글읽기는 비록 부지런하나 책을 덮으면 바로 잊어버리고, 붓대를 잡으면 힘이 없고 종이를 잡으면 써 내려가기 어려운 형편이옵니다. 신의 학술이 천박한 것은 이와 같사옵고, 예전 말과 지나간 일은 깜깜함이 저러하오니, 이 까닭에 정력을 소모하고 힘을 다하여 겨우 성편(成篇)하였사오나, 별로 보잘것없어 스스로 부끄러울 따름이옵니다.

엎드려 바라옵건대, 성상폐하께옵서 광간(狂簡)의 재량을 양찰하시고 함부로 만든 죄를 용서하여 주시오면, 비록 족히 명산(名山)에 수장할 것은 못 되올 망정, 거의 보잘 것 없는 간장병 항아리[醬瓿]로 사용하는 일은 없을 듯하오니, 구구한 망령된 뜻은 천일(天日)이 내리 비치오리이다.

(48) 入金進奉起居表

平壤封疆, 恪守朱蒙之故國, 塗山玉帛, 未叅夏禹之諸侯

(48) 입금 진봉 기거 표 (入金進奉起居表)

> — 금나라에 사신가서 금의 임금에게 문안드리는 표문이다.

우리땅 평양(平壤)을 금이 봉강(封疆)함에 있어 우리들은 주몽(朱蒙)의 고국을 정성들여 지키노라, 도산(塗山)의 옥백(玉帛)[1]에 하우(夏禹)의 제후 (諸侯)로 참예하지 못하였습니다.

---

1) 도산의 옥백 ; 하우씨(夏禹氏)가 도산(塗山)에서 제후(諸侯)들과 회맹(會盟)하였는데 옥 백(玉帛)을 들고 조회 온 나라가 만의 수에 달했다 함(좌씨(左氏)에 "禹會諸侯于塗山 執玉帛者萬國"이라 했다.

(49) 進奉表

大人乘統, 震耀四方, 異國入朝, 梯航萬里, 況接境之伊邇, 諒馳
誠之克勤, 中謝 伏惟皇帝陛下, 天縱英明, 日新德業, 渙號一發,
群黎無不悅隨, 威聲所加, 隣敵莫能枝梧, 實帝王之高致, 宜天地
之冥扶, 臣膚土小邦, 眇躬涼德, 聞非常之功烈, 久已極於傾慕,
惟不腆之包茸, 可以伸其忠信, 雖媿蘋蘩之薦, 切期山藪之藏.

(49) 예물 바치는 글(進奉表)

> - 금나라에 사신가서 예물을 드렸던 모양이다. 송나라 황제에게
> 드리는 글과는 그 예절이나 격식이 아주 다르다.

대인(大人)이 운을 타매 사방을 눈부시게 하고, 다른 나라가 조회하기
위하여 만리를 달리는데, 하물며 국경마저 가까우니 진실로 정성을 부지런
히 달리옵니다. 중사,

엎드려 생각하옵건대, 황제폐하께서는 천종(天縱)의 영명(英明)이요 일
신(日新)의 덕업(德業)으로서, 명령을 한 번 내리시매 만 백성이 즐겨 따르
지 않는 자 없고, 위력을 더하는 곳에는 이웃 적이 능히 견디지 못하니 실
로 제왕의 극치인지라, 마땅히 천지가 음조(陰助)할 것입니다.

신은 땅은 척박하고, 나라는 작고, 위인은 못나고 덕은 부족하오매, 비
상한 공렬(功烈)을 듣자옵고 오래전부터 이미 극진히 정성을 기우렸사오
며, 오직 변변하지 못한 물건이나마 그 충신(忠信)을 표하는 것이오니, 비

록 마름풀과 다북쑥과 같은 변변치 못한 빈번(蘋蘩)의 진상예물이라서 부
끄럽사오나, 산수(山藪)의 감춰 가뢰어 주심[1]을 원하옵니다.

---

1) 산수(山藪)의 감춤 ; 좌전(左傳)에, "산수(山藪)는 궂은 것을 감추어 준다."하였다. 좌씨
   (左氏)에 "산수는 허물을 감춘다"(山藪藏疾) 했다.

狀

(50) 物狀

造庭修聘, 永觀厥成, 載贄展儀, 各以所寶, 前件物等, 風儀極陋, 物品至卑, 享上之誠, 不因菲廢, 包荒之度, 無以遐遺.

예물장(狀)

(50) 물장 (物狀)

> − 이는 아마 금나라 대궐에 들이는 예물장인 듯 하다. 예물 내용도 허술한 것 같고 드리는 정성이 간곡하지 못해 보인다.

대궐에 나아가 빙례(聘禮)를 닦아 유감없이 사무를 끝냈사오니, 폐백을 드리고 의식을 행하는 데는 각기 보배로운 것으로 해야 되옵니다. 전건(前件)의 드린 물건들은 모양새가 너무도 누추하고 물품이 지극히 보잘것 없사오나, 윗사람에게 바치는 정성은 박하다 해서 폐하지 못하는 것이오니, 넓으신 도량으로 멀리 버리지 말아 주시옵소서.

啓

(51) 謝魏樞密稱譽啓

右某, 昨於內庫 副使李某處, 伏聞相公, 謂某有才能, 再三稱道者, 仲尼之褒, 寵踰華袞, 季布之諾, 貴比黃金, 載思知憐, 彌集榮感, 伏念某, 少好學問, 粗攻簡編, 當役役於時文, 雕蟲篆刻, 實倀倀於大道, 摘埴索塗, 泊乎鈍根少開, 養性內照, 知學求爲君子, 不敢沽名, 恥道不如古人, 居常責己, 誓無反聖, 擬不隨流, 獨以飢寒之憂, 難拋名利之學, 翻然背馳 聖人之趣, 斐然狂簡小子之裁, 適値國家嚴甲乙之科, 取雄傑之士, 拔出寒地, 置之靑雲, 去辱得榮, 積時累月, 日加懦惰, 時復趨馳, 舊學忽忘, 初心缺落, 括囊誰譽, 弊帚自憐, 但懼沒世無稱, 豈望在家必達, 伏惟樞密相公, 經綸之寄, 宰相之才, 高歷前賢, 傑立當世, 故自立揚之始, 常居淸要之班, 爲朝廷之羽儀, 作文章之宗匠, 申甫就列, 周政幾於中興, 韓柳揮毫, 唐文至於三變, 天下想望其風彩, 士流鄭重其品題, 詆訶一開, 白日若無光景, 眄睞所指, 寒谷變爲陽和, 余何行能, 得此推許, 昔智伯遇豫讓以國土, 叔向賢鬷蔑以一言, 此皆觸焉而始知, 試焉而後譽, 如某者, 文卷未嘗瀆明公之鑒, 議論未嘗發明公之前, 今此之言, 從何而出, 柳子厚之言曰, 古之知己者, 不待來求 而後施德, 舉能而已, 其受德者, 不待成身 而後拜賜, 感知而已, 昔讀其文, 今見其實, 自顧不肖, 何克承當, 謹當筆策駑傭, 琢磨頑鈍, 自强文學之務, 無辱吹噓之恩, 過此以還, 未知所措.

계(啓)

(51) 위추밀상공이 칭찬한데 대한 사례 상주문 (謝魏樞密稱譽啓)

> - 위추밀상공이 칭찬하여 준데 대하여 감사히 여기나 자기는 그
> 만한 재목이 못된다고 하였다. 계(啓)는 상주문의 한가지 문체
> 요, 또한 윗사람에게 써 올리는 글이다.

앞에 글을 쓰는 사연은, 모(某)가 어제 내고부사(內庫副使) 이모(李某)의
처소에서 삼가 상공(相公)께서 아무(김부식)가 재능이 있다고 재삼 칭찬하
였다는 말을 들었습니다. 중니(仲尼)의 포상(褒賞)은 은총이 제왕의 화곤
(華袞)[1] 보다 낫고 계포(季布)의 응낙은 귀하기 황금에 비할 만한데[2], 이에
알아주고, 사랑해 주심을 생각하니, 영광스러운 마음이 더욱 모여서 쌓입
니다.

엎드려 생각하오니, 아무(저)는 어릴 때부터 학문을 좋아했으나, 대강
간편(簡編)을 다스려서, 항시 시문(時文)에 골몰하였고, 조충(雕虫) 전각(篆
刻)을 더듬었으니, 대도에는 아득하였습니다. 어둔 데서 헤매었더니 둔한
재주가 조금 열리며 성품을 기루어 안으로 비치매 학(學)은 군자가 됨을 구
해야 할 줄 알고, 감히 이름을 사지 않았으며, 도가 고인만 같지 못함을 부
끄러워하여 항상 자기를 책망했습니다. 성현에게 어김이 없을 것을 맹세하

---

1) 제왕의 화곤 ; 범녕(范寧)의 춘추곡량전서(春秋穀梁傳序)에, "한 자의 포창은 곤용포
[袞]보다 빛난다."(一字之袞寵 踰華袞之贈)라 하였다.

2) 계포의 응낙 ; 「사기」에 황금 백 근을 얻는 것이 계포(季布)의 한 마디 승낙을 얻기만
못하다"(得黃金一百斤 不如得季布一諾)고 했다.

면서, 세류에 좇지 않으려 하나, 홀로 주리고 추운 근심으로 명리의 학문을 버리기는 어려웠습니다.

번연히 성인의 뜻에 배치되어, 광간(狂簡)[3]한 소자(小子)처럼 아름다운 문장을 재단할 줄 모르고, 마침 국가에서 갑·을의 과거(科擧)를 엄하게 보일 때에, 웅걸(雄傑)한 선비들을 취해서, 한지(寒地)에서 뽑아내어, 청운(靑雲)에 올리고, 곤욕을 버리고 영화를 얻음이 철을 거듭하고 당을 쌓았으나 날로 더 게을러져서 때로 다시세속에 얽매었습니다.

구학(舊學)은 홀연히 잊어지고, 처음 마음이 이즈러졌나이다. 말이 없으니[括囊][4] 누가 칭찬해 주며, 낡은 빗자루를 스스로 아낄 뿐입니다. 다만 죽어서 일컬음이 없음을 두려워할 뿐이고, 어찌 집에 있어서 반드시 영달할 것을 바라겠스니까.

삼가 생각하오니, 추밀상공(樞密相公)께서는 경륜을 맡았고, 재상의 재목이므로 높이 전현(前賢)을 겪으시고, 당세에 우뚝 섰습니다. 그러므로 출세하는 처음부터 늘 청직(淸職)과 요직의 반열에 있었고, 조정의 모범이 되었으며, 문장(文章)의 종장(宗匠)이 되었습니다. 저 충국의 신백(申伯)과 중산보(仲山甫)가 반열에 나아가매 주(周)나라 정사가 거의 중흥하게 되었고, 한유(韓愈)와 유종원(柳宗元)이 붓을 휘두루니, 당나라 글이 세 번 변함에 이르렀습니다.[5] 천하(天下)에서 그 풍채를 사모해서 바라보고, 사류(士類)들이 그 품평을 정중히 여기매, 한 번 꾸짖자 백일이 빛이 없고, 가리키는

3) 광간(狂簡) ; 공자는, "우리 고장의 소자(小子)들이 광간(狂簡)하여 비연(斐然)한 문채들이나 재단할 줄은 모른다. 나는 돌아가서 가르치리라." 하였다(논어 公冶長)
4) 말이 없으니 [括囊] ; "주머니를 싸매듯 입을 닫고 있으면 허물도 자랑도 없다."《周易 : 곤(坤)괘》
5) 당나라 글이 세번 변함 ; 「당서(唐書)」문예전서(文藝傳序)에 나온 말. 왕발(王勃)과 양형(楊絅)·장열(張說)과 소정(蘇頲)·한유(韓愈)와 유종원(柳宗元) 등을 거쳐 문장이 세 번 변하였다." 함.

곳에는 찬 골짜기가 따뜻한 곳으로 변하니,[6] 어떠한 능력으로 이렇게 추허(推許)함을 얻었습니까.

옛날에 지백(智伯)은 예양(豫讓)을 국사(國士)로 대우하였고,[7] 숙향(叔向)은 종멸(鬷蔑)을 한 말로써 어질다 하였으니,[8] 이것은 모두 접촉해 보아야 비로서 알고, 시험한 뒤에야 일컫는 것입니다.

저와 같은 자야 문권(文卷)을 명공(明公)께 보인 일도 없고, 이론을 명공 앞에서 꺼낸 일도 없는데, 지금 이 칭찬의 말이 어디로부터 나왔습니까. 유자후(柳子厚)의 말에 이르기를, "옛날에 자기를 알아주는 이는 와서 구하기를 기다린 뒤에 덕(德)을 베풀지 않고, 재능(才能)을 들어 이를 뿐이요, 그 덕을 받는 자는 출세한 뒤에 감사하는 것이 아니라 알아줌을 느낄 뿐이다." 하였으니, 옛날에 그 글을 읽고, 지금 그 사실을 보니 자신의 불초함을 돌보며 어떻게 감당할 수 있겠습니까.

삼가 노둔(駑鈍)하고, 용렬(庸劣)함을 채찍질 할 뿐이요, 완(頑)하고, 둔(鈍)함을 쪼으고 갈아, 스스로 문학(文學)의 임무에 힘쓰고, 헛되이 칭찬해 주신 은혜를 욕되지 않게 할 것이요, 이것 밖에는 어찌할 바를 모를 것입니다.

---

6) 찬골짜기 따뜻한 ; 연(燕)나라에 찬 골짜기가 있어 기장이나 다른 곡식이 나지 못하였는데, 추연(鄒衍)이 양율(陽律)을 불어 넣었더니 따뜻한 기운이 돌아왔다 함.〈유향별록(劉向別錄)〉

7) 지백과 예양 ; 전국(戰國) 진(晋)나라 사람 예양(豫讓)이 처음에는 범중행씨(范中行氏)를 섬겼으나 이름이 없었는데, 뒤에 지백(智伯)을 맞아 국사(國士)로 대접해 주자, 뒤에 그의 복수를 하다가 죽었다.〈사기 "예양탐탄"(豫讓貪炭)〉

8) 숙향은 종멸을… ; 진(晋)나라 대부(大夫) 양설힐(羊舌詰) 자(字) 숙향(叔向)이 정(鄭)나라에 갔을 때에 종멸(鬷蔑)이 그릇을 들고 마루 아래 섰는데, 모양은 추하나, 말 한 마디에 어진 것을 알고, 그 손을 끓어 올리니, 이때부터 드디어 자산(子産)의 알아줌을 받았다함.〈좌씨전(左氏傳)〉

狀

(52) 上致仕孫叅政賀年狀

舜璣觀象, 方知七政之和, 堯曆援時, 共愛三陽之泰, 恭惟致政相
國, 天民先覺, 本朝老成, 若濟大川, 早施舟楫之用, 猶弃弊屣, 遽
謝軒裳之榮, 獨游無何, 永錫難老, 矧履彙征之吉, 益延大有之祥,
某等官守所拘, 展謁無路.

하례장(狀)

(52) 퇴임한 손참정에게 올리는 연하장 (上致仕孫叅政賀年狀)

- 백성을 먼저 생각한 손상국이 벼슬에서 물러났기 때문에 더
우러러 보여서 연하장을 올린다는 것이니 고려때 연하장의 모습
을 볼수 있다. 이하 몇건의 연하장들이 모두 김부식의 애민하는
청벽리 정신이 일관되게 흐르는 문장이다.

순(舜)임금의 지구의(地球儀)인 선기(璿璣)로 상(象)을 관찰하오니, 바야
흐로 칠정(七政)[1]의 화(和)를 알겠고, 요(堯)임금의 책력으로 계절을 밝혀줌
으로써 모두 주역에서 말하는 삼양(三陽)의 태(泰)를 사랑합니다.

삼가 생각하옵건대, 치정상국(致政相國)께서는 천민(天民)을 선각(先覺)

---

1) 찰정(七政) ; 일(日)·월(月)과 수(水)·화(火)·목(木)·금(金)·토(土)의 오성(五星)을
말한 것이다.「서경」(書經) 순전(舜典)에, "선기옥형(璿璣玉衡)을 살펴서 칠정(七政)을
가지런히 한다."[在璿璣玉衡齊七政] 하였다.

하시고 본조(本朝)의 노성(老成)으로서, 큰 내를 건너게 될 적에는 진작 주
즙(舟楫)의 구실을 하시더니, 헌 신짝 버리듯이 선뜻 관직의 헌상(軒裳)의
영화를 사퇴하시고, 홀로 무하유(無何有)의 향(鄕)에 노닐며 길이 난로(難
老)를 누리시오니, 하물며 휘정(彙征)²⁾의 길한 때를 당해서, 더욱 대유(大
有)의 상서를 연장하게 되실 것입니다.

모(某) 등은 관수(官守)에 얽매어 뵈올 길이 없음을 한탄하옵니다.

---

2) 휘정(彙征) ; 휘(彙)는 유(類)와 같은 뜻이다.「주역」(周易) 지천태(地天泰)에, "잔디를 뽑
  으니 서로 영켜 있다. 동류들과 함께 싸우러 가니 좋으리라."(拔茅茹以其彙征吉) 했다.

(53) 上樂浪侯賀冬狀

璿璣觀象, 知日躔之在牛, 寶曆援時, 喜天正之立子, 恭惟大師令公, 親賢並極, 德行雙豐, 作藩屏於王家, 藹聲華於宗室, 履一陽之來復, 迓萬慶於交叢, 某等限守官箴, 阻趨賓席.

(53) 낙랑후에게 올리는 동지 하례장(上樂浪侯賀冬狀)

> － 낙랑후에게 드리는 동지 하례장인데 여기서도 대사 영공의 덕행이 많음을 칭송하고 있다. 벼슬 자리에 매인 몸이라 직접 찾아뵙지 못한다고 하였다.

선기(璿璣)로[1] 상(象)을 관찰하매 일전(日躔)이 두우(斗牛)[2]에 있음을 알 수 있고, 보력(寶曆)[3]으로 때를 명시 받으니, 천정(天正)이 자(子)의 방위에 선 것을 기뻐합니다.

삼가 생각하옵건대, 대사(大師) 영공(令公)께서는 친(親)과 현(賢)이 아울러 지극하고, 덕과 행실이 모두 풍부하여, 왕가(王家)의 번병(藩屏)이 되고 종실(宗室)의 성화(聲華)가 꽃답습니다.

일양(一陽)이 내왕[來復]하는 때를 당하여, 온갖 경사를 맞이하옵소서.

모(某) 등은 관규(官規)에 얽매어, 빈석(賓席)에 나아가 절을 드리지 못하옵니다.

---

1) 전기(璿璣) ; 천체를 관찰하는 혼천의(渾天儀)인 선기옥형(璿璣玉衡)과 북두칠성(北斗七星)의 제1성과 제4성 또는 제2, 제3성을 말하는데 여기서는 북두칠성의 경우를 말함
2) 두우(斗牛) ; 북두칠성과 견우성(牽牛星)
3) 보력(寶曆) ; 천자(天子)가 국민에게 반포한 역서를 말함. 임금의 나이 등 다른 뜻도 있다.

(54) 上致仕林平章同前狀

純陰氣休, 方喜一陽之復, 君子道泰, 合膺萬福之來, 恭惟致仕相公, 儉節淸風, 耆謀舊德, 盡瘁以仕, 匪躬之節逾堅, 告老而歸, 知足之情可尙, 茂對履長之旦, 更延難老之祺, 某等僻守江湖, 阻登門館.

(54) 사임한 임평장에게 드리는 전과 같은 하례장 (上致仕林平章同前狀)

> – 이는 퇴임한 임(林) 평장사께 드리는 동지때 하례장이다. 동전장(同前狀)은 앞의 것과 같다는 말이고 역시 임평장의 근검, 청렴한 생활과 특히 만족할줄 아는 '지족'(知足)의 정신을 존경하고 있다. 동문선에 전하는 장(狀) 즉 연하장 종류는 거이가 작자 김부식이 외직에 나가 있을 때 직접 신년교례를 못해서 쓴 것이다.

순음(純陰)의 기운이 휴식되니 바야흐로 일양(一陽)의 회복을 기뻐하고, 군자의 도가 통태(通泰)하니 들어오는 만복을 받으시기 합당하옵니다.

삼가 생각하옵건대, 치사상공(致仕相公)은 청풍(淸風)같은 검절(儉節)에다. 노성(老成)의 경륜으로서, 노고를 다해 봉사하시니 비궁(匪躬)[1]의 절개가 더욱 굳건하였고, 늙음을 핑계삼아 물러나니 만족을 아는 처사라 존숭할 만합니다. 이장(履長)[2]의 날을 당하여 더욱 난로(難老)의 복을 누리옵소서.

저희 등은 궁벽한 강호(江湖)를 지키오매 문관(門館)에 오를 길이 없사옵니다.

---

1) 비궁(匪躬) ; 자기 몸이 아니고 이미 임금에게 바쳤다는 뜻이다. 「주역」(周易) 건(蹇)에, "임금의 신하가 억세고 부지런한 것은 자기 몸이 아닌 까닭이다."[王臣蹇蹇匪躬之故] 하였다.
2) 이장(履長) ; 장지(長至)라고도하고 동지(冬至)라는 말이다. 어람(御覽)에, "동지가 되면 해가 극남(極南)으로 오기 때문에 그림자가 극히 길다." 하였고, 최호(崔浩)의 여의(女儀)에, "근고(近古)의 부인들이 항상 동짓날을 당하면 신발과 버선을 만들어 시아버지에게 올리는데, 이는 장지(長至)를 밝게 하는 뜻이다." 하였다.

(55) 賀年兩府狀 安西大都護賀 致仕林平章

璇穹載周, 正月初吉, 畫三陽而爲泰, 法五始以書元,

伏惟致政相國閤下, 將相四朝, 始終一節, 知止不殆,

特高老子之心, 俾熾而昌, 永錫魯侯之壽, 况臨今旦,

休有嘉祥, 某等限守麾符, 阻趨閤閱.

(55) 양부에 드리는 신년하례장 (賀年兩府狀) (안서대도호가 치사한 임평장을 하례함)

– 이는 신년 하례장인데 필자 김부식이 해서지방에 나가 있어서 직접 중서문하성 즉 중추원과 첨의부 즉 밀직사의 양부에 신년 하례 인사를 못 드리고 연하장으로 대신 하례한 글이다.

선궁(璇穹)인 하늘이 한 바퀴 돌아서 정월 초하루가 되니, 삼양(三陽)을 그어서 태(泰)가 되고,[1] 오시(五始)[2]를 본받아서 원(元)을 쓰는 때가 되었습니다.

엎드려 생각하옵건대, 치정상국합하(致政相國閤下)는 네 조정의 장상(將相)이요 처음과 나중이 한결같은 절개이오며, 그칠 줄을 알아 위태롭지 않으니 특히 노자(老子)의 마음을 높이 여기고, 번성하고 창대(昌大)하여 길이 노후(魯侯)의 수(壽)를 누리시는데, 하물며 좋은 날을 당하여 아름다운 상서가 있을줄 믿사옵니다.

모 등은 직무를 지키고 있는지라 문정(門庭)에 들어 절을 드리지 못하옵니다.(안서대도호하치사임평장(安西大都護賀致仕林平章)이라는 원주가 있다.)

---

1) 삼양(三陽)의 태(泰) : 주역의 삼양교태(三陽交泰)는 정월을 말하며 일반적으로 새해의 하례사로 쓰였다.
2) 오시(五始) ; 「한서」(漢書)에, "춘추(春秋)는 오시(五始)의 요점을 본받았다."[春秋法五始之要]하였고, 그 주에, "원(元)은 기(氣)의 시작이요, 봄은 사시(四時)의 시작이며, 왕자(王者)는 명(命)을 받은 시작이요, 정월(正月)은 정교(政敎)의 시작이며, 공이 즉위한 것은 한 나라의 시작이다." 하였다.

(56) 又 崔平章

仰觀天文, 驗龍躔之易舍, 俯授時令, 重鳳曆之發端,

慶洽人神, 春還草木, 伏惟太師令公, 乾坤正氣,

巖廟偉人, 君陳之嘉猷嘉謀, 贊襄帝道, 山甫之令儀令色,

竦動民瞻, 茂對三陽, 倍延萬福, 某等魚符有限, 鵞賀無緣.

(56) 최평장사에게 드리는 연하장 (賀年崔平章狀)

> ― 최평장사에게 보내는 신년 하례장이다. 그 정기롭고 어진 범
> 절을 사모하면서 새해의 하례를 정중하게 드리고 있다.

우러러 천문(天文)을 보니 용전(龍躔)별이 그 자리를 바꾸었고, 굽어 시
령(時令)을 살피니 봉력(鳳曆)[1]이 첫 머리를 발하였으니, 경사는 인신(人神)
에게 흡족하고 봄은 초목(草木)에게 돌아왔습니다.

엎드려 생각하옵건대, 태사영공(太師令公)은 천지의 정기(正氣)요 조정
의 위인이시라, 군진(軍陳)의 아름다운 정책으로 임금의 도(道)를 보좌하였
고, 중산보(仲山甫)[2]의 어진 범절로 백성의 우러름을 받았습니다. 거룩한
삼양(三陽)을 당하여 더욱 만복을 누리옵소서.

모 등은 관직이 제한이 있사와 나아가 뵙고 축하드리지 못하옵니다. (최
평장(崔平章)이라는 원주가 있다.)

---

1) 봉력(鳳曆) ; 봉조씨(鳳鳥氏)는 상고 시대 책력을 맡은 관원이었으므로 봉력(鳳曆)이라 칭
한다. 「좌전」(左傳) 소공(昭公) 17년에, "소호씨(小昊氏)가 즉위하자 봉새가 마침 이르렀으
므로, 새로써 관(官)을 기록하며 봉조씨(鳳鳥氏)를 역정(曆正)으로 삼았다." 하였다.
2) 중산보(仲山甫) : 일명 중산보(仲山父) 주(周)나라 선왕(宣王)때의 어진 재상, 채식하였
고 후작이 되었다.

(57) 與宋太師蔡國公狀

表東海之地偏, 茲焉守職, 節南山之望峻, 久矣嚮風, 伏惟太師國
公, 九德渾圓, 五福純備, 國人之宜鄭伯, 又改爲於緇衣, 王室之
留周公, 尙自安於赤舃, 行藏惟其用捨, 進退係於重輕, 曾是遐陬,
阻依巨蔭, 翼加保衛, 以副瞻祈, 所有微儀, 具如別幅.

(57) 송나라 태사 채국공에게 드리는 하례장 (與宋太師蔡國公狀)

> – 당시 상국이었던 송나라 태사에게 예물과 함께 보낸 하례장이다.

표동해(表東海)의 편벽한 땅에서 수직(守職)하고 있으니, 절남산(節南
山)의 높은 명망을 사모한지 오래였습니다.

삼가 생각하옵건대, 태사국공(太師國公)은 구덕(九德)[1]이 원만하시고 오
복(五福)이 구비하시니, 나라 사람은 정백(鄭伯)을 좋게 보아 또 치의(緇
衣)[2]를 고쳐 만들고, 왕실(王室)에서는 주공(周公)을 만류하여 오히려 적석
(赤舃)[3]이 편안하며, 행하고 들어앉는 것은 오직 쓰고 버리는 데 있고, 나아
가고 물러감에 따라 경중(輕重)이 매었습니다.

먼 지방에 있는 탓으로 큰 그늘에 의지할 길이 없었사오나, 바라옵건대,
몸을 보위(保衛)하시와, 사모하고 비는 마음에 함께 응해주소서. 소유(所
有)의 미미한 의물(儀物)은 별지(別紙)와 같이 갖추었습니다.

---

1) 구덕(九德) ;「서경」(書經) 고요모(皐陶謨)에서 나온 말인데, 너그럽고 씩씩하고, 유순하되 주
   견을 세우고, 순박하되 공손하고, 일을 잘 처리하되 공경하고, 남의 말을 잘 받아들이되 과감
   하고, 정직하되 온화하고, 간결하되 청렴하고, 강단이 있되 착실하고, 흔들림이 없되 옳게 하
   는 것을 구덕(九德)이라 하였다. 혹은 忠. 信. 敬. 剛. 柔. 知. 固. 貞. 順으로도 말한다.
2) 치의(緇衣) ;「시경」(詩經) 정풍(鄭風) 치의장(緇衣章)을 말한 것인데, 본래 정(鄭)나라 사람
   이 정백(鄭伯)을 아름답게 여겨 지은 것이다. 그 시에, "검정 옷의 알맞음이여, 떨어지면 내
   가 다시 고쳐 만들어 드리리라." 하였다.
3) 적석(赤舃) ; 붉은 색으로 만든 신발인데 면복(冕服)에 딸린 것이다.「시경」(詩經) 빈풍(豳風)
   낭발장(狼跋章)에, "공(公)은 겸손하고 크고 아름다우니, 적석(赤舃)의 걸음이 진중하다." 하
   였고, 시의 서(序)에, "주공(周公)을 아름답게 여겨 지은 것이다." 하였다.

(58) 回宋使遠狀

揭節出疆, 有光華之可望, 揚舲涉海, 仗忠信以無虞, 方塡舘以攀迎, 遽貽書而爲禮, 永言感極, 豈易指陳.

(58) 송나라 사신갔다 돌아오면서 보낸 감사장 (回宋使遠狀)

- 송나라 사신길에 돌아오면서 그곳 환대에 감사드리는 글이다.

부절(符節)을 들고 국문을 나오매 광화(光華)를 바라볼 수 있고, 배를 타고 바다를 건넜지만 충신(忠信)을 힘입어 염려가 없습니다.

바야흐로 사관(舍舘)에 가득히 모여 환영하게 되어, 문득 서신을 올려 예로 삼으오니, 길이 감사하옴을 어찌 다 말하오리까.

(59) 賀冬兩府狀 安西賀 金平章

剝後七日, 知陰道之上窮, 坎中一陽, 應天時而初復, 伏惟某官, 風節淸直, 德履端方, 汲黯在朝, 敵國無敢妄動, 孔戣請老, 議臣 不欲遽歸, 茂對嘉辰, 益綏休祉, 某顧有簡書之畏, 阻瞻舄履之光.

(59) 동지에 양부에 보내는 하례장 (賀冬兩府狀) (안서에서 김평장께 하례함)

> - 고려때 동지는 설보다 더한 명절로 지내면서 하례의 글이 많이 오갔다. 김평장에게 보내는 하례장인데 그 맑은 풍절이 잘 나타나 있다.

만물이 영락한 박(剝)이 지나간지 7일 만이라 음도(陰道)가 끝난 것을 알겠고, 정북(正北)인 감(坎)[1]에 하나의 태양이 이르니 천시(天時)가 다시 돌아 왔습니다.

엎드려 생각하옵건대, 모관(某官)은 풍절(風節)이 맑고 곧으며, 덕행(德行)이 단정하고 절도 있으며, 급암(汲黯)같은 명상이 조정에 있으매 적국(敵國)이 함부로 망동하지 못하고, 공규(孔戣)같은 소부(巢父)의 종자(從者)가 노퇴(老退)를 청하매 의신(議臣)이 선뜻 보내지 않으려고 합니다. 이 좋은 날을 당하여 더욱 아름다운 복을 누리옵소서.

모(某)는 임금님의 간서(簡書)가 두려워서 석리(舄履 赤舄)의 영광을 뵙지 못하옵니다. (원주에 안서하김평장(安西賀金平章)이라 했다.)

---

1) 박감(剝坎) ; 박(剝)과 감(坎)은 〈주역〉의 괘(卦)인데 그 뜻이 다양하나 여기서는 박(剝)은 '만물이 영락하는 계절'로, 감(坎)은 '정북방(正北方)'의 뜻으로 쓰였다.

(60) 又 崔相國

一陽初生, 萬寶皆蕩, 等魯臺而望物, 理高曆以援時, 伏惟某官, 奧學眞才, 淸風儉節, 帝賚良弼, 以爲大旱之霖, 民具爾瞻, 屹若南山之石, 應時納祐, 與國同休, 某等出守江湖, 阻參閭閱.

(60) 또 (최상국에게 하례함)

> — 작자가 해서에 가 있으면서 최(崔)상국에게 보낸 동지하례장이다. 하례장이지만 최상국의 심오한 학문과 나라 보필의 공이 잘 표현되어 있다.

하나의 양(陽)이 처음으로 생기어 만 가지 보물이 모두 약동하니, 노대(魯臺)에 올라 운물(雲物)을 바라보고, 고력(高曆)을 다스려서 절후[時候]를 알려 줍니다.

엎드려 생각 하옵건대, 모관(某官)은 학문이 심오하고 재주가 진실하며, 풍신은 맑고 자질과 기품이 검소하므로, 상제(上帝)는 훌륭한 보필을 얻으시어 큰 가물에 장마비 구실을 하게 하였고, 백성은 모두 우러러 바라니 남산의 우뚝한 바위[1]와 같사옵니다. 때를 응하여 복을 받으시와, 나라와 함께 아름다움을 누리옵소서.

모 등은 밖으로 나와 강호(江湖)를 지키오매 문하에 참배할 길이 없사옵니다. (원주에 최상국(崔相國)이라 했다.)

---

1) 남산의 …바위 ; 「시경」(詩經) 소아(小雅) 절남산장(節南山章)에, "높은 저 남산에 바위가 우람도 하다. 빛나고 빛난 사윤(師尹)이여, 백성이 우러러보네." 하였다.

(61) 又 李叅政

日行白道, 陽動黃宮, 高曆授其人時, 魯史書其雲物, 伏惟某官, 道高當世, 職邁宰庭, 忠不私營, 家無衣帛之妾, 動爲世法, 時有墊巾之人, 履玆慶辰, 叢厥景福, 某等守官有限, 賀虞無緣.

(61) 또 (이참정에게 하례함)

> ─ 동지를 맞이하여 이(李)참정에게 보내는 하례장인데 다른 하례장과 같이 고려때 세시 풍속과 상류사회의 하례풍속 및 문장양식등을 소상히 보여주는 사륙체변려문(四六体駢儷文)이다.

해는 돌아 달가는 궤도[白道]에 이르고 태양은 머리위[黃宮]에서 움직이니, 고력(高曆)은 인시(人時)를 가르쳐 주고, 노사(魯史)는 운물(雲物)[1]을 기록한다 하였습니다.

엎드려 생각하옵건대, 모관(某官)은 도(道)가 당세에 높고, 직위는 재상에 이르렀으며, 충성은 개인 잇속을 도모하지[私營] 아니하여 집안에는 비단옷 입는 첩이 없고, 움직이면 세상의 법이 되어 때로는 점건(墊巾)[2]의 사람이 있습니다. 경사스러운 이 때(동지)를 당하여 온갖 복을 받으시옵소서.

모 등은 관수(官守)의 제한이 있사와 직접 축하드릴 길이 없사옵니다. (원주에 이참정(李叅政)이라 했다.)

────────────

1) 운물(雲物) ; 해[日] 곁에 있는 구름 빛깔인데, 상고 시대에는 그것으로써 길흉과 수한(水旱)을 예측하였다. 「좌전」(左傳) 희공(僖公) 5년에, "무릇 분지(分至)의 계패(啓閉)에는 반드시 운물(雲物)을 기록한다." 하였다.

2) 점건(墊巾) ; 점각건(墊角巾)의 준말이다. 점(墊)은 처진다는 뜻인데, 「후한서」(後漢書) 곽태전(郭泰傳)에, "곽태가 군국(君國)을 두루 노닐면서 일찍이 진(陳)·양(梁)의 사이에서 비를 만나 머리에 쓴 사모 뿔 하나가 밑으로 처졌는데, 그 때 사람이 보고서 일부러 사모 뿔 하나를 휘어서 쓰고 임종건(林宗巾)이라 칭하였다." 한다.

(62) 又 柳副樞

陰剝而窮, 陽潛以復, 魯史謹書於日至, 周家恭用於天正, 伏惟某官, 奧識隣幾, 宏材拔萃, 謀猷密勿, 久司帷幄之籌, 德業崇高, 行據廟堂之位, 茂對三微之統, 翕臻百福之祥, 某等伏限守符, 無階望履.

(62) 또 (유 부추밀에게 하례함)

> – 이는 유(柳) 부추밀원에게 보내는 동지 하례장이다. 고대 역법(曆法)의 삼미(三微) 사실과 동지가 봄의 시작이라는 견해가 들어 있고 아울러 유 부추원의 인품이 그려져 있다.

주역에 음(陰)은 깎여서 다 없어지게 되고, 양(陽)은 잠겼다가 다시 돌아오니 노사(魯史)는 삼가 일지(日至)를 기록하고, 주(周)나라는 공손히 천정(天正)[1]을 사용하였습니다.

엎드려 생각하옵건대, 모관(某官)은 심오한 학식이 이웃이 알고, 굉장한 인격은 무리에서 뛰어났으며, 계획은 주밀하여 오래 유악(帷幄)의 운주(運籌)를 맡았고, 덕업(德業)은 숭고하여 마침내 묘당(廟堂)의 자리에 처할 것입니다. 삼미(三微)의 통(統)을 당하여, 백복의 상서를 받으옵소서.

모 등은 수직(守職)의 제한이 있사와 존안(尊顔)을 뵈올 길 없사옵니다. (원주에 유부추(柳副樞)라고 했다.)

---

1) 천정(天正) ; 「후한서」(後漢書) 진총전(陳寵傳)에, "11월을 하늘의 정(正)으로 삼으므로 주(周)나라가 봄으로 삼았고, 12월을 땅의 정(正)으로 삼으므로 은(殷)나라가 봄으로 삼았고, 13월, 즉 정월을 정(正)으로 삼으므로 하(夏)나라가 봄으로 삼았다. 그래서 삼미(三微)가 나타나게 되어 삼통(三統)을 관통하였다." 한다.

(63) 入宋使臣上引伴使狀

右伏以寡君纂服, 職是守封, 上國馳誠, 禮當稱嗣, 嗟滄溟之阻闊,
加邊鄙之繹騷, 未抗表章, 已經年所, 兹膺使指, 底貢宸庭, 揭節戒
塗, 已涉風波之險, 艤舟向岸, 佇瞻天日之光, 竊承逆勞之勤, 知
有攀依之幸, 其爲竦企, 曷盡敷宣.

(63) 송나라 사신 갈 때 인도하는 사신 보내 주어 감사한 서장 (入宋使臣上引伴使狀)

> - 이는 송나라 사신 갈 때 송나라 황제가 인도하는 사절을 보내준
> 데 대하여 감사하는 서장인데 지나친 자기 비하와 사대숭국의 표현
> 이 있음을 본다.

엎드려 생각하옵건대, 저희 나라 임금이 선업(先業)을 계승하여 봉지(封
地)를 지키는 직책을 가졌으니, 상국(上國)에 정성을 쏟으며 예로 보아 마땅히
칭사(稱嗣)해야 할 것이오나, 딱하게도 바다가 가로막히고 더욱이 변방이 소
란하와, 표장(表章)을 올리지 못하고 이미 해가 지났사옵기로, 이에 사신으로
뽑히어 궐정(闕廷)에 조공을 바치자니 절(節)을 들고 길을 떠나 이미 풍파의
위험을 겪었고, 배를 매고 언덕을 향하니 장차 천일(天日)의 빛을 우러러 뵙게
되었사옵니다.

그윽이 수고로운 몸을 맞아 주시는 근념(勤念)을 입어, 더위잡고 의탁하는
다행이 있을 것을 알게 되었사오니, 바랄 것이 없는 동시에 어찌 다 감사함을
아뢰오리까.

銘

(64) 兜率院鍾銘 幷序

兜率院者, 崇敎寺住持 僧統弘闡 與門下侍中邵台輔同 發願所創
立也, 院旣成, 門人慈尙隨發願 募三百五十斤, 鑄置洪鍾, 工旣畢
功, 屬余爲銘, 勤請難拒, 略爲之言, 此非敢自是也, 盖不得已耳,
銘曰.

耽耽精舍, 于水之津, 云誰居之, 惟衆侁侁,
或食或講, 或夜或晨, 不可戶告, 景鍾乃陳,
大簴雙植, 洪槌傍橫, 不擊則已, 擊則振鳴,
山搖海蕩, 鬼蹶神驚, 非雷非霆, 殷其大聲.

명(銘)

(64) 도솔원종에 새기는 글(서문과 함께) (兜率院鍾銘 幷序)

> ─ 명(銘)은 금석(金石)이나 기명(器皿)에 새기되 사람의 공덕이
> 나 경계할 말을 써서 후세에 남기는 글인데 김부식의 명은 오직
> 두편이 전한다. 각각 간단한 서문이 함께 있다.

도솔원(兜率院)은 숭교사(崇敎寺) 주지(住持) 승통(僧統) 홍천(弘闡)이
문하시중(門下侍中) 소태보(邵台輔)와 함께 발원(發願)하여 창건한 절이다.
원(院)이 이미 이루어짐에 따라 문인(門人) 자상(慈尙)이 뒤따라 발원(發願)

하여 〈쇠[鐵]〉3백 5십근을 시주(施主)들에게서 모아서 녹여 큰 종(鍾)을 만
들었다. 일이 끝나매 나에게 명(銘) 짓기를 부탁하는 데 간절히 청함을 거
절하기가 어려워서 몇 마디 말을 쓰게 되니 이것은 감히 잘했다는 것이 아
니라 대개 마지못해서 쓴 것이다. 명에 이르기를,

숲에 덮인 가람 정사는
물가의 나루에 서 있고
뉘가 거처 하는 곳이 턴고.
여러 중 들이 모여 있고나.
먹기도 하고 불경도 배우며
밤으로도 하고 새벽으로도 하네.
방(房)마다 시각 알리기 어려워
종을 달아 이를 친다네

종틀은 쌍으로 세우고
큰 망치는 곁에 가로 놓였어라
안치면 고요타가
치면 떨쳐 울려서
산이 무너질 듯 바다가 일렁거리며
도깨비 벌떡 일고 귀신이 놀래니
우레도 아니오 벽력도 아니건만
우렁우렁 큰 소리로다.

(65) 興天寺鍾銘 並序

興天寺鍾薄且弇, 其聲不妙, 近聞主公重鑄, 居士金某爲之銘曰.

廻祿扇火, 飛廉掀風, 唯金從革, 出此景鍾,
置之寂默, 叩則雍容, 無聲之聲, 遍滿虛空.

(65) 홍천사종에 새기는 글(서문과 함께) (興天寺鍾銘 並序)

> — 도솔원 종명(鍾銘)과 그 상념이 비슷하다. 가만두면 고요하다
> 가도 치면 천지가 진동하는 것이 종이며 그 소리가 오묘하다고
> 했다. 「여지승람」에 '소솔원'은 경기도 파주에 있었고 '홍천사'
> 는 개성에 있었다고 하였다.

홍천사(興天寺) 종(鍾)이 엷어지고 달아서 그 소리가 좋지 못했다. 근자
에 들으니 주공(主公)이 다시 만들었다 한다. 불교의 중이 아닌 거사(居士)
김모(金某)가 명(銘)을 짓는다.

불귀신이 불을 부채질 하고
바람귀신이 바람을 불게 하여
오직 쇠를 바꾸어
이 큰 종(鍾)이 나왔네.
가만 두면 침묵하여 고요하고
두드리면 맑은 소리 나온다.
말 없는 그 소리가
허공에 두루 가득 차네.

記

(66) 惠陰寺新創記

峯城縣南二十許里, 有一小寺, 弛廢已久, 而鄕人猶稱其地爲石寺洞, 自東南百郡趣京都, 與夫自上流而下者, 無不取道於此, 故人磨肩馬接跡, 憧憧然未嘗絕, 而山丘幽遠, 草木蒙翳, 虎狼類聚, 自以爲安室利處, 潛伏而傍睨, 時出而爲害, 非止此而已, 間或有寇賊狄攘之徒, 便其地荒而易隱, 人畏而易劫, 爰來爰處, 以濟其姦, 二邊行者, 躇躇莫之敢前, 相戒以盛徒, 侶挾兵刃而後過焉, 而猶或不免以死焉者, 歲數百人, 先王睿王在宥十五年己亥秋八月, 近臣少千奉使南地廻, 上問若此行也, 有所聞民之疾苦乎, 則以是聞之, 上惻然哀之曰, 如之何可以除害而安人, 奏曰殿下幸聽臣, 臣有一計, 不費國財, 不勞民力, 但募浮圖人, 新其廢寺, 以集淸衆, 又爲之屋盧於其側, 以著閒民, 則禽獸盜賊之害自遠, 行路之難平矣, 上曰可, 汝其圖之, 於是以公事抵妙香山寺, 告於衆中曰, 某所有巨害, 上不忍動民以土木營造之事, 先師見遘難者, 必施無畏, 疇克從我, 有事於彼乎, 寺主比丘惠觀隨喜之, 其徒欲從者一百人, 惠觀老不能行, 擇勤恪有技能者, 證如等十六人, 資送之, 以冬十一月到其所, 作草舍以次之, 上命比丘應濟, 主典其事, 弟子敏淸副之, 利器械鳩材瓦, 經始於庚子春二月, 至壬寅春二月, 工旣告畢, 齋祠息宿, 以至廚庫, 咸各有所, 又謂若乘輿南巡則不可知, 其不一幸而駐蹕於此, 宜其有以待之, 遂營別院一區, 此亦嘉麗可觀, 至今上卽位, 賜額爲惠陰寺, 噫變深榛爲精舍, 化畏途爲平路, 其於利也, 不其博哉, 又偫以米穀, 擧之取利, 設粥以施行

人, 至今幾於息焉, 少千意欲繼之於無窮, 精誠有感, 檀施 來荐上
聞之惠捨頗厚, 王妃任氏亦聞而悅之曰, 凡其施事, 我其尸之, 增
其委積之將盡者, 補其什物之就缺者, 然後事無不備者矣, 或曰孟
子言堯之時, 洪水橫流, 使禹治之, 鳥獸之害人者消, 然後人得平
土而居之, 使益烈山澤而焚之, 鳥獸逃匿, 周公相武王 驅虎豹犀
象而遠之, 天下大悅, 其或春秋時 鄭國多盜, 取人於萑符之澤, 子
大叔除之, 漢時渤海民飢, 弄兵於潢池之中, 龔遂安之, 其他以盜
賊課寄 名於史傳者, 無代無之, 則逐虎豹除盜賊, 亦公卿大夫之
任也, 而少千下官也, 應濟敏淸開士也, 非所謂官治其職, 人憂其
事, 乃無所陵者也, 其可記之, 以話於後乎, 又釋氏之施 貴於無住
相, 莊周亦云 施於人而不忘, 非天布也, 則區區小惠, 亦宜若不足
書, 答曰不然, 唐貞元季年夏大水, 人物蔽流而東, 若木柹然,
有僧愀焉, 援溺救沉 致之生地者數十百, 劉夢得志之, 宋熙寧中,
陳述古知杭州, 問民之所病, 皆曰六井不治, 民不給於水, 乃命僧
仲文子珪辨其事, 蘇子瞻記之, 君子樂道 人之善如此, 豈可以廢
乎, 而又人之爲善, 自忘可也, 不有傳者, 何以勤善, 其經論所言,
不可縷敍, 至若唐僧代病, 作施食道場, 前後八會, 通慧師載之僧
傳, 至於儒書亦有之, 如禮記云 衛公叔文子爲粥, 與國之餓者, 不
亦惠乎, 則此又不可不書者也, 少千姓李氏, 父晟, 善屬文登科,
爲左拾遺知制誥卒, 少千仕至七品官, 公事餘閒, 事佛尤謹, 今則
麻衣蔬食, 自號爲居士, 勤苦其行, 爲上所知, 故有所立如此, 應
濟住持日淺, 敏淸繼之, 訖用有成, 可謂能矣, 其所資用, 皆出於
上所賜及諸信施, 其名目具如陰記云爾, 時甲子春二月日記.

기문(記)

(66) 혜음사를 신창한 기문 (惠陰寺新創記)

- 이 혜음사 신창기는 뇌천(雷川) 김부식의 명문장중의 명문으로 일찍이 이익재(李益齋)는 김문열공 부식의「혜음원기」(惠陰院記)…등은 스스로 일가를 이루고 있다고 했고,「여한십가문초」(麗韓十家文抄)에서는 공의 '온달전' 등 5편을 들어 후세에 규감이 되는 문장이라고 격찬하였다. 공의 기문은 '법흥사기' 한편이 더 보인다.

봉성현(峯城縣)에서 남쪽으로 20리쯤 되는 곳에 조그마한 절이 있었는데, 허물어진지가 벌써 오래였으나 지방 사람들은 아직도 그곳을 석사동(石寺洞)이라 불렀다. 동남방에 있는 모든 고을에서 서울로 들어오는 사람이라든지 또는 위에서 내려가는 사람이 모두들 이길을 사용하기 때문에 사람들은 어깨가 서로 스치고, 말은 굽이 서로 닿아서 항상 복잡하고 인적이 끊어질 사이가 없는데, 산 언덕이 깊숙하고 멀며, 초목이 무성하게 얽혀 있어서 호랑이가 떼로 몰려다니며, 안심하고 숨어있을 곳으로 생각하여, 몰래 숨어서 옆으로 엿보고 있다가 때때로 나타나서 사람을 해친다. 이 뿐 아니라, 간혹 불한당들이, 이 지역이 으슥하고 잠복하기가 쉬우며 다니는 사람들이 지레 겁을 먹고 두려워 하는 것을 이용하여, 여기에 와서 은신하면서 그들의 흉행을 감행하기도 하였다. 이리하여 올라오는 사람이나 내려가는 사람이 주저하고 감히 전진하지 못하며, 반드시 서로 경계하여 많은 동행자가 생기고 무기를 휴대하여야만 지나갈 수 있는데도, 오히려 살해를 당하는 자가 1년이면 수백 명에 달하게 되었다.

선왕(先王)인 예종(睿宗)이 왕위에 오르신지 15년인 기해년 가을 8월에 측근의 신하인 소천(少千)이 임금의 사명을 받들고 남쪽 지방에 갔다가 돌아왔다. 임금께서 "이번 길에 민간의 고통스런 상황을 들은 것이 있느냐." 물으시니, 곧 이 사실을 보고하였다. 임금께서는 측연히 이를 딱하게 생각하시고, "어떻게 하면 폐해를 제거하고 사람이 안심하고 살 수 있느냐." 하셨다. 아뢰기를, "전하께옵서 다행이 신의 말씀을 들어주신다면 신이 한가지 계교가 있사온데, 국가의 재정도 축내지 아니하며 민간의 노력도 동원시키지 않고, 다만 중들을 모집하여 그 허물어진 집을 건축하고 양민을 모아들여 그 옆에 가옥을 짓고 노는 백성들을 정착시키면, 짐승이나 도둑의 해가 없어질 것이며, 통행자의 난관이 해소될 것입니다." 하였다. 임금께서는, "좋다. 네가 그것을 마련해 보라." 하셨다. 이리하여 그는 공무를 띠고 묘향산(妙香山)에 가서 대중 가운데서 이르기를, "아무 곳에 큰 장애물이 있는데, 나라에서는 차마 토목공사를 가지고 백성을 괴롭힐 수가 없다. 옛날 스님들은 곤란한 처지에 빠진 것을 보면 반드시 두려워하지 않는 희생심을 발휘하였는데, 여기서는, 누가 나를 따라 저곳에 가서 일을 해보겠는가." 하였더니 절의 주지 혜관(惠觀) 스님이 기꺼이 그를 따랐으며, 그 무리 중에 따라가려는 사람이 백명이나 되었다. 혜관 스님은 늙어서 가지 못하고 부지런하며 진실하고 기술이 있는 사람으로, 증여(證如)등 16명을 선발하여 경비를 마련하여 보냈다. 겨울 11월에 그곳에 이르러 초막을 짓고 머물렀다. 임금께서 중 응제(應濟)에게 명하여 그 일을 맡아보게 하고 제자인 민청(敏淸)을 부 책임자로 하게 하셨다. 연장을 벼르고 목재와 기와를 모아들여 경자년 봄 2월에 착공하여 임인년 봄 2월이 되어서 일을 모두 마쳤다. 절이 불당과 유숙하는 건물부터 주방, 창고에 이르기까지 모두 장소가 마

련되었고, 또 생각하기를 "임금께서 남쪽으로 순행하신다면 행여 한번이라
도 이곳에 머무르실 일이 없지 않으려니 이에 대한 준비가 있어야 된다."
하여 드디어 따로 별원(別院) 한 개소를 지었는데, 이곳도 아름답고 볼만하
게 되었다. 지금 임금께서 즉위하시어 절 이름을 혜음사(惠陰寺)라고 내리
셨다.

아, 깊은 숲속이 깨끗한 집으로 변하였고, 무섭던 길이 평탄한 대로가
되었으니, 그 이익이 또한 넓지 아니한가. 또한 양곡을 축적하여 놓고 그
이식을 받아서 죽을 쑤어서 여행자에게 공급하던 일이 지금은 거의 없어지
게 되었으므로 소천(少千)은 이것을 영원히 계속하려 하였더니 정성에 감
동된 바 있어 희사하는 사람들이 자꾸만 생겼다. 임금께서 이를 들으시고
은혜로운 희사를 상당히 후히 하시고 왕비(王妃) 임씨(任氏)도 듣고 기뻐하
여 말씀하시기를, "그곳에서 실시하는 모든 일은 내가 담당하리라." 하시
고 다 없어져가는 식량을 보태 주시며 파손되어 못쓰게 된 기구를 보충하
여 주셨다. 이리하여 모든 것이 다 구비되지 않는 것이 없게 되었다. 어떤
이는 이르기를, "맹자(孟子)의 말에, 요(堯)시대에 홍수가 범람했는데 우
(禹)로 하여금 이를 다스리도록 하여 사람을 해치는 새와 짐승이 없어진 뒤
에 사람이 평지에서 거주할 수 있게 되었고 익(益)으로 하여금 산림(山林)
과 천택(川澤)에 불을 질러서 태워버리니 새와 짐승이 달아나서 숨어버렸
다. 주공(周公)은 무왕(武王)을 보좌하여 범·표범·물소·코끼리 등을 몰
아내어 멀리 보내버리니 천하가 모두 기뻐하였다. 또한 춘추 시대의 정(鄭)
나라에 도둑이 많아서 풀숲이 우거진 못에서 나와 사람을 해쳤는데 대숙
(大叔)이 이를 없애버렸고, 한(漢)시대에 발해(渤海)의 서방에 흉년이 들어
서 못 가운데서 무기를 들고 나와 사람을 해치는 것을 공수(龔遂)가 이를
평정하였다. 그 밖에 도둑을 처치한 것으로 역사에 이름을 남긴 사람이 없

는 시대가 없었다. 그런즉 짐승을 몰아내며 도둑을 제거하는 것도 공경(公卿)과 대부의 임무다”라고 하셨다.

그런데 소천(少千)은 하급 관리며 응제(應濟)와 민청(敏淸)은 승려인즉 이것은 이른 바, ‘관리가 그 직책을 소홀이 할 때는 일반 인사가 그 일을 걱정하더라도 지나친 짓이 아니라’는 것이니, 하필 그것을 기록하여 후일에 전하려 하는가. 또 불교에서는 보시하는 것을 무주상(無住相)보다도 귀하게 여기는 것이요, 장주(莊周)도 이르기를, ‘남에게 선심을 쓰고 잊지 않는 것은 자연스런 희사가 아니라.’ 하였으니, 얼마되지 않는 은혜를 베푼 것을 기록해 둘 필요가 없을듯하다.” 하였다. 나는 대답하기를, “그렇지 않다. 당(唐)시대의 정원(貞元) 말년 여름에 크게 홍수가 나서 사람과 물건이 물에 휩쓸려서 동쪽으로 떠내려가는 것이 모두 나무 조각 같이 보였다. 어떤 중이 이를 딱하게 여기어 물에 빠진 사람을 건져내고 잠긴 사람을 구제하여 살려낸 자가 수십 백 명에 달하였는데 유몽득(劉夢得)이 이를 기록하였고, 송(宋)시대 희녕(熙寧) 연간에 진술고(陳述古)가 항주(杭州)의 지방관으로 있으면서 민간의 고통스러운 상황을 물었더니 모두 말하기를 “우물 6개가 모두 수리가 안되어 식수를 먹을 수가 없다.” 하였다. 마침내 중인 중문(仲文)과 자규(子珪)에게 명하여 그 일을 처리하였는데 소자첨(蘇子瞻)이 이를 기록하였다.

군자가 사람의 착한 일에 대하여 칭찬하기를 이렇게 즐겨하였으니, 어찌 가만히 있을 수 있는가. 또한 사람이 선한 일을 하고서 스스로 잊어 버리는 것은 좋지만 이를 전하는 사람이 없다면 무엇으로 선한 일을 권장할 수 있겠는가. 그들이 경론(經論)에서 서술한 것을 일일이 모두 들지 못한다 할지라도, 당나라 시대의 중 대병(代病)이 시식도량(施食道場)을 설치한 것이 전후하여 여덟 번이나 되었는데, 통혜(通慧)대사가 이를 승전(僧傳)에 실었으며, 유학의 서적에도 이런 것이 있다. 이를테면 예기(禮記)에 이르기를, "위(衛)나라의 공숙문자(公叔文子)가 죽을 쑤어서 나라 안의 굶주린 사람에게 주었으니 얼마나 은혜로운 일인가." 했으니, 곧 이것은 또한 써 두지 않을 수 없는 것이다. 소천(少千)은 성은 이씨(李氏)이다. 아버지인 성(晟)은 문장을 잘 지었고 과거에 합격하여 좌습유 지제고(左拾遺知制誥)까지 되었다가 죽고 소천은 벼슬이 7품관에 이르렀다. 공무를 보고 남은 시간에는 부처님을 정성으로 섬겼다. 지금은 베옷을 입고 채소 음식을 먹으며 스스로 칭호를 거사(居士)라 한다. 그의 실천이 철저하여 임금에게 알려져서 그는 이와 같은 업적을 세웠다. 응제(應濟)는 일을 맡았다가 오래 가지 못하고 민청(敏淸)이 이를 인계하여 끝까지 완성을 보았으니 유능하다 할 수 있다. 그가 경비에 사용한 것은 모두 위에서 내리신 것과 여러 신도들의 희사에 의한 것이다. 그 이름과 목록은 갖추어 후면에 기록한 바와 같다. 때는 갑자년 봄 2월 일에 기(記)를 쓴다.

贊

(67) 和諍國師影贊

恢恢一道, 落落音 機聞自異 大小淺深,
如三舟月, 如萬竅風, 至人大鑒, 卽異而同,
瑜伽名相, 方廣圓融, 自我觀之, 無往不通,
百川共海, 萬像一天, 廣矣大矣, 莫得名焉.

찬(贊)

(67) 화쟁국사영정에 찬하다. (和諍國師影贊)

> - 찬(贊:讚)은 논평하는 글인데 찬미(讚美)와 애찬(哀讚)과 사찬
> (史讚)이 있다. 여기 화쟁국사(和諍國師)의 영정에 찬한 글은 미찬
> (美讚) 즉 잡찬(雜贊)의 글이며 국사의 넓고 큰 그릇임을 찬했다.

넓고 넓은 한 길이요
묵직하고 대범한 목소리네
기밀과 소문은 스스로 다르고
크기도 하고 작고 얕다가도 깊다네
삼주(三舟)의 달과 같고,
만 구멍의 바람과 같을시고.
지인(至人)의 대감(大鑒)은,
다른 듯이 같은 이치

유가(瑜伽)의 이름과 상이,
모나고 넓고 둥글게 뚫렸으니,
그로부터 볼 양이면,
어디 간들 아니 통하리.
온갖 개울이 합치어 바다 되고,
만 현상이 하나의 하늘이네
크고도 넓어서,
어떻게 이름 지으면 좋을는지.

議

(68) 待外祖議

漢高祖初定天下, 五日一朝太公 太公家令說, 設太公曰, 天無二
日, 土無二王, 皇帝雖子人主也, 太公雖父人臣也, 奈何今人主拜
人臣, 高祖善家令言, 詔曰人之至親, 莫親於父子, 故父有天下,
傳歸於子, 子有天下, 尊歸於父, 此人道之極也, 今王侯卿大夫,
已尊朕爲皇帝, 而太公未有號, 今上尊太公曰太上皇, 以此論之,
雖天子之父, 若無尊號, 則不可令人主拜也, 不其侯伏完, 獻皇帝
后父也, 鄭玄議曰, 不其侯在京師, 禮事出入, 宜從臣禮, 若后息
離宮及歸寧父母, 則從子禮, 故伏完祖賀公庭, 如衆臣, 及皇后在
宮, 后拜如子, 又東晉群臣議穆帝母 太后見父之禮, 紛紜不一,
博士徐禪, 依鄭玄議曰, 王庭, 正君臣之禮, 私覿, 全父子之親, 是
大順之道也, 又魏帝父燕王宇, 上表稱臣, 雖父子之親, 禮數尙如
此, 況外祖乎, 按儀禮五服制度, 母之父母, 服小功五月而已, 與
己父母尊親相遠, 豈得與上抗禮, 宜令上表稱臣, 在王庭則 行君
臣之禮, 宮闈之內則 以家人禮相見, 如此則公義私恩, 兩相順矣,
宰輔以聞, 王遣近臣問資謙 資謙奏曰, 臣雖無知, 今觀富軾議, 實
天下之公論, 微斯人, 群公幾陷老臣於不義, 願從其議勿疑, 詔可.

의(議)

(68) 임금의 외조부 대우에 대한 건의서 (待外祖議)

— 이 글은 당시 인종의 장인이던 이자겸(李資謙)이 셋째딸 넷째
딸까지 인종비로 들이면서 전권을 휘두르며 심지어 자기 생일을
인수절(仁壽節)이라고 하자고 할때 뇌천(雷川) 김부식 공은 분연
히 붓을 들어 이자겸은 마땅히 사가의 외조 대접밖에 못받는다
고 주장했다. 그리하여 이자겸은 꺾였다.

한고조(漢高祖)가 처음으로 천하를 평정하고서, 5일마다 한 번씩 태공
(太公)을 조회하니, 태공의 가령(家令)이 태공을 달래기를, "하늘에는 해가
둘이 없고, 땅에는 임금이 둘이 없습니다. 황제(皇帝 한고조)가 비록 아들
이라고 해도 임금이요, 태공이 비록 아버지라고 해도 신하입니다. 어찌 임
금으로 하여금 신하에게 절을 하게 하리요." 하니, 한고조가 가령의 말을
옳게 여기고 조서를 내려, "사람에 있어서 지극히 친한 것이 부자 이상 없
다. 그러므로 아버지가 천하를 두면, 그 전해지는 것은 아들에게 돌아가고,
아들이 천하를 두면 높은 것은 아버지에게 돌리니, 이것이 인도(人道)의 극
진한 것이다. 이제 왕후 경대부가 나를 높여 황제로 삼았는데, 태공은 존호
(尊號)가 없으니, 이제 태공을 높여서 태상황(太上皇)이라고 한다." 하였으
니, 이것에 의해 논의를 할 것 같으면, 비록 천자의 아버지라고 해도 만일
존호가 없다면, 임금으로 하여금, 절을 하게 할 수 없다.

불기후(不其侯)인 복완(伏完)은 헌황제(獻皇帝)의 부인의 아버지인데,
정현(鄭玄)이 논하기를, "불기후가 서울에 있으면서, 자기 딸(황후)을 볼 때
는 응당 신하의 예로써 해야 하고, 만약에 황후가 이궁(離宮)에 나와 쉴 때
나, 자기 부모 집에 돌아가서 문안할 때는, 아들의 예를 따라야 한다." 하였
다. 그러므로, 복완이 조정에 조회할 때는 뭇 신하와 같이하고, 또 황후가
궁내에 있으면서 사적(私的)으로 볼 때는, 아버지 복완에게 절하기를 아들

같이 하였다. 그리고, 동진(東晉)의 군신들이 목제(穆帝)의 어머니 저태후 (褚太后)가, 그 아버지를 보는 예를 어떻게 해야 하나 하는 데 대하여, 의논이 분분하여, 일치되지 아니하니, 박사 서선(徐禪)이 정현의 이론에 의거해서 말하기를, "조정에서 볼 때는 군신의 예로써 하고, 사적으로 볼 때는 부자의 친(親)으로써 해야 하니, 이것이 크게 순하는 도이다." 하였고, 또 위제(魏帝)의 아버지 연왕우(燕王宇)가 표(表)를 올릴 때에 자기를 신하라고 일컬었으니, 비록 지극히 친한 부자라 하더라도, 예수(禮數)가 오히려 이와 같은데, 하물며 외조(外祖)에 있어서랴. 살펴건대 의례(儀禮)의 오복제도 (五服制度)를 상고해 본다면, 어머니의 부모는 복(服)이 소공(小功) 다섯 달 뿐이니, 자기 부모에 비해 높고 친한 것이 까마득하다.

어찌 임금이 외손이라고 해서 예를 거스리겠는가. 마땅히 표를 올릴 때는 신하라 하고, 조정에 있을 때는 군신의 예를 하며, 궁내에서 사적으로 볼 때는 가인(家人)의 예로서 볼 것이니, 이와 같이 하면, 공의(公義)와 사은(私恩)이 둘 다 서로 순하다 하였다.

재상이 김부식의 이 글을 임금에게 아뢰니, 임금이 근신을 보내어 자겸 (資謙)에게 물으매, 자겸이 아뢰기를, "신이 비록 아는 것은 없사오나, 지금 김부식의 이론을 보니, 실로 천하의 공론입니다. 이 사람이 아니었다면, 노신이 거의 불의(不義)에 빠질 번하였습니다. 원컨대, 그 이론을 좇아서 의심하지 마소서." 하니, 임금이 조서를 내려 그 이론이 옳다고 하였다.

疏

(69) 興王寺弘教院華嚴會疏

茲者伏見 興王寺者, 文宗仁孝大王, 發願刱造, 莊嚴佛事大覺國師, 宣敎敎理, 作大利益, 厥後近三十年, 敎義浸衰, 莫有能繼, 弟子虔尋遺志, 思有以重興, 請國師高第 弟子戒膺及學徒一百六十人, 於弘敎院, 始自今月某日起, 約三七日修設華嚴法會, 仍令長年, 聚會演說 無盡海藏, 以此功德仰祝, 法輪常轉, 國祚增長, 風雨調順, 人民利樂者, 右伏以一眞玄妙, 實惟萬法之源, 三聖圓融, 卽示大經之義, 色空交暎, 理事相明, 比帝網之重重, 如海印之歷歷, 非其人則二乘上德, 瞠若而莫前, 稱其性則 十信初心, 脗然而相攝, 苟非王者 以至誠崇奉, 師哉以明智宣揚, 孰能出經 卷於微塵, 耀日輪於大地, 追惟文宗仁孝大王, 視政事則 若無全牛, 信佛乘則 如味甘露, 金園寶利, 克成大壯之功, 齋室法筵, 永矢華嚴之會, 大覺國師, 脫世榮於王室, 從禪悅於空門, 遊方之勤, 叅善知識, 體道之極, 爲大宗師, 以先知覺後知, 以正見破邪見, 栴檀圍繞, 凡木莫能相干, 獅子嚬呻, 諸獸靡不自伏, 非止副先君之志, 亦足酬古佛之恩, 嗟川逝以不留, 嘆山頹而安仰, 弟子恭承餘慶, 嗣履丕基, 德不能柔, 明無所燭, 人旣勞心, 政將奈何, 危若抱火於積薪, 懍乎朽索之御馬, 惟冀與民而祈福, 莫如依佛以乞靈, 況景陵之誓願尙存, 而弘敎之化儀可擧, 起高弟於嘉遯, 俾主盟於講堂, 四事莊嚴, 多而益辨, 六時禮念, 勤而無疲, 洎道場期限之甫周, 尙學者莊修之不退, 善旣行而不已, 應必見於將來, 伏願慧澤霈濡, 梵雲覆幬, 福如川至, 德以日新, 俾躬處休, 享天年之有永,與國同慶, 置神器於不傾, 格洪範之休徵, 滅春秋之災異, 三農足食, 驗小雅之夢魚, 四海消兵, 見武成之歸馬, 近從九族, 廣及三塗, 免淪阿鼻之苦辛, 皆得毗廬之身土.

소(疏)

(69) 흥왕사 홍교원 화엄회 소문 (興王寺弘敎院華嚴會疏)

> — 흥왕사는 문종(文宗)이 발원하여 대각국사(大覺國師)가 불법을 밝히던 사찰인데 지금 퇴락 쇠퇴했으므로 화엄법회(華嚴法會)를 여는 것이니 부흥케 하여 주십사 하는 소문이다. 김부식의 도량소는 다섯 편이 전한다.

이에 삼가 살펴보오니, 흥왕사(興王寺)[1]라는 절은 문종 인효대왕(仁孝大王)께서 발원(發願) 창건 하시어 불사(佛事)를 장엄하게 하던 곳이며, 대각국사(大覺國師)[2]가 〈이 절에서〉 불교의 이치를 드러내 밝히어서 큰 이익을 이루었습니다. 그 뒤 30년이 가깝도록 교의(敎義)는 점점 쇠퇴하여졌으나 능히 계승하는 이가 없었습니다. 제자(弟子)들이 공손히 유지(遺志)를 이어 중흥(重興)하기를 생각하고, 대각국사의 수제자 계응(戒膺)과 학도(學徒) 1백60인을 초청하여, 홍교원(弘敎院)에서 이달 모일(某日)부터 시작하여, 약 3·7일 동안 화엄법회(華嚴法會)를 열었습니다. 계속하여 장로들로 하여금

---

1) 흥왕사(興王寺) ; 경기도 풍덕(豊德)에 있던 절
2) 대각국사(大覺國師) ; 고려 때 고승(1055~1101). 우리나라 천태종(天台宗)의 중흥조. 석명은 의천(義天)

모여서 바다같이 무진장한 교리를 연설하게 하였습니다. 이 공덕을 가지고 우러러 비노니, 부처님의 교법이 항상 퍼져서 나라의 복조가 증가하고 성장하며 바람과 비가 순조로워서, 백성들을 이롭고 즐겁게 하소서.

이상에서 말한 것을 삼가 생각하건대, 유일(唯一)하고 진실하고 불가사의(不可思議)한 일진현묘(一眞玄妙)함은 실로 만 가지 법의 근원이며, 화엄삼성(華嚴三聖)의 원만하고 융통함은 곧 화엄경의 교의를 보인 것입니다. 색(色)과 공(空)이 사귀어 비치고, 이치와 사물이 서로 밝히어서, 제석천(帝釋天)의 보망(寶網)이 거듭거듭 둘러진 것같고 해인정(海印定)의 상태가 역력(歷歷)히 보이는 것 같습니다. 그럴 만한 〈공덕이 있는〉 사람이 아니면, 대승(大乘)·소승(小乘)의 상덕(上德)들이 어이없다는 듯이 눈을 휘둥그렇게 하여 앞에 나타나지 아니할 것입니다. 그 성(性)에 맞게 하면, 처음 수도(修道)하는 자의 십신심(十信心)이 입술을 합하 듯이 서로 합치할 것입니다. 진실로 왕자(王者)가 지성으로 높여 받들지 않으며, 스승이 밝은 지혜로 선양(宣揚)하지 않는다면, 누가 능히 화엄경의 책을 불교에서 오계(悟界)의 피안(彼岸)에 대하여 말하는 미계(迷界)인 미진(迷津)에 내다가 태양이 대지에 빛나는 것처럼 할 수 있겠습니까. 추억하건대, 문종 인효대왕(文宗仁孝大王)께서는 정사를 처리하시는 것이 마치 "능숙한 재인(宰人)의 눈에는 온전한 소가 없는[若無全牛] 것처럼 순리(順理)하게 하시고 불교를 믿는 일은 감로(甘露)를 맛보는 것처럼" 즐겨하셨습니다. 금원(金園) 보찰(寶刹)을 크고 웅장하게 지으시어, 재실(齋室)과 법연(法筵)에 길이 화엄회(華嚴會)를 베풀게 하였습니다. 대각국사(大覺國師)는 왕실(王室) 출신으로서, 세속의 영화를 초탈(超脫)하고 불문(佛門)에서 선열(禪悅)에 잠기셨습니다. 부지런히 여러 지방을 돌아다니면서 선(善)한 지식을 얻었으며 도(道)의 극치를 체득하여서 대종사(大宗師)가 되었습니다. 선지(先知)로써 후지(後知)

를 깨우치고 정견(正見)으로써 사견(邪見)을 깨뜨렸습니다.

향기로운 전단(栴檀) 나무 둘러선 곳에 범목(凡木)은 서로 끼어들지 못하며, 사자(獅子)가 소리를 지르니, 모든 짐승들이 스스로 겁내 엎드리지 않는 것이 없었습니다. 선군(先君)의 뜻에 부응(副應)하는 데 그치지 아니하고 또한 족히 옛 부처님의 은혜에 능히 수응(酬應)하였습니다.

슬프다. 세월은 물처럼 흘러 가고 머무르지 않아서, 태산이 무너지듯 대각국사는 가셨으니 우리를 곳 없음을 탄식합니다. 제자(弟子)가 공손히 여경(餘慶)을 받들어 왕업을 계승하였으나 덕은 능히 백성들의 마음을 부드럽게 하지 못하고 밝음은 세상의 촛불이 될만한 바가 없습니다. 사람들이 이미 마음을 괴롭히고 있으니, 정치는 장차 어떻게 되겠습니까. 위태롭게 여기는 마음은 나무 섶을 쌓은 곳에 불을 안고 있는 것 같고 두려워 하는 생각은 썩은 새끼로 말 고삐 맨 것 같습니다. 오직 백성들과 더불어 복빌기를 바랄 뿐이니, 부처님에게 귀의하여 영험[靈]을 비는 것보다 나은 방법은 없습니다. 하물며 문종(文宗)대왕의 서원(誓願)이 아직 남아 있어서 교(敎)를 넓히는 화의(化儀)를 수거(修擧)할 수 있음이겠습니까. 은거(隱居)하고 고제(高弟)들을 일으켜서 강당(講堂)을 주관(主管)하게 하였습니다. 공양하는 네가지 일[四事]이 이미 장엄(莊嚴)하고 많으나 더욱 마련하였으며, 밤낮 없이 육시(六時)의 예배와 염불은 부지런하여 피로함이 없습니다. 도량(道場)의 기한이 다 되었으나, 오히려 배우는 자들은 공경하게 수도하면서 물러가지 아니합니다. 선(善)을 이미 행하여 그치지 아니하니 장래에 반드시 응보를 얻을 것입니다.

엎드려 원하건대, 혜택이 비처럼 적셔 주시고 부처님의 구름[梵雲]이 덮어 주셔서, 복은 냇물처럼 이르고 덕은 날로 새로워지게 하소서, 몸으로 하여금 편안히 있게 하여 하늘이 주신 수명의 장구함을 누리게 하며, 국가와 더불어 경사를 함께 하여 왕업을 기울지 않게 하소서. 홍범(洪範)의 아름다운 징조가 이르게 하며 춘추의 재이(災異)는 소멸하게 하소서. 삼농이 잘되어 식량이 풍족하여서 소아(小雅)에 있는 고기 꿈[夢魚]의 징조를 징험하게 하고, 사해에 전쟁이 없어져서 서경의 무성편(武成篇)처럼 군마(軍馬)의 돌아감을 보게 하소서. 가까이는 구족에서부터 멀리는 삼도(三途)에 이르기까지 아비규환(阿鼻叫喚)의 신고(辛苦)에 빠지는 것을 면하고 다 비로차나불(毘盧遮那佛)과 같은 신토(身土)를 얻게 하소서.

(70) 轉大藏經道場疏

特爲社稷 靈長人民殷富, 謹准前規於闕內會慶殿, 自今月某日起始, 約幾日夜開設精嚴道場, 供養本師釋迦文佛 爲首一會聖賢, 兼請名師 轉讀大藏經殊勝功德者, 右伏以圓音一演, 無二三大小之乘, 衆解萬殊, 有半滿偏圓之敎, 故經 律論雖分乎三藏, 而戒定慧皆本乎一心, 光明爲無盡之燈, 珍寶若甚深之海, 思量修習, 必超衆妙之門, 信受奉行, 卽得恒沙之福, 弟子叨聖人之大寶, 昧王者之遠猷, 深淵薄冰, 不敢遑寧於夙夜, 慈雲甘露, 庶幾饒益於自他, 祇率胎謀, 特嚴像設, 香華四事, 備蒲塞之眞儀, 鍾梵六時, 演貝多之秘記, 冀下誠之上格, 副他鑒之潛通, 伏願自天降休, 與國同慶, 歛箕疇之五福, 保周雅之萬年, 中宮無險詖之心, 東禁有元良之德, 群官翼戴, 共輸陶契之忠, 庶類榮懷, 一變成康之俗, 陰陽順而京坻積, 戎狄和而金革銷, 燕及蒼生, 同霑利澤.

(70) 대장경을 전독(轉讀)하는 도량의 소문 (轉大藏經道場疏)

> ─ 궁궐 회경전(會慶殿)에서 대장경을 전독(轉讀)하는 법회가 있었다 했는데 이 때에 바치던 소(疏)이다. 소는 상소문이란 뜻도 있고 여기 소문은 사리를 조리 있게 밝혀 축수하는 뜻으로 썼다.

특히 사직의 영장(靈長)과 백성의 은성(殷盛)을 위하여 삼가 전례에 좇아 궐내(闕內) 회경전(會慶殿)에서 이달 모일(某日)부터 시작하여, 대략 몇 날 몇 밤 동안 정엄(精嚴)한 도량을 개설하여, 본존(本尊) 석가여래 부처님을 위시하여 한자리에 모인 성현[一會覽賢]들을 공양하고, 겸하여 이름있는 스님을 초청하여 대장경(大藏經)의 특별한 공덕을 전독(轉讀)하는 것입니다. 위에 말한 것을 엎드려 생각하건대, 원음(圓音)을 한 번 연주하니, 2,3대소(大小)의 승(乘)이 다름이 없으나, 뭇해설[衆解]이 모두 다르므로, 반만(半滿)·편원(偏圓)의 교(敎)가 있습니다. 그런 까닭에, 경(經)·율(律)·논(論)이 비록 삼장(三藏)으로 나뉘어졌으나, 계(戒)와 정(定)과 혜(慧)가 다 한 마음에 근본하는 것입니다. 광명(光明)함은 다함이 없는 등불이 되고, 진보(珍寶)함은 매우 깊은 바다와 같고 사량(思量)하고 수습(修習)함은 반드시 여러 가지 현묘한 문에 뛰어나고, 믿고 받아들여 받들어 실행함은 곧 항하사(恒河沙)의 모래같이 많은 복을 얻을 것입니다. 제자(弟子)들은 성인의 대보(大寶)를 탐내어 왕자(王者)의 원대한 계책에 어두어서 깊은 못가에 선 것같고, 얇은 얼음을 밟는 것같이 두려워서 밤낮 감히 편안할 겨를이 없고, 자운(慈雲), 감로(甘露)같은 부처님의 은택이 거의 자타(自他)에게 풍요(豊饒)하기를 바라므로, 삼가 조상의 남기신 법에 좇아 특히 상설(像設)을 장엄하게 하였습니다. 향화사사(香華四事)[1]는 포색(蒲塞)의 참된 의식을 갖추었으며, 종범(鍾梵)의 소리가 육시(六時)에 패다(貝多)[2]의 비기(秘記)를 연주하여, 아랫 정성이 위에 이르러, 다른 거울에 가만히 통하고 있는 것에 부응(副應)하기를 바랍니다.

엎드려 원하는 것은, 하늘로부터 아름다움을 내리시어 국민과 더불어 경사를 같이 누리게 하시어, 기주(箕疇)[3]의 오복(五福)을 모아 거두고 주아(周雅)의 만년(萬年)을 보전하게 하시며, 중궁(中宮)에는 험피(險詖)한 마음

---

1) 향화(香華), 사사(四事) ; 향화는 불전에 향과 꽃을 바치는 것이고 사사는 의복과 음식 와구(臥具)와 탕약을 공양하는 일
2) 구다(具多) ; 불교의 경문, 구다라엽(具多羅葉)
3) 기주(箕疇) ; 「상서」(尙書)의 홍범9주(洪範九疇)

이 없고, 동궁(東宮)에게는 원량(元良)의 덕이 있게 하시며, 여러 조관(朝官)들은 익찬하고 추대하여 함께 고요(皐陶)와 설(契)같은 충성을 바치게 하고, 서류(庶類)는 번영하고 사모하여 주(周)나라 성왕(成王)·강왕(康王) 때의 풍속으로 일변(一變)하게 하소서. 음양(陰陽)이 화순하여 수확은 풍성하고, 오랑캐는 화합하여 전쟁[兵甲]이 사라지게 하니 편안함이 창생(蒼生)들에게 미쳐서 다 이로운 은택에 젖게하소서.

(71) 金光明經道場疏

右伏以三身本有權化, 顯于靈山, 萬德圓成光明, 周于沙界, 談空
論壽而理無不備, 施藥流水而德無不加, 在和平之時, 尚披誠而致
敬, 況災患之際, 盍歸命以求哀, 言念眇躬, 叨臨寶位, 智不足以
周萬物, 明不能以燭四方, 切理安之念 而未知其方, 躬聽斷之勤
而無益於事, 紀綱不振, 風俗日衰, 士無守官, 因循怠惰 而至于貪
墨, 民不安業, 窮困流移 而皆有怨咨, 感傷一氣之和, 逆亂四時之
候,在秋冬而常燠, 當春夏而反寒, 天文錯行, 山石崩落, 魯史所書
之災異, 洪範所謂之咎徵, 一見猶疑, 荐臻可懼, 況今自早春而小
雨, 涉五月以恒陽, 雲欲合而還開, 澤雖霈而未足, 我心如結, 望
雲漢以徒勞, 民命可哀, 塡溝壑而必盡, 綠君臣之不類, 致邦國之
多艱, 宜投彼佛之至仁, 可濟吾人之同患, 洒淸秘殿, 祇展法筵,
禮玉相之粹淸, 演金言之微妙, 率宰樞兩府曁文虎百寮, 四體盡禮
拜之勤, 衆誠表吁嗟之禱, 仰惟慧鑑, 俯諒悃衷, 伏願憫以慈心,
借以神化, 銷除旱魃, 無爲赤地之災, 鼓舞雨師, 周洽自天之渥,
無災不滅, 有利皆興, 民歸富壽之塗, 國有京坻之積.

(71) 금광명경도량 소문 (金光明經道場疏)

> ― 이때의 금광명경은 여러 본 중에서 송나라 지례(知禮)가 찬한
> '금광명경문구기'(金光明經文句記) 12권으로 도량한 듯 하다.
> 특히 이 소문은 심한 가뭄에 임금이 비를 비는 기원문으로 되어
> 있다.

엎드려 생각하옵건대, 부처님의 삼신(三身)은 본래 권(權)과 화(化)가 있어 몸이 영취산(靈鷲山)에 나타나시고, 만덕(萬德)이 원만하게 광명을 이루어 항하사(恒河沙)의 모래에 두루 미치었습니다. 공(空)을 말하고 수(壽)를 논하시니, 이치가 완비하지 않은 것이 없었으며, 약(藥)을 베풀어 물에 흘리시니, 은덕이 미치지 않는 바가 없었습니다. 평화한 때에 있어서도, 오히려 정성을 바치어 공경함을 이루어야 할 것인데, 더구나 재앙과 환난의 때이니, 어찌 돌아가 의탁하여 불쌍히 여기시기를 기원하지 않겠습니까. 생각하옵건대, 보잘 것 없는 이 몸이 욕되게 왕위에 임하여 지혜는 만물에 고루 미칠 만큼 넉넉하지 못하며, 밝음은 사방을 통촉(洞燭)할 만큼 유능하지 못합니다. 편안히 다스리고 싶은 생각은 간절하나 그 방법을 알지 못하며, 몸소 민정(民情)을 듣고 사리 판단하기를 부지런히 하건만 일에 유익함이 없으므로, 기강(紀綱)은 서지 않고 풍속은 날로 퇴폐합니다. 벼슬하는 사람은 관리의 직분을 지킴이 없이 고루[姻循]하고 게을러서 탐욕·부정하기에 이르며, 백성들은 생업에 편안하지 못하므로 곤궁 유리하여서 모두 원망하는 마음이 있습니다.

이것이 감응되어 한 기운의 화함을 상하여 사시의 기후는 순조롭지 않습니다. 가을과 겨울에 있어서는 항상 덥고, 봄과 여름을 당하면 도리어 춥습니다. 천문은 운행을 그르치고 산의 돌[山石]은 무너져 떨어지게 되니, 노사(魯史)에 쓰인 재앙이나 홍범(洪範)에서 말한 재앙의 징조라는 것이 한 번쯤 나타나는 것도 오히려 의심할 만한 것인데, 거듭거듭 일어나니 두렵습니다. 하물며 금년 봄에 비가 조금 오고는 5개월이 되도록 항상 볕만 쬐입니다. 구름이 합하려 하다가는 도로 흩어지니 비가 비록 내리는 일이 있으나 넉넉하지 못합니다. 내 마음이 맺힌 것 같아서, 하늘을 바라보며 한갓 노심할 뿐이니, 백성들의 목숨이 슬프게도 쓰러져 구렁[溝壑]을 반드시 다

메울 것입니다.

　임금과 신하가 착하지 못한 인연으로, 국가가 다난함에 이르렀으니, 마땅히 부처님의 지극한 어지심에 의탁하여 우리 사람들에게 똑같은 근심을 구제받아야 하겠습니다. 비전(秘殿)을 청소(淸掃)하고 공손히 법연(法筵)을 열어서 옥같이 순수하고 맑은 부처님의 상(像)에 예배하며, 황금 같은 부처님 말씀의 오묘한 이치를 강연합니다. 재(宰)·추(樞) 양부(兩府) 모두와 문무 백관을 거느리고 온 몸을 다하여 부지런히 예배합니다. 여러사람의 정성이 근심하고 탄식하는 기도를 표하오니, 밝으신 거울이 정성스러운 충심(衷心)을 굽어살피실 줄 압니다.

　엎드려 원하옵건대, 자비하신 마음으로 불쌍히 여기시고, 신의 조화를 빌어서 가뭄이 사라져 없어지게 하여, 적지(赤地)가 되는 재난이 없게 하고, 우사(雨師)를 고무(鼓舞)시켜서 하늘로부터 비 내림이 고루 흡족하게 하소서. 재앙은 멸하지 않는 것이 없고, 유리(有利)한 것은 모두 일어나서, 백성들은 부(富)하여 수(壽)하는 길로 돌아가고, 나라에는 풍부한 수확물의 축적이 있게 하소서.

(72) 消災道場疏

乾道高明, 默示非常之變, 佛慈深厚, 能施無畏之權, 宜罄熏修,
以資美利, 顧惟凉德, 叨據丕基, 不能體春秋之一元, 以養萬物,
不能用洪範之五事, 以調庶徵, 夙夜思惟, 淵氷恐懼, 況又日官有
誌, 天象可驚, 赤祲偃蹇以干霄, 白暈輪囷而逼日, 不識今玆之異,
終爲何所之災, 數有未通, 疑誰能決, 欲豫防於厄會, 須仰託於法
門, 式展妙科, 祇陳香供, 禮金仙之睟相, 繙寶藏之微言, 冀此精
誠, 通于覺熙, 伏願萬靈保護, 百福來成, 遂令眇末之軀, 永保康
寧之吉, 椒閨集慶, 銅禁凝休, 保王業於南山, 措國風於東戶, 黎
元輯睦, 皆歸富壽之塗, 邊鄙安平, 不見戰爭之事, 風雨不迷於舜
麓, 京坻屢積於周家.

(72) 소재경도량 소문 (消災道場疏)

- 여기 소재경은 '불설치성광대위덕 소재길상타라니경'(佛說熾
盛光大威德 消災吉祥陀羅尼經)(1권)인데 이때 해무리가 끼어서
걱정이 되어 임금이 법회를 열었다. 그 소문을 뇌천 김부식이 지
었다.

하늘의 도(道)가 높고 밝아서, 말 없이 비상(非常)의 재변을 암시하며,
부처님의 자비심은 깊고 두터워서, 능히 두려워하지 않게 하는 권능을 베
풀어 주십니다. 마땅히 몸에 향을 바르고 섬기는 도리를 극진히 닦아서, 아
름다운 이(利)를 얻는 데 이바지 해야 하겠습니다.

　돌이켜 생각하건대, 부덕한 내가 왕위를 욕되게 하고 있어, 춘추(春秋)에서 말하는 큰 근본[一元]을 본받아서 만물을 양육하지 못하며, 홍범(洪範)에서 가르친 오사(五事)를 능히 잘 써서 여러 가지 징조를 조화되게 하지 못합니다. 밤낮으로 생각하니 깊은 못에 서 있는 것 같으며, 살 얼음을 밟는 것 같이 두렵고 겁이 납니다. 더구나 또 일관(日官)이 고하기를, "하늘의 현상이 놀랄 만합니다. 붉은 요기(妖氣)가 높이 하늘을 침범하고, 흰 햇무리가 바퀴처럼 둥글게 서려서 태양에 다가서고 있다"고 합니다. 이제 이이변(異變)이 마침내 어떠한 재앙이 될지 알지 못하겠습니다. 운수가 형통하지 못한 바 있으니, 의심을 누가 능히 해결하겠습니까. 재앙이 닥치는 고비를 예방하고자 하면, 모름지기 불문(佛門)에 우러러 의탁(依托)하여야 하겠습니다. 이에 불사(佛事)의 의식을 베풀고, 삼가 향공(香供)을 바쳐 부처님의 화한 모습에 예배하고, 보배스러운 교법(敎法)의 미묘한 말씀을 강독(講讀)하오니, 이 정성이 부처님의 살피심에 통하기를 바랍니다.

　엎드려 원하옵건대, 일만 신령이 보호하고 백복(百福)이 와서 이루어져서, 드디어 이 보잘 것 없는 사람으로 하여금 길이 강녕(康寧)의 길운(吉運)을 보전하게 하소서. 후비(后妃)의 궁전에는 경사가 모이고, 금원(禁苑)의 동지(銅池)에는 상서로움이 엉기어서, 왕업을 남산(南山)처럼 보전하고, 국풍(國風)을 동호(東戶)에 정돈하게 하소서. 백성들은 서로 화목하여 모두 부(富)하고 수(壽)하는 길로 돌아가고, 변방과 시골은 평안하여서 전쟁과 같은 일을 보지 못하며, 바람과 비가 순(舜)임금의 산기슭에 자욱히 뿌리게 하고, 풍년든 많은 곡식 가리가 주(周)나라처럼 거듭거듭 쌓이게 하소서.

(73) 俗離寺占察會疏

三界唯心, 同一眞之淸淨, 衆生不覺, 困六道之漂沉, 無有出期,
備嘗苦患, 惟佛以圓鏡而普照, 憫人有寶藏而自窮, 缺 設諸懺悔
之軌儀, 示之發起之方便, 普賢之願, 具宣說於華嚴, 眞表之勤,
終感通於彌勒, 敎行永世, 澤洽恒沙, 言念冲人, 叨臨大位, 承列
后投艱之業, 遇多年積弊之餘, 深淵薄冰, 懼予心而方恐, 慈雲甘
露, 冀佛德之是依, 遽爾遘災, 玆焉寢疾, 訪巫醫之術, 固非一焉,
乞神聖之靈, 亦已多矣, 尙微效驗, 愈極憂思, 竊恐自肅祖有爲之
年, 及李氏用事之際, 誅流人物, 擾動幽明, 憤氣鬱陲, 冤對封執,
今欲載其營魄, 安其遊魂, 不作彭生之夭, 長消伯有之癘, 更無他
道, 須托眞乘, 遣瞽御於名藍, 峙法壇於寶殿, 香花森列, 梵唄熏
勤, 抽集精神, 使之見佛而聞法, 發露業障, 期於離苦而生天, 慧
鑑悉照於悃誠, 幽塗必失其熱惱, 伏願無功用威德, 不思議慈悲,
攝其異生, 頓悟苦空之理, 杜其靈響, 皆從寂滅之遊, 彼旣絶通,
朕其蒙利, 俾躬免厄, 永符福履之綏, 與國咸休, 久有榮懷之慶.

(73) 속리사[※] 점찰회의 소문 (俗離寺占察會疏)

> – 이 소문은 고려 인종(仁宗:1123~1146)이 병환이 위중하여 속
> 리사에서 점찰회를 베풀고 기원하던 때의 임금의 기원문인데 김
> 부식이 지었다.

※ 속리사(俗離寺) ; 지금의 보은 속리산 법주사

삼계(三界)가 오직 마음이라, 일진(一眞)의 청정(淸淨)함이 같건마는, 중생이 깨닫지 못하여 업인(業因)에 따라 윤회하는 여섯 개의 길인 육도(六道)[1]의 뜨고 잠김에 괴로움에 시달리고 있습니다. 벗어나올 기한 없는 고해(苦海)에서 갖은 곤욕과 근심을 맛보고 있습니다. 오직 부처님만이 원만한 거울로 널리 비쳐, 사람들이 제 가슴 속에 보배스러운 비밀이 있건만, 스스로 곤궁함을 불쌍히 여겨 주십니다.

모든 참회(懺悔)의 궤범(軌範)과 의식(儀式)을 베풀어 놓고, 생각을 일으키게 하는 방편으로 삼았으니, 보현보살(普賢菩薩)의 열 가지 소원은 갖추어 화엄경(華嚴經)에 말하였으며, 진표(眞表)스님의 부지런함은 마침내 미륵불에 감통(感通) 하였습니다. 부처님의 가르침은 영세토록 행하여지고, 부처님의 은택은 항하(恒河)의 모래같이 많은 대천세계(大千世界)[2]에 흡족합니다. 생각하건대, 어린 내가 왕위에 욕되게 군림하여, 역대 임금들의 간고(艱苦)하던 일을 계승하고, 다년간 누적된 폐단의 나머지가 있는 때를 만나게 되었으니, 깊은 못가에 선 것 같고, 살 얼음을 밟는 것과 같아서, 내 마음은 겁나고 두렵습니다. 자비(慈悲)로운 구름을 덮어 주시어 감로(甘露)를 내려 주심과 같은 부처님의 은덕에 의지 하기를 바랍니다. 갑자기 재화를 만나 병들어 눕게 되었습니다. 무당과 의원(醫員)의 방술(方術)을 찾음이 진실로 한 번이 아니며, 신성(神聖)의 영(靈)에 빈 일도 또한 이미 많건만, 아직 효험이 나타나지 않아서 더욱 근심이 극심합니다. 그윽히 두려운 것은 조부(祖父) 숙종(肅宗)께서 재위(在位)하시던 때와 이씨(李氏 : 이자겸(李資謙) 일가(一家)를 지정함)가 정권을 잡고 있을 즈음에 사람들을 죽이

---

1) 육도(六道) ; 불교의 육도는 지옥(地獄), 아귀(餓鬼), 축생(畜生), 수라(修羅), 인간(人間), 천상도(天上道)의 여섯 세계라 한다.
2) 대천세계(大千世界) ; 불교에서는 우주를 소천(小千)세계 3천이 모여 1중천(中千)을 이루고 중천이 3천이 모여 1대천을 이루고 대천세계가 3천이 있다 함.

고 귀양보내고 하여 귀신과 사람들을 뒤흔들었으므로 아마 분하게 여기는 기운이 답답하게 막히고, 원통하게 여기는 원망이 닫히고 뭉쳐져 있는가 봅니다. 이제 그 헤매고 있는 넋을 의지하게 하고, 그 떠돌아다니는 혼(魂)을 안정하게 하여 팽생(彭生)의 요수(夭壽)를 짓지 아니하게 하고, 길이 백유(伯有)가 죽어서 되었다는 여병(癘病)이 사라지게 하려면, 다시 다른 방도가 없습니다. 모름지기 진승(眞乘)에 의탁하여야 하겠습니다. 측근에 시어(侍御)하는 자를 이름난 절에 보내어 불전에 법단(法壇)을 높이 마련하였습니다. 향화(香火)와 헌화(獻花)는 빽빽하게 벌여 놓았으며, 범패(梵唄)는 화열(和悅)하고 부지런합니다. 그들의 정신을 뽑아 모아서 부처님을 보며 설법을 듣게 하며, 악업(惡業)의 장애(障礙)를 열어서 드러내고, 기어이 고뇌에서 벗어나서 하늘에 왕생(往生)하게 하소서. 부처님의 밝으신 거울이 나의 지성(至誠)을 죄다 비쳐 주신다면, 저 헤매는 혼백들이 저승길에서 반드시 그들의 뜨거운 번뇌(煩惱)를 잃어버린 것입니다.

엎드려 원하건대, 부처님의 무공용(無功用)한 위덕(威德)과 불사의(不思議)한 자비(慈悲)로 그 이생(異生)들을 포섭하셔서, 단번에 고(苦)와 공(空)의 이치를 깨닫게 하시고, 그 죽은 자들의 웅성거리는 소리를 막아서 모두 적멸(寂滅)을 좇아 노닐게 하소서. 저들이 이미 이승에 넘나드는 것을 끊는다면, 짐(朕)은 이로움을 입게 됩니다. 몸으로 하여금 액을 면하게 하여 길이 복록의 편안함을 누리게 하시고, 나라와 더불어 빛나서, 오래도록 덕을 사모하고 칭찬하는 경사가 있게 하소서.

靑詞

(74) 乾德殿醮禮靑詞

强名爲道, 妙物曰神, 藏用窈冥, 不與聖人之患, 闡幽造化, 若有
眞宰之功, 動不屈以施爲, 感遂通而降格, 眷言凉德, 嗣守丞基,
雖欲體春秋之一元, 以貞王道, 未能用洪範之五事, 以奉天時, 民
業未至於永康, 歲望屢乖於大有, 思惟不德, 恐懼靡遑, 庶幾受祉
於神明, 得以保和於邦域, 遂據科式, 灑淸闕庭, 薦酌彼之潢汙,
望泠然之仙馭, 伏望至誠上達, 冲鑒俯臨, 使子一人, 永享康寧之
吉, 及我元子, 允宜福履之綏 田野稔而盜賊消, 戎狄懷而干戈戢,
普推餘澤, 燕及蒼生.

청사(靑詞)[1]

(74) 건덕전 초례 청사 (乾德殿醮禮靑詞)

> － 건덕전(乾德殿)은 고려때 임금이 정사보던 정전인데 이곳에서
> 초례를 치루었다고 하였다. 그때의 고유문이다.

억지로 이름하여 도(道)라 하고 모든 물건을 묘(妙)하게 하는 것을 신
(神)이라 하며 도리가 심원(深遠)함에 잠겨서 작용하여, 성인(聖人)의 근심

---

1) 청사(靑詞) ; 도교(道敎)의 제사에 쓰는 문체(文體)와 문장(文章)을 말한다. 청등지(靑藤
紙)라는 청지에 주자(朱子)로 쓰기 때문에 청사라고 했다.

과 같지 아니하고, 조화(造化)의 그윽함을 천명(闡明)함은 천지의 주재자인 진재(眞宰)의 공(功)이 있음과 같습니다. 움직이되 굴(屈)하지 아니하므로 모든 시위(施爲)를 하고 느껴서 마침내 통하여 내려옵니다.

돌보아 주시는 말씀과 얕은 덕으로 나라의 큰 기틀을 이어 지키며, 비록 춘추(春秋)의 천하가 다 같은 본원이 되는 일원(一元)을 살피어서 왕도(王道)를 바르게 하고자 하오나, 아직 홍범(洪範)의 오사(五事)[2]를 쓰지 못하여서 천시(天時)를 받들지 못하여, 백성의 업이 길이 편안함에 이르지 못하고, 해마다 곡식 잘 되기를 바라는 마음은 자주 풍년[大有]의 기대에 어긋남을 생각하니 이 부덕한 사람은 겁내고 두려워하여 조심하기에 겨를이 없사옵니다. 복을 신명에게 받자와 이 나라를 보존하고, 화함을 얻기를 바라고자 과식(科式)에 의거하여 대궐 뜰에 물을 뿌리고 쓸어 깨끗이 하고, 저술그릇 황오(潢汚)에 술을 부어 드리고 영연(泠然)한 신선의 행차를 바라옵니다.

삼가 이 지극한 정성이 하느님께 미쳐서 내리 비치고 굽어 임하시기를 바랍니다. 나 한 사람을 길이 건강하고 편안한 길(吉)함을 누리게 하여, 나의 원자(元子)에게까지 미쳐 진실로 복과 녹으로 편안하게 하여 주시고, 전야(田野)에 풍년이 들어서 도둑이 자취를 감추고, 오랑캐들이 덕을 생각하고 따라서 전쟁[干戈]이 없어지게 하시고, 남은 은덕을 미루어 편안함을 널리 창생(蒼生)에게 미치게 하옵기 바라옵니다.

---

2) 오사(五事) ; 홍범구주의 5사는 모(貌) · 언(言) · 시(視) · 청(聽) · 사(思)의 다섯가지.

(75) 又

眞常之極, 非可道而可名, 恍惚之中, 若有物而有象, 固難意致,
宜以誠求, 伏念臣遼然幼沖, 職是司牧, 撫躬自戒, 曾無滿假之心,
臨事不明, 莫適榮懷之慶, 萬民胥怨, 一氣屢乖, 災變之興, 殆無
虛日, 兢危之慮, 凜若涉淵, 按寶錄之妙科, 潔玄壇之淨醮, 伏望
悃衷上格, 道蔭丞臨, 調精禗於二儀, 協陰陽於四序, 兵其不試,
民無金革之憂, 農用有年, 家有京坻之積.

(75) 또

진상(眞常)의 극(極)은 도(道)라 할 수도 없고 이름 지을 수도 없습니다.
황홀한 가운데 물(物)이 있어 형상이 있는 듯하나 뜻에 이르기는[意致] 매
우 어려우니, 정성으로서 구(求)하는 것이 옳겠습니다.

엎드려 생각하옵건대, 신(臣)은 학식이 막연(漠然)하게 어리오나, 직책
은 사목(司牧)[1]이라 자신을 달래고 스스로 경계[戒]하여, 아직은 자만하거
나 뽐내는 마음이 없었습니다. 일에 임하여 밝지 못하오니 영화를 안겨 주
는 경사를 맞을 수 없었으며, 온 백성이 모두 원망하니 일기(一氣)는 자주
어긋나고, 천재(天災)와 이변(異變)의 일어남이 거의 빈 날이 없고, 조심스
럽고 두려운 생각이 가슴에 선뜻하여 깊은 못을 건널때와 같습니다.

보록(寶錄 비기(秘記))의 묘법(妙法)을 살펴서 현단(玄壇)의 정한 제사를
깨끗이 지내고, 엎드려 바라건대, 이 정성스러운 마음이 상제(上帝)께 이르
러, 도(道)의 음덕이 크게 강림하여 정기와 요기(妖氣)를 천지[二儀]에 조화

---

1) 사목(司牧) ; 감사(監司)와 목사(牧使). 높은 외직의 직책.

(調和)하시고, 음양(陰陽)은 춘하추동 사서(四序)에 맞게 하시와, 무기를 시험하지 않게 함으로써 백성이 전쟁[金革]에 나아가는 근심을 없게 하시고, 농사는 풍년이 들게 하시니 집집마다 높은 언덕같이 곡식을 쌓도록 하여 주시기 원하옵니다.

(76) 又

道非常道, 蓋自古以固存, 神之又神, 於其中而有象, 包含衆妙, 統制群生, 念惟眇躬, 夙恭洪造, 奄有一國, 于茲三年, 顧無善政遺風, 曷副三靈之望, 恐有冤刑濫賞, 致傷二氣之和, 或天辰失常, 或山石告異, 軍民懷艱食之患, 夷狄有佳兵之謀, 不德所招, 何心自處, 雖禍福之應, 倚伏無常, 而禳禬之文, 科儀具在, 虔遵道法, 載潔醮筵, 潦水澗毛, 苟有信誠而可薦, 天心地意, 豈以菲薄而不應, 冀妙眷之丞臨, 借靈光而旁燭, 蕩諸災變, 介以吉祥, 富壽康寧, 施作吾人之利, 兵凶疾疫, 免爲我國之憂, 仰望聖神, 俯垂照鑒.

(76) 또

도(道)가 비상(非常)한 도란 것은 대개 옛날부터 분명한 것입니다.

신기(神氣)롭고도 신기로와 그 가운데 상(象)이 있어, 모든 묘(妙)를 포함하고 살아 있는 모든 것을 통제하옵니다. 생각하건대, 이 작은 몸이 조심스럽게 큰 조화에 나아가, 문득 한 나라를 차지하게 되었음이 이제까지 3년이 되옵니다. 자신이 돌아보아도 착한 정사를 베풀어 좋은 풍도를 남김이 없으니, 어찌 천·지·인 삼령(三靈)의 기대[望]함이겠으며, 원통한 형벌과 지나친 상(賞)을 주어 하늘과 땅의 기운이 화함을 상(傷)하게 하였으니, 혹은 하늘의 때[天辰]가 실상(失常)하고, 혹은 산의 돌이 이변(異變)을 알리는 변이 있지 않을까 두렵나이다. 군대와 백성이 밥먹는 근심을 품고, 동쪽과 북쪽 오랑캐들이 군대를 주둔하려고 꾀하는 것도 부덕한 소치인데, 무슨 마음으로 스스로 편안히 있겠습니까. 화(禍)와 복(福)에 응(應)한다고 하나 기복(倚伏)이 무상(無常)하여 기양(祈禳)하는 의식[文]은 조목이 갖춰 잇사오니, 삼가 도법(道法)을 준수하여 제사 자리를 깨끗이 하와 제사를 받드옵니다.

행료(行潦)[1]의 마름 풀과 시내[澗]의 마름도 진실로 믿음과 정성으로 상제께 천신하오면, 하늘의 마음과 땅의 뜻이 어찌 비박(菲薄)하다 하여 응하지 아니하오리까. 신묘한 돌보심으로 임하시와 신령스러운 빛을 널리 비쳐 주시어 모든 재변을 쓸어 없애시고, 길함과 상서로움을 더하시와 부(富)·수(壽)·강(康)·녕(寧)을 베푸시어, 나의 이로움이 되게 하시고, 전쟁과 죽음과 신병과 질병이 들지 않게 하여, 우리 나라의 근심을 면하게 하옵기를 바라옵니다. 성신(聖神)에게 우러러 바라오니 굽어 살피소서.

---

1) 향료(行遼) ; 제사에 쓰기 위한 길가 물의 나물, 「시경」 소남(召南), 채빈(采蘋)장에 "于以采藻 于彼行潦"라 했다.

제4편 뇌천(雷川) 김부식의 사론(史論) 문장

論曰 人君卽位 踰年稱元 其法祥於春秋 此先王不刊之典也 伊訓
曰 成湯旣沒 太甲元年 正義曰 成湯旣沒 其歲卽太甲元年 然孟子
曰 湯崩 太丁未立 外丙二年 仲壬四年 則疑若尙書之脫簡 而正義
之誤說也 或曰 古者人君卽位 或踰月稱元年 或踰年而稱元年 踰
月而稱元年者 成湯旣沒 太甲元年 是也孟子云太丁未立者 謂太
丁未立而死也外丙二年 仲壬四年者 皆謂太丁之子 太甲二兄 或
生二年 或生四年而死 太甲所以得繼湯耳 史記便謂此仲壬外丙
爲二君 誤也 由前 則以先君終年卽位稱元 非是 由後 則可謂得商
人之禮者矣 (三國史記 卷一 新羅本紀 南解次次雄元年)

> 임금의 즉위한 연호를 밝히는 사론(史論)인데 신라 초기의 왕위
> 연호는 전왕이 돌아가신 해를 원년으로 하는데 대한 고증

　(김부식이) 논하되 임금이 즉위하여 해를 넘어서 원년이라 칭하는 것은
그 법이 〈춘추〉(春秋)의 노나라 사기에 상세한 것으로 이는 선왕(先王)의
고치지 못할 법전(法典)이었다. 〈이훈〉(伊訓)에는 『성탕(成湯)이 돌아가니
태갑(太甲)원년이라.』하였고 〈정의〉(正義)에는 『성탕(成湯)이 돌아가매 그
해를 곧 태갑원년이라.』하였다. 그러나 〈맹자〉(孟子)에는 『탕(湯)이 돌아갔
는데 태정(太丁)은 아직 안서고 외병(外丙)은 2년이고 중임(仲壬)은 4년이
라.』 하였으니 아마도 〈상서〉(尙書)에는 빠진 것이 있고 〈정의〉(正義)는 오
설인 듯 하다.

혹은 말하기를 『옛날에는 임금이 즉위하면 혹은 달을 넘어 원년이라 칭하고 혹은 해를 넘어 원년이라 칭하였다.』하였는데 달을 넘어 원년이라 칭한 것은 『성탕(成湯)이 돌아가매 태갑원년이라』 한 것이 곧 이것이요, 〈맹자〉(孟子)에 『태정(太丁)은 미립(未立)하고』한 것은 태정(太丁)은 임금 자리에 서지 못하고 죽었다는 말이요, 또 『외병(外丙) 2년』이니 『중임(仲壬) 4년』이니 한 것은 모두 태정(太丁)의 아들인 태갑(太甲)의 두 형이 혹은 2년 혹은 4년을 살다가 죽었으므로 태갑(太甲)이 탕(湯)의 뒤를 이어 왕위를 계승한 까닭이라고 할 것이다. 그런데 〈사기〉(史記)가 중임(仲壬)과 외병(外丙)을 이군(二君)으로 기록한 것은 잘못이다. 그러므로 전자는 선군(先君)이 돌아간 해로써 즉위 원년으로 칭한 것이니 옳지못한 것이고 후자는 옳게 상(商)의 예법에 합당한 것이라고 할 것이다. (삼국사기 권1, 신라본기 남해차차웅 원년)

論曰, 漢宣帝卽位 有司奏 爲人後者爲之子也 故降其父母不得祭
尊祖之義也 是以帝所生父稱親 謚曰悼 母曰悼后 此諸侯王 此合
經義 爲萬世法 故後漢光武帝 宋英宗法而行之 新羅自王親入繼
大統之君 無不封崇其父稱王 非特如此而己 封其外舅者亦有之
此非禮 固不可以爲法也 (三國史記 卷二 沾解尼師今 元年)

> 대통을 계승한 왕이 자기의 생부나 외조부를 왕으로 추봉하는
> 일은 예법에 어긋난다. 신라 갈문왕(葛文王)에 대한 견해

논하기를 한(漢)나라 선제(先帝)가 즉위(卽位)하자 유사(有司)가 상주하
기를 『남의 후사가 된 자는 그를 위하는 아들이 되는 것이다.

그런 까닭으로 그 낳은 부모를 낮추어 제사지내지 않는 것은 곧 조상을
높이는 듯이 되는 것이다. 그럼으로써 제왕(帝王)의 낳은 부친은 친(親)이
라 이르고 시호(謚號)를 도(悼)라하고 낳은 모친은 도후(悼后)라 하여 제후
(諸侯)나 왕(王)에게 가지런히 하는 것이라.』하였는데 이는 경전(經典)의 뜻
에 합당하고 만세(萬世)의 법이 된다. 그런 까닭으로 후한광무제(後漢光武
帝)와 송(宋)나라 영종(英宗)은 이 법을 시행하였다. 신라(新羅)는 왕의 친
족으로부터 들어서서 대통(大統)을 계승하는 임금은 그 아버지를 높이 봉
하여 왕으로 칭하지 않음이 없으며 이와같을 뿐만 아니라 장인〈外舅〉을 또
한 이렇게 봉하는 일까지 있으니 이는 예의가 아니니 옳은 법이 아니라고
할 것이다. (삼국사기 권2 신라본기 점해니사금 원년)

論曰, 取妻不取同姓 以厚別也 是故魯公之取於吳 晋侯之有四姬 陳司敗鄭子産深譏之 若新羅則不止取同姓而已 兄弟子姑姨從姉妹 皆聘爲妻 雖外國各異俗 責之以中國之禮 則大悖矣 若凶奴之蒸母報子 則又甚於此矣(三國史記 卷三 奈勿王 元年)

> 신라에서 동성(同姓)으로 취처하는 풍속은 예가 아니다. 신라시대 성골(聖骨)과 진골(眞骨)간의 동성취처의 일을 논한 사론이다.

논하건대 아내를 취하는데 동성(同姓)을 취하지 않는 것은 부부유별을 두터이하는 때문이다. 그런 까닭에 노공(魯公)은 오(吳)에서 아내를 취하였고 진후(晋候)가 사희(四姬)를 둔데 대하여 진(陳)의 관리 사패(司敗)와 정(鄭)의 신하(子産)은 깊이 이를 나무랐다. 그런데 신라(新羅)에서는 동성을 아내로 취할 뿐만 아니라 형제와 그 자녀나 고모, 이모와 종자매(從姉妹)를 모두 아내로 맞으니 비록 외국과는 서로 풍속이 다를지라도 중국의 예의법속(禮儀法俗)으로 이를 비추어 나무란다면 이는 큰 잘못이다. 그러나 흉노(匈奴)들이 증모(蒸母), 보자(報子)하는 것과 같은 것은 이보다 더 심한 것이라고 하겠다. (삼국사기 권3 신라본기 내물왕 원년)

論曰, 新羅王稱居西干者一 次次雄者一 尼師今者十六 蹄立干者
四 羅末名儒崔致遠作帝王年代曆 皆稱某王 不言居西干等 豈以
其言鄙野不足稱也 曰左, 漢中國史書也 猶存楚語穀 於菟 凶奴語
撑犁孤塗等 今記新羅事 其存方言亦宜矣 (三國史記 卷四 新羅本
紀 智證麻立干 元年)

> 임금의 칭호를 거서간(居西干), 차차웅(次次雄), 니사금(尼師今),
> 마립간(麻立干) 등 신라 방언으로 기록하는 것은 역사를 사실대
> 로 남기고 우리 고유 문화를 전하려는 뜻이다.

논하건대 신라왕(新羅王)의 칭호는 거서간(居西干)이 1이고, 차차웅(次
次雄)이 1이고, 니사금(尼師今)이 16이며, 마립간(麻立干)이 4이다. 그런데
신라 말엽의 저명한 유학자 최치원(崔致遠)이 지은 제왕연대력(帝王年代
曆)에는 모두 다 무슨 왕(王)이라 칭하고 거서간(居西干)등으로는 말하지
않았으니 이는 대개 그 칭호가 야하다하여 그렇게 부를 것이 못된다 했을
것이다. 그러나 좌전(左傳)과 한서(漢書)는 중국의 역사서인데 오히려 초어
(楚語)의 곡어토(穀於菟)와 흉노어(匈奴語)의 탱리고도(撑犁孤塗)*등을 그
대로 남겨두었다. 그러므로 지금 신라(新羅)의 사실(史實)을 기록함에 있어
서도 그 방언(方言)을 그대로 남겨두는 것이 또한 옳을 것이다.

※ 곡어토(穀於菟)는 초어(楚語)로 새끼가진 범(乳虎)의 뜻이고, 탱리고도(撑犁孤塗)는 흉
노어(凶奴語)로 천자(天子)의 뜻. (삼국사기 권4 신라본기 지증마립간 원년)

論曰, 臣聞之 古有女媧氏 非正是天子 佐伏羲理九州耳 至若呂雉 武曌 値幼弱之主 臨朝稱制 史書不得公然稱王 但書高皇后呂氏 則天皇后武氏者 以天言之 則陽剛而陰柔 以人言之 則男尊而女 卑 豈可許姥嫗出閨房 斷國家之政事乎 新羅扶起女子 處之王位 誠亂世之事 國之不亡 幸也 書云牝雞之晨 易云羸豕孚 蹢躅其可 不爲之戒哉 (三國史記 卷五 善德女王 十六年)

> 여자가 임금이 되는 일은 잘못된 풍습이다. 암닭이 새벽을 알린
> 다고 「서경」에서 말했다. 신라시대에는 선덕여왕(善德女王)을 위
> 시하여 진덕(眞德), 진성(眞聖) 등 3인의 여왕이 있었으니 이는
> 성골, 진골 계승 때문이었다.

논하건대 내가 듣기에는 중국 옛날에 여와씨(女媧氏)가 있었으나 이는 바로 천자(天子)가 아니고 복희(伏羲)를 보좌하여 구주(九州)를 다스렸을 따름이고, 여치(呂雉), 무공(武曌)과 같은 사람에 이르러서는 어리고 약한 임금을 만난지라 조정에 나아가 정사를 통제(統制)한다 말하였으나 역사서 에서 공공연하게 왕이라 칭하지 아니 하였고, 다만 고황후여씨(高皇后呂 氏)니, 즉천황후무씨(則天皇后武氏)니 하고 기록한 것인데 이를 하늘의 이 치로써 말하면 곧 양(陽)은 강하고 음(陰)은 유하고, 사람으로써 말하면 곧 남자는 높고 여자는 낮은 것이니 어찌 가히 나이많은 여자(姥嫗)로서 규방 을 나와서 나라의 정사를 결단하리오. 신라는 여자를 도와서 모셔 세우고 왕위(王位)에 처하게 하였으니 이를 살펴보면 이는 참말로 난세의 일이며 나라 가 망하지 않는 것이 다행이다. 〈서경〉(書經)에 말하기를『암닭이 새벽을 알린 다』하고 〈역경〉(易經)에 말하기를『약한 도야지가 껑충거리고 뛰논다』하였으 니 그를 가히 경계하지 않을 일이겠는가. (삼국사기 권5 선덕왕 16년)

論曰, 三代更正朔 後代稱年號 皆所以大一統 新百姓之視聽者也
是故苟非乘時並起 兩立而爭天下 與夫姦雄乘間而作 覬覦神器
則偏方小國 臣屬天子之邦者 固不可以私名年 若新羅以一意事中
國使航貢 筐相望於道 而法興自稱年號 惑矣 厥候承愆襲繆 多歷
年所 聞太宗之誚讓 猶且因循 至是然後奉行唐號 雖出於不得已
而抑可謂過而能改者矣(三國史記 卷五 眞德王 四年)

> 당(唐)의 연호(年號)를 써야 역사를 맞추어 생각할 수 있다. 지금
> 우리가 서기(西紀)를 사용하는 정신과 같은 생각이었다.

논하건대 삼대(三代 : 夏 · 殷 · 周)의 달력을 고치고 후대(後代)에 연호
(年號)를 칭한 것은 모두 나라를 크게하고 백성들의 보고듣는 시청을 새롭
게하려는 까닭이었다. 이런 때문으로 시기를 타서 서로 함께 일어나 양립
하여 가지고 천하를 다투던지 또는 간웅(姦雄)들이 틈을 엿보고 일어나 국
가의 신기(神器)를 탐내지 않으면 편방(偏方)의 소국(小國)으로서 천자(天
子)의 나라에 신속(臣屬)한 나라는 본래 사사로히 멋대로 연호(年號)를 지
어 쓰지 못하는 것이다.

만약 신라에서 한 뜻으로 중국을 섬김으로써 사신과 조공(朝貢)의 길을
그치지 않으면서도 법흥왕(法興王)이 스스로 연호(年號)를 칭하였다면 이
는 미혹한 일이다. 그 뒤에도 그 허물을 이어 이를 되풀이하여 여러 해를
지냈으나 당태종(唐太宗)의 꾸지람을 듣고서도 오히려 이를 고치지 아니하
고 머뭇거리다가 지금에 이르러서야 당의 연호를 행하게 되니 이는 비록
부득이 한데서 나온 것이나 그러나 문득 과실이 있는 것을 능히 고친 것이
라고 말할 것이다. (삼국사기 권5 진덕왕 4년)

論曰, 惟學焉然後聞道 惟聞道然後灼知事之本末 故學而後仕者
其於事也先本而末自正 譬如擧一綱 萬目從而皆正 不學者反此
不知事有先後本末之序 但區區弊精神於枝末 或掊斂以爲利 或苛
察以相高 雖欲利國安民 而反害之 是故學記之言 終於無本 而書
亦言不學牆面 泣事惟煩 則執事毛肖一言 可爲萬世之模範者焉
(三國史記 卷十 元聖王 五年)

학문하지 않으면 도리를 모르고 벼슬에 오르면 사리사욕과 권세
만 부리려 하니 학문에 힘써야 할 것이다.

논하건대 오로지 학문(學問)한 연후에 도리(道理)를 알게 되고 또한 도
리를 알게된 연후에 사물(事物)의 시종을 알게 된다. 그런 까닭으로 학문한
연후에 벼슬을 하는 것이 그 사리(事理)로서 근본을 먼저하여 끝에는 스스
로 바르게 되는 것이니 비유하면 그물의 한 머리를 들면 그물코가 이에 따
라 바르게 되는 것과 같고, 학문하지 않은 자는 이에 반대되는 것으로 사리
의 전후와 시종의 순서를 알지 못하고 다만 구구한 정신을 지말에만 두는
폐가 있어 혹은 걷우어 들이되 이익을 삼고자하고 혹은 가혹하게 살핌으로
써 권세를 높이는 것이니 비록 국가를 이롭게 하고 백성을 평안하게 하고
자 할지라도 도리어 이에 해를 끼치게 되는 것이다. 이러한 까닭으로 학문
을 힘쓰는 것이 근본이다.

그리고 상서(尙書)에 또한 학문하지 않으면 담벽에 맞선 것 같아서 일을
당했을 때 오직 번거롭기만할 따름이라고 말하였다. 그러므로 집사(執事)
모초(毛肖)의 한마디는 가히 만세(萬世)의 모범이라 할 것이다. (삼국사기
권10 원성왕 5년)

論曰, 歐陽子之論曰 魯桓公弑隱公而自立者 宣公弑子赤而自立
者 鄭厲公逐世子忽而自立者 衛公孫剽逐其君衎而自立者 聖人於
春秋皆不絶其爲君 各傳其實 而使後世信之 則四君之罪 不可得
而掩耳 則人之爲惡 庶乎其息矣 羅之彦昇弑哀莊而卽位 金明弑
僖康而卽位 祐徵弑閔哀而卽位 今皆書其實 亦春秋之志也 (三國
史記 卷十 神武王)

> 신라 하대에 와서 왕의 시해 찬탈 사건이 네 번이나 있었으니 사
> 실대로 기록하는 것은 후세에 교훈으로 삼으라는 뜻이다.

논하건대 〈구양자〉(歐陽子)의 논설에 밀하기를 『노(魯)의 환공(桓公)은
은공(隱公)을 시해(弑害)하고서 왕이 된(自立)자이고, 선공(宣公)은 자적(子
赤)을 시해(弑害)하고서 자립(自立)한 자이고, 정여공(鄭厲公)은 세자 홀
(忽)을 내쫓고서 자립(自立)하고, 위공(衛公) 손표(孫剽)는 그 임금 간(衎)을
내쫓고서 자립(自立)한 자인데, 성인 공자(孔子)는 〈춘추〉(春秋)에서 모두
그들이 군주로 있는 것을 끊어버리지 않았다.』

이는 모두 그 사실을 전하여 후세 사람들로 하여금 알아 두게한 것이다.

그런즉 이 사군(四君)의 죄는 가히 사람들의 귀를 가릴 수 없는 사실이
니 곧 사람들은 악함을 깨닫고 이를 그칠만하다. 신라(新羅)의 언승(彦昇)
은 애장(哀莊)을 시해(弑害)하고서 즉위(卽位)하고 금명(金明)은 희강(僖康)
을 시해하고서 즉위하고, 우징(祐徵)은 민애(閔哀)를 시해하고 즉위한 것이
니 이렇게 모두 그 사실을 적은 것도 또한 〈춘추〉(春秋)의 뜻이라 하겠다.
(삼국사기 권10 신무왕)

論曰, 古者坐明堂 執傳國璽 列九鼎 其若帝王之盛事者也 而韓公
論之曰 歸天人之心 興太平之基 決非三器之所能也 竪三器而爲
重者 其誇者之詞耶 況此新羅所謂三宝 亦出於人爲之侈而已 爲
國家何須此耶 孟子曰 諸侯之宝三 土地 人民 政事 楚書曰 楚國
無以爲宝 惟善以爲宝 若此者 行之於內 足以善一國 推之於外 足
以澤四海 又何外物之足云哉 太祖聞羅人之設而問之耳 非以爲可
尙者也 (三國史記 卷十二 景明王 五年)

> 신라때 삼기(三器)로 삼보(三寶)라 하였지만 참된 삼보는 맹자가
> 말한 토지와 백성과 좋은 정사가 바로 보배라고 하였다.

논하건대 옛날에 명당(明堂)에 앉아 국쇄(國璽)를 잡고 구정(九鼎)을 벌리는 것은 그것이 제왕(帝王)의 크게 번성한 일이다. 그러나 한공(韓公)이 논설하기를 『천인(天人)의 마음으로 돌아가고 태평(太平)의 터전을 일으킨다.』하였으나 이는 결코 삼기(三器) 즉 명당(明堂)·옥쇄(璽)·임금보물(鼎)의 능한바가 아니니 삼기(三器)를 세우고 이를 중하게하는 것은 그는 과장된 말이다. 항차 신라의 소위 삼보(三宝)*도 또한 사람들의 사치스러운 데서 된 것일 따름이니 국가를 다스리는데는 어찌 필요한 것인가?

맹자(孟子)는 말하기를 『제후(諸侯)의 삼보(三宝)는 토지(土地), 인민(人民), 어진정사(仁政)』라 하였고 〈초서〉(楚書)에는 말하기를 『초국(楚國)이 보배(寶)를 삼지않는 것은 오직 선(善)으로써 보배로한다.』하였는데 만약 이런 것은 안으로서 행하여 족히 일국가를 선으로써 하고 밖으로 떨쳐서 사해를 윤택하게하면 이밖에 무엇이 보배로써 말할 것인가. 태조(太祖)는 신라(新羅)사람의 말을 듣고 물었을 따름이지 이것을 숭상하려고 한 것은 아닐 것이다. (삼국사기 권12 경명왕 5년)

※ 삼보(三寶) ; 신라 삼보는 황룡사(皇龍寺)의 장륙존상(丈六尊像)과 구층탑(九層塔)과 진평왕(眞平王)의 띠[玉帶]
그러나 불교의 삼보는 불보(佛寶), 법보(法寶), 승보(僧寶)임.

論曰, 新羅朴氏 昔氏皆自卵生 金氏從薦入金　而降 或云乘金車
此尤詭怪不可信 然世俗相傳爲之實事 政和中 我朝遣尙書李資諒
入宋朝貢 臣富軾以文翰之任輔行 詣佑神館見一堂設女仙像 館伴
學士王黼曰 此貴國之神公 等知之乎 遂言曰 古有帝室之女 不夫
而孕 爲人所疑 乃泛海抵辰韓生子 爲海東始主 帝女爲地仙 長生
仙桃山 此其像也 臣又見大宋國信使王襄祭東神聖母文 有娠賢肇
邦之句 乃知東神則仙桃山神聖者也 然而不知其子王於何時 今但
原厥初 在上者其爲己也 儉 其爲人也 寬 其設官也 略 其行事也
簡 以至誠事中國 梯航朝聘之使 相續不絕 常遣子弟 造朝而宿衛
入學而講習 于以襲聖賢之風化 革鴻荒之俗 衛禮義之邦 又憑王
師之威靈 平百濟高句麗 取其地郡縣之 可謂盛矣 而奉浮屠之法
不知其弊 至使閭里比其塔廟 齊民逃於緇褐 兵農侵小 而國家日
衰 則幾何其不亂且亡也 哉於 是時也 景哀加之以荒樂 與宮人左
右 出遊鮑石亭 置酒燕衎 不知甄萱之至 與夫門外韓擒虎 樓頭張
麗華 無以異矣 若敬順之歸命 太祖 雖非獲已 亦可嘉矣 向若力戰
守死以抗王師 至於力屈勢窮 則必覆其宗族 害及于無辜之民 而
乃不待告命 封府庫籍郡縣以歸之 其有功於朝廷 有德於生民甚大
昔錢氏以吳越入宋 蘇子瞻謂之忠臣 今新羅功德過於彼遠矣 我太
祖妃嬪衆多 其子孫亦繁衍 而 顯宗自新羅外孫卽位 此後繼統
者 皆其子孫 豈非陰德之報者歟 (三國史記 卷十二 新羅本紀 敬
順王 九年)

신라사를 끝내면서 신라시대의 장단점을 논하고 특히 경순왕(敬順
王)이 백성의 희생을 막기 위하여 왕관을 던지고 고려 태조에게 귀
부한 일은 참으로 잘한 일로 가상하여 높이 평가해야 할 것이다.

논하건대 신라(新羅)의 박씨(朴氏) 석씨(昔氏)는 모두 알에서부터 낳았다하고 김씨(金氏)는 금궤(金櫃)에 들어 하늘에서 내려왔다하고 혹은 금수레(金車)를 타고 내려왔다고하니 이는 더욱 괴이하여 믿을 수 없는 일이나 그러나 세속이 서로 전하고 전하여 실제 사실로 되고 말았다.

우리 고려왕 정화연간(政和年間)에 조정에서 상서(尙書) 이자량(李資諒)을 송(宋)으로 파견하여 조공(朝貢)하게 되었는데 이때 신(臣) 부식(富軾)이 문한(文翰)의 소임을 맡고 수행하여 우신관(佑神館)이란 곳에 가서 여신선의 초상을 모신 한 당집을 보았는데 관반학사(館伴學士) 왕보(王黼)가 말하기를 『귀국의 여신인데 공은 이를 아는가?』하고 말을 이어 『옛날에 어떤 제실(帝室)에 여자가 있었는데 남편없이 아이를 배어 사람들의 의심하는바 되자 곧 배를 타고 진한(辰韓)에 이르러서 아들을 낳으니 이가 해동(海東)의 시주(始主)가 되고 제녀(帝女)는 지선(地仙)이 되어 오래도록 선도산(仙桃山)에 있었다고 하는바 이것이 곧 그 초상이라.』하였다.

나는 또 송나라 사신 왕양(王襄)이 지은 동신성모문(東神聖母文)에 『신현(娠賢)이 나라를 창시하였다.』는 구절을 보았는데 이 동신(東神)이란 곧 선도산신(仙桃山神)의 성자(聖者)임을 알 수 있으나 그러나 그 아들이 왕이 되었다는 것이 어느때의 일인지 알지 못하겠다. 지금 다만 그 옛날 태초일을 생각하여보면 왕위에 있는 사람은 자신을 위함에는 검소하고 남을 위하여 관후하고 관제(官制)를 설치하는 일에는 간략하고 그 행정일을 함에는 간편하여야하며 지성으로써 중국을 섬겨 배타고 사신가는(梯航朝聘) 일이 상속부절(相續不絕)하여 항상 자제(子弟)를 파견하여 중국 조정에 들어 벼슬 근무하며 국학(國學)에 입학하여 학문을 배우고 익혔다. 이로써 성현(聖賢)의 풍습과 정치교화를 배워 받았으며 어둡고 미개한 풍속을 개혁(改革)하여 예의(禮儀)의 나라가 되었다. 또한 왕사(王師)의 위령(威靈)을 의지하여 백제(百濟)와 고구려(高句麗)를 평정하여 그 지역의 군(郡), 현(縣)을 취하였으니 가히 태평성대라 할 수 있었다.

그러나 신라는 불법(佛法)을 받들어 그 폐해를 알지 못하고 항간에는 불교의 탑과 사찰이 즐비하고 평민들은 절간으로 도망하여 중이 되니 병사와 농민은 점점 줄어들고 국가는 날로 쇠약하여져 갔으므로 어찌 어지럽지않고 또한 망하지 아니하랴. 이런때 박경애왕(朴景哀王)은 더욱 황음탐락(荒淫耽樂)하였으며 좌우궁인(左右宮人)으로 더불어 포석정(鮑石亭)에 놀이가서 술자리를 베풀고 정신없이 놀다가 견훤(甄萱)이 침입하는 것도 알지 못하였으니 대저 이런 것이 저 진나라후주(陳後主) 때의 『문밖에는 한금호(韓擒虎)요 정자머리에는 장려화(張麗華)라』는 말과 다름없을 것이다.

경순왕(敬順王)이 고려 태조에게 귀명(歸命)한 것은 비록 마지못하여 한 것 같으나 이는 또한 가상(嘉尙)함이 옳겠다.

만약 그가 역전사수(力戰死守)하며 태조군에게 항거하다가 힘이 꺾이고 세가 궁하게 되었다면 반드시 그 일가 종친들은 박멸되고 무고한 백성들이 참해를 입었을 것인데 고명(告命)을 기다리지않고 부고(府庫)를 봉하고 군(郡), 현(縣)을 기록하여 태조에게 돌아갔으니 그는 고려조정에 공이 있었고 백성들에게 심히 큰 은덕이 있었다. 옛날에 전씨(錢氏)가 오월(吳越)의 땅을 들어 송(宋)에게 바친 것을 소자첨(蘇子瞻)은 충신(忠臣)이라 말했는데 지금 신라의 공덕(功德)은 그보다 더 큰 것이 있는 것이다. 우리 태조(太祖)는 비빈(妃嬪)이 많고 그 자손이 또한 번성하여 현종(顯宗)은 신라(新羅)의 외손(外孫)으로 왕위에 올랐거니와 그후 왕통(王統)을 계승한 사람이 모두 그 자손이었으니 어찌 그 음덕(陰德)의 갚음이 아니겠는가.

(삼국사기 권12 신라본기 경순왕 9년)

論曰, 孝子之事親也 當不離左右 以致孝若文王之爲世子 解明在
於別都 以好勇聞其於得罪也 宣矣 又聞之 傳曰 愛子敎之以義方
弗納於邪 今王始未嘗敎之 及其惡成 疾之已甚 殺之而後已 可謂
父不父子不子矣 (三國史記 卷十三 高句麗本紀 琉璃明王 二十八
年)

부자의 도를 잘못 가르쳐서 아비는 아비노릇 못하고 아들은 아
들구실 못한[父不父 子不子] 유리명왕(琉璃明王)이었다.

논하건대 효자(孝子)가 어버이를 섬기는데는 그 좌우 곁을 떠나지 말아
야 효도를 다하였다고 할 것이다. 마치 저 문왕(文王)이 세자(世子)로 되었
을 때와 같은 것이다. 그런데 해명(解明)은 다른 곳(別都)에 있으면서 무용
(武勇)으로써 이름을 떨쳤으니 그는 죄지은 사람인 것이라고 해야 마땅하
다. 또 듣건데 〈좌전〉(左傳)에 말하기를 『자식을 사랑하는데는 의로써(義
方) 가르치고 사도(邪道)에 들게하지 말라.』하였는데 지금 유리왕은 이를
처음에 일찍 가르치지 않았으므로 그 악에 이르게 되자 이를 심히 미워하
여 죽여버리고 말았으니 가히 아비로서 아비의 노릇을 하지못하고 아들로
서 아들 노릇을 하지못하였다고 말할 것이다. (삼국사기 권13 고구려본기
유리왕 28년)

論曰, 今王信讒言 殺無辜之愛子 其不仁不足道矣 而好童不得無
罪 何則子之見責於其父也 宜若舜之於 瞽瞍 小杖則受 大杖則走
期不陷父於不義 好童不知出於此 而死非其所 可謂執於小謹而昧
於大義 其公子申生之譬耶 (三國史記 卷十四 高句麗本紀 太武神
王 十五年)

> 호동왕자(好童王子)를 죽인 아버지도 잘못이요 자살한 호동도
> 불효다. 순임금이라면 아버지의 불의를 대효(大孝)로써 막았을
> 것이다.

논하건대 지금 왕은 참언을 믿고 무고한 아들을 죽였으니 그 어질지 못
함은 사리에 부족한 것이다. 그러나 호동(好童)도 죄가 없다고는 말하지 못
하겠다.

어찌하여 그런가하면 아들이 그 아버지에게 책망을 들을 때면 마땅히
순(舜)임금이 고수(瞽瞍)에 대하다시피 작은 몽둥이면 받고 큰 몽둥이면 달
아나서 그 아버지로 하여금 불의(不義)에 빠지지 않도록 하여야할 것인데
호동(好童)은 이것을 알지 못하고 그 죽을 곳에서 죽지않았으니 가히 작은
근신[小謹]에 집착되어 대의(大義)에 어두웠다고 할 것이니 그것은 저 춘추
시대 진헌공(晋獻公)의 태자 신생(申生)에 비유할 것이다. (삼국사기 권14
고구려본기 태무신왕 15년)

論曰, 昔宋宣公不立其子與夷 而立其弟繆公 小不忍 亂大謀 以致
累世之亂 故春秋大居正 今大祖王不知義 輕大位以授不仁之弟
禍及一忠臣二愛子 可勝歎耶 (三國史記 卷十五 高句麗本紀 次大
王 三年)

> 차대왕(次大王)은 왕위를 아우에게 잘못 물려주어서 누세의 환
> 난을 일으켰다. 그 아우는 충신과 왕자를 죽였으니 한탄할 일이
> 다.

논하건대 옛날에 송(宋)의 선공(宣公)은 그 아들 여이(與夷)를 세우지않
고 그 아우 유공(繆公)을 세워 조그만 일을 참지 못하여 큰 일을 어지럽게
만들고 오래도록 난을 만들게한 까닭으로 〈춘추〉(春秋)에 비꼬는 말로 대
거정(大居正)이라 하였다. 지금 대조왕(大祖王)은 의를 알지못하고 가볍게
왕의 대위(大位)를 어질지 못한 그 아우에게 주었으므로 화가 한 충신과 두
애자(愛子)에게 미쳤으니 어찌 탄식하지 않으랴. (삼국사기 권15 고구려본
기 차대왕 15년)

論曰, 古先哲王之於賢者也 立之無方用之不惑 若殷高宗之傅說
蜀先主之孔明秦符堅之王猛 然後賢在位 能在職 政教修明 而國
家可保 今王決然獨斷 拔巴素於海濱 不撓衆口 置之百官之上 而
又賞其擧者 可謂得先王之法矣 (三國史記 卷十六 高句麗本紀 故
國川王 十三年)

> 고국천왕(故國川王)이 을파소(乙巴素)를 등용한 일은 참으로 명
> 석한 임금의 본보기가 되었다. 그래서 고구려의 정교는 밝았다.

논하건대 옛날의 명석한 임금은 어진이라면 어떠한 종류나 아무 의심도
품지 않고 거리낌없이 등용 하였으니 이는 은(殷) 고종(高宗)이 부열(傅說)
의 경우와 촉(蜀)의 선왕(先王)이 제갈공명(諸葛孔明)의 경우와 진(秦)의 부
견(符堅)의 왕맹(王猛)과 같은 것이니 그런 뒤에야 현자(賢者)는 제자리를
바로 지키고 능자(能者)는 그 직책으로 정치교화를 밝게 닦으며 국가는 잘
보전되어 갈 것이다. 지금 고국천왕은 결연(決然)히 을파소(乙巴素)를 해빈
에서 뽑아 뭇 사람들의 말에 흔들리지 않고 그를 백관(百官)의 위에 두고
그리고 그를 천거한 자에게 상을 주니 가히 선왕의 명철한 법도를 바로잡
은 것이라고 말할 것이다. (삼국사기 권16 고구려본기 고국천왕 13년)

論曰, 唐太宗聖明不世出之君 除亂比於湯武 致理幾於成康 至於
用兵之際 出奇無窮 所向無敵 而東征之功敗於安市 則其城主可
謂豪傑非常者矣 而史失其姓名 與楊者所云 齊魯大臣史失其名無
異 甚可惜也) (三國史記 卷二十一 高句麗本紀 寶藏王 四年)

당태종(唐太宗)은 걸물이요 전략가로 무적의 군주였는데 안시성
(安市城)에서는 우리의 장수에게 대패했다. 그러나 역사가 밝지
못해 그 성주 이름을 모르니 애석한 일이다.

논컨대 당태종(唐太宗)은 성명(聖明)한 불세출(不世出)의 군주이다. 난
을 제거한 것은 탕무(湯武) 즉 은(殷)의 탕왕(湯王)과 주(周)의 무왕(武王)과
비할 수 있고 이치(理致)에는 성강(成康) 즉 주(周)의 성왕(成王)과 강왕(康
王)에 가까웠고 군사를 쓰는데 이르러서는 기발한 꾀가 무궁무진하여 향하
는 곳에 대적할바가 없었다.

그런데 우리나라를 칠때는 안시성(安市城)에서 패하여 공이 없었음을
볼 때 그 성주(城主)는 가히 호걸 비상한 사람이라고 말한 것이다. 그러나
사기(史記)에 그 성명을 잃었으니 양자(楊子)가 이르는 것처럼 제노대신(齊
魯大臣)이 사기(史記)에 그 성명을 잃은 것과 다름이 없는 것으로 참말 가
석한 일이다. (삼국사기 권21 고구려본기 보장왕 4년)

論曰, 初太宗有事於遼東也 諫者非一 又自安市旋軍之後 自以不
能成功深悔之 歎曰 若使魏徵在 不使我有此行也 及其將復伐也
司空房玄齡病中上表 諫以爲老子曰 知足不辱 知止不殆 陛下威
名功德旣云足矣 拓地開疆亦可止矣 且陛下每決一重囚 必令三復
五奏 進素膳止音樂者 重人命也 今驅無罪之士卒 委之鋒刃之下
使肝腦塗地 獨不足憫乎 嚮使高句麗遠失臣節 誅之可也 侵擾百
姓 滅之可也 他日能爲中國患 除之可也 今無此三條 而坐煩中國
內爲前代雪恥 外爲新羅報讐 豈非所存者小 所損者大乎 願陛下
許高句麗自新 焚凌波之舡 罷應募之衆 自然華夷慶賴 遠肅邇安
梁公將死之言 諄諄若此 而帝不從 思欲丘墟東域而自快 死而後
已 史論曰 好大喜功 勒兵於遠者 非此之謂乎 柳公權小說曰 駐蹕
之役 高句麗與靺鞨合軍方四十里 太宗望之有懼色 又曰 六軍爲
高句麗所乘 殆將不振 候者告英公之麾黑旗被圍 帝大恐 雖終於
自脫 而危懼如彼 而新舊書及司馬公通鑑不言者 豈非爲國諱之者
乎(三國史記 卷二十二 高句麗本紀 寶藏王 八年)

> 당태종은 만족할줄 모르는 침략가요 신라까지 침략하려고 대군
> 을 몰고 왔으나 알고보면 겁쟁이었다.

논하건데 처음 당태종(唐太宗)이 요동정벌군(遼東征伐軍)을 일으킬 때
말리며 간하는 사람이 하나뿐만 아니었고 또 안시성(安市城)으로부터 군사
를 돌린 뒤에 스스로 성공하지 못하였음을 깊이 후회하여 탄식하기를 『만
약 위징(魏徵)이 있으면 나로 하여금 이러한 행태가 있게하였겠는가.』하였
고 그가 다시 정벌군(征伐軍)을 일으킴에 있어서 사공(司空) 방현령(房玄

齡)은 병중에서 글을 올려 노자설(老子設)로써 간하기를 『만족한 줄 알면 욕됨이 없고 그칠줄 알면 위태롭지 않은 것입니다. 폐하는 그 떨친 명성과 공덕이 이미 만족하다 말할 것이오니 땅을 개척하고 강토를 넓히고자함은 이를 그만둠이 옳습니다. 또한 폐하는 늘 하나의 죄수를 처형하는 데도 반드시 세 번 다시 생각하고 다섯 번 주청케하는 삼복오주(三復五奏)를 명령하고 식사를 감하며 음악도 그만두게하는 것은 인명을 중히 하는 까닭이 아니옵니까. 그런데 지금 무고한 군사를 모아 칼아래 맡겨두는 것은 곧 그 간과 뇌(肝腦)를 땅에 물들이게하는 것이오니 어찌 민망한 일이 아니리요. 항차 고구려(高句麗)가 신절(臣節)을 어겼다면 이를 죄함이 옳고, 백성이 침요(侵擾)하였다면 멸함이 옳고, 다른날 중국의 우환이 되면 제외시킴이 옳습니다. 지금은 이 세가지 조건이 없습니다. 그러니 앉아서 중국을 번거롭게하고 안으로 전대(前代)의 수치를 씻으려하고 밖으로 신라(新羅)의 원수를 갚는다고 하는데 그 어찌 생각하는 것이 작으며 손해됨이 큰바 아니리오. 원컨대 폐하는 고구려의 스스로가 새로 날(自新) 것을 허락하시고 바다의 함선(艦船)을 불태워 버리시고 모아드린 군사를 파하오면 자연 중화와 동방국이 서로 기뻐하여 의지하고 멀리는 엄숙하고 가까이는 편안할 것입니다. 양공(梁公)은 죽을 때 말하기를 성실하였다(諄諄)고 하였나이다.』하였으나 당태종(唐太宗)은 이 말을 듣지 않고 우리 나라를 멸망시켜 스스로 상쾌할 것을 생각하다가 죽을 때 후회할 따름이었다.

사론(史論)에 말하기를 『큰 것을 좋아하고 공을 기뻐하여 군사를 멀리 일으킨다.』는 것은 이런 것을 말하는 것이 아닌가. 유공권(柳公權)의 소설(小說)에 말하기를 『임금이 행차하는 주필(駐蹕)의 싸움에 고구려가 말갈(靺鞨)로 더불어 군사를 합하여 40리에 연하니 당태종(唐太宗)은 이를 바라보고 두려워하는 빛이 있었다.』하였고 또 말하기를 『육군(六軍)이 고구려를 침입한바 되었으나 거의 떨치지 못하고 척후병인 후자(候者)가 영공(英公)의 군사에게 알리기를 흑기(黑旗)의 포위(包圍)를 입는다하니 당태종(唐太宗)은 크게 두려워하여 마침 스스로 빠져나가려 하였다.」하니 겁먹어 두려워하는 것이 그와 같았다. 그러나 신구당서(新舊唐書)와 사마공(司馬公)의 〈자치통감〉(資治通鑑)에 이런 것을 말하지 않은 것은 이는 나라의 체면을 위한 것이 아니랴. (삼국사기 권22 고구려본기 보장왕 8년)

論曰, 玄菟樂浪本朝鮮之地 箕子所封 箕子敎民 以禮義田蠶織作
設禁八條 是以其民不相盜 無門戶之閉婦人貞信不淫 飲食以籩豆
此仁賢之化也 而又天性柔順 異於三方 故孔子悼道不行 欲浮桴
於海以居之 有以也夫 然而易之交二多譽 四多懼近也 高句麗自
秦漢之後 介在中國東北隅 其北隣皆天子有司 亂世則英雄特起
潛竊名位者也 可謂居多懼之地 而無謙巽之意 侵其封場以讐之
入其郡縣以居之 是故兵連禍結 略無寧歲 及其東遷 値隋唐之一
統 而猶拒詔命以不順 囚王人於土室 其頑然不畏如此 故屢致問
罪之師 雖或有時設奇以陷大軍 而終於王降國滅而後止 然觀始末
當其上下和 衆庶睦 雖大國不能以取之 及其不義於國 不仁於民
以興衆怒 則崩潰而不自振 故孟子曰 天時地利不如人和 左氏曰
國之興也以福 其亡也以禍 國之興也 視民如傷 是其福也 其亡也
以民爲土芥 是其禍也 有味哉斯言也 夫然則凡有國家者 縱暴吏
之驅迫 强宗之聚斂 以失人心 雖欲理而不亂 存而不亡 又何異强
酒而惡醉者乎 (三國史記 卷二十二 高句麗本紀 寶藏王 二十七
年)

고구려사를 엮고나서 찬자는 그 역사와 통치정신을 총괄해 보았
다. 수·당과의 항쟁은 좋았지만 백성을 위한 왕조라기 보다 불
의(不義)·불인(不仁)으로 통치한 고구려 왕들은 결국 망했다.
(어쩌면 지금 상황을 그대로 말한 듯 하다.)

논하건대 현토(玄菟), 낙랑(樂浪)은 본래 조선의 땅으로 기자(箕子)가 봉
한 바이라. 기자(箕子)는 그 백성을 예의(禮儀)와 농사와 양잠(田蠶)과 베짜

기(織造)로써 가르치고 금법팔조(禁法八條)를 만들었다. 이로써 그 백성이 서로 도적하지 아니하고 문을 닫는 일이 없고 부인(婦人)은 정신(貞信)하여 음란하지 아니하고 음식(飮食)은 제사그릇인 변두(籩豆)로써 하니 이는 어진이의 교화(敎化)이고 또 천성(天性)이 유순함이 다른 삼방(三方)보다 특이하였다. 이런 까닭으로 공자(孔子)는 도를 행하지않는 것을 슬퍼하여 뗏목을 타고(浮桴) 바다를 건너 여기와 살려고 하였으니 이 때문이다.

그러나 〈역경〉(易經)에 "2효는 예찬이 많고 4효는 두려움이 많다."(其善不同 二多譽 四多懼)라고 했으니 그 위치의 중심과 변두리 때문일 것이다.

고구려(高句麗)는 진(秦), 한(漢)의 뒤로 중국의 동북쪽에 있어 그 북쪽은 모두 천자(天子)가 맡은 곳으로 어지러운 세상이면 특출한 영웅이 일어나서 명성과 왕위를 훔치려고 엿보는 곳이므로 가히 살기가 두려운 곳이라 하겠다. 그리고 겸손하고 유순(謙巽)한 뜻이 없으므로 그 지역을 침탈하여 서로 원수를 만들면서 그 군현(郡縣)에 들어와 마구산다. 이 까닭으로 싸움이 그치지 않고 연하여 화를 만들므로 늘 편안한 세월이 없으며 그 환란이 동으로 옮겨 우리에게 미치게 되는 것이다. 수(隋), 당(唐)의 통일 때 만해도 그러했으니 그때 고구려(高句麗)는 오히려 수, 당의 조명(詔命)을 순종하지않고 이에 항거하며 왕이 보낸 사신을 토실(土室)에 가두고 완강하게 버티며 두려워하지 않음이 이와 같았다. 그러므로 누차 문죄(問罪)의 군사를 일으키게 되었는데 혹 때로는 기병(奇兵)을 써서 대군(大軍)을 함몰시켰으나 마침내는 보장왕은 항복하고 고구려 국가는 멸망하여 뒤가 끊어지고만 것이다.

그러니 고구려의 그 시말을 보면 마땅히 그 상하 민중이 화목(和睦)하여야만 비록 대국(大國)이라도 제가 능히 이를 공취하지 못하고 나라에 불의(不義)하고 백성에게 불인(不仁)하면 백성은 원망을 일으켜서 곧 붕괴(崩

壞)함에 이르러 스스로 그 기세를 떨치지 못하게 된다. 그러므로 맹자(孟子)는 말하기를 『천시(天時)와 지리(地利)는 인화(人和)만 같지 못하다.』하였고 좌씨(左氏)는 말하기를 『나라의 흥(興)함은 복(福)으로써하고 그 망함은 화(禍)로써 하니 나라가 흥함에는 백성이 상하는 것과 같이 보면 이것이 그 복이요. 그 망함에는 백성을 초개와 같이 하면 이는 화(禍)라.』하였으니 이는 의미가 있는 말이다. 대체 그러면 무릇 국가를 다스리는 자가 포악한 관리의 구박과 강한 종친의 약탈을 그대로 놓아두면 인심을 잃을 것이므로 비록 어지럽지않게 다스리고자 하드라도 존립(存立)하여 망하지는 않는다 하나 또한 어찌 곤드레 만드레 술취한 자와 무엇이 다를 것인가. (삼국사기 권22 고구려본기 보장왕 27년)

論曰, 春秋時筥僕來奔魯 季文子曰 見有禮於其君者 事之如孝子
之養父母也 見無禮於君者 誅之如鷹鸇之逐鳥雀也 觀筥僕不度
於善而在於凶德 是以去之 今吉宣亦姦賊之人 百濟王納而匿之
是謂掩賊爲藏者也 由是失鄰國之和 使民困於兵革之役其不明甚
矣(三國史記 卷二十三 百濟本紀 蓋婁王 三十八年)

> 길선(吉宣)은 간적인데 개루왕(蓋婁王)이 기용했으니 잘못이었
> 다. 그는 백성을 싸움터로 몰아 넣고 이웃나라와 불화했다.

논하건대 춘추시대(春秋時代)에 거복(筥僕)이 노(魯)나라로 도망하여 오
므로 계문자(季文子)는 말하기를 『그 임금이 예절이 있는 것을 보면 이를
섬기기를 효자가 부모를 봉양하는 것과 같이 하고 그 임금이 예절이 없는
것을 보면 이를 벌주기를 매가 새를 쫓는 것과 같이 하는데 지금 거복(筥
僕)을 보면 착한 곳에서 지냈는지 흉덕한 곳에 있었는지를 헤아리지 못하
겠아오니 이를 돌려 보내는 것이 마땅하나이다.』하였다. 지금 길선(吉宣)은
간적(姦賊)인 것을 백제왕(百濟王)은 그를 거둬 감추었으니 이는 적을 음폐
하여 숨겨두었다고 말할 것이다. 이로 인하여 이웃나라와의 화목을 잃게
되고 백성들로 하여금 싸움터에서 괴롭게 하였으니 이는 심히 밝지 못한
처사라 할 것이다. (삼국사기 권23 백제본기 개루왕 38년)

論曰, 楚明王之亡也 隕公辛之弟懷將弑王 曰 平王殺吾父 我殺其
子 不亦可乎 辛曰 君討臣誰敢讎之 君命天也 若死天命 將誰讎桀
婁等自以罪不見容於國 而導敵兵 縛前君而害之 其不義也甚矣
曰 然則伍子胥之入郢鞭尸何也 曰 楊子法言評此 以爲不由德 所
謂德者仁與義而已矣 則子胥之狠 不如隕公之仁 以此論之 桀婁
等之爲不義也明矣 (三國史記 卷二十五 百濟本紀 蓋鹵王 二十一
年)

> 걸루(桀婁)가 자기 임금을 죽인 것은 이유여하를 막론하고 불의
> (不義)를 저지른 일이다. 이를 경계해야 한다.

논하건대 초나라 명왕(楚明王)이 망할 때 초에게 패했던 운공신(鄖公辛)
의 아우 회(懷)는 바야흐로 왕을 시해하려고 말하기를 『평왕(平王)은 나의
아비를 죽였으므로 나는 그 아들을 죽였으니 또한 옳지 않으랴.』하자 운공
신은 말하기를 『군(君)으로서 신을 쳐죽이면 누가 감히 이를 원수라 하랴.
군명(君命)은 천명(天命)이라 만약 천명(天命)에 죽으면 누구를 원수라 하
랴.』하였다. 그런데 걸루(桀婁)등은 스스로 죄를 짓고 나라에서 용납되지
않음으로써 도망하여 적병의 향도가 되어 전의 임금을 묶어 보내고 이를
시해하였으니 그 불의는 심한 것이다. 나는 말한다. 그런즉 오자서(伍子胥)
가 영지(郢地)에 들어 시체에 매질한 것은 무슨 때문인가. 말하면 양자법언
(楊子法言)은 이를 평하여 『덕(德)이 머무르지 않았다.』하였는데 소위 덕
(德)이란 것은 인(仁)과 의(義)를 같이할 따름인즉 오자서(伍子胥)의 사나움
은 운공신(鄖公辛)의 어진 것만 같지못하니 이를 가지고 이를 논한다면 걸
루(桀婁)등은 이것은 불의(不義)가 되는 것이 명백한 것이다. (삼국사기 권
25 백제본기 개로왕 21년)

論曰, 春秋之法 君弑而賊不討 則深責之 以爲無臣子也 解仇賊害
文周 其子三斤繼立 非徒不能誅之 又委之以國政 至於據一城以
叛 然後再興大兵以克之 所謂復霜不戒 馴致堅水 熒熒不滅 至于
炎炎 其所由來漸矣 唐憲宗之弑 三世而後僅能殺其賊 況海隅之
荒僻 三斤之童蒙又烏足道哉 (三國史記 卷二十六 百濟本紀 三斤
王 二年)

> 삼근왕(三斤王)은 13세에 왕위에 오르고 좌평 해구(解仇)에게 군
> 사, 정치 일체를 맡겼다가 모반 당했으니 교훈삼을 일이다.

논하건대 〈춘추〉(春秋)의 법에 군주를 살해한 적을 토벌하지 않으면 깊
이 이를 꾸짖어서 신자(臣子)가 없음을 뜻해야 한다. 해구(解仇) 적(賊)은
문주왕(文周王)을 살해하고 그 아들 삼근(三斤)을 계위시켰으나 능히 이를
감히 처형하지 못하고 또한 그에게 국정(國政)을 맡기고 드디어는 일성(一
城)을 점거하여 모반하게 만들고 그런 뒤에 다시 크게 군사를 일으켜 이를
토벌하였으니 이는 소위 서리를 밟을 때 경계하여야 굳은 얼음에 익숙하는
법이요, 불이 깜박거릴 때 끄지않고 있다가 불길이 심하게 타올라올 때 이
르러 서두르는 것과 같으니 그 연유하는 것이 점점 더하여 붙는 법이다. 중
국 당(唐)의 헌종(憲宗)을 살해한 흉적들도 삼세(三世) 지나서야 겨우 잡아
죽일수 있었으니 하물며 바닷가 구석진 땅의 삼근(三斤)의 어둔한 아이야
어찌 감히 말할수 있으랴. (삼국사기 권26 백제본기 삼근왕 2년)

論曰, 良藥苦口 利於病 忠言逆耳 利於行 是以古之明君 虛己問
政 和顔受諫 猶恐人之不言 縣敢諫之鼓 立誹謗之木而不已 今牟
大王諫書上而不省 復閉門以拒之 莊子曰 見過不更 聞諫愈甚 謂
之狼 其牟大王之謂乎 (三國史記 卷二十六 百濟本紀 東城王 二
十二年)

> 동성왕(東城王) (휘 모대)은 신하가 충간하는 말을 들으려 하지
> 않고 오히려 사납게 벌주니 명군이 못되었다.

논하건대『좋은 약은 입에는 쓰나 병에는 이롭고 충성된 말은 귀에는 거
슬리나 행실에는 이롭다.』하였다. 그러므로 옛날의 명군(明君)은 자기를 낮
춰 정사(政事)를 묻고 안색을 부드럽게하여 간언을 받고 오히려 신하가 말
하지 않는 것을 두려워하여 항상 충간하는 북을 걸어놓고 비방하는 글을
걸도록 표목을 세웠는데 지금 모대왕(牟大王)은 간하는 글을 올려도 이를
살피지 아니하고 또한 그 문을 닫고 이를 막아 버렸다.

장자(莊子)는 말하기를『허물을 보고 고치지 않고 간함을 들으면 더욱
잘못이 심해져서 이를 사납다 할 것이다.』하였는데 그것은 모대왕(牟大王)
을 두고 말한 것일까? (삼국사기 권26 백제본기 동성왕 22년)

論曰, 春秋曰 人臣無將 將而必誅 若苩加之元惡大憝 則天地所
不容 不卽罪之 至是自知難免謀叛 而後誅之 晚也 (三國史記 卷
二十六 百濟本紀 武寧王 二年)

무령왕(武寧王)은 역신 구가(苩加)를 미리 처단 했어야 하거늘
크게 모반한 뒤에야 이를 참형했으니 늦은 것이다.

논하건대 〈춘추〉(春秋)에 말하기를 『인신(人臣)으로 장래가 없으면 반드시 주살하는 것이라』하였다. 구가(苩加)는 원래 악함이 크므로 천지가 용납하지 않는 바이나 곧 이를 죄로써 다스리지 않고 있다가 이때에 이르러 스스로 난을 면하지못할 것을 알고 모반한 뒤에 이를 참형하였으니 늦은 것이다. (삼국사기 권26 백제본기 무령왕 2년)

論曰, 新羅古事云 天降金樻 故姓金氏 其言可怪 而不可信 臣修
史 以其傳之舊 不得刪落其辭 然而又聞 新羅人自以小昊金天氏
之後 故姓金氏(見新羅國子博士薛因宣撰 金庾信碑及朴居勿撰
姚克一書 三郎寺碑文) 高句麗亦以高辛氏後姓高氏(見晉書載記)
古史曰 百濟與高句麗同出扶餘 又云 秦漢亂離之時 中國人多 竄
海東 則三國祖先豈其古聖人之苗裔耶 何其亨國之長也 至於百濟
之季 所行多非道 又世仇新羅 與高句麗連和 以侵軼之 因利乖便
割取新羅重城巨鎭不己 非所謂親仁善鄰國之寶也 於是唐天子再
下詔平其怨 陽從以陰違之 以獲罪於大國 其亡也亦宜矣 (三國史
記 卷二十八 百濟本紀 義慈王 二十年)

백제사를 엮으면서 백제의 본원과 신라와의 원한 관계를 논하고
특히 백제의 양종음위(陽從陰違)하던 이중성을 평했다.

논하건대 신라고사(新羅古事)에 말하기를 『하늘에서 금궤(金樻)가 내려
온 까닭으로 성(姓)을 심씨(金氏)라 하였다.』고 하니 이 말은 괴이하여 가히
믿지 못하겠으나 사신(史臣) 김부식이「삼국사기」를 편찬할 때 옛날 그대로
전하여 그 말을 빼어 놓을 수가 없었다. 그리고 또 듣건대 신라사람은 스스
로 소호김천씨(小昊金天氏)의 후예(後裔)라고 하는 까닭으로 성(姓)을 김씨
(金氏)라 하였다. 〈신라(新羅)의 국자박사(國子博士) 설인선(薛因宣)이 찬
(撰)한 김유신비(金庾信碑) 및 박거물(朴居勿)이 찬한 요극일(姚克一) 서
(書) 삼랑사(三郎寺)의 비문(碑文)에 보인다.〉고구려(高句麗)도 또한 고신
씨(高辛氏)의 후예(後裔)로 성(姓)을 고씨(高氏)라고 하였는데 〈진서(晋書)
에 실린 기록에 보인다〉 옛 사서에 말하기를 『백제(百濟)는 고구려(高句麗)

와 함께 부여(扶餘)에서 났다.』하고 또 말하기를 『진(秦)·한(漢)의 난리때에 중국(中國)사람이 많이 해동(海東)으로 왔다.』고 하였은즉 삼국(三國)의 조선(祖先)은 어쩌면 고성인(古聖人)의 후예로서 그 향국(享國)이 긴 것 같은데 백제(百濟)의 말기에 이르러서 소행의 도가 아님이 많고 또한 대대로 신라와 원수 되고 고구려와 연합하여 신라를 침략하였고, 기회를 편승하여 신라의 중성(重城)과 거진(巨鎭)을 침탈하기를 그치지 않았느니 이는 소위 인선(仁善)으로 이웃과 친하는 보배가 아니었다. 이에 당고종(唐高宗)은 다시 조서(詔書)를 내려 그 구원(仇怨)을 평정하려 하였으니 백제(百濟)는 밖으로는 따르는체 하다가도 음으로는 배반하여[陽從陰違] 대국(大國)에 죄를 지었으므로 그만 멸망한 것이니 또한 마땅한 것이라 하겠다. (삼국사기 권28 백제본기 의자왕 20년)

論曰, 唐李絳對憲宗曰 遠邪佞進忠直 與大臣言 敬而信 無使之要
道也 故書曰 任賢勿貳 臣邪勿疑 觀夫新羅之待庾信也 親近而無
間 委任而不貳 謀行言聽 不使怨乎不以 可謂得六五童蒙之吉 故
庾信得以行其志 與上國協謀 合三土爲一家 能以功名終焉 雖有
乙支文德之智略 張保皐之義勇 微中國之書 則泯滅而無聞 若庾
信則鄕人稱頌之 至今不亡 士大夫知之可也 至於芻童牧豎羅亦能
知之 則其爲人也必有以異於人矣 (三國史記 卷四十三 列傳 金庾
信 下)

> 김유신(金庾信)은 충직하고 어진 인물로서 신라가 믿고 큰일을
> 맡기니 삼국통일의 위업을 달성하여 청사에 빛나고 있다.

논하건대 당(唐)나라의 이강(李絳)은 헌종(憲宗)에 대하여 말하기를 「간
사한 자를 멀리하고 충직한 자를 내 세워서 대신과 더불어 공경하고 믿으
면 소인배들이 참여하지 못하고, 어진 사람으로 더불어 친하여 예의가 있
으면 불초한 사람들이 가까이 못하게 된다.」는 것은 참말로 옳은 말이니 이
는 실로 임금된 자의 요긴한 도리이다. 그런 까닭으로 서전(書傳)에서 말하
기를 「어진 사람에게 일을 맡기거든 두말을 하지말고 사심을 버리고 의심
하지 말라.」고 하였다. 대저 신라가 김유신(金庾信)을 대한 것을 보면 친근
하여 틈이 없고 일을 맡기면 두 번 간섭하지않고 일을 도모함에 그 말대로
들어주었는데 이렇게 하고서야 무슨 원한이 있겠는가.

가히 〈주역〉에서 이르는 육오동몽(六五童蒙)의 길사(吉事)라 하겠다. 그
런 까닭으로 김유신(金庾信)은 그 의지대로 일을 할 수 있었고 당(唐)나라
와 협력 도모하여 삼국(三國)을 통합하여 한 국가를 이룩하고 능히 공명속

에서 그 평생을 마쳤다. 비록 을지문덕(乙支文德)이 지략이 있고 장보고(張保皐)가 의리와 용맹이있다 하여도 중국(中國)의 사서(史書)에 좀 남아있었다 하나 없어져 이를 듣지못하고 김유신(金庾信)은 곧 우리나라 사람들이 이를 칭송하여 지금까지도 없어지지 않아 사대부로부터 나무하는 아동에 이르기까지 이 사실을 능히 알지못하는 사람이 없으니 곧 그는 그 사람됨이 꼭 보통사람과 다른 점이 있는 때문이다. (삼국사기 권43 열전 김유신 하)

論曰, 煬帝遼東之役 出師之盛 前古未之有也 高句麗一偏方小國
而能拒之 不唯自保而已 滅其軍幾盡者 文德一人之力也 傳曰 不
有君子 其能國乎 信哉 (三國史記 卷四十四 列傳 乙支文德)

> 을지문덕(乙支文德)은 수나라 양제의 그 어마어마한 침략군을
> 요동싸움에서 물리쳤으니 국가가 보전되었다. 참으로 군자이자
> 애국자이었다.

논하건대 수양재(隋煬帝)가 요동전역(遼東戰役)에 군사를 동원 한 것은
고금에 아직 보지못한 대성황이었는데 고구려(高句麗)는 한 변방의 작은
나라였는데도 능히 이를 막아 스스로 국가의 안보를 도모하였을 뿐 아니라
적의 대군을 모두다 격멸시킨 것은 이는 을지문덕(乙支文德) 한 사람의 힘
이 퍽 컷던 것이다. 그러므로 전하기를 『군자(君子)가 없었으면 능히 그 나
라가 안전하였으랴.』했는데 믿을 말이다. (삼국사기 권44 열전 을지문덕)

論曰, 杜牧言 天寶安祿山亂 朔方節度使安思順 以祿山從弟賜死 詔郭汾陽代之 後旬日復詔李臨淮 持節分朔方半兵 東出趙魏 當 思順時 汾陽 臨淮俱爲牙門都將 二人不相能 雖同盤飮食 常睨相 視 不交一言 及汾陽代思順 臨淮欲亡去 計未決 詔臨淮分汾陽半 兵東討 臨淮入請曰 一死固甘 乞免妻子 汾陽趨下 持手上堂 偶坐 曰 今國亂主遷 非公不能東伐 豈懷私忿時耶 及別執泣涕 相勉以 忠義 訖平巨盜 實二公之力 知其心不叛 知其材可任 然後心不疑 兵可分 平生積憤 知其心難也 忿必見短 知其材益難也 此保臯與 忿陽之賢等耳 年投保臯必曰 彼貴我賤 我降下之 不宜以舊忿殺 我 保臯果不殺 人之常情也 臨淮請死於汾陽 亦人之常情也 保臯 任年事 出於己 年且饑寒 易爲感動 汾陽任淮平生抗立 任淮之命 出於天子 擢於保臯 汾陽爲優 此乃聖賢遲疑成敗之際也 彼無他 也 仁義之心與雜情並植 雜情勝則仁義滅 仁義勝則雜情消 彼二 人仁義之心旣勝 復資之以明 故卒成功 世稱周召爲百代之師 周 公擁孺子 而召公疑之以周公之聖 召公之賢 少事文王 老佐武王 能平天下 周公之心 召公且不知之 苟有仁義之心 不資以明 雖召 公尙爾 況其下哉 語曰 國有一人 其國不亡 夫亡國非無人也 丁其 亡時 賢人不用 苟能用之 一人足矣 宋祁曰 嗟乎不以怨毒相甚 而 先國家之憂 晉有祁奚唐有汾陽 保臯 孰謂夷無人哉 (三國史記 卷四十四 列傳 張保臯 鄭年)

장보고(張保臯)는 인의(仁義)의 인물이었다. 원망하는 사람을 믿 고 신의를 지켜 나라에 이바지 했다. 그래서 그를 따르는 인물이 많았다.

　논하건대 두목(杜牧)이 말하기를 『천보(天寶 : 唐玄宗天寶)의 안녹산(安祿山)의 난때 삭방절도사(朔方節度使) 안사순(安思順)은 안녹산(安祿山)의 종제(從弟)이므로 죽이고 곽분양(郭汾陽)이 이를 대신하였는데 그 뒤 10일만에 다시 이임회(李臨淮)를 불러 지절(持節)로 명하고 삭방(朔方)의 군사 절반을 나누어 주어 동으로 조(趙), 위(魏)로 출정하였다. 안사순(安思順)이 죽음을 당할때에 곽분양(郭汾陽)과 이임회(李臨淮)와는 함께 평문도장(平問都將)이 되었으나 두사람은 서로 잘 어울리지 않았고 비록 같은 밥상을 받고 밥을 먹으나 항상 서로 반목하여 한 마디의 말도 시키지않았다. 그런데 곽분양(郭汾陽)이 안사순(安思順)을 대신하게 되자 이임회(李臨淮)는 도망하여 가고자하다가 결정을 짓지 못할 때 이임회(李臨淮)를 불러 곽분양(郭汾陽)의 군사 절반을 나눠주며 동정(東征)을 명하니 이임회(李臨淮)는 곽분양(郭汾陽)에게 청하여 말하기를 『 한번 죽는 것은 달게 받겠으나 처자는 죽음을 면하도록 하기를 빈다.』하니 곽분양(郭汾陽)은 아랫자리로 내려 그의 손을 이끌어 상당으로 올리고 한옆에 앉아 말 하기를 『지금 나라가 어지러워 군왕이 자리를 옮기고 있는 때인데 공은 능히 동쪽의 적을 정벌하지 않고 어찌 사사로운 울분을 품고 있을 때리오.』하고 특별히 손을 잡고 눈물을 흘리며 서로 충의를 위하여 힘쓸 것을 맹세하라. 마침내 큰 적을 평정한 것이다.

　이는 실로 두사람의 힘으로서 그 마음이 모반하지 않을 것과 그 인재가 가히 모든 일을 맡길만 한 것을 알고 연후에는 그 마음을 의심하지않고 군사를 나눠준 것으로 알 것이다. 평생으로 쌓인 분통과 원망은 그 마음 속을 알기가 어렵고 짧게 나타나는 원분이라도 그 인재에 따라 더욱 헤아리기 어려운 것이라.』할 것이다. 이는 장보고(張保皐)도 곽분양(郭汾陽)의 현명함과 같다고 할 것이니 곧 정년(鄭年)이 장보고(張保皐)에게 몸을 던져 의

탁할 때 말하기를 『그는 귀하고 나는 비천하여 그 밑으로 들어가나 그는 옛날의 원분으로 하여 나를 죽이지 않을 것이다.』하였는데 장보고(張保皐)는 과연 그를 죽이지 않는 것도 또한 사람의 떳떳한 정리라 할 것이다. 이임회(李臨淮)가 곽분양(郭汾陽)에게 죽음을 청할 때 그를 죽이지않은 것도 또한 사람의 떳떳한 정리라 할 것이다. 장보고(張保皐)는 정년(鄭年)에게 군사를 맡겨 출정할 따름이었으나 정년(鄭年)은 기한에 떨었으니 쉽게 감동되었고 곽분양(郭汾陽)과 이임회(李臨淮)는 서로 평생 맞서 반목하였으나 임금의 명령으로 출정하게 되었으니 장보고(張保皐)의 재량은 곽분양(郭汾陽)보다도 너그럽다고 할 것이다. 이는 곧 성현이 성패의 때를 의심하지 않은 것과 다름이 없는 것이다. 인의(仁義)의 마음은 곧 잡된 마음과 아울러 싹트는데 잡된 마음이 기승부리면 곧 인의(仁義)는 멸해 없어지고, 인의가 이기면 잡정은 꺼지는 것이니 그 두 사람의 인의(仁義)의 마음은 모두 잡된 마음을 이겨 다시 그 자량을 밝혔다. 그러므로 마침내 성공하였던 것이다. 세상에서 말하기를 주소(周召)는 백대의 스승이 되고 주공(周公)은 유자(孺子)를 옹호하였다. 그러나 소공(召公)은 이를 의심하였다. 주공(周公)은 성지(聖志)로써, 소공(召公)은 현책(賢策)으로써 젊어서는 문왕(文王)을 섬기고 늙어서는 무왕(武王)을 보좌(補佐)하여 능히 천하를 평정하였으나 주공(周公)의 마음을 소공(召公)은 또한 알지 못하였다하니 하물며 인의(仁義)의 마음을 가지고 자량(資量)을 밝히지 않겠는가. 비록 소공(召公)의 헤아림이 항차 그 아래에 있어서랴. 말하기를 『나라에 한사람이 있으면 그 나라가 망하지 않는다.』하였으니 대저 망하는 나라에 사람이 없는 것이 아니라 그 망할 때는 어진 사람을 쓰지않는 까닭이니 능한 사람을 쓸 것 같으면 한 사람이면 족한 것이라 하겠다. 송기(宋祁)가 당서(唐書)에서 말하기를 『슬프다 독한 원한으로써 서로 다투지말라. 이는 곧 국가의 우환이다. 진(晉)에는 기

해(祁奚)가 있었고 당(唐)에는 분양(汾陽)이 있었다.」하였는데 장보고(張保
皐)의 일을 보아 어느 것이 나은지 우리나라에도 이런 사람이 없다고 말하
겠는가. (삼국사기 권44 열전 장보고 정년)

論曰, 于老爲當時大臣 掌軍國事 戰必克 雖不克亦不敗 則其謀策
必有過人者 然以一言之悖 以自取死 又令兩國交兵 其妻能報怨
亦變而非正也 若不爾者 其功業亦加錄也 (三國史記 卷四十五 列
傳 昔于老

> 석우로(昔于老)는 대신으로 군사를 맡았는데 지모가 뛰어나 백
> 전백승 하였으나, 말한마디 잘못해서 자결하였으니 아까운 일이
> 다.

논하건대 우로(于老)는 당시 대신(大臣)이 되어 군국(軍國)의 일을 맡아
서 싸우면 반드시 승리하고 비록 승리하지 못하드라도 패하지는 않았으니
그 모책이 뭇 사람에서 뛰어남이 있는 사람이었다. 그러나 한마디의 말의
잘못으로하여 스스로 죽음을 당하였다. 또 두 나라가 맞서 싸움을 할때 그
의 아내는 능히 그 원수를 갚았으므로 또한 변란을 일으키게 하였던 것은
바르지 않다고 할 것이다. 만약 그와같이 아니하였더라면 그의 공업을 더
잘 기록하였을 것이다. (삼국사기 권45 열전 석우로)

論曰, 羅人患無以知人 欲使類聚羣遊 以觀其行義 然後擧用之 遂
取美貌男子粧飾之 名花郎 以奉之 徒衆雲集 或相磨以道義 或相
悅以歌樂 遊娛山水 無遠不至 因此知其邪正 擇而薦之於朝 故大
問曰 賢佐忠臣從此而秀 良將勇卒由是而生者 此也 三代花郎 無
慮二百餘人 而芳名美事 具如傳記 若歆運者 亦郎徒也 能致命於
王事 可謂不辱其名者也 (三國史記 卷四十七 列傳 金歆運)

김흠운(金欽運)은 화랑인데 도의와 가악과 호연지기를 닦고 국가
에 목숨 바쳤다. 화랑에 대한 김부식의 사론은 이것이 유일하다.

논하건대 신라에서는 나라의 인재를 알지 못하는 일이 걱정꺼리로 되어
그 방법으로 사람들을 많이 모여 놀게하여 그 행실을 잘 관찰한 연후에 이
를 천거하여 등용하고자하고 드디어 미모의 남자를 골라서 곱게 단장시키
고 이를 화랑(花郎)이라 이름하여 받들게하니 많은 무리들이 구름같이 모
여들어 혹은 서로 도의(道義)로써 연마(鍊磨)하고 혹은 서로 가악(歌樂)으
로써 즐기며 산수(山水)를 찾아다니며 즐겨놀면서 먼곳까지 이르지 않는
곳이 없었다. 이로 인하여 그의 바르고 그릇됨을 알아가지고 인재를 뽑아
조정에 천거하였다. 그러므로 김대문(金大問)은 말하기를 『현좌충신(賢佐
忠臣)이 여기에서 뽑혀 나오고 양장용졸(良將勇卒)이 이로부터 생겨 나온
다.』한 것은 곧 이를 말한다. 삼대(三代)의 화랑(花郎)은 무려 200여인이나
되고 그리고 그 방명(芳名)과 미사(美事)는 그 전기(傳記)에 갖춰져있는 것
과 같다.

김흠운(金欽運)과 같은 사람도 또한 화랑으로 능히 목숨을 국사(國事)에
바쳤으니 가히 그 이름이 욕되지 않는 다고 말할 것이다. (삼국사기 권47
열전 김흠운)

論曰, 宋祁唐書云 善乎韓愈之論也 曰父母疾烹藥餌 以是爲孝 未
聞毁支體者也 苟不傷義 則聖賢先衆而爲之 是不幸因而且死 則
毁傷滅絶之罪有歸矣 安可旌其門以表異之 雖然委巷之陋 非有學
術禮義之資 能妄身以及其親 出於誠心 亦足稱者 故列焉 則若向
德者 亦可書者乎 (三國史記 卷四十八 列傳 向德·聖覺)

향덕(向德)은 제몸 살을 베어 어머니 병을 고친 효자이니 고금에
드문 일이다. 학문도 예법도 없었지만 기특하니 역사에 남겨둔
다.

논하건대 송기(宋祁)의 〈당서〉(唐書)에 말하기를 『선(善)하도다 한유(韓
愈)의 논(論)이여! 그는 말하기를「부모의 병에 약을 대려먹이는 것을 효도
라 하였으나 아직 몸의 살을 베어 약으로 썼다는 말은 듣지 못하였다. 진실
로 몸을 상하는 것이 옳다면 성현(聖賢)들도 누구보다 먼저 이를 하지 않
으랴. 이러한 불행으로 인하여 또한 죽으면 몸을 훼손한 것은 죄로 돌아감
이 될 것이다. 그러니 어찌 그의 정문(旌門)을 표하여 이를 특이하게 하리
오.」하였다. 비록 그러나 시골 항간에는 학술(學術)과 예의(禮儀)로써 취할
만한 것이 없는데 어찌 가히 능히 제몸을 잊음으로써 그 어버이를 위하여
성심을 내는 것은 또한 칭찬하여 남는 까닭으로 열록(列錄)하는 것이라.』하
였으니 곧 향덕(向德)과 같은 사람도 또한 가히 기록해 둘만한 사람이라 하
겠다. (삼국사기 권48 열전 향덕·성각)

論曰, 宋神宗與王介甫論事曰 太宗伐高句麗 何以不克 介甫曰 蓋
蘇文非常人也 然則蘇文亦才士也 而不能以直道奉國 殘暴自肆
以至大逆 春秋君弑賊不討 謂之國無人 而蘇文保腰領以死於家
可謂幸而免者 男生獻誠雖有聞於唐室 而以本國言之 未免爲叛人
者矣 (三國史記 卷四十九 列傳 蓋蘇文)

개소문(蓋蘇文)은 소문난 장수요 비상한 사람이라 하지만 바른
도리로 나라를 받들지 못한 반역자이었다.

논하건대 송(宋)의 신종(新宗)이 왕개보(王介甫)와 더불어 옛일을 논하
면서 말하기를 『당태종(唐太宗)이 고구려(高句麗)를 정벌하였으나 어찌하
여 이기지 못하였을까?』하니 개보(介甫)는 말하기를 『개소문(蓋蘇文)이 비
상한 사람인 때문입니다. 그는 또한 재사입니다. 그러나 개소문(蓋蘇文)은
바른 도리로써 나라를 받들지 못하고 잔폭하고 방자하여 대역죄를 저지른
데 이른것입니다.』하였다. 〈춘추〉(春秋)에 말하기를 『군주(君主)를 시해(弑
害)한 적을 토벌하지 못함은 이는 그 나라에 사람이 없다고 말할 것이다.』
하였으나 그러나 개소문(蓋蘇文)은 허리끈을 묶은 채로 그 집에서 죽었으
니 가히 다행하게 이를 면한 것이라고 말할 것이다. 남생(男生)과 헌성(獻
誠)은 비록 당(唐)나라에서는 그 이름을 들을 수 있으나 본국(本國)에서 이
를 말한다면 반역자(叛逆者)가 됨을 면치 못할 것이다. (삼국사기 권49 열
전 개소문)

論曰, 新羅數窮道喪 天無所助 民無所歸 於是羣盜投隙而作 若猬
毛然 其劇者弓裔·甄萱二人而已 弓裔本新羅王子 而反以宗國爲
讎 圖夷滅之 至斬先祖之畫像 其爲不仁甚矣 甄萱起自 新羅之民
食新羅之祿而包藏禍心 幸國之危 侵軼都邑 虔劉君臣 若禽獮而
草薙之 實天下之元惡大憝 故弓裔見棄於其臣 甄萱産禍於其子
皆自取之也 又誰咎也 雖項羽 李密之雄才 不能敵漢唐之興 而況
裔 萱之凶人 豈可與我 太祖相抗歟 但爲之敺民者也 (三國史記
卷五十 列傳 弓裔·甄萱)

> 궁예(弓裔)와 견훤(甄萱)은 배신자요 흉악 무도한 도적이었고 오
> 로지 백성을 괴롭힌 반란자 들이었다.

논하건데 신라(新羅)의 운수가 다하여 도의(道義)가 죽어지고 하늘의 도
움이 없어 백성들이 의지할 바가 없으므로 이 틈을 타서 도적들이 무리를
지어 떼를 아루게 되었는데 그 극심한 자는 궁예(弓裔)와 견훤(甄萱) 두 사
람일 따름이다. 궁예(弓裔)는 본래 신라의 왕자이나 그러나 도리어 종국(宗
國)과 원수가 되어 멸망을 도모하여 선왕(先王)의 화상(畫像)을 베어버리는
데 까지 이르렀으니 그 불인(不仁)의 극심한 바가 되었고, 견훤(甄萱)은 신
라로부터 일어난 백성으로 신라의 관록(官祿)을 받아 먹었으나 그러나 신
라를 침해하려는 마음을 먹고 나라의 위기를 다행으로 생각하여 도읍을 침
범하고 군신(君臣)을 죽였으니 짐승이 풀을 깎는 것과 같은 것으로 실로 천
하의 원흉이요 큰 악마이다. 그런 까닭으로 궁예(弓裔)는 그 신하에게 버림
받게 되었고 견훤(甄萱)은 그 아들에게 침해를 조성하게 되었으니 이는 모
두 스스로 취한 잘못으로 또 누구를 허물할 것이랴. 비록 항우(項羽)와 이

밀(李密)과 같은 큰 재사로도 능히 한(漢), 당(唐)의 흥기(興起)함에는 대적
하지 못하였는데 항차 궁예(弓裔)나 견훤(甄萱)과 같은 흉악한자가 어찌 가
히 우리 고려(高麗) 태조(太祖)와 서로 대항할 수 있으랴. 그들은 다만 백성
들을 두들겨 못살게 만드는 자들이었다. (삼국사기 권50 열전 궁예·견훤)

부 록

『삼국사기』 논저 목록

金富軾과 三國史記에서 윤종일 정리

1. 해방이전~1940년대

*那珂通世, [朝鮮古史考] {史學雜誌} 5-3, 1884.

*朝鮮古書刊行會 編, {三國史記}, 1909.

*大川茂雄, [三國史記의 著者 金富植] {日本及び日本人}, 1910.

*淺見倫太郎, [三國史記 解題] {朝鮮群書大系本 三國史記}, 1910.

*崔南善 編, {三國史記} 朝鮮光文會, 1913.

*坪井九馬三 等校訂, {三國史記} 吉川弘文館, 1913.

*靑柳網太郎 編, {(原文和譯對照)三國史記} 1-2, 朝鮮硏究會, 1914.

*津田左右吉, [三國史記 新羅本紀의 批判] {津田左右吉全集}12, 1919,

*小田省吾, [三國史記의 稱元法竝에 高麗以前 稱元法의 硏究(上)·(下)] {東洋學報} 10-1·2, 東京: 東洋學術協會, 1920.

*荻山秀雄, [三國史記 新羅紀 結末의 疑義] {東洋學報} 10-3, 東京: 東洋學術協會, 1920.

*津田左右吉, [三國史記 高句麗紀의 批判] {滿鮮地理歷史硏究報告} 9, 東京: 東京帝國大學 文學部, 1922.({津田左右吉全集} 12, 1964. 재수록)

*津田左右吉, [三國史記의 新羅本紀에 대하여] {古事記及日本書紀의 硏究}, 1924,

*飯島忠夫, [三國史記의 日蝕記事에 대하여] {東洋學報} 15-3, 東京: 東洋學術協會, 1926.

*朝鮮史學會 編刊, {三國史記}. 京城: 朝鮮史學會, 1928.

*末松保和, [高麗文獻 小錄(一) 三國史記] {靑丘學叢} 6. 京城: 靑丘學會, 1931.

*稻葉岩吉, [三國史記의 批判] {朝鮮} 192, 1931.

*古典刊行會, {三國史記}, 1931.

*이병도, {역주 삼국사기}, 박문서관, 1933.

*今西龍 校, 末松保和 補校, {三國史記} 近澤書店 1941.

*朝鮮史學會 編, {三國史記}, 近澤書店, 1944.

*이병도, {(譯註) 三國史記} 2, 3, 博文出版社, 1947.

2. 1950년대

*津田左右吉, 「三國史記の新羅本紀について」『日本古典の硏究　附錄　1號』, 1950.

*三品彰英, 「高句麗王都考-三國史記　高句麗本紀の批判を中心として-」『朝鮮學報』 1, 朝鮮學會, 1951.

*三品彰英, 「三國史記　高句麗本紀の原典批判」『大谷大學硏究年報』 6, 1953.

*이홍직, 「삼국사기의 「租」의 용법」『논문집』 2, 서울대학교, 1955.

*延禧大學校 東方學硏究所, 『三國史記索引』, 연희대학교 출판부, 1956.

*이병도 역주, 『대역상주삼국사기 1, 2, 3』, 춘조사, 1956.

*신태현, 『삼국사기 지리지의 연구』, 우종사, 1958.

*신태현, 「삼국사기 지리지의 연구」『논문집』 11, 신흥대학교, 1958.

*이홍직, 「삼국사기 고구려인전의 검토」『사총』 4, 고려대학교 사학회, 1959.

3. 1960년대

*김종권 역, 『완역삼국사기』, 선진문화사, 1960.

*井上秀雄, 「三國史記　地理志の史料批判」『朝鮮學報』 21.22, 朝鮮學會, 1961.

*이홍직, 「『三國史記』에 나타난 참위적 기사」『朝鮮學報』 25, 朝鮮學會, 1962.

*김종권, 『(完譯) 三國史記』, 先進文化社, 1963.

*허문령, 『삼국유사, 삼국사기』, 청산문화사, 1963.

*박두포, 「삼국사기 열전의 설화성-전기설화로서의 성립에 대하여-」『논문집』 1, 청구대학교 병설공전, 1964.

*이재창, 「삼국사기 불교초존, 부주」『불교학보』 2, 동국대학교 불교문화연구소, 1964.

*김재만, 「김부식 - 출장입상의 석학 -」『인물한국사』 2, 박우사, 1965.

*황원구, 「김부식 - 사기로 밝힌 삼국시대 -」『한국의 인간상』 4, 신구문화

사, 1965.

*末松保和,『三國史記の經籍關係記事」『靑丘史草』 2, 1966.

*末松保和,『舊三國史と三國史」『靑丘史草』 2, 1966.

*허회숙, 「삼국사기에 나타난 여성상-열전편을 중심으로-」『문리사총』 4, 경희대학교, 1967.

*井上秀雄, 「三國史記の原典をもとめて」『朝鮮學報』 48, 朝鮮學會, 1968. (『新羅史基礎硏究』, 東出版, 1974.에 재수록)

*鑄方貞亮, 「三國史記にあらわれた貊と貊作について」『朝鮮學報』 48, 朝鮮學會, 1968.

*홍사준, 「백제본기와 여나본기와의 대교」『백제문화』 2, 공주사범대학 백제문화연구소, 1968.

*Jamieson, John Charles. 「The Samguk Sagi and the Unification Wars」 Ph.D. in Oriental Language. Unicersity of California Berkeley, 1969.

*고병익, 「삼국사기에 있어서의 역사서술」『김재원박사 회갑기념논총』, 1969.(『동아교섭사연구』, 1970, 재수록;『한국의 역사인식』 상, 창작과 비평사, 1976, 재수록)

*三池賢一, 「三國史記 人名 索引」『北海島 구택대학 연구기요』 4. 암견: 구택단기대학 교양부, 1969.

*신영훈, 「삼국사기에 보이는 옥사조와 민가」『사학지』 3, 단국대학교 사학회, 1969.

*이용범, 「삼국사기에 보이는 이슬람상인의 무역품」『이홍직박사 회갑기념한국사학논총』, 1969.

*이재호, 「삼국사기와 삼국유사에 나타난 국가의식-과거의 사대주의사관의 비판에 대하여 -」『논문집』 10, 부산대학교, 1969.

*井上秀雄, 「三國史記にあらわれた新羅の中央行政官制について」『朝鮮學報』 51, 朝鮮學會, 1969.

4. 1970년대

*今西龍, 「朝鮮史の大系をなす史籍『三國史記』」『朝鮮史の栞』, 1970.

*三池賢一, 「삼국사기 직관지 외전조의 해석 - 외위의 복원 -」(일문).『북

해도구택대학연구기요』5. 암견택 구택단기대학 북해도교양부, 1970.

*박시인, 「삼국사기 악지연구」『음대학보』, 서울대 음악대학, 1970.

*이재호, 『삼국사기』2, 한국자유교육추진회, 1970.

*酒井改藏, 「三國史記の地名考」『朝鮮學報』54, 朝鮮學會, 1970.

*朝鮮史學會 編, 『三國史記』, 東京: 國書刊行會, 1971.

*『삼국사기 이야기』신라편, 한국자유교육협회, 1971.

*『삼국사기 이야기』백제편, 범우사, 1971.

*김종권, 『三國史記』上, 下, 大洋書籍, 1972.

*방동인, 「『삼국사기』지리지의 군현 고찰 – 구주 소관 군현의 누기를 중심으로 –」『사학연구』23, 한국사학회, 1972.

*洪思俊, 「百濟本紀と麗·羅本紀對校」『百濟の考古學』, 雄山閣, 1972.

*김철준, 「고려중기의 문화의식과 사학의 성격 – 삼국사기의 성격에 대한 재인식 –」『한국사연구』9, 한국사연구회, 1973.(『한국고대사연구』, 1975, 재수록;『한국의 역사인식』상, 1976, 재수록)

*民族文化推進會, 『삼국사기』, 民族文化推進會, 1973.

*이강로, 「삼국사기 지리지에 기사된 "買"자 연구」『기전문화연구』2, 인천교육대학 기전문화연구소, 1973.

*윤영옥, 「삼국사기 열전(김유신)고 – 전기문학의 입장에서 고대소설과 상관하여 –」『동양문화』14·15, 영남대학교 동양문화연구소, 1974.

*이기문, 「언어자료로 본 삼국사기」『진단학보』38, 진단학회, 1974.

*이용범, 「삼국사기에 보이는 외국관계기사 – 특히 북방민족에 대하여 –」『진단학보』38, 진단학회, 1974.

*이우성, 「삼국사기의 구성과 고려왕조의 정통의식」『진단학보』38, 진단학회, 1974.

*井上秀雄, 「三國史記 地理志の史料批判」『新羅史基礎硏究』, 東出版, 1974.

*이우성, 「삼국사기의 구성과 고려왕조의 정통의식」『진단학보』38, 진단학회, 1974.

*井上秀雄, 「三國史記の原典をもとめて」『新羅史基礎硏究』, 東京, 1974.

*井上秀雄, 「三國史記 地理志の史料批判」『新羅史基礎硏究』, 東出版, 1974.

*鈴木武樹 編譯, 『(倭國關係) 三國史記』, 大和書房, 1975.

*坂元義種, 「『三國史記』と中國史書-いわゆる中國正史を中心に-」『時野谷勝 教授退官記念 日本史論集』, 淸文堂出版, 1975.

*坂元義種, 「『三國史記』 百濟本紀の史料批判-中國諸王朝との交涉記事を中心 に-」『韓』 38, 1975. (『百濟史の硏究』, 1978. 재수록)

*김종권, 『(完譯) 三國史記』, 廣曺出版社, 1976.

*이기백, 「三國史記論」『문학과 지성』, 1976년 겨울호(7권 4호).

*이종항, 「삼국사기에 보이는 왜의 실체에 대하여」『논문집』 11, 국민대학교, 1976.

*Yi Chong-hang. 「On the True Nature of "Wae" in Samguk Sagi」 『Korean Journal』 Vol.17, No.11. Seoul: Korean National Commission for Unesco, 1977.

*김종욱, 「百濟의 國家形成, 三國史記·百濟本紀를 中心으로」『大丘史學』 11, 1977.

*末松保和, 「舊三國史와 三國史記, 金富軾의 新羅第一主義와 事大思想」『自 由』 67, 1977.

*신형식, 「신라사의 시대구분 - 삼국사기 내용분석을 중심으로 -」『한국사 연구』 18, 한국사연구회, 1977.

*신호열, 『三國史記』 1, 東西文化社, 1977.

*신호열, 『三國史記』 2, 東西文化社, 1977.

*이병도, 『삼국사기 - 국역, 원문(전 2권) -』, 을유문화사, 1977.

*이병도, 『三國史記』 1, 2, 乙酉文化社, 1977.

*이이화, 「三國史記 解題」『체신』 240, 1977.

*이종항, 「삼국사기에 보이는 왜의 실체에 대하여」『논문집』 11, 국민대학교, 1977.

*田中俊明, 「『三國史記』 撰進と『舊三國史』」『朝鮮學報』 83, 朝鮮學會, 1977.

*韓國學文獻硏究所 編, 『金澤榮全集』 영인본, 아세아문화사, 1978.

*신형식, 「三國史記 例傳의 分析」『韓國史論』 3, 1978.

*신형식, 「삼국사기 열전의 분석」『한국사논총』 3, 1978.

*이가원, 『삼국사기 이야기』, 동서문화사, 1978.

*이석호, 「중국 도가, 도교 사상이 한국 고대사상에 미친 영향 - 특히 삼국

사기, 삼국유사에 보이는 기록을 중심으로 -」『연세논총』 15, 1978.

*이우성, 「삼국사기의 구성과 고려왕조의 정통의식」『진단학보』 38, 1978.

*이종욱, 「백제의 좌평 - 삼국사기를 중심으로 -」『진단학보』 45, 1978.

*坂元義種, 「三國史記 百濟本紀の史料批判」『百濟史の硏究』, 1978.

*坂元義種, 「『三國史記』 分註の檢討-三國遺事と中國史書を中心として-」『古代東아시아論集(上)』, 末松保和博士古稀紀念會編, 吉川弘文館, 1975.

*신형식, 「三國史記 志의 分析」『단국대 학술논총』 3, 1979.

*자유사편, 「求眞再檢 三國史記 초선」『自由』 81, 1979.

*장도빈, 「國學振興과『三國史記』 改編」『自由』 84, 1979.

*강무학, 『삼국사기 - 신라본기신강 -』, 신원문화사, 1979.

*김종권, 『(完譯) 三國史記』, 선진문화사, 1979.

*유원재, 「三國史記僞靺鞨考」, 충남대학교 석사학위논문, 1979.

*유원재, 「삼국사기 위말갈고」『사학연구』 29, 한국사학회, 1979.

*이형우, 「삼국사기의 천변지이 기사에 대하여」『상지실업전문대 논문집』 9, 1979.

*현정준, 「한국의 고대일식기록에 관하여」『동방학지』 22, 1979.

5. 1980년대

*이현종, 「『三國史記』の歷史的意義」『韓國文化』 14, 1980.

*이희덕, 「삼국사기에 나타난 천재지변기사의 성격」『동방학지』 23·24. 연세대학교 국학연구원, 1980.

*이형우, 「三國史記의 災害記事考 : 旱蝗,火災,風災를 중심으로」『上智專門校論文集』 10, 1980.

*田中俊明, 「三國史記の板刻と流通」『東洋史硏究』 39-1, 1980.

*井上秀雄, 「高麗時代の歷史書編纂」, 『日本文化硏究所 硏究報告』 16, 1980.

*井上秀雄, 『三國史記』, 平凡社, 1980.

*최광식, 「삼국사기 소재 노구의 성격」『사총』 24, 고려대사학회, 1980.

*한국연구원, 『三國史記』, 1980.

*권오성, 「三國史記 列傳의 文學的 硏究」, 영남대학교 석사학위논문, 1981.

*김기웅, 「三國史記의 車騎 『新羅> 條考」『三國史記志의 新硏究』 2, 1981.

＊김동욱,「三國史記 色服條의 新硏究」『三國史記志의 新硏究』2, 1981.

＊김석형,「구삼국사와 삼국사기」『력사과학』1981-4, 1981.

＊김완진,「古代語硏究資料 로서의 地名, 三國史記 地理志 를 中心 으로」『三國史記志의 新硏究』2, 1981.

＊김정기,「삼국시대의 목조건축」『고고미술』150, 한국미술사학회, 1981.

＊김정기,「三國史記「屋舍」條의 新硏究」『三國史記志의 新硏究』2, 1981.

＊김주원,「삼국사기 지리지의 지명 연구」, 서울대 석사학위논문, 1981.

＊신경민,「삼국사기 지리지 지명의 소재 유형고(Ⅰ)」『동국사학』15·16합집, 동국사학회, 1981.

＊신경순,「三國史記 地理志 地名의 素材類型고 Ⅰ」『淸州敎大 論文集』17, 1981.

＊신용태,「『三國史記』記載の新羅の人名·官名等より見た 古代新羅語の探究, 日本語との 關係を探る一試論」『國際大學 論文集』9, 1981.

＊신형식,「三國史記 硏究」, 단국대 박사학위논문, 1981.

＊신형식,『삼국사기 연구』, 일조각, 1981.

＊장사훈,「三國史記 樂志의 新硏究」『三國史記志의 新硏究』2, 1981.

＊천혜봉·황천오,『三國史記 調査報告書』, 발행자불명, 1981.

＊한국정신문화연구원,『三國史記. 1-9』, 한국정신문화연구원, 1981.

＊최광식,「삼국사기 소재 老嫗의 성격」『사총』25, 고려대학교 사학회, 1981.

＊김삼진,『삼국사기』, 아동문학사, 1982.

＊김정배,「『三國史記 硏究』, 신형식 著 『書評＞』『歷史學報』93, 1982.

＊김종권,『三國史記』上,下, 大洋書籍, 1982.

＊김종권,『(新譯) 三國史記 1 - 6』, 瑞文堂, 1982.

＊박인숙,「三國史記를 通하여 본 우리나라 古代織物 硏究」, 국민대학교 석사학위논문, 1982.

＊송방송,「삼국사기 악지의 음악학적 연구」『한국음악사연구』, 영남대 출판부, 1982.

＊윤종일,「김부식의 역사인식 연구」『논문집』10, 경희대학교 대학원, 1982.

＊李觀洙,「古代 三國의 言語에 대한 考察(Ⅱ)-三國史記 地理志의 單數地名을 中心으로-」『홍대논총』14, 홍익대학교, 1982.

*田中俊明,「誠庵古書博物館所藏三國史記について -「三國史記の板刻と流通」補正」『韓國文化』29, 1982.

*田中俊明,「三國史記 中國史書引用記事の再檢討-特にその成立の研究基礎作業として-」『朝鮮學報』104, 1982.

*田中俊明,「三國史記 板刻考再論」『韓國文化』38, 1982.

*井上秀雄,「삼국유사와 삼국사기-그 시대적 배경과 구성-」『삼국유사의 연구』, 동북아세아연구회 편저, 중앙출판, 1982.

*천혜봉,「새로 발견된 고판본 삼국사기에 대하여 - 서지학적 측면에서 그 고증을 중심으로 -」『대동문화연구』 15, 성균관대학교 대동문화연구원, 1982.

*홍순옥,「삼국사기 우로전과 일본서기 신공기와의 비교 고찰」『일본학』2, 동국대학교 일본학연구소, 1982.

*강성원,「三國 및 統一新羅時代 叛逆의 歷史的 性格 :『三國史記』를 中心으로』, 이화여대 석사학위논문, 1983.

*강성원,「신라시대 반역의 역사적 성격 - 삼국사기를 중심으로 -」『한국사연구』43, 한국사연구회, 1983.

*김용태,「『삼국사기』의「多沙」풀이」『한글』182, 1983.

*김종권,『三國史記』1, 2, 新華社, 1983.

*박인숙,「三國史記를 通하여 본 우리나라 古代織物 硏究」, 국민대 석사학위논문, 1983.

*송하진,「三國史記 地理誌의 地名語硏究」, 전남대 석사학위논문, 1983.

*신형식,「삼국시대 전쟁의 정치적 의미-『삼국사기』전쟁기록의 종합적 검토-」『한국사연구』43, 한국사연구회, 1983.

*신호열,『三國史記』1, 2, 學園出版公社, 1983.

*이근수,「고대 삼국의 언어에 대한 고찰 2 - 삼국사기 지리지의 단수지명을 중심으로 -」『홍대논총』14, 홍익대학교, 1983.

*이병도,『三國史記』上,下, 乙酉文化社, 1983.

*이재운,「三國史記와 三國遺事의 比較 考察」, 忠南大學校 석사학위논문, 1983.

*이재호,『三國史記』, 養賢閣, 1983.

*강헌규, 「삼국사기에 나타난 김부식의 어원의식 고찰」『논문집』 22, 공주사범대학교, 1984.

*강헌규, 「三國史記에 나타난 金富軾의 語源意識 考察」『語文研究』 42·43, 1984.

*김영경, 「『삼국사기』와 『삼국유사』에 보이는 『고기』에 대하여」『력사과학』 84-2, 1984.

*김준석, 「金富軾의 儒敎思想 ; 『三國史記』 論替의 검토」『韓南大 論文集』 (人文·社會科學編) 14, 1984.

*백산학회, 『삼국사기 연구논선집』(일본편), 백산학회 자료원, 1984.

*신용태, 「삼국사기 지명의 解讀法 연구-한국어·일본어·중국어(殷語)의 공통조어를 탐색하는 一試論-」『일본학』 4집, 동국대학교 일본학연구소, 1984.

*신종원, 「삼국사기 제사지 연구 - 신라사전의 연혁, 내용, 의의를 중심으로-」『사학연구』 38, 한국사학회, 1984.

*유원재, 「『삼국사기』 축성기사의 분석」『호서사학』 12, 호서사학회, 1984.

*이강래, 「三國史記에 보이는 靺鞨의 軍事活動」, 高麗大學校 석사학위논문, 1984.

*이기백, 「삼국유사 기이편의 고찰」『신라문화』 1, 동국대학교 신라문화연구소, 1984.

*이부영, 「韓國人의 꿈에 나타난 原型像 1 ; 三國史記와 三國遺事를 中心으로」『서울醫大精神醫學報』 83, 1984.

*조병순, 『三國史記』, 誠庵古書博物館, 1984.

*강성원, 「고구려·백제 叛逆의 역사적 성격-『삼국사기』를 중심으로-」『백산학보』 30·31, 백산학회, 1985.

*강인숙, 「『구삼국사』의 본기와 지」『력사과학』 85-4, 1985.

*강헌규, 「金富軾의 語源意識과 三國史記 語源資料의 考察」『語文研究』 45, 1985.

*김철준, 「이규보 「동명왕편」의 사학사적 고찰-구삼국사기 자료의 분석을 중심으로-」『동방학지』 46·47·48합집, 연세대학교 국학연구원, 1985.

*백산학회, 『삼국사기 연구논선집(1)』(국내편), 백산학회 자료원, 1985.

*백산학회, 『삼국사기 연구논선집(2)』(국내편), 백산학회 자료원, 1985.

*서영대, 「『三國史記』와 原始宗敎」『歷史學報』105, 1985.

*손정희, 「三國史記와 三國遺事에 나타난 異變과 그 象徵性 硏究」, 부산대학교 석사학위논문, 1985.

*송하진, 「三國史記의 地名表記와 古代國語의 音韻」『韓國方言學』3, 1985.

*신형식, 「고려 전기의 역사인식」『한국사학사의 연구』, 한국사연구회편, 을유문화사, 1985.

*이강래, 「『三國史記』에 보이는 말갈의 軍事活動」, 고려대 석사학위논문, 1985.

*이강래, 「『삼국사기』에 보이는 말갈의 군사활동」『영토문제연구』1, 고려대학교 영토문제연구소, 1985.

*이재호, 『三國史記』上,下, 삼경당, 1985.

*장사훈, 「삼국사기 악지의 신연구」『삼국사기연구논선집』(3), 백산자료원, 1985.

*주종연, 「한국서사문학의 연원에 대한 일고찰 - 삼국사기를 중심으로 -」『어문학논총』4, 국민대학교 어문학연구소, 1985.

*中尾敏郎, 「『三國史記』 三國相互交涉記事の檢討-原典探究のための基礎作業として-」『史境』10, 1985.

*최재석, 「삼국사기 초기기록은 과연 조작된 것인가 - 소위「문헌고증학」에 의한 삼국사기비판의 정체-」『한국학보』38, 일지사, 1985.

*최재석, 「『三國史記』の初期記錄の史料的價値 (上) ; いわゆる「文獻考證學」に基づく『三國史記』批判の正體」『アジア公論』154, 1985.

*최재석, 「『三國史記』の初期記錄の史料的價値(下)」『アジア公論』155, 1985.

*신형식, 「고려전기의 역사인식」『한국사학사의 연구』, 을유문화사, 1985.

*김영수, 『삼국사기』1, 2, 3, 4, 5, 일신서적공사, 1986.

*김종권, 『삼국사기 열전』, 三中堂, 1986.

*노태돈, 「『三國史記』上代記事の信憑性問題」『アジア公論』161, 1986.

*신형식, 「『삼국사기』에 나타난 백제사회의 성격-『삼국사기』 본기의 분석을 중심으로-」『백제연구』17, 충남대학교 백제연구소, 1986.

*양기석, 「삼국사기 도미열전 소고」『이원순교수 화갑기념 사학논총』, 지학사, 1986.

*이근직, 「신라왕릉 관계기사의 검토-『삼국사기』 초기기록을 중심으로-」 『경주사학』 5, 동국대학교 국사학회, 1986.

*장세경, 「삼국사기와 삼국유사의 동일 인명의 이표기에 대한 연구」 『인문논총』 11, 한양대학교 인문과학대학, 1986.

*齊藤國治, 「『三國史記』 時代の天文學」 『韓國文化』 75, 1986.

*정구복, 「解題」 『增補修註 三國史記』(조병순 편, 성암고서박물관), 1986.

*정창영, 「三國의 天災地變과 그 對策에 對한 硏究: 三國史記 本紀 記事를 中心으로」, 영남대 교육대학원 석사학위논문, 1986.

*조규태, 「古代國語의 音韻 硏究 -『三國史記 地理志』를 中心으로-」, 효성여대 박사학위논문, 1986.

*최재석, 「日本學者의 三國史記 날조설」 『民族知性』 9, 1986.

*김병균, 「삼국사기 지리지의 신라 지명어 연구(1)」 『논문집』 창간호, 원광대학교 대학원, 1987.

*노태돈, 「『삼국사기』 상대기사의 신빙성 문제」 『아시아문화』 2, 한림대학 아시아문화연구소, 1987.; 『한국사를 통해 본 우리와 세계에 대한 인식』, 풀빛, 1998.에 재수록.

*박영주, 「『三國史記』 强首 · 薛聰傳의 文學的 性格 ; 六頭品 知識人의 동향과 관련하여」 『成均館大首善論集』 12, 1987.

*안희웅, 『삼국사기』, 예림당, 1987.

*연민수, 「廣開土王碑와 三國史記에 보이는 倭關係 記事의 檢討」, 동국대 대학원 석사학위논문, 1987.

*이석호, 「중국 도교, 도교사상이 한국 고대사에 미친 영향 - 특히 『삼국사기』, 『삼국유사』에 보이는 기록을 중심으로 -」 『도교와 한국사상 - 한국도교사상연구총서』 1, 범양사 출판부, 1987.

*이종학, 「『삼국사기』의 軍事史的 인식 序說」 『박성봉교수 회갑기념논총』, 경희대사학논총 간행위원회, 1987.; 『경희사학』 14, 경희사학회, 1987.

*장세경, 「삼국사기 인명중 동일인명의 이표기에 대한 연구」 『인문논총』 14, 한양대학교 인문과학대학, 1987.

*주남철, 「삼국사기 옥사조의 신연구」 『삼불 김원룡교수 정년퇴임기념논총 Ⅱ』, 일지사, 1987.

*홍윤식, 「삼국유사에 있어 구삼국사의 제문제」『한국사상사학』 1, 사사연, 1987.

*國立國樂院 편, 『三國史記 : 高麗史. 增補文獻備考』, 國立國樂院, 1988.

*김종권, 『(新完譯) 三國史記』 上,下, 明文堂, 1988.

*노중국, 「통일기 신라의 백제고지 지배 - 삼국사기 직관지, 제사지, 지리지의 백제관계기사 분석을 중심으로 -」『한국고대사연구』 1, 한국고대사연구회, 1988.

*변영석, 「韓國龍說話의 根源과 象徵的 意味研究: 三國史記·三國遺事所載說話를 대상으로」, 고려대 교육대학원 석사학위논문, 1988.

*연민수, 「5세기이전의 신라의 대왜관계-『삼국사기』 왜관계기사를 중심으로 -」『일본학』 7, 동국대학교 일본학연구소, 1988.

*田中俊明, 「三國史記の成立」『東아시아의 古代文化』 57, 1988.

*강헌규, 「삼국사기와 삼국유사에 나타난 孝子 '向德·向得'에 대하여」『백제문화』 18·19합집, 공주사범대학, 1989.

*國立國樂院傳統藝術振興會 編著, 『三國史記 : 高麗史. 增補文獻備考』, 銀河出版社, 1989.

*김동춘, 「『삼국사기』「신라본기」에 나타난 왜의 실체에 대하여」『충남사학』 4, 충남대학교 사학회, 1989.

*양태진, 「고구려 영토연구-삼국사기를 중심으로 -」『군사』 18, 국방부 전사편찬위원회, 1989.

*연민수, 「오세기이전의 신라의 대왜관계 -『삼국사기』 왜관계기사를 중심으로 -」『일본학』 8·9합집, 동국대학교 일본학연구소, 1989.

*이강래, 「『삼국사기』 分註의 성격 - 신라본기를 중심으로 -」『전남사학』 3, 1989.

*이강래, 「삼국사기와 고기」『용봉논총』 17·18, 전남대학교, 1989.

*이동근, 「『三國史記』論贊部의 傳文學的 檢討」『육군제삼사관학교 논문집』 29, 1989.

*이재호, 『 역주 三國史記』, 韓國自由敎養推進會 編, 光信出版社, 1989.

*임형택, 「『三國史記·列傳』의 文學性;《金庾信傳》을 중심으로」『한국한문학연구』 12, 1989.

*조복덕, 「三國史記 및 三國遺事에서 본 體育像에 關한 硏究」『부산대체육과학연구소 논문집』5, 1989.

6. 1990년대

*강무학, 『삼국사기 신강』, 배재서관, 1990.

*강무학, 『삼국사기신강(신라편)』, 배재서관, 1990.

*김상억, 「삼국사기「지리」지 고유지명 표기에 대하여 - 향가 계고를 위한 -」『청주대 인문과학논집』9, 1990.

*김석형, 「『삼국사기』의 왜침범 기사에 대하여」『교포정책자료』34, 1990.

*김정숙, 「신라문화에 나타나는 동물의 상징-『삼국사기』신라본기를 중심으로-」『신라문화』7, 동국대학교 신라문화연구소, 1990.

*김철준, 「동명왕편의 사학사적 고찰」『한국사학사연구』, 1990.

*김택균, 「『삼국사기』신라의 對倭 관계 기사 분석」『강원사학』6, 강원대학교 사학회, 1990.

*사회과학원, 『북역 삼국사기』, 영인본, 신서원, 1990.

*이강래, 「삼국유사에 있어서 구삼국사론에 대한 비판적 검토」『동방학지』66, 1990.

*이문기, 「『삼국사기』직관지 무관조의 사료적 검토」『역사교육논집』15집, 역사교육학회, 1990.

*장세경, 「고대 복수인명 표기의 음성·음운론적 고찰 :『삼국사기』·『삼국유사』인명을 중심으로」, 동국대 대학원 박사학위논문, 1990.

*Edward J. Shultz, 「김부식과 삼국사기」『한국사연구』73, 1991.

*강무학, 『三國史記 : 新羅·高句麗·百濟篇』, 서음출판사, 1991.

*강무학, 『삼국사기 신강 : 연표·잡지·열전편』, 대경출판사, 1991.

*高寬敏, 「『三國史記』の國內原典について」『朝鮮學報』139, 1991.

*김기섭, 「『삼국사기』「백제본기」에 보이는 말갈과 낙랑의 위치에 대한 재검토」『청계사학』8, 한국정신문화연구원 청계사학회, 1991.

*김득수, 「文獻에 나타난 結緣의 樣相 : 三國遺事·三國史記를 中心으로」, 전주우석대 교육대학원 석사학위논문, 1991.

*사회과학원 고전연구실 옮김, 『(北譯) 三國史記』上, 新書苑, 1991.

*深津行德, 「『삼국사기』「신라본기」에 보이는 중국사서의 인용에 관한 소론」『청계사학』8, 한국정신문화연구원 청계사학회, 1991.

*안재철, 「『三國史記』에 나타난 處所介詞 硏究」『단국대 한문학논집』9, 1991.

*이문기, 「『三國史記』 職官志 武官條의 史料的 檢討」『역사교육논집』15, 1991.

*정구복, 「김부식」『한국사시민강좌』9, 일조각, 1991.

*정구복, 「고려시대의 역사의식」『전통과 사상』4, 1991.

*김용한·이은규, 「『三國史記』列傳의 代名詞 硏究 Ⅱ; 二人稱代名詞를 中心으로」『한문학연구』8, 1992.

*김기흥, 「『삼국사기』「검군전」에 보이는 7세기 초의 시대상」『한국사학논총』상, 1992.

*박정심, 「新羅 中古期의 倫理思想에 관한 연구 : 『三國史記』『列傳』을 중심으로」, 성균관대 대학원 석사학위논문, 1992.

*송하진, 「국어학 자료로서의 『삼국사기』 지리지의 성격」『호남문화연구』21, 전남대학교 호남문화연구소, 1992.

*안재철, 「『三國史記』에 나타난 時間介詞 硏究」『한문학논집』10, 1992.

*여인석, 이규창. 「삼국사기에 나타난 의학 관련기사의 분석」『의사학』1, 1992.

*유부현, 「『三國史記』 鮮初本의 刊行地에 대한 新考察」『서지학연구』8, 1992.

*이강래, 「舊三國史論에 대한 제문제-특히 삼국사기와 관련하여-」『한국고대사연구』5, (7세기 한국사의 제문제 특집호), 한국고대사연구회 편, 지식산업사, 1992.

*이강래, 「삼국유사 인용 고기의 성격」『서지학보』7, 1992.

*이정룡, "'赤'系 字類의 地名表記 硏究;『三國史記』의 地名表記를 中心으로"『부산대 어문교육논집> 12, 1992.

*이종욱, "광개토왕릉비 및 『삼국사기>에 보이는 '왜병'의 정체"『한국사시민강좌』11, 일조각, 1992.

*이희덕, 「『삼국사기』 소재 자연관계기사의 검토 - 신라본기의 분석 -」『중

재 장충식박사 화갑기념논총』, 1992.

*정구복, 「고구려의 「고려」 국호에 대한 일고 – 삼국사기의 기록과 관련하여 –」『호서사학』 19·20합집, 1992.

*진영일, 「三國史記·諸王·災異」『제주대논문집』 34, 제주대학교, 1992.

*강영수, 『삼국사기』, 1993.

*高寬敏, 「『三國史記』高句麗本紀の國內原典」『朝鮮學報』 146, 1993.

*김도연, 「『三國史記』의 文藝的 성과와 史料的 가치」『국민대 한국학논총』 16, 1993.

*김두진, 「사서의 편찬과 역사의식의 흐름」『한국사론』 23, 한국사연구의 회고와 전망, 국사편찬위원회, 1993.

*김택균, 「사료집으로서의 삼국사기」『인문학연구』 31, 강원대학교, 1993.

*김현숙, 「고구려 초기 那部의 분화와 귀족의 성씨-『삼국사기』 고구려본기 내 출현인명을 중심으로-」『경북사학』 16, 1993.

*선석렬, 「『삼국사기』「신라본기」 가야관계기사의 검토 – 초기기록의 기년 추정을 중심으로 –」『부산사학』 24, 1993.

*선석렬, 「『삼국사기』「신라본기」 상대 말갈기사의 검토-초기기록의 기년을 중심으로-」『부대사학』 17, 1993.

*송하진, 「삼국사기 지리지 지명의 국어학적 연구」, 동국대학교 박사학위논문, 1993.

*송하진, 「『삼국 사기』 지리지 지명과 전래 우리말 지명」『한글』 220, 1993.

*양경애, 「三國史記에 나타난 新羅人의 衣生活 考察」『충청전문대 논문집』 9, 1993.

*유권석, 「'悲劇的 英雄譚'의 構造 分析 : 『三國史記』·「列傳」 소재 弓裔·견훤을 중심으로」, 전주우석대 대학원 석사학위논문, 1993.

*이강래, 「삼국사기 本紀間 共有記事의 검토」『송갑호교수 정년퇴임 기념논문집』, 1993.

*이유진, 「『三國史記』에 보이는 『周禮』 受用 樣態」『동국대 동원논집』 6, 1993.

*이재호, 『三國史記』, 韓國自由敎養推進會, 光信出版社, 1993.

*이희덕, 「삼국사기 소재 자연관계기사의 검토 – 백제본기의 분석 –」『동방

학지』 77 · 78 · 79합집, 1993.

*임종욱, 「『三國史記』 列傳과 『三國遺事』의 敍事物 記述態度 比較; 함께 수록된 敍事物들을 중심으로」 『동국대 국어국문학 논문집』 16, 1993.

*정구복, 「고려초기의 『삼국사』 편찬에 대한 일고」 『국사관논총』 45, 1993.

*정준식, 「초기설화의 변장모티프 수용양상; 『삼국사기』 · 『삼국유사』를 중심으로」 『한국문학논총』 14, 1993.

*김연숙, 「『삼국사기』 소재 설화 연구; 「溫達」 「都彌妻」 「薛氏女」 설화에 나타난 '烈'사상」 『서강어문』 10, 1994.

*김정진, 「『三國史記』에 나타난 上古服飾」 『경주전문대 논문집』 8, 1994.

*선석렬, 「『삼국사기』 신라본기 상대 백제관계기사의 검토와 그 기년」 『한국고대사연구』 7, 1994.

*송하진, 「三國史記 地理志 地名의 國語學的 연구」, 동국대 대학원 박사학위논문, 1994.

*신양재, 「三國史記 · 三國遺事에 나타난 兒童期 考察」 『대한가정학회지』 100, 1994.

*신형식, 「사서의 편찬」 『한국사』 17, 고려 전기의 교육과 문화, 국사편찬위원회, 1994.

*여기현, 「『三國史記』 「樂志」 『新羅樂>의 性格 1」 『반교어문연구』 5, 1994.

*이강래, 「三國史記 典據論 硏究」, 高麗大學校 박사학위논문, 1994.

*이강래, 「『삼국사기』 사론의 재인식」 『역사학연구』 13, 전남대학교, 1994.

*이영규, 「三國史記와 三國遺事의 異表記語 硏究」, 公州大學校 석사학위논문, 1994.

*井上秀雄, 「『삼국사기』 「백제본기」의 「왜」」 『우강 권태원교수 정년기념 논총 민족문화의 제문제』, 1994.

*정동수, 『삼국유사와 삼국사기』, 큰산, 1994.

*정용숙, 「『삼국사기』에 나타난 여성상-고구려 好童記事를 중심으로-」 『부대사학』 18, 부산대학교 사학회, 1994.

*최호, 『(新譯) 三國史記 2』, 홍신문화사, 1994.

*한명희, 「우륵과 가얏고에 관한 삼국사기 기록의 재음미」 『예성문화』 15, 1994.

*강종훈, 「삼국사기 초기기록에 보이는 '낙랑'의 실체 - 진한연맹체의 공간적 범위와 관련하여 -」『한국고대사연구』10, (삼한의 사회와 문화 특집호), 한국고대사연구회 편, 신서원, 1995.

*고구려연구회 윤독회, 「삼국사기 고구려본기 동명왕편 번역과 주석」『고구려연구』1집, 고구려연구회, 1995.

*국립국악원 편, 『삼국사기(악지), 고려사(악지), 증보문헌비고』, 국립국악원, 1995.

*권덕영, 「『삼국사기』 신라본기 결당사 기사의 몇가지 문제」『삼국사기의 원전 검토』, 한국정신문화연구원, 1995.

*권순렬, 「삼국사기 소재의 김유신 설화」『인문과학연구』15, 조선대학교 인문과학연구소, 1995.

*김도련, 「삼국사기의 문예적 성과와 사료적 가치」『삼국사기의 원전 검토』, 한국정신문화연구원, 1995.

*김영운, 「삼국사기 음악 기사의 재검토」『삼국사기의 원전 검토』, 한국정신문화연구원, 1995.

*김지견, 「삼국사기의 고승자료 검토」『삼국사기의 원전 검토』, 한국정신문화연구원, 1995.

*김태식, 「"삼국사기" 지리지 신라조의 사료적 검토 - 원전 편찬시기를 중심으로 -」『삼국사기의 원전 검토』, 한국정신문화연구원, 1995.

*남풍현, 「국어사 사료로로서의 삼국사기에 대한 검토」『삼국사기의 원전 검토』, 한국정신문화연구원, 1995.

*노중국, 「『삼국사기』의 백제 지리관계 기사검토」『삼국사기의 원전 검토』, 한국정신문화연구원, 1995.

*문명대, 「삼국사기 미술사 자료의 검토」『삼국사기의 원전 검토』, 한국정신문화연구원, 1995.

*민덕식, 「『삼국사기』 목책관계 기사의 고찰」『한국상고사학보』19, 한국상고사학회, 1995.

*신동하, 「삼국사기 고구려본기 분주의 연구」『동대사학』1, 동덕여자대학교 인문대학 국사학과, 1995.

*신동하, 「삼국사기 고구려본기의 인용자료에 관한 일고」『삼국사기의 원전

검토』연구총서 95-17, 한국정신문화연구원, 1995.

*유부현, 「『삼국사기』(권44~50) 文字異同에 대한 一考」『신라문화』 12, 동국대학교 신라문화연구소, 1995.

*이인영, 「『三國史記』地理志의 高句麗地名에 관한 考察」『한국외대 일본연구』 10, 1995.

*정구복, 「삼국사기의 원전 자료」『삼국사기의 원전 검토』 연구총서 95-17, 한국정신문화연구원, 1995.

*佐藤將之, 「三國史記 政治思想의 硏究」, 서울大學校 석사학위논문, 1995.

*하정룡, 「"삼국사기" 미륵선화, 미시랑, 진자사조 역주」『보조사상』 9. 순천: 보조사상연구원, 1995.

*한국정신문화연구원 편, 『삼국사기의 원전 검토』 성남: 한국정신문화연구원, 1995.

*강경구, 「삼국사기 원전연구 - 借字表記 체계적 검토 -」『한국상고사학보』 23, 한국상고사학회, 1996.

*高寬敏, 『『三國史記』原典的硏究』, 雄山閣, 1996.

*대한민국국사오천년사편찬위원회편집국 엮음, 『三國史記 古代記錄史大典』, 대한민국국사오천년사편찬위원회, 1996.

*도수희, 「三國史記의 固有語에 관한 硏究」『단국대 동양학』 26, 1996.

*김수태, 「『삼국사기』의 편찬동기」『충남사학』 8집, 충남대학교 사학회, 1996.

*김명희, 「김부식의 인물됨과 시화의 전승구조」『온화논총』 2집, 온화학회, 1996.

*김병인, 「金富軾과 尹彦頤」『전남사학』 9, 전남사학회, 1996.

*도수희, 「삼국사기의 고유어에 관한 연구」『동양학』 26집, 단국대학교 부설 동양학연구소, 1996.

*박노석, 「三國史記의 '韓半島 靺鞨'에 관한 硏究」, 全北大學校 석사학위논문, 1996.

*선석렬, 「『三國史記』 新羅本紀 初期記錄 問題와 新羅國家의 成立」, 釜山大學校 박사학위논문, 1996.

*선석렬, 「『삼국사기』 신라본기 '初頭' 대외관계기사의 검토와 그 의미」『부

산사학』31집, 부산사학회, 1996.

*안재철, 「『三國史記』에 나타난 『騁籍介詞』義例의 硏究」『한문학논집』14, 1996.

*여기현, 「『三國史記』『樂志』 新羅樂의 性格 3 : 국가제정 '樂'을 중심으로」『반교어문연구』7, 1996.

*이강로, 「문제자의 변별과 그 처리-삼국사기 지리지에서-」『동방학지』91, 연세대학교 국학연구원, 1996.

*이강로, 「고구려, 백제 마을·벼슬 이름의 길잡이 연구;『삼국사기』'직관고'를 바탕으로」『한글』232, 1996.

*이강래, 「『삼국사기』와 필사본『화랑세기』」『화랑문화의 신연구』. 한국향토사연구 전국협의회, 1996.

*이강래, 『삼국사기 전거론』. 서울: 민족사, 1996.

*이강래, 「三國史記의 原典 檢討」, 鄭求福 外著 『書評>」『정신문화연구』62, 1996.

*이규갑, 「『三國史記』의 異體字 硏究」『중국어문학논집』8, 1996.

*이병도, 『역주 삼국사기』상, 을유문화사, 1996.

*이병도, 『역주 삼국사기』하, 을유문화사, 1996.

*이복규, "'주몽신화'의 뜻 풀이 1 ;『삼국사기』소재 자료" 『한서대동방학> 1, 1996.

*정구복·노중국·신동하·김태식·권덕영 편, 『역주삼국사기 1 - 원문감교편 -』, 한국정신문화연구원, 1996.

*정천구, 「三國遺事 글쓰기 방식의 특성 연구 : 殊異傳·三國史記·海東高僧傳과의 비교를 통해」, 서울대 대학원 석사학위논문, 1996.

*한국사사료연구소 편역, 『三國史記 : 標點 校勘本』, 한글과컴퓨터, 1996 .

*한국정신문화연구원, 『역주 삼국사기 1 - 勘校 原文篇 -』, 한국정신문화연구원, 1996.

*강경구, 『삼국사기 원전연구 - 借字表記 체계적 검토 -』, 학연문화사, 1997.

*권혁률, 『(한권으로 읽는)삼국사기』, 녹두, 1997.

*김태식, 「삼국사기 지리지 고구려조의 사료적 검토」『역사학보』154, 역사학회, 1997.

*김택균, 「『삼국사기』에 보이는 말갈의 실체」『고구려연구』3, 고구려연구회, 1997.

*노태돈, 「『삼국사기』 신라본기의 고구려관계기사 검토」『경주사학』16, 경주사학회, 1997.

*문경현, 「『삼국사기』의 정통론」『한국사학사연구』간송 조동걸선생 정년기념논총간행위원회, 1997.

*문안식, 「『삼국사기』 신라본기에 보이는 낙랑·말갈사료에 관한 검토-동해안로를 통한 신라의 동북방 진출과 토착세력의 재지기반의 운동력을 중심으로-」『전통문화연구』5, 조선대학교 전통문화연구소, 1997.

*박경열, 「列傳의 소설적 가능성에 대한 연구 : 삼국사기의 고려사를 중심으로」, 건국대 대학원 석사학위논문, 1997.

*박상진, 「삼국사기로 본 우리 나라의 옛 나무」『中岳志』7, 영남문화회, 1997.

*박상진, 「삼국사기에서 본 옛나무 Ⅰ」『산림』377, 1997.

*박상진, 「삼국사기에서 본 옛나무 Ⅱ」『산림』378, 1997.

*백미나, 「三國史記 列傳의 敍述方式 硏究」, 慶熙大學校 석사학위논문, 1997.

*안재철, 「『三國史記』와 『史記』의 '因果關係復文連詞'義例 比較硏究」『단국대 논문집』31, 1997.

*유부현, 「『三國史記』校勘에 관한 一考」『서지학연구』14, 1997.

*이강래, 「『삼국사기』 원전론과 관련한 「본기(本記)」와 「본기(本紀)」의 문제」『전남사학』11, 전남사학회, 1997.

*이기동, 「신라인의 신앙과 종교-『삼국사기』 신라본기 기사를 통해서-」『경주사학』16, 경주사학회, 1997.

*이등룡, 「고대국어 어휘 자료 연구 1 : 『三國史記』地名의 몇 例」『성균어문연구』32, 1997.

*이재호, 『삼국사기 1』, 솔출판사, 1997.

*이재호, 『삼국사기 2』, 솔출판사, 1997.

*이재호, 『삼국사기 3』, 솔출판사, 1997.

*이희진, 「『삼국사기』의 신라편향적 성향과 기사서술 - 백제, 신라 관계기사를 중심으로 -」『한국고대사연구』12. (한국 고대의 인간과 생활 특집호).

한국고대사학회, 1997.

*정구복·노중국·신동하·김태식·권덕영 편, 『역주 삼국사기』 2, 번역편, 한국정신문화연구원, 1997.

*정구복·노중국·신동하·김태식·권덕영 편, 『역주 삼국사기』 3, 주석편 (상), 한국정신문화연구원, 1997.

*정구복·노중국·신동하·김태식·권덕영 편, 『역주 삼국사기』 4, 주석편 (하), 한국정신문화연구원, 1997.

*허성도, 『(三國史記, 三國遺事, 高麗史, 및 太祖實錄, 定宗實錄, 太宗實錄, 文宗實錄, 端宗實錄, 世祖實錄에 나오는)漢字使用頻度調査』, 사람과 책, 1997.

*고은주, 「주체적으로 쓴 正史를 『사대적』이라 매도 : 『民族史 천년의 기록』三國史記를 제대로 가르치고 있는가 : 중·고교 교사 1백명 설문조사」 『월간조선』 225, 1998.

*김진구, 「三國史記의 服飾研究 Ⅱ : 色服의 衣服을 中心으로」 『복식문화연구』 15, 1998.

*김진구, 「三國史記의 服飾研究 Ⅲ : 色服의 織物을 中心으로」 『복식문화연구』 15, 1998.

*김진구, 「三國史記의 服飾研究 Ⅳ : 色服의 婦人 服色을 中心으로」 『복식문화연구』 15, 1998.

*김태식, 「삼국사기 원전자료의 성격: 이강래 저 "삼국사기전거론" 서평」 『한국사학보』 3·4합집, 고려사학회 편, 열린책들, 1998.

*문안식, 「삼국사기 羅, 濟本紀의 말갈 사료에 대하여 - 말갈세력의 지역적 분포 및 종족 구성상의 차이와 변화를 중심으로 -」 『한국고대사연구』 13, 한국고대사학회, 1998.

*박현숙, 「『삼국사기』 백제본기 온조왕조의 검토」 『선사와 고대』 10, 한국고대학회, 1998.

*사자성어집엮어올리기모임 엮음, 『三國史記 三國遺事의 우물물』, 中觀 崔權興先生七秩頌壽四字成語集, 다운샘, 1998.

*사재동, 「『三國史記』의 文學史的 位相」 『충남대 인문과학연구소 논문집』 25, 1998.

*안재철, 「『三國史記』와 『史記』의 '文末語助詞' 義例 比較研究」 『단국대 논

문집 인문사회과학』 32, 1998.

*안형석, 「三國史記 列傳에 關한 一考察」, 成均館大學校 석사학위논문, 1998.

*이강래, 『(원본) 삼국사기』, 한길사, 1998.

*이강래, 『삼국사기』 1, 한길사, 1998.

*이강래, 『삼국사기』 2, 한길사, 1998.

*이강래, 「『三國史記』 原典論을 위하여 : 『三國史記の原典的硏究』, 高寬敏 著 『書評>』『한국사학보』 3·4합집, 1998.

*이기동, 「『譯註 三國史記』, 鄭求福 外編著 『書評>』『역사학보』 157, 1998.

*이선옥, 「7세기 전쟁기의 인간 유형 연구 : 『三國史記』『列傳』을 중심으로」, 성균관대 대학원 석사학위논문, 1998.

*이재호, 「『三國史記』, 誤譯이 심하다 : 특히 近刊 두 종류의 번역본을 보고」『월간조선』 225, 1998.

*이재호, 「주체적인 觀点에서 쓰여진 9백92년간의 正史 : 『三國史記』는 어떤 책인가」『월간조선』 225, 1998.

*이홍종, 「『三國史記』 '靺鞨'기사의 고고학적 접근」『한국사학보』 5집, 열린책들, 1998.

*이희관, 「신라중대의 국학과 국학생 - 삼국사기 38 국학조 학생관계규정의 재검토 -」『신라문화제학술발표회논문집』 19, 동국대학교 신라문화연구소, 1998.

*이희진, 「『삼국사기』 초기기사에 대한 최근 기년조정안의 문제점」『역사학보』 160, 역사학회, 1998.

*정구복·노중국·신동하·김태식·권덕영, 『역주 삼국사기』 5, 색인편, 한국정신문화연구원, 1998.

*조이옥, 「삼국사기에 나타난 김부식의 국가인식」『동양고전연구』 11, 동양고전학회, 1998.

*조인성, 「『三國史記』의 史料的 性格에 대한 綜合的 檢討 : 『三國史記의 原典 檢討』, 鄭求福 外著 『書評>』『한국사학보』 3·4합집, 1998.

*채미하, 「삼국사기 제사지 신라조의 분석 - 신라 국가제사체계의 재검토와 관련하여 -」『한국고대사연구』 13, 한국고대사학회, 1998.

*강종훈, 「『三國史記』 新羅本紀 初期記錄의 紀年問題 再論」『역사학보』 162,

1999.

*김정호, 「kVr-계 어형의 음운변화 및 규칙에 대한 考 : 三國史記 地理志를 중심으로」『진주보건대 논문집』 22, 1999.

*김종성 해설, 『삼국사기』, 조선민주주의 인민공화국 과학원 고전연구실 역, 장락, 1999.

*김진구, 「三國史記의 服飾研究 Ⅴ : 樂工服을 中心으로」『복식문화연구』 19, 1999.

*나희라, 「신라의 국가 및 왕실 조상제사 연구」, 서울대학교 대학원 국사학과 박사학위논문, 1999.

*CD-ROM 삼국사기, 삼국유사, [1-3] 누리미디어 [편], 누리미디어, 1999.

*박대재, 「삼국사기 초기기사에 보이는 신라와 백제의 전투」『한국사학보』 7, 고려사학회, 1999.

*박대재, 「삼국사기 고구려본기의 마한에 관한 일고찰」『사학연구』 58·59 합집(내운 최근영박사 정년기념 논문집), 한국사학회, 1999.

*송병우, 「이동동사 『行>의 하위말의 변별성 연구 :『삼국사기』를 중심으로」, 동아대 대학원 석사학위논문, 1999.

*송병우, 「이동동사 『行』의 하위말의 의미 자질에 따른 변별 : 삼국사기를 중심으로」『동양한문학연구』 13, 1999.

*송하진, 「『삼국사기』 지리지 용자의 기능과 지명 표기에 대한 고찰 1」『전남대 호남문화연구』 27, 1999.

*이강래, 「『삼국사기』의 말갈인식-통일기 신라인의 인식을 매개로-」『백산학보』 제52호 (신형식박사 회갑기념논총 신라사의 재조명), 백산학회, 1999.

*이도남, 「『삼국사기』, 그 긍정론과 부정론」『한국인의 역사인식』, 청년사, 1999.

*이종숙, 「『삼국사기』에 나타난 신라 무용기사의 성격」『백산학보』 제52호 (신형식박사 회갑기념논총 신라사의 재조명), 백산학회, 1999.

*이건희, 「삼국사기 초기기사에 대한 최근 기년조정 논쟁-강종훈씨의 반론에 답하여」『한국사연구』 106, 한국사연구회, 1999.

*정운용, 「삼국사기를 통해 본 삼국시대의 天文觀」『사학연구』 58·59합집 (내운 최근영박사 정년기념 논문집), 한국사학회, 1999.

*최재석, 「『삼국사기』의 가야와 『일본서기』의 임나·가라기사에 대하여」 『민족문화』 22, 민족문화추진회, 1999.

7. 2000년대

*김애경, 「『三國史記』를 통해 본 三國時代 '民'의 存在樣態」, 慶熙大學校 석사학위논문, 2000.
*오범석, 「『三國史記』에 나타난 史論 검토」, 關東大學校 석사학위논문, 2000.
*오종철, 『고구려본기 신주해 : 한글 삼국사기』, 구미서관, 2000.
*이강래, 「『삼국사기』 원전론의 전개와 전망」 『한국고대사논총』 10, 한국고대사회연구소, 2000.
*이도학, 「"고구려 건국은 BC3세기 이전" : '삼국사기'에 기록된 BC37년 주몽왕 '건국'은 왕실교체로 보아야」 『뉴스피플』 416, 2000.
*이도학, 「"신라 화랑도 제정은 진흥왕 초기": 삼국사기·삼국유사 기록인 '진흥왕 37년' 보다 앞서 잡아야」 『뉴스피플』 434, 2000.
*이종욱, 「한국고대사 연구 100년 : 과거-문제, -비극과 희극의 세기를 넘어서며-」 『한국사연구 100년 : 과거-현재』, 서강대학교 인문과학연구원, 2000.
*임병준, 「고구려말의 차자표기 연구 : 『삼국사기』 권35·37을 중심으로」, 건국대 교육대학원 석사학위논문, 2000.
*허성무, 「『사기』와 『삼국사기』의 양사 비교 연구」, 연세대 대학원 석사학위논문, 2000.
*문화관광부·한국문화예술진흥원, 『2001년 1월의 문화인물 김부식』, 경희정보인쇄(주), 2001.

문열공(文烈公) 김부식(金富軾) 연보

고려 문종 29년(1075년)

　　선생 태어나시다. 선생의 성은 김씨, 본관은 경주(慶州). 이름은 부식(富軾), 자는 입지(立之), 호는 뇌천(雷川)이다. 이름 부식은 아우 부철(富轍)과 함께 송(宋)의 대 문장가인 소식(蘇軾) 소철(蘇轍) 형제를 본따 지은 것이다. 아버지의 휘(諱)는 근(覲)으로 벼슬은 국자좨주(國子祭酒) 좌간의대부(左諫議大夫)이고, 증조의 휘(諱)는 위영(魏英)으로 고려 태조가 경주를 처음 주로 설립하고 임명한 주장(州長)이다. 형제는 위로 부필(富弼), 부일(富佾)과 아래로 아우 부의(富儀 ; 처음 이름은 富轍)이니 모두 과거에 급제하였다. 고려사에 형 부일과 아우 부의는 열전 제10권에, 문열공은 열전 제11권에 전(傳)이 작성되어 있다.

숙종 원년(1096년) 선생 나이 22세.

　　과거에 급제하다.

숙종 원년~예종 9년(1096~1114년) 선생 나이 22세~30세.

　　안서대도호부 사록참군사(安西大都護府 司祿參軍事)에 임명되어 임기를 채우고 이어 직한림원(直翰林院) 우사간(右司諫)을 역임하다.

예종 10년(1115년) 선생 나이 41세.

　　요(遼)나라의 군사 요청을 반대하다. 요나라가 여진을 정벌하려면서 사신을 보내 군사를 청하였다. 이에 재상과 시종신 군사 관계 요로의 합동 회의가 열리자 선생은 당시 예부 낭중이던 형 부일, 호부 원외랑(戶部員外郞) 한충(韓冲), 위위 소경(衛尉小卿) 척준경(拓俊京) 등과 함께 이를 단호히 반대하였다. 이유는 당시 윤관(尹瓘)이 여진과 벌인 전쟁의 후유증이 겨우 진정되는 과정에서 또 여진을 치기 위한 파병이 당시 세력을 왕성하게 성장시키고 있는 여진과의 어떤 불협화음을 만들어낼지 모른다는 주장이었다. 이 논쟁은 당시 조정에서 2~3차의 논쟁을 벌였으나 결국 결정이 내려지지 않아 파병은 자동 중단되었다.

예종 11년(1116년) 선생 나이 42세.

　　송나라에 사신으로 다녀오다. 추밀원 지주사 이자량(李資諒)과 이영

347

(李永)을 수행하여 문한관(文翰官)으로 송나라에 가니 대성악(大晟樂)을 내려준 것에 대한 사은 사행이었다. 동문선(東文選)에 실린 선생의 표전(表箋)에 의하여 사행의 일정을 더듬으면 다음과 같다.

9월 5일. 명주 정해현(定海縣)에 도착하니 송나라의 접반사 조청대부(朝請大夫) 개국남(開國男) 부묵경(傳墨卿)과 무덕대부(武德大夫) 문국남(聞國男) 송양철(宋良哲)이 나와 맞이하다.

?월 7일. 중량대부(中亮大夫) 귀주방어사(貴州防禦使) 범눌(范訥)이 도성문 밖까지 여러 관원들과 함께 출영하여 잔치를 열어 사행의 노고를 위로하다.

10월 10일. 휘종(徽宗)의 생일 천령절(天寧節)을 기념하여 수공전(垂控殿)에서 여는 잔치에 휘종의 명령으로 참여하여 휘종에게 술을 올려 장수를 빌다.

?월 23일. 예모전(睿謨殿)에서 여는 천자의 잔치에 초청되어 참여하다.

?월 초2일. 휘종이 예모전에서 지은 시를 직접 내려보내 화답시를 구하기에 감사 표문을 지어 올리다.

?월 ?일. 태묘(太廟)와 남교(南郊)에서 지내는 제사에 참석하다.

?월 14일. 사신들에게 옷 한 벌과 금 20냥 은100냥, 그리고 사행원들에게 은 10냥 비단 20필씩이 내려지다.

11월 26일. 대명전(大明殿)에 나아가 신종(神宗)의 어진(御眞)을 봉심하다.

?월 21일. 휘종을 뵙고 본국으로 돌아가겠다고 아뢰자, 2월 하순에 사은하고 3월 초순에 출발하라고 친히 어필로 써내리다.

?월 ?일. 대성전(大成殿)을 봉심하고서 송나라 학자들의 경전 토론을 듣고, 이어 대성아악(大晟雅樂)의 연주를 듣다.

?월 11일. 태평예람도(太平睿覽圖) 등 책 16책을 하사받다.

2월 29일. 집영전(集英殿)에서 천자가 여는 봄 잔치에 나아가다.

?월 ?일. 휘종이 답례로 내리는 비단 5,730필을 하사받다.

?월 10일. 지난날 말 한 필을 만수관(萬壽觀)에 올려 휘종의 장수를

빌었는데, 이날 휘종이 칙서를 내려 그 고마움을 감사해 하다.

예종 16년(1121년) 선생 나이 47세.

3월 갑인. 청연각(淸讌閣)에서 서경을 강하다. 기거주(起居注) 벼슬로 예종을 모시고 청연각에 나아가 예종의 명령으로 서경 열명편(說命篇)을 강하였다. 이때 한림학사 박승중(朴昇中)은 예기 월령편(月令篇)을 강하였다.

예종 17년(1122년) 선생 나이 48세.

정월 병술. 청연각에서 주역을 강하다. 중서사인(中書舍人) 벼슬로 예종을 모시고 청연각에 나아가 예종의 명령으로 주역 건괘(乾卦)를 강하였다.

인종 즉위년(1122년) 선생 나이 48세.

9월 을해. 예종실록 편수관에 임명되다. 선생의 당시 벼슬은 보문각 대제(寶文閣待制)로, 보문각 학사(學士) 박승중과 한림학사 정극영(鄭克永)이 함께 임명되었다.

인종 원년(1123년) 선생 나이 49세.

6월에 송나라 사신의 동접반사에 임명되다. 송나라에서 예종의 조문과, 인종의 등극의 일로 예부시랑(禮部侍郎) 노윤적(路允迪)과 중서사인(中書舍人) 부묵경(傅墨卿)이 왔다. 이때 선생의 벼슬은 통봉대부 상서예부시랑 상호군 사자금어대(通奉大夫尙書禮部侍郎上護軍賜紫金魚袋)였다. 이때 사행에 수행해 왔던 서긍(徐兢)이 고려도경(高麗圖經)을 지어 중국에 전함으로써 선생의 명성이 중국에까지 크게 떨치어 뒷날 송나라에 사신으로 갔을 적에 예우가 남달랐다고 하였다. 그러나 선생의 열전에서 말하고 있는 뒷날의 사행은 어느 해의 일이었는지 분명하지 않다. 이자겸(李資謙)의 참람한 예우를 반대하다. 어린 인종이 등극하여 외조부이며 외척세력의 실권자 이자겸의 예우를 어떻게 할 것인지를 조정 신료들에게 물었다. 이때 보문각 학사 정극영과 어사잡단(御司雜端) 최유(崔濡)가 앞장서 천자가 신하로 삼을 수 없는 사람이 세 사람이니 왕후의 부모가 그 하나라고 주장하며, 이자겸은 앞으로 올리는 표문에서 신(臣)자를 쓰지 말고, 여러 신료들이 참여하는 연회에서도 뜰 아래에서 임금에게 절을 올리지 말고 바로 막차로 나아가 임금에게 절을 하면 임금도 답배를 한 다음에 자리에 앉아야 한다고 주장하여 조정의 여론이 쏠렸다. 이때 선생은 보문각 대제 벼슬로 이 논의에 참여하여, 옛 역사에서 증거를 들어 이자겸이 표문을 올릴 적에 신자를 써야 하고, 조정 뜰에서 백관들과 함께 신하의 예를 갖추어야 하며, 단지 왕후인 따님을 궁궐의 내실에서 만나거나 왕후의 친정나들이에서는 아버지와 따님 사이의 정으로 만나야 할 것이라고 주장하였다. 선생은 이때 한 고조(漢高祖)가 천자가 된 뒤에 아버지를 5일 마다 찾아뵈며 절을 올린 고사, 후한 헌제(獻帝)의 장인 복완(伏完)이 조정 뜰에서 절한 고사, 동진(東晉) 목제(穆帝)의 어머니 저태후(楮太后)가 친정아버지를 만날 때에 행했던 고사, 외조부의 상복이 5개월인 소공(小功) 밖에 안됨을 들어 그 부당함을 설파하였다. 이 두 의견을 이자겸에게 묻자 이자겸은 김부식의 의견은 천하의 공론이다. 이 사람이 아니었으면 내가 불의를 행하는 사람이 될 뻔하였다며 선생의 의견을 흔쾌히 따랐다.

인종 2년(1124년) 선생 나이 50세.

예종실록의 편찬을 끝내다. 예부시랑(禮部侍郎)에 임명되다. 5월 정축. 병부시랑(兵部侍郎)으로 동지공거(同知貢擧)가 되어 과거를 주재하다. 지공거(知貢擧) 중서시랑 김약온(金若溫)과 함께 고효충(高孝冲) 등 37명을 선발하였다. 이자겸의 교방악(敎坊樂) 사용과 이자겸의 생일을 국경일로 정하는 것을 반대하다. 인종이 이자겸의 할아버지에게 벼슬을 추증하자 박승중(朴昇中)이 이자겸에게 잘 보이고자 추증 벼슬을 고유하는 날 이자겸의 집에 궁중 음악인 교방악을 내리고 이자겸의 생일날을 인수절(仁壽節)이라 하여 국경일로 정하자고 주장하였다. 이에 선생은 종묘 제사의 음악 연주는 살아 계실 적에 받들던 대로의 의식을 상징한 것이고, 벼슬 추증 고유 의식은 묘에서 소복 차림으로 거행하는 것이니 소복차림에 음악이 가당할 일이 아니며, 생일날의 명절 지정은 황제에게나 있는 일이라고 반대하여 결국 중지되었다.

인종 3년(1125년) 선생 나이 51세.

인종의 명령으로 영통사(靈通寺) 대각국사비문(大覺國師碑文)을 짓다. 이 비석은 현재 경기도 개풍군(開豊郡), 곧 북한 지역에 전해져 오는 비이다. 이 비문은 본래 윤관(尹瓘)이 임금의 명령을 받들어 지었던 것인데 그 비문을 탐탁하게 여기지 않은 대각국사의 제자들에 의하여 인종이 다시 선생에게 고쳐 짓게 한 비문이다. 그런데 윤관의 아들 윤언이(尹彦頤)는 선생이 아무런 사양의 말도 없이 아버지 윤관의 글을 고쳐 지은 것을 불쾌하게 생각하였다. 그러다가 어느 날 왕이 선생에게 주역을 강하게 하고 윤언이로 하여금 질문하도록 하자 그는 평소에 닦은 심오한 주역 공부를 이용하여 선생의 얼굴이 땀에 젖도록 궁지로 몰았다. 고려사는 여기서부터 선생과 윤언이의 갈등이 내내 이어졌다고 하였다.

인종 4년(1126년) 선생 나이 52세.

4월 신해. 어사대부(御司大夫) 추밀원 부사(樞密院副使)에 임명되다. 사양한 글이 동문선에 실려 전한다. 9월 을해. 송나라 흠종(欽宗) 등극 축하사절의 정사(正使)가 되다. 부사 형부시랑 이주연(李周衍)과 송나라에 갔으나 길이 막혀 도중에 되돌아 왔다. 선생의 사행은 인종 5년 신축일 기사에 의하면 사행이 명주(明州)에 이르렀을 때 금나라 군사가 변경(汴京)을 침략해 있어 들어가지 못하고 되돌아 온 것으로 기록되어 있다. 그러나 송나라는 당시 고려가 요나라와 내통하여 자국의 허실이 사행을 통하여 요나라로 흘러들어 갈 것을 염려하여 명주에 머물도록 중지시키고 가져온 폐백만 접수하고 돌려보낸 것이 송사(宋史) 열전 246권 고려의, 흠종(欽宗)조 기사에 실려 있다.

인종 5년(1127년) 선생 나이 53세.

5월 신축. 선생의 사행이 송나라에서 되돌아왔다. 6월 경오. 지추밀원사(知樞密院事)에 임명되다. 12월 임오. 호부상서(戶部尙書)에 임명되다.

인종 6년(1128년) 선생 나이 54세.

3월 임인. 한림학사 승지(翰林學士承旨)에 임명되다. 6월 정묘. 송나라의 금나라 길 안내 요구를 반대하다. 송나라가 정사 형부상서 양응성(楊應誠), 부사 제주방어사(齊州防禦使) 한연(韓衍), 서장관 맹건(孟

健)을 보내, 당시 휘종(徽宗)과 흠종(欽宗)이 잡혀가고 국토도 남송(南宋) 일대로 축소된 상황에서 잡혀간 휘종과 흠종을 고려를 통한 빠른 길을 빌어 귀국시키려는 계책을 세우고 고려에게 길 안내를 요구하였다. 이때 고려는 왕 인종이 직접 이를 거절하였고, 선생의 형 문하시랑 부일 (富佾)을 사신들이 묵고 있는 객관으로 보내 만일 송나라의 이 요청을 들어준 뒤 금나라가 답례를 하겠다며 남송으로 들어가는 뱃길 안내를 요구하면 우리나라가 어떻게 처신하겠느냐며 반대하였다. 그러나 그들은 고집을 꺾지 않았다. 이에 선생은 중서시랑 최홍재(崔洪宰)와 객관으로 사신 일행을 찾아가 그 부당함을 설득 결국 송나라 사신들을 빈손으로 돌아가게 하였다.

인종 7년(1129년) 선생 나이 55세.

11월. 상금국서표(上金國誓表)를 짓다. 이 맹서의 표문은 금나라에 신하의 국가가 되겠음을 밝히는 글이다. 금나라는 진작에 고려의 옛 땅인 보주(保州|義州의 고려 초기 이름)의 땅을 고려에 떼어 주며 군신(君臣) 국가로의 맹약을 요구했으나 당시 고려는 송나라와의 외교를 유지하며 이를 미루었다. 이에 금나라는 금주관내 관찰사(錦州管內觀察使) 사고덕(司古德)과 위위소경(衛尉少卿) 한방(韓昉)을 보내 맹약문을 독촉하였다. 그래서 고려는 신하의 국가가 될 것을 이글을 통해 금나라에 밝혔다. 이 서표는 11월 병진일에 노령거(盧令琚)와 홍약이(洪若伊)가 금나라에 가지고 갔다. ※동문선 44권 표전(表箋)에는 선생이 지은 입금진봉기거표(入金進奉起居表)와 진봉표(進奉表), 물장(物狀) 등의 글이 이글과 함께 실려 있고, 증보문헌비고 예고(禮考) 26권 인종18년 조항에는 햇수를 명기하지 않고 선생이 금나라에 사신간 일을 기록하고 있다. 상기의 글 제목들로 살펴 볼 때 언젠가 선생이 금나라에 사행이 있었을 것을 추측 가능하게 한다. 또 이글의 글 제목은 동문선에는 서표 (誓表)로 되어 있다. 상금국서표는 동문수(東文粹)에 실린 이글의 제목 이다. 금나라에 보낸 이글들은 앞서의 예종 연간에 송나라에서 지은 표문들에 비교하면 앞서의 표문들에는 모두 배신(陪臣)이라는 천자에 대한 제후국 신하의 신분을 밝히고 있는 점에 비하여 금나라에 관한 상기

의 글에는 배신이라는 글자가 없다. 아마도 동문선을 편집한 서거정(徐
巨正)과 동문수를 편집한 김종직(金宗直)의 역사 인식의 문제인 성싶
다.

인종 8년(1130년) 선생 나이 56세.

4월. 지공거로 과거를 주재하다. 동지공거 강후현(姜候顯)과 과거를
주재하여 박동주(朴東柱) 등 37인을 선발하였다. 6월 계사. 판삼사사(判
三司事)에 임명되다. 12월 병신. 정당문학 수국사(政堂文學修國史)에
임명되다. 사은한 글이 동문선에 전한다.

인종 9년(1130년) 선생 나이 57세.

9월 병신. 검교 사공 참지정사(檢校司空參知政事)에 임명되다.

인종 10년(1131년) 선생 나이 58세.

12월 정미. 수사공 중서시랑 동중서문하평장사(守司空中書侍郎同中
書門下平章事)에 임명되다.

인종 11년(1132년) 선생 59세.

5월 임신. 인종을 모시고 숭문전(崇文殿)에서 주역과 서경을 강하다.
평장사의 신분으로 왕을 모시고 숭문전에 갔을 때 왕이 선생에게 주역
과 서경을 강하게 하고, 선생의 아우인 한림학사 김부의와 지주사(知奏
事) 홍이서(洪彛敍), 승선(承宣) 정항(鄭沆), 기거주 정지상(鄭知常),
사업(司業) 윤언이(尹彦頤)에게 질문 토론하게 하였다. 인종 3년 기사
의 논란이 매우 치열하였다는 기사는 아마도 이날의 토론인 성 싶다.
7월 갑자. 수락당(壽樂堂)에서 인종에게 주역 건괘(乾卦)를 강하고, 4일
후인 정묘일에 또다시 주역의 태괘(泰卦)를 강하다. 12월 기해. 판병부
사(判兵部事)에 임명되다.

인종 12년(1133년) 선생 나이 60세.

가을. 왕의 서경 행차를 반대하여 중지시키다. 왕이 서경으로 행차하
여 재액을 피하고자 하였다. 이에 선생은 서경의 대화궁(大華宮)에 올
여름 벼락이 30여 곳이나 떨어졌으니 이러한 곳이 어떻게 재액을 피할
좋은 땅이겠으며, 또 가을걷이가 끝나지 않은 들녘을 어가가 지내려면
곡식을 손상할 수밖에 없는 상황을 진언하여, 인종의 서경 행차를 중지

하게 하였다.

인종 13년(1134년) 선생 나이 61세.

정월 무신(초4일). 묘청이 조광(趙匡), 유참(柳旵) 등과 서경을 거점으로 반란을 일으키다. 묘청 등은 동북면과 서북면 일대에 가짜 조서를 돌려 급히 군사를 서경으로 징발하였다. 정월 신해(초7일). 토벌군의 원수(元帥)에 임명되다. 이때 선생은 원수로 중군(中軍)의 장수직을 겸임하였고, 좌군(左軍) 장수는 선생의 아우인 이부상서 김부의(金富儀), 우군(右軍)장수는 지어사대사(知御史臺事) 이주연(李周衍)이었다. 중군의 부관은 윤언이(尹彦頤) 등 8명이 임명되었다. 정월 갑인(초10일). 정지상(鄭知常)과 김안(金安)과 백수한(白壽翰)을 처형하다. 대신들과의 연석 회의에서 정지상, 김안, 백수한 등은 서경의 모반 세력과 연루된 사람들이어서 이들을 조정에 두고서는 서경의 반군을 토벌할 수 없다는 동의를 얻어 김정순(金正純)을 시켜 처참하게 한 다음 인종에게 아뢰게 하였다. 정지상을 처벌한 이 일은 후일 많은 시화(詩話)와 야담을 만들어냈다. 천복전(天福殿)에서 열린 출정식에서 인종으로부터 원수의 상징인 도끼[斧鉞]를 받는다. 인종은 선생을 전상으로 오르게 하여 친히 원수의 상징인 도끼를 내리시고, "궁궐문 밖의 일은 경이 전권을 행사하여 명을 수행한 자에 대한 상과 따르지 않은 자에 대한 벌을 집행하도록 하라. 그러나 서경 사람들은 나의 어린 자식들이니 괴수만을 죽이고 신중히 살상이 적도록 하라."하셨다. 원수가 된 선생은 작전회의를 열었다. 모두들 서경의 모반 세력을 하찮게 보고 그들이 미처 대비하기 전에 하루라도 빨리 급습하여 단번에 때려잡자는 주장들이었다. 그러나 선생은 서경의 반군은 준비 기간만도 이미 5~6년이 지났고, 서경의 성곽이 북으로 산을 지고 삼면은 대동강으로 둘러막힌 천연의 요새임을 감안, 천천히 길을 우회하여 나아가며 동북면 일대와 서북면 일대에 녹사(錄事) 김자호(金子浩)를 파견하여 반군을 토벌하는 뜻을 알리고, 서경에도 군리(軍吏) 노인해(盧仁諧)를 보내 귀순을 설득하는 등 지공(遲攻)작전을 채택하였다. 무엇보다 속전속결에 따르는 많은 인명 피해를 피하자는 것이 선생의 생각이었다. 이런 작전에 양계(兩界)의 고을들은 긴가민가하며 반군과 관군 사이에서 뜻을 정하지 못하고 있다가 막상 대군이 이르르자 각 고을들은 두려움에 모두 마중하고 서경의 조광도 관군의 7~8차례에 이르는 회유와 대군의 이동을 보고 항복하고자 하는 마음을 갖게 되었다. 이때 조정에서 파견한 평주 판관(平州判官) 김순부(金淳夫)가 인종의 조서를 가지고 서경에 들어가자 서경 사람들은 분사대부경(分司大夫卿) 윤첨(尹瞻) 등에게 묘청과 유참의 목을 들려서 순부와 함께 조정에 죄를 청하고, 선생의 중군에도 글을 보내 음식을 대접하겠다는 뜻을 보내왔다. 이에 선생은 서울에 사람을 보내 이들을 후히 접대하여 새사람이 되는 길을 열어 줄 것을 청하였다. 그러나 조정의 재상들, 문공인(文公仁), 한유충(韓惟忠) 등은 묘청의 수급을 저자거리에 매달고 윤첨을 옥에 가두었다. 인종은 원수인 선생에게 은약합(銀藥合)을 하사하고, 이어 조서를 내려 "추위를 무릅쓴 출전에 가슴이 아프더니 적들의 기세가 꺾이고 싸움이 곧 종식될 듯한 기미를 보이는 것은 모두 원수의 치밀한 계책에서 연유한 것이다. 더욱 만전을 기하라." 하였다.

정월 신미. 서경의 조광이 다시 반란을 일으키다. 윤첨이 옥에 갇혔다는 소식을 들은 조광은 마음을 바꾸어 다시 반란을 일으켰다. 그래서 조정에서 파견한 사신 일행과 선생이 파견한 녹사 이덕경(李德卿)을 살해하였다. 이에 선생은 관군을 전군(前軍)과 후군(後軍)으로 재편하였다. 이때 정부에서 추가로 파견한 수군(水軍)이 무모한 진격을 하다 참패를 당하였다. 반군은 여기에서 기세가 한껏 살아났다. 인종이 조정 일부 신료들의 속전속결 주장을 선생에게 내려 의견을 묻다. 조정의 일부 관료들은 금나라와의 대치 속에 토벌을 오래 끄는 것은 예측하기 어려운 사태를 만날 수 있다며 인명의 손상을 생각하지 말고 기한을 못박는 빠른 공격을 재촉하였다. 인종은 이 의견을 선생에게 내려보냈다. 선생은 인종에게 글을 올렸다. 서경의 지리적 우세는 아녀자들의 기왓장 한 장으로도 우리의 정예 병사가 대적할 수 없는 이점이 있어 기한을 못박고 전군이 바짝 전쟁을 서두르다가는 며칠 가지 않아 우리의 정예 병사들은 모두 적의 공격에 쓰러질 것이라는 것과, 금나라와의 북쪽 국경이 걱정이 되지 않는 것은 아니나 만일 이 전쟁에서 실패한다면 금나라를 격정할 여가가 없을 것이라며 국가의 위신을 손상하지 않게 전쟁을 마무리지을 터이니 노신(老臣)이 편리한 대로 전쟁을 할 수 있게 해 줄 것을 아울러 청원하였다. 3월. 전군을 지휘하여 공격하였으나 실패하고 여름이 가고 가을이 갔다. 10월. 양명포(楊命浦)에 토산(土山)을 쌓다. 서경 반군이 드디어 식량이 바닥나 노약자들을 성밖으로 내보내기 시작하였다. 이에 선생은 공격의 때가 왔음을 알고 양명포에 목책을 세워 전군(前軍)의 진영을 삼고 이어 토산(土山)을 쌓으니, 동원된 군사 수는 지방 군사 약 24,000명, 성 쌓는 인부를 보호하는 군사 수는 약 8,100명이었다. 11월에 토산 쌓기를 독촉하여 서경의 성곽 남서쪽 모퉁이에 거의 연이어지도록 쌓아져가니 토산의 높이 8길[丈], 길이 70길, 너비 18길이었다. 그리고 토산 위에 대포를 설치하여 적진에 돌을 날려보내며 화구(火毬)를 던져 불을 질렀다. 다시 전군을 동원하여 싸움을 벌였으나 승리하지 못하였다.

인종 14년(1136년) 선생 나이 62세.

2월 정사. 서경을 함락시키다. 새벽녘에 관군을 세 부대로 나누어 공격을 시작하니 적들은 관군의 토산이 아직 완성되지 않아 방심하고 있다가 기습공격을 받자 우왕좌왕 어찌할 바를 몰랐다. 싸움은 해질 녘까지 진행되며 하늘에서 비가 내렸다. 선생은 관군의 무참한 살륙을 금하며 석양이 되어 퇴각을 명령하였다. 이날 저녁 성안에 혼란이 일어 조광은 식구들을 데리고 불을 질러 스스로 타 죽었고 반역군의 많은 장수가 자살하였다. 2월 무오. 서경 반군이 나와 항복하다. 선생은, 백성들 중 노약자들을 모두 성안으로 들어가 집을 지키게 하고, 정부 창고의 문을 봉하고서 지키게 하여 노략질을 금지시켰다. 이어 장수들을 임명하여 서경의 치안을 유지시키고 부서진 객관을 보수시켰다. 2월 신유. 서경 반란 평정 첩보를 왕에게 올리다. 서경에 입성하여 관풍전(觀風殿)의 서쪽 회랑에 자리 잡고 앉아 여러 장수들의 축하를 받은 다음 여러 성황신 사당에 제사를 올리도록 명하고, 병마판관(兵馬判官) 노수(魯洙)를 보내 승리를 알리는 표문을 인종에게 올렸다. 표문은 동문선에 실려 있다.

※이 표문은 선생의 열전에는 신유일에 올린 것으로 기록되어 있으나

인종세가에는 3일 전인 무오일에 올린 것으로 되어 있다. 2월 임술. 반군의 죄를 다스리다. 역모에 가담 정도가 심한 사람들은 얼굴에 "서경역적(西京逆賊)" 네 글자를, 가담 정도가 덜한 사람은 "서경(西京)" 두 글자를 먹물로 떠, 심한 사람은 섬으로 덜한 사람은 각 지방 고을로 귀양보내고 처자식은 양인(良人)의 신분을 유지할 수 있도록 하였다. 묘청 조광 정지상 등의 처자식은 적몰하여 고을의 노비로 삼았다. 이러한 행정 조치는 모두 조정의 뜻을 따른 것이다. 3월 기사. 인종이 조서를 내리고 상으로 갖은 하사품을 내리다. 좌승선(左承宣) 이지저(李之氏)와 전중소감(殿中小監) 임의(林儀)를 보내 조서와 선물을 내리니 조서에는, 문무 겸전의 인품으로 서경의 백성들을 도륙하지 않고 만세에 빛날 공훈을 세웠음을 칭찬하였다. 상은 의복, 안장을 갖춘 말, 금대(金帶), 금술잔[金酒器], 향(香), 약(藥)이었다. 여타 장수들에게도 은과 갖은 비단 등이 상으로 내려졌다. 3월 계미. 수충정난정국공신(輸忠定難靖國功臣)에 봉해지고 검교태보 수태위 문하시중 판상서이부사 감수국사 상주국 겸태자태보(檢校太保守太尉門下侍中判尙書吏部事監修國史上柱國兼太子太保)의 벼슬에 임명되다. 4월 경자. 개선하여 개경에 돌아오다. 개선하여 돌아오자 인종은 경령전(景靈殿 : 고려 역대 왕들의 영정을 보관한 전각)에 나아가 서경의 반군이 토벌되었음을 아뢰고 선생에게 좋은 집 한 채를 하사하였다. 5월 갑술. 추밀원 부사 한유충을 탄핵하다. 개선한 선생은 조광이 다시 반란을 일으키도록 하여 전쟁을 오래 끌게 만든 것은 윤첨을 하옥한 것에 기인한 것이라고 판단, 그일에 깊숙이 관여한 추밀원 부사 한유충을 탄핵하여 충주목사(忠州牧使)로 좌천시켰다. 이때 윤언이(尹彦頤)도 정지상과 생명을 함께 하기로 결탁한 사이이며, 지난날 금나라의 비위를 건드려 나라를 위험에 빠뜨릴 목적으로 칭제 건원론(稱帝建元論)을 주장하는 등 불궤를 주장하였다고 탄핵하여 양주방어사(梁州防禦使)로 좌천시켰다. ※이 주장은 윤언이의 열전에 의한 기록이다. 따라서 선생이 무슨 다른 이유를 더 말하였는지는 지금으로서는 알 수 없다.

357

인종 16년(1138년) 선생 나이 64세.

8월 을묘. 판예부사(判禮部事)에 임명되다. 11월 계묘. 집현전(集賢殿)에서 인종을 모시고 주역을 강하다. 인종은 선생에게 주역의 대축(大畜)과 복(復) 두 괘를 강하게 하고 학사들로 하여금 질문 토론하도록 명령하신 다음 책을 잡고 들으시다가 잔치를 내려 밤중에 이르러서야 파하였다. 12월 기미. 검교태사 집현전태학사 태자태사(檢校太師集賢殿大學士太子太師)에 임명되다.

인종 17년(1139년) 선생 나이 65세.

3월 을사. 인종에게 송(宋)나라의 학자 사마 광(司馬光)이 지은 유훈(遺訓)과 훈검문(訓儉文)을 읽고 강하다. 왕은 이날 술을 마련해 두고 선생과 최주(崔湊)를 불러서 선생에게 사마 광의 글들을 읽게 하고서는 이러한 훌륭한 분이 왜 당시에 간당(姦黨)으로 몰렸는지를 선생에게 물었다. 선생은 단지 왕안석(王安石)과의 사이가 좋지 않아서일 뿐 사실 아무런 죄가 없는 분이라고 말하였다. 사람을 알아보는 선생의 높은 식견을 알 수 있다. 왕은 이때 국자좨주 임광(林光)을 집으로 보내 금은(金銀)과 안장을 갖춘 말, 쌀, 베, 약들을 전하였다. 6월 갑인. 지공거로 과거를 주재하다. 동지공거 예부시랑 김단(金端)과 과거를 보여 최급(崔伋) 등22명을 선발하였다. 선생은 모두 세 차례 과거를 주재하여 훌륭한 선비를 선발하였다는 명성을 얻었다.

인종 18년~19년(1140년~1141년) 선생 나이 66세~67세.

고려사 열전 정습명전(鄭襲明傳)과 동문선 42권 표전(表箋)의 상소 불보사직표(上疏不報辭職表)를 보면 선생이 재상의 지위로 시폐십조(時弊十條)를 몇 관원들과 함께 올리고 합문(閤門) 밖에 3일 동안 엎드려 결과를 기다렸으나 인종으로부터 아무런 말이 없자 사직한 것을 알 수 있다. 다만 어느 때인지는 분명하지 않다.

인종 20년(1142년) 선생 나이 68세.

치사(致仕)하다. 세 차례에 걸쳐 치사를 허락하여 줄 것을 비는 상소를 올리자 인종은 동덕찬화공신(同德贊化功臣)에 봉하고 치사를 허락하며 "경은 충의로 군주를 섬기고 명철 보신하여 나아옴과 물러감을 모두 온전히 하였으니 고금에 드문 일이다. 하늘에 닿는 식견은 몇 세에 걸쳐 나오는 큰 선비였다. 서경의 반군을 토벌하는 원수가 되어서는 문관(文官)의 장수로 괴수를 모두 섬멸시키고 백성들을 잘 보호하여 나라를 반석처럼 안정시켰다. 한사코 물러가려 하니 붙잡을 길이 없어 허락은 하지만 나라에 큰일이 있을 때에는 나아와 참여하고 또 중국의 사행이 이르렀을 때에는 글 짓는 일들을 보살피도록 하라."는 조서를 내렸다.

인종22년(1144년) 선생 나이 70세.

5월 임자. 장자(長子) 돈중(敦中)이 과거에 장원으로 급제하다. 이때 지공거 한유충(韓惟忠)이 돈중을 2등으로 급제시키려는 것을 인종이 선생을 위로하고자 올려 장원으로 선발하였다. ※선생에게는 아들 둘이 있으니 둘째 아들 이름은 돈시(敦時)이다. 선생의 열전에 의하면 돈시는 벼슬이 상서우승(尙書右丞)이었다고 하였다. 두 아들 모두 정중부의 난에 화를 입었다.

인종 23년(1145년) 선생 나이 71세.

12월 임술. 삼국사기를 편찬하여 인종에게 올리다. 삼국사기는 본기(本紀) 28권, 지(志) 9권, 표(表) 3권, 열전 10권으로 모두 50권이다. 선생은 진삼국사기표(進三國史記表)에서, "우리나라 학자들이 오경(五經)과 제자서(諸子書)와 진한(秦漢)역사는 두루 통달하면서도 우리나라의 일에 이르러는 아득히 종잡지 못하고 있으니 매우 애석한 일이며, 그나마 남아 있는 옛 역사 기록들마저 문장이 졸렬하고 사적이 빠뜨려져 후세에 귀감으로 드리워져야 할 일들이 전하여 지지 못하고 있습니다. 신(臣)도 삼장(三長)의 재능을 갖추지 못하고 삼국사기를 이루어서 부끄럽기 그지없습니다."고 하였다. 인종은 삼국사기의 편찬에 참고(參考)로 참여한 내시(內侍) 최산보(崔山甫)를 보내 노고를 치하하고 화주(花酒)를 하사하였다.

의종 즉위년(1146년) 선생 나이 72세.

인종실록 편찬의 명을 받다. 인종세가의 끝에, 선생이 사신(史臣)으로서 인종에 대해 쓴 사평(史評)이 실려 있다.

의종 2년(1148년) 선생 나이 74세.

수태보 낙랑군 개국후(守太保樂浪郡開國侯)에 봉하여 지고 식읍(食邑) 1,000호(戶) 식실봉(食實封) 400호가 내려지다.

의종 5년(1151년) 선생 나이 77세.

2월 무신. 선생 졸(卒)하다. 고려사에는 이날 "문하시중 치사 김부식 졸(門下侍中致仕 金富軾卒)"이라고 썼다. 시호 문열(文烈)이 내려지고 중서령(中書令)이 증직되다. 인종묘정(仁宗廟廷)에 배향되다.

조선 단종 즉위년 12월(1451년) 선생 사후 301년.

고려 태조의 사당인 숭의전(崇義殿)에 고려의 여러 공신들과 함께 선생의 위패 배향되다. ※모든 기록들에 문종 원년의 일로 기록되어 있으나 왕조실록에 단종 시대의 일로 기록되어 있어 바로 잡는다.

〈선생의 저서〉:

뇌천집(雷川集) 20권: 지금 전하지 않는다.

김부식봉사어록(金富軾奉使語錄) 1권: 송사(宋史) 203권 예문지(藝文志)의 전기류(傳記類)에는 '김부식봉사어록(金富軾奉使語錄) 1권'이라고 하여 지금까지 알려지지 않은 책이 소개되어 있다. 고려의 최해(崔瀣)와 조선의 김종직(金宗直)으로부터 우리나라 사행의 최고 전범으로, 또는 중국 송나라로부터 훌륭한 사신으로 찬사를 모았던 문열공 김부식의 사행 기록이 봉사어록이라는 이름으로 중국에 남아 전하여 지고 있음은 이채롭다. 또 봉사라는 책제목은 조선시대의 사행 기록들이 거의 조천(朝天)이라는 제목을 붙이고 있는 것에 비하면 자주적인 고려인의 기상을 볼 수 있다 할 것이다. 그러나 이 책은 중국에서조차 그 뒤로 이름이 나타나고 있지 않고 우리나라에도 거의 알려져 있지 않아 안타깝기만 하다. 이 책을 찾는 것이 우리 역사학계와 사행 역사의 변천을 연구하는 데에 큰 도움이 될 것으로 믿어 의심치 않는다.

2001년 1월 15일 慶州后人 金 在 烈 삼가 정리하다.

文烈公 金富軾에 관한 資料

金富軾과 三國史記에서 金在烈

이 자료들은 기왕에 발행된 여러 색인류에서 김부식, 또는 문열공,
김부식의 벼슬 이름 등으로 나열된 것들을 발췌하여 정리한 것들이
다. 번역을 첨부하는 것이 시대의 요청이나 시간상으로 허락하지 않
아 일부는 번역을 하고 일부는 그대로 붙였다. 자료집의 순서는 고려
사를 시작으로 중국의 사서류, 고려시대 문집, 조선의 문집, 다음으로
총집류 순으로 엮었다.

이 자료집에서 원문에 소자 쌍행으로 처리된 자료는 앞뒤에 -- 표
를 넣어 이를 밝혔다.

고려사 98권 김부식열전(金富軾列傳)

김부식은 부일(富佾)의 아우이다. 숙종 때 과거에 급제하여 안서대
도호부 사록참군사(安西大都護府司錄參軍事)에 임명되었고 임기를
마치고 직한림원(直翰林院) 이어 우사간(右司諫)과 중서사인(中書舍
人)을 역임하였다.

인종이 즉위하면서 이자겸(李資謙)은 임금의 외조부로 국사를 전
담하였다. 이에 왕이 조서를 내려, "자겸은 짐에게 외조부이다. 조정
의 반열 차례나 예우의 등급에 있어 백관들과 같을 수는 없다. 양부
(兩府)와 양제(兩制), 그리고 시종신들은 의견을 모아 아뢰어다오."하
자, 보문각 학사(寶文閣學士) 정극영(鄭克永)과 어사잡단(御史雜端)
최유(崔濡)가 의견을 제시하였다. "옛 문헌에 천자가 신하로 삼을 수
없는 사람이 세 사람입니다. 그 중에 왕후의 부모가 하나에 해당합니
다. 지금 자겸은 당연히 표문을 지어 올릴 적에 신(臣)이라 쓰지 않
고 군신이 참여하는 연회에서도 백관과 함께 조정 뜰에서 하례하는
일 없이 바로 막차로 나아가 절을 하고 임금도 답배한 뒤에 전좌(殿

座)에 앉아야 할 것입니다." 하자, 여러 의견들은 모두 이에 부화뇌
동하였다.

　부식은 이때에 보문각 대제(待制)였다. 홀로 나서서 말하기를, "한
고조(漢高祖)가 막 천하를 평정하고서 5일에 한번씩 아버지[太公]께
인사를 드렸는데 태공의 가령(家令)이 태공에게 말씀드리기를, '하늘
에는 두 해가 없고 땅에는 두 임금이 없습니다. 황제가 아들이라지만
임금이며 태공이 아버지라지만 신하입니다. 어찌 임금을 신하에게 절
하게 할 수 있겠습니까.'하니, 한 고조가 가령의 말을 옳게 여기고서
조서를 내려, '사람에게 가까운 사람은 아버지와 아들에 더할 것이
없다. 그러므로 아버지가 천하를 두면 아들에게 전하여지고 아들이
천하를 두면 아버지에게 존귀함이 돌아간다. 이는 인간 도리의 최고
덕목이다. 지금 왕과 후(侯) 그리고 경과 대부들이 짐을 높여 황제로
삼았다. 그런데도 태공에게는 아직 존호(尊號)가 없으니 지금 태공에
게 존호를 올려 태상황이라 하겠노라.'하였습니다. 이일을 가지고 논
한다면 천자의 아버지라고 할지라도 존호가 없을 것 같으면 군주로
하여금 절하게 할 수 없는 것입니다. 그리고 불기후 복완(不其侯伏
完)은 헌제(獻帝)의 황후 친정아버지였는데 정현(鄭玄)이 의견을 제
시하여, '불기후가 수도에 있으면서는 예에 따라 섬겨야 할 것이고
궁중을 출입하면서는 당연히 신하의 예를 따라야 할 것이며 만일 황
후가 이궁(離宮)에서 쉴 적에나 친정 나들이에 있어서는 따님으로서
의 예를 따르게 해야 할 것입니다.'하였습니다. 그리하여 복완이 조정
뜰에서의 조회나 하례의 예절을 여러 신료들과 똑같이 하였습니다.
또 동진(東晋)의 여러 신하들은 목제(穆帝)의 어머니 저태후(褚太后)
가 친정아버지를 뵙는 예절에 대한 의논에서 여러 말들이 분분하여
일치되지 않았었는데, 박사 서선(徐禪)이 '정현의 의견에 따라 조정에
서는 군신의 예를 바로 세우고 사사로 뵐 적에는 부자의 다정함을
다하게 하자'고 하였습니다. 이것이 하늘의 이치에 크게 순응하는 것
입니다. 또 위제(魏帝)의 아버지 연왕 우(燕王宇)는 표문을 올리면서
자신을 신하라 일컬었습니다. 아버지와 아들의 더없이 가까운 사이라

할지라도 예의의 등분이 오히려 이와 같은데 하물며 외조부일까 보겠습니까!

의례의 오복(五服) 제도 조항을 살펴보면 어머니의 부모에 대한 상복은 소공(小功;5개월)인 5개월일 따름입니다. 자신의 부모와는 높음이나 친함이 서로 동떨어집니다. 어떻게 군주와 서로 대등한 예를 행할 수 있겠습니까? 의당 표문을 올리면서는 신하라 일컬어야 할 것이며 조정 뜰에서는 군주에 대한 신하의 예를 행해야 할 것이고, 궁궐의 대문 안에서는 집안 사람의 예로 서로 만나야 할 것입니다. 이와 같이 하면 공적인 의리나 사적인 은혜가 서로 순탄할 것입니다."하였다.

재보(宰輔)들이 두 의견을 올리니 왕은 근신 강후현(康侯顯)을 보내 자겸에게 물었다. 그러자 자겸은 아뢰기를, "신이 비록 무지스러운 사람이나 지금 부식이 제시한 의견을 살펴보니 참으로 천하의 공론이옵니다. 이 사람이 아니었더라면 여러 관료들이 늙은 신하를 거의 불의에 빠뜨릴 뻔하였습니다. 그의 의견을 따르도록 하소서." 하니, 조서를 내려 허락하였다.

조금 지나 박승중(朴昇中) 정극영과 예종실록을 편찬하고 인종 2년에 예부 시랑(禮部侍郞)으로 전직되었다.

왕이 자겸의 할아버지를 추봉(追封)하자 승중이 자겸에게 잘 보이고자 하여 분황(焚黃)하는 날 교방악(敎坊樂)을 내릴 것을 청하였다. 이에 부식이 이르기를, "종묘 제사에 음악을 쓰는 것은 살아 계실 적을 상징해서입니다. 그러나 묘 앞에서는 소복 차림으로 고유(告由)하고 심지어는 흐느껴 울기까지도 합니다. 어떻게 음악을 쓸 수 있는 일이겠습니까?" 하였다. 또 승중이 자겸의 생일날을 인수절(仁壽節)이라 호칭하려 들자, 부식이 말하기를 "생일을 명절로 일컫는 일은 예전에 없던 일입니다. 당 나라 현종 때에 황제의 생일을 처음으로 천추절(千秋節)이라 호칭하였고 신하의 생일을 명절로 일컬었다는 말은 듣지 못하였습니다."하니, 평장사 김약온(金若溫)이 "시랑의 의견이 좋사옵니다." 하였다.

　인종 4년에 어사 대부(御史大夫)에 임명되었다. 호부 상서(戶部尙書)와 한림학사 승지(翰林學士承旨)를 거쳐 평장사에 오르고 수사공(守司空)의 직함이 더하여졌다.

　인종 12년에 왕이 묘청(妙淸)의 말을 따라 서경(西京)에 행행하여 재액을 피하고자 하였다. 부식이 아뢰기를, "올 여름에 벼락이 서경 대화궁(大華宮)을 30여 곳을 때렸습니다. 그곳이 그처럼 길(吉)한 지역이었다면 하늘이 반드시 이러하지 않았을 것입니다. 그러니 이곳에서 재액을 피하신다는 것은 잘못이 아니겠습니까? 더욱이나 지금 가을인데 가을걷이를 아직 못하였습니다. 어가가 만일 출동하게 된다면 반드시 곡식들을 짓밟게 될 것이니 백성에게 어질고 만물을 사랑해야 한다는 군주의 덕목에 어긋나는 일일 것입니다." 하고서 다시 간관(諫官)들과 상소하여 극진히 말하니, 왕께서는 "말한 바가 지당하다. 짐이 서경 나들이를 하지 않을 것이다"하였다.

　인종 13년 정월에 묘청이 조광(造匡) 유참(柳旵) 등과 서경을 거점으로 반역을 일으켰다. 왕은 부식을 원수로 삼아 중군(中軍)을 거느리게 하고서 김정순(金正純) 정정숙(鄭旌淑) 노영거(盧令琚) 임영(林英) 윤언이(尹彦頤) 이진(李瑱) 고당유(高唐愈) 유영(劉英)을 보좌관으로 임명하고, 이부상서 김부의(金富儀)로 좌군(左軍)을 거느리게 하고서 김단(金旦) 이유(李愈) 이유개(李有開) 윤언민(尹彦旼)을 보좌관으로 임명하고, 지어사대사 이주연(李周衍)으로 우군(右軍)을 거느리게 하고서 진숙(津淑) 양우충(梁祐忠) 진경보(陳景甫) 왕수(王洙)를 보좌관으로 임명하였다. 서경 반군이 가짜 조서로 양계(兩界:西界인 평안도와 東界인 함경도)에서 급히 군사를 징발하자, 왕은 진숙과 이주연 진경보 왕수를 보내 우군 2,000명을 나누어 거느리고서 함경도서부터 여러 고을들을 찾아 효유하며 역적 도당들을 수색하고, 부의는 좌군을 거느리고 먼저 서경으로 나아가도록 명하였다.

　왕이 양부(兩府)의 대신들을 불러서 군사 출동의 일을 물으니 부식이 여러 정승들과 상의하기를, "서경의 반란에는 정지상(鄭知常) 김안(金安) 백수한(白壽翰) 등이 모의에 참여하여 있으니 이 사람들을 제거하지 않는다면 서경을 평정할 수 없을 것입니다."하니 여러 정승들도 깊이 그 의견에 동의하였다. 그리하여 지상 등 세 사람을 불러서 이들이 이르자 은밀히 김정순에게 지시하여 힘센 사람을 시켜 세 사람을 끌고 나가 궁문 밖에서 죽이게 하였다. 그리고서야 아뢰었다.

왕이 천복전(天福殿)에 거둥하니 부식이 전투복장으로 들어와 뵈었다. 이에 전상으로 오르게 하여 친히 도끼[斧鉞]를 건네 주어 보내며, "궁궐문 밖의 일은 경이 전권을 행사하여 명을 따른 자에 대한 상과 명을 따르지 않은 자들에 대한 형벌을 내리도록 하라. 그러나 서경 사람들은 모두 나의 어린 아들들이다. 그 괴수만을 죽이고 신중히 살상이 많이 일어나지 않게 하라." 하였다.

우군이 앞서 가서 마천정(馬川亭)에 머무르고, 중군은 금교역(金郊驛)에 머물렀다. 순라 돌던 기병이 서경의 간첩 전원직(田元稷)을 사로잡아 데려 오자 부식은 결박을 풀어주고서 위로해 돌려보내며, "돌아가거던 성중에 있는 사람들에게 정부의 대군이 이미 출발하였으니 스스로 마음을 고쳐 새 사람이 되거나 순리에 따르는 자는 생명을 보전할 수 있겠지만, 그렇지 않은 사람은 하늘에서 내리는 죽임을 오랫동안 도망하지 못할 것이라고 말해 주어라."하였다.

이때에 사졸들이 매우 교만스러운 마음을 가져 조만간에 개선할 것이라고 생각하고서는 행장이며 옷가지의 짐들이 매우 단출하였는데 때마침 눈이 내려 군사들이며 말들이 얼고 굶주리면서 군중의 마음이 해이되었다. 부식이 어루만져 다독이며 구휼하자 군사들의 마음이 그제야 안정되었다.

왕은 홍이서(洪彝敍)와 이중부(李仲孚)를 서경의 패거리로 생각하였다. 그래서 조서를 내려 찾아가 깨우쳐 알리게 하였다. 그러자 이서 등은 천천히 걸어서 4일 만에야 비로소 생양역(生陽驛)에 도착하였다. 그러나 두려움에 앞으로 나아오지 못하고 역리를 시켜 조서를 전달하게 하고는 돌아가버렸다. 이에 부식은 이서는 평주(平州)에 가두고 중부는 백령진(白翎鎭)으로 귀양보냈다. 보산역(寶山驛)에 이르러 3일 동안 군사를 점고하고서 장수와 보좌관들을 모아 계책을 물으니, 모두가 "군사작전은 꾀의 옹졸과 동작의 빠름을 귀하게 여기니 기선을 잡아야만 적을 제압할 수 있습니다. 지금 대군이 이미 출동하였으니 당연히 갑옷을 가볍게 하고 급히 길을 달려 적이 대비하고 있지 않을 때 들이친다면 저 보잘것없는 무리쯤이야 며칠 사이에 사로잡을 수 있을 것입니다. 그러나 도착 지역에서 미적이며 머무르다가는 반드시 기회를 잃게 될 것입니다. 또 한편으로는 적들로 하여금 더욱더 계책을 세울 수 있도록 시간을 주는 것이 되어 우리의 이로움이 되지 않을 것입니다."하였다.

부식이 말하기를, "그렇지 않다. 서경이 반역을 도모한 지 이미 5~6년이다. 그들의 계책은 반드시 주밀할 것이다. 전쟁과 수비에 대한 준비를 끝마치고서 거사를 한 것인데 지금에 와서 그들의 대비하지 않은 틈을 타 들이치려 한다는 것은 이미 늦은 일이다. 또 우리 군사들의 마음은 적을 만만하게 보아 무장을 정비하지 않았다. 복병을 깜짝 사이에라도 만나게 된다면 가장 첫째의 위험일 것이고, 견고한 그들의 성벽 아래 군사를 주둔시켰다가 날씨가 차고 땅이라도 얼어 미처 성벽도 완공하지 못한 상태에서 갑작스럽게 적들이 그 기회를 이용하게 된다면 이는 두 번째의 위험일 것이다. 또 들리는 소문으로는 적들이 가짜 조서로 양계에서 급하게 군사를 징발하여 여러 고을들이 긴가민가하며 진위를 구분하지 못하고 있다고 하였다. 만일에 간교한 자가 여기에 호응하여 안팎에서 서로 결탁, 길이라도 막힌다면 이보다 더 큰 잘못은 없을 것이다. 그러니 군사를 이끌고 사잇길을 따라 적의 배후로 돌아나가며 여러 고을들의 군대 비축 물자를 가져다 대군의 식량으로 먹이고, 순응의 이점과 거스름의 잘못을 알려주어 서경 사람들과의 교류를 끊게 해야 할 것이다. 그런 뒤 병장기를 보충하고 군사들을 쉬게 하면서 적진에 격문을 띄우고 천천히 대군을 이끌고 다가가는 것이 만전의 계책일 것이다."하였다.

마침내 군사를 이끌고 평주를 거쳐 관산역(管山驛)으로 나아가 좌군과 우군이 모두 만나 줄을 지어 차례로 전진하였다. 부식은 사암역

(射岩驛)의 신성부곡(新城部曲)을 거쳐 곧장 성주(成州)에 도착하여 군사를 쉬게 하였다. 그리고 하루에는 여러 고을들에 격문을 띄워 군주의 말씀을 받들어 역적을 토벌하는 뜻을 알리고, 군리(軍吏) 노인해(盧仁諧)를 보내서 서경의 역적 무리들에게 귀의할 것을 설득하였다. 한편으로 성중의 허실을 염탐하려고 함에서였다. 그리고서 여러 군대를 이끌고 연주(漣州)를 거쳐 안북대도호부(安北大都護府)에 도착하니 진숙과 이주연 등이 동계(東界)로부터 와서 함께 하였다.

이보다 앞서 녹사(錄事) 김자호(金子浩) 등을 보내 조서를 가지고서 사잇길로 양계의 고을과 진영을 돌며 서경 역적들의 모반 정황을 알리게 하였다. 그러나 사람들은 망설이며 관망하는 태도를 보이다가 대군이 이르자 여러 고을들은 놀라 두려워하면서 관군을 마중하였다. 부식이 또 관원을 보내 몇 차례에 걸쳐 깨우쳐 알리자 조광 등은 대항할 수 없음을 알고서는 성문을 나서서 항복하고자 하는 뜻을 두면서도 스스로의 죄가 무거워 망설이며 결정을 내리지 못하였다.

평주의 판관(判官) 김순부(金淳夫)가 조서를 가지고 서경에 들어가자 서경 사람들은 마침내 묘청과 유참, 그리고 유참의 아들 호(浩) 등의 목을 베어 분사대부경(分司大府卿) 윤첨(尹瞻)과 소감(少監) 조창언(趙昌言), 대장군 곽응소(郭應素), 낭장 서정(徐挺) 등으로 하여금 순부와 함께 조정에 죄를 청하였다. 그리고 한편으로는 중군[김부식]에게 글을 보내어, "삼가 조서와 원수의 말씀을 받들어 이미 괴수의 목을 베어 조정에 달려가 바치게 하였습니다. 양고기와 술로 군사들을 대접하고자 하여 감히 날짜를 청하나이다." 하였다. 이에 부식이 녹사 백녹진(白祿珍)을 보내 아뢰게 하고, 한편으로는 양부에 글을 보내어, "의당 첨 등을 후대하여 스스로 새로워지려는 길을 열어주도록 하라."고 하였다. 그러나 재상 문공인(文公仁)과 최유(崔濡) 한유충(韓惟忠) 등은 녹진에게, "너희 원수가 서경으로 곧바로 나아가지 않고 우회하는 길을 따라 안북으로 나아가기에 우리들이 사신 한 사람에게 조서를 지녀 보내어서 항복을 권유하자고 아뢰었다. 너희 원수의 공도 아닌데 네가 왜 왔느냐." 하였다.

순부가 도성문 밖 교외에 이르러 윤첨 등을 뒷결박을 지워 도성에
들려하자 양부는 법사를 보내 칼을 씌워 옥에 가둘 것을 청하고 대
간들도 극형으로 다스릴 것을 청하였다. 그러나 왕은 모두 허락하지
않고 결박을 풀게 하고 의관을 차려 들어와 알현하게 하라고 명하였
다. 그리고 술과 음식을 내려 위로하고 객관에 머물게 하였다. 그러
나 얼마 지나지 않아 옥에 가두고 묘청 등의 목을 저자에 매달고 부
식에게는 은약합(銀藥合)을 내렸다.

그리고 조서를 내려 말하기를, "저들의 천명을 어긴 죄악 하늘에
닿아 요사한 무리가 일으킨 난리 울분만 치솟더니, 단상에 올라 장수
의 임명을 받으니 대장으로 싸움에 나가겠다는 말은 가상하기만 하
였다. 살을 에이는 바람과 매서운 서릿발을 무릅쓰고 있으니 사졸들
의 신고가 안타깝기만 하구나. 작금 우리의 군대가 경계에 압박해 들
어가자 역적의 무리가 칼날을 꺾고 수급을 올려보냈으니 저자거리에
목을 걸어 보임은 너무도 당연함이리라. 싸움이 곧 종식되려 함은 실
상 장수의 계책에서 연유함일 것이다. 의당 더한층 6군의 마음을 다
잡아 끝까지 만전의 계책을 도모하도록 하라."하였다.

조광 등은 윤첨 등이 하옥되었다는 소식을 듣자, 자신들도 필연코
죽음을 면치 못할 것이라 짐작하고서 다시 반란을 일으켰다. 이에 왕
은 전중시어사 김부(金阜) 내시 황문상(黃文裳)을 보내 윤첨과 함께
서경에 가 조서를 내려 돌리게 하였다. 그런데 김부 등은 위엄으로
협박하고 위로의 말로 다독이지 않았다. 서경 사람들은 이를 원망하
고 노여워하더니, 2월에 난군을 들쑤셔 김부와 황문상 그리고 함께
왔던 자들을 살해하게 하고 윤첨은 태조의 영정을 받들고 도망쳐 나
가는 것을 붙잡아 죽였다. 그리고서는 성문을 닫아걸고 굳게 지켰다.
이에 김부식은 녹사 이덕경(李德卿)을 보내 효유하게 하였는데 이덕
경 마저도 살해하였다. 이에 김부식은 여러 장수들과, 하늘과 땅 산
천의 신들에게 맹서하여 고유하였다.

"서경의 요망한 자들이 사특한 말로 백성들을 속여 무리를 모아
모반하였습니다. 그래서 신들이 삼가 왕명을 받들어 군사를 거느리고

그들의 죄를 묻게 되었습니다. 전쟁에서의 으뜸은 계책 자체를 깨뜨리는 것이요 훌륭한 지혜는 싸움을 하지 않고 이기는 것입니다. 그런데 만일 수많은 군사가 서경의 성안을 횡행하게 된다면 죄 없는 백성들이 잘못 칼날 아래 희생 될 것입니다. 이는 학정에 시달린 백성은 위로하고 괴수는 죽인다는 뜻이 아닐 것입니다. 이에 군사를 주둔시켜 쉬게 하면서, 도리의 순응과 거스름에 관한 이해 득실을 가지고 달래기도 하고 재앙과 복으로 설득하기도 하였습니다. 그러자 그들은 괴수의 목을 베어 궁궐에 나아가 죄를 빌었습니다. 그래서 거의 잘못을 뉘우치고 태도를 바꾸는 것으로 생각하였습니다. 그러나 악한 마음을 고치지 아니하고 반복이 무상하여 여러 차례 조서를 내렸으나 따르지 않았고 사신이 이르기 바쁘게 살해까지 하였습니다. 그들의 죄가 넘쳐나 이치상 용서해 줄 수 없습니다. 이러한 사실들은 천지신명께서 저 높은 곳에서 굽어살피시고 좌우 사방에서 밝게 보고 계십니다. 그러니 아무쪼록 명명 중에 보살펴 주시어 우리 삼군의 기운이 배가되고 반역의 큰 죄인들이 목을 늘이도록 하여 종묘 사직이 안정되고 전쟁이 종식되게 하여 주소서. 이렇게 해주신다면 보답을 구하지 않더라도 감히 은혜를 저버리겠습니까. 티끌 같은 정성을 신명께서는 살펴주옵소서."

부식은 서경의 지리적 조건이 북쪽으로는 산을 지고 그 나머지 세 방향은 강물로 막혔으며 성마저 높고 험하여 단숨에 함락시키기가 쉽지 않음을 알고 성 둘레에 여러 진영을 빙 둘러 세워 압박하는 것이 좋을 것으로 생각하였다. 이에 중군은 천덕부(川德部)에, 좌군은 흥복사(興福寺)에, 우군은 중흥사(重興寺)의 서쪽에 주둔하도록 명하였다. 또 대동강은 왕래 길목의 요충인데 적들이 만일 먼저 차지하게 되면 길이 막힐 것으로 생각하였다. 그래서 대장군 김양수(金良秀), 시랑 양제보(楊齊寶), 원외랑 김정(金精), 합문지후 최자영(崔子英), 직장 권경양(權景亮) 등을 시켜 군사를 거느리고 주둔해 지키도록 하고, 이들을 후군(後軍)이라 호칭하고, 또 진숙(陳淑), 낭중 왕의(王毅), 합문지후 김용(金鎔), 안보귀(安寶龜) 등을 시켜 군사를 거느리고 중흥사의 동쪽을 주둔해 지키게 하고 이들을 전군이라 호칭하였다.

한편 서경의 성밖에는 주민들이 많았는데 전쟁이 발발하면서 장정들 대부분은 성안으로 들어가 군사가 되었고 그 나머지 사람들은 산골짜기로 도망하여 숨었다. 부식은 이들을 불러 다독이지 않으면 나중에 그들이 서로 집단을 이루어 적들을 위한 정탐군이 되어갈 것 형세임을 간파하고 군리를 나누어 파견해서 위로하고 깨우쳐서 찾아 나아오게 하였다. 그러자 도망쳐 숨었던 자들이 모두 찾아 나아오며 어떤 사람은 양식을 지고 찾아와 군대의 물자를 돕겠다 소원하는 사람도 있는 등 줄을 이었다. 이들에게는 모두 옷과 먹을 것을 주고 편히 머물게 해주었다.

서경 사람들이 강을 따라 성을 쌓은 것이 선요문(宣耀門)에서 다경루(多景樓)까지 모두 1,744칸이었으며 여섯 개의 성문을 만들어 관군에게 항거하였다. 이보다 앞서 왕은 내시지후 정습명(鄭襲明), 제위보 부사 허순(許純), 잡직서령 왕식(王軾)을 보내 서경의 서남쪽에 있는 섬들로 가게 해서 활잡이와 노를 젓는 사람 4,600여명과 전함 140척을 모아 순화현의 남강으로 들어가 적의 배를 막게 하였다. 이때에 이르러 또다시 상장군 이녹천(李祿千), 대장군 김태수(金台壽), 녹사 정준(鄭俊) 윤유한(尹惟翰), 군후 위통원(魏通元) 등을 시켜 서해로부터 수군 50척을 거느리고 토벌을 돕게 하였다. 녹천이 철도에 이르러 서경으로 곧장 나아가려 들었다. 이때에 해가 저물며 조수가 썰물이 되었다. 정습명이, "물길이 좁고 얕으니 조수의 밀물을 타고 출발해야 한다."고 말하였으나 녹천은 듣지 않았다. 길을 거의 반쯤이나 갔을 무렵 물길이 얕아 배가 좌초되었다. 서경 사람들은 작은 배 10여척에 섶을 채우고 기름을 부어 불을 붙여서는 물길을 따라 떠내려보냈다. 이보다 앞서 길 옆 풀숲에 궁노수 수백 명을 매복시키고 불길이 치솟으면 동시에 일제히 쇠뇌를 쏘도록 약속하였다. 불이 붙은 배가 서로 맞부딪쳐 전함을 연소시키자 여러 궁노수들이 함께 쇠뇌를 쏘았다. 녹천이 낭패하여 어찌할 줄 모르고 있는 사이에 병장기는 모두 불타고 군사들은 물에 빠져 죽었다. 태수와 준은 죽고 녹천은 쌓인 시체를 밟고 언덕으로 올라가 겨우 몸을 피하였다. 이로부터 서경 사람들은 비로소 관군들을 가볍게 보고서 군사를 선발하고 병장기를 다듬어 막아 지킬 계책을 세웠다.

부식은 후군의 허약함이 염려되어 밤에 몰래 보군과 기병 1,000명을 보내 증원시켰다. 적들은 이를 모르고 동이 틀 무렵에 마탄(馬灘)의 자포(紫浦)를 건너 후군을 곧바로 공격하여 진영을 불사르며 돌진해 왔다. 이때 승려 관선이 군사 모집에 응하여 군대에 편입되어 있다가 갑옷을 입고 큰 도끼를 메고서 앞장서 적군을 공격하여 십수명을 죽였다. 관군은 승세를 타고서 크게 격파하여 수급 300여 개를 베니 적들은 모두 짓밟히며 강으로 뛰어들어 빠져 죽었다. 병선이며 갑옷과 무기들을 매우 많이 노획하였고 적의 형세가 크게 꺾였다. 이때 모든 군사들이 야외에 둔친 지 몇 달째였다. 부식은 봄과 여름이 바뀔 즈음에 장마가 거듭 지며 적들로부터 습격을 받게 될까 두려웠다. 그래서 성을 쌓아 군사들을 쉬게 하면서, 주와 진에서 징발된 군사들은 번갈아 쉬어주어 농사를 짓도록 하여 지구전으로 기회를 엿보고자 하였다. 그러자 비웃는 사람들은 모두, "서경의 반역 병사는 군사 수도 적고, 지금 온 나라의 군사가 동원되었으니 당연히 날짜를 못박고서 소탕해야 할 처지이다. 몇 달 동안 결판을 내지 못한 것도 오히려 늑장을 부린 터인데, 더욱이나 성을 쌓아 스스로의 형세를 굳히려드는 것은 또한 나약함만을 보이는 것이 아니겠는가?" 하였다. 이에 부식은 "성안에는 군사나 식량이 남아나가고 사람들 마음이 한창 단결되어 있다. 공격해 보았자 이기기 어려우니 좋은 계책을 내어 성공하느니만 못하다. 무어 꼭 급히 전쟁을 벌여 많은 사람을 죽게 할 일이겠느냐."하였다.

마침내 계책을 결정 지워 북계(北界)의 주와 진, 남쪽과 서쪽의 가까이에 있는 도들의 군사를 5군으로 나누어 편성하여 각기 성곽 하나씩을 쌓도록 하였다, 또 순화현의 왕성강에도 각기 조그만 성곽을 쌓게 하여 며칠만에 모두 마쳤다. 그리고서는 병장기와 곡식을 쌓아

두고 성문을 닫고서 군사를 쉬게 하였다. 간혹 적군과 싸움이 벌였으나 크게 이기고 지는 일은 없었으며 혹 길을 나누어 성을 공격하기도 하였으나 성곽이 높고 참호가 깊어 활이나 돌들의 공격권 안에 드는 곳들은 다소의 살상을 입혔으나 관군도 역시 피해를 입었다.

왕이 근신 최포항(崔褒抗), 원외랑 조석(趙碩) 등을 서경에 보내 조서를 내려 초유하고 부식도 녹사 조서영(趙諝榮), 김자호(金子浩), 강우(康羽), 승려 품선(晶先) 등을 보내 백방으로 마음을 열도록 깨우치고 죽이지 않을 것을 허락하였다. 그리고 매번 적의 첩자나 나무하는 자들을 붙잡을 때이면 모두에게 옷가지며 식량을 주어 돌려보냈다.

조광 등은 한사코 항복할 뜻이 없고 외환이 생겨나 관군이 저절로 깨어지기를 바랐다. 이런 시기에 금나라 사신이 마침 이르렀다. 적들은 길을 가로막고 그들을 찔러 죽여서 흔단을 만들어 내고자 하였다. 관군은 이 사실을 알고서는 주도 면밀하게 정탐하고 살폈다. 그래서 적들은 감히 사건을 만들어 내지 못하였다. 적들은 자신들의 무리가 항복할 것을 두려워하여 우리 중군의 거짓 문서를 만들어 군중에게 보이며, "여러 군사들이 잡은 포로와 항복한 자들은 노소를 묻지 않고 모두 죽인다."고 떠들어대었다. 서경 사람들은 이말을 크게 믿었으나 얼마쯤의 시간이 흐른 뒤에 항복한 자들을 위로해 다독여 줌이 매우 후하다는 소문을 듣고서는 차츰차츰 귀순하였다.

이러한 시기에 한 조정 신료가 의견을 올렸다. "예로부터 군사작전에서는 형세가 어떠한가부터 살폈으니 어찌 한때의 손상을 따지고만 있을 일이겠습니까? 우리나라가 북쪽의 금 나라와 화친 상태이나 그 속셈은 헤아리기 어렵습니다. 지금 수만의 군사를 동원시키고서도 해를 넘기며 끝을 내지 못하고 있습니다. 만약 이웃 적국이 이러한 기회를 타 움직이고 도적 떼의 예상치 못한 환난이 그 위에 더하여 진다면 무엇으로 제어하시렵니까? 중신을 파견하여 죽고 다치는 것을 생각하지 말고 기한을 박아 적을 깨뜨리도록 하고 감히 머뭇거리는 자가 있다면 군법으로 논하도록 하소서." 하였다. 왕이 이를 부식에게 보였다. 이에 부식은 이렇게 아뢰었다.

"북쪽 국경의 놀라운 소식이나 도적 떼의 변란이 대비하지 않을 수 없는 일임은 참으로 제시된 의견과 같사옵니다. 그러나 죽고 다치는 것을 생각하지 말고 기한을 박아 적을 깨뜨려야 한다는 주장은 현실의 이해를 너무도 살피지 못한 말입니다. 신이 살피건대 서도는 천연의 험함과 견고함을 갖춘 곳입니다. 손쉽게 공격하여 함락시킬 수 있는 곳이 아닙니다. 더욱이나 성안에는 군사의 수효가 많고 수비가 엄중합니다. 그리하여 매번 장정들이 앞장서 뛰어나가는 자들이 있었지만 겨우 성 밑까지 당도하였을 뿐 성벽을 넘어서거나 성첩을 뛰어오른 자는 없었습니다. 성벽을 타고 오르는 구름사다리며 성벽을 깨뜨리는 충돌용의 수레마저도 모두 쓸모가 없습니다. 어린 아이와 부녀자들이 벽돌과 기왓장을 던지는 것만으로도 오히려 강적이 되는 상황입니다. 설사 5군으로 성에 바싹 붙어 공격하게 한다하더라도 며칠을 넘기지 않아 날랜 장수며 군사들은 모두 적의 화살과 돌 공격 아래 쓰러질 것입니다. 적들이 우리의 힘이 다한 것을 알고 북을 치고 고함을 지르며 성문을 나선다면 그 예봉 마저도 당해 낼 길이 없을 것입니다. 어느 겨를에 외환을 대비할 수 있겠습니까? 지금 수만의 군사를 끌어 모아 해를 넘기며 끝을 내지 못한 죄는 늙은 신이 당연히 책임지겠사옵니다. 그러나 변방의 놀라운 소식과 도적 떼의 변란을 염려하지 않을 수 없으므로 만전의 계책으로 승리하고자 하는 것입니다. 군사를 손상시키지 않아 나라의 위엄을 꺾이지 않게 해야할 뿐인 것입니다. 전쟁에는 본시 빠른 승리를 기약할 수 없음이 있습니다. 이제 종묘 사직의 영명함과 밝으신 군주의 위엄에 의하여 요망한 역적 무리의 은혜를 저버린 죄는 곧 멸망될 것입니다. 역적 무리의 토벌에 관한 것은 늙은 신에게 맡겨 주어 편리한 대로 할 수 있게 해주신다면 기필코 적도들을 깨뜨려 보답하겠나이다."라고 하니 왕도 그렇게 생각하고서는 마침내 여러 의견들을 물리치고 책임을 맡겼다.

3월에 5군이 한꺼번에 공격하였으나 승리하지 못하였다. 여름을 지내고 가을이 되도록 적들과 서로 버티며 끝을 내지 못하였다. 10월에 적의 식량이 바닥나 노약자들과 부녀자들을 가려 성밖으로 몰아냈다. 모두 주리고 여위어 사람 형색이 아니었다. 싸우던 군사들도 간혹 나와 항복하였다. 이에 부식은 공격할 때가 되었음을 알았다. 이에 여러 장수들에게 명하여 토산을 만들도록 하였다. 먼저 양명포(楊命浦)의 산 위에 목책을 세우고 진영을 벌려 전군을 옮겨 거점으로 삼고, 남서쪽 주현의 군사 23,200명과 승려 550명을 징발하여 돌과 흙을 져 나르고 재목을 모으게 하였다. 그리고 장군 의보(義甫) 방재(方宰) 노충적(盧冲積)에게 나누어 명하여 먼저 정예병 4,200명과 함경도 일대 주와 진의 군사 3,900명을 거느리고 유격군대를 편성하여 적군의 노략에 대비시켰다.

11월에 모든 군사가 전군의 진영으로 집결하여 토산을 쌓아 양명포를 건너서 적들 성곽의 남서쪽 모퉁이에 걸치게 하였다. 밤낮으로 공사를 독촉하자 적들은 놀라서 정예 군사를 출전시키고 또 성 위에 활 쇠뇌 대포 돌들을 설치하여 힘을 다해 막았으나 관군이 적절하게 방어하며, 북을 치고 고함을 지르며 성을 공격하여 적의 기세를 분산시켰다. 이때 떠돌이로 우리나라에 와서 붙여 살던 조언(趙彦)이라는 사람이 계책을 내 대포를 만들어 토산 위에 설치하니 그 모습이 우람하여 수백 근 무게의 돌을 날려 성루를 맞춰 짓부수고 연이어 화구를 던져 불을 지르니 적이 감히 접근하지 못하였다. 토산은 높이가 8길[丈], 길이가 70여길, 너비가 18길로 적들의 성곽 거리와는 몇 길 정도였다. 부식이 5군을 모아 성을 공격하였으나 또 이기지 못하고 녹사 박광유(朴光儒)가 전사하였다. 밤에 적군이 군사를 세 부대로 나누어 나와 전군의 군영을 공격하였다. 부식은 승려 상숭(尙崇)을 시켜 도끼를 메고 맞받아 치게 하였다. 10여명을 죽이자 적병은 무너져 도망쳤다. 장군 우방재(于邦宰), 김숙적(金叔積), 선금(先金), 선권(善權), 정균(正均) 등이 군사를 거느리고 추격하자 적들은 갑옷을 버리고 성으로 도망쳐 들어갔다.

이듬해 2월에 적들은 우리가 성을 쌓아 저들을 압박하자 성안에

겹 성을 쌓고자 하였다. 부식이 이 소식을 듣고서, "적들이 성을 쌓은들 무슨 소용이 있겠는가?"하니, 윤언이와 지석숭(池錫崇)은, "대군이 이곳에 나온 지 지금 이미 2년입니다. 많은 날을 허비하며 오랫동안 질질 끌고 있으니 돌발 사건을 예측하기 어렵습니다. 비밀히 군사를 돌격시켜서 겹 성을 깨뜨려 일을 성공시키느니만 못할 것입니다." 하였으나 부식은 듣지 않았다. 그러나 언이는 이를 굳게 청하였다.

이에 정예 군사를 세 길로 나누었다. 진경보(陳景甫), 왕수(王洙), 형부 원외랑 박정명(朴正明), 합문지후 김예웅(金禮雄) 등은 3,000명을 거느리고 가운데 길로, 석숭(錫崇), 전용(全鏞), 전중 내급사 이후(李侯) 등은 2,000명을 거느리고 왼쪽 길로, 이유, 합문지후 이영장(李永章) 김신련(金臣璉) 등은 2,000명을 거느리고 오른쪽 길로 나아가게 하고, 장군 공직(公直)은 소속 군사를 거느리고 석포(石浦)의 길로 들어가게 하고, 장군 양맹(良孟)은 당포(唐浦)의 길로 들어가게 하였다. 또 모든 군사들도 길을 나누어 성을 공격하게 하여 적으로 하여금 남서쪽 모퉁이 한 곳만을 수비할 수 없게 하였다. 부대 배치가 끝나자 군사들에게 후히 상을 내렸다.

부식은 중군으로 되돌아와 밤이 사고(四鼓)에 이르자 가볍게 말을 타고서 전군 진영으로 달려들어가 여러 장수들을 통솔하여 크게 군사를 일으켰다.

정사일 새벽에 경보의 군대는 양명문으로 들어가 적의 목책을 뽑고서 연정문(延正門)으로 공격해 들어가고, 석숭의 군대는 성벽을 넘어들어가 함원문(含元門)을 공격하고, 이유의 군대는 성벽을 넘어서 홍례문(興禮門)을 공격하고, 부식은 소속 호위병으로 광덕문(廣德門)을 공격하였다. 적의 무리들은 우리의 토산이 아직 이룩되지 않아 대비하지 않고 있다가 여러 군대가 돌격해 이르자 당황하여 어찌해야 할지를 몰랐다. 부식이 정순과 싸움을 독려하니 장수며 군사들은 다투어 분발하였다. 여러 군대 또한 북을 치고 고함을 지르며 불을 놓아 성곽과 가옥을 불태우니 적병은 크게 무너졌다. 관군이 승세를 타고 거칠게 목을 베어나가자 부식은 영을 내려 "적을 사로잡는 자에게는 상을 내리고 항복한 자를 죽이거나 노략질하는 자는 죽일 것이다."하였다. 그러자 군사들은 칼날을 거두어 쥐고 진격하였다. 이때 해가 저물어가며 비가 내렸다. 그래서 군사를 지휘하여 퇴각하였다. 그리고 생포한 자들과 항복한 자들은 순화현으로 보내 음식을 제공하게 하였다.

이날 밤 성안에 혼란이 일자 조광은 어쩔 줄을 모르다가 온 가족이 스스로 불을 붙여 타서 죽고, 낭중 유위후(維偉侯)·팽숙(彭淑)·김현근(金賢瑾)은 모두 목매 죽고, 정선(鄭璇) 유한후(維漢侯)·정극승(鄭克升)·최공필(崔公泌)·조선(趙瑄)·김택승(金澤升)은 모두 목을 찔러 죽었다.

무오일에 서경 사람들이 적군의 괴수 최영(崔永) 등을 붙잡아서 성을 나와 항복하였다. 부식은 이들을 받아 감옥 관리에게 내리고, 군졸들과 백성들은 따뜻이 위로하고서 늙은이와 어린이 그리고 부녀자들은 성으로 들어가 가정을 보존하게 하였다. 그리고 어사잡단 이인실(李仁實), 시어사 이식(李軾), 어사 최자영(崔子英)으로 하여금 창고의 문들을 봉해 잠그고 군사를 나누어 모든 성문을 지키도록, 김정순(金正純)·윤언이(尹彦頤)·김정황(金鼎黃)으로 하여금 군사 3,000명을 거느리고 관풍전(觀風殿)으로 들어가 주둔하도록 하고서는, 성중에 호령하여 노략질을 금지시켰다.

기미일에 낭중 신지충(申至冲)을 수습병장사(收拾兵仗使)로, 이후(李侯)를 백성화유안거사(百姓和諭安居使)로, 박정명(朴正明)을 감검창고사(監檢倉庫使)로, 합문지후 이약눌(李若訥)을 객관수영사(客館修營使)로, 녹사 최포칭(崔褒稱) 백사청(白思淸)을 성내좌우순검사(城內左右巡檢使)로 삼았다.

신유일에 부식은 군대의 의장을 차리고 경창문(景昌門)으로 들어가 관풍전 서쪽 회랑에 자리를 잡고 앉아 5군의 장수와 보좌관들의 축하를 받았다. 그리고 사람을 시켜 여러 성황신의 사당에 제사 지내고 성안 사람들을 위로하고 다독여 안도하도록 하였다. 그리고 병마판관 노수(魯洙)를 보내 표문을 받들어 승리의 소식을 올리니, "왕자의 군사에게 정벌은 있을지언정 싸움이란 없는 것이며 천자의 위엄이 미치는 곳에는 시간이 조금 지나면 바로 믿음이 생겨나는 것입니다. 신은 듣자오니 한 나라의 광무제가 외효(隗嚻)를 쳐서 3년만에 평정하였고 당 나라의 덕종은 이희열(李希烈)을 토벌하여 4년만에 평정하였다 하였습니다. 어리석은 저 간악하고 흉악한 자들이 우리의 성읍을 차지하였으니 그 죄 이미 어미와 아비를 잡아먹는다는 날짐승 길짐승보다 더하고 그 죄악은 또한 저 산만큼이나 높습니다. 폐하의 빈틈없는 명철하신 계책으로 만 1년 만에 이처럼 이겼사옵니다. 소리를 숨기려 재갈을 물고 성벽을 넘어서 군사를 벌여 성문을 공격하니 우리 군사들의 칼날이 어우러지자마자 적들의 기세는 이미 꺾였습니다. 보졸이며 기병은 불끈 일어나 우뢰처럼 쳐부쉈고 함성을 지르며 진격하는 곳에는 파도처럼 무너져 내렸습니다. 구름과 같은 깃발이며 번개같은 수레로 바로 괴수의 수염을 베니 적들에게는 바람소리 학 울음소리마저 칼날 소리로 들렸으며, 솥 안의 고기가 뱅뱅 돌며 살기를 구하듯 수풀의 새가 놀라 날아올라 흩어져 가는 듯하였사옵니다. 스스로 죄가 무거워 면하기 어려울 것을 안 자들은 자식들을 베고 불에 타 죽었고 겁이 많아 쉽게 결단하지 못한 자들은 끓는 물에 삶기는 형벌을 달게 여기고 포로로 잡혔습니다. 누적되어 오던 근심이 하루아침에 시원히 풀린 것입니다.

이에 반란 지역에 들어가 성상의 뜻을 펴 전달하니 거꾸로 매달려 있다 풀려난 듯하였고 옛 서울을 회복하여 남은 백성들을 위로하니 모두가 제집을 다시 찾은 듯하였습니다. 어찌 단지 저자의 상점만이 손볼 것이 없었겠습니까? 우뚝한 궁성도 그대로 보존되어 있었습니다. 해독이 이미 가시고 피비린내도 이미 씻겨졌습니다. 마침내 이궁의 요망스러운 기운을 쓸어내고 원묘의 의관을 우러르니 옥좌에 꼭 앉아 계시는 듯만 싶고 비기시던 안석도 옛 그대로입니다. 노인네들이며 남정네며 여인네며 어부며 나무꾼이며 꼴 베는 자들까지 훌쩍 훌쩍 앞다투어 뛰어나오며 기쁨에 소리지르며 서로 좋아서 오늘날 다시 임금님의 백성이 될 수 있으리라고는 생각지 못했노라고 말들

하고 있습니다. 이 모두가 폐하께서 하늘과 땅의 생생(生生)의 공덕을 본받아 위엄과 덕으로 제압하고 살상하려 아니한 때문에서이옵니다. 일월성신이 복을 내리고 사방 바다가 정성을 기울여주어 번개처럼 바람처럼 단번에 평정하는 전과를 올리고 깊은 못처럼 높은 산악처럼 참으로 만세의 평안을 안게 되었습니다.

신들이 친히 폐하의 계책을 받잡고서 군대를 지휘하였을 뿐으로 전하의 홍복에 힘입어 결단을 내려 성공을 이루었을 뿐 이옵고 장수의 재목이 되지 못하여 꾀의 옹졸과 기지의 번뜩임이 없었음이 부끄럽사옵니다." 하였다.

임술일에 조정의 뜻을 받아 최영과 대장군 황린(黃麟), 장군 덕선(德宣), 판관 윤주형(尹周衡), 주부 김지(金智)·조의부(趙義夫), 장사 나손언(羅孫彦)을 목베어 3일 동안 저자거리에 수급을 매달았다. 분사호부상서 송선유(宋先宥)는 전쟁이 발발한 이후 병을 핑계하여 대문을 닫아걸고, 장서기(掌書記) 오선각(吳先覺)은 바보인척 하며 적을 따르지 않았고, 대창승(大倉丞) 정총(鄭聰)은 효행으로 소문이 있었으므로 모두 그들이 사는 마을의 문이나 대문에 표창의 상전을 내렸다. 지난날 서경 사람들이 묘청의 목을 베어 수급을 대궐에 전하고서는, 바로 중군의 김부식에게 평상시처럼 유수관(留守官)을 임명하여 줄 것을 청하였다. 부식은 이에 노영거(盧令琚)를 보내 서경에 들어보내려 하였는데 적들은 기회를 엿보아 죽이려고 들었다. 이를 의학박사 김공정(金公鼎)이 은밀히 알려와 영거를 들어가지 못하게 하였다. 소감 위근영(韋瑾英)은 노모가 있어 적을 배반할 수 없자 한유관(韓儒琯)·안덕칭(安德偁)·김영년(金永年)과 거짓 상여를 만들어 초상을 치르는 것처럼 꾸며서 성문을 빠져 나오려다 일이 누설되어 근영과 유관이 붙잡혔다. 그러나 매를 맞고 불로 지짐을 당하여 죽어가면서까지도 끝내 남을 끌어넣지 않아 덕칭과 영년이 모면하였다. 그래서 공정·근영·유관·영년과 윤첨의 친척, 그리고 늙은이며 어린아이와 병든 자들은 모두 용서하여 주었다. 그 나머지 사람들은 모두 경사로 붙잡아 보내 옥에 가두고 그들 중에서 용맹하고 사납게 항거한 자는 "西京逆賊" 네 글자를 얼굴에 먹물로 떠 여러 섬으로 귀양보내고, 그 차등에 해당하는 사람들에게는 "西京" 두 글자를 얼굴에 먹물로 떠서 향과 부곡에 나누어 귀양보내고, 그 나머지는 여러 주부 군현에 나누어 배치시키고, 처자식은 편리한 대로 따르도록 하되 양인이 되는 것을 허락하여 주었다. 조광·최영 등 7명과, 정지상·백수한·묘청·유참·호·정선·김신(金信)·신의 아우 치(致)·이자기(李子奇)·조간(趙簡)·정덕환(鄭德桓) 등의 처자식은 모두 적몰하여 동북 여러 고을의 노비를 삼았다.

3월에 왕이 좌승선 이지저(李之氏), 전중소감 임의(林儀)를 보내 부식에게 의복, 안장을 갖춘 말, 금대, 금술잔, 은약합을 하사하고 조서를 내렸다. "역적 조광은 하찮은 조그만 괴수 녀석으로 험한 요새를 차지하고 날뛰며 형벌을 피해 온 지 이미 오래였다. 장수며 군사들의 싸우고자 하는 마음을 이용하여 힘을 모아 싹둑 도려내 씨를 말려버려야 한다는 것을 모르는 바는 아니었다. 그러나 서경은 본시 시조가 왕업을 일군 인연의 땅이며 또 수많은 생령들이 모두 나의 어린 아들과 같은 백성들임을 생각할 때 차마 한칼에 도륙할 수 없었다. 그래서 조서로 타이르는 일을 두세 차례에 걸쳐 시행하며 행여 마음을 돌려 귀순하여 조정이 불쌍해하는 마음을 알아주기를 바랐었다. 경도 이러한 것들은 자세히 알고 있는 바일 것이다. 괴수 묘청 등이 장막 안에서 살해당한 뒤, 절령(岊嶺:지금의 자비령]에서 우리가 실패하면서 적들의 동태가 확 바뀌어 제압하여 평정하는 일을 하루 이틀로 기약할 수 없었다. 그런데 경은 문무를 겸한 재주로 장수와 정승의 책임을 겸임하여 관용으로 장졸들의 마음을 샀고 치밀한 꾀와 사물의 이치를 꿰뚫는 지혜로 제어하는 계책들이 이미 가슴속에 정하여져 있었다. 처음 성곽을 쌓아서는 사졸을 쉽게 하였고, 나중에 토산을 일으켜서는 적의 진영을 압도함으로서 마침내 역적 무리가 바라만 보고서도 저절로 무너지게 하여 손을 묶고 항복하였으니 창 한 자루의 손상도 없이 온 성을 손바닥을 뒤집듯 무너뜨렸다. 잠깐의 결단으로 만세의 높은 공적을 세운 것이다. 경의 만전을 기한 계책이 아니었다면 여기에 쉽게 이르지 못하였을 것이다."하였다. 그리고 수충정난정국공신 검교태보 수태위 문하시중 판상서이부사 감수국사 상주국 겸태자태보(輸忠定難靖國功臣檢校太保守太尉門下侍中判尙書吏部事監修國史 上柱國兼太子太保)에 임명하고 또 4군의 병마사와 부사 판관 이하에는 은과, 비단들인 견(絹)·능(綾)·나(羅)가 각기 차등지게 내려졌다.

4월에 개선하니 부식에게 좋은 집 한 채를 하사하였다.

인종 16년에 검교태사 집현전 태학사 태자태사(檢校太師集賢殿大學士太子太師)가 더 내려졌다. 왕이 한번은 부식을 불러 술자리를 열고 사마광(司馬光)의 유표(遺表)와 훈검문(訓儉文)을 읽게 하였다. 이를 읽자 그 아름다움을 한참 동안 탄식하고서는, "사마광의 충절과 의리가 이같은데 당시 사람들이 간당이라고 부른 것은 어째서이느냐?"하니, 부식이 대답하기를, "왕안석(王安石)과 서로 사이가 좋지 않아서이지 실상 죄는 없아옵니다."하자, 왕은, "송 나라가 망한 것은 아마 여기에서 연유되었을 것이다."하였다.

왕이 국자좨주 임광을 보내 집으로 찾아가 금·은·안장을 갖춘 말·쌀·베·약들을 조서와 함께 내리니 서경을 평정한 공훈에 대한 상이었다.

인종 20년에 세 차례 표문을 올려 치사할 것을 비니 이를 허락하고 동덕찬화공신(同德贊化功臣)을 더하여 내리고 조서를 내리니, "경의 나이 많다 하더라도 크게 의론할 일이 있으면 당연히 참여하여 듣도록 하라." 하였다.

인종 23년에 신라 고구려 백제의 삼국의 역사책을 올리니 왕은 내시 최산보(崔山甫)를 보내 집으로 찾아가 노고를 치하하고 화주를 내렸다.

의종이 즉위하여 낙랑군 개국후(樂浪郡開國侯)와 식읍(食邑) 1,000호에 식실봉(食實封) 400호를 봉하고, 인종실록의 찬술을 명하였다. 의종 5년에 졸하니 나이는 77세였다. 시호는 문열(文烈)이다.

사람됨이 용모가 풍만하고 체구가 컸으며 안색은 검고 눈알이 툭

튀어 나왔다. 문장으로 세상에 명성을 날렸다. 송 나라 사신 노윤적
(路允迪)이 왔을 때에, 부식은 관반사(館伴使)에 임명되었는데 그 수
행원 서긍(徐兢)이 부식의 글 잘 짓고 고금에 통달한 것을 보고서는
그 사람됨을 좋게 생각하여 「고려도경(高麗圖經)」을 지으며 부식
의 집안의 가계를 싣고 또 그의 용모를 그려 돌아가서 황제에게 아
뢰자 황제는 사경에 명하여 책으로 만들어 널리 전하라고 명하였다.
이로 인해 이름이 천하에 알려져, 뒤에 사신으로 송 나라에 갔을 적
에 가는 곳마다 예의를 갖추어 대접하였다. 세 차례 과거를 주재하여
훌륭한 선비를 선발하였다는 칭송을 들었다. 중서령(中書令)이 증직
되고 인종 묘정에 배향되었다. 문집 20권이 있다. 아들은 돈중(敦中)
돈시(敦時)이다. 돈시는 벼슬이 상서우승에 이르렀으나 정중부의 난
에 죽었다.

高麗史 凡例. 表
按歷代史表 詳略有異 今纂高麗史表 按金富軾三國史 只作年表
역대 역사서적들의 표들을 살펴보면 자세하거나 간략함의 차이가 있
다. 이번 고려사의 표를 작성하면서는 김부식의 삼국사기를 고려하여
연표만 작성하였다.

世家
睿宗世家
16년 3월 갑인
御淸讌閣 命翰林學士朴昇中 講禮月令 起居注金富軾 講書說命
청연각에 납시어 한림학사 박승중에게 명하여 예기의 월령을 강하게
하고 기거주 김부식에게 명하여 서경의 열명을 강하도록 하였다.
17년 정월 병술
御淸讌閣 命中書舍人金富軾 講易乾卦
청연각에 납시어 중서사인 김부식에게 명하여 주역의 건괘를 강하도
록 하였다.

仁宗世家

즉위년 9월 을해

命修睿宗實錄 以寶文閣學士朴昇中 翰林學士鄭克永 寶文閣待制金富軾 充編修官

예종실록을 편찬하도록 명하고 보문각 학사 박승중, 한림학사 정극영, 보문각 대제 김부식을 편수관으로 보임하였다

4년 4월 신해

以拓俊京爲門下侍郎判兵部事…金富軾爲御史大夫樞密院副使

척준경을 문하시랑 판병부사로 삼고…김부식을 어사대부 추밀원 부사로 삼았다.

4년 9월 을[축]

王遣樞密院副使金富軾 刑部侍郎李周衍 如宋賀登極

왕이 추밀원 부사 김부식과 형부 시랑 이주연을 보내 송 나라에 가서 [欽宗]의 등극을 하례하게 하였다.

5년 5월 신축

金富軾等至宋明州 會 金兵入汴 道梗不得入 癸卯乃還

김부식 등이 송 나라의 명주에 이르렀을 때 이때 마침 금 나라의 군대가 변경에 침입하여 길이 막혀 들어가지 못하고 계묘일에 되돌아왔다.

5년 6월 경오

以金仁存判吏部事 李公壽判兵部事 金富佾爲戶部尙書判禮部事 金珦檢校太尉守司空 金富軾樞密院事

김인문을 판이부사로, 이공수를 판병부사로, 김부일을 호부상서 판예부사로, 김향을 검교태위 수사공으로, 김부식을 추밀원사로 삼았다.

5년 12월 임오

以李公壽判吏部事監修國史 金富佾爲中書侍郎同中書門下平章事 金珦 崔滋盛參知政事 金富軾爲戶部尙書

이공수를 판이부사 감수국사로, 김부일을 중서시랑 동중서문하평장사로 삼고, 김향과 최자성을 참지정사로, 김부식을 호부 상서로 삼았다.

6년 3월 임인

以李公壽爲門下侍中　金富佾守司徒判尙書兵部事…金富軾爲翰林學士承旨

이공수를 문하시중으로, 김부일을 수사도 판상서 병부사로 삼고…김부식을 한림학사 승지로 삼았다.

8년 6월 계사

以金富佾守太尉判秘書省事柱國　金富軾判三司事

김부일을 수태위 판비서성사 주국으로, 김부식을 판삼사사로 삼았다.

8년 12월 병신

以文公仁參知政事　金富軾爲政堂文學修國史

문공인을 참지정사로, 김부식을 정당문학 수국사로 삼았다.

9년 9월 병신

以李公壽檢校太師守太傅門下侍中判吏部事…金富軾檢校司空參知政事

이공수를 검교태사 수태부 문하시중 판이부사로…김부식을 검교사공 참지정사로 삼았다.

10년 12월 정미

以金富軾守司空中書侍郞同中書門下平章事　李俊陽爲尙書左僕射

김부식을 수사공 중서시랑 동중서문하평장사로 이준양을 상서좌복야로 삼았다.

11년 5월 임신

御崇文殿　命平章事金富軾講易尙書　使翰林學士承旨金富儀　知奏事洪彛敍　承宣鄭沆　起居注鄭知常　司業尹彦頤等問難

숭문전에 납시어 평장사 김부식에게 명하여 주역과 상서를 강하게 하고, 한림학사 승지 김부의와 지주사 홍이서와 승선 정항과 기거주 정지상과 사업 윤언이 등에게 질문하게 하였다.

11년 7월 갑자 정묘

御壽樂堂　命金富軾講易乾卦　丁卯　又講泰卦

수락당에 납시어 김부식에게 명하여 주역의 건괘를 강하게 하였다. 정묘일에 또 주역의 태괘를 강하게 하였다.

11년 12월 기해

金富軾判兵部事 崔濡判禮部事

김부식을 판병부사로 최유를 판예부사로 삼았다.

13년 정월 무신 신해

妙淸柳旵趙匡等以西京反 辛亥 以金富軾爲元帥討之

묘청과 유참과 조광 등이 서경을 의거하여 반란을 일으켰다. 신해일에 김부식을 원수로 삼아 토벌하게 하였다.

14년 2월 정사

金富軾會諸軍 攻西京 城陷 趙匡自焚死

김부식이 군대를 모두 모아 서경을 공격하여 성을 무너뜨리자 조광이 스스로 몸에 불을 질러 타 죽었다.

14년 2월 무오

富軾封表獻捷

부식이 표를 받들어 올리고 이긴 노획물들을 바쳤다.

14년 3월 기사

遣左承宣李之氐 殿中少監林儀下詔 獎諭征西將帥 賜金富軾衣服鞍馬金帶金酒器香藥

좌승선 이지저와 전중소감 임의를 파견하여 조서를 내려 서경을 정벌한 장수들의 공을 칭찬하고, 김부식에게 의복, 안장을 갖춘 말, 금대, 금 술잔, 향, 약재를 하사하였다.

14년 3월 계미

以金富軾檢校太保守太尉門下侍中判尙書吏部事

김부식을 검교 태보 수태위 문하시중 판상서이부사를 삼았다.

14년 4월 경자

金富軾凱還 王謁[詣]慶靈殿 告平西賊

김부식이 개선하여 돌아오자 왕이 경령전에 나아가 서경의 역적이 평정되었음을 아뢰었다.

14년 5월 갑술

中軍兵馬使奏 樞密院副使韓惟忠不顧國家安危 凡兵機 動輒防遮 貶忠

州牧使

중군병마사[김부식]가 아뢰기를 "추밀원부사 한유충은 국가의 안위를 생각하지 않고 모든 군사의 일 때마다 방해하거나 가로막았습니다." 하니 충주목사로 좌천시켰다.

16년 8월 을묘

以金富軾判禮部事 李仲參知政事判三司事

김부식을 판예부사로, 이중을 참지정사 판삼사사로 삼았다.

16년 11월 계묘

幸集賢殿 命金富軾講易大畜復二卦 令學士問難 王執經而聽 仍賜宴 夜分乃罷

집현전에 행행하여 김부식에게 주역의 대축괘와 복괘 두 괘를 강하도록 명하고 학사들로 하여금 질문 토론하게 하였다. 왕은 주역을 손에 들고 들으시다가 이내 잔치를 열어 주어 밤중이 되어서야 파하였다.

16년 12월 기미

以金富軾檢校太師 集賢殿大學士太子太師…金正純同知樞密院事

김부식을 검교태사 집현전태학사 태자태사를 삼고…김정순을 동지추밀원사로 삼았다.

17년 3월 을사

召金富軾崔湊等置酒 命富軾讀司馬光遺訓及訓儉文

김부식과 최주 등을 불러서 술을 준비해 두고 부식에게 명하여 사마광이 지은 유훈과 훈검문을 읽게 하였다.

23년 12월 임술

金富軾進所撰三國史

김부식이 자신이 편찬한 삼국사기를 올렸다.

仁宗世家贊

史臣金富軾贊曰 仁宗自少多才藝 曉音律 善書畫 喜觀書 手不釋卷 或達朝不寐 及卽位 聞明經中淑貧甚 召入內 侍受春秋經傳 性又儉約 嘗不豫 宰樞入內問疾 所御寢席無黃紬之緣 寢衣無綾錦之飾 初年宮中宦

侍及內僚之屬甚多　每黜以微罪　不復補　至末年不過數人　日再視事　或奏
事者稽之　必使小臣趣之　專以德惠安民　不欲興兵生事　及金國暴興　排群
議上表稱臣　禮接北史甚恭　故北人無不禮敬　詞臣應制或指北朝爲胡狄
則瞿然曰　安有臣事大國　而慢稱如是耶　遂能世結歡盟　邊境無虞　不幸資
謙恣橫　變生宮闈　身遭幽辱　然以外祖之故　曲全其生　至如拓俊京亦棄過
錄功　俾保首領　斯可以見度量之寬矣　故其薨也　中外哀慕　雖北人聞之
亦且嗟悼　廟號曰仁　不亦宜哉　惜乎　惑妙淸遷都之說　馴致西人之叛　興
師連年　僅乃克之　此其爲盛德之累也

사신 김부식은 찬하노라.

인종은 어려서부터 재예가 많았고 음률을 터득해 알았으며 서화에도
뛰어났다. 책 보기를 즐겨 손에서 책이 떠나지 않았으며 어떤 날은
밤을 꼬박 새우기까지 하였다. 즉위하여서는 명경과 출신의 신숙이
몹시 가난한 것을 알고는 궁궐 안으로 불러들여 춘추의 경문과 전들
을 배우기까지 하였다. 또 성정이 매우 검소하여 한번은 병이 나 앓
아 누워 재추들이 궁중에 들어가 병 문안을 하게 되었는데 사용하시
는 이부자리며 자리들이 황주로 선을 두른 것조차도 없었으며 입고
계시는 옷들도 비단으로 치장한 것들이 없었다. 그리고 왕위에 오른
초기에는 궁중에 환관이며 궁중에 딸려 일을 보는 자들이 매우 많았
는데 매번 조그마한 죄만 있으면 이들을 궁중에서 쫓아내고 다시 충
원시키지 않아 말년에 가서는 그 수가 겨우 몇 사람 정도였다. 날마
다 두 차례씩 국사를 보살펴 혹여 국사를 아뢰어야 하는 자가 지체
할라치면 언제나 환관을 시켜 재촉하였다.

늘 덕스러움과 은혜로 백성을 편안하게 하였으며 군사를 일으켜 일
을 일으키려 들지 않았다. 금나라가 갑자기 세력을 일으킬 무렵에 여
러 신하들의 의견을 물리치고 표를 올려 칭신하였고 금 나라의 사신
을 매우 공손히 예를 다해 접대하였다. 그래서 금 나라도 예를 다해
공경하지 않음이 없었다. 문사들의 응제문에 혹여 금 나라 조정을 일
컬어 되놈[胡狄]이라고 하면 깜짝 놀래어 "어찌 대국을 신하로 섬기
면서 이같은 멸시하는 호칭을 쓴단 말이느냐"하였다. 그리하여 마침

내 능히 대대로 좋은 맹약을 맺어 변경의 걱정이 없었다.

불행히 자겸이 방자히 굴며 궁중에 변란이 발생하여 갇히는 욕을 당하기도 하였으나 외할아버지라는 이유로 그의 생명을 온전히 지탱할 수 있도록 하였고 척준경 같은 사람까지도 죄과를 허물하지 않고 공신을 유지시키고 목숨을 보존하게 해 주었다. 이러한 일들에서 도량의 큼을 볼 수 있을 것이다.

그러므로 인종이 훙서하였을 적에 중외가 슬피 사모하였고 금 나라까지도 듣고서는 탄식하며 애도하였다. 묘호를 인종이라고 하니 또한 딱 어울리는 묘호가 아니겠는가 다만 애석하다면 묘청의 천도 주장에 홀려서 서경의 반란을 빚어냈고 연이여 몇 년 동안 군사를 동원하여 겨우 이겨냈음이 성덕의 누일 것이다.

毅宗世家

2년 12월 신사

以任元敱守太尉安定公 金富軾守太保樂浪郡開國侯

임원애를 수태위 안정공으로, 김부식을 수태보 낙랑군 개국후로 삼았다.

5년 2월 무신

門下侍中致仕金富軾卒

문하시중으로 치사한 김부식이 졸하였다.

明宗世家

3년 10월 정사

初 前王宴金使 使見左承宣金敦中 問於執禮曰 彼晳而長者 貴而甚文 其名爲誰 答曰 名敦中 相國金富軾之子 中魁第者也 金使曰 果信矣

지난날 선왕이 금 나라 사신에게 잔치를 베푼 적이 있었다. 이때 사신이 좌승선 김돈중을 보고서는 집례에게 묻기를 "저 흰칠하고 키가 큰 사람은 귀한 자태가 흐르며 매우 재주가 있어 보이니 그 이름이 누구인가요"하니, 대답하기를, "이름은 돈중이고 상국 김부식의 자재

로 과거에 장원급제한 사람입니다."하자, 금나라 사신은 과연 그럴
만 하다고 하였다.

志

地理志 三. 北界 西京留守官

仁宗十三年 西京僧妙淸及柳旵 分司侍郎趙匡等叛 遣兵斷岊嶺道 於是
命元帥金富軾等將三軍討平之 除留守監軍分司御司外 悉汰官班

인종 13년에 서경의 승려 묘청과 유참 그리고 분사시랑 조광 등이
반란을 일으켜 군사를 보내 절령도의 길을 끊었다. 이에 원수 김부식
등에게 명하여 삼군을 거느리고 토벌하여 평정하게 하고서는 유수와
감군과 분사어사를 제외한 그 이외의 모든 관직을 없앴다.

禮志 二. 吉禮大祀 禘祫功臣配享於庭

仁宗室 守太傅中書令樂浪侯文烈公金富軾 守太尉門下侍郎平章事莊景
公崔思全

인종실, 수태부 중서령 낙랑후 문열공 김부식과 수태위 문하시랑 평
장사 장경공 최사전을 배향하였다.

禮志 六. 軍禮 師還儀

仁宗十三年正月 西京叛 命富軾討之 甲寅 王御天福殿 富軾以戎服入見
命上陛 親授斧鉞遣之 十四年二月戊午 西京降 四月庚子 富軾凱還 王
詣景靈殿告平西賊 賜富軾甲第一區

인종 13년 정월에 서경에서 반란이 일자 부식에게 명하여 토벌하게
하였다. 갑인 일에 왕이 천복전에 납시었다. 부식이 군인 복장을 갖
추어 입고 들어와 뵙자 전상에 오르라고 명하여 친히 도끼[斧鉞]를
건네주시고 길을 떠나 보냈다. 14년 이월 무오 일에 서경이 항복하였
다. 4월 경자 일에 부식이 개선하여 돌아왔다. 왕이 경령전에 나아가
서경의 역적이 토벌되었음을 고하고 부식에게 가장 좋은 집 한 채를
내려 주었다.

選擧志 一. 科目 凡選場

仁宗二年四月 中書侍郞金若溫知貢擧 兵部侍郞金富軾同知貢擧 取進士
賜高孝沖等三十七人及第

인종 2년 4월에 중서시랑 김약온을 지공거로, 병부시랑 김부식을 동
지공거로 삼아 진사 시험을 보여 고효충 등 37명에게 급제를 내렸다.

仁宗八年四月 金富軾知貢擧 姜候顯同知貢擧 取進士 賜朴東柱等三十
二人及第

인종 8년 4월에 김부식을 지공거로, 강후현을 동지공거로 삼아 진사
시험을 보여 박동주 등32명에게 급제를 내렸다.

仁宗十七年六月 平章事金富軾知貢擧 禮部侍郞金端同知貢擧 取進士
賜崔伋等二十二人及第

인종 17년 6월에 평장사 김부식을 지공거로, 예부시랑 김단을 동지공
거로 삼아 진사 시험을 보여 최급 등 22명에게 급제를 내렸다.

選擧志 三. 銓注 封贈之制

恭讓王二年十二月 趙浚上言 非有功不侯 我朝之法 金富軾削除僭亂 平
定西都 封樂浪侯 金方慶伐叛耽羅 問罪東倭 封上洛公 自今 宰相非安
社定遠功臣無得封君

공양왕 2년 12월에 조준이 상언하였다. 공훈이 있지 아니하면 후작
(侯爵)을 내리지 않는 것은 우리나라의 법입니다. 김부식은 참람히
예의를 어지럽히려는 일을 가라앉히고 서경을 평정한 공으로 낙랑후
에 봉해졌고, 김방경은 탐라의 반역 무리를 정벌하고 동쪽 왜구의 죄
를 물은 공으로 상락공에 봉해졌습니다. 지금부터서는 재상이라도 사
직을 안정시키거나 멀리 있는 지역을 평정한 공신이 아니면 군을 봉
하는 일이 없도록 하소서.

年表 一

仁宗十四年二月 金富軾平西京

인종 14년 2월에 김부식이 서경을 평정하였다.

列傳

列傳 8 任元厚

西京叛 詔以元厚及金富軾爲中軍帥 尋命元厚留衛都城

서경이 반란을 일으키자 조칙을 내려 원후와 김부식을 중군의 장수로 삼았다가 조금 지나 다시 명령을 내려 원후는 남아 도성을 호위하게 하였다.

列傳 9 金仁存

金兵入汴 邊報妄傳 金人敗北 宋師乘勝深入 金人不能拒 鄭知常金安等奏曰 時不可失 請出師應宋 以成大功 使主上功業 載中國史 傳之萬世 時王在西京 遣近臣馳問 仁存對曰 傳聞之事 恒多失實 不宜聽浮言 興師旅以怒强敵 且金富軾入宋將還 姑待之 及富軾還 邊報果虛

금 나라의 군사가 변경을 침입하였을 때, 국경의 소식이 엉뚱하게 전하여지기를 금나라가 패배하고 송나라가 승승장구 깊이 쳐들어가 금나라가 막아내지 못하고 있다고 하였다. 이에 정지상과 김안 등이 아뢰어 말하기를, "기회를 잃어서는 아니 되옵니다. 군대를 일으켜 송나라를 응원, 대공을 이루시어 주상의 공업이 중국의 역사책에 실려 만세에 전해지게 하소서." 하였다.

이때 왕은 서경에 머무르고 계셨다. 근신을 보내 달려가 묻게 하니 인존이 대답하기를, "전해 듣는 일에는 늘 실상과 다른 것이 많으니 부황한 말을 듣고 군사를 일으켜서 강적을 노엽게 하는 것은 옳지 않을 것입니다. 또 김부식이 송 나라에 들어갔다 곧 돌아올 것이니 우선은 기다리도록 하소서." 하였다. 그런데 김부식이 돌아옴에 미쳐서 들으니 과연 대로 국경의 소식은 헛소문이었다

列傳 9 尹彦頤

妙淸叛 詔以金富軾任元敳爲帥 彦頤爲佐討之 先時 璀奉詔撰大覺國師碑 不工 其門徒密白 王令富軾改撰 時璀在相府 富軾不讓遂撰 彦頤心嘸之 一日 王行國子監 命富軾講易 令彦頤問難 彦頤頗精於易 辨問縱橫 富軾難於應答 汗流被面 及彦頤爲幕下 富軾奏 彦頤與鄭知常深相結納 罪不可赦 於是貶梁州防禦 後爲廣州牧使

묘청이 반란을 일으키자 조칙을 내려 김부식과 임원애로 장수를 삼고 언이로 보좌관을 삼아 그들을 토벌하였다. 이보다 앞서 관[언이의 아버지]이 조칙을 받들어 대각국사의 비문을 지었는데 그 비문이 썩 좋지 못하였다. 대각국사의 문도들이 이를 은밀하게 왕에게 아뢰자 왕은 부식에게 이를 고쳐 짓게 하였다. 이때 관은 정승으로 재직하고 있었다. 그런데 부식이 이를 사양하지 않고 마침내 짓게 되자 언이가 앙심을 가지게 되었다. 어느날 왕이 국자감에 행행하여 부식에게 주역을 강하게 하고서 언이더러 질문하게 하였다. 언이는 주역에 상당히 조예가 정하였다. 그리하여 종횡으로 따져 묻는 말에 부식이 대답에 쩔쩔매며 땀이 얼굴을 덮었다. 그러다가 언이가 막하의 보좌관이 되자 부식은 언이가 정지상과 서로 깊이 결탁된 사이라서 죄를 용서할 수 없다고 아뢰었다. 이에 언이를 양주 방어사로 폄직시켰다가 나중에 광주목사를 삼았다.

謝上表因自解云 座廢六年分已甘於萬死 銜恩一旦勢若出於再生…臣受貶之夕 臨行之時 罔知得罪之端 徒極積憂之念 及觀中軍所奏 曰彦頤與知常結爲死黨 大小之事實同商議 在壬子年西行時 上請立元稱號 又諷誘國學生奏前件事 蓋欲激怒大金生事 乘間恣意處置朋黨外人 謀爲不軌 非人臣意 臣讀過再三 然後心乃得安…昨於乙卯年 中軍以賊糧盡爲策 然兇黨未降 日月漸久 江氷釋盡 計無所出 臣於三月 始立距堙議 爲人所沮 未得施行 至十一月 中軍於楊命門始作距堙 令知兵馬使池錫崇與臣彦頤等 遞番到彼 檢視積土多少 計至數月可附到城上 臣又與前軍使陳淑議定火攻 令判官安正修等作火具五百餘石 越九日早晨 以趙彦所制石砲投放 其焰如電 其大如輪 賊初亦從而滅之 日暮火氣大盛 賊不得救 通夜打放其楊命門幷行廊僅二十間 及賊所積土山悉皆焚盡 十二日並潰 人馬可以出入 臣卽至中軍 具陳本末 請及時攻擊 無使賊設備 人有愁然以爲不可者 臣亦作氣力爭 十四日 又至前軍議急擊可破 人人皆曰 候積土畢 方可攻 賊已於前所 設木柵以禦 臣懇請急攻 猶未之決 十六日元帥至前軍 悉集五軍僚佐議之 人人皆執前議 是日賊又築重城 其勢不可後之 先時 池錫崇在軍監役 與臣意協 繼有副使李愈 判官王洙李仁實等

八人和之 於是元帥始從其議 取 十九日 分兵三道突入 用事破如枯竹
一無留難 臣於是日 顯將中軍 與判官申至冲金鼎黃 將軍權正鈞方資守
錄事林文壁朴義臣等密整軍旅 早至七星門下積木火之 火發 然後賊覺
驚惶倉卒 不得救 燒蕩門廊計九十七間 望之虛谿 擬欲直入 會 天陰雨
收兵入營 翼日曉頭 賊魁鄭德桓維緯侯 小官四人潛出城 資守令麾下捕
至營 臣送德桓緯侯於元帥所 別令別將金成器等率所捕小官二人 往景昌
門諭賊 賊將洪傑出降.

표문을 올려 사은하고 이어 자신의 처지를 해명하였다. "벼슬에서 버려진 지 6년이나 되었으나 제 감냥으로는 만 번의 죽임도 달게 여기는 처지이옵니다. 그런데 이러한 은혜스런 명령을 받자오니 다시 살아온 듯하옵니다…신이 좌천의 명령을 받자온 날이나 길을 나서는 시간에도 죄를 얻은 연유를 몰라 혼자서 근심만 깊어갔사옵니다. 그러다 중군-김부식-이 아뢰었다는 말을 들었습니다. 중군이 아뢰기를, '언이는 정지상과 죽음을 함께하기로 약속한 한 무리로 크고 작은 일들을 실상 모두 의논해 왔습니다. 지난 임자년 [폐하의] 서경 행차 때 연호(年號)를 정하여 부를 것을 청하고 또 국자감의 학생들을 충동질하여 연호에 대한 일을 아뢰도록 한 것은 기실 금나라를 격노하도록 하여 그틈을 타고 마음대로 붕당과 외인들을 처치하여 불궤를 도모하고자 한 속셈이니 신하로서는 가질 수 없는 생각입니다.'고 하였습니다. 신이 두세 번을 읽어보고서야 마음이 비로소 가라앉았습니다…지난 을묘년-서경의 반군이 일어난 해-에 중군은 적군의 식량이 다하는 것으로 계책을 삼았습니다. 그러나 흉악한 무리들은 항복하지 않고 세월은 점점 흘러갔습니다. 강의 얼음은 모두 풀렸으나 아무런 계책이 없었습니다. 신이 3월에 대항할 토산을 쌓자는 의견을 제시했습니다. 그러나 사람들의 저지를 받아 시행되지 못하였습니다. 11월에 이르러 중군이 양명문에 대항할 토산을 쌓기 시작하며 지병마사 지석숭과 신 언이에게 번갈아 양명문에 가서 얼마 정도 흙을 쌓아 올렸는지 살펴보게 하였는데 몇 달이 걸려야 서경의 성 모퉁이에 닿을 수 있다는 계산이 나왔습니다. 신이 한편으로 전군사 진숙과 불

공격을 하기로 결정하고서 판관 안정수 등에게 화공에 드는 도구 5백여 석을 준비시켰습니다.

달을 넘겨 초9일 이른 새벽에 조언이 만든 석포로 쏘아대니 그 화염은 번개가 치는 듯하고 그 크기는 수레바퀴만 하였습니다. 적들이 처음에는 석포가 떨어지는 대로 불을 껐으나 해가 기울어질 무렵에 이르러서는 불기운이 크게 일어나며 적들이 불을 미처 끄지 못하였습니다. 밤새도록 양명문과 행랑을 때려 겨우 20간을 날려보내는 정도였으나 적들이 쌓은 토산은 거의 모두가 불탔고 12일에는 전체가 와르르 무너지며 사람이며 말이 통행할 정도가 되었습니다. 그래서 신은 바로 중군에게 나아가 전후 사정을 모두 말씀드리고 때맞추어 공격하여 적들이 다시 준비할 시간을 없게 하자고 하였습니다. 그랬더니 불가하다고 벌컥 화를 내는 자가 있기에 신도 성깔을 내며 그 사람과 심하게 다투었습니다.

14일에 또다시 전군의 진영에 나아가 급히 공격하면 깨트릴 수 있다고 말하였으나, 사람들마다 모두 토산을 쌓는 일이 끝나야 공격할 수 있을 것이라 하였습니다. 적들은 이미 앞서 깨뜨린 곳에 목책을 설치하여 방어하고 있었습니다. 신이 급히 공격하자고 간청하였으나 결론이 내려지지 않았습니다. 16일에 원수-김부식-가 전군의 진영에 나아와 5군의 막료와 보좌관들을 모아 의논의 말을 꺼냈으나 사람들은 모두 앞서의 의견을 고집하였습니다. 이날 적들은 겹성을 쌓기 시작하였습니다. 그리하여 그 형세는 뒤로 미룰 수 있는 상황이 아니었습니다. 앞서 지석숭은 군대의 감역으로 재직할 때부터 신과 뜻이 맞았고, 이어 부사 이유, 판관 왕수 이인실 등 여덟 사람이 신의 뜻에 동의하였습니다. 그제야 원수는 비로소 신의 의견을 따라 결정을 내렸습니다.

19일에 군사를 세 길로 나누어 돌격해 들어가니 전쟁은 마치 마른 대를 쪼개는 것과 같아 아무런 어려울 것이 없었습니다. 신은 그날 중군을 총 지휘하였습니다. 판관 신지충 김정황과, 장군 권정균 방자수, 녹사 임문벽 박의신 등과 군대를 은밀히 단속하여 새벽같이 칠성문 밖에 이르러 목재를 쌓아 불을 질렀습니다. 불이 일어나자 적들은 그제야 알아차렸습니다. 그러나 창졸간의 일이라 경황 중에 불을 끄지 못하였습니다. 성문의 문과 행랑 모두 97간이 타 쓰러지니 탁 트이는 것이 곧바로 쳐들어가고 싶었으나 마침 그때 하늘에서 비가 내리기에 군사를 거두어 진영으로 들어왔습니다. 다음날 새벽이 되자마자 적의 괴수 정덕환과 유위후, 그리고 직계가 낮은 군관 4명이 서경성을 몰래 빠져 나왔습니다. 이것을 방자수가 휘하 군사에게 붙잡도록 하여 신의 진영으로 데려 왔기에 신은 덕환과 위후를 원수가 머물러 있는 곳으로 보냈습니다. 그리고 별도로 별장 김성기를 시켜 붙잡힌 자 중 직계가 낮은 군관 두 사람을 경창문으로 데리고가 적들에게 알리게 하였습니다. 그러자 적장 홍걸이 나아와 항복하였습니다.

列傳 10 金富佾

金富佾 字天與 慶州人 其先新羅宗姓 太祖初置慶州 以魏英爲州長 卽富佾曾祖也 父覲國子祭主左諫議大夫 兄弟四人 長富弼 次富佾 次富軾 次富儀…遼將伐女眞 遣使來請兵 王會群臣 議皆以爲可 富佾與弟富軾 及戶部員外郞韓冲 右正言閔脩 衛尉少卿拓俊京等 國家自丁亥戊子兵亂 之後 軍民僅得息肩 今爲他國出師 是自生釁端 其利害恐難測也

김부일의 자는 천여이고 관향은 경주며 그 조상은 신라의 종성이다. 고려 태조가 처음으로 경주에 주를 설립하고 위영을 주장으로 삼으니 바로 부일의 증조부이다. 아버지 근은 국자좨주와 좌간의대부 벼슬을 지냈다. 형제는 4명이니 맏이는 부필, 다음은 부일, 다음은 부식, 다음은 부의이다.

요 나라가 여진을 정벌하려면서 사신을 보내 군사를 요청하자 왕은 군신들의 회의를 열었다. 의견들이 모두다 옳다라고 하는데, 부일과 그의 아우 부식 그리고 호부 원외랑 한충, 우정언 민수, 위위 소경 척준경 등은, "국가가 정해년과 무자년의 병난을 겪은 뒤로 군대나 백성들이 겨우 한숨 돌리고 있는데 지금 남의 나라를 위해 군사를 출동시키는 것은 스스로 전쟁의 꼬투리를 만들어 내는 것이어서 그 이해득실을 헤아리기 어려울 듯하옵니다. 하였다.

列傳 10 金黃元

[金黃元]卒 年七十三 性不拘檢 頗好聲色 禮部郎中金富軾請贈諡 當途
有不悅者沮之

김황원이 죽으니 나이가 73세였다. 성품이 구속받으려 하지 않고 놀
기와 여색을 꽤나 즐겼다. 예부 낭중 김부식이 시호를 내릴 것을 청
하였으나 집권하고 있는 사람 중에 좋아하지 않는 사람이 있어 중지
되었다.

列傳 11 金富軾 子 敦中

敦中仁宗朝擢魁科 知貢擧韓惟忠等初擬第二 王欲慰其父 升爲第一…初
吏部侍郎韓靖與李元膺構隙罷職 王別創佛宇于仁濟院爲祝釐所 適元膺
死 靖復職 尤勤祝釐 敦中與弟敦時重修富軾所創觀瀾寺 亦以祝釐爲稱
王謂敦中敦時靖曰 聞卿等歸福寡人甚嘉之 朕將往見

돈중은 인종조에 장원급제하였다. 지공거 한유충 등이 2등으로 뽑으
려고 하자 왕이 그의 아버지[김부식]를 위로하고자 올려 장원을 삼았
다…지난날 이부시랑 한정은 이원응과 틈이 생겨 파직되었다. 왕이
인제원에 따로 절을 지어 복을 비는 절을 삼았다. 이때 원응은 죽고
한정은 복직이 되어 복 비는 일을 매우 부지런히 하였다. 돈중도 아
우 돈시와 부식이 창건한 관란사를 중수하며 역시 복을 빌기 위해서
라고 소문을 내었다. 왕이 돈중과 돈시 그리고 정에게, "듣자하니 경
들이 과인이 복을 받도록 하기 위해서라고 하니 매우 가상하다. 짐이
곧 가서 보리라."하였다.

列傳 11 鄭襲明

仁宗朝 累轉國子司業起居注知制誥 與郎舍崔梓 宰相金富軾任元㪜李仲
崔奏等上書言時弊十條 伏閤三日 不報 皆辭職不出 王爲罷執奏官 減諸
處內侍別監及內侍院別庫 召梓等令視事 襲明獨以言不盡從 不起 右常
侍崔灌獨不與上書 供職如常 議者鄙之 襲明寓居富軾別第 諫官劾襲明
失諫臣體 請罪之 落起居注 尋陞禮部侍郎

인종조에 여러 차례 전직되어 국자사업 기거주 지제고 등의 벼슬을 거쳤다. 낭사 최재와 재상 김부식 임원애 이중 최주 등과 글을 올려 당시의 폐단 열 가지를 말씀드리고 3일 동안 합문 앞에 엎드려 기다렸으나 아무런 대답이 없자 모두 사직하고 출사하지 않았다. 이에 왕은 집주관들을 파직하고 여러 곳의 내시별감과 내시원의 별고들을 모두 감원 조치하고서 최재 등을 불러 일을 보게 하였다. 그러나 습명은 홀로 말씀드린 것들을 전부 따라주지 않은 것을 이유로 나가지 않았다. 우상시 최관은 홀로 글을 올리는 일에도 참여하지 않고 예전처럼 벼슬에 나와 여론에서 비루하게 여겼다. 습명이 부식의 별채에 우거하고 있었는데 간관들이 습명의 이러한 일은 간관의 체통을 잃은 것이라고 탄핵하며 죄를 주자고 청하여 기거주 벼슬이 떨어져 나갔다. 그러나 곧 예부시랑으로 승진되었다.

列傳 31 趙浚

[趙浚上言] 非有功不侯 我朝之法也 金侍中富軾削除僭亂 平定西都 進封樂浪侯 金政丞方慶伐叛耽羅 問罪東倭 得封上洛公 自今 宰相非安社定遠功臣 無得封君

조준이 상언하였다. 공훈이 있지 아니하면 후작(侯爵)을 내리지 않는 것은 우리나라의 법입니다. 김시중 부식은 참람히 예의를 어지럽히려는 일을 가라앉히고 서도를 평정한 공으로 낙랑후에 봉해졌고, 김정승 방경은 탐라의 반역 무리를 정벌하고 동쪽 왜구의 죄를 물은 공으로 상락공에 봉해졌습니다. 지금부터서는 재상이라도 사직을 안정시키거나 멀리 있는 지역을 평정한 공신이 아니면 군을 봉하는 일이 없게 하소서.

列傳 38 文公仁

西人斬妙淸 遣尹瞻請降 元帥金富軾移書兩府曰 宜厚待瞻 以開自新之路 公仁不聽 奏下瞻獄 困辱之 由是西人復叛 至踰年乃克

서경사람들이 묘청의 목을 베어서 윤첨을 보내 항복을 청하자 원수 김부식은 양부에 글을 보내, "의당 후히 대접하여 그들이 스스로 새로워지려는 길을 열어주도록 하라." 고 하였다. 그런데 공인이 이말을 듣지 않고서 윤첨을 옥에 가둘 것을 아뢰어 온갖 곤욕을 주었다. 이로 말미암아 서경사람들이 다시 반란을 일으켜 해를 넘겨서야 겨우 이기게 된 것이다.

列傳 40 李資謙

[仁宗]下詔 欲異其禮數 群臣請書表不稱臣 宴會不與百官庭賀 待制金富軾以爲不可 從之

인종이 조서를 내려 이자겸에 대한 예우를 달리 하고자 하였다. 그러자 군신들이 청하기를, "표문을 올릴 적에 신이라는 말을 쓰지 말고, 연회에서는 백관들과 함께 조정 뜰에서 하례 인사를 올리지 않게 하소서."하였으나, 대제 김부식이 불가하다 하여 그대로 따랐다.

列傳 40 妙淸

鄭知常…乃與近臣內侍郎中金安謀曰 吾等若奉主上 移御西都爲上京 當爲中興功臣 非獨富貴一身 亦爲子孫無窮之福 遂騰口交譽 近臣洪彝敍李仲孚 及大臣文公仁林景淸從而和之 遂奏妙淸聖人也 白壽翰亦其次也 國家之事 一一諮問而後行 其所陳請無不容受 則政成事遂 而國家可保也 乃歷請諸官署名 平章事金富軾 參知政事任元敱 承宣李之氐 獨不署

정지상이…근신인 내시낭중 김안과 꾀하기를, "우리들이 만일 주상을 모시고 서도로 도성을옮겨 상경을 삼게 하면 당연히 중흥공신이 될 것이니 단지 우리 한 몸만 부귀를 누릴 뿐만이 아니고 자손들에게도 무궁한 복록이 될 것이다." 하고서 마침내 [묘청과 백수한을] 화제에 올려 번갈아 한껏 치켜올렸다. 그러자 근신 홍이서와 이중부 그리고 대신 문공인과 임경청이 따라서 동조해 주었다. 이에 드디어 아뢰기를, "묘청은 성인이고 백수한은 그 버금에 가는 사람입니다. 국가의 일을 하나하나 자문하신 뒤에 행하시고 그들이 아뢰어 청하는 바를 모두 수용하신다면 정사가 이루어지고 국가가 보전될 것입니다." 하고서 여러 관원들에게 한 사람 한 사람 서명을 받았다. 여기에 평장사 김부식, 참지정사 임원애, 승선 이지저만 서명하지 않았다.

有卒崔彦韓善貞等乃奏曰 臣等以事歸本鄕黃州 見西人率兵至洞仙驛 執司錄高甫正 又取驛馬送西京 禁人往來京城者 吾等晝伏夜行 從間道來

王乃召宰樞議之 命富軾元數 及承宣金正純 會兵部治兵爲討賊計 遂以
富軾爲元帥 往征之

군졸 최언과 한선정 등이 아뢰기를, "신들이 일이 있어 고향 황주를
가는 길에 보니 서경 사람들이 군사를 거느리고 동선역에 이르러 사
록 고보정을 사로잡고 또 역마를 빼앗아 서경으로 보내며 경성으로
왕래하는 사람들을 금지시키고 있었습니다. 우리들은 낮에는 숨고 밤
으로 길을 걸어 사잇길로 되돌아 왔습니다."하여 왕이 재추를 불러
의논하고서 부식과 원애 그리고 승선 김정순에게 명하여 병부에 모
여 군사를 준비하여 역적 무리를 토벌할 계책을 세우게 하였다. 그리
고 마침내 부식을 원수로 삼아서 가 정벌하게 하였다.

[妙淸]遣檢校詹事崔京上表…表至 咸曰 以臣召君 可斬其使 王欲息兵
乃賜京酒食幣帛 命爲分司戶部員外郞 慰諭遣還 召問兩府大臣 將以是
日出師 富軾等諸將詣闕俟命 安等謀緩兵期 以圖不軌 乃奏引見金使 受
詔而後 移御大明宮 遣將猶未晩也 或告安等潛聚兵仗 私相偶語 陰謀不
測 富軾謂諸相曰 西都之叛 知常安壽翰與其謀 不去此輩 西都未可得
平 密諭正純 使勇士曳出三人 斬於宮門外

[묘청이] 검교첨사 최경을 보내 표문을 올렸다…표문이 이르자 모두
가 다, "신하의 신분으로 군주를 불러서 오라고 하니 사신을 목베어
야 할 것입니다."고 말들 하였다. 그러나 왕은 전쟁을 피하고자 최경
에게 술이며 음식과 폐백을 내리고, 임명하여 분사 호부원외랑을 삼
고 위로의 말을 곁들여서 되돌려 보냈다. 양부의 대신들을 불러서 바
로 이날로 군사를 출동시킬 것인가를 물으니, 부식 등 여러 장수들은
대궐에 나아와 명을 기다렸다. 그러나 김안 등은 군사의 출발 기한을
늦추는 것으로 불궤의 계책을 삼으려 하였다. 그래서 금 나라의 사신
을 인견하여 조서를 받은 뒤, 대명궁으로 거둥하여 장수들을 출동시
키더라도 늦지 않을 것이라고 아뢰었다. 이때 일부 사람들이 김안 등
이 몰래 병장기를 모아드리고 사사로이 끼리끼리 쑤군거리며 불측한
음모를 꾸미고 있다고 아뢰어왔다.

부식이 여러 정승들에게 일러 말하기를, "서경의 반란에는 정지상과

김안 백수한이 그 역모에 끼어 있으니 이들 무리를 제거하지 않고서는 서경을 평정시킬 수가 없다"하고서 김정순에게 은밀하게 일러 힘이 센 사람들을 시켜 이들 세 사람을 끌어내어 궁문 밖에서 참수하라고 하였다.

富軾大軍至 列城震懼 富軾遣僚掾于西京 曉諭至七八 匡等知不可抗 欲出降 猶豫未決

부식의 대군이 이르르니 여러 고을들은 놀라 두려워하였다. 부식이 서경에 관료들을 보내 칠팔 차례에 걸쳐 깨우쳐 알리자 조광 등은 항거할 수 없음을 깨닫고서 나아가 항복하고자 하면서도 머뭇대며 결정을 내리지 못하였다.

列傳 41 鄭仲夫

除夕設儺禮 呈雜技 王臨視 內侍茶房牽龍等交相騰躍爲樂 內侍金敦中 年少氣銳 以燭燃仲夫鬚 仲夫搏辱之 敦中父富軾怒 白王 欲拷仲夫 王允之 然異仲夫爲人 密令逃免 仲夫由是慊敦中

섣달 그믐날 밤에 나례를 열어 각종의 기예를 선보이는데 왕이 참석하여 구경하였다. 내시며 다방이며 견룡 등이 서로서로 발을 동동구르며 좋아들 하였다. 내시 김돈중이 나이 어리고 재주가 매우 날카로웠는데 촛불로 중부의 수염을 태워 중부가 쥐어박으며 곤욕을 주었다. 돈중의 아버지 김부식은 성이 나서 왕에게 아뢰어 중부를 매질하고자 하였다. 왕은 이를 윤허하였다. 그러나 중부의 사람됨을 남다르게 보아 몰래 도망쳐 모면하도록 하였다. 중부는 이일로 해서 돈중을 못마땅해 하였다.

朝鮮王朝實錄

세종13년 정월경인, 經筵講日食處曰 予觀三國史所書日食 或一國書而二國不書 或二國書而一國不書 太陽之食 雖陰雲蔽之 豈以三國而或見或否乎 金富軾河崙權近修史 而所書不同何也 左代言 金宗瑞對曰 因史筆而修 故三國各異 上曰 然 又曰 修前朝史者 改宗稱王 殊失其眞 楚僭號稱王 夫子降而稱子 猶曰知我罪我其惟春秋乎 後人亦譏夫子筆削魯

史之直筆 修前朝史者 改宗稱王之非 明矣

세종32년 정월신묘, 集賢殿副校理梁誠之上備邊十策…三曰 擇將帥 蓋將帥三軍之司命也 不可以徒取其勇 亦不可徒取其以文人而稍知武藝者也 前朝多用儒將 如姜邯贊金富軾趙冲金得培是也 若以武臣爲將 則亦文臣爲副 相與文武兼制 以成其功焉 至于衰季 一入樞密院卽拜元帥 以致倭寇之侵陵 誠可恨已

※세종실록 지리지에 나오는 김부식 관계 문장은 신지 않음.

단종즉위년 12월신축, 議政府據禮曹呈啓 前朝太師開國武烈公裵賢慶 忠烈公洪儒 武恭公卜智謙 壯節公申崇謙四人 皆推戴太祖 統一三韓 爲一等功臣…俱配享太祖…門下侍中文烈公金富軾 妙淸等據西京叛 仁宗命富軾討平之 富軾以文章名世 宋使徐兢見富軾 樂其爲人 載富軾家世 又圖形以歸 奏帝 鏤板以廣其傳 由是名聞天下 配享仁宗…此等人於各代配享之中 特有功於生民 請王氏奉祀時 從祀 從之

성종실록13년 10월갑술, 御經筵講訖…知事徐居正曰 吾東方自箕子受封以來 年紀雖久 以文籍不傳 其間新羅千歲 高句麗七百載 百濟六百年一無所傳之書 金富軾掇拾撰三國史 我世祖嘗命儒臣編輯而未就 若前後漢書通鑑等書 則雖無所藏 猶可求於中朝 本國之史 假如無傳 何從而得乎 所當先印者三國史也 上曰 可 書籍廣布之策 令戶曹典校署提調議啓

중종실록37년 7월을해, 行副司直漁得江上疏…東國史記有三國史高麗史節要 三國史刊行慶州 其板尙在 麗史節要鑄字印頒 儒者罕見 近世 徐居正摠裁史局 撰東國通鑑 至爲該博 鑄字印頒亦罕於世 臣觀金富軾三國史史論 權近麗史節要史論 文章簡古 今不可贊一辭 而居正史論 不及金權遠矣 此非盡居正之手 多出於僚佐新進之手 萬一華人得之 必小我之文章 且其印通鑑之字 過於細小 今宜更設史局 所云論與文 更加筆削

선조21년 7월무오, 今日降號 明日復舊 允合事宜 考諸前史 妖僧妙淸據平壤叛 金富軾討平之 除留守監軍外 只省西京官僚而已…皆無降號之事

영조5년 9월기묘, 行召對 講東史 至金富軾論刲股事 上曰 明太祖設禁者 爲親病斷指等事也 父母病則不可愛身 何論中與不中乎 然一一皆出於愛親之至誠 則固不可禁 而其流必有弊 故禁之矣 此則不然 爲其父母

之飢 而公然割肌 異於爲親病靡不用極之事矣 太祖亦杜其弊源而已 非
禁其至情也

中　　國

隋　書

8권. 煬帝紀 下, 高麗小醜 迷昏不恭 崇聚勃碣之間 荐食遼獩之境 雖復
漢魏誅戮 巢窟暫傾 亂離多阻 種落還集 [校勘記] 種落還集 還 朝鮮金
富軾三國史記二十 作還

宣化奉使高麗圖經　 -宋 徐兢-

卷8. 人物, 同接伴通奉大夫尙書禮部侍郎上護軍賜紫金魚袋金富軾
金氏世爲高麗大族 自前史已載 其與朴氏族望相埒 故其子孫多以文學進
富軾豊貌碩體 面黑目露 然博學强識 善屬文知舊今 爲其學士所信服 無
能出其右者 其弟富轍亦有時譽 嘗密訪其兄弟命名之意 蓋有所慕云
김씨가 대대로 고려의 명문거족임은 이미 지난 역사책에 실려 있다.
그들 집안은 박씨 집안과 명망이 서로 비슷하다. 그러므로 그들 집안
자손들은 대부분 문학으로 진출하였다. 부식은 풍후한 풍모에 큰 몸
집으로 얼굴은 검고 눈은 툭 튀어나왔다. 그러나 널리 배우고 뛰어난
기억력으로 글을 잘 짓고 고금을 통달하였다. 학자들에게 믿음을 사
고 마음으로부터의 존경을 받음에 있어서 능히 그보다 더 나을 사람
이 없다. 그의 아우 부철도 한 시대의 명예를 지녔다. 한번은 형제의
이름[富軾과 富轍]지은 뜻을 은밀하게 물었더니 사모한 바가 있어서
라고 하였다.
※宋 나라 문장가 蘇東坡 형제 蘇軾 蘇轍을 사모하여 이름을 그렇게
지었다는 말이다.

宋 史

203권. 藝文志 傳記類, 金富軾奉使語錄一卷

487권. 外國 高麗, 欽宗立 賀使至明州 御史胡舜陟言 高麗靡弊國家五十年 政和以來 人使歲至 淮浙之間苦之 彼昔臣事契丹 今必事金國 安知不覘我虛實以報 宜止勿使來 乃詔留館於明而納其贄幣 明年始歸國 [欽宗]二年 浙東路馬步軍都摠管楊應誠上言 由高麗至女眞路甚徑 請身使三韓 結鷄林以圖迎二聖 乃以應誠假刑部尙書充高麗國信使 浙東帥臣翟汝文奏言 應誠欺罔 爲身謀耳 若高麗辭以金人 亦請問津以窺吳越 其將何辭以對 萬一辱命 取笑遠夷 願無遣 應誠聞之 遂與副使韓衍 書狀官孟健由杭州浮海以行 六月 抵高麗 諭其王楷以所欲爲 楷曰 大朝自有山東路 盍不由登州往 應誠曰 以貴國路徑耳 楷有難色 已而命其門下侍郎富佾至館中 果對如翟汝文言 應誠曰 女眞不善水戰 佾曰 彼常於海道往來 況女眞舊臣本國 今反臣事之 其强弱可見矣 居數日 復遣其中書侍郎崔洪宰 知樞密院金富軾持前議不變 謂二聖今在燕雲 大朝雖盡納土未必可得 何不練兵與戰 終不奉詔 應誠留兩月餘 不得已見楷於壽昌門 受其拜表而還 十月 至闕 入對言狀 上以楷負國恩 怒甚 尙書右丞朱勝非曰 彼隣金人 與中國隔海 利害甚明 曩時待之過厚 今安能責其報也 右僕射黃潛善曰 以巨艦載精兵數萬 徑擣其國彼寧不懼 勝非曰 越海興師 燕山之事可爲近鑑 上怒解

※楷는 고려 仁宗의 諱이다.

新 羅

孤雲集(1925년 간행) -崔致遠(857：憲安王1~?)-

孤雲先生事蹟 (15판 a5행), 東史補遺 按馬韓爲高句麗 辰韓爲新羅 弁韓爲百濟 崔致遠已有定論 此非致遠創爲之說 自三國相傳之說也 金富軾地理誌 亦以致遠之論爲是

「동사보유」에 마한이 고구려가 되었고 진한은 신라가 되었고 변한은 백제가 되었음은 최치원이 진작에 정론을 제시하였다. 이는 치원이 처음으로 만들어 낸 말도 아니고 삼국시대부터 전해 오는 설이다. 김부식의 지리지에도 치원의 주장으로 옳음을 삼고 있다.

高　　麗

東國李相國集(1251년　간행)　-李奎報(1168 : 의종22년~1241　고종28년)-

卷第2. 古律詩, 東明王篇序, 得舊三國史　見東明王本紀　其神異之迹　踰世之所說者　然亦初不能信之　意以爲鬼幻　及三復耽味　漸涉其源　非幻也　乃聖也　非鬼也　乃神也　況國史直筆之書　豈妄傳之哉　金公富軾重撰國史頗略其事　意者公以爲國史矯世之書　不可以大異之事　爲示於後世而略之耶

옛 「삼국사」를 얻어 동명왕본기를 보았다. 그 신기하고 기이한 자취는 시대를 넘어 말들 되어온 것이었으나 그러나 처음에는 쉽게 믿기지 않았다. 귀신이나 환영과 같은 얘기들로만 생각되어졌다. 그러나 맛을 들여 거듭 읽다보니 차츰 그 근원이 가슴에 와 닿으며 환영이 아니라 성스러운 말이며 귀신 얘기가 아니라 신성함이었다. 하물며 나라의 사관이 직필로 기록한 책에 설마 망녕된 말을 전하였으랴 하는 생각이 들었다. 김공 부식이 거듭 삼국의 역사를 편찬하며 그 일들을 크게 생략한 것은, 아마도 국가의 역사책이란 세상을 바로잡는 책인데 이다지 매우 괴이쩍은 일을 후세에 보여줄 수 없다 생각하고서 생략한 것이리라.

梅湖遺稿(1784년　간행) -陳澕(명종~고종연간)-

附錄(34판　a1행). 我本朝　以人文化成　賢儁間出　贊揚風化　光宗顯德　始關春闈　擧賢良文學之士　玄鶴來儀　濟濟比肩　文王以寧　厥後朴寅亮　金富軾　鄭知常　文淑公父子　吳先生兄弟　李學士仁老　兪文安公升旦…金石間作　星月交輝　漢文唐詩　於斯爲盛

우리나라는 문치로 교화를 이루며 어질고 준걸한 인물들이 간간이 배출되어 풍화를 도와 꽃을 피웠다. 광종 연간에 과거를 처음으로 실시하여 어질고 문학에 뛰어난 선비를 뽑으니 하늘에서는 학이 날아와 춤을 추고 조정에는 훌륭한 선비가 쏟아져 나라가 평안하여졌다. 그후 박인량, 김부식, 정지상, 문숙공 부자, 오선생 형제, 이학사 인로, 유문안공 승단…김석 등이 간간이 배출되어 달과 별처럼 번갈아 빛을 뿌림으로서 한 나라의 문장과 당 나라의 시가 우리나라에서 융성할 수 있었다.

止浦集(1801년 간행) -金坵(1211 : 희종 7년~1278 : 충열왕 4년)-
卷3. 啓, 上座主金相國良鏡謝傳衣鉢啓, 睿宗登極 乾統立元 定乙丙科 用革取人之法 起文武學 廓開養士之規 舘置之區七分 國養之生百數 或補之以博諭直學 或校之以論策貼經 擧敏庸韓子純之十一徒 俾頌歌於兩管 遣權適甄惟氏之四五輩 承學問於中朝 洪灌尹諧之流兮 講論典謨 金緣富軾之輩兮 主張文翰 揮羽觸於乾德殿

拙藁千百 -崔瀣(1287 : 충열왕 13년~1340 : 충혜왕복위 1년)-
卷2. 送鄭仲孚書狀官序, 三韓古與中國通 文軌未嘗不同 然其朝聘不以歲時 故寵待有出於常夷 蓋所以來遠人也 每遣人使 必自愼簡官屬 其帶行或至三五百人 少亦不下於一百 使始至中國 遣朝官接之境上 所經州府 輒以天子之命致禮餼 至郊亭 又迎勞 到館撫問 除日支豐腆 自參至辭 錫讌內殿 設食禮賓 御札特賜茶香酒果衣襲器玩鞍馬 禮物便蕃不絶 而隨事皆以表若狀稱陪臣伸謝 而其私覿宰執 又多啓箚往復 故書記之任非通才 號難能 中古國相若朴寅亮金富軾輩 皆嘗經此任 以爲中國所稱道者 自臣附皇元以來 以舅甥之好 視同一家 事敦情實 禮省節文 苟有奏稟 一介乘傳直達帝所 歲無虛月 故使不復擇人 恩至渥也 獨於年節例以表賀 而且有貢獻 故國卿充其使副 而粗如舊貫焉

牧隱集(1626년 간행) -李穡(1328 : 충숙왕15년~1396 : 태조5년)-
卷8. 賀竹溪安氏三子登科詩序, 宰相金觀有了三人等科 曰富佾 曰富軾

曰富儀是已　不章閔公珪有子五人等科　曰康鈞　曰迪鈞　曰光鈞　曰仁鈞
曰良鈞是已

※부식 형제의 맏형인 富弼도 과거에 급제하였음이 고려사 열전 제
10 金富佾과 그의 아우 富儀의 열전에 나타나 있는데 목은이 아마
미쳐 살피지 못하였는 듯하다.

附錄. 牧隱詩精選序, 高麗氏開國　文治大興　金文烈富軾　鄭諫議知常唱
之於前　陳補闕澕　李大諫仁老　李學士奎報　金員外克己　林上舍椿　齊名
一時　一詩道之中興也

圓齋藁(1418년　간행)　-鄭樞(1333：충숙왕　복위　2년~1382：우왕　8
년)-

卷上.　東國四詠,　座主益齋侍中命賦,　金侍中富軾騎騾訪江西惠素上人,
孤雲出岫大江流　相國騎騾境轉幽　何事往來多邂逅　山僧沽酒共登樓

圃隱集(1607년　간행)　-鄭夢周(1337：충숙왕복위6년~1392：공양왕4
년)-

鄭襲明傳, 鄭襲明…仁宗朝累轉國子司業起居注知制誥　與郎舍崔梓　宰相
金富軾　任元敳　李仲　崔奏等上書言時弊十條　伏閤三日　不報　皆辭職不
出

陶隱集(1406년　간행)　-李崇仁(1347：충목왕3년~1392：공양왕4년)-
陶隱文集序, 吾東方雖在海外　世慕華風　文學之儒前後相望　在句高[高
句]麗曰乙支文德　在新羅曰崔致遠　入本朝曰金侍中富軾　李學士奎報　其
尤者也

朝　　　　　　鮮

三峯集(1791년　간행)　-鄭道傳(?~1398：태조7년)-
권3. 陶隱文集序, 吾東方雖在海外　世慕華風　文學之儒前後相望　在高句

麗曰乙支文德　在新羅曰崔致遠　入本朝曰金侍中富軾　李學士奎報　其尤
者也

松堂集(1901년　간행)　-趙浚(1346：충목왕2년～1405：태종5년)-
卷4. 陳時務第二疏，非有功不侯　我朝之法也　金侍中富軾削制僭亂　平定
西都　進封樂浪侯　金政丞邦慶伐叛耽羅　問罪東倭　得封上洛公　願自今
宰相非安社定遠功臣　毋得封君

陽村集(1674년　간행)　-權近(1352：공민왕1년～1409：태종9년)-
卷19. 三國史略序，惟我海東之有國也　肇自檀君朝鮮　時方鴻荒…載籍不
傳　良可惜也　逮新羅氏與高句麗百濟鼎立　各置國史　掌記時事　然而傳聞
失眞　多涉荒怪　錄其時事　未克詳明　且多雜以方言　辭不能雅　前朝文臣
金富軾輯而修之爲三國史　乃倣遷史　國別爲書　有本紀有列傳有志有表
凡五十卷　以一歲而分紀　以一事而再書　方言俚語　未能盡革　筆削凡例
未盡合宜　簡秩繁多　辭語重復　觀者病其棄此而遺彼　而難於參究也
卷24. 進三國史略傳，三國鼎峙　力莫能於合幷　日相尋於甲兵　時僅有其
國史　記傳聞則多涉於荒怪　錄所見則未盡其詳明　逮王高麗　有臣富軾　凡
例取法於馬史　大義或乖於麟經　且一事之始終　率再書於彼此　方言俚語
之相雜　善政嘉謀之罕傳　國別爲書　人難參究
卷34. 東國史略論，神武王元年，按禮重復讎　春秋貴討賊　故君父之讎　不
共戴天　篡弑之賊　人人之所得討也　且少陵長賤妨貴　亦春秋之所深惡
也…新羅興德王薨無嗣　時堂弟均眞與姪悌隆爭位　皆非嫡也　則是均眞以
長當立矣　而侍中金明輔不正　奉悌隆殺均眞而立之　均眞之子祐徵　卽與
金陽奔淸海鎭　謀欲復讎　未嘗一日北面而臣於悌隆也　及金明又弑悌隆而
自立　金陽能與張保臯等討殺金明而立祐徵　是眞得復讎討賊之義矣　當加
美詞　以爲萬世臣子之勸也　金富軾乃謂金明殺僖康而卽位　祐徵殺閔哀而
卽位　乃與弑逆之儔　並列而並論之　何哉

訥齋集(1791년　간행)　-梁誠之(1415：태종15년～1482：성종13년)-

卷1. 備邊十策, 一 擇將帥 蓋將帥 三軍之司命也 不可以徒取其勇 亦不可徒取其以文人而稍知武藝者也 前朝 多用儒將 如姜邯贊金富軾趙冲金得培是也 若以武臣爲將 則亦用文臣爲副 相與文武兼制 以成其功焉 至于衰季一入樞密 卽拜元帥 以致倭寇之侵陵 誠可恨已

四佳集(1705년 간행) -徐居正(1420 : 세종2년～1488 : 성종19년)-
四佳集序, 吾東方 世稱文獻之國 文章之士 代不乏人 高句麗之乙支文德 新羅之崔致遠 至於前朝 金侍中富軾 李相國奎報 是其尤者也
文集 卷4. 三國史節要序, 自古有天下國家者皆有史…三韓問起 然無君臣上下之分 安有載籍之可傳者乎 新羅始祖赫居世始興 越二十年 而高句麗始祖朱蒙立 又二十年 而百濟始祖溫祚立 各有民社 鼎足之勢成矣…獨惜乎當時無良史 後世不善守 史籍之存 僅百中之一二 雖使遷固復生 亦難於著述矣 況其下者乎 金富軾法陳壽三國志 撰三國史 患其文籍殘缺 本末無稽 則採撫中國諸書 或補或證之 而非實錄矣 至聘問侵伐災異等事 以一事而疊書於彼此 頗傷重複 況取捨是非 筆削凡例 亦未盡合矣 識者病之 權近法綱目作史略 患其三國並峙 莫適爲主 則以新羅先起後滅而爲主 臣竊攷魏吳蜀三國之例 溫公之以魏爲主 重承受也 朱子之以蜀爲主 尊正統也 今以先起後滅爲主 考之前史而無據 揆之事理而不順 且史略 編年之書也 乃以一人之終始 而幷書於書卒之下 一事之顚末 而幷錄於類附之間 年月無繫 頗失記事之體 然富軾作全史於掇拾斷爛之中 權近作史略於繁冗瑣屑之餘 功亦不細矣
補遺2. 進三國史節要箋, 惟我日出之邦 實是天作之地 檀君並堯立 肇建千載之基 箕子受周封 丕闡八條之化 滿起亡命而北據 準不圖存而南奔 四郡因之瓜分 三韓遂焉鼎峙 顧年代之已邈 慨載籍之無聞 新羅先起而三姓相傳 麗濟繼興而二國同祖 或傳世蹟於五百 或歷年幾於一千 境壤惟其犬牙 干戈是以糜爛 德齊地醜 勢已難於合幷 脣亡齒寒 禍實迫於顚覆 雖得失殷鑑之未遠 迺文獻杞禮之不徵 富軾祖馬史而編摩 所失者綴拾苴補 權近法麟經而纂輯 所病者因循雷同 是不足傳信而傳疑 亦安能可法而可戒

佔畢齋集(1789년 간행) -金宗直(1431 : 세종13년~1492 : 성종23년)-
文集 卷1. 送鄭監察錫堅赴燕京序, 朝聘之使 必有書狀 書狀卽古書記之
任也 苟非博洽通敏之材 蓋難能焉 我東方 自高麗以來 其爲任或輕或重
趙宋時 待我之隆 亞於遼金 使者及境及郊亭及舘 皇帝之勞問沓至 錫宴
內殿 橫賜御札 輒用表狀而陳謝之 又於公卿私覿 館伴酬答 若啓箚若詩
騷往復不已 是皆出於書記之手 當人材全盛之時 號能辦此者 朴參政寅
亮 金文烈富軾數人外 無聞焉 逮至胡元 以高麗比之內地 設行省官僚
時節貢獻 雖依舊貫 而賓接之禮 實同他邦 故爲書記者 亦無所事 於是
士之蔑羞恥懵學術 以利賞賜者 率皆僥幸而冒行 嗚呼 中國失其輕重之
權 而使事如是之懸絶 亦可以觀世變也
[上同] 送李國耳赴京師序, 吾東方 邈居海外 然箕子之後 詩書之俗藹如
也 其在新羅 唐太宗聞庾信仁聞之風 謂爲君子之國 其在高麗 金富軾朴
寅亮金覲李資諒之徒入宋 以文雅迭鳴 而人稱小華

青坡集 -李陸(1438 : 세종20년~1498 : 연산군4)-
卷2. 遊智異山錄, 斷俗寺 自天王峯東走其五六十許里 有獨立峯 是爲外
山 東距丹城十餘里 北距山陰十五六里 前距召南津又十餘里 寺在峯下
凡百有餘間 中大殿曰普光 景泰中重創寺 前有創板堂 國朝所建 西南北
各有古碑 忘其所立歲月 庭右有一閣 新羅所創 壁有四王畫像 金碧尙新
古傳羅僧金生 壁上寫維摩像 又畫老木一株 山鳥時時飛集 欲坐而墜 後
一枝汚毀 居僧續之 自是鳥不復來 今皆亡矣 然四王眞 甚奇古 非道子
畫 卽金生筆 高麗名賢金富軾鄭襲明嘗遊于此 有詩在壁間
㵢谿集(1530년경 간행) -兪好仁(1445 : 세종27년~1494 성종25년)-
卷7. 遊松都錄(11판b), 有寺曰靈通 層巒疊巘 回護磅礴 宛然一壺中 西
偏小樓 俯臨絶澗 樹陰無罅 雖盛暑 凉籟瀏瀏 起人膚粟 板上有月牕千
峰及諸巨公詩 皆淸適可誦 沙門內 樹義天功德碑 金富軾製也

懶齋文集(1674년 간행) -蔡壽(1499 : 세종31년~1515 : 중종10)-

卷1. 遊松都錄, 至靈通寺 寺在五冠山下 洞府深邃 殿宇宏敞 有古碣 乃
文宗子釋煦功德碑也 金富軾所製 而吳彥侯所書

秋江集(1921년 간행) -南孝溫(1454：단종2년~1492：성종23년)-
卷3. 婦翁思親堂次韻玄山居士七首 其二, 少立奇功老大休 金剛結社臥
東林 閒雲一片幾空色 千古淸風吹翠岑 ○右述平章之德 公諱彥頤 少從
金文烈公富軾討克妙淸

錦南集(1676년 간행) -崔溥(1454：단종2년~1504：연산군10년)-
卷1. 東國通鑑論, 馬韓亡, 周武王己卯 封殷太師箕子于朝鮮 都平壤 相
繼歷九百餘年 至四十代孫否 當始皇二十六年庚辰 畏秦服屬焉 否死 子
準立 後二十九年漢惠戊申 燕人衛滿亡命 聚黨攻之 準浮海而南 至金馬
郡都之 稱馬韓 統五十餘國 歷四郡二府之時 傳世亦二百年 至是爲百濟
所滅 箕氏相傳 前後蓋千有餘年矣 其傳世之久 至於如此 夫其無自而然
哉…惜其載籍無傳 文獻不足徵也 今馬韓之滅 金富軾權近皆不言箕君終
始何也 以箕子之聖之德 子孫微弱 播遷一朝 不祀忽諸 不亦悲乎
[上同] 高句麗泉蓋蘇文死, 太宗將伐高句麗 聲蘇文弑逆之罪 蘇文囚天
子使 侮慢不恭 其罪惡 天下古今之所無 雖三尺童子 皆知兇逆而唾罵之
奈何王安石對神宗之問 曰太宗之不克高麗 以蘇文非常人也 以如是亂賊
之魁 謂非常人 則天下古今亂臣賊子 孰非非常之人乎 安石心術不正 而
學術亦不正 春秋經世之大典 尤謹嚴於誅亂討賊之義 而安石以謂斷爛朝
報 請於經筵不得進講 蓋不知春秋誅討之義 故其發於議論 告諸人主者
如是 富軾吾東方名士 於蘇文大逆不道之罪 知之詳矣 雷同安石謬說 謂
之才士 何也 其亦不免爲人臣不知春秋之罪矣
[上同] 張保皐, 唐書 宋祁之贊保皐曰 杜牧稱安思順爲朔方節度時 郭汾
陽李臨淮 俱爲牙門都將 二人不相能 雖同盤飲食 常睥相視 不交一言
及汾陽代思順 臨淮欲亡去 計未決 旬日 詔臨淮分汾陽半兵東出趙魏 臨
淮入請曰 一死固甘 乞免妻子 汾陽趨下 持手上堂曰 今國亂主遷 非公
不能東伐 豈懷私忿時耶 及別 執手泣涕 相勉以忠義 訖平劇盜 實二公

之力 知其必不叛 知其心 難也 忿必見短 知其材 益難也 此保皋與汾陽
之賢等耳 年投保皋 必曰彼貴我賤 我降之 不宜以舊忿殺我 保皋果不殺
人之常情也 臨淮請死於汾陽 亦人之常情也 保皋任年 事出於己 年且寒
飢 易爲感動 汾陽臨淮平生亢立 臨淮之命出於天子 權[삼국사기에는
攉]於保皋 汾陽爲優 此乃聖賢遲疑成敗之際也 世稱周召爲百世之師 周
公擁幼子 而召公疑之 以周公之聖 召公之賢 少事文王 老佐武王 能平
天下 周公之心 召公且不知之 苟有仁義之心 不資以明 雖召公尙爾 況
其下哉 嗟呼 不以怨毒相惎 而先國家之憂 晉有祈奚 唐有汾陽保皋 孰
謂夷無人哉 金富軾撰三國史 其論與唐書 詳略頗不同 今改正之

[上同] 敬順王, 金富軾以金傅比之錢氏 而謂功德遠過 有何所見而然耶
吳越之於宋 奉藩述職 君臣之分定矣 新羅之於高麗 與此不同 蓋泰封者
新羅之叛賊 麗祖泰封之臣也 雖泰封旣斃 麗運日昌 然新羅之於高麗 未
嘗屈膝稱藩 一朝棄宗社獻土地 北面而朝可乎 錢氏則自鏐因黃巢之亂
始居吳越 子孫相承 歷五季 至宋太宗 獻十三州 仍留宿衛 以累代藩臣
一朝效敬納土 非以大邦屈己辱身之比也 金傅雖賊萱所立 衰微不振 新
羅三姓相傳幾一千年 其深仁厚澤 足以固結人心 若臣若民 豈無自靖自
獻如三仁者 思先王之澤而不忘如殷民者乎 況王子論天命人心 反覆切諫
奈何敬順拒孝子之諫 乃以一千年朝宗之重器 數千里之提封 稽顙拱手
與之他人乎 敬順之於高麗 弱不可强 危不自存 自强爲善 以待天時加也
如不獲已 合餘燼背城 借一死於社稷可也 顧不省悟 身爲降虜 北面稱臣
匍匐進退於麗之闕庭 其異於晉愍吳皓者幾希矣 後雖富貴薰炙 外孫繁衍
安能雪亡國失身之大恥乎 如敬順者大節已亡 餘不足取 富軾比而等之錢
氏 復何所見而然耶

武陵雜稿(1908년 간행) -周世鵬(1495 : 연산군1년~1554 : 명종9년)-
卷5 原集. 書, 上李晦齋, 吾邦自箕後鮮有聞 三國時惟羅最稱 而其以文
章鳴者 推强首耳 然其所學未能皆出於周公仲尼之道 獨薛弘儒之博勤善
諷 崔文昌之文藻神異 其所見所行 眞可謂百世之士 而至於誠正之說 槩
乎其未聞也 然其生一隅倡文學 功莫大焉 則配享先聖 非斯人而誰歟 高

麗金文烈 以文業名天下 宋使之來我者 至寫容傳譜 而不能敎其子 一夫
燒髥 毒流王室 其禍慘矣 若安文成者異於是 一生禮晦菴 其垂裕 以敬
爲主 誠有東以來一人而已 人倫之道 自此大明 而入本朝 已覺與三代並
隆 世鵬之不量力 立廟而尊之 正見于此 幸以一言 惠示可否
卷6 原集. 雜著, 闢邪, 謹按殷太師東封 疇敎浹海域 其風爲萬國最 故世
稱中華 其登於竹帛者 名儒碩士 磊磊相踵 仰之若衆星麗太空 三國時
任沙浪獨以文章鳴于羅 其次薛弘儒崔文昌 文昌之文動天下 逮高麗 其
大鳴者 金文烈李文順而止耳 然而未聞以斯道爲其任者
別集 卷6. 金司成季珍入湖南幕赴錦山郡兩行時贈行詩卷跋, 我東方文治
自殷太師疇敎始 在三韓 新羅最尙文 其入學中華 著稱者多矣 然而三國
史獨稱文章强首 强首之文載史冊者 不可見 唯薛弘儒白頭翁之說 其引
喩當理類孟子 惜其生之僻且晩 而不得炙孔孟之門 又惜其生之早而不得
聞程朱之說也 若崔文昌大鳴於中國 其雕詞儷文 可以俯視晩唐 下逮高
麗 金文烈李文順諸公 其文詞亦工偉 然皆未免生僻晩早之惜也

海東文獻總錄(1969년　간행)　-金烋(1597년:선조30년~1639년:인조17
년)-
諸家詩文集, 高麗
金富軾文集-二十卷- 金富軾所著 富軾字立之 慶州人 風貌碩體 面黑目
露 以文章名世 肅宗祖 登第 討平西賊 拜侍中 毅宗卽位 封開國伯 宋
使者 見其善屬文通古今 樂其爲人 著高麗圖經 載公世家 又圖形以歸
鏤板以傳 由是名聞天下 卒諡文烈 -詩話云 文烈公結綺宮詩 堯階三尺
卑 千載稱其德 秦城萬里長 二世失其國 隋皇何不鑑 土木竭人力　燈夕
詩 華蓋正高天北極 玉鑪相對殿中央 君王恭默疎聲色 弟子休誇百寶粧
詞意嚴正典實 眞有德者之言也-

典故大方 -姜斅錫 編著-
卷2. 名將錄

高麗朝, 金富軾-文烈公 侍中 西京亂 以元帥討平之 善屬文 通古今 名
振天下 修三國史行于世-

권3. 書畵家

高麗,金富軾-慶州人 字立之 號雷川 仁宗時(梅竹)-

金澤榮全集(1978년 亞細亞文化社刊行) -金澤榮(1850 :철종1년~1927
년)-

卷6. 校正三國史記,

序, 答李明集論三國史校刊事書. 明集足下 間者 僕以金氏三國史 當醵
財重刊以正其誤事 陳其愚者再 今來諗難之 以爲僕所編韓國歷代小史
旣多正三國史之悞 則人將樂觀小史以取簡便 而不復留意於三國史 僕聞
之 竊不勝泯然大憂 浩然大歎 玆敢磬詞以更瀆焉 嗚呼 史才之難久矣
自班孟堅已不免官書之譏 況其下乎 乃三國史之文 能博古 能豐厚 能疎
宕 有活動之氣 如溫達一傳 置之戰國策史記之中 幾不可辨 何如其可貴
也 獨其中有字脫者 有句亡者 有傍註悞作正文者 其外一二 亦有不類金
氏之所爲者 竊嘗思究其故 蓋其史 成於高麗仁宗之末年 仁宗尋薨未刊
毅宗無道 不能留心於文史 卒遇鄭仲夫之亂 遂以亡失其書 其後 取其本
家所在荒稿以行之也 乃韓朝權徐二氏 不能深察其情 遽以疎昧史法貶之
而近歲漢城崔姓人刊此書 乃取二氏之語 而揭之篇首 則後生初學無知之
人 則將開卷以便唾 爲金公者不亦寃哉 今夫缺口之尊 潰鼻之劍 出於地
中 人之得者 必拂摩之 補綴之 尊奉之 重其古也 而況文史者 人物之所
萃 事業之所載 政令之所列 義理之所寓 天地鬼神之所監臨者乎…

總　集　類

新增東國輿地勝覽 -李荇等 奉敎撰-
卷51. 平安道, 平壤府.
山川. 蒼光山, 在府西南四里 諺傳金富軾領軍 妙淸等以藁席蓋此山 以
示倉廩之富 故亦名倉觀山

卷52. 順安縣.

佛宇. 法興寺, 金富軾記 法興古寺 但不知創之之時 或云昔有僧名法興者肇基之 是以號焉 厥後道荒而園荒 垣夷而屋圮 人莫得而居之 山僧澄悟好學識道理 名高乎當世者也 欲重修 詣闕下願奏請 而不能自達 於是臣上書以聞 時近臣鄭襲明 從事西京 則敎曰 向者此京人 爲妖僧妙淸所誑誤 負固不服 干周官之法 以臣召君 犯春秋之義 遂命元戎 攻城致討不惟兇徒自投羅網 抑我士卒殞命矢石 積日累月 逝川寢遠 猶恐浮魂落魄受苦長夜 擬憑佛事以資津濟 可與澄悟相地 宜作新之 以稱我哀矜之意 襲明承制 官給其費 命下官執事 移古寺北十步許地 經營之 始於癸卯年春三月 至乙巳年春工旣訖 功自佛堂僧寢 以至庖廚庫廏凡八十間繚垣無慮長一百五十丈 上送齋文香物 俾梵唄重修 十日以落之 昔唐太宗皇帝詔於擧義已來交兵之處 立寺刹 仍命虞世南褚遂良等七學士 爲碑銘以紀功德 則今茲之事 亦太宗皇帝之用心也 宜備書之以示厥後云云

燕行錄選集

燕行紀. -徐浩修의 정조14년(1790년) 연행 기록문-

卷2. 起熱河至圓明園.

7월 16일, 吏部漢尙書彭元瑞問于余曰 貴國有海東秘史東國聲詩二書云 可得見乎 余曰 小邦本無秘史 有鄭麟趾高麗史 金富軾三國史 而今行適未携來 詩類則有康熙間所進東詩選而已 亦無他選 或因漁洋王士禎東士解聲詩之句 而傅會歟 彭曰 古文眞本惟貴國有之云 果然否耶 余曰 此齊東好怪之言

卷3. 起圓明園至燕京

8월 3일, 軍機大臣王杰退自召對 問于余曰 貴國有東國秘史東國聲詩二書云 今行或有携來否 余曰 向於熱河宴班 彭尙書亦問二書 而小邦史記鄭麟趾高麗史金富軾三國史以外 更無他選矣

燕轅直指 -金景善의 순조 32년(1832년)의 사행 기록-

卷1. 出疆錄

11월 24일, 鳳凰城記. 世傳安市城主楊萬春 射帝中目 帝耀兵城下 賜絹百疋 以賞其爲主堅守 三淵送其弟老稼齋入燕詩曰 千秋大膽楊萬春 箭射虯髥落眸子 牧隱貞觀吟曰 謂是囊中一物耳 那知玄花落白羽 二老所詠 當出於吾東流傳之舊 然唐太宗動天下之兵 不得志於彈丸小城 蒼黃旋師 其跡可疑 金富軾只惜其史失姓名 蓋富軾爲三國史 只就中國史書鈔謄一部以作事實 至引柳公權小說以證駐蹕之被圍 而唐書及司馬通鑑皆不見錄 則疑其爲中國諱之 然至若本土舊聞 不敢略載一句 於傳信傳疑之間 蓋闕如也 余謂唐太宗失目於安市 雖不可考 蓋以此城爲安市 恐非也

夢經堂日史 -徐慶淳의 철종 6년(1855년)의 연행 기록-
編1. 馬訾靮征紀
11월 1일, 安市城 城在鳳凰山中 唐太宗親征高麗時 此城累月不下 爲守將楊萬春射中左目 及其回軍 萬春登城拜謝 太宗賜絹百疋 此載金富軾三國史 而通鑑及唐史所不記也 城址尙存 可通線路云 而行忙 未及見

　　　燃藜室記述
別集4. 祀典典故
諸祠, 文宗元年賜額崇義殿 得高麗顯宗遠孫於公州 賜名循禮爲副使 賜土田藏獲 陞馬田縣爲郡 置敎官 敎王氏子弟 高麗名臣之有功德者 配享於廟…
崇義殿配享 『注』文宗命配享
　　　太師開國 武恭公 卜智謙
　　　太師開國壯節公 申崇謙
　　　太師開國忠烈公 洪 儒
　　　太師門下侍中仁憲公 姜邯贊
　　　太師開國武烈公 裵玄慶
　　　太師內史令章威公 徐 熙
　　　太師開國忠節公 庾黔弼

守太保門下侍中文肅公 尹 瓘
門下侍中文烈公 金富軾
…

別集14. 文藝典故
文章, 我國文章 始發揮於崔致遠 如金富軾能贍而不華 鄭知常能華而不
揚 李奎報能押闊而不斂 李仁老能鍛鍊而不敷 林椿能緻密而不潤 李穀
能的實而不慧…

[上同] 筆法. 今嶺南諸寺…玄化寺碑 顯宗親篆其額 周佇製而蔡忠順書
靈通寺碑 金富軾製而吳彦侯書 雖皆奇古 然字體有異

別集19. 歷代典故
新羅, 始祖朴赫居世 漢宣帝五鳳元年甲子四月立…金富軾曰 宋政和中從
李資諒入宋 遊佑神舘 見一堂設女仙像 舘伴學士王黼曰 此貴國之神 公
等知之乎 遂言曰 古有帝室女 不夫而孕 爲人所疑 乃泛海抵辰韓 生子
爲海東始主 帝女爲地仙 長在仙桃山 此其像也 臣又見大宋國信使王襄
祭東神聖母文 有娠賢肇邦之句 乃知東神 則仙桃山神聖者也

大東野乘
慵齋叢話 −成俔−
卷1. 我國文章 始發揮於崔致遠 致遠入唐登第 文名大振 至今配享文廟
今以所著觀之 雖能詩句而意不精 雖工四六而語不整 有如金富軾能贍而
不華 鄭知常能曄[華]而不揚
卷4. 我國少有好事者 宰相之卒 鮮用碑碣 惟大刹古基多有之…玄化寺碑
則顯宗親篆其額 周佇製而蔡忠順書之 靈通寺碑 則金富軾製而吳彦侯書
之 雖皆奇古 然字體有異

筆苑雜記 −徐居正−
卷1. 世傳金富軾妬才忌能 害鄭知常 今考麗史 知常墮妙淸術中 右翼實
多 而自全實難 非富軾所得私貸 且本傳及諸書 無一語及枉害 而世之所
傳如是何耶 近考金台鉉東國文鑑註 曰金鄭於文字間積不平 然則當時已

415

有是言矣

金富軾入宋 詣祐神館 見一堂設女仙像 館伴王黼曰 此貴國之神 公等知
之乎 遂言曰 古有帝室之女 不夫而孕 爲人所疑 乃泛海抵辰韓 生子爲
海東始主 帝女爲地仙 長在仙桃山 此其像也 今考之 新羅高句麗百濟之
初 無此帝女事 但東明之出 有柳花事 恐中國誤認有此說也

卷2. 李文靖公稿貞觀吟曰 謂是囊中一物耳 那知玄花落白羽 玄花言其目
白羽言其箭 世傳 唐太宗伐高麗 至安市城 箭中其目而還 考唐書通鑑
皆不載 但柳公權小說 太宗初見延壽惠眞率渤海軍 布陣四十里 有懼色
亦未有言其中傷者 居正意以謂 當時雖有此事 史官必爲中國諱 無怪乎
其不書也 但金富軾三國史亦不載 未知牧老何從得此

[上同] 我國自箕子受周封 興八條之敎 行井田法 當其時 豈無史官 而載
籍不傳 新羅高句麗百濟三國鼎峙 亦無史可傳 金富軾作三國史 掇拾通
鑑三國志南北史隋唐書 爲傳記表志 已非傳信之書 至於記事 每引所出
之書 尤非作史之體 又如侵伐會盟等事 以一事而疊書於三國紀 文不稍
變 亦不足取

海東雜錄 -權鼈-

卷4. 徐居正. 金富軾鄭知常以詩齊名一時 金詩嚴正典實 眞有德者之言
鄭詩語韻清華 句格豪逸 深得晚唐體 二家氣象不侔

詩話叢林(1652년 편찬) -洪萬宗-

白雲小說 -李奎報-

侍中金富軾 學士鄭知常 文章齊名一世 兩人爭軋不相能 世傳知常有琳
宮梵語罷 天色淨琉璃之句 富軾喜而索之 欲作己詩 終不許 後知常爲富
軾所誅 作陰鬼 富軾一日詠春詩曰 柳色千絲綠 桃花萬點紅 忽於空中
鄭鬼批富軾頰曰 千絲萬點有孰數之也 何不曰 柳色絲絲綠 桃花點點紅
富軾心頗惡之 後往一寺 偶登厠 鄭鬼從後握陰囊 問曰 不飮酒何面紅
富軾徐曰 隔岸丹楓照面紅 鄭鬼緊握陰囊曰 何物皮囊子 富軾曰 汝父囊
鐵乎 色不變 鄭鬼握囊尤力 富竟死於厠中

增補文獻備考

卷1. 象緯考[序]

若夫薄蝕凌犯飛流之屬　三國有金富軾本紀　高麗有鄭麟趾天文志　本朝有
觀象監日錄　雖詳略互異　而上下數千年　條貫可考　謹採諸書兼收曆法之
爲東國時用者　作象緯考

권13. 輿地考[序]

高麗中葉　金富軾作三國地志　是必得於新羅舊籍　可謂信文　而關西與北
關焉　山川道里不之載

권13. 輿地考, 歷代國界, 貊國

賈耽郡國志曰　今新羅北界溟州　蓋濊之古國　句麗之東南　濊之西　古貊地
蓋今新羅北朔州-金富軾三國史云　朔州今春川

권13. 輿地考, 歷代國界, 黃龍國

金富軾三國史地理志　卒本川·松讓國·優渤水·黃龍·荇人等國　皆云
未詳. 此恐爲的論

권13. 輿地考, 附三韓辨說

輿地勝覽曰　京畿馬韓之域　忠淸全羅道卞韓之域　黃海道馬韓　朝鮮舊址
慶尙道辰韓之地　馬韓爲高句麗　辰韓爲新羅　卞韓爲百濟　崔致遠已有定
論　金富軾亦以致遠之論爲是

권15. 輿地考, 郡縣沿革

新羅. 溟州, 金富軾曰　新羅始與高句麗百濟　地錯犬牙　後與唐滅二國　置
九州　本國界內置尙良康三州　百濟國界置熊全武三州　高句麗南界置漢朔
溟三州

권17. 輿地考, 郡縣沿革 江原道

輿地勝覽金富軾新羅本紀云　哀莊王五年　牛頭州蘭山縣伏石起立　地志則
以蘭山爲朔庭郡領縣　蓋景德王改比列忽爲朔庭　改牛首州爲朔州　富軾失
考於兩朔　而誤以朔州爲朔庭也

권23. 輿地考, 山川

平安道平壤錦繡山…蒼光山-在西南四里-　俗傳高麗金富軾討妙淸　妙淸

417

藁席覆蓋山上 以示蓄積之富 故亦名倉觀

권25. 輿地考, 關防, 城郭

高句麗, 金富軾曰 唐書云平壤城亦謂長安城 而古記云自平壤移長安 兩城同異不可知也

권25. 輿地考, 關防, 城郭

高麗睿宗十三年三月 西征元帥金富軾令州鎭軍 分隷五軍 各築一城於西京下 又於順化縣-今順安-王城江築小城

권30. 輿地考, 關防, 城郭

平安道 平壤邑城石築…多景樓城輿覽金富軾討妙淸 沿江築城-長一千七百三十四間-

권35. 輿地考, 關防, 海路3-西海亭館-

欽宗登極 金富軾充賀使 至明州 以金兵充斥 道梗不通 明年來還 宋使楊應誠之還 亦抵明州是也 應誠之來 欲因高麗延二帝 由海道歸 而麗人以金東濱大海 尤習水戰 若知淮浙形勢 則浮海襲其不意爲戒 是出於空動退托者 而亦非無理之言也

권45. 帝系考, 附宗室故事

新羅, 以承統者爲聖骨 王族爲眞骨…史臣金富軾曰 娶妻不娶同姓 所以厚別也 新羅不之娶同姓 兄弟子姑姨從姉妹皆聘爲妻 責之以禮 則大悖矣

권45. 帝系考, 國號

眞德主三年, 史臣金富軾曰 三代改正朔 後世稱年號 皆所以一大統 新百姓之視聽也 是故句非乘時竝起兩立以爭天下 與夫姦雄乘間而作覬覦神器 則不可私行年號 新羅一意事中國 而法興自稱年號惑矣 厥後襲謬已久 至是奉行唐號 可謂過而能改矣

권46. 帝系考, 附 氏族

高墟村長蘇伐公 望楊山麓蘿井林間 有馬嘶…林象德曰…三國史金富軾之言 赫居世之母 或言帝室之女 不夫而孕 爲人所疑 泛海抵辰韓 生赫居世 遂爲神

臣謹按 羅麗駕洛始祖之蹟 皆出於古記之荒誕 語甚不經 故金富軾三國

史 亦不取焉 然安鼎福所云 假托神怪 聳動愚民者 亦草昧古代之所不能
無者 故試考東西洋萬國歷史 其始祖刱國之際 未嘗無此等神怪荒誕之蹟
我東卵瓢金櫃之說 雖未敢遽信 亦姑存之 以備古跡可也

권46. 帝系考, 附 氏族

脫解王九年, 賜闕智姓金氏, 金富軾曰 或謂新羅自謂少昊金天氏之後 以
金首露亦其同姓云

권58. 禮考, 宗廟, 功臣配享

高麗仁宗時詳定儀, 仁宗室 守太傅文烈公金富軾-追配- 守太尉莊景公
崔思全

권61. 禮考, 城隍

高麗仁宗十四年 西京平 金富軾遣人祀城隍諸神

권64. 禮考, 前代始祖廟, 崇義殿

朝鮮文宗元年, 命以高麗功臣卜智謙·洪儒·申崇謙·庾黔弼·裴玄慶·
徐熙·姜邯贊·尹瓘·金富軾·金就礪·趙冲·金方慶·安祐·李芳實
·金得培·鄭夢周配享于崇義殿庭

권79. 禮考, 章服

高麗仁宗十八年, 金富軾使于金 宋使劉逵吳拭來聘在舘 宴次見鄉粧倡女
召來上階 指闊袖衣· 色絲帶·大裙 嘆曰 此皆三代之服 不意尚行於
此

권106. 樂考, 俗部樂, 高麗樂, 伐谷鳥

伐谷或作布穀 聲轉互幻而然也 金富軾聞敎坊妓唱布穀歌 感而作詩曰
佳人猶唱舊歌詞 布穀飛來櫪樹稀 還似霓裳羽衣曲 開元遺老淚沾衣

권109. 兵考, 制置

高句麗, 金富軾曰 新羅官號 因時沿革 唐夷相雜 百濟高句麗年代久遠
文墨晦昧 今無得以詳焉

권172. 交聘考, 歷代朝聘

高麗睿宗十一年, 金富軾嘗朝宋 帝賜秋成欣樂圖 富軾上表謝之

권172. 交聘考, 歷代朝聘

仁宗四年, 遣樞密副使金富軾等朝宋賀登極 至明州 時金兵入汴 道梗不

得通 明年乃還

권184. 選擧考, 科制

高麗仁宗二十二年 策進士 有司初擬金敦中第二 王欲慰其父富軾意 陞第一

권185. 選擧考, 科制, 高麗登科總目

仁宗二年, 金若溫金富軾取進士 賜高孝冲等三十七人及第…八年 金富軾康候顯取進士 賜朴東柱等三十二人及第…十七年 金富軾金端取進士 賜崔仍等二十人及第

권192. 選擧考, 銓注

新羅元聖王五年, 以子玉爲楊根縣小守執事使 毛肖駁曰 子玉非文籍出身不可委以外補…金富軾曰 惟學焉然後聞道 惟聞道然後炳知事之本末 故學而後仕者 其於事也 先本而末 自正不學者反此 但區區弊精神於枝末或掊斂以爲利 或苛察以相高 雖欲利國安民 而反害之 毛肖一言 可謂萬世之模範焉

권198. 選擧考, 薦用

高句麗故國川王十三年, 聘處士乙巴素爲國相…金富軾曰 古者哲王之於賢者 立之無方 用之不惑 若殷高宗之傅說 蜀先主之孔明 秦苻堅之王猛然後賢在位能在職 政敎休明 而國家可保 今王決然獨斷 拔巴素於海濱不撓衆口 置之百官之上 而又賞其擧者 可謂得先王之法矣

권217. 職官考, 諸府, 忠勳府

高麗仁宗, 以金富軾平西京賊功爲輸忠定難靖國功臣 及凱還 王告景靈殿賜甲第一區 進封樂浪侯 富軾三上表乞致仕 許之 加賜同德贊化功臣號

권217. 職官考, 諸府, 忠勳府

高麗恭讓王, 趙浚上言 非有功不侯 我朝之法 金富軾削制僭亂 平定西都封樂浪侯 金邦慶伐叛耽羅 問罪東倭 封上洛公 自今宰相非安社定遠功臣 毋得封君

권228. 職官考, 致仕

高麗, 侍中金富軾-仁宗二十年致仕-

권229. 職官考, 總論官制

新羅 景德王十七年, 金富軾曰 新羅官號 因時沿革 皆夷言 不知其意 當初設施 必也職有常數 位有定員 辨其尊卑 待其人才之大小 文記缺落 不可覈考

권239. 職官考, 臣諡

高麗 睿宗十二年 簽書樞密院使金黃元卒 黃元性不拘檢 淸勁不附勢 及卒 禮部郎中金富軾請贈諡 當途有不悅者沮之

권240. 職官考, 諡號, 歷代名臣諡號

文烈, 高麗, 太尉金富軾

권242. 藝文考, 歷代書籍

本朝成宗十三年, 知事徐居正曰 東方文籍一無所傳 金富軾所撰三國史 世祖命儒臣改編未就 此可印頒也

권244. 藝文考, 史記

三國史五十卷-卷當作編-高麗仁宗二十三年成. 三國史序曰 三國鼎立 各置國史 掌記時事 以累經兵燹 典籍無存 古記文字 蕪拙荒怪 多不可信 王命金富軾撰三國史 富軾採古記及新羅遺籍 兼採漢唐諸史 倣馬遷史記 凡五十卷 名曰三國史.

權近曰 金富軾三國史 方言俚語 未能盡革 筆削凡例 未盡合宜 簡帙繁多 辭語重複 觀者病焉

徐居正曰 三國史掇拾通鑑三國志南北史隋唐書爲傳記 已非傳信之書 至於記事 每引所出之書 尤非作史之體

睿宗實錄-卷帙未攷- 文烈公金富軾與朴昇中·鄭克永同撰

仁宗實錄-卷帙未攷- 金富軾撰

권247. 藝文考 文集類

金文烈集二十卷-卷當作編- 高麗金富軾著 號雷川 慶州人 覲之子 肅宗丙子登科 官侍中 樂浪侯致仕 諡文烈 配享崇義殿 ○仁宗初 宋使路允迪之來 富軾爲館伴 允迪之僚屬徐兢 樂其爲人 著高麗圖經 載富軾家世 又圖形以歸 奏于帝 鏤板以傳 由是名聞天下

麗韓十家文鈔 -王性淳 輯-

卷1. 高麗金文烈公文

金富軾 失其字 或曰字亦富軾 慶州人 肅宗朝-宋 徽宗時-及第 歷官 至門下侍中 封樂浪郡開國侯 諡文烈

進三國史表

臣某言 古之列國 亦各置史官以記事 故孟子曰 晉之乘楚之檮杌魯之春 秋一也 惟此海東三國 歷年長久 宜其事實著在方策 乃命老臣 俾之編集 自顧缺爾 不知所爲-中謝- 伏惟聖上陛下 性唐堯之文思 體夏禹之勤儉 宵旰餘閒 博覽前古 以謂今之學士大夫 其於五經諸子之書 秦漢歷代之 史 或有淹通而詳說之者 至於吾邦之事 却茫然不知其始末 甚可歎也 況 有新羅氏高句麗氏百濟氏 開基鼎峙 能以禮通於中國 故范曄漢書 宋祁 唐書 皆有列傳 而詳內略外 不以具載 又其古記 文字蕪拙 事跡闕亡 是 以君后之善惡 臣子之忠邪 邦業之安危 人民之理亂 皆不得發露以垂勸 戒 宜得三長之才 克成一家之史 貽之萬世 炳若日星 如臣者 本非長才 又無奧識 洎至遲暮 日益昏蒙 讀書雖勤 掩卷卽忘 操筆無力 臨紙難下 臣之學術 蹇淺如此 而前言往事 幽昧如彼 是故疲精竭力 僅得成編 訖 無可觀 祇自媿耳 伏望聖上陛下 諒狂簡之裁 赦妄作之罪 雖不足藏之名 山 庶無使壒之醬瓿 區區妄意 天日照臨 今撰述本紀二十八卷 年表三卷 志九卷列傳十卷 隨表以聞上 塵天覽

惠陰寺新創記

鳳城縣南二十餘里 有一小寺 弛廢已久 而鄕人猶稱其地爲石寺洞 自東 南百郡趨京都 與夫自上流而下者 無不取道於此 故人磨肩馬接跡 憧憧 然未嘗絶 而山丘幽遠 草木蒙翳 虎狼類聚 自以爲安室利處 潛伏而傍睨 時出而爲害 非止此而已 間或有寇賊欸攘之徒 便其地荒而易隱 人畏而 易劫爰來爰處 以濟其奸 二邊行者 躊躇莫之敢前 相戒以成徒侶 挾兵刃 而後過焉 而猶或不免以死焉者 歲數百人 先王睿王 在宥十五年己亥秋 八月 近臣少千 奉使南地回 上問若此行也 有所聞民之疾苦乎 則以是聞 之 上惻然哀之曰 如之何可以除害而安人 少千奏曰 殿下幸聽臣 臣有一 計 不費國財 不勞民力 但募浮屠人 新其廢寺 以集淸衆 又爲之屋廬於

其側 以著閑民 則禽獸盜賊之害自遠 行路之難平矣 上曰 可 汝其圖之
於是以公事抵妙香山寺 告於衆中曰 某所有巨害 上不忍動民以土木營造
之事 先師見遘難者 必施無畏 疇克從我 有事於彼乎 寺主比丘惠觀隨喜
之 其徒欲從者一百人 惠觀路不能行 擇勤恪有技能者證如等十三人 資
送之 以冬十一月到其所 作草舍以次之 上命比丘應濟 主典其事 弟子敏
淸副之 利器械鳩材瓦 經始於庚子春二月 至壬寅春二月 工旣告畢 齋舍
息宿 以至廚庫 咸各有所 又謂若乘輿南巡 則不可知其不一行而駐蹕於
此 宜其有以待之 逐營別院一區 此亦嘉麗可觀 至今上卽位 賜額爲惠陰
寺 噫 變深榛爲精舍 化畏途爲平路 其於利也 不其博哉 又偹以米穀 擧
之取利 設粥以施行人 至今幾乎息焉 少千意欲繼之於無窮 精誠有感 檀
施荐來 上聞之 惠賜頗厚 王妃任氏 亦聞而悅之曰 凡其施事 我其尸之
增其委積之將盡者 補其什物之就缺者 然後事無不備者矣 或曰 孟子言
堯之時洪水橫流 使禹治之 鳥獸逃匿 周公相武王 驅虎豹犀象而遠之 天
下大悅 其或春秋時 鄭國多盜 取人於萑苻之澤 子大叔除之 漢時 渤海
民飢 弄兵於潢池之中 襲逐安之 其他以盜賊課 寄名於史傳者 無代無之
則逐虎豹除盜賊 亦公卿大夫之任也 而少千下官也 應濟敏淸 開士也 非
所謂官治其職 人憂其事 乃無所陵者也 其可記之 以話於後乎 又釋氏之
施 貴於無住相 莊周亦云 施於人而不忘 非天布也 則區區小惠 亦宜若
不足書 答曰 不然 唐貞元季年夏大水 人物蔽流而東 若木柿然 有僧愀
然 援溺救沈 致之生之者 雖十百 劉夢得志之 宋熙寧中 陳述古知杭州
問民之所病 皆曰 六井不治 民不給於水 乃命僧仲文子珪辦其事 蘇子瞻
記之 君子樂道人之善如此 豈可以廢乎 而又人之爲善 自忘可也 不有傳
者 何以勸善 其經綸[論]所言 不可縷叙 至若唐僧代病 作施食道場 前後
入[八]會 通慧師載之僧傳 於儒書亦有之 如禮記云 衛公叔文子爲粥 與
國之餓者 不亦惠乎 則此又不可不書也 少千姓李氏 父晟 善屬文 登科
爲左拾遺知制誥 卒 少千仕至七品官 公事餘閑 事佛尤勤 今則疏衣蔬食
自號爲居士 勤苦其行 爲上所知 故有所立如此 應濟住持日淺 敏淸繼之
訖用有成 可謂能矣 其所資用 皆出於上所賜及諸信施 其名目具如陰記
云爾

金居柒夫傳

居柒夫 姓金氏 奈勿王五世孫 祖仍宿角干 父勿力伊飡 居柒夫少斥 弛
有遠志 祝髮爲僧 遊觀四方 便欲覘高句麗 入其境 聞法師惠亮開堂說經
遂詣聽講經 一日 惠亮問曰 沙彌從何來 對曰 某新羅人也 其夕 法師招
來相見 握手密言曰 吾閱人多矣 見汝容貌 定非常類 其殆有異心乎 答
曰 某生於偏方 未聞道理 聞師之德譽 來伏下風 願師不拒 以卒發蒙 師
曰 老僧不敏 亦能識子 此國雖小 不可謂無知人者 恐子見執 故密告之
宜疾其歸 居柒夫欲還 師又語曰 相汝燕頷鷹視 將來必爲將帥 若以兵行
無貽我害 居柒夫曰 若如師言 所不與師同好者 有如曒日 遂還國 返本
從仕 職至阿飡 眞興大王六年 承朝旨 集諸文士 修撰國史 加官波珍飡
十二年　　王命居柒夫及仇珍大角飡·比台角飡·耽知迊[迊]飡·西非迊
[迊]飡·奴夫波珍飡·西力夫波珍飡·比次夫大阿飡·未珍夫阿飡等八將
軍 與百濟侵高句麗 百濟人先攻破南平壤 居柒夫等乘勝 取竹嶺以外高
峴以內十郡 至是 惠亮法師領其徒出路上 居柒夫下馬 以軍禮揖拜 進曰
昔遊學之日 蒙法師之恩 得保性命 今邂逅相遇 不知何以爲報 對曰 今
我國政亂 滅亡無日 願致之貴域 於是居柒夫同載以歸 見之於王 王以爲
僧統 始置百座講會及八關之法 眞智王元年 居柒夫爲上大等 以軍國事
務自任 至老終於家 享年七十八

金后稷傳

金后稷 智證王之曾孫 事眞平大王 爲伊飡 轉兵部令 大王頗好田獵 后
稷諫曰 古之王者 必一日萬機 深思遠慮 左右正士 容受直諫 孜孜矻矻
不敢逸豫 然後德政醇美 國家可保 今殿下日與狂夫獵士 放鷹犬逐雉兎
奔馳山野 不能自止 老子曰 馳騁田獵 令人心狂 書曰 內作色荒 外作禽
荒 有一於此 未或不亡 由此觀之 內則蕩心 外則亡國 不可不省也 殿下
其念之 王不從 又切諫 不見請 後后稷疾病將死 謂其三子曰 吾爲人臣
不能匡救君惡 恐大王遊娛不已 以至於亡敗 是吾所憂也 雖死必思有以
悟君 須瘞吾骨於大王遊畋之路側 子等皆從之 他日王出行 半路有遠聲
若曰莫去 王顧問聲何從來 從者告云 彼后稷伊飡之墓也 遂陳后稷臨死
之言 大王潸然流涕曰 夫子忠諫死而不忘 其愛我也 深矣 若終不改 其

何顔立於幽明之間也 遂終身不復獵

溫達傳

溫達 高句麗平原王時人也 容貌龍鍾可笑 中心則晬然 家貧 常乞食以養
母 破衫弊履 往來於市井間 時人目之爲愚溫達 平原王少女 兒好啼 王
戲曰 汝常啼聒我耳 將必不得爲士大夫妻 當歸之愚溫達 王每言之 及女
年二八 欲下嫁於上部高氏 公主對曰 大王常語 汝必爲溫達之婦 今何故
改前言乎 匹夫猶不欲食言 況至尊乎 故曰王者無戲言 今大王之命謬矣
妾不敢祗承 王怒曰 汝不從我敎 則固不得爲吾女也 安用同居 宜從汝所
適矣 於是 公主以寶釧數十枚 繫肘後 出宮獨行 路遇一人 問溫達之家
乃行至其家 見盲老母 近前拜 問其子所在 老母對曰 吾子貧且陋 非貴
人之所可近 今聞子之臭 芬馥異常 接子之手 柔滑如綿 必天下之貴人也
因誰之佴 以至於此乎 惟我息不忍飢 取楡皮於山林 久而未還 公主出行
至山下 見溫達負楡皮而來 公主與之言懷 溫達勃然曰 此非幼女子所宜
行 必非人也 狐鬼也 勿迫我也 遂行不顧 公主獨歸 宿柴門下 明朝更入
與母子備言之 溫達依違未決 其母曰 吾息至陋 不足爲貴人匹 吾家至窶
固不宜貴人居 公主對曰 古人言 一斗粟猶可春 一尺布猶可縫 則苟爲同
心 何必富貴 然後可共乎 乃賣金釧 買得田宅奴婢牛馬器物 資用完具
初買馬 公主語溫達曰 愼勿買市人馬 須擇國馬病瘦而見放者 而後換之
溫達如其言 公主養飼甚勤 馬日肥且壯 高句麗常以春三月三日 會獵樂
浪之邱 以所獲猪鹿 祭天及山川神 至其日 王出獵 群臣及五部兵士皆從
於是溫達以所養之馬隨行 其馳騁常在前 所獲亦多 他無若者 王召來問
姓名 驚且異之 時 後周武帝出師伐遼東 王領軍逆戰於肄山之野 溫達爲
先鋒 疾鬪斬首十餘級 諸軍乘勝 奮擊大克 及論功 無不以溫達爲第一
王嘉歎之曰 是吾女婿也 備禮迎之 賜爵爲大兄 由此寵榮尤渥 威權日盛
及陽原王卽位 溫達奏曰 惟新羅割我漢北之地爲郡縣 百姓痛恨 未嘗忘
父母之國 願大王 不以臣愚不肖 授之以兵 一往必還吾地 王許焉 溫達
臨行誓曰 鷄立亭竹嶺以西 不歸於我 則不返也 遂行 與新羅軍 戰於阿
且之城下 爲流矢所中 路而死 欲葬 柩不肯動 公主來撫棺曰 死生決矣
於乎歸矣 遂擧而窆 大王聞之悲慟

百結先生傳

雷川先生文集目次百結先生　不知何許人　居狼山下　家極貧　衣百結若懸
鶉　時人號爲東里百結先生　嘗慕榮啓期之爲人　以琴自隨　凡喜怒悲歡不
平之事　皆以琴宣之　歲將暮　隣里春粟　其妻聞杵聲曰　人皆有粟春之　我
獨無焉　何以卒歲　先生仰天歎曰　夫死生有命　富貴在天　其來也不可拒
其往也不可追　如何傷乎　吾爲汝作杵聲以慰之　乃鼓琴作杵聲　世傳之名
爲碓樂

文烈公金富軾文集을 編成하면서

　金富軾(1075~1151)의 자는 立之요, 호는 雷川이며 시호가 文烈이다. 고려조의 시인이며 문장가로 벼슬은 門下府의 으뜸인 太子太保에 이르렀고, 반란을 평정할 때는 元帥로 명성이 높았다.

　일찍이 宋나라 문화를 깊이 배워 詩賦에 뛰어났고, 古文体인 四六騈儷文은 당대에 따를 사람이 없었다고 하였다. 『고려사』 열전에는 文集이 20권 있다고 하였으나 지금 전하지 않고 다만 몇몇 문헌에 시·문이 약 130편이 수록되어 전해지고 있으므로 금번 문화인물로서 기념문헌인 『金富軾과 三國史記』를 발간하는 일을 계기로 각 문헌에 수록되어 유전되는 시·문을 찾을 수 있는대로 모아 文烈公金富軾文集으로 재편성하는 바이며, 그 시·문의 出典文獻과 편수는 다음과 같다.

1. 東文選 (徐居正 편찬, 1478년)
　문열공 김부식의 시·문이 賦 2편, 詩(5언, 7언) 33편, 고문각체 70편이 수록되어 있다.
2. 東人之文四六(崔瀣, 1287~1340년 편찬)
　문열공 김부식의 사륙문은 고문각체 91편(이중 70편은 東文選 수록분과 같음)이 수록되어 있다.
3. 補閑集(崔滋 편찬, 1254년)
　7언 절귀 3편, 7언 배율 1편 등 4편이 수록되어 있다.
4. 그 밖에 고려사와 문헌비고 등에 약간편이 산재하여 전하므로 이를 모아서 문집으로 편성하여 사진판으로 인쇄 발간한다.

　아울러 각 문헌에서 金富軾에 관한 詔勅, 敎書, 制誥나 批答 또는 詩評 등도 문열공을 소개하는 내용이기 때문에 함께 붙였다.

　문열공의 시·문을 수록하여 전하는 문헌에 대해 아래에 간략하게 소개한다.

1. 『동문선(東文選)』

이 책은 조선 성종의 명에 의하여 대제학(大提學) 서거정(徐居正)을 중심으로 양성지(梁誠之) 등 23명의 문사가 통일 신라 시대 이래 조선 초기까지의 500여명의 시문(詩文)을 55종의 문체 별로 그 정화(精華)를 뽑아 모은 것이다. 그 양도 목록까지 합하면 133권에 이르는 방대한 양이다. 그래서 조선 시대에는 왕조실록과 함께 사고(史庫)에 보관되는 특전을 누릴 정도로 애지중지 되었다. 지금 문열공의 문집 저본은 국립도서관 소장 목판본이다. 중간중간 필사로 보완된 흠은 있으나 현행 유행하는 완질본인 영인본에 비교하여 볼때 인쇄 상태가 비교적 나아 이 본을 채택하여 재편집하였다. 문집의 편성 순서는 『동문선』 순서대로 뽑아서 엮었고, 다만 문열공에 관해 논한 제가의 문은 따로 모아 붙였다.

2. 『동인지문사륙(東人之文四六)』

고려 후기의 문사 최해(崔瀣:1287년:충렬왕13～1340년:충혜왕 복위 원년)가 신라의 최치원(崔致遠) 이래 충렬왕 시대까지의 명현 70여명의 사륙문(四六文), 곧 변려문(騈儷文)을 문체별로 분류하여 모은 우리나라 최초의 총서이다. 최해는 이책을 엮게 된 동기를 원(元)나라에 잠간 벼슬하는 시기에, 원나라 선비들이 우리나라 문사들의 글을 보고자하는 욕구에 부응하지 못한 것이 못내 부끄러워 가슴에 잊지 않고 있다가 귀국하여 10년이 지난 어느 날부터 우리나라 명현들의 사륙문과 오칠언시(五七言詩)와 산문(散文)들을 편집하여 사륙문은 동인지문사륙, 오칠언시는 동인지문오칠(東人之文五七), 산문은 동인지문천백(東人之文千百)으로 모았다고 하였다. 그러나 동인지문오칠과 동인지문천백은 지금 전하여지지 않는다. 이 동인지문사륙도 근래에 15권 완질본이 비로소 발견되어 1980년에 성균관대학교 대동문화연구소에서 고려명현집(高麗名賢集) 5권째에 영인함으로서 세상에 비로소 그 모습을 드러내었다. 지금 이 본은 대동문화연구소 발행의 책을 발췌한 것이다. 측면 면수 표시는 고려명현집의 면수로 참고가 될까하여 그냥 두었다.

3. 『보한집(補閑集)』

최 자(崔 滋; 1188～1260)가 『파한집(破閑集)』을 보완하려고 저술한 시화(詩話)·사화(史話) 등을 모은 수필집이다. 고려시대의 사회 사정을 엿볼 수 있는 문헌으로 이 속에 문열공 시가 4편이 수록되고 있다. 이 판본은 신미(1931) 24세손 인식 근발, 1933년 최인식 발행본이다.

4. 『파한집(破閑集)』

이인로(李仁老; 1152~1220)가 지은 시화집(詩話集)이다. 저자는 제가의 시문이 차츰 없어짐을 개탄하여 시화나 문담(文談) 등을 수록하면서 장귀(章句)를 채록한 책인데 저자의 아들인 이세황(李世黃)이 1260년에 간행하였다. 3권 1책. 판본은 국립도서관 본이다.

5. 『역옹패설(櫟翁稗說)』

이제현(李齊賢, 1287~1367)이 지은 이문(異聞), 기사(奇事), 인문, 시문에 관한 수필집이다. 저자의 『익재집(益齋集)』 속에 들어있으며, 『늑옹패설』 또는 『낙옹비설』이라고도 부른다. 여기 보이는 판본은 1693년 목판본이다.

6. 『삼봉집(三峯集)』

정도전(鄭道傳; ?~ 1398)이 저술한 시문집이다. 저자의 증손자 정문형(鄭文炯)이 경상도 관찰사로 있을 때 처음 간행하였고, 1487년에 중간하였다. 본집과 별집으로 구성되어 있다.

이 문헌들의 번역본은 다음과 같으니,
① 「동문선(東文選)」이 민족문화추진회(民族文化推進會)에서 1970년에 12책으로 번역 출간되었고
② 「동인지문사륙(東人之文四六)」은 대부분이 「동문선」에 들어 있는 문장이며
③ 「파한집(破閑集)」과 「보한집(補閑集)」은 대양서적(大洋書籍)에서 1972년에 각각 번역 출간하였으며
④ 「익재집(益齋集)」은 1980년에, 「삼봉집(三峰集)」은 1977년에 각각 2책씩 민족문화추진회에서 번역 발간하였으므로 참고하기 바라며
⑤ 문열공(文烈公) 김부식(金富軾)의 부(賦)와 시(詩)에 관하여는 본서 김지용(金智勇)의 논문을 참고하기 바란다.

文烈公金富軾文集 目次

1.『東文選』 所載分

\<賦\>
仲尼鳳賦
啞鷄賦
\<五言古詩\>
結綺宮
\<五言律詩\>
甘露寺次惠遠韻
\<七言律詩\>
燈夕
題良梓驛
玄化寺奉和御製
宋明州湖心寺次毛守韻
自宋回次和書狀秘書海中望山
和副使侍郞梅岑有感
西都九梯宮早退休于永明寺
征西軍幕有感
軍幕偶吟
觀瀾寺樓
兜率院樓
謝崔樞密灌宴集
葺新堂後有感
對菊有感
裕陵輓詞
敬和王后挽詞

哭金參政純
哭權學士適
\<七言排律\>
和羅倅李先生寄金郞中緣
\<五言絶句\>
大興寺聞子規
東宮春帖子
\<七言絶句\>
內殿春帖子
宋明州湖心寺次書狀官韻
安和寺致齋
酒醒有感
聞敎坊妓娼布穀歌有感
熏脩院雜詠
西湖和金史館黃符
東郊別業
臨津有感
赤道寺
\<敎書\>
及第放榜敎書
睿王遺敎
\<制誥\>
瑜伽業首座官誥

<冊>
冊皇太子敎書
冊公主
王太子冊文
<批答>
韓安仁讓守○○郎平章事不允
<表箋>
賀年起居表
賀冬表
賀八關表
賀幸國學表
入宋謝差接伴表
謝郊迎表
謝天寧節垂拱殿赴御宴表
謝睿謨殿侍宴表
謝宣示御製詩仍令和進表
謝法服參從三大禮表
謝冬祀大禮別賜表
謝許謁大明殿御容表
乞辭表
謝御筆指揮朝辭日表
謝二學聽講兼觀大晟樂表
謝宣示大平睿覽圖表
謝赴集英殿春宴表
謝回儀表
謝獎諭表
謝遣使弔慰表
謝樞密院副使御史大夫表
代謝及第表
謝門下侍中表

謝賜犀帶表
謝酒食表
誓表
代請赴試表
引年乞退表
乞致仕表
上疏不報辭職表
三辭起復表
謝知貢擧表
謝恩命表
再辭表
三辭表
讓寶文閣直學士御書檢討官表
讓西北面兵馬使判中軍兵馬事表
讓參知政事判戶部事表
平西京獻捷表
進三國史記表
入金進奉起居表
進奉表
物狀
<啓>
謝魏樞密稱譽啓
<狀>
上致仕孫參政賀年狀
上樂浪侯賀冬狀
上致仕林平章同前狀
賀年兩府狀
又
與宋太師蔡國公狀

\<文烈公 金富軾을 論한 諸家의 文과 詩評\>

2.『東人之文四六』所載分

3.「補閑集」 所載分

文烈公金富軾文集

賦

仲尼鳳賦

仲尼乃人倫之傑鳳鳥則羽族之王何其名之稱異含厥德以相將慎行藏於用捨之間如知出處正禮樂於陵遲之後似有文章夫子志在春秋道屈李孟如非仁智之物孰肯中和之性相彼鳳矣有一時瑞世之稱此良人何作百世爲師之聖于以其文炳也吾道貫之嘉聲八音逸響河目龜文之偉聘時金相玉振乃祖述憲章東西南北蹌蹌乎仁義之蹌蹌翽翽乎詩書之域過宋伐樹應嫌栖息之危在齊聞韶若表求儀之德則知非形之似惟智所宜游於藝而不游於霧至於邦而不至於岐歌饒瓦礫乃是不貪之食興儒縫掖那云何德之衰蓋進迤閭如屈舒鷁彼程公傾蓋兮諒以不似伯鯉趨庭兮堪云有子樂琲琲好坐惡殺之時無道桓文遠兮毀卵覆巢之里於戲巖巖德義皓皓威儀高尼山之岐嶷非丹穴之接遲衰周之七十諸候鴟梟竟芙關里之三千子弟烏雀相隨小儒

青氈早傳鏤管未夢少年攻章句之彫蟲壯齒好典謨而吟諷鑽仰遺風敎敎深期於附鳳

啞雞賦

歲嶧嶸而向曉苦晝長豈無燈以讀書病不能以自強但展轉以不寐百慮縈于寸膓想雞塒之在邇早晚鼓翼以一鳴擁寢衣而幽坐見應隙之微明遽出戶以迎望家鼎滄其西傾呼童子而令起乃問雞之死生既不羞於俎豆恐見害於狸猩嘅乃低頭而瞑目竟緘口而無聲國風思其君子嘆風雨而不已今可鳴而又嘿豈不遠其天理與夫狗知盜而亦宜惟聖人之敎誠以不殺而爲仁倘有心而知感可悔過而自新

五言古詩

結綺宮

堯階三尺甲千載餘其德秦城萬里長二世失其國古今青史中可以爲觀武隋皇何不思土木竭人力

五言律詩

甘露寺次惠遠韻

俗客不到處登臨意思清山形秋更好江色夜猶
長岸遠凝樓臨樓高散吹涼半天明月好幽室照
輝光

七言律詩

燈夕

城闕深嚴更漏長燈山火樹篆交光綺羅縹緲春
風細金碧鮮明曉月涼華盍正高天北極玉爐相
對殿中央君王恭默踈聲色弟子休誇百寶粧

題良梓驛

萬里江南人未歸此中愁緒一握門前枯草秋
霜後窗外寒山夕照時貧吏畏人如虺蜴虛堂無
主有狐狸褒城古事無人問唯有漁樵動所思

玄化寺奉和御製

襄城前馬忽超然行遇孤雲一握天警蹕聲高盈
遠鑿羽林兵峭裂寒煙奇花墮艷繡經座甘露浮
香上壽筵酬奉文章爭落筆侍臣才氣似唐賢

宋明州湖心寺次毛宇韻

江山重複望難窮更構層樓在半空簷外蒼蒼河
漢逼階前浩浩海潮通片帆孤鳥千家外踈雨斜
陽一氣中想與衆心同所樂騷人誰諷大王風

自宋回次和書狀秘書海中望山

千載歸來卻咲丁雲早帆數日出寞寞早知海若觀
難測方恨天門夢易醒月注波濤銀瀉白雲橫島
嶼黛疑青君平昨夜占星象應怪河間有客星

和副使侍郎梅嶺有感

中華地盡水茫茫百尺張帆指故鄉天闊波濤浮
日月兩餘雲霧襯重岡黃昏沸沫驚心白朱夏濃
陰暑面涼雖喜王庭行復命猶思帝所樂洋洋

重出城下寒江漫漫流柳暗誰家沽酒店月明何
處釣魚舟牧之曾願爲關容今我猶嫌不自由

征西軍幕有感

朝退離宮得勝遊無窮物象赴雙眸雲列岫重
山西留滯思悄悄不覺東風散老陰倦客拂衣江
岸靜行人催渡野洲深鶯溪里卷三更夢鳳關樓
臺一片心峴首風流吾敢望閒吟時復遣幽襟

誰道朝廷好用兵只因臣妾變豺狼心緣思慮恒
冰藥髮爲憂煎盡雪霜曉枕閒難忙似祖千窗捫
蝨懶於康君王英斷超唐憲遽莫時人謗樂羊

觀瀾寺樓

六月人間暑氣融江樓終日足清風山容水色無
今古俗態人情有異同艣艦獨行明鏡裏鷺鷥雙
去盡圖中堪嗟世事如衘勒不放衰遲一禿翁

兜率院樓

末俗區區不自閒仲宣樓上獨開顏路隨地勢相
高下人向宮橋自往還兩後春容粧樹木朝來奡
氣襲江山野農畟不須避我欲和光混世間

謝崔樞密灌宴集

為嘉東道主人情文馬翩翩翠盖傾襜重賔儀瞻
秩秩義深朋舊賦嚶嚶酒尊屢倒春添暖舞袖初
迴雪比輕獨感留髭尤重從容談咲到三更

葺新堂後有感

掃開塵垢作虛堂已覺栖遲興味長蕭洒軒窻貧
亦好蹊跔書史老難忘花含細雨春陰薄山帶疎
煙曉氣涼老去酒腸怯涓滴客來時復更奲觴

對菊有感

季秋之月百卉草死庭前甘菊凌霜開無奈風霜漸
飄薄多情蜂蝶猶徘徊杜牧登臨翠微上陶潛帳
望白衣來我思古人空三嘆明月忽照黄金罍

裕陵挽詞 寧宗

昨日林亭玉輦遊百官咫尺望珠旒誰知豎八膏
育夢便使民纏過宵憂龍馭紗茫仙路秘魚燈明
誠壽宮幽素輿空返城西路目斷雲山血淚流

敬和王后挽詞 寧宗

翩翩丹旐立宮墻臣妾哀號淚滿裳大妸音家
道正莊姜無子國人傷龍輀啟路雲煙慘馬驪因
山樹木蒼惆悵仙蹤何處問黄泉碧落兩茫茫

哭金盤政純

獨將功業到岩廊壯氣凌霄敢當東戰先登探
虎穴西征半夜出單膓君王訪事常前席賔客追
懽母後堂長說乞身縱煙棹可憐此計落空亡

哭權學士适

書劍當年入汴京玉皇親賜好科名揮毫敏捷渾
無頼對酒別有情忽忽浮生驚大藥飄飄逸
氣返元精斷絃難得鸞膠續含淡悲吟老友生

七言排律

和羅倅李先生寄金郎中緣

今日朝廷寂寞異聞李公聲價擅超倫倦遊平昔諳
時態力學多年識道真皎皎胷襟蟠古劒凌凌風

節拔霜篙雲開羽翮橫千丈天上官班接七人未
報國恩期粉骨敢將私計避嬰鱗嚴如夏日摧姦
議輕却秋毫許國身巨室縮藏空睥睨懦夫感激
立忠純一言已破邦家弊大用方宜仕稷懷珍謂
便辭青瑣闥翩然出牧錦城民無功在位寧爲退
不義多財豈似貲孺褥疲岷誠小幸賤毫餘事與
誰陳宸心委往維無外文石何人蹈後塵

五言絕句

大興寺聞子規

俗客夢已斷子規啼尙咽世無公冶長誰知心所

結

曙色明樓角春風舞柳梢鷄人初報曉已的襆門
朝

東宮春帖子

七言絕句

內殿春帖子

雪眼猶在三雲陛月脚初昇五鳳樓寶曆授時周

太史玉厄稱壽漢諸侯

宋明州湖心寺次書狀官韻

郡城南畔水無窮曲徑浮橋闢復通安得此身謝

拘檝扁舟容颺一江風

安和寺致齋

窮秋影密庭前樹靜夜聲高石上泉睡起淒然如
有雨憶曾蘆葦宿漁船

酒醒有感

天淨雲飛著向殘清風落日小開干老來生計皆
知足方信劉伶席蒹寬　　唐王言聽此曲

閒教坊妓唱舊歌歌有感

佳人猶唱舊歌詞布穀飛來櫪樹稀還似霓裳羽
衣曲開元遺老淚霑衣

熏儉院雜詠

院靜僧閒夜向分殘燈孤枕臥幽軒自嗟情習何
時盡夢把花枝對酒罇

農家生計看來慣市道交遊日漸疎
下笑白頭勤苦未捐書

西湖和金史館黃符

老大無心泛五湖不開書卷即提壺有時扶病來

東郊別業

蕭寺一簇江山似畫圖
水穀微黃風浩蕩圍蔬膩碧雨淋浪有時閒步田

邊踽逢着漁樵語長

臨津有感

秋風嫋嫋水洋洋回首長橋思渺茫惆悵美人隔
千里江邊蘭芷爲誰香

赤道寺

聖祖樓船愁此中江山王氣尚葱葱當時故事無
人識除却堂十八公

教書

及第放牓教書

朕聞書典所載帝王已來惟理道之多端必求賢
而爲急虞宗周多士盖由德行之興炎漢得人亦
敍其九德宗周多士之納大麓賓于四門皐陶之
本賢良之舉迄于隋唐或以策論觀其
能或以詩賦考其藝設科之目時有異同選士之
門則無今古肆予凉德率舊明章尚邦國之榮懷
須英雄之來輔予榮在潤馬知無窮慶之碩人有
卷者阿庶幾見來可各之君子命知貢舉某官同知
貢舉某官俾之試可各以名聞雖鑒照之間妍蚩
各辭而籤揚之際糠粃在前明揚遒庭中命射策
傾山珠玉已登和氏之場剖蚌得珠皆擅隋侯之

價進士某可乙科及第進士某等可丙科及第進
士某可同進士出身某進士等崎嶇十載脫落一
名憫爾功夫垂成而敗沛然遇澤爲仕之階可恩
賜及第明經某等勤過書媚學幾傳癖非但味古
人之糟粕得以聞夫子之文章不有褒嘉孰爲勸
勉可本業某科及第許之者牓宜令所司知委者

唐王遺教

敕內外文武臣寮僧道軍民等朕荷天地之景命
承祖宗之遺基查有三韓十有八載扶衰救弊恩
與萬民兩同休軒食宵衣未嘗一日而暫逸兩憂
勞積慮疾憲踰時有加無寴遂至大漸權國事王
韓擴拓之性稟自天成元良之資醫於人璧宜秉
末命以即王位凡軍國大事並取嗣君處分喪服
以日易月山陵制度務從儉約方鎮州牧只於本
國憂舉哀不得擅離所成服三日而除於嵗死生
常道人所難逃始終得宜朕亦何憾尚賴廟社儲
社臣鄰悉心用輔嗣君永康王室使我國祚垂子
無窮咨爾多方體予至意

制誥

瑜伽菜首座官誥

教善學道者不離文言即得解脫故未始忘言能
見性者不壞名相即見真如故未嘗壞相是以瑜
伽唯識之宗趣因明百法之指歸備義學之筌蹄
八聖人之聞奧惟時碩德深契玄源某天資聰穎
慧性超殊早斷盡纏精求講解循靈基之軌轍得
玄笑之心肝止水之淵既返流而不動高堂之鏡
能應物而不藏或說法以攝生或繕經而對御道
用無礙師子嚬伸學人成群掭檀圍繞可謂副如
來遺教寫李末之道師故賞以寵章增其名位惟
國舊典非朕私恩噫執柯伐柯為道不遠以器受
器傳法非難宜揚無盡之燈以作將來之福云云

冊

冊皇太子教書

教元子謹王爾心識聰明容儀端雅既貳體衣宸
極須正名於國儲爰舉典常特頒寵渥今遺使攝
太尉佐理同德功臣開府儀同三司守太尉門下
侍郎同中書門下甲章事判尚書吏部事門下
稷山縣開國伯食邑三千戶食實封三百戶崔洪
宰副使攝司徒守司空門下侍郎平章事判尚書
禮部事監修國史上柱國南平縣開國伯食邑三

千戶食實封三百戶文公仁等持節備禮往彼冊
命爾為王太子兼賜印綬衣帶弓箭金銀器匹段
米穀鞍馬等諸物具如別錄至可領也

冊公主

教仁人之相親也愛之故欲其富寵之故欲其貴
兄朕無他兄弟惟爾姊妹友悌之念式切中心冊
命之儀率由舊典非特申寮人同氣之眷亦將慰
先后在天之靈

王太子冊文

王若曰易以一索為長男之位記以三善為世子
之禮是故古之王者皆睿不封立上嗣以固宗廟
社稷之本以定君臣父子之分此萬世不易之常
典也咨爾元子謹王天賦英銳之生幼挺岐嶷之
表稚不好弄自知向學讀書若鳳習揮翰若神助
德行悏於元良天序當於儲貳必能承七㲦之嚴
塞中外之望朕於是奉若方冊之大訓兼操士夫
之公議涓選嘉辰俾贊顯冊今遺使其官其副使
某官其持節備禮冊命爾為王太子於戲惟至仁
可以主重器惟作善可以保令名爾其順時習敘
厥修踈遠邪佞之人親近方正之士惟忠孝之是

務非懷義則勿踐盂承祖宗之耿光以永邦家之
景業可不勉辛

批荅

韓安仁讓守　　郎平章事不允

表箋

賀年起居表

正朔迭用於三微寅為人統春秋備書於五始元
見天端日月所臨車書畢湊中賀伏惟聖上光烈
文虎巨籠古今時乘六龍萬物以之利見敬用五
事廢徵所以順行復茲交泰之辰介爾大平之福
春生草木樂洽人民伏念臣等俾守海隅夐逖天

朕以沖眇之躬當艱難之託恩與有一德之相不
二心之臣同守成規以光大業況卿名世俊德愛
民真儒蕭祖知其能而拔之救摭衆之中審考愛
其才而擢之於左右之列近自摭府八叅政機屬
予訪落之初是謂責成之際進忠退補所益既多
送往事居其勤亦至爰舉曙庸之典以優進德之
文且恩禮之豐爵命之數不如是不足以繼先志
而慰輿情也宜體至懷毋頻固辭

関不獲仰廁朝列抃舞丹墀

賀冬表

四序相推一陽方至聖人演策庸知來復之符太
史登臺預備望書之法中賀伏惟聖上德包仁智
道貫神明敛夏禹之絜倫立用皇極理唐虞之曆
象敬授人時當天統之吉辰亞朝而展慶集神
休於北闕保國壽於南山伏念臣等軒裳散材江
海遠宦莫預稱觴之末但增思輕之心

賀八開表

祗率褻儀張皇盛禮至誠上格群靈所以懷柔和
氣旁通萬物靡不鼓舞中賀恭聞太祖神聖大王
之將與也風塵洞啟戢繼橫應天順人革三韓
之積亂籽業垂統啓千載之永圖以謂蕭教行而
陽和來雷霆作而膏澤洽叅備燕樂以休神人煥
示將來傳為故事恭惟聖上位居天德光繼萬明
姓高舜之仁常恐一夫之不獲踏曾閔之孝故得
百姓之懽心應此令展嘉會濟濟九賓之序
洋洋六樂之音喜動乾坤春遶草木臣等限居海
邑阻遠闕庭不獲進即朝行抃舞宸陛

賀幸國學表

臣某等言伏觀聖上陛下以今月十三日駕幸國
學酌獻至聖文宣王仍命大司成朴昇中講尚書
說命三篇者黃屋翠華光臨蠻宇高冠大帶盛集
橋門慶洽臣工風傳寰海中賀竊以經術所以明
道非其人則不行學校所以養賢待其時而後用
發明大典允屬昌朝恭惟聖上道極高明政由仁
義若高舜之稽古體殷周之右文乃擽舊章必興
盛禮拜聖師而尊爵命博士以繕經君子育材行
見菁莪之詠虎臣獻識必成泮水之功不唯推義
於一時抑亦善休於萬祀伏念臣等幸運明世承
乏宰官仰恧尺寸之德感持光明之盛實知榮於援手
固莫測於望洋春木之庇

入宋謝差接伴表

陪臣某等言伏於九月五日到泊明州定海縣伏
蒙聖慈差降朝請大夫試少府監清河縣開國男
食邑三百戶賜紫金魚袋傅墨卿武德大夫兼閤
門宣贊舍人長安縣開國男食邑三百戶宋良拊
為臣等接伴者遠介來朝仰天威之咫尺近臣之
勢屈星節之光華祇恩輝不勝震越臣某等誠
惶誠懼頓首頓首竊以夫于之論孝理不遺小國

之臣周官之命行人以待四方之使曾開斯語今
見其真伏念臣等俱乏使才忝持邦貢夾寰君之
忠信穎上國之威靈乘木道之危訖濟風波之險
望天衢之近欣瞻日月之明豈謂聖慈俯令卿迓
如待大賓之異數實非小已之所堪此蓋伏遇皇
帝陛下信及豚魚德被草木調柔而能邇故一
視而同仁入周庭而求觀則臣豈敢免塗山之後
至為幸實多臣等無任感天荷聖激切屏營之至
謹奉稱謝以聞

謝郊迎表

陪臣某言今月七日伏蒙聖慈以臣初屆郊亭差
降中亮大夫貴州防禦使充樞密院使承宣知客
省事同館伴范訥押賜御宴兼帶來三節人酒
食者王事靡監式遄周隰之行天威不遠已沐需
雲之渥失風波之枯槁覺徒駁之光輝謝臣非
膚使之才厚寡君之命不憚遠之役鼎來眾大
之都覿關在瞻已慰子牟之戀甘泉入侍願效大
韓之朝堂謂宸慈遠露犒飲此蓋伏遇法道善貸
體神曲成特推字小之仁以示包荒之德進於中
國免敗絕於春秋如彼南山但詠歌於天保

謝天寧節垂拱殿赴御宴表

陪臣某等言今月十日天寧節伏蒙聖慈許令臣等詣垂拱殿隨班上壽仍賜飲於天溥霑需飲惟是介鱗之賤亦忝魚藻之歡進退周旋仰慈懼中謝恭惟皇帝應千齡而接續御六辨以撫展琴瑟改張誕布惟新之政土茸以理巳成不朽之功攄純福以如山暢餘波而漸海屬此流虹之旦霈然湛露之如震茂對嘉展雲上於壽仍賜飲於赴御宴者帝出予郊指日計程欲竺立壇之祀自天有命屢催驛路之行及茲難得之時獲覯非常之慶諸便畢集想會九賓而在廷稱萬歲以獻壽眷言遠介俶抵宗周方岳之朝九奏正聲迷簡子鈞天之夢況又座退恩奇遇實幸平生賦魚麗之詩籟自嘉於備禮詠鹿鳴之什恨難勉於盡心感戴兢惶倍萬常上心申眷中貴傳宣昇大角之天庭瞻華蓋之帝

謝眷謨殿侍宴表

陪臣某等言今月二十三日入朝崇政殿次伏蒙聖恩俾赴眷謨殿御宴者頁展法宮既畢視朝之禮肆延秘殿特推折俎之慈叨榮遇之非常撫蒙品

禮而夾次中謝恭惟皇帝體道御辨法天持盈明陶唐之德以時雍盡文王之勤而終逸雲天成象實惟燕樂之時鹿野將誠尤盛忠嘉之會香橙鮮鯉出自禁園妙舞清歌選之金屋多矣大平之物燦然相接之文列在周行不可勝數趨陪密席會無幾人臣賤有司何下執事顧何幸籟此殊恩跼影彤闈股慄而汗出擡顏玉宇目眩而意迷非四照之帝所可比非但曾臣華林之寵實增小誼謹今日之榮前古無比會武帝之游恍惚傳國之光兩露霑霈濡未嘗擇物草芥微賤無處謝榮感戴難堪涙涙交下

謝宣示眷謨殿御製詩仍令和進表

陪臣某等言今月二日館伴兩傳下敕旨伏蒙聖慈宣示眷謨殿御製詩一首仍令臣等和進者游於鈞天退惟帝丽之樂倬彼雲漢仰覯宸章之高捧玩知榮震竦失措中謝恭惟皇帝聰明體睿智勇兼湯煥乎文章固難名於盛德終於逸樂能備禮於大平既推湛露之恩遂著白雲之詠英薛炳於日月精義幽於風騷遂著寵宣猥令屬和強求

音而叩寂顧游聖以難言族事康哉但羨明良之
作時雨降矣自憲浸灌之勞謹當鑽仰忘疲緘滕
至密傳之海域俾瞻奎璧之餘光藏彼名山若實

至壇之大訓

謝法服參從三大禮表

陪臣某等言曰者伏蒙聖慈賜以法服參從景靈
宮大廟及南郊祀禮者拜命殊尤寵僶服章之盛
綴行密邇親瞻經祀之嚴退省僭蹈伏深戰慄中
謝臣等誤將使指來獻表章從容館舍之居渥洽
朝廷之眷及玉驚許法服以趨陪觀清廟
之蕭雖望圓壇之帖安昔者呼韓邪之朝漢宣帝
待以軺縻利發之入唐呂尚諫其親近昼臣蒙時
鄙有此遭逢遠齒於從官不以戎索此蓋伏遇欲時
五幅奄有四方威不之所加震以防風之戮義有可
進贊然儀父之襄至於微臣被以華寵介鱗之賤
既已預於衣裳草木之微何以酬於雨露

謝冬祀大禮別賜表

陪臣某等言今月十四日中使某官某至奉勅
肯伏蒙聖慈賜臣等各衣著一襲金二十兩銀一
百兩絹一百匹兼賜上中節各銀一十兩絹二十

匹者虜使厚辭俯加寵積金腆幣尤極匪頒祇
荷靡勝震驚自失中謝伏惟皇帝純孝同於虞舜

至誠過於文王尊祖配天既講郊丘之禮赦過宥
罪肆推雷雨之仁歡然萬國之心歲矣一人之獄
兼行大賚周及百官顧念賤臣來從絕域各以其
職雖微助祭之勤求觀厥成獲齒在庭之列幸
遭逢之異邊蒙錫予之多將意承筐仰戴周家之
德假人以器退憶魯史之言在踈遠以何酬但兢
銘而不已

謝許謁大明殿御容表

陪臣某言十一月二十六日西景靈宮隨駕次伏
蒙聖慈許令臣等進謁大明殿御容者尾從勝游
目眩雲龍之盛仰瞻御心驚天日之清撰寵渥
遭捫襟積懼中謝竊念圻津之域舊惟箕子之封
上自新羅臣屬大漢至於本國服事皇朝禮義文
章庚幾夏道衣冠制度又蒙華風雖慙鴃舌於南
蠻異變鴉音於泮水顧以被山戎之侵軼困於南
之繹騷闕修貢儀屢換年所及裕陵御辨推道化
以東漸文王占風貢至誠而上達汙水之朝不息
蓼蕭之澤浸深故今荒落無知之入不敢斯須軹

忘其德豈期今日親覩晬容此盖伏遇體不可知
之神行若稽古之政聖能饗帝奠圭幣於圓丘仁
不遺親奉衣冠於原廟許衆侍從得謁聖真不唯
賤介竦瞻哀榮頌禪抑亦豪君逮聽感激增懷仰
惟字小之至仁誓堅事大之一節

乞辭表

陪臣某等言高明在上冒四海以靡遺誠懇由中
表一言而可達仰瀆威德威之重不勝震懼之深
謝伏念臣等承乏使人來脩聘禮離鄉國已踰六
朔在京館將浹十旬既厚泳於異恩亦縱游於樂
所蓼蕭零露但自覺泳於露濡秋水莖洋浩不知
涯淏求言感戀豈能忍辭違然念事已成理當歸
報王程有限勢不懷安遂數社以上陳若屨冰而
積懼伏望體道善貸法天必從愾臣雖戀戀於聖朝
謂臣未遑於王事渙然大號賜以俞言許全臣等
以今正月下旬離館三月到明州四月過洋歸國
則伏北海之驚波求依聖德致中天之寵昔速慰
君心區區之誠期於得請

表箋

謝御筆指揮朝辭日表

陪臣某等言今月二十一日中使某至奉傳勅音
伏蒙聖慈以臣等陳乞辭退特降御筆指揮許令
二月下旬朝辭三月初進發者需封仰愆方懷殞
越之憂渙汗術旒猥示丁寧之訓拜嘉之厚撫已
以驚中謝臣遠造京華反安館穀帝居甚樂縱偃
仰以忘歸使事畢修欲淹留而無計不能自止唯
黃承命感激交懷顧秋燕之未歸尚依大廈念疲
驚之將退感戀君軒始終之恩生死寔報

謝二學聽講兼觀大晟樂表

陪臣某等言昨伏奉勅音伏蒙聖恩詣辟雍大學謁大
號斯言競天日之威若蹈冰淵之險豈謂薰蒿
從欲聰鑒兼經義大晟之誅特沛絲綸之音著
成殿仍聽講經義兼觀大晟雅樂者濟濟衣冠之
集獲觀廈庠洋洋雅頌之音集聞周樂退省殊常
之遇伏覩越分之羞中謝竊以天下之才待教育
而后用聖人之說須講習而乃明故先王立學以
作人而四海承風兩遷善去聖逾遠遺德下衰書

樊於秦道雜於漢虛無之說盛於晉宋聲律之文
爆於隋唐方術幾至於淪胥習俗久恬於甲近至
于我宋復振斯文恭惟皇帝挺神聖之姿述祖宗

之志與百年之禮樂復三代之洋麗在彼中阿樂
育才之有道于此簞歆欣采芑之無方見多士之
豪征肆小子之有造絃歌之詠周徧四方學校之
修若無前古在於中夏實希闊而難逢況若遠人
豈俟倖兩可覩擭緣至幸叩此殊榮納履橋門類
互鄉之與進摳衣講席同子貢之不聞復遊簀簀
之場者若韶鈞之奏昔者淮夷來獻李禮請觀此
皆未登天子之庭只見邦君之事比臣所遇彼不
足云逃楊墨必歸懇於善學在夷狄則進厚衡
於至仁感抃競銘倍萬常品
　謝宣示大平睿覽圖表

陪臣某等言今月十一日伏蒙聖慈宣示宣和殿
大平睿覽圖二冊及成平曲宴圖仙山金闕圖蓬
萊瑞露圖姑射圖奇峯散綺圖村民慶歲圖夫子
杏壇圖春郊耕牧圖玉清和陽宮慶雲圖鑄莊縱
鶴圖秋成欣樂圖白玉樓圖唐十八學士圖夏景
豐稔圖太上度開圖各一卷者比震恩眷沛爾淪

肌東壁圖書爛其溢目省邁逵之尤異肆震越以
靡寧中謝恭惟皇帝逍遙穆清出入神聖日新盛
德持盈兩守成天縱多能依仁兩游藝或與懷於

物景或寓意於杳寘裂素繪形發精華於五彩繫
辭題跋掩文曜於三辰既煥乎而有章信作者之
謂聖宜帝宮之秘玩豈俗眼之可覩惟是遠人厚
蒙誤寵皇帝命交午道塗寶翰珍篇光輝羈旅
青天有象雖容側管之窺大海無涯但有望洋之
愧號榮感刻不知所圖
　謝赴集英殿春宴表

陪臣某等言二月二十九日伏蒙聖慈特令臣等
及三節人衆赴集英殿春宴者需于酒食息君
子之光燕爾忠嘉詩有聖人之雅示慈良渥為寵
周賓獻飲漢酺況今屬星鳥之正時會雲龍而同
樂昇于密座俯同在藥之歡侑以金觴愈極睇陽
之澤循涯甚越在昔寶希遇盛德并容大
明旁燭圖遠能邇行三代之風一視同仁不謂
九夷之陋勿遺下使被以殊恩雖冒昧不賞顧難
則多中謝臣等饗千載之休辰輸一方之陋貢介
鱗之賤叼厠於駑駑蔭之微幸依於天日便蕃

勝抃感激兩幽荒無賴愧冥效於論酬
　謝回儀表

陪臣某言今月某日伏蒙聖慈以臣進奉土宜回

賜絹五千七百三十匹兼給上中節負有差者寵
章繁影精英震號中謝竊以易言束帛以責圉盖
尊高逸詩載實幣而抒意特厚忠嘉豈宜睐逡之
徒過厚便番之既修聘傳舍愉安原
禮殊恩靡勝而為愧泰惟煩顯上懼德咸登神之
可羞以縷縷泰而為愧退惟煩顯

聖推慈慈俯加
華載省多藏之戒俯懍稠載之譏
陪臣其言今月十日中使某至奉敕旨伏蒙寵
慈以臣馬一匹納萬壽觀祝聖壽萬年事特降詔
書獎諭者眷愛殊俯賜絲綸之詔褒嘉至渥實
踰銜越中謝伏念臣占

謝獎諭表

此盖伏遇極帝先仁漸海外有容乃大未始拒
來善賞且成故今厚往迤致迤澤沛及賤微天地
父母之恩終始不替蛇雀犬馬之報生死難期

聖慈慈頒加

仰省寵私不勝感涕

謝遣使吊慰表

海隅纏釁積悲哀宸極軫懍特垂慰藉中謝伏
念臣號居沖紉奄遘閔凶雖從易月之擢迺抱終
天之痛媛然號缺爾告稱豈謂遣以使臣謝之
德意詔辭溫厚禮物便番既拜命以凌兢但撫懷
兩感咽

謝樞密院副使御史大夫表

千載一時何幸非常之遇清資顯秩叨兼委之
榮牢讓無階凌兢就列中謝臣天機拙訥俗迂
疎道自信於直前未睿枉己學雖博而寡要難以
國之能敢期眷之豐擢置宰司之貳此盖勤報以
適時但恃孤忠久塵厴仕徒速曠官之誚蔑聞報
為德聰明好文布政在於惟新用人先於任舊政
不寵至益懼誓頂踵之誠知無不為少輔公家
之利

代謝及第表

伏覩禮部貢院放牓伏蒙聖慈賜臣等及第者射
策重闈闔共恨猥并之論第名中禁並參俊造之游

錫馬雖乾坤覆載草木皆被其榮兩山海高深窺
雲萬里濫吹九賓恩深周雅之為寵賞僭義經之
踰袞徽之華拜命兢惶撫躬震越中謝伏念臣占

仰沐寵靈退深震悖中謝竊以理世之道得人為
漢高明沐餘光而知幸江湖悠遠藏一札以為榮
涓埃有所益思乞靈於福地効申祝於華封不圖
一介之誠上徹九重之聽賜示以至懷雲

先大漢揭賢良之科李唐嚴詞律之選皆所以光
華文物黼藻典章凝德政於大中格聲名於無外
洪惟景範允屬良辰聖上內聖外王體元居正沈
機先物遂獨化於陶鈞通變適時乃更張於琴瑟
深惟善俗之術實繫能官之方在彼中阿既育材
之有地于此菌敵亦采芑之無方於是鄉老獻其
賢書宗伯論其秀士宜有方聞之傑求符虛佇之
懷臣等性本下中識懃孤陋隨章仰陶於文教父招
事於師模適丁泛駕之求預袍之藉求虛佇之蓺明
試載奉巨題顧刻鵠以難工況注金而愈拙趨明
落紙僅得於終篇飲墨盡露瑕疵仁心特厚介善
御辱賜備觀聖鑒至精織瑕盡露此蓋務求俊晟
兼收振拔泥塗跨騰雲路而為器謹當激昂素志
荒惘狂簡以成章容輪困而為器謹當激昂素志
舊勵雄圖不徒章句之是攻亦以忠廉而自許燕
幾摩粉少荅生成

謝門下侍中表

臣於丙辰年三月自西京復命伏蒙教書除授臣
輸忠定難靖國功臣守太尉門下侍中判尚書吏
部事監修國史上柱國兼太子太傅恩命殊異非

臣兩堪不敢虛受遂讓至今又蒙聖慈累遣近臣
敦促拜命者詔旨丁寧不容辭遜恩榮過祗益
兢惶（中謝）平地寒門凡材俗學安意周孔之道不
讀惟孫吳之書謬登槐鼎之司又摠干戈之事尹
之德不合於民瞻衛青之功只由於天幸陛下不
以罪責申之褒嘉荒虛無實而名益浮齪齪無能
而任愈重恐顛躋而不就非屑退以自高邇臣荐
來溫諭屢促即寵撫已增憂況惟犬馬之年已當退
所敢強顏叩榮冒進雖不可安聞命久淹則不
老徒荷乾坤之施何以報酬唯餘忠義之初心更
誓始終之一節

謝賜犀帶表

臣某言昨以奏對詰明仁門幕次內侍兵部貟外
郎裴景誠奉傳聖言以臣入內殿講周易特賜紅
鞓金鑮班犀腰帶一條金鍍銀匣盛紅印紋羅夾
複金鑮景具得對仰瞻尺之威近侍傳宣特有
寵光之施偏傳承命兢惶失圖（中謝）伏念臣世係
平微材資拳曲少嘗慕道樂從閭里之遊老不捐
書勤被掄人之誚業勤矣而不聞於世仕人焉而
無補於時遠沐異恩進陪間燕顧匪桓榮之誓古

葛同穎達之講經技已竭於黔驢空德勞於河伯
豈謂宸衰之春叟頒御府之珍人以為榮臣惟自
愧此蓋伏遇云云聰明天縱德業日新求先王之
多聞謂愚者之一得遂察胷中之蘊又加分外之
榮仰惟此恩何以為報逐驥驥云老雖與爭於駑駘
朽壤無能或可出於芝菌庶幾盡瘁不負生成

謝酒食表

右臣某言今月十一日夜直次入內侍官某奉
傳旨特賜臣酒食者祇承寵渥伏切震惶中謝
淺斗胷榮忝愧鼎若酒惟麴會無殷挹之謀不畋
胡貊但被魏人之刺常愧君恩之難報又叨臺餽
之有加伏遇云云薰然慈仁好是正直愛勞臣則
推食以接韓信尊高士則設醴以待穆生兼容不
才致此奇遇既醉既飽豈不感於為光如山如陵
切自期於歸美

誓表

天會六年十二月二十四日報諭使司右德副使
韓昉等至親授語錄承摳醫院簡字准奉聖音憲
謂貴國必能抵率舊章遵奉王室故朝廷不愛其
地特行割賜介後數歲尚未進納誓表果能推誠

享上則納誓表皎然自明朝廷亦當回賜詔一
切務從寬大誠長久之計者使卿貴來訓辭密諭
俯僂聞命凌兢失圖 中謝 編以周官司盟掌其盟
約之法於以盟邦國之不協與萬民之犯命而詛其不
信而已至於衰季春秋之時列國交相猜疑不能
於天下光開一統奄有四方大邦震其威小邦懷
其德惟是小邑介在方隅聞真人之作與先諸域
必於誠信而唯盟誓之為先故詩人之護其屢盟而
夫子與其督命惟皇帝先大信孚
而朝賀故得免伏風之罪厚儀父之襄略諸細故
待以珠札錫之邊鄙之地諭之武朝廷更
無於他故國敢有於異心而嚴命荐至敢不祗
承謹當誓以君臣之義世脩藩屏之職忠信之心
有如皎日苟或渝變神其殛之

代請赴試表

伏以乾坤之德至大而有容螻蟻之誠雖微而可
達敢披悃愊仰瀆高明退省僭踰伏深震懼 中謝
臣材惟拳曲性本椌侗少追甫掖之流久服序庠
之教呻吟之學非止於三年混沌之姿未穿於七
竅資蔭為吏折腰事人觀柔願而捨靈龜自知其

賤下喬木而入幽谷人指為愚遂激初心願素
志今伏遇國家急求秀士申命至公窮漢水之濱
精搜照乘剖荆山之璞必得連城臣不揆庸才欲
趨明試操刀必割恐失挺良時被羽先登庶幾抆
男士伏望道優善貨化極曲成體大易之包荒示
至鄉之與進則論功漢殿雖非韓信之無雙授簡
梁園厥勁相如之末至

引年乞退表

伏以上之待下以仁臣之事君以禮當其強仕病
不盡忠及其毫衰患不知止歌傾蟲蟻之懇冒犯
雷霆之威 中謝 臣天機淺近心術愚蒙所學雖
聖人之緒餘其業則童子之雕篆陳力就列寢致
高華當軸執鈞託無輔拙既不能獻可替否以穆
其政典又不能黜幽陟明以清其官班汨没泯隨流
悠悠辛歲算我生之日已經六十八年距今也
時纔有一十八月往之事固無足觀今也不休
豈有所益而况既老且病將
明步履殆其顛蹶難容勉強以從事豈合因循而
在公逐披腹心乞賜骸骨伏望回天日之照推父
母之慈特降俞音俾安老境櫟社之木雖拳曲而

無傷堵井之蛙得跳梁而自樂
乞致仕表

乞致仕表

日暮塗遠宜急其行天高聽卑必從所欲敢數惘
怕仰瀆威嚴 中謝 臣起自寒門濫從臨宵一
卽出入百爲小器短材託無所立殘年餘力登得
自強況禮典有致仕之文道家貽知足之誡或戀
軒而不退必貪餌而斯亡收老身以避賢路伏
望至仁大度惻然見憐容倦鳥之知還使游魚而
得所

上疏不報辭職表

明聖作爲謂無關政愚臣冒犯合置常刑 中謝 臣
有泥古之愚無周身之智當官論事實昧變通從
閣上書不知忌諱公之分毫之益私蒙媿恥之深
事至如斯身何足惜伏望國正典罪臣狂言更
選悉良以備諫職望闕拜表涕淚交切謹先署白
衫詣東上閤門祗候某臣當受職臙告身幾道同
在進納

三辭起復表

草土臣某言昨者再具表辭免起復從事今月某
日伏蒙特降教書不允仍斷來章者危言屢貢嚴

命繼臨拜詔語之愈深恐私情之難遂敢茲三瀆
仰叩重威中謝臣聞三年執喪雖王公而遂服百
日從吉因金革而制宜閔于有腰經從事之嘆
而擒風者素冠勞心之制茍行權於平世則見屍
於先王伏念臣早以不天少亡所怙同彼諸幼鞠
於偏親顧之復之以免水火之傷教之以至
室家之定洪惟恩義何以報酬方忻速養於再頌
遽嘆纏悲於風摧舍至痛無幾今臣母之亡實詔
之卒也童孩無知而不克服哀今臣母之亡實詔
俾即吉儀復居公次聞命惶駭撫襟淚背於父
聽灼照惻怛俾終禪禫之期少慰昊天之慕則欲
後忠之道又豈有累於國伏望術四淵
命之強起而不許畢顧則非唯為子之職永失實恐
報之德下得盡其愚誠不呼其門上可全於孝理

皇天白日臨照此心
　辭知貢舉表
昨奉教命伏蒙聖慈以臣知貢舉者推揚猥被荒
淺何堪沐寵渥以踰涯西驚汗而洽背中謝竊以
設弓旌而招士有國之恒規考名實以取人爲時
之重務若匪宗工碩德博學雄才負和凝徹棘之

舌等行儉兼質之貴則何以主持文柄銓庶士流
儻稍致於乖差則終成於笑媿如臣者性鐘塞鈍
器謝洞沖幸叨貢展之知又寘育材之地慙編墜
見徒竊匪自寧豈謂句灑辭皆狂斐而取諸曲念
罇蹤特垂優獎掩對菲
微何足臨於大事敢罄知之異顧於遠方而陋質才
伏望察以不能慎其所與特寢溫純之命少安昏
督之心厚謹無辭俞音是望
　辭恩命表
昨聞聖上以臣從事西京特命有司擇日蒲禮降
使錫命臣具狀辭免求蒙聖允者天地至仁靡極
生成之造瓶罌小器恐貽滿溢之災敢危杜以自
陳望淵哀之曲照中謝臣遭逢盛際忝竊宰司謀
猷不適於時議論未守於衆徒妨賢路無補君德
至於安錢臨戎隳城執馘此皆上賴君德下伏人
和故得藏律一周罪人乃服而臣無勞之可紀無德
可珍豈宜上貪天功虛受恩命衣冠遠孫寒素單族少
抑亦鬼責之堪虞重念臣衣冠遠孫寒素單族少

而孤賤常恐未免於飢寒壯則猖狂不敢安期於
富貴因緣資序過竊寵榮雖叨將相之大名猶有
生平之舊態頑愚無恥陋自居將何迎指之
光華得以副恩章之藩庶固非獲已問敢好名牢
讓不諭俞音尚阻伏望天光委照咸以爲詐哀矜臣
期止足以自安察臣非矯激以爲詐哀矜臣
復明縮則犬馬之力既疲固難堪於驅策蓋萆之
誠猶在豈敢急於傾依

再辭表

昨具表章陳讓恩命伏蒙內降教書不充者俯躬
聞命肆極襃嘉省已循涯固難撝副未免再三之
瀆上皷恐尺之威 中謝 臣質本逖踈才惟寒淺行
狷狂而可笑志愚直以自持考誤屢加器使
陛下過記特欲登庸不疑臣於積毀之中乃置臣
於三事之地期國士之報雖欲激昂無王佐之才
未有椑補昨者妖人妄作近臣詭說久而無成反
以爲亂臣下駭輿人之聽上貽聖應之慶臣於倉卒
之時遽厚徂征之命軍旅之事未之嘗聞忠義之
心豈可苟免乃不辭而徑往固莫知其所爲伏遇
陛下悔過責躬畏天修德神祇享誠而陰助士卒

臨難而直前故得未踰二朞乃克元惡悟京城闕
原廟衣冠確爾不移儆然在此宵聖德之致人
和所然而臣無微勞之足稱受厚賞而奚可況念
臣小子始安於貧賤不以高華自期仕寢而驚亦道
家之言常恐厚殆之尤內懷陋之計絪以大名
而增秩又今華使以臨門顧臣狐陋之姿何以克
堪其事是用遌懇必冀回天伏望貞日月之明廓
乾坤之度恐臣以衰老而獸事察臣非飾讓以徼
名勿顧反汗之嫌追還出綸之制

三辭表

螻蟻聰冒陳誠欽乾坤廣大尚阻矜從荐懇詔
旨之殊曲示眷懷之厚有顧無狀不知所圖 中謝
臣性本頹蒙學又淺近厭只迫飢寒未始
有心妄期富貴幸會忝竊寵待從高華登
庸過越執鈞當軸自知斷斷以無他授鉞即戎虢
謂多多而益辨徒以風夜勤瘁中外驅馳託無庵
髮之功能但荷丘山之渥澤而以滿溢難守元窮
即災理之必然臣豈不戒翔今陰陽乖戾風俗凌
夷黎民窮困而流亡是誰之過也隣敵倔強而跋

尾宜有以待之事繁國家之安危責在公輔之賢
否而臣未有嘉謀而告后又無膏澤以及民論罰
則當何賞之有而況崇高之秩希闊之恩惟我素
心固非所望揆之有事又非所宜是故邇方寸以
固辭至再三而無已伏望俯憐愚懇特降俞音則
增井之蛙期入休於鈇鉞江湖之為免眩視於大
牢區區之誠期於得請

讓寶文閣直學士御書檢討官表
中謝 臣

龍光之施優渥自天駑猥之才震惶無地
襟懷闇闇學術庸虛因緣難得之時叨竊非常之
罷超資越序屢經清要之官積月累年未有毫毛
之益宜在謫訶之域遽蒙拔擢之私聞命靡遑以
榮為懼伏望聖上回日月之照鑑蟲蟻之誠改命
有孚勿嫌於汗用人猶器無至於敗官非敢為
誣期於得請

讓西北面兵馬使判中軍兵馬事表
軍旅之事非書生之所知將帥之謀豈懦者之能
預聞命之辱既驚且憂 中謝臣樗櫟散材斗筲小
器壯而從仕既未效於長才老矣無能又何堪於
大用偷榮竊位靡西贊襄省已知難伹愚者退況

非因循姑息之時實奮厲有為之日宜得一時之
今黎民貧殘而財力俱屈隣國橫恣而形勢自強

傑萬夫所望委以閫外之權待於師中之吉然後
禍難不作安平可期如臣之愚無用而可伏望修
身而無逸謀國以替疑願得橫行恣樊會之生事
莫如自理取梃牧之論兵急於慎簡以得人使之
好謀而防患有能俾又期寢致於其昌自知者明
得以安於乃分

讓叅知政事判戶部事表
高位重爵本以待賢懦夫小臣曷能稱職俯慚
懼不知所圖 中謝臣世采平天資魯鈍刻心學
道自憐子夏之儒操翰為文未入相如之室因緣
仕路汗穢宰司鐵石心腸誓事君之直道斗筲器
局迷經國之遠圖當軸秉鈞敦云其可投閒置散
皆謂之宜遽沐異恩進叅大政官高則責必重名
過則毀亦多既施命於外庭方見彈於憲府風聞
似實言之則謂當然浪說攢虛訴者何其甚也雖
聖明判其曲直而物議處其嫌疑只宜收拙以避
賢登可偷安而懷寵伏望至仁天覆雄斷雷行調
舉瑟以不膠反絲綸於如綍大廈之構須揀用於

棟梁駑馬既疲恐不勝其鞭策佇蒙器使免辱招

知

平西京獻捷表

臣富軾等言去乙卯歲春正月西京謀叛臣等伏
奉制命出征以地險城固久不能平自冬十月於
其城西南隅積土木為山列砲車其上飛大石所
當皆潰繼以大攻城門陴屋摧壞至今年二月十
九日昧爽潛師入侵賊奔敗不能拒進縛偽元帥
崔求副元帥撫軍民者王者之師有征無戰天威所被
城闕安撫元帥趙匡死屍相率出降臣等入城汛掃
已曰乃孚 中賀臣聞光武之征隗囂罷三年乃定德
宗之討希烈四載而平蠶叢之險據我城邑罪已
浮於梟獍惡亦積於丘山惟膚脅筭之無遺至暮年
而斯剋衛校踰堞列兵攻門士繞交鋒賊已磎氣
步騎奮而遷擊呼譟進而濤崩雲湧車直斬鯨氣
鯢之顐風聲鶴唳渾為金革之音鼎魚走以求
生林鳥驚翔而迸散其罪重而自知不免者歛產
息以燒亡其志劫而不能引決者甘鼎鑊以見俘
積日之憂一朝頓釋於是入淮西而宣布上意如
解倒懸復長安而撫綏遺黎盖云歸處豈特市廛

之不敗乎魏之城闕之固存毒螫既除腥膻已滌遂
如舊父老士女漁樵蟻踴躍爭前驩呼相詡謂
不圖於今日乃復得為王人此乃伏過聖上陛下
體天地之常生用神武而不殺三靈寵祉四海翰
誠電擊鳳驅肆捷一戎之定川瀆岳峙免陜萬世
之安臣等親承睿謀出管師律頼聖神之造惟以
斷成非將師之才媿無拙速忻喜抃舞倍萬常倫
進三國史記表

臣某言古之列國亦各置史官以記事故孟子曰
晉之乘楚之檮杌魯之春秋一也惟此海東三國
歷年長久宜其事實著在方策乃命老臣俾之編
集自顧缺爾不知所為 中謝伏惟聖上陛下性唐
堯之文思體夏禹之勤俭宵旰餘閒博覽前古以
謂今之學士大夫其於五經諸子之書秦漢歷代
之史或有淊通而詳說之者至於吾邦之事却茫
然不知其始末甚可歎也況惟新羅氏高句麗氏
百濟氏開基鼎峙能以禮通於中國故范曄漢書
宋祁唐書皆有列傳而詳內略外不以具載又其
古記文字蕪拙事迹闕亡是以君后之善惡臣子

之忠邪邦業之安危人民之理亂皆不得發露以
垂勸戒宜得三長之才克成一家之史貽之萬世
炳若日星如臣者本匪長才又無識迫至遲暮
日益昏蒙讀書雖勤掩卷即忘操筆無力臨紙難
下臣之學術襄淺如此而前言往事幽昧如彼是
故疲精竭力僅得成編託之裁赦安作之罪雖不足藏
聖上陛下諒狂簡之
名山庶無使壞之晉韻區區安憙天日照臨
入金進奉起居表
平壤封疆恪守朱蒙之故國塗山玉帛未容夏禹
之諸侯

進奉表
大人乘統震耀四方異國入朝梯航萬里況接境
之伊通諒馳誠之克勤 中謝 伏惟皇帝陛下天縱
英明日新德業渙號一發群黎無不悅隨感聲所
加隣敵莫能枝梧實帝王之高致宜天地之冥扶
臣齎土小邦眇眇諒闇非常之功烈火已極於
傾虔惟不腆之包苴可以伸其忠信雖媿蠙蓁之
薦切期山嶽之藏
物狀

造庭修聘求觀厥成戴贊展儀各以昭實前件物
等風儀極陋物品至菲享上之誠不因菲廢包荒
之度無以退遺
謝魏樞密稱譽啓
右某昨於內庫副使李某處伏聞相公謂某有才
能乎三稱道者仲尼之歎寵蹈華袞季布之諾貴
比黃金載思知隣集榮感伏念某少好學問粗
攻簡編當役役於時文雕蟲篆刻實倀倀於大道
子不敢沽名道不如古人居常實已誓無反聖
擬填索塗洵乎鈍根少聞養性內照知學求為君
乙之科取雄傑之士拔出寒地置之青雲去辱得
馳聖人之趣斐然狂簡小子之裁適值國家嚴甲
榮積時累月日加憒憒時復趨馳舊學忽忘初心
擬不隨流獨以飢寒之憂難拋名利之學翻然背
家必達途誰譽弊簫自憐但懼沒世無稱豈在
缺落括囊伏惟樞密相公經綸之寄宰相之才高歷
前賢傑立當世故有立揚之始常居要之班寫
朝廷之羽儀作文章之宗匠申甫就列周政幾於
中興韓柳揮毫唐文至於三變天下想望其風彩

士流鄭重其品題詆訶一開口曰若無光景睄睽
所指塞谷變為陽和余何行能得此推許昔智伯
遇豫讓以國士叔向賢毀箴以一言此皆觸焉而
始知試焉而後譽如某者文卷未睿瀆明公之鑒
議論未嘗發明公之前今此之言從何而出抑子
厚之言曰古之知已者不待求來而後施德舉能
而已其受德者不待成身而後拜賜感知而已昔
讀其文今見其實自顧不肖何克承當謹當籌策
駑愶琢磨頑鈍自強文學之務無屓吹噓之恩過
此以還未知所措

狀

上致仕孫叅政賀年狀

璿璣觀象方知七政之和堯曆授時共愛三陽之泰恭惟致政相國天民先覺本朝老成若濟大川之早施舟楫之用猶弃敝屣遽謝軒裳之榮獨游無何求錫難老矧履景征之吉益延大有之祥某等官守所拘展謁無路

上樂浪侯賀冬狀

璿璣觀象知日躔之在牛寶曆授時喜天正之立子恭惟大師令公親賢並極德行饙豐作藩屏於王家謳聲華於宗室履一陽之求復迓萬慶於交叢其等限守官箴阻趨賓席

上致仕林平章同前狀

純陰氣休方喜一陽之復君子道泰合膺萬福之來恭惟致仕相公儉節清風耆謀舊德盡瘁以仕匪躬之節逾堅告老而歸知足之情可尚茂對履長之旦更延難老之祺某等佇守江湖阻登門館

賀年兩府狀　安西大都護賀

瓉窎載周正月初吉畫三陽而為泰法五始以書元伏惟致政相國闔下將相四朝始終一節知止不殄特高老子之心俾藏而昌永錫魯侯之壽況臨今旦休有嘉祥某等限守麾符阻趨閶闔

又　崔平章

仰觀天文驗龍躔之易舍俯授時今重鳳曆之發端慶洽人神春還草木伏惟太師令公乾坤正氣嚴廟偉人君陳之嘉猷嘉謀賚襄帝道山甫之令儀令色竦動民瞻茂對三陽倍延萬福其等魚符有限驚賀無緣

與宋太師藥國公狀

表東海之池偏茲馬守職節南山之望峻久矣繼風伏惟太師國公九德運圓五福純備國人之宜鄭伯又改為於緇衣王室之卹周公尚自安於赤舄行藏惟其用捨進退係於重輕曾是遐陬阻依巨藩冀加保衛以副瞻祈所有微儀具如別幅

回宋使遠狀

揭節出疆有光華之可望揚舲涉海伏忠信以無虞方填舘以攀迎遽貽書而為禮承言感極豈易指陳

賀冬兩府狀　金安西賀　金平章

剝後七日知陰道之上窮坎中一陽應天時而初

復伏惟某官風節清直德履端方汲黯在朝敢國
無敢妄動孔戣請老議臣不欲遽歸茂對嘉辰益
綏休祉某顧有簡書之畏阻瞻爲履之光
又崔相國

一陽初生萬寶皆暢登魯臺而望物理高厲以授
時伏惟某官奧學真才清風俊節帝齎良弼以爲
大旱之霖民具爾瞻屹若南山之石應時納祐與
國同休某等出守江湖阻然闒闒
又李袞政

日行白道陽動黃宮高厲授其人時魯史書其雲
又郭司徒

物伏惟某官道高當世職選宰庭理高厲以授
衣帛之妾動爲世法時有墊巾之人履茲慶辰叢
厥景福某等守官有限賀虔無緣
又都運

陰剝而窮陽營以復魯史謹書於日至周家恭用
拔天正伏惟某官奧誠鄰幾宏材拔萃謀猷密勿
入司帷幄之籌德業崇高行摽廟堂之位茂對三
微之統翁臻百福之祥某等伏限守符無階望履

右伏以寰君篆服職是守封上國馳誠禮當稱嗣
入宋使臣上引伴使狀

嗟滄溟之阻闊加鄙邑之繹騷未抗表章已經年
所茲厪使指底貢宸庭揭節戒塗已涉風波之險
艦舟向岸佇瞻天日之光竊承迷勞之勤知有華
依之幸其爲辣企謁盡數宣

銘

兜率院鍾銘并序

兜率院者崇教寺住持僧統弘闡與門下侍
中邵台輔同發願所剏立也院既成門人慈
尚隨發願顧墓三百五十斤鑄置洪鍾工飢畢
功屬余爲銘請難拒略爲之言此非敢自

是也蓋不得已耳銘曰
耽耽精舍于水之津云誰居之惟衆优优或食或
講或夜或晨不可戶告景鍾乃陳大簴翼翼植洪梂
傍橫不擊則已擊則振鳴山橋海潒鬼蹳神驚非
雷非霆毀其大聲

興天寺鍾銘并序

興天寺鍾薄且弇其聲不妙近聞主公重鑄
居士金某爲之銘曰
迴祿病火飛廉掀風唯金從革出此景鍾置之寂
黙叩則雍容無聲之聲遍滿虛空

小子斐然之作竊敢劾馬略記端倪聊禪實錄時
聖上御圖之十八載大平紀曆之第六年夏四月
記

惠陰寺新創記

峯城縣南二十許里有一小寺虺廢已久而鄉人
猶稱其地為石寺洞自東南百郡趣京都與夫
上流而下者無不取道於此故人磨肩馬接跡憧
憧然未嘗絕而山丘幽遠草木蒙翳虎狼類聚有
以為安室利處潛伏而伺傍睨時出而為害非止此
而巳聞或有寇賊竊攘之徒便其地荒而易隱人

畏而易劫爰來爰處以濟其姦二邊行者蹤躇莫
之敢前相戒以盛徒侶挾兵刃而後過馬而猶或
不免以死焉者歲數百人先王麞王在宥十五年
巳亥秋八月近臣少千奉使南地迴上問之上惻然哀之
也有兩閭民之疾苦而聞之上幸聽臣臣
曰如之何可以除害而安人奏曰殿下幸聽臣臣
有一計不費國財不勞民力但募浮圖人新其廢
寺以集衆清衆又為屋廬於其側以著閭民則禽
獸盜賊之害自遠行路之難平矣上曰可汝其圖
之於是以公事抵妙香山寺告於衆中曰某所有

臣害上不忍動民以土木營造之事先師見邊難
者必施無畏疇克我有事於彼乎寺並比丘惠
觀隨喜之其使欲從者一百人惠觀老不能行擇
勤恪有技能者證如華十六人資送之以冬十一
月到其所作草舍以次之上命比丘應濟主典其
事弟子敏清副之利器械鳩材瓦經始於庚子春
二月至壬寅春二月工既告畢齋祠息宿以至廚
庫咸各有所又謂若乘與南巡則不可知其不一
幸而駐蹕於此宜其有以待之遂營別院一區此
亦嘉麗可觀至今上即位賜額為惠陰寺噫變嫘

榛為精舍化畏途為平路其於利也不其博哉又
恃以來穀舉之取刜設粥以施行人至今幾於息
馬少千意欲繼之於無窮精誠有感檀施將來上
聞之惠捨頌厚王妃任氏亦聞而悅之曰凡其施
事我其尸捨頌其增其委積之將盡者補其什物之就
映者然後事無不備者矣或曰孟子言義之時洪
水橫流使禹治之為烏獸之害人者消然後人得平
土而居之使益烈山澤而焚之鳥獸逃匿周公相
武王驅虎豹犀象而遠之天下大悅其或春秋時
鄭國多盜取人於萑符之澤子大叔除之漢時渤

海民飢荒弁於溝壑之中冀遂安之其他以盜賊
課寄名於史傳者無代無之則逐虎豹除監賊亦
公卿大夫之任也而少千下官也應濟敏開士
也非時謂官治其職人愛其事乃無所陵者也其
可記之以話於後乎又獨氏之施貴於無住相荘
周亦云施於人而不忘非天布也則區區小惠亦
宜若不足書者曰不然唐貞元李年夏大水人物
蕩流而東若木抔然有僧愀焉援溺救沉致之生
地者數十百劉夢得志之宋熙寧中陳述古知杭
州閒民之所病皆曰六井不治民不給於水乃令

僧仲文子珪辨其事蘇子瞻記之君子樂道人之
善如此豈可以廢乎而又人之爲善自忘可也不
有傳者何以勸善其經論昕言不可縷敘至若唐
僧代病作施食道場前後八會通慧師載之僧傳
至於儒書亦有之如懷記云衛公叔文子爲粥與
國之餓者不亦惠乎則此又不可不書者也少千
姓李氏父晟善屬文登科爲左拾遺知制誥卒少
千仕至七品官公事閒事佛亡今則麻衣蔬
食自號爲居士勤苦其行爲上所知故有所立如
此應濟住持日淺敏纘之訁用有成可謂能矣

其所資用皆出於上所賜及諸信施其名目具如
陰記云爾時甲子春二月日記

贊

和靜國師影贊

恢恢一道落落音機聞自異大小淺深如三舟月
如萬竅風至人大鑒卽異而同瑜伽名相方廣圓
融自我觀之無往不通百川共海萬像一天廣矣
大矣其得名焉

議

待外祖議

漢高祖初定天下五日一朝太公太公家令說太
公曰天無二日土無二王皇帝雖予人主也太公
雖父人臣也奈何令人主拜人臣高祖善家令言
詔曰人之至親莫親於父子故有天下傳歸於
子子有天下尊歸於父此人道之極也今王侯卿
大夫已尊朕爲皇帝而太公未有號今上尊太公
曰太上皇朕以此論之雖天子之父若無尊號則不

可令人主拜也不其俟伏完獻皇帝后父也鄭玄
議曰不其俟在京師禮事出入宜從臣禮若后息
離宮及歸寧父母則從子禮故伏完朝賀公庭如
朝臣及皇后拜如子又東晉群臣議穆帝
母褚太后見父按儀禮五服制度豈得與
禮數尚如此況外祖乎父母尊親是大順
之道也又魏帝父燕王宇上表稱臣雖父子之親
議曰王庭正君臣之禮私覿全父子之親博士徐禪依鄭玄
上抗禮宜本上表稱臣在王庭則行君臣之禮宮

闥之內則以家人禮相見如此則公義私恩兩相
順矣宰輔以聞王遣近臣問資謙資謙奏曰臣雖
無知今觀富軾議實天下之公論微斯人群公幾
陷老臣於不義願從其議勿疑詔可

疏

興王寺弘教院華嚴會疏

伏以一真玄妙實惟萬法之源三聖圓融即示大
祝法輪常轉國祚壇長風雨調順人民利樂者右
法會仍令韓國祚壇長風雨調順三七日修設華嚴
於弘教院始自今月某日起約三七日修設華嚴
重興國師高第弟子戒膺及學後一百六十人有以
十年教義浸衰莫有能繼傳弟子慶尋遺志思有以
嚴佛事大覺國師宣敷教理作大利益厭後近三
茲者伏見興王寺者文宗仁孝大王發願翔造莊
經之義色空交映理事相明此帝網之重重如海

印之歷歷非其人則二乘上德瞠若而莫前稱其
性則十信初心脫然而相攝茍非王者以至誠崇
奉師哉以明智宣揚孰能齣經卷於微塵日輪
於大地追惟文宗仁孝大王視政事則若無全牛
信佛乘則如味甘露金園寶刹克成大壯之功齋
室法筵求空門遊方之勤奈善知識道之極為
從禪悅於空門遊方之勤奈善知識道之極為
大宗師以先知覺後知以正見破邪見栴檀圍繞
凡水莫能相干師子嚬呻諸獸靡不自伏非止副
先君之志亦足酬古佛之恩嘆川逝以不留嘆山

頼而安仰弟子恭承餘慶嗣履丕基德不能柔明
無所爛人既勞心政將奈何危若抱火於積薪懍
乎朽索之御馬惟冀與民而祈福莫如依佛以乞
靈況景陵之誓願尚存而弘教之化儀可舉起高
弟於嘉遯俾圭盟於講堂四事莊嚴多而益辨六
時檀念勤而無疲行而不已應必見於將來伏願
修之不退善既行而不已應必見於將來伏願慈
享天年之有求與國同慶置神器於不傾格洪範
澤露濡梵雲覆幬福如川至德以日新俾躬處福慧
之休徵滅春秋之災異三農足食驗小雅之夢魚

四海消兵見武成之歸馬近從九族廣及三塗免
論阿鼻之苦辛皆得毗盧之身土

轉大藏經道場疏

特為社稷靈長人民殷富謹准前規於闕內會慶
殿自今月某日起始約幾日夜開設精嚴道場供
養本師釋迦文佛為首一會聖賢兼請名師轉讀
大藏經解殊勝功德者右伏以圓音一演無二三大
小之乘眾解萬殊有半滿偏圓之教故經律論雖
分乎三藏而戒定慧皆本乎一心光明為無盡之
燈珍寶若甚深之海思量修習必超眾妙之門信

受奉行即得恒沙之福弟子叩聖人之大寶昧王
者之遠猷獻深淵薄冰不敢違寧於風夜慈雲甘露
庶幾饒益於自他祇率貽謀特嚴像設香華四事
備蒲塞之真儀鐘梵六時演貝多之秘記其下誠
之上格副他鑒之潛通伏願自天降休與國同慶
欲箕疇之五福保周雅之萬年中宮無險詖之心
東禁有元良之德群官翼戴共輸陶契之忠廣類
榮懷一夔成康之俗陰陽順而京坻積戎狄和而
金革銷燕及蒼生同霑利澤

金光明經道場疏

右伏以三身本有權化顯于靈山萬德圓成光明
周于沙界談空論壽而理無不備施藥流水而德
無不加在和平之時尚披誠而致敬況災患之際
盍歸命以求哀言念眇躬叨臨寶位智不足以周
萬物明不能以燭四方切理安之念而未知其方
躬聽斷之勤而無益於事紀綱不振風俗日衰士

國有京坻之積

消災道場疏

秦呼嗟之禱仰惟慧鑒府諒惻哀伏願憫以慈心
借以神化銷除旱魃無為赤地之災鼓舞雨師周
洽自天之澤無災不滅有利皆與民歸富壽之塗

乾道高明默示非常之變佛慈深厚能施無畏之
權宜聲熏修以資羣利顧惟涼德叨據玉基不能
體春秋之一元以養萬物不能用洪範之五事以
調庶徵凤夜思惟洞冰恐懼況又日官有諗天象
可驚赤祲偃寨以干霄白暈輪囷而逼日不識今

無守官因循怠惰兩至于貪墨民不安業窮困流
移而皆有怨咨感傷一氣之和逆亂四時之候在
秋冬而常燠當春夏而反寒天文錯行山石崩落
魯史所書之災異洪範所謂之咎徵一見猶存
臻可懼況今自旱春而小雨渉五月以恒陽雲欲
合而還開澤雖霈而未足我心如結望雲漢以徂
勞民命可哀宜投彼佛之至仁可濟吾人之同患洒
國之多難宜投彼佛之至仁可濟吾人之同患洒
清秘殿祗展法筵禮玉相之粹清演金言之微妙
率宰樞兩府暨文虎百寮四體盡禮拜之勤衆誠

茲之異終為何所之災數有未通疑誰能決欲豫
防於厄會須仰訖於法門式展妙科柢陳香供禮
金仙之睟相繢寶藏之微言異此精誠通於覺照
伏願萬靈保護百福來成逐今助末之軀永保康
寧之吉椒閭集慶銅禁凝休保王業於南山措國
風於東戶黎元輯睦皆歸富壽之塗邊鄙安平不
見戰爭之事風雨不迷於舜麓京坻屢積於周家

俗離寺占察會跡

三界唯心同一真之清淨衆生不覺困六道之漂
沉無有出期備嘗苦患惟佛以圓鏡而普照憫人

有寶藏而自窮　設諸懺悔之軌儀示之發起
之方便普賢之願具宣說於華嚴真表之勤終感
通於彌勒教行求世澤洽恒沙言念冲人叨臨大
位承列后投艱之業遇多年積弊之餘深淵薄冰
懼予心而方恐慈雲甘露其佛德之是依遠爾遭
灾茲為寢疾恐巫醫之術固非一馬乞神聖之靈
亦已多矣尚微效驗愈憂思竊恐自蕭祖有為
之年及李氏用事之際流人物撓動幽明憤氣為
禱陲寃對封執今欲載其營魄安其遊魂不作彭
生之天長消伯有之藥更無他道須托真乘遣劫

御於名藍峙法壇於寶殿香花森列梵唄熏勤抽
集精神使之見佛而開法發露業障期於離苦而
生天慧鑒慈照於悃誠幽途必失其熱惱伏願無
功用威德不思議慈悲攝其異生頓悟苦空之理
杜其靈響皆從寂滅之遊彼既絕通朕悟蒙利俾
躬免厄求符福履之綏與國咸休又有榮懷之慶

東文選卷之一百十五

青詞

乾德殿雕禮青詞

強名為道妙物曰神藏用窈冥不與聖人之患闌
真常之極非可道而可名怳惚之中若有物而有
象固難意致宜以誠求伏念臣遽然初沖職是司
於撫躬自戒會無滿傲之心臨事不明莫通榮懷
之慶萬民胥怨一氣屢乖災嬰之興與殆無日兢
兢之慮凜若涉淵按寶籙之妙科潔玄壇之淨醮
伏望悃衷上格道蔭玉臨調精禋於二儀恊陰陽
於四序兵其不試民無金革之憂農用有年家有
京坻之積

又

道非常道蓋自古以固存神之又神於其中而有
象包含眾妙綿制群生念惟眇躬凤恭洪造奄有
一國于茲三年顧無善政遺風曷副三靈之望恐
有冤刑濫賞致傷二氣之和或天辰失常山石恐
告異軍民懷艱食之患夷狄有佳兵之謀不德所
招何心自處雖禍福之應倚無常而禳襘之文
科儀具在虔邊道法載霑潔筵潦水澗毛芟有
誠而可薦天心地意豈以菲薄而不應真妙眷之
玉臨借靈光而旁燭蕩諸災變介以吉祥富壽康
寧作吾入之利兵凶疾疫免為我國之憂仰望
聖神俯垂照鑒

幽造化若有真宰之功動以施為感遂通而
降格眷言涼德嗣守丕基雖欲體春秋之一元以
貞王道未能用洪範之五事以奉天時民業未至
於求康歲望屢乖於大有思惟不德恐懼靡邊康
幾受祉於神明得以保和於邦域遂擴科式灑清
闔庭薦酌彼之澒汗望泠然之仙馭伏望至誠上
達沖鑒俯臨使予一人求事康寧之吉及我元子
允宜福履之綏田野稔而盜賊消我狄懷而干戈
戢普推餘澤燕及蒼生

又

文烈公 金富軾을 論한
諸家의 文과 詩評　東文選

詔勅

仁宗賜富軾藥合詔　無名氏

云云遜命滔天憤妖人之作亂登壇受鉞嘉大將
之請行馘風霜之洹寒憫士卒之辛苦今者王師
歷境賊類摧鋒傅首于茲已愜藁街之殉戰兵在
即實由蓮幕之謀宜更免六軍之心辛以圖萬全
之計

教書

元帥金富軾平西獻捷教書　崔誠

教某等左軍兵馬判官前試閤門祗候魯沖至省
所上表今年二月十九日昧爽潛師入侵賊徒奔
敗不能拒縛偽元師崔永收副元師趙匡死尸相
率出降尋入城洒掃宮闕安撫軍民事具悉朕以
寡昧之資託于士民之上不能制理于未亂保邦
于未危乃者最少西都之人謀為大逆之事諜非
制自兩發動軍馬偶立年號而欺同人神勢固非

常罪難可赦因在庭之命望遠命將以祖征卿奮
不顧身慨然受鉞誅俟臣於輦下首除內應之姦
嚴師律於軍中悉備合攻之計然以欲珍殲其元
惡不將殺於貸從先作巨埋以摧阻賊謀或投
大石以壞破城屋然后伸衆卒御枚而突入群
姦束手以出降旣踰滌於妖氛仍慰安放父老
持雪霄肝憂勞之念抑亦消中外憤蔚之懷自非
卿寡安危利害之機知先後緩急之便則何以不
勞攻戰盡服頑凶從初用事者雖是菁年及其收
功則在於一旦昔者高宗之代叛國周公之得罪

人皆三載而乃平猶萬世兩稱義偉歟今日之事
足為青史之光朕眷遣近臣特加獎諭全覽抗章
之賀備申歸義之誠省閣之餘歡嘉無已故玆詔
示想宜知悉春暄卿等比平安好遣書指不多及

降使金富軾賜弟教書　崔惟清

教某捨于皇天茲謂一德之輔乃玉續實惟萬
世之休豎眷注之彌深則龍光之宜異卿以宏廓
之量蘊經綸之才自先代經邌之臣為寡人法從
之冠歷險不易其所守致身益効於嘉謀果自樞

庭進當合鈇屬西土之撓亂摠中權而濯征覆橐
狻之巢易種無所拯塗炭之子按堵不移俾臮夏
望若長城增朝廷重於九鼎出將入相既已亮其
天功濟世安民益交修於朕德方臣業之甫定豈
大資之可稽爰推賜第之恩特降馳輨之渥雖闕當
那弓之錫未稱有功其于命服之皇蓋旌嚴德當
獎諭征西元帥金富軾教書　鄭沆
其省所上狀擒捉逆賊定蕩京城事具悉朕惟
逆雛趙匡以瑣瑣小醜擄隂陸梁通誅旣久非不

知乘將卒欲戰之心併力剪除俾無遺種乃緣西
都是始祖肇興王業之地又念生齒之衆多皆吾
赤子不忍一切屠滅之故詔命開諭至于再三庶
幾匡等易心歸順以體朝廷於恤之典此卿之所
具知也自從元惡妙清等見殲於帳下之後臣鄰
失策賊情一變則甚定之功似不可以一二日期
也卿以文武之才都將相之任寬得士心沈於機妙
物凡兩臨賊制禦之術不煩諧問已熟於宵中始
而排築城寨以休養士卒終起土山以歷賊壘大
軍突入巢穴皆空卒使逆類望風自潰束手出降
也

已而不頓一戈下全城於又掌決不踰時收萬世
之偉績非卿持明果毅全之策不能至此而以
副寮人委付之意也嘉獎之深不能自已今差使
文林郎樞密院右承宣尚書吏部侍郎知制誥賜
紫金魚袋李之氐副使徵事殿中少監知尚書
兵部事賜紫金魚袋林儀等賫持詔書往彼宣諭
幷賜綵物具如別錄至可領也應五軍負士卒
顯著功績逐便件析聞奏當行爵賞故茲詔示想
宜知悉春暄卿比安好遣書指不多及

制誥　賜金富軾加授同德贊化功臣守太保餘並
如故
教富軾卿以先覺之才居具瞻之地雲從龍風從
虎道與時行爵有德官有功事稽古制加之名位
之峻示以禮貌之尊高體眷懷徃膺林渥今賜卿
同德贊化功臣守太保餘如故告身一通至可領
也
　除金富軾守太保餘並如故　崔誠
門下朕以任賢使能者有國之先務尊德樂道者

爲君之令獻茲圖任於舊人相與成其政理眷我
典刑之老魁然社稷之臣惟功業至大而無前故
恩命有加而不已載揚休命敷告外庭輸忠難
功臣檢校太師守太尉門下侍中判尚書吏部事
集賢殿太學士太子太師監修國史上柱國金富
軾挂石三韓表儀百辟其欽主也以孟軻之仁義
賊亂以消調鹽梅於內兩陰陽以序年彌高而
其告后也以君陳之謀猷早登侍從之班居多啟
沃及踐釣衡之地大奮經綸而況杖鐵鉞於外而
彌壯位愈尊而志愈謹國有疑則決於元龜民昨

太子太傅事具悉夫爵德封功優賢喜繁國家
之所由底理爲君上者所當盡心其有挺忠義
之純誠蘊經綸之大業居廟堂則燮調元化蒞軍旅
則洗滌妖氛則雖賞之以千金而莫與爭封之
以萬戶而眡卿表儀百辟桂石三韓通
天地人雅畜眞儒之器有智仁勇又兼大將之才
屬西賊之擅興戎之奉元戎以初受命即誅戮
於內蕟夌及行師先鎮安於北路遂乃摻城以置
軍疊跨河以成土山撫吾軍萃以休開迫彼賊謀
而摧折擊其不意一朝出令於軍中進未交鋒群

壼也重按九鼎是用加四字功臣之號進三師寵
秩之崇實允僉言顧非私議於戲則魏丙之
輔宣帝在唐則房杜之相太宗當時安榮後世輝
頌雖朕無二君之德而卿有四賢之才閭俾古人
專美前史可特授同德贊化功臣守太保餘並如
故

醞納降於麾下遂宣布於朝昏盡寬釋其平民凡
茲首尾施設之奇蓋自恩威寬大之略不有備禮
曷旌殊勞下獎諭之詔而未已於眷懷頒爵命之
恩而延登於家宰初平瘡痍未復益用輸忠而納誨
具瞻本則禍亂惟時執讓之謙未副僉成之意
庶幾因難以興邦
丞踐乃位毋煩再辭

批答
　　　　　　　　崔誠
省所上表讓輸忠定難靖國功臣檢校太保守太
尉門下侍中判尚書吏部事監修國史上柱國兼
宰臣金富軾讓恩命不允

金富軾讓政堂文學不允　崔惟清

朕以眇眇之身託于士民之上臨政願理蓋十年
之久矣惟是明不能燭而智不能理萬事之統其
何以堪之哉故風興夜寐勤求賢士輔其不逮以
新舊邦之命以卿文章道義為世師範早從桓府
堂之職庶幾君臣同心以躋三代之盛而後斯民
於淳朴之俗夫大臣者以道往夫下進退之際輕
重繫焉理亂生故勞謙小節有時而不得守也
朕之待卿不貳其命卿之輔朕宜一乃心往踐厥

仁義之兵殄滅頑凶保完土女增朝廷九鼎之重
致夷夏萬世之安夒奏膚公遂躋極品方日宣於
忠力以協贊理功一體相須冀共成於大業累
章來上顧欲謝於繁機雖敦諭之益勤奈高情之
莫奪憮然不已勉介強從昔王祥乞骸虎帝訪以
大事李靖歸第太宗諮其密謀鄉年雖既高德乃
彌邵有大議論當與商量又此朝冊使到日書題
事務亦宜臨視

司勿煩牢讓　崔誠

門下侍中金富軾累表乞退宜允

忠義以事其主明哲以保其身進退兩全古今希
有卿際天之識聞世而生為時大儒作我元輔以
伊尹之一德夔皋陶之昌言立陳經紀而排沮興
端尊君愛國兩務全大體事功灼著倚賴實多屬
大菱之竊生攄巖邑以為亂以古詩書之將統于

大司成金富軾撰圓教國師碑不允　權適

文章之中惟紀事為難非著述難使事辭相稱無
過不及斯為難矣圓教國師道德事業卓越千古
欲樹豐碑以詔後世非卿之文無以稱副肆降非
常之命用圖不朽之傳是當奉承何必牢讓

東人之文四六序

後至元戊戌宓荂子曩定畟文四六記成竊審

國祖巳受用

中朝羮卅胡釤莫不畏天盡忠遯之禮是

其章表得體也然語臣私詔

王曰聖上曰皇上引亦舜下簬漢彥而

王咸有稱朕子一人今曰詔御肆省攍内曰

大赦元下署罝官屬皆供

天朝若此等類大涉謷韙實愚観聽其在

中國固待以渡外何遏之有也遺附

皇元規同一家如首院當部等號早去而俗安

舊習尚尚在六詩閒

朝廷遑章題皐言思公釐正然後煥然一草

無狀有鄙龍之者今府集之者多取朱臣服以前

文字恐始寧目者不有濃凝故題其端以

弓之蜀葡舊

東人之文四六卷之一

事大表狀

新羅謝賜鴈地表　崔致遠

聖朝雖丹素藹心而無功可効以忠真為事而
勞不足償陛下降雨露之恩日月之詔錫臣
土境廣臣邑居遂俾塁關有期農桑得所臣奉
絲綸之旨荷慈寵之深猥膺桑田上谷

新羅謝臣表

臣某言元正告始景福維新伏惟皇帝陛下膺
乾符祐與天同休臣某誠歡誠喜頓首頓首臣
番從自立國恭家開疆拓土皆乃仰荷天蔭方
能備靜海隅遂從先祖而來每慶新正之德辛
無闕禮史不斷會靉岑波驛盡戶久阻梯航
雖事修有志而式過無功久阻梯航難進芥投
且天雜報晚能首唱於退隊海燕遙得窮投
於戶鳳而臣顧愬懇昇迹微禽狀限難守遠
番天養隨例本充稱謝行朝無任賀聖戀恩兄

謝建使串慰表　命富軾

海隅緬緬景積悲哀衰抱
伏念臣猥居片幻奄遭閔凶雖復易月之權西
抱終天之病痛然蕪錢未告終豈謂造以使
臣論之德慈詔辭赴厚乳物彼番既拜命以凌
乾倖搖懷而感何

蔽容進迴俄表　康琳

至書款洛於錦閣皇極荷寵先崇增震越中謝
伏念臣紹居舊服幸隊休辰畏天之威盡忠誠
於事大以地阿有無越贊以備方湘使朝之言
還撿市仁之載涅織華賣莫之譽帛安吉狂筲
之衣裹三於百品之珍詩是上方芝製罷帷蓋
等例或侍常庸益謝於恩靈當以覆中於名
數然以非遣內變熒盡焚攸司不謹於護持
難致闕常儀有干朝典惟至明之洞照事必詳
則錄失傳於援獲心思而惟起在華寫以頗
於無他在私意以戰兢責自深於不效魏兹
翻沸溱無言

進奉表

緣地墇以民食實懼兵疲而力弱雖未能於護
接庶小助於蕩除然不待三人之就觀頤今將
亞以分義東鄹勾集禦寇賊以遏屯北鄙防閒
侯姦宄之閒入量么么之所及期薄劾之可伸
區區之誠方寸是

入金起居表

平壤封疆恴守珠蒙之故國途出玉帛未裏

禹之諸侯

天人乗統震耀四方異國入朝挼航万里況接
境之倅迩諒馻誠之克勤中朝伏惟皇帝坐下
天綏英明日新德業浚号一㙤犖䢇熱不悅随
威聲所和隣厥真能扱語與龍王之高致宜失
地之冥狀小邦眇觌涼德間非常之切
烈太已極於傾㦄惟不映之包㠪可以伸其忠
信雖媤頖槀尖之鴬切期山㪣之誠

物狀

造庭僑隥永覿厥成戴贄展儀条以所實前徔

物等風儀極陋物品至早寸半之誠不固非虜
包荒之度無以逭遺

謝宣諭表

臣謂言去九月十三日宣諭使靜江軍節度使
同僉書樞密院事高伯淑副使鴻臚卿知太常
礼儀院騎都尉為玉忠等至乗傳詔書別錄各
一道伏蒙聖慈賜片衣帶匹段銀器等物許屬
十四日高伯淑等傳聖旨有保州城地分俵以

崔誠

永咸竞交切中謂恭惟皇帝蓋無能名之德叡
太有為之心雷動風行振咸秩而無斁天與人
順掃切業之非常伏念俯屢遷荒氱深𪾢慕方
属大朝之舉義屢以興師木因𣏓邑之多難致
稽偹貢礼雖有閒情實無他近奉天之忠須若
宣謂使軺加以寵令俯臨激其事天之忠須若
自天之澤加以撫寜於平壤且夫獲封折於鴨淥
於保州示以別傳密旨曲諭上心更不牧後
的自古来被侵奪於契丹盖徔近代雖遥惟斯

天會六年十二月二十四日教諭使司古梅訶
　　　　　　　　　　金言戬

之邦首緝絲綸之命□加錫于□詔示獎從顧有
之土誕□間拓英亮畫眹誚苍進新念歲

賀天淸節表
　　　　　　　　　金克己

高皇之提鉚未逞讒於礼文而舜帝之亲巽亦
阻頌於正朔今者
中夾下而立統皇振以臨羲取此而
肆元名以之而罪速四海一家之従令咸與雅
新三韓億載之效忠自今爰覩
與南北朝臣交通状附

金　冨軾

與宋太師蔡國公状
鄉風伏惟太師國公九德渾圓五福純備國人
表東海之地偏茲烏守職節南山之望峻冬祭
之旦鄭伯又改焉於緇衣王室之留周公尚自
安終赤焉拊藏惟其用捨進退係於重輕曾
是躄醨雍依巨陰與加保衛以副瞻祈所有微
儀貝如別幅
回榮使遠状
揭卽出疆有光華之可望揚舲涉溟伏忠信以
無虞方填窮以攀躋遽貽書而菊永言感
拯豈易指隙
與遼東京留守大王交聘状権　洪關

東人之文四六　卷四　事大表狀

在撫監之無怨截佩于詞不甚聰峽
又壬癸二月十七日癸行

金　冨軾

五〇

王若曰易以一索爲長爲之住記以三善爲世子
之礼是故古之王者昪晉不封立上嗣以固宗
廟社稷之本以安君臣父子之分此萬世不易
之常典此咨尔元子糵天聰英銃老連幼挺岐
嶷之表雅不好弄自知向學讀書若凤習揮翰
若神助德付協於元良天序當於儲貳必能承
丕菅之嚴襲中外之望朕於是奉若方冊之大

訓薰採士夫之公議消選嘉衣俾膺顯冊合遺
使某官某副使其官某持節備礼冊命尔爲
王太子於戲准至仁可以主重器惟作善可以
保合名尔其順時習敏歌傃踰遠邪侯之人親
近方正之士惟忠孝之是務非礼義則勿踐丟
承祖宗之歇光以永邦家之景業可不愼乎
　　冊王弟俌爲大寧侯文辮母崔　惟清
王若曰夫立愛者自親而始理國者以孝爲先
古之揝王同不由此故高與首陳於睦族焉詩

興仁縣令章可負厥戚於令德教信明義三

著於芳猷漱聲架平宗文善譽浹于官拖

宜加茂將以羅艘榮今遣某官其等持節

備礼冊命尓為公主於戲立愛由親朕特崇於

懿號因嚴以敬汝寒勁於孝誠當體深思究

孤洪造佩服予訓不其題歟

冊王妹為公主文仁妹

王若曰咨之王者親二以仁真二以礼令茅裂

土爰封立於宗英豊器榮名示襄嘉於帝支

金 富軾

所以厚人倫而勵俗非獨撲類以為恩咨尓王

妹色麗而柔且惠行高人而無過發莊姆

而不勤居室之善寢成鼓鍾之聲旬遠勝必喪

考姚終無弟兄痛深孽義同於之懷恨缺華

夢相輝之勢故於同母之妹常切在原之情愛

馬豈勿罷礼之所宜厚英肆優命數以示恩

章今遣某官其等冊命尓為公主於戲周

南羡其文功為緯為綌大雅論其閫則無非

無儀勉從訓辭以符春待

門下播舜國家寶貴崇室之勢封立親戚厥有

古今之儀春以賢侯曰予罷弟肅孝所以加愛

朕心置敢遺志矣蒙邦彜宜優礼數具官傳天

資英價器識森沉居常祗畏以執心加以倫勤

而克巳厥富貴而不溺其習就學問而不頗其

師後礼為仁湯大君子之体好善忘勢有古賢

王之風自作長於侯藩已增華於王室風声南

於中外名望重於朝廷位之高者礼遇之必殊

親之近者恩榮之為異惟兹太保之職所謂三

公之官嘉禾有河間東平之令名授東以伊尹名

公之舊貫其霜先華之令式授之仁於戲

念在君親忠信孝懆之是懇心存社稷進邦侯

欲之不為尚聰至懷永膺休罷可將授守大保

餘並如故

除金富軾守太保餘並如故

崔諴

門下朕以任賢使能者有國之先務尊德樂道

者為君之令猷稽圖任於舊人相與成其政經

東人之文四六卷之六

教書

册皇太子教書　　　　　　　　金富軾

敕元子謙 王乐心識聰明容儀端雅既戴佐於
宸极須正名於國儲愛典常特頒寵渥今遣
使攝太尉佐理同德切臣制府儀同三司守太
尉門下侍郎同中書門下平章事判尚書吏部
事上柱國稷山縣開國伯食邑三千戶食實封
三百戶崔洪宰副使攝司徒守司空門下侍郎
平章事判尚書禮部事監修國史上柱國南平
縣開國伯食邑三千戶食實封三百戶文公仁等
持節備礼往彼爾命尒為王太子熟賜印綬衣
帶弓箭金銀器皿段米穀鞍馬等諸物具如別
錄至可領也

王太子加元服教書　　　　　　崔洪藏

王太子諱 王立儲必先賢主器貴若長春子
副戴為國本根日就月將早勵元良之德川冲
盍裕合膺監撫之權規劃當志學之年盍賜成心

乃優錫予今道使某副官某司某官某等持節
冊尒為公主并賜某物等其如別錄
　　　　　　　　　　　　　　金富軾
敕仁人之相親也愛之故欲其富寵之故欲其
貴兒朕無他兄弟惟余球妹友悌之念式切中
心無命之儀率由舊典非特申兹人同氣之眷
亦將慰先右在天之靈
尚書令雞林公吉礼　　　　　　儲 尨寅
敕汝閨庭愛子蕭邸重臣當星戶之戒期告成
　　　　　　　　　　　　　　老臣嘗
嘉礼念天源之慶特霈殊恩庶永襄春之優
求協和鳴之兆今差使某翰林學士朝散大夫司
宰卿直門下省事知制誥兼東宮侍講學士盧
亘往彼宣賜某物等其如別錄
王女興慶宮公主嘉礼可降使　　崔 誠

敕夫陰陽之氣交而歲功以成夫婦之礼僃而
人倫以正尊卑一致千古同揆汝稟性柔閑繫
安嬿淑朕心所愛早膺湯沐之封姆教不煩已

六四

教
富戰卿以先覽之才富瞻之地雲佀龍
風從虎道與時行爵有德官有功爭豪
古制如之名位之峻示以杞貞之尊而
体養懷往膺休渥全賜卿同德賛化功
臣守太傅徐如故吾身一

遝至可頒也

賜任元厚授門下侍郎同中書門下平
章事

郭　東珣

崔　誠

天官天爵天下之公器可以與賢者共之不可
私於人也卿寬厚有長者之風石動靜得大邑
之体有作哥並坐而論道之日聯有
戒績卓為宗工子其爭當與思以觀泰劾茲所
朕私淑卿也

賜李子淵中摳侠右常侍　金　顯

賜某卿天球異宝日向英姿霍子孟之蓬漢家
唯持謹慎庶為規之居晋室非獨風流令名克
以珠獨紳中外之公

副於朝禽奇畫密伸於晝接宜加命數用示褒
酬今賜卿告身一通到可頒也

賜金富佾守太尉判秘書事

崔　惟清

鄭　沆

教其省流上狀擒授進賊之疆京城等具懸朕

教卿任天下之重為學者之師而退託於微疴
以祈辭英紫務受擇裁崇而要簡就易清資其
難心靜則業平行齊肯異逕

譚諭征西元師金富戰

惟進雒趙匡弼璞示醒攄隂陸絜遺誅臥久
非不知乘得卒欲戰之心併力齊除俾無遺種
乃緣西都是始祖肇興王業之地尤念亞盞之
眾姦皆宗子永忍一切屠滅之故詔命開諭
至于再三庶幾匡等易心歸順以体朝廷矜恤
之典下之後島嶺英篆情一戚則戰空之功
私不可以一二卿以皮髦之才都將相
之任寬厚士心沈撥妙物九所臨賊制輿之術
秋帳下之

不煩諮問已勢於曾中始而排築城眾以沐臺
王卒終起玉山以壓賊壘天軍突入巢穴甘空
下全城於反掌失不躕時叔万世之偉績非細
持明杲毅万全之筞也不能至此而以副寡人委
付之意也嘉獎之深不懈自已今姜使文林郎
稹察院石永宣高者吏部侍郎知制誥賜紫金
魚袋李之氐副使荸郎殿中丞知尚書省兵
部荸賜紫金魚袋林儀等荸持誥書往彼宣諭

并賜倜物具如別錄至可頌也應五軍人員將士卒
頸著功績逮便件析間秦富行爵賞拔菰詔示

想宜知悉春暄卿比安好遣書指不多及

回元師金富軾平西獻捷

崔　誠

救某荨左軍兵馬判官前試閤門祗候曾詠至
者所上表今年二月十九日眛荄潛師入侵賊
後奔敗不能拒捍偽元師崔永秇副元師趙匡
砲力相率出降尋入城而稍寬閤安撫軍民事

六五

具悉朕以寡昧之資託于士民之上不能制理
于未亂保邦于未危為者蕞尒西都之人謀為
大逆之事訊稱制肓而發動軍馬偽立年旱而
欺間人神勢固非常罪難可赦因在庭之僉望
遂命將以祖征卿奮茲授鉞謀合

於蓽下首陳内應之姦孽師律於軍中悉備合
攻之計然以破珍殘其凶惡不將殺戮於負後
先作巨埋以摧阻賊謀或捉大石以璟破城屋
黙右伻眾卒衝坟而突入即摩姦束手以出降

既蕩滌於梳氛仍慰安於父老非特雪霄旰憂
勞之念抑亦消中外憤懣酌之懷自非卿蘂兊
利害之機知先後緩急之便則何以不勞玫戰
盖眈頑凶後初用亭者雖是菁年及其秇功則
在於一旦普者高宗之代叛國固公之得罪入
昔三載而乃平猶万世而稱美偉歟令日之事
是為青史之光朕常遣近臣特加鞤諭令覽抗
章之賀備申歸美之誠省閤之餘歎嘉無已故
茲詔示想宜知悉春暄卿荨比平安好遣奮指

不多及

賜元師金富軾物帛

幞頭一頃　紫羅夾襆全

衣一對　紫金雕夾公服全

綾夾襖子一頃　白綾汗衫一頃　紫

紅羅地繡三襜一條　紅羅地繡

胞肚一條　白綾綿襪頭袴一腰

金腰帶一條　錦襖具　金花銀匣盛金匝盛紅

絹鞍轡一副　紫羅地

四十朝靴一納　黃絹複金

蓋二隻共重一白銀合一副　重二十五兩丁五斗三十

綿一納　純金葵花

細馬一疋　前人

今卻之無愧前董木有嘉羣何以勸人今賜卿
金腰帶一條金花銀匣重肆拾兩緋羅夾被全
宜祗領也故茲詔示想宜知悉春暄卿比平安
好遣書指不多及

宣召元師　　　　前人

教某朕以止戈為羲聖人之格言曰事則跂臣
子之所守淮蔡平而裴相自有過人之才量常期
於古有諸花令何異卿自八徐方定而召公還
濟世之切名屬西賊之壇興抱元戎而蔣代疏

弗識孫吳之法拙速以成所庶幾堯舜之兵不
戰而屈督將士以忠義列城寨以屯營蒐夾方
全動而無一失制羣賊有折箠之易措中原於奠
枕之安翳卿之切難朕以澤詩不云乎自天子
所謂戎來共此朕所以召卿之意也宜副仰成
之重以辣獻凱之旋今差衛尉少卿賜紫金魚
袋裴景誠卿比平安好遣書往徃宣詔故茲詔示想宜
知悉春暄卿比平安好遣書指不多及

降使金富軾賜弟　　　崔致遠

教其惟逆賊趙匡等以慕鷟昴魚之勢且延晷
刻之命敢拒官軍恭有餘月師老卧窮為寶不
亦偉乎奏捷實慰朕心昔唐近臣守謙以偏將
隱事於承捷度慕乎助乎淮祭節載于史以

486

教其格于皇天兹謂一德之輔嘉乃丕績安唯
万世之休繫眷注自
宏廓之量蓋經綸之才自先則龍光之宜異卿以
入法従之冠歷險不易其所守致身益於嘉
謀果自樞庭進當台鉉屬西土之摶亂總於權
而擢征覆象鏡之集易種無所揀逢炭中權
璹不稔俾炎爰處若長城增朝廷重於九鼎出
將入相晚巳亮其天切濟世民益交修於朕
德方巨業之甫定宜大賚之可醋戻推賜弟之

德將入相盖注厥德當体至意益勵乃心
于命服之皇

及弟放牓　辛丑

惡羽降馳輅之翟雖開彤弓之錫未稱有切坮

教周道熾昌大司徒論陛俊选漢鼠熙藏公車

　　　　　　　　　　　　　金成垠

府詔下賢良須伫注於土疆用綢宁於王業展
慕居大宝思振先芬慮檠抱以時思關燥場而
歳課咋命其官李子祝主張貢牒澄寂儒縫果
推稱物之心光啓登才之路覽所上大學進士
某等詩貼論辭涵今古理貫神明孔翠羽毛自

威花華彩珠璣光澤暴假於浑瘻談多秀越之
辭合陛平衡之選進士其某某科明經其等
懋袖儁朗學識精通談經宗而管辭問明談典
實而筐篚振繹騰英既黔拾芥俊旣溝等其某
科令已選辰故牓訖宜令所司知委主者施行

　　　　　　　　　　　　　金富弼

門下夫百明均錫周家乘我育之詩千佛配名
唐室重荏科之膀皆所以勧善進賢之範化
民成俗之搓興自古通規于今急務朕切將凉

又

德詔戰丕某自陛續守之初常念遺留之制調
資多士得致昌期咨四岳以明揚仰遵高常顧
四門而優納祗稟都君孝求而菲作草蓁進
而考連芳効遂量能而授爵俾論道以經邦愛
命指人大開選芽知貢舉其官住懿同知貢舉
某官朴景綽等以貼詩誑時移策問選取所
上國子進士韓即甲等學優至毅藝藝穿揚随
鄉臧以雲臻観國光而景慕共趨試版爭進才
葦抱璜家家自来者六百餘士次竿一一主擇

考二十七人即由等四人可賜乙科及第鄉貢
進士李湜等八人可賜丙科及第良醞令同正
甄椎緯等十五人可賜同進士出身者其或朋
經李揚發尋讀窮孔年之書載蘊尋先之腹見
聖人之奧可以特尊古人官識君子之儒可以
合明經取士李揚發可賜二科及第慶雲可以
賜三科及第其或雀慶雲可以永祚林郊一宋閏等
三人未敘級行而出退含欲墨之善合十載之
積功賜一官而通仕仍令釋褐便許霑纓可思

又

金　富軾

賜出身者於載將致非常之才宜從不次之舉
敢採五園之秀士遂登冠兔之周行九禾率我
之誅知朕求賢之志宜令所司知委者

朕聞書典所載帝王已來惟理道之多端以求
賢人而為急虞舜之納大麓賓于四門皋陶之矢
欣謨做其九德宗周多士蓋由德行之興炎漢以
得人亦本賢良之舉延及魏晉迄于隋唐或以
策論託公卿司以詩賦考其藝設科之目時有

異同選士之門則無今古諱子流德率德明章
尚邦國之棻懷須英雄之來輔秀盤在澗烏知
無窮慶之碩人有卷若阿庶幾見吳游之君子
命知貢舉蘇官同知貢舉某官俾之試可各以
名聞雖揚造庭由命對策傾山採玉已登和氏
之場剖蚌得殊皆擅隋候之價進士某可乙科
及第進士某等可丙科及第良醞進士某可同進士
出身其進士某等可丙科及第良醞進士某一名關乂切夫

可本業其科及第許之看牓宜令所司知委者

故門下侍中魏緗廷配享睿宗

郭　輿珣

垂咸而敗沛默淮澤為仕之階可思賜及某期
經棻等勤過書經學繇傅辟非但味古人之糟
粕得以厭夫子之文章不有褒嘉孰為勤勉

王者之孝莫能饗其親人臣之榮在木搶余善
茲奉先之同拯乃錫罷之惟新三重大匡撿校
太師守太保開府儀同三司門下侍中判吏部

東人之文四六　卷六　教書

政其可於爭固不忍心也傅曰三年不言何必高
宗古之人皆然此朕之所庶幾也

蘭請宜允

鄭　流

古之賢王在亮陰之中三年不言自漢以後喪
期之數以日易月朕之行制雖一遵於漢民其
君不側席視聽如常豈旰安季令以卿等封
章繼上以御正殿聽政事為請言辭懇切理或
重違勉從其意惕然未寧益懃交脩與重朕之

不德所請宜允

韓安仁讓守
允

金　富軾

朕以神助之艱當艱難之託興有一德之相
不二心之臣同守成規以光大業兄卿名世俊
德覽民具儒蕭祖知其餘而拔之於稠眾之中
睿考愛其才而擢之於左右之列近自摳府入
參政級屬予訪落之初是謂貴成之際進忠良
補弼所益院多送往事居其勤亦至爰舉疇之
典以優進德之文且恩礼之豊並時命之故下知

郎平章事

吳不之以繼先志而慰興情也宜体至穰毋頗
固辭

金富軾讓政堂文學不允

崔　惟清

朕以眇眇眇之躬諸于士民之上臨政頹理盖十
年之久矣惟是顧不能燭而智不能理方事之
統其何以堪之故夙興夜寐勤求賢士輔其
不遠以新舊邦之命以御文章道義為世師
範早從福府屢著嘉謀吳田易卿以大宗伯之

秩而進之以政堂之職庶幾君臣同心以躋三代
之盛而後斯民於淳朴之俗夫大臣者以道在
天下進之退之際輕重繫焉故勞謙示
即有時而不得守也朕之待卿不貳其命卿之輔
朕宜一乃心社稷毋煩牢讓

李某讓御史大夫同知樞密院事資
學士永言不允

崔　雅清

有德者進先王所以勵虞臣導時則行君子所
以成大業唯其任之而勿貳則或庶之而無疑

七二

東人之文四六卷之七

山崎郡益富試讓恩命不允

崔　讜

右

國家選士以文章且其立德望足以表儀百辟盟誌退俗譽
而况當熟覽於礼開能見稱於物議首蘭願往何有所難
而再以薦舉請其致仕觀乎元義戲推讓之誠強以崇勞
恐非特遽之渡雖且提私使於公屋要褒文捕於後年

平章陳知諫間知貢舉不允

前人
許

再繳宣允

英接謁宇宏源道德淵源遊聖門而自得文章叟見
乾坤之諸華時論英雅士志景佈遂揀身擢紳之列伴閣
兹場屋之文且知人如冰鏡之明妍媸辨方執元有權衡
之設輕重示熟朕之流特有如斯鄉欲耆免者何也性祖

門下特中金當試景泰玄退宜允

崔
惟清

忠義於事其主明特況保其身進退兩全古今希有鄉
際天之識間世希生為時大儒作式允朝以伊尹天之一德來與
誠命母事過謬

陶之昌言立陳經紀而排阻異端薄君愛國而務全
大體事功灼著倚賴突多屬大姦之竊生擬當邑
以為私以古詩書之將統于仁義之英殄滅頹因
保完士女增朝庭九鼎之重致夷夏丏世之安突
泰層公遂路超品方宣扬忠力以惱精扑理功一
体猶須興滅拔大業果察亡顧欲謝扑繁機
雖敢論之益勤奈高情二莫奮畢無然不巳勉尔
孤徒昔王祥乞骸虎帝訪以大事李清皮第六宗
諒其密謀婣年雖既高德乃弥宥有大議論當向

恭政李軏乞退宜允仍令致仕

鄭
克永

鄉敦大閣添清明毅達風有間望惟時宗工顧之厚
衣仍以光諸察其所守良用則然田里傈關之凰員可
激於瑜薄君始終之令亦當盡於誠怨故難疑
於侮昵茲應敎往眷所去宜乞乞仍與欷社

忠義取以事其主明特况保其身進退兩全古今希有鄉
際天之識間世希生為時大儒作式允朝以伊尹天之一德來與
誠命母事過謬

七六

知制誥院金富識來　吊其孤

之人共路仁壽之域者伊誰毿成疾遂至弥留毿天命
難謹任逼短長之分邦本至重最愿顧屬之勤予令子
仁義孝友本乎生知溫慈惠和副於民望且求柩前
便即若位凡軍國置罟六事一稟嗣君處分方鎮州牧
心哉本處雜衆不得禮雖理所衰服以之無憾講忠
陵劍及務倍儉約嗚呼結終之期逝者以之無憾講久
長之窠存者不可傷生賴股肱大臣百僚鄕古高輔忠
力協輔王室使我國祚葉于無彊朕雖瞑目心則已安
布告國內明知朕之意

睿王遺教

敕內外文虎臣寮僧道軍民崇待天地之景命矣祖
宗之遺基奮有三韓十有八載扶衰救弊恩与方民而
同休昨有食宵衣予嘗一日而稻豫而戛務積憊疾蒸
瑜時有加無瘳遂至大漸權國事謹睿哲之性允興票自
天成元良之鞏撰歟久望宜求命以即王位凡軍國
大事並取嗣君處分庶服以月易月山德制度務從簡
約立鎮州牧凡戒本處分衆臬不得壇進理所威服三日而

金　富軾

除於厩死生常道人方難逃始終谓宜朕亦何憾尚賴福
社儲社臣鄉協心用輔嗣君享東王室使國祚葉于無彊
休撫有三韓二十五載谷省受勤積久喉素累日有
加無瘳遂至大漸王太子讓思孝之義永省凤戚業
之體人望攸屬可即王位尊之此為太后此服從易月

仁王遺敎

敕內外文虎百僚寺朕待皇天之眷命奉祖宗之遺
已名

慈王者施行

敕答

依同心協德輔我元子永康王家洽東莊庭體體于
山陵劍及務從儉約裁損有生逆死聖智所同文虎百

邵台輔議　郡尚書崔氏三司事不允批答

省泰具之娥嬝性說明栗忘端真早執先王之遇文炭
問得之切鶊我紹衆省於推裁積古乇士勤夢玲中
所之民開須外騎省之斑用擢級述之貴已昨加

朴　浩

無過不及斯為難矣圓菴國師道德事業卓越千
古欲樹豐碑以詔後世非鄉之文無以稱副聿降非常
之命用圖不朽之傳是當奉承何必辭讓

祝文

宗廟祭祝

春享

北帝回韓東君執規候而露以增懷脩講衎而薦
信仰惟沖鑒旁燭孝誠

　　　　金　兌巳

夏享

青君須駕赤帝揚鑣載立感節之懷仍薦觀時
之礼異紆聰顧優納孝思

秋享

炎則調音薄收御氣邁物成之候恭陳時羞
之儀冀荅孝思儼垂靈饗

　　　　金　富軾

冬享

盛陰用事良月紀事追慕藏容伏增懷愴恭
脩時祀以達孝誠

　　　　金一兌巳

薦氷 二月

月屬開氷日丁斷火戀戀增懷愴之念兼展薦海
之儀當鑒孝思俯垂聰顧

端午

感荊人踏草之辰寔深孝慕稱魯叟壽類之典
聊表虔誠佇祈仁聰歆信薦

五祀 四享分祀皆用冬享

律中應鍾時維陽月式遵典故禔薦吉蠲

　　　　金　富軾

中雷 六月

士宗癈万方之中火休而盛時當三夏之季祭致其嚴

奠借歆容優加擁衛

社稷

春大社

相彼天時屬春事之方起神其地道祈歲切以邀種
異私精禱之誠終致屢豐之慶

　　　　金　兌巳

后主

騰精于天躔六星而垂象爰托于坤位五土以酡
神爰毖震辰致脩菲奠覬扶密扶之功苾苾覩
多稔之年

可謂神惟祀是歆□震洿發

職大社

德薰惇厚道著直方萬物為毗有穀遂孚因冬

　　　　　　　　　　　　金　富軾

李祗禀典章

右出

時惟季冬礼有常　祀惟神功宣水土澤治古今後祀

明靈寶惟舊典

大稷

犧牲百穀粒此万民德厚難名澤流無拯惟冬之

李歟礼有常

后稷

恭對季冬聿備嘉祀惟神功高稼穡道濟玟

黎烝舜舊章甲用嚴挍祀

釋奠三丁

堯聖

　　　　　　　　　　　　金　富軾

道尊三代言沕六經声非雷霆万古不慸光揭目

月四海共瞻窗宇載器哦儀有濑聿道典故

祗薦馨香

先師

服膺師範高步聖門德邁四科名萬古惟春

　　　　　　　　　　　　金　堯巳

之神歟礼有常

先聖

騰精屇山降迹闓皇其智也明明若日月其勞也

懿懿德非雷霆□陳蔡窮商周身雖不遇祖高舜

憲文虎哉則無如師之弥高窮之益堅舜美挍代

長見臬駁百主命值仲秋載消千日想遺鳳扵千載

之下俯玩典□兩楹之間雖非令芳庶借臨顧

先師

為老子儒具聖人體德形諸外遇示貳而怒示遷樂

在其中富無倫而貧無敵人雖守逮道周途尊消吉

日於素秋配明裡扵玄聖惟其時矣無或斁之

圓丘

上辛祈穀上帝

　　　　　　　　　　　　李　奎報

上天之載無声物資以遂有國之本在食人恃而生

方屇上春用祈嘉穀非帝之賜斯民阿讃

五帝通行

風柩率彝儀畫嬌祀典無愆於五日終有稔於
三秋

　　雨晴　四月上辛　　金　富軾

利澤溥君羣生咸賴化功示測祀典有常用率羣
儀祗由嘉薦

　　祈雨北郊　　　　李　奎報

地財方長天澤久德況當南火之辰遭此元旱茲致
北郊之告禱于明神惟是耒靈歆飲如聽享以兩需
慈之賜慰三農仰止之心

之靈異借明歆導宣和氣
　　　　　　　　　　　　金　克己

坤德居中雖令孔石養物土行王季愍歲淺以為
火茲薦言燭用圖禳檜宜借正臨之便俾備大

　　　報祀　　　　　馬　祖

三農皆就百穀用成併時祭之儀仰荅歲豐
之既宜善歆允更借阜成

　　再郊　　　　　金　克己

膏澤未周懇忱三䆉之望血誠無已恭陳再瀆之
儀冀柱靈歆遍加善救油然靈霈然雨坐見時稔比
如拚崇如璠終臻歲驗

　　藏氷司寒　　　　李　奎報

取維堅氷將藏於凌室酌茲行潦祗扣於寒關
借陰疼導宣協氣
開氷司寒
如揗崇如璠終臻歲驗

　　道詞　　　　　　乾德殿醮礼青詞

斯藏斯作庶令地類以阜蕃克祀克禋崇丐於宗
之扶佑異使周開之粳渾咸冀野之良

　　　　　　　　　　金　富軾

孰名為道妙物旦神藏用窈宔不與聖人之燕閒
造化為有真宰之功動不屈以施為感遂道而降
拾卷言涼德嗣守玉基雖欲禮春秋之一光以負
王道未能用洪範之五事以華天時民業未至於

祇涼以除方塗陰寒之室顓縈縈可薦歆于聰直

又

永康竊望屢非抃大有恩惟不德忍燿靡邊庶
裁受枇抃神明得以保和於邦域遂擾耕弐瀗
清闢庭藹酌彼之潢汙望冷然之命馭伏望壼誠
上達沖鑒術臨使予一人永享康寧之吉及我
元今允宜福履之綏田野稔而盜賊消戎狄懷而
于戈戢替推隆澤崇被若此

真常之擬非可道而可名怳惚之中若有物而有纍
固難忘致宜以誠求伏念臣顯然幼沖職是司牧

洪造奥有一國于弐三年顧無善政遺凬旹副
三靈之望恐有寬刑濫貰骨致傷二氣之和或天
辰失常戎山石告異軍民懷艱食之患庚狄有
佳兵之謀芬德所招何心自虔雖禍福之應倚
伏無常而禳檜之文䋲儀具在庶道遙法弐以
雕進漆水澗毛苟有信誠而可薦天心岂以
菲薄而不應奠妙介以吉祥富壽康寧作吾人之利兵峕
尖爽以我國之賽仰望聖神俯賚照鑒弐

又

惟清

撝躬且戒寅無端假之忞臨事不明莫違崇懷之
庶乃民奇怨一氣屢乘災㷑之典殆無蠹日就
危之慮澟若波淵按實籙之妙科潔去壇之淨
雕伏聖畑裹上格道祫丕臨調精禩於二儀愴
陰陽拱四所兵其不試泫無金革之廈袞用
有年家有京妵之積

妙道難名乾居無事至仁徧覆善鼠且咸飄敢
煙欵之誠上冒聰明之鑒伏念臣猥蒙先業叨
壞重攬德阮彖於井閭道亦微労燭擁或臣唐
陽之冷故常縈縈峙羼屬當藩統之莳未鑾諳
之澤側身脩行亦允踵先王之規作善條旹尚
盃承上帝之命弐淸秘殿恭按真科仰膽昐

道非常常道盖自吉以固存神之又神花其中而
有象包含衆妙統制羣生念惟耿躬凬燕
甚之盛用薦新禳之礼伏冀靈光下濟陰㣿
浯通㫮消炎尊之崩茂袞休和之眂條無

無量劫中四海英賢十方學者各盡不離扶講
習朝昏勿念扶勤備日有沙加時無虛度慧炬
轉明扵西野慈灯永耀扵桑津浙竟讀諷鶴壽千
春鴻基百代伏願生生世世終葉若之慈航
子子孫孫求住法門之檀越後願佛威花護天
力扶持庶使百郡之中三韓之内年永消扵子
祀農桑常給扵四方未稼豐登封疆寧逆扵士
庶陵廔愍珉扵家懷孝悌之心扵國聲忠真之
即市無二俟道不拾遺圖圖長应閭防不閉契舟

觀類發抗茜奴終無冤愶之心未慶夐猖狂之勢讓
九有隱求顯望莫不称意送心後願子孫昌盛宮
院康把禎祥雨集扵一郏兴厄咸消扵尤有魚所
觀星宿災变天地怪終悲逐雲飛咸随電滅對三
宗前謹為表白和南謹跪

興王寺知教院華嚴會疏　　金 富軾

故者伏見興王寺考文宗仁孝大王發頭拟造逝
嚴佛爭大党國師宣揚教理佐大利益既後近三
十年教義浸衰莫有能継弟子屢尋遺志思有以

重興諸國師高第守戒膺又學後二百六十
人扵知教院始自今月某日起約三七日備說華
嚴法會仍令長年象會演說無盡海藏以此
印德仰祝法輪常轉國祚增長風而調順人民
利乐者右伏以一真玄惟万法之源三聖
圓臨即示大経之義色空交膜理事相明帝
網之重重如海印之歷歷非其人則二乘上德
瞳若而莫前稱其性則十信初心胎然而相攝為
非王者以至誠崇奉師裁以明智宣揚執能出經

巻扵微塵耀日輪扵大地迴惼文宗仁孝大王視
政事則若無牛信佛乘則如味甘露金圍寶
刹十九成大壮之功齋室法道求矢華嚴之會火
覺國師腑世柴扵王室佳禪悅扵空門逝方之
勤參善知識躢道之拯為大宗師以先知農後
知以正見破邪見梅檀圍繞凡木之臭能相干師
子頻呻諸戰麈不自伏非心副先君之志亦之
酬古佛之恩嗟川逝以不留熯山頹而安侍傳子
恭承餘慶嗣履丕基德不能柔問無所爍人

既勞既政將奈何危若抱火投積薪懍乎抂索
之御馬惟冀與民而祈福莫如依佛以光靈況
景祚之誓頭尚存而勍敵之化儀可舉起高周
弟抂嘉迺得主盟抂講堂四事莊嚴多而益
辦六時礼念勤而無疲洎抂善阼行而不已應受見抂
尚學者注循之不退泊弍雲漢疇福之甫周
將來伏願歡虞休享天年之有永與國同
德以日新俾窮虞休享天年之有永與國同
慶置神器抂不傾搆洪乾之休微減春秋之

興異三農受食驗小邦之夢魚四海消兵見虎
咸必低歔近徂九埃廣及三塗免淪阿鼻之苦
辛皆得眂盧之身土
　　　　　轉大藏經道場䟽
會廣慶殿自今月某日起約幾日夜開說
特爲社稷靈長人民毅富謹進前覲抂闢内
精嚴道場供養本師釈迦文佛爲首一會
聖嚴黄請名師辦讀大藏經殊勝功德者
右伏以圓立一滰無二三大小之桼乘解斯殊

　　　　　金　富軾

有半滿偏圓之教䒑繼律論雖分五三藏而摠
竟慧皆本乎一心光明爲無蓋之燈珠寶之石
甚深之海思量備贊以超深處之門信受奉
行卽浮恒沙之福亲乎切聖人乎大寶殊王
者之迷獸淵深蒲氷不敢邊窣妙慈雲
甘露庶叡競造抂自他祗峯貼棋特濃傖駛
香草世事備蒲塞之真儀鍾梵六時湏其多
之秘記箕下誠之士搭副他鑑之潜通伏願有
天降体與國同慶欲箕疇之五福保周邦之万
官異報共翰陶契之意庶頞米濃一簇或
廉之俗陰陽順而京坵積孜狄利而金革銷
李申宮無陰彼之心茮茮有尤良之德摹
　　　　　　　　依及菁莊同露利澤

　　　　　又　辛亥春

特爲宗社底安乘嚴未泰延亭䓕章抂
天成殿以今月十日之夕起首約六畫夜開
聖轉大藏經道場備嚴斟儀供養致主救
迦如來爲首一會䟺聖以光来成必福者右

伏以三十二相即非佛身當觀無狀之狀四十九年
所示法印總是不言之言佛我大聖之緣但為衆生
之故惟應機有上中之別故設教以頓漸之異
或說空或說不空或現實或現如實以俗諦不離於
真諦而有為皆出於無為其蔭之也有如大雲其
潤之也有如甘露其救苦也有如藥石其道遠
也有如津梁自然熏浸矣而京洛坐震且翕然
而同歸顧惟不穀職此有邦德寡升聞冒菜蘊
上帝之命業非富有累未底烝民之生天地幾於

不交陰陽為之指錯凡百姓有罪卽在朕躬況四時
不行責將誰任肆亂乾而終日常冀冀乎小心仰
觀太方便之門幹以不思議之化敢於內殿備此梵科
說勤於至高而證之前語出於金口者聽之如昨
經才繙於十二則已決於大千伏願決則眼說福推万
為天所子載寵胡考之休保民無疆坐擁帝祚之
慶競奔被於窮髮之北提封恨於出日之陽俾雨暘
寒燠風動猶其序至金木水火土各得其宜和氣
格而百穀豐登熙紀行而四方無侮本支萬世綱

起九州柳對通覺然任總攝之主謹疏

金光明經道場疏　　金　富軾

右伏以三寶本有雜花頭于靈山方德圓成光明周
于沙界談空論解而理無不備施菜流水而德無不
加在和平之時尚披誠而致敬況災患之際盍歸
命以求哀言念眇躬叨臨寶位智不足以周万物明
不能以燭四方切遲安之念而未知其方躬聽斷之勤
而無益於事紀綱不振風俗日衰士無守官因循怠
情而至于貪黷民不安業窮困流移而皆有愁怨

感傷一氣之和逆亂四時之候在秋冬而常燠當春
夏而反寒天文錯行山石崩落曾史所書之災異
洪範所謂之咎徵一見猶疑荐臻可懼況今自早春
而小雨涉五月於恒陽雲雖合而還開澤雖露而未
泥哉我心如結望雲漢以徒勞民命可哀頌溝壑而必
盖緣君自之不類致邦國之多艱宜投彼佛之至仁
可濟吾人之同患洒清秘殿祗展法筵禮玉相之粹
清演金言之微妙率宰樞而府登文虎百寮四體
盡礼拜之勤衆誠表呼哭之禱仰惟慧鑒俯諒

惟藏伏頼憫以慈心借以神化銷除旱魃無為亦
地之災敢舞南師周洽自天之渥無災不滅有利
皆叶民歸富壽之塗國有京坻之積

消災道場疏

金　宣軾

乾道高明默禾非常之慶佛慈深厚能施無畏
之權宜聲薰備以資義利願惟涼德叨搜正甚不
能賢春秋之元以養萬物不能用洪範之五事以
調庶徵風花思惟淵氷恐懼況又日宣有諸天象
可驚赤祲邇塞以千宵白暈輪囷而逼日不識今

茲之異終為何功之災敢有未通疑誰能決欲豫仿
於厄會頃仰訖於法門式展妙科祗陳香供礼金命
之暌相嬌實藏之微言冀此精誠通于覺昭伏願
萬靈保護百福来咸遂令京之驅永保康寧之
吉撤關集慶銅禁凝林保玉燭於南山措國風於東
白黎兀輝睦皆敏富寄之塗邊鄙安平不見戰爭之
單風雨不迷於舜嚴京坻屢積於周家

樂語

咸寧節御宴致語

金　安仁

陪臣謝差接伴表

金　宣軾

陪臣某等言昨於九月五日到泊明州定海
縣伏蒙聖慈老降朝請大夫試　少府監清
河縣開國男食邑三百户賜紫金魚袋傅墨
卿主德大夫象間門宣贊舍人長安縣開國勞
食邑三百户家臣哲為臣等接伴者遠介来

朝仰天威之尺近臣逆勞屈節之光華抵對
恩輝不勝震越臣某等誠惶誠懼頓首頓首
以夫子之論孝理不遺小國之臣周官之命介人
以待四方之使曾聞斯語今見其真伏念臣等倪之
侯才忝持邦貢撫寡君之忠信頼上國之威靈
素末造之危託濟風波之險望天衢之近賭
日月之明豈謂聖慈俯令卿近如待大賓之異
激實非小已之所揆此蓋供遷皇帝陛下仁及
豚魚德被草木謂東遠而舾途故一視而同仁

入周庭而求覲則臣豈敢免塗山之後至為寺
實多臣等無任感天荷聖激切屏營之至謹
奉稱謝以聞陪臣某等誠惶誠懼頓首頓首
謹言

謝放迎表

陪臣某言今月七日伏蒙聖慈以臣祇屈鄉亭
英降中意大夫貴州防禦使充撫密院使承宣知
客省事同館伴范訥押賜御宴魚肉鵝鮮來三飲人
酒食者王事雖鞅與式遄周隰之行天威不遠已沐
需雲之渥朱風波之祐搞覺徒取之光輝中間目
非虜使之才辱寡君之命不博遂逕三使兼來
衆大之節魏闕在邇巳慰子孝之慈甘泉入侍
頼效乎韶之朝豈豈謂宸慈遄霜幄飲此蓋伏
法道善䋲轡持推宇小之仁以示包荒之
德進於中國光陂絕於春秋如彼南山但詠歌於天
保

謝放還表

陪臣某等言今月十日天寧節伏蒙聖慈許於今

臣等詣善拱殿隨班上壽仍賜臣赴御宴者帝
出于震戊對喜加辰雲上校天溥需飲惟是介一
鱗之賤亦參魚藻之歡進退周章俯仰慙懼亨
謝恭惟皇帝陛下聰千峰而提統御六辨以撫辰琴瑟
改張延布惟新之政去首以理已咸不拊之閟雍祐福
以如山賜餘波而薪被毓興虹之旦需照湛露之恩
會九寅而茬連稱万歲以獻壽言遠介假抵樂
郊指日計程㫑上壇之祀自天有命屢催
驛路之行及兹勤煌悟万常品

謝春謀殿侍宴表

候畢集想宗周方岳之朝九羹正聲迷簡于
釣天之愛夙又上心申莘中貢傳宣昇大角之
天延聰華盖之帝座退思奇過實幸平生懇
魚藻之詩竊自嘉美補九詠鹿鳴之卉狼難
劼於天壇心感戴敫徨悟万常品

陪臣某等言今月二十三日入朝崇俊殿次伏蒙
聖恩恭赴春謀熙御宴者頁筵洪宮既畢視
朝之礼肆逯秋殿特推拆㫑之慈叩榮遇之非

常椎蒸襟而失次中謝惟皇帝體道御辯法
矢持盈明陶唐之德以時雍蓋文王之勤而終
逐雲天成象實惟蒸樂之時庶野將誠尤蔵忠
嘉之會香撥鮮綢出自禁圉妙舞清歌選之金
顏顧惟何華竊此殊息調影彫閨股懷而汗出
屋炎矣大平之物燦然相接之女列老同行不
可勝數趨陪密席曾無幾人臣賤有司阿下執
李顏玉字目眩而羔迷非四炬之英姿銅八弥
桂顏龍光至遲臨履寧彼簡子帝所之
之羔味龍光至遲臨履寧彼簡子帝所之

謝宣示御劍表詩妝令和進表

將空傳怳惚晉武華林之樂未先讙讙今日之
榮前右無比非但當臣荷寵實增小國之光而
露湉需未嘗擇物單茲微賤無疲謝榮感
戴難堪滌滂湊交下一
榮湉於釣天退惟帝所之樂偉假雲漢御韻宸
導之為撝球莢深震亮侠措中謝維皇帝聰

明體舜韶弟弟兼湯煥乎文章圖難名於盛德
終於逸樂能備禮於火平既推湛露之息遺
著右雲之詠莢薜炳於日月精義幽於風騷遷
辱寵宣很令屬和強求之而叩寀顧游聖以難
濫之勢謹當鎮仰慮波紙縢至密傳之海域俾
言蔗李康我但莢明良之作時而琲矣自慙偉
瞻彗壁之餘光藏彼名山若竇盂壇之天訓

謝決服參後三太礼表

陪臣某等言日者伏蒙聖慈賜以送脈參從景

靈宮大廟及南郊祀礼者拜命殊尤罷假服章工
之盛綴行密邇親聽礼之嚴退省借踰伏深
戰懼中謝臣等誤將俵指奉獻表章從容館舍
之居遇洽朝廷之眷及玉竇窵之親饗許法服以
趨陪觀清廟之肅雖聖圓壇之帖矣並昌者呼蹄
耶之朔漢宣帝侍以羈糜顙利敕之今唐昌尚
諫其親近宣臣蒙鄒有此遭逢遒於役官不以
我豪此蓋伏過欽時五福奄有四方威之所加
震以防風之戮義有可進貢然儀父之覯蓋茲於

微臣被以華寵介鱗之賤既已預於衣襲萃夜
尊徽何啻酬於雨露

謝冬祀大禮列賜表

陪臣某等言今月某日中使其官某至奉傳
勑首伏蒙聖慈賜臣等各衣著一襲金三十兩
銀一百兩絹一百疋熏賜上中節各銀子一兩絹二
十四者膚使厚賜荷靡勝震驚自失中謝伏惟皇帝
純孝同於虞舜至誠過於文王寺祖祀天既謹
極祗頒祗荷靡勝震驚自失中謝伏惟皇帝
心羞矣一人之微兼行大奢周及百官顧念臣
臣某從絕域谷以其職雖微賜永覩於
廟成獲覩鬱在進之列自章雲逵之異遷素錫
予之多將意承荷筐仰戴用家之德俊人以器
退懇曾央之言在疏歟以何酬但祗銘而不已

謝許詔大明殿御容表

伏臣某言十一月二十六西景靈宮隨駕次
伏蒙聖慈許令臣等進詞大明殿御容者
... 容若
後勝游目睹雲龍之盛仰瞻館御心慕為天日之清
攅罷踰踰涯捫祆檜濮品辭竊念析禳智維
箕子之封於上自新羅臣屬大漢至於本國服車
皇朝禮義文章庶真道衣冠制度文慕華風
雖慈獻舌於南鹽異變鶏音於洋水頃以被山
戎之侵軼固疆場之繹驛關終真儀屢操年前
及裕陵御辨推道仁以東漸文王占風貢至誠
而上蓮泗水之朝不息襄蒮斯德當期今日親
落無知之人不敢斯須輒忘其德當期今日親

觀時容此蓋供選體不可知之神衍君若古之
政聖能饗帝奠圭帶於圖立仁不遺覲奉衣
冠於原廟許奓侍從得謁聖真不唯殿介踈
膽袞榮殞抑亦寡君辜導聽感激增懷仰
惟宇小之至仁哲堅華夷之一節

乞辭表

伏臣某言高明在上自四海以靡遺誠愍
中表一言而可達御遺德威之重不勝震懼之
深中謝伏念臣等承乏之使人來脩聘禮雖夷國

己逾六朔在京館將浹十旬既厚沐於異恩示
終游於樂所羨蕭零露但自當於塵濡秋水
望洋浩不知於涯涘永言感戀豈忍辭違然念使
事乙成理當敢報王程有限瘁薾不堪安送敢祗
以上陳若履冰而轢躍伏望體道善貸遂天必
徑憐臣雖戀於聖朝謂臣未退於王事淺波沒火
號賜以俞言許令臣等以今正月下旬離館三
月到明州四月過洋錢國則伏地海之驚波永
依聖德致中天之寵音速慰君心區々之誠期

拎得請

謝御筆拍揮朝辭旦眾

陪臣某等言今月二十一日中使某至奉勑
首伏蒙聖慈以臣等陳乞辭退特降御筆拍
揮許令二月下旬朝辭三月初進發者需封御懇
之厚撫已以驚汗俯根木丁寧之訓拜嘉
方埃賴越之真愛漢汗俯臨造京華久安館轂而
居甚樂終倀徊以忌故使臣畢依欲淹留而熊
計不能自止惟號斯言仰就天日之威若蹈水

淵之儉豈詣薰慈徑欲緫徑聽旱禾加各錢之
詠特沛絲論之曰蒼黃承命感激交攅顧秋燕
之末彼尚依大厦念疲鶩之將退摛戀君軒
始終之具生死奚報

謝二學聽講泗觀大晟樂表

陪臣某言昨奉勑音伏蒙聖恩詣辟雍大學謁
大成殿仍聽講經義兼觀大晟雅樂者海濟衣
冠之集獲觀慶庠洋洋雅頌之音焉聞周樂遐
省殘常之過伏增越分之羞中謝竊以天下之才待

教育而后用聖人之說須講習而为明故先王
立學以作人而四海承風而選善去聖逾遠德
下義書焚於秦道離於漢虛無之詭盛於晉蒼
宋唁律之文燗於陪唐方衍義至於論秀習
俗久陪於早近至于我宋復振斯文焦惟皇
帝熙神聖之姿述祖宗之志興百年之禮樂復
三代之洋灑在彼中何樂育才之彙征肆小子之有造
依弦歌之詠周徧四方學校之修若無前古在

中謝實希闊而難進況若遠人豈煩倖而可觀
獨緣至幸叩此球菜納履橋門類互鄉之興
樞衣諸席同子貢之不聞徒遊築笙之揚貴君
部約之奏昔者淮夷來獻季祝請顓此臣所愿
天子之廷只見邦君之事此臣所愿徒不是云
遞揚星必改嶷惡米善學在夷狀則進厚詩於
至乏感仆范銘倍万常品

謝宣示太平睿覽況圓表

陪臣某等言本月十二日此蒙和聖慈宣示

殿大平睿覽圖二用及咸平典定圖仙山金闕
圖蓬萊瑞菊圖姑射圖奇峯散綺圖村氏慶雲
圖夫子杏壇圖春城耕牧岳王清和孤陽宮慶雲
商鈞菜緞鶴鳴秋威樂昔白玉樓香唐子八
學士圖長景臺搖舂唐之圖各一卷者北
辇思著沛淪肌東礎圖崇爛其益目省道逢
之尤異界璩越於庠學中諭恭惟皇帝道逢
清出入神望日新盛德持盈而守滅天能多能
依仁而游執或宸莊物景寡寓嗇於香宜藝

素繪形發精華於五彩驟綵辭題跋掩文曜於三
辰既燦乎而有章信作者之謂聖宣帝宮之秘
玩豈俗眼之可觀惟是遠人孚象誤寵皇華一
容命交午道塗實翰珍篇光輝爵旅青天有
象雖容側管之窺大海無涯但有望洋之愧兢
菜感刻不知所圖

謝赴集英殿春宴表

陪臣某等言二月二十九日伏蒙聖慈特令臣
等及三節人參赴集英殿春宴者需于酒食易

言君子之光燕甬忠嘉詩有聖人之雅示蔑良
渥為龍則多中謝臣等饗千載之休辰翰一方
之極貢介鱗之賤叨廁於鵷鷺蕃蔡寶之微羞依
行天日假蕃周發狀伏漢酺況今展星雋之正
時臣雲之龍而詞樂昇于密座侁同在藻之歡侑
以金觴愈挹睹揚之澤備甚越在玄實希此
盖伏遇螽德并容大明旁燭素速朓迷旣付三
代之風同視九夷之陋勿遣下侁彼以燦
恩雖昌昧不實顧難勝於感激而蹈荒無額愧

莫勁枉論劄

謝回儀表 伏緣蒙賜回賜絹

倍臣某言今月某日伏蒙聖慈以臣進奉出宣
回賜絹五千七百三十五疋帛絹給上中之節負有差
者龍章秩紫煒煌精焰震赫中謝竊以易言承印以
賁周蓋葬而高邁詩載賓幣而將意特厚恩高邁豈
宜綵遂之徒區塵便蕃之既休念臣明違修慶
得舍偷安厚扗珠恩雖勝感激愚誠早戰不自
忖量謁葯藥之可逾以縷縈而為奉退惟須賾上

謝獎諭表 懊勾

之戒術慈捆載之識此蓋伏遇道趣帝死仁斷
懼德感豈謂神聖推慈匹頌加壽載省多藏
海外有容乃大未始拒來善黨且感故合厚惟
致茲涯澤沛及賤微天地父母之恩終始不替
地雅大馬之報生死難期

　　　　謝獎諭表 懊勾

倍臣某言今月某日印使其至奉傳勅音伏眾
聖慈吹臣馬一匹納万壽慶万年畢特
降詔書獎諭者眷發珠深俯賜絲詬裹嘉至

進賣踰袞散之筆命兢煌躬震越中謝伏
念臣白雪万里盤吹九實恩深周雅之為龍賞
僭義經之錫馬雖乾坤賓戰草木非枝其榮
而山海高深塵消豈有所益恩元靈於福池
劾申祝於華封不圖一个之誠上徹九重之聽
賜之賓訓示以至懷雲漢高明沐餘光而知幸
江湖慈遠藏一孔以為蔡卿貨罷私不勝感漐
謁使劇及上節都轄已下十九負各賜章

　　　　　公服表

　　　　　　　鄭　知常

王言其少敢再拜而愛之春服祇成有以文為
賞者下及臺个驥然一肆中謝臣某等自海
一偶鳩風中國曰無他幸以時而入王亦文何求
胤多於受征猶上貪於天罷而坐撫於羨華不
謝俗侗而無知其為養故此滋基惟衣在笥雖
不乏之加以德分人此之謂聖辱大君之有命在
下臣而不堪靜自省循珠慱感此為得九有
報奉三無私終之新未學自万里之求會其有
徙如規一家之人許絲簪簽之間密通軒墀之

東人之文四六卷之十

表

賀年 起居表

臣某等言孟春猶寒恭惟聖上聖躬萬福臣某
等誠懽誠忭頓首頓首伏念臣等佩分銅獸
但觀衮龍拂霧之趨且遙於青闈溶雲之拜
徒徑於形連臣等無任瞻天慈聖激切屏營
之至謹差某官臣某奉表起居以聞

賀表

臣某等言伏以真右稱正屬嘉辰而戴屆春君
擢職布和氣以將興物遍鄉葆時諧履慶臣某
等誠歡誠忭頓首頓首伏惟聖上陛下位安九
五彈啓億千龜縣告期早滙横之地豹韜戰
用遍清呼癸之虔當爛旦以延祥供養穹而均
祚臣等命叨特卸住愍立牙階星共以陳歡異
恭於上場奉日外而詠德深竭於中懷民等無
任聽天賀聖激功屏營之至謹差某官臣某奉
表楯賀以聞

又

七跋閭躚諧於元曆四時歲歲甫屆於竛辰
迎首祚之通真浹艦言之獻慶中賀伏惟聖上
亞衣致理端展凝休荒服之濱茂審於鳥畫嚴
廊之上常洽於舜遊屬人統之協斯共天經而
介祉臣寧出於司宮阻聽京鐘蓬艎鳳之興新
雖遙就觀奉龜之千載弟功祝延

金　寫軾

又

正朝送用於三微寅為人統春秋懼書於五經

朴　浩

元見天端日月所臨軍書畢湊中賀伏惟聖上
光列文虎包籠古今時秉六龍萬物以之利見
敢用五享庶徵所以順折屢弦交泰之辰介亦
大平之福春生草木榮洽人民伏念臣等僻守
海隅貢進天闕不覿弃列朝列非舞丹墀

朴　浩

賀冬表

臣某等言伏以燮經規朝與懲於辰敘頓首頓
二儀達藥蕭於萬物臣某等誠欣誠忭頓首頓
首伏惟聖上垂鴻致業惟虎寅獻郊鼎之期益

一二四

齊於可文殿盤之濊祭著於文新當大曆以延休
羣高穹而拘祚臣其等受辭軒城啓事觫門行
有之之朝聯徒勤星洪祝無限之景莢深詠月
絪

四序相推一陽方至聖人演葇庸知來復之德
太史賫豐複備羞書之法中賀伏惟聖上德包
仁智道貫神明叙羙禹之彝倫立用皇挺理唐
高之曆象敬授人時當天統之吉辰迎歲朝而
又　　　　　　　　　　　　金　富軾

展慶集神休於九闥保國壽於南山伏念臣
等軒棠散村江海遠宦漢潁搢艦之求俱增
思幄之心

賀節表文

臣其等言伏遇今月一日俯届咸平節首當
斗開祥曾標於玦月露囊獻慶方屬於昌辰裝
溥章以通歡奉延洪之會軍臣其等誠忻誠
蹈頓首頓首伏惟聖上日蹄淵德天綖巍文
統三極以道和理符於箕範總五常而誤
　　　　　　　　　　　　　朴　浩

中賀伏惟聖上張保國維慕豐王系在蕃府
政孫敬述舜之心恒扶觀民遍治俟湯之聖
況復脩祭妙理結奉貼斗謀辦笠設以莊嚴動
漢誧而真術魚龍百戲遷進於廣場簫韶驚
千行交歡於著位暨宮降而浹樂及眾海以流
慈臣格守藩條邐遺陛戰甘泉法從綖遠於
㴑游喬岳祥唄同深於善祝
　　　　　　　　　　　　金　富軾
㴑率彝儀房皇盛礼至誠上格羣靈所以懷柔

教俯燮和陰邪徇龍盛之嘉期千烈頃迎之盛
宴衢尊賜皽洽賓國之羣情庳置頀儀致旅
達之盲品礼縈逢讚會維林累補臣等叨被都俞
咸會仍備儀仗御毹筵觀樂受中外朝賀
者地輪轉耀就刹院以瞽廬天羣凝先啓闉連
而錫讚是万世通嘉之會實四方悅穠之展

諗縈　賀八關表
臣其等言伏當聖上陛下今月十四日開設八關
　　　　　　　　　　　　　朴　浩
　　　　　　　　　　　　祥俱拊拮

和氣旁通方揚薄不鼓舞中賀恭聞太祖神
聖大王之將興也風塵頑洞戟毅撼天
頂人華三韓之積亂剗業乘統啟千載之永面
以謂蕭親行而陽和來蘇宪作而膏澤洽矣面
燕樂以休神人煥亦將來傅為故秉恭推聖上
位居天德光繼离明性高舜之仁常恕臾之
不獲踣曾閔之孝故得百姓之推心應此令辰
載陳嘉禽漭之九賓之序洋洋乎音喜動
乾坤春還草木臣等限居海邑阻遠闕庭不勝

進野朝行折舞宸慶

賀新納王妃表
　　　　　　尹彦順

天立厥配王假有家自北而南武歌且舞中賀
竊以后妃之德王化之基神禹娶于塗山大舜
媚于嬀汭肇基天地之裁從以御邦家之光若昔
炎獻惟帝時堯然惟聖上之綱乃亮萬文
理國先齊其家事求婦德理亦自于內備求
坤元之子于歸如黃鳥之集亦我心則憂若
雎鳩之在河法服定宣那管有嬪日某承覩規慶

有封章之瀆天門海隔恐未動於淸衷聖學日
新豈有忘於前烈翹首以待有卒于茲伏過聖
上孝悌通神明儒雅出天性議道自己措之事
業於無窮執古御今順其性命而各正討唇考
已成之憲興曾邦未衰之文拄黃屋於上庠謁
素王而北面刻臨經帷迎見師儒講無逸篇舉
三宗而鑒戒復碎雍制定一代之典章臣以
旦暮千載之遭逢與搢紳先生而上下瞻王色
於恐尺無異簡子之夢中獻謦言於軒轅有同

輪扁之堂下但相顧以驚歎主或垂於濩溪唯
當附翼鱗終見聖域空宗之美昂霄聳壑擭
成明堂梁棟之材盍為報效之階幽有鬼神之

賀

賀幸國學表
　　　　　　金富軾

十三日駕幸國學酌獻至聖文宣王仍命大司
成朴昇中講尚書說命三篇者黃屋翠華光臨
黃宇高冠大帶盛集橋門慶洽臣工風傳寰海

中賀□綿以經樹所以明道非其人則不待學校所以
養賢待其時而後用發明大典允屬昌朝恭
惟聖上道挺高明政由仁義若高帝之□古體
殷周之六文乃採舊草以興盛禮拜聖師而尊
爵希博士以繡經君子有材竹見菁莪一時抑亦垂
且獻誠伏念臣等萃逢明世承名宇官恩慇盡
休於万祀伏伏念臣等萃逢明世至固莫測於望洋奉
德感傳光明之聖斈秋水時至固莫測於望洋奉
亦之龍鸞知藥於援手

伐女真取其地築長城 池寶入丁戶託
　　　獻印表
　　　　　　林彥

臣灘言聖上以東女真背送作亂將欲問罪徵
惡以去年冬十六月二十四日幸御西京十二
月初一日共祖真殿親授臣鈇鉞戚臣受命令
兵西道而行三十三日到定州界首十四日昧
爽撒去開分出軍急擊大破平定就鎮城池六
所奏係聖言定名託一曰鎮東軍咸州大都督
府充一十九百四十八丁戶二曰安嶺軍築城

浮以高深原青腴井田亦復而耕鑿在昔人求
而未得者今茲天興而既取之止足以謝宗廟有
天之靈下足以雪朝連積年之恥耶彼周王儉仇
之伐玁狁匈奴之征所以拓土開邊而得為民去
害地之今日宜在下風此也□微臣淺智駑材能成
巨效實由陛下聖謀神筭坐運帷幄非臣然軌
使之笑伏允命誓史朋垂耀無窮臣無任瞻天賀
聖激切屏營之至今差臣男知州仕郎大原錄事
臣純謹奉表稱賀以聞

　　　平西京獻捷表
　　　　　　金富軾

臣富軾等言去乙卯歲秦正月西京謀叛日華伏奉
制令出征以地倫城固久大熊平自冬十月於其城
西南隅横立木為山列砲車其上擲六石當晝潰
繼以大攻掘門偃屋摧破至今年二月十九日昧爽臾
賊匡冠屍枏率出降且等入城沈捕城關支撫軍
民者主者之師方征無戰天威所被巳日乃克于中
賀臣聞先虎之征俄寶三年乃定德宗之討希烈

戢而平春，尔攵兑搋，我城邑非已得於氣結。
無積淅丘山，惟睿算兮之無遺，至恭息而斯知。
衙蹻壔列兵，攻門士纖交鋒，賊已梜氣步尉。
蒼而霆輕呼諜，進而壽崩雲軍直斬鯨鯢。
生林烏駕翔而迸散，其非重而自知不免者則。
之風喉渾為金軍之音，殉魚鰵走以求。
灌焱燒王其志，劫而不能引決者，甘為鑊以。
見得積月之憂，一朝頓釋，於是入淮西而宣布。
上意如解懸，後長而撫綏遺黎，蓋安踏屢。

豈待市廛之不改，魏平城闕之固存，毒蠚跂除。
腥膻已滌，遂掃離宮之燬，原庶之荄冠。
蕭産儵然仍几，如舊父老迎安，漁樵勿兞兹踴躍。
單前雛呼相詡，謂不圖於今日，乃後得為王人。
此乃伏遇三乖薦杜上陛下，體天地之常，用神虎而。
不投三乖薦杜，四海翰誠，雷擊風驅，肆捷一戎。
之定川溥岳峙，九恆万世之安，自等親承睿謀。
出愾師律，賴聖神之造，惟以斷成，非將帥之才。
媿無拙速竹拊，舞倍万常倫。

進三國史記非四六　金富軾

臣某言古之列國亦各置史官以記事故孟子
曰晉之乘楚之檮杌魯之春秋一也惟此海東
三國歷年長久宜其事實著方策乃命老臣
俾之編集自顧缺尔不知所為中謝伏惟聖上
陛下性唐堯之文思體夏禹之勤儉宵旰餘間
博覽前古以謂今之學士大夫其於五經諸子
之書秦漢歷代之史或有淹通而詳說之者至
於吾邦之事却茫然不知其始末甚可歎也況
惟新羅氏高句麗氏百濟氏開基鼎峙能以禮
通於中國故范曄漢書宋祁唐書皆有列傳而
詳內略外不以具載又其古記文字蕪拙事迹
闕亡是以君后之善惡臣子之忠邪邦業之安
危人民之理亂皆不得發露以垂勸戒宜得三
長之才克成一家之史貽之萬世炳若日星如
臣者本非長才又無奧識洎至遲暮日益昏蒙
讀書雖勤掩卷即忘操筆無力臨紙難下臣
之學術蹇淺如此而前言往事幽昧如彼故疲

東人之文四六卷之十

精瑉力倦得成編訖無可觀概自媿耳伏望聖
上性下諒狂簡之裁庶幾作之罪雖不逭瘝之
名山廕無快慢之撝誠…

退安謂夫貪榮而冒寵伏聖上眷來甫仁洽群
聖用才不適于冝必拘尤而遠外所命當於理何
友汗之為疑揶小投之易窮察之非餘於卿
大夫之眾或士君子之間更永博識之洪儒俾奉
東儲之經席則重輝燭遠豈徒丁國之貞私義復
安所亦微臣之幸仰祈洪祉俯賜矜徒

讓寶文閣直學士衙書撿討官表　　　金富軾

龍光之挺優渥自天篤猥之才震惶無地寺謝曰

東亥四六卷十一

禮懷闌陛術庸虛因緣難涓之時切竊非常
之寵起資越序屢經清要之官積月累年未有
惹毛之益冝在龍訶之域遠慙救擢之私聞會
進以榮為懼伏望聖上四日月之照臨蟲蟻之誠
故命有尋勿媧於反汗用人猶器無至於敗官
非敢為誣期於浔請

讓衞尉卿翰林學士表　　鄭克永

投界窮荒久絕生還之理囬綢究檻仰稽神斷
之明賮羣復於罷名庶凌兢於啟處中朝巨性

之司蕭朝之紀聯關之箴稷是掇驚振之宜序而
宗用匪人旁丹於楠議間在于帝宇至於月
陛如臣者學識未弘勤勞亦淺紹承祖構韋觀
闕里之中庸歷任聯纂珮漢庶之右職靚帶
滿槐之袟後叅鵷禁之蔡比矢一能每增三省
敢謂廢青之著偉攝憲府之綱惟右職既遠佇
實交涯之過當才性住重功焉得以其就馭拙
非他頂陳敍讓之解尚闕兪役之命再伸罹志

〔東文四六十一〕四十

仰瀆慈聽伏望察以由衷念其量刀追寢殊優
之典轉加著碩之流如此則氷炭之懷撲妥於
霜之署勳僾於清嚴言亜餙盧期於垂可

風

　　　　　　　　　　　金富軾
讓叅知政事第新事表

高位重爵大以待賢儒夫小臣昌祐孫職俯仰愧
懼不知所圖中謝臣世系單平天資庸鈍刻心
學道自儌子夏之儒樸謝爲文未入相如之室
因綠仕路汙崚宰司鐵石心腸拯事君之直道
斗筲器局逶經國之遠圖當軸棄鈞既濟邦之遠司

嚴器使光辱招知

〔東文四六十二〕

代李之民讓守司空左僕射監修國史判

構須揀用於棟梁矯以天骏後
椎斷雷行調琴矮以不腹反絲
宜妝拙以避賢伏望豈可偷安而壞寵慈
何其甚也雖聖明判其曲直而物議廳其繊慈
憲府風聞以窃言之則謂當俊狼孔榛慮折首
害必重名過前戰以至所施命於外庶方見狎於

　　　　　　　　　　　崔知梁
礼部尚書表

洪私准譯特降屑胥高位大官聯加俯筭顧無偕
於反汗但荷意於綺瑞中辭竊此司空戢利以
僕射彺魚兩府持綱領史曲理所以師長百僚掌生民
所以懷刑丁掏況佣儔德臣學非孫洽才蔡浪橫設失
當時宜選定於碩德臣學非孫洽才蔡濃橫設失
科早擢英雄之才爾此洪遺備經器使雖頹牛司
右之先容唯荷坌成於洪遺備經器使雖頹牛司
富軸粟鈞既濟邦之地涉氷踰虎尚擾謀圍之廛

豐畜仰出於嚴宸旋使諜叅於宏府備數中臺流
尊顯趍資東觀之清華多蒙要康地親而秋貴
自惟小器恐福過而災生式傾㔉幅之悰仰訴高
明之聽伏望乾剛獨斷寡照旁通察臣言自裝稔
至誠懼臣智難堪於重寄追狄大號更委通才則
戚莊用人允合能官之政微臣安分求進庶愛竊
謙西北面兵馬使判中軍兵馬事表

金富軾

軍旅之事非書生之所知將帥之謀豈懦者之能

預聞倫之厚乾驚且憂中謝臣撝撝散材斗筲
小器社而後仕飢未効於寸長光芙無能又何堪
大用偷崇竊位靡所贊襄者已知難但恩乞退
說今飢民食殘而力俱屈隣國橫恣而恐輒首
強非因循姑息之時舊勳有為之日宜得一時之
猱万夫所望委以聞外之攄待符即中之言然後禍
難不作芟平可期如臣之思無用而可伏望望得
自理取社牧之諭共息於慎間以遏人使之好謀而

……（下段）

附惡有能俾又朝襄致於其昌首知者明祥簑
代金仁存謝門下侍中表 郭東珣
志願懼福親恶之漬之煩香訓干等終蔡醫夫
榮惟中謝臣聞寿君所以馭賢之品功名臣
以報上之資豈非立經世之勳樹庇民之業事
運之秋慮三公之宗則下不况虛受之諜而言有
……故明主必器人而使智者必量力而行也

……

言而可盡者也銷後官以侍中位加於伯掌那
就望國史編此者人臣莫大之蒙而非杭可勝乎
徑故昇鐵繁累抗封章顧守令涯以避賢路行已
以明即為戒思以為反評錫媿聖念至懷起私令親恩
告幡然改欲思以為君臣之間無異父子之慕奚之令
于雖所東西臣之亭君君必有終始況自陛下接手嶺
之統而臣藏百又之勞如乾小窰又非風志非恩是

此樂實為報所共驚為怛但顧陛下嚴恭寅畏之心攝行
祖宗敦朴純一之政掃除積弊休養殘氓多士賡於
朝方物逐於野則臣朝受蕣賜蕣豈是為柴
夫何撥悔風池溫樹念今昔之依然自首丹心恨榮
掬之已睨此蓋稽古以非聖人之溫菩設官招
天下之才雖有臣三千咸興虎工而同德大功
二十邁於廣矣之知人尚思黃駿之言共理
蔡機之務效垂明詫每形注意之勤肯冠群公不
責防賢之罪莫偕知之　重頁有加壹莖誠

後凋

謝聞下侍中表　　金　富軾

臣於丙辰年三月自西京複命伏蒙敦普除授臣
聯忠定難靖國切臣守大衛門下侍中判尚書吏
部事監俢國史工柱國集大字大傅恩命殊異非臣
西堪不敢盧受遜讓至今又蒙聖慈果遣近臣
敦說拜命者詔盲于寧不容辭遜恩榮過越福
中謝　平地案門九　林佇學妥

縣刃何施但嘉天綬之上智狐忠尚伍更誓歲寒而

意周孔之道不讀揚吳之書諮洫罪之司又怒
千戈之事師尹之德不合於民瞻衛青之切只由
於天幸陸下不以罪責中之襄嘉荒處無灾而
名益將齷齪無能而住愈恐誧躇而不就非
肩退以自高途臣荐來溫諭屢促叩葉月進
雖不可支間命久淹則非所敢獨顏斯罷撫已
增夏況惟大馬之车己當退走荷乾坤之施阿
以報酬唯餘忠義之初心當更誓始終之一節

謝東北面兵使判付營兵馬事表　　金

東末四六十一　　九十五

狥師之權敀攺有羹聖神之命屬左無能遽遊
朱譜淩兢徒切中謝臣早緣儒俄至乔宰司當
犬焉之壯年尚微效用迫荣搚之晚景只自襄堡
近者國家中誠元戎往征醜虜及熊罷之切才
集府狩狠之志轉嬌朝野為憂人神共憤舍則
夫心悔禍賊類請和結好息兵雖生成之有望臨
事制惷宣倉卒而可謀願如臣愚蜀以當此圖
讓則無人臣赴難之義獨行則非諅子量力之

東人之文四六　卷十一　表　　金　甫侚

中瀁然之志典金石以不朽
敢不夙夜匪懈夷儉勿渝蓋東土之材雖楝梁之未
如不及用人取所長至令疲戎之軀興沐殊尤之澤

謝刑部尚書知樞密院事表

金　𨥓儀

都慶徒純震明繼重韜以子舜之孝慈守冬禹
宮曰之列旅朴洪逸之聯空閒歲年未聞報效向
之懷中謝伏念卽起自書生寢蒙慶遇旱琭
才壁素輕寵靈誤及才遂遊辭之請但深踽踽

之恩政至如駈勞若符荷龍光文罪窩揚文彙演
諭之筆學殊裴李軔居尊詔之儉胡媚自知進
非開錫況今西職庇三秊朱玲六師薄伐而循揩
言念僃夫亦恭軍幕凱還崇及合百受頌卓倅

論議必誓於古自揩不敢戎其孟軻責難之
座感滂奇逖雖聰明不及於初已無可取而
汀以無由自顏欽然矣懷楊若戰而已無可取
福庭諜詩國論而又熟操大理之法仍恭貳官

恭戎希汲黯拾遺之志庶無貪國以溫心
謝樞密院副使御史大夫表

金　富軾

千載一時何幸非常之遇濟資顯秩溫切兼委
之蔡牢讓無祖述就列中謝目夫機壮訥俗快
逐臻道自信於直前未符狂巳學雖博而慕要
難以遽時情但忠父應應往徒速廱旨之請

菽聞報國之能敢膺春之楷豈擇置宰司之貳
此盡勤念為德聰明好文布政往於惟新用人
先朮任舊敢不寵王孟懼擔堅頂隨之誠知無不

代文公義謝禮部尚書表

郭東珣

天有頤道一明隆陛之尤妝作秩宗中錫演倫之
命理念無秊讓輶此胃居中謝呂章句蒿儒斗筲
淺器自先王之潛邸以國士而見知毎親造膝之
言遂至攀龍日勤勞二紀燕伸廊露之微渥
勉一心父恭樞掖之往上無斯君
覆之計

叨丙第之榮旋氏戶以脫編尋仕途而釋褐佐
符縣署未聞蠢蠢之歌管記京闈亦乏翩翩
之譽洎銓曹之考績荷釜棣以濫權消效莫彰
米兢徒積豈謂大陽委照幺物洗光拔陋薪之
委擢叙高華之地緬維冒進逈出等夷謹當恪
守忠箴益希直筆粵予衰之實錄或贊於昌
歎辨孔氏之闕文亦裨於信史竭茲鼓力報我鴻
私

代謝及第表　金富軾

伏覩禮部貢院放牓伏蒙聖慈賜臣等及第者
射策重闈共悵猥幷之論第名中禁並參俊造
之游仰沐寵靈退深震悸中謝竊以理世之道
得人爲先大漢揭賢良之科李唐嚴詞律之選
皆所以光華文物藻潤典章敷德政於大中播
名於無外恭惟□允屬良辰聖上內聖外王
體元居正沉機先物□制化於陶鈞通變適時乃
更張於琴瑟深惟善俗之術寔繫能官之方在
陵中阿既育材之有地于此菑畝亦采芑之無
方於是鄉老獻其賢書宗伯論其秀士宜有方
聞之傑來符屈佇之懷臣等性本下中識慚孤
陋幸仰陶於文教久俗事於師模適于遊篤之
求獲預粉袍之籍並趨明試載奉巨題顧刻鵠以
難工况注金而愈拙揮毫落紙僅得於終篇懷墨
脫刃尚虞於報罷洎于奏御辱賜備觀聖鑒至
精纖瑕盡露仁心持厚介善兼收振拔泥塗躋
騰雲路此蓋務求顯佼道廣包荒憫狂簡以
成章容輪囷而爲器謹當激昂素志奮勵

雄盡不徒章句之是攻亦以忠廉而自許庶
幾糜粉答生成

代請赴試表　金富軾

伏以乾坤之德至大而有容螻蟻之誠雖微而
可達敢披悃愊仰瀆高明退省僭踰伏深震懼
中謝臣材惟拳曲性本悾侗少追甫捩之流久
服序庠之教呻吟之學非止於三年淂流之姿
未穿於七竅資蔭爲吏折腰事人觀朶頤而捨
靈龜自知其賤下喬木而入幽谷久指爲愚送

激衷心顧酬粲志今伏遇國家急求秀士申命
至公窮漢水之濱精搜照束剖荊山之璞必得
連城目不進庸才欲趨明試操刀必割恐失於
良時徒羽先登庶幾於勇士伏望道優善貨化
橫曲成許小易之包荒示至鄉之興進則論功漢
殿雖非韓信之無雙授簡梁園庶效相如之客至

廣州謝上表

尹彦頤

昨於丙戌五月被中軍彈糺奏勅海日行職受
許令催扑至庚申十二月朝謝並得施行令已
拜官者此廢六年令已甘於不死噬思一旦敘者
出於再生仰天無言撫已揮涕中蒙窺以上之
駆下莫不欲忠臣之事君期於見信然不可必
故或相乘也終於飲毒屈原王之親也來以沉江
聖賢猶或如之庸瑣何足算也如臣隕首粉骨
疫性福剛智謀不足以周身學術豈能於華國

若此況彼顛孤危之速遽嘿嘿已乎窮迫而然
冐陳臭乏而又金精曾經於吏評凌七月而復
顯官惟忠同癯於江南至三年而還舊位惟
且不肖與世多乖於深夫人爭逞其淫
議論罪未解歷年于茲敢愛殺身以明圄貪
於慈聖久龍垢而假息有待於求伸豈謂
皇慈特推大度憫目大窮之狀期於後日此乃
每煩訓論於有司再起孤忠於遠竄仰陶新化
漸可藍於 平民終滌惡名竊更期於後日此乃

尹彦頤

主人無外厚德包荒念犬馬或霑盖惟謂舊歷
不忍捐弃救臣餘生衆怒炎興之際牧臣殘
償幾年流落之中特賜真除盡還舊祿同
誣僅釋日將出而郡屋明袚拆其茲蘇春已還
而時乍降固非木石無惰之比昧昧乾坤造
化之私壯氣已衰無復平生之彷彿丹心尚在
撝蝉睨即之駈馳至墳溝敢忘結草

上跪不報辭職表

金富軾

明聖作為謂無闕政愚臣冐犯合置常刑尚在

臣有泥古之愚冒身之智當宜論事實要
通伏閤上書不知忌諱公之分毫之益私敎視取
之深素至如斯毋何足惜伏聖擧國正典罪臣
從言更選心良伏備諫職望關拜表涕澳交切
謹先著曰祗詣東上閤門珉族其自膺受職牒
吾豈義道同柱進納

二辭起復表

草王臣其言昨者再具表辭乞起復從事今
乃其曰伏蒙特降敎書不允仍断来章者尤吉

金 富軾

命程駭撫襟洒淚昔日父之邦也童孩無知而
不克服来令曰母之亡也詔命起起而不許單
願則非唯爲子之職永失実恐移命沉又薪
有潭於曰無補於國伏壑俯回淵聽灼照惆悵
得終祥禪之期少慰昊天之幕則欲報之德下猶盖
其愚誠不呼共門上可全於孝理皇天白日臨
照此心

辭知貢擧表

金 富軾

昨奉嚴命伏蒙聖慈以臣知貢擧者推揚猥

被荒淺何堪沐寵涯以跼滙洒驚冲而冷其月
中謝竊以設弓雄而招士有國之恒規考名実
以取人爲時之重務若匪宗工碩學博學雄才負
知裁徽辣之名等行俗兼资之貴則何以主持
支稗銓度於年乗差別終成於艾魃如
曰者性鐘寒器謝淵冲幸叨負衆之知久
傷育材之地殊編隆簡徒涉獵以申勤碌
瀲辭皆狂斐而取誚海虞見遠竊誣自幸
宣謂曲念霸路特垂優弊掩蔚菲之下体乘

箕子之虛名雖越於將相之傳俾司於瞳籠之選
雖重瞳恩厚乃異顧於逯方而隨賀才微何足聰
於大事故聲知難之怨仰干很欲之仁伏望察以
不能損其所共特寢溫純之命小安昏瞀之心
旱誰無辭甭音是望

又　　　　　　　金　富儀

欲理之主急於得賢頋忠之臣務在薦士而士之
欲理者淇出不世目之顋忠者所患無時呂主逸逯
古本希聞頋推無德忽此叩榮敢欽社以陳辭潔

顋天而請夈中謂鍋以久君之賢若有年學術
之淺深歷代之興上因其敎化之美惡布在簡
册燃若丹青苟欲為邦固嘗取法支曰國之
柞興尊詩玄樂只君子邦家之光然則
崇師傅之一者蓋本重其綱常立邦家之
基者所不禠於選舉而上故先德行之科
隋唐以來又設文章之試善學之時已尊聖賢關本
關城闕有挑撻之徒而古㙯不興詞賦取歟

臣某狀遐庸宗太王雖侍目僚之上莒覩親理亂
之所英浦熱綸音剑火廳堂逹羲易之大柬務周
詩之樂育令慈與而幸學如儒近八講誦蒿施
御希之珍備厚聖師之奉作新一代風動三㳂讀
書者無不挺神天至聖之宗舊革者盂歉窮莚
命道德之妙兹見英雄之盛愈知蘩與之難況
呂承學未優延材甚拙此屬搢紳之之喬居
廣序之官親觀多士之作成竊美明詩之會幸
至如喬待文柄其作立員眉識才難必指物議

聖裕於好問求沒到洛精學之仔肩蓋羣偶之
瞻堅則懽干絀迷之政可無負於裕陵微呂自知
之明亦不懃於卒耳犬馬誠總天曰照臨

解恩命耒　　　　　　　金　富軾

昨開聖上以巨從事西京特命有司擇日備礼從
使錫命其狀辭免未蒙聖允者矢敎至仁難以
挺生塟涎耒之造散擧小器恐恩貽譎游之曲頋
自諌堂中謂呂漬寧葳隙忝擢蘂司以
讌獻不適於時議論耒夈於衆徒隋賢路無補

東人之文四六　卷十二　表

王明至於受誠臨戎陳城執戟此皆上賴君德下
伏人和故浹歲獋一周犀人乃服而臣無勞可紀
無德可稱宜冝上貪天功虛受恩命不獨人言之
可畏抑亦鬼責之堪虞重念臣承遠孫寒素華
族少而孤賤常恐未免於飢寒則猖狂不敢妄
期其富貴因緣資序過竊罷龍榮雖叨將祖之大名
猶有生平之舊態須無耻偷倖自居將何近使
指之光華得以副恩章之蕃庶固非獲已同敗好
名牟讓示誣偷音尚俱伏望天光委照聖德包容

〈東文六十〉　九七

再解表

念日期止足必首安察日非矯激以為許家幹掘
懇奴復明緄則天為之力旣疲固難堪共編某葵
權之誠猶在宣嚴急於頻悚

伏具表章陳讓思命伏蒙內降欽書不允者術邪
闗命肆極襲嘉者已循涯固難稱副未免再三
之瀆上竟咫尺之成中謝臣質本迂踈牙惟塞淺
行招往而可芩志直以自持聖孝誤知屢如舉
臺陛下過記特欲登庸不絆臣於積毀之中乃遺

〈下半〉

出綸之制

三解表　其無

足稱受厚責而奠可況念日小始女木貪賤不以
高華自期仕宦非行連逢過照宇輔之職滿招損
則聖人之訓寵若驚亦道家之言常恐辱殆之无
內橫止足之計刻於大名而增秩又全華使以臨門
顧日孤酉之姿何以克堪其事是用瀝懇愁以察老
回天伏望貞日月之明廓乾坤之度愍臣以衰老
而聯章案日非餘讓以徼名勿顧友炘之媢進遲

臣於三事之地期固士之報遯戰激昂無王忧之
才未有神功者姑女人妾作近臣詭隨此久而無
戒反以為亂下職與人之聽上貽聖廟之憂臣
於倉卒之時遠屛徂征三命軍族之事未之嘗
聞忠義之心豈可苟免刃不辭而徑往固莫知
其所為狀遇徙下悔過責射畏天備德神軍逢
誠而僅助士卒臨難而宜前故漂未蹐二者方
克先惡陪京城闆原廣承冠礭乐不移僚然之
猶在此皆聖德之敎人和所然而臣無微功之

〈東史四六六十二〉　十八

蚊蟻賤微月陳誠款乾坤廣大尚祈狼狽茶尔
詔旨之殊曲亦卷懷之孚自碩無狀不知所圖中
謝臣性本頑家學又淺近厥初干祿只追飢寒
未始有心妄期富貴因緣章會忝竊寵靈待從
高萪筵庸過越執自知斷之以無他援鈇
訖無毫賤之功龍但荷五山之淫澤而以蒲溢難
守元窮即失理之必然日豈不戒翔今陰陽乘
廢風俗凌夷黎民窮困而流亡是誰之過也

儔敵倔强而賊宣有以待之革繫國家之安
危責在公輔之賢否而臣未有嘉謀而告右
又無膏澤以及民論罰則當何賞之有而況
崇高之秩希闊之恩惟我素心固非所崒揆之
行事又非所宜是故遜方寸以固辭至三再三
而無已伏望俯憐愚懇特降俞音則瑀井之醜
期人林於欽焚江湖之鳥兇兇眩視於大年區
之誠期於得請

代樞密柳介權解職表　　奉　羹報

疏即閭之小智詎能論道此宰司恨已終身莫見之
成功於正國迺獨立傾搖之上而思大疢鱗行為喘
方懷覆錄以招尤更為蠢苗素未曉衛生之術
動輒嘆陳力之難能經鳥申羸未曉衛生之術
所以善數旬之眼求十全之方期於有瘳藥石以
雍而病源既深杚臟腑雖良藥無效杚遵護以盡
憊勉然欲扜杚勃擔而莫救況扜久如是有爭扜多成
倒扜古人如是老懸車縱是有爭扜一穩靜思
去就乃合退伏豈可貪須刻之榮而自取無窮

之規內訟如此外言可知伏望一回天閽俯照厄
怖惘犬馬之甚豈無復驅軼久母之至慈曲全
終始許謝鈞衡之住俾安疲曳之軀則体養殘
生坐待蓋帷之賜端居瑓堵敢忘葵藿之傾瀝
懇書辭叩閽候罪

引年乞退表　　　金　富軾

伏以土之待下以仁吕之事君以礼當其獨仕
病不盡忠及其毫襄患不知止敢傾蠱蟻之懇冒
犯雷霆之威中謝目天機淺近心術愚蒙所嘗雄

聖人之結餘其業則童子之廁纂陳力就列寢
致高華當軸執鈞詬無輔相既不能獻可替不
以穢其政典又不能黜幽明以陟其官班並
隨流倏三年歲算生我之日已經六十八年距致
仕之時儻有二十八月往焉之事固無足細令也
不懷豈有所益而況飢老且病將而耳目
失其聰明步履殆其巔躓難容勉強以從事
豈合因循而在公返披腹心乞賜骸骨伏墊
回天日之熙推父冊之慈特降俞音俾安老

境擢杜之木鵬拳曲而無傷耜游之蛙淂
蹞粱而自樂

    之致仕表

     金 富軾

日暮塗遠宜息其行天高聽卑必徑所欲
敢敦煙福仰瀆威嚴中謝日起自寒門濫從
腼仕風宵一蹴出入百為小器短材訖無所立
殘年餘為豈得自強況礼典有致仕之章
家貽知足之誡或羹斟而不退必貪餌而斯
收老身以避賢路伏墊至仁大度惻然見憐容

滿喬歘惟公殿下肯聯天族望甫龍盤者
沉源早齡義扣之智率身儉約不娛鷹洛之遊
武對端辰誕有純祐某等睹守歡室之衙服

青邸之橫

又 慶辰狀

之辰宜專萬給之壽某等屛藏省藝遮賀

廛由

賀年兩府狀 改作地都與此狀

珠營戴周正月初吾畫三陽而誦春法五兆
晋元尙惆欵政相國閣下得相四朝始終一節
知正不給待高老子之心俾祝而爲赤縣之侯
之壽况臨令旦休有嘉祥萬壽揚守庶莊帳趨

閶闔

又 崔平章

一五二

如閱天文驗龍驤之鳥舍術投時令重鳳曆之
敎歸慶洛人神春遠草木伏惟大師令公乾坤
正氣歲稟瀾德人君祚之嘉猷嘉謀暨黍帝進
庸之令謀令色驍勤武瞻戎對三揚倍延万福

某等漁特有限惟忭鳴望無緣

又 簞投賀題詩一首

體東壁之士 文雖黃致藏幹北斗而酌藻調

李李邽

一文三尺怯占奎景之程長異同音競視鯛路
之木老恭惟令公閣下元精鍾異大雅秉具

蒿陰陽茂對嘉辰益綏狂某等限之特之府
守趨衆閶以無由

又

歲月怊之始縈紀嘉辰德爵鉤之尊益趨君
乎恭惟令公望魁朝紳松蕭儒紳獻生甫於
同家早勤補寰帝賽訊於商室祟副和美音
辟歎平四方在意適屬辭時之首益延眉壽
之模某等限守符於一方瀟馳賀扵千里

又 奇平章洪壽一首

賀冬至兩府狀

剝後七日如陰道之上窮坎中一陽應天時
而初後伏惟其官風卽清直德履端方凝凜
在朝獻國無報妾動孔幾請老議臣不欲遠
故茂對嘉辰益綏休祉其願有簡甚之畏俱
瞻鳥展之光

又　淮相國

一陽初生萬賀肯蕩姿聲臺而望物理論
曆以授時伏惟其官與學真才清風徐卽
江湖祖秦閭閻

又　李奉政

帝眷良孤以為夾旱之霖民具甫瞻此関
南山之石應時納祐與、國同條某等出守
私營家無承昂志妄動為世法時有蟄虫之
其愛物狀惟其官道高當世選擇遊忠不
日行自道陽動黃宮高曆授其人時普忠書
無緣

又　報副樞

陰剝而窮陽潛以復暦史謹書於日至周
家恭用於天正伏惟其官與識鄭發宏材
我共謀必獻密勿父司帷幄之籌德茲崇高
行攝廟堂之佐茂對三微之統翁臻万福
之祥其等伏限守符無偕陞履

又　報判樞

右其今月其日得郎報伏審九灵錫寵
面判攏伏惟慶拆恭以太師相公上善榮
西北面兵馬使上新判兵馬狀朴浩

獻中庸壇美展帝師之德傑然王佐之才鍾
議忠言致和明拓庶政雄謀大略舍蕭靜於
叫方景分萬秉之憂術統六軍之律群民相
顧慶授鉞之得人珠俗昏聞將和關而請命
其父承高矩今奉遺機積拆懇以方深時常
鈞而迥興

東北面兵馬屬官賀新帥狀金　　思

獻中庸壇美展帝師之德傑然王佐之才鍾
伏審趨高帝之寰塹親奉命論踐亞夫之初
營肇旄我律丸有關知勅無欣躍恭祺光師

俗巳積於舒紓屬慕微忱蒙併馳誠於藥訌
忻瞻亟集歡述衷悰

全州牧上按察賀年狀　　　　　李　奎報

人絿甫迴遮啓首春之始使華尚遠莫覿壽
河之劃恭悰按部相公度江⋯風神落⋯
登苑車而巡問威震方洄當高蒼之聲須慶
叢慕湞其年狠分湊寄恭屬仁森但緣身鎜
於佩榰末攢滕行而奉展

入宋使臣上引伴使狀　　　　　金　富戟

右伏以寀君篆眼職是守封上國耻誠礼
當舜嗣嗟澹濩之阻闊加遞鄱之繹賭末抗
表章巳經年所茲賀使指底自辰庭將卿武
逢巳涉風波之險軄舟向岸行瞻天日之光鎾
永進勞之勤知有舉候之幸其為竦企圖尽

杭州

越海来王迥河詣關屬經大府煩為導花候人
汀近高閱願間名於擯者誠之所切言不能宣

鼀萱

一五五

乘桴游海巳久觀於天庭裝錦還鄉再經由
日向佇期望履預極傾心

宿州

入朝魏關巳承華寀之裦退復故鄉行耀
錦衣之寵方問途於雄壤期布謁於寀閭
欣拜寒梁敷陳昌盤

泗州

永桼王會還途使航及此通隶方假途於閭

尹瞻言威府期請見於閭人秋悚之誠名言
莫展

楚州

侵者戒道或起舟楫之行候人在疆竊喜門墻
之便佇詣觀止倍梃瞻言

高郵軍

風潮便帆將乘風而破浪嵠經候館行牧雲
以覩天瞻望欣愉猜暹飛越

揚州

龍將使寧已委觀國之賓還及名邦復見
狩戈之候披荄扎迴瞻仰何勝

難以布像
潤州
袛奉王言見九重之龍衮藻還便何指
里之鯨波道出郡郊行趨門館兹為欣幸
崇州
越石舍以來王已瞻天日指三韓而受命
及郊洞語語可期歡悰倍挺

蘇州
從馺促方權行色帆檣豪浦及榮
郊真諸觀止之私寡副顧言之幸惟兹
早怒無以具陳
秀州
乘查絕海已遂觀光抗節戒途方催返命
假郵胸而由出期墻倀之是瞻欣祐之懷
越州
言書莫盡

觀光帝國已事天庭將返命行三韓復取
遽往百越即諧見止倍挺欣然
明州
狩使事以駁奔奔瞻帝座尋海壖而信迢
甫近郡封即遽趨承不勝慶幸
謝館伴迴儀狀
北宸瞻穫甫遂來朝東道仁賢狠煩詁相
取兹發幣姑用達誠厚紆綢疊之辭兼貺
便蕃之品

奉探來聘已事言旋出入名邦甫展分延之
礼挾容密席又陪折俎之歡筵繳月悰難宣
鈍筆
謝潤州宴
謝抗㼭迴儀狀
前詔公門聊將末幣難佩以報兹厚於多
儀捆載而歸不勝於厚賄其為感惡曷盡
言書

入金使臣回平州狀　　金克巳

啓

謝魏樞密稱譽啓　　繼廷　　金　寬軾

吾其昨於內庫副使李某處伏聞相公謂某有
才能再三稱道者仲尼之褒籠雖褒季孫之
諸賣比黃金載思知擧孫集蔡感伏念其少好
學問親枚簡編當後於時文獻畫蒙刻寶恨
恨於大道擴埴索途俯寺鈍根火開養性內照
知學永為君子不敢詫名耻道不如古人愚常

責已揞無及聖擬不隨流獨以飢寒之憂難微
名利之學翻然背馳聖恭之趣雙然狂簡小子
之裁遇值國家廖刑乙之斜取雄傑之士拔出
寒地置之青雲去孝得榮顯時累月日加媿惰
時後趨馳舊學忽志初心欹落拈橐誰擎鬱耑
自惰惟懼沒世無孫豈聖在家必達伏推椿福兮
相公經綸之才萬塵前賢糅豈當世
故自立揚之始常唐清要之班為朝廷之羽儀作
交遙之宗匠申甫就列周政幾於中央韓柳挼撝

蒙庫文主於三變沃下想享其風餘士流鄭重
其品類誠訶一開自日若無光景噴瞭所指寒
浴變為陽和行骸舞此推許昔智伯過豫
讓似國士叔向野饒憂似一言此皆觸為而始
知識論為而後擧如某者文卷未嘗瀆明公之
鑒議論未嘗發明公之前今此之言從何而出柳
午尊之言曰古之知已者不待求來求而後地德
藥能而已其受德者不待成身而後拜賜感知
而已昔讀其文今見其實自顧不肖何克承當

謹當篆篆驚懼琢磨頑鈍自獨文學之蔫無辱
吹噓之恩過此以還未知所措
入宋秋上朴學士啓　　　　　　　　　　揆　適

夐夫川　遂已備盧谷之接慨然癉瘵不勝慚
輔吏部首喟古學學士王國元龜士林宗匠
往之勤恭推思門大諫學士王承相犬
變頹風聖宗之儒衔與失網羅千載澄淥一時
昨於廣閒刀取長於壬荊山之璞為美夫
已尚持見下知之知操社之木不樹獨末蒙正石

補閑集序

文者蹈道之門不涉不經之語然欲鼓氣肆言竦動時聽或涉於險怪
況詩之作本乎比興諷論故必寓志奇詭然後其氣壯其意深其辭顯
足以感悟人心發揚微旨終歸於正若剽竊刻畫聲糧晉紅儒者固不
為也雖詩家有琢磨所取琢句鍊意而已今之後進徒聲律章不
句琢字必欲新故其語生鍊對必以類故其意拙雄傑老成之氣由是
寢衰我本朝以人文化成蔚偁偶間出贊揚風化光宗顯德五年始闢春
闡靈賚良文學之士本朝鄭襲明隆時則王融趙冕徐宗金炅德才之雄者也
逮景顯數代間李夢游柳邦憲以文顯鄭倍傑高凝以詞賦進崔文慈
公冲命世興儒晉迪大行至於文屬時聲明文物粲然大備當時家宰
崔文和公惟善以王佐之才著迪精妙半甲李靖恭悟諸時家宰
靈䕃鄭鄖惟産學士金行瓊盧坦濟濟比肩文王以寧厭後朴寅亮思

無圭何必君前乞一枝山陰陳迹云此身念異前身俯仰人間迹已
陳賴有銀鈎留爾紙山陰風片古今新西塞風雨三秋深登開紫鱗肥
雲盡西山片月輝千幅蒲帆千頃玉紅塵應不惜簑衣文顯公新意入
妙李學士語涓婉李學士日季花云萬斛丹砂問萬洪何年深若小
圜中及得染雲霞色自能問文安公云賢隨
姚信獨除陸凱梅不待殷勤善幻非非時紅體
芳信獨除陸凱梅一例看為幻色故作仙㟴不老紅文烈公云嘉期難近陶濟菊
魏媚和風花一例看春東君若為復寒紅莫干為幻色
不堪看貞庵已燕文順公具言而辭趣深勁貞庵公亦言四
順公云胭梅秋菊魏公云東君若後覔無因始覺公家是主人不爾豈能私
姚氏看貞菊菊已東君後貞花東君已莫干為主人不爾豈能私
文化一盆培養四時春李學士詩云丹砂又言靈霞此所謂論中之論
也如用他人韻賦之押洪字甚善文順公詩如云七八月開花四序一時偏
詩雖有言春及冬其意已燕文順公具言而辭趣深勁貞庵公亦言四

齊思諒李頻金良鑑魏繼廷林元通芽芽文金綠金商品金吉赫
適高唐愈金富轍洪瓘尹份岱允儉劉羲鄭襲明文彥浩守
椿齡林宗底芮樂金輥誠金精文淑公父于吳先兄弟李學士仁老
俞安公升旦金貞肅公仁鏡李文順公卷魏李凜緝公卷金翰林克
已金諫議君綏李史館尤甫陳補闕漢劉冲基李唐两司戍咸淳林
椿尹于一琛得之安淳之金石間作星月交輝漢文唐詩於斯爲盛然
而古今諸名實編成文集者惟止數十家自餘名草秀句皆湮沒無聞
李學士仁老略集成編命日破閑哲陽余續補余
強捨廢忘之餘得近體若干聯或至於浮屑女兒態有一二事可以資
於談笑者其詩雖不嘉幷錄之共一部外爲三卷而末暇命板今侍中
王柱國樵公追逐先志訪採其書謄繕寫而進時甲寅四月日守太
尉蒋洪序

隱德人也後數年公除國子祭酒予爲學論一日因公事坐廳事日日
者愛慶諫讓宅走筆賦水精杯詞人皆見和君獨不和何也予悵承
俞即和成七首奉呈公稱歎不已傳示於誥院日此詩非今世人作也
道與閬迴縣去造門直返意無窮潘圓驥驅云間仙若也愛三華一望
微來道境問遺身何必乘虛始向風頭蕈禦寇滿空飛鳥亦眞
已是平生着酒身子猷訪戴云訪人情味雪溪中若便相看一笑空寞
與云山陰雪月色交寒與蠶孤舟欲棹還何必揚眉擊目眩然千界
嵯峨已足多倒跨蹇驢賞好事將身欲入䦘中誇李學士仁老剃溪乘
亳端四明狂客云萬里吳天一棹歸荷花零落暮秋時鏡湖風月元

斷驪四傑六以為賤表啟狀此亦文之為偶對者後因變為儷體詩律
之賦行於塲屋欲試其代言奏章之才也如對于言雖散辭無對亦可
今人以四六別作一家鈔撮古人語至七八字或十餘字幸得其韻
自以為工予無自緻之語況敗有新意即眉叟以林宗庶眉黯岡上之
對載於破門和流南烏寄京洛誄友云風生震浮雨
入松江帆初飽漸肥之水雪攤䕻闔雲橫秦薔焉
約者豈才不足為弘長盖去浮虛取䋲福表言事山而已作者愼之
昝讓文烈公集見大覺國師碑師以王子求出家如朱明道得賢首邊
陀於佛天者例以緊言藥墓非特辭語縈紊無或應論佛神報應國家災
小兒樂見其體效之出是辭墓而不精實意逆亘不真何在之家乘筆
摩天戀恩南山等五宗法交至泗上禮僧伽塔天竺寺禮觀音像皆

時偶有新意
文烈公和慧素兒云蜎蟻道存虎狼仁不須遣妄始求真吾師甚
眼䖙分別物物皆呈清淨身文順公蟬云罅帛疻形可憐爬行亦澁群
虫且莫嘅解向月中入眉叟蟻云身勁牛應闔穴深山恐粘功名幾
曲當䁱初回文順公形容甚工李學士句句皆用事文烈公奇意浮
屠言理最深大抵體物之作用事不如営理言理不如形容然其工拙
在平搏意造辭耳
學士奇辭妙意專用南華篇文順公出自新趣金翰林俠浮屠語古人
李學士遶逼圍云接輿當日論眉吾絕約身人在㞏姑惟神居汾水
側奔流觀見雪肌膚文順公獨樂圍云一泉寒水呼膡沒陂即四溟水
風尖客分惟有名圍靜中樂不曾安使人開金翰林清漆軒云下㬅
飛泉尚有情遼林落沼興冷冷若觀一性無分別尊又波瀾即四溟水

山寺云朱輪夕陽飛鳥影滿山秋月冷猿聲閒潭寺云萬里清風中南北
昭三淡琴裏兩三家皆一骨也萬里清風之語尤佳䕷如外王父上
今人以四六別作雲酷筆陵署紅藥露朝衣輅飄紫薇風又上奇相國云高花
衣花苟翿過望室松陰退冷齋李眉叟云風細孤聲傳紫蒸曰高花
彭上紅藥又云照眉花塢迎步月和蓮濁上回廊外王父云花影花影滿
前迁承御宗譜登高望安云十川蛇繞平章詞三峴蜡忠誠壯五聯皆
嘴掘河山還聖壯洗回鳳月付詩翁三鼇山崚忠誠壯五鳳樓高閣尤
游俊出如皇裡上文烈公西征云一骨也滿衣花影之語句格尤
此五聯皆一骨也上文烈公三聯最為滿雄壯上劉司戌冲
慕初以新都云海為門作琉璃闕山自花開錦結都金翰林問

去蘇子瞻雖言蘇浩瀚有餘意近於浮屠非訶風騷之作若文烈公猫
兒詩是啟慧素師金翰林清軒詩是顧僧令宜以浮屠言之也其他作
不嫌淺異
文烈公菊花云夜秋風萬樹雪菊花繞墜兩三簇樊素無情逐春去
文烈公自伴蘇公文順公云青帝司花剪刻何如白帝又司花金鳳
朝雲獨自吹蟬㥴把底陽和放艷䓞金翰林云芳嫩恨不如奉風露冷淒
惨玉容晚芳心誰識殘羲尚有愛花蜂李學士重九後云莫將殘
日日吹蟬㥴晚芳心誰識殘羲尚有變龍陽何苦泣前魚古今
多以美女比花文烈公用美人事意雖精常非間菊狗眉叟用龍陽事
此詩家意外之諭最警又賦鬻鵝云語言愈巧困須信絹非死說
艶怨居諸語一掬秋香久佇餘人意不隨時自變則李學士云菊
難皆類此金詩有風入自寓之意讀之悵然有感文順公不用事不取
比直穿天心而已

破閑集卷上

諫議大夫秘書監賢文閣學士知制誥
晉陽古市都溪山勝致爲嶺南第一有人作圖
相國之氏帖諸壁以觀之軍府參謀紫陽與齡性調相
圖指之曰此圖是君桑鄉也宣留是晉陽圖水邊卓崖知多少
中有吾盧盡此一座服其精敏
讀惠弘冷蕎花話十七八皆其作也清婉有出塵之想
恨不得見本集近有以錯誤集示之者大率多
古語云觀而不如聞名傳…
玩味之皆不及前詩遠韶惠弘雜奇才亦未免尾徒…
謝臨川…

鈎絲習在左符猶管碧松煙
鷄林人金生用華如神非草非行迥出五十七種諸家
體勢承朝華嚴大士景赫燿府金公立之以草擅名然
未免仲翼周越之俗氣救王羲年大令使人借觀留其
奇逸清河崔讀購得之常掛壁以賞之有人借觀留其
真迹而影駕騎之學士蒲東山詩喜…
令成行醉素鴛地去謝此夢覺不知誰得鹿路多應麝…
謨成行醉素鴛地而不閒…
色勿令近之于真曰此其…耳乃與邑人換牛蓄之懷
竟亡者…
恒陽子眞出倅閑東夫人閔氏畔姑無比有女繡閨之戲…

閒之戲成一絶湖上驚飛…
桃巷抓似未選江卑佩冷欲尋鸍圖
其後二十餘年于眞新儀屋紅桃井里與傔連墻接巷
旦夕相從請觀傔詩彙以一通出示之讀之半有題云
閒友人爲郡君所追以妄換牛子眞悶…一時戯耳難
傔笑曰公是已于眞固有是我然閒閒閒門一時戯耳難
勿朝評可也…亦知却先生萬古詩名閒氏先生
真死鼹居人載猶不通色可謂萬行君子
所受用如刘藤篲竹罰錦具綾皆辛苦識仁者之語也儀始得孟城
還城是後見塽雖一寸金不敢忽也因念世人
凡面目衣裳皆有烟煤之色特就他所洗浴良苦然
崗村驅民捺松烟百斛聚良工躬自督役彌兩月云畢
都督府符造供御墨五千挺越者月首納之乘邊到孔
張求之易得故人人皆不以爲貴焉及儀出守萬寶所
文房四寶皆儒者所須唯墨最然京師萬寶所
俗雰未敗意唯將…
句本爲補之潘城風雨近陽霜藥交飛葡半黃爲有
作…云稚川腰綬白靈…華掉丹砂欲學神有笑驚
誰知酸中食杜粒皆辛苦識仁者之語也儀始得孟城

同周具公世文季孟中閒朔炎兩一攊天孫靑何閒版
貴朴社兄彌熱小秋直玉盡長空無事月華嬬畫作詩示
秋夕獨喧閒月色德閒爾人心所候然知君能共事詎

始識花磚貴非是龍門第一人

摳府金丘之詞翰外先工墨君嘗以湘岸兩叢獻大宗
伯崔胡國作一絕詞之此帝當年孫活飲幾回相憶護
含情兩叢忽向西軒立只恐狼抹發地生金杜元經
即其子也得其家法甚妙僙枝間在察院院中
有素屏一張諸公請焉一枝使僙歐之即題云僙堂居
士以詩嗚墨戲風流亦駕生進想江南笑英
碧纈老人嘗以臙脂居士所畫墨竹
一句於後云管領斗風烟欺凌凡
沐寄彭城
寧學士

詩云餘波猶及碧瑯玕自
僅得形似耳堂兄千林堂以紙屏求之儀但馬一枝
橫誇四幅而不及葉有一盡史見之曰此技節便有蕭然
所能有東山墨戲風骨畫安八九葉於其間
氣勢昔潘岳得橥齊之肯緒成名筆鄭國之令東里猶
澗色之令是竹也亦彫瑑之餘篋尊之巧相資而成胎
儻若出於紅葉題詩出風流淡疲和墨尚谷明御潘流水
其詩云紅葉題詩嫩一庁情座客皆張首而親之必謂唐
一氣胡越同心泉妙之整無畝可畏
溷無顏渦謏當嫩形色頗奇古

破開集卷中

智者見於未形愚者謂之無事泰然不以為憂及乎患
至熊後維集神勞力思欲救之桑益於存山成敗毀我
此禍鵲所以不得救捄之疾也昔漢文時漢內理安
人民殷阜而賈誼為之痛哭唐文皇自創業之後日盎
戒懼未嘗小怠而魏徵猶陳十漸器昔秦王籍敗十世
不使得開戒氷於霜拉玉盃於漆器故伯諫者救其源
豐平至理之兼居位日久事無不興皆以謂夫平之業
安於泰山莫敢有言之前正言文克諫真叩天靡上臬
發一封而所言皆中時病人謂之鳳嗚朝陽天聽未允
公賦朝友還家作詩云
云早徑閡闈排雲叩脫尚處澗散目過川鳳八谷往
浴白鷄胡寨蔓以催時人以謂谷之立朝灾節姒給無
出此二句雖謂之實錄可也非過
壁上巖下玲玲水淌若育思訊和米雪涉高禪鳳凰
池東閡重窺麗西門欲藥時題詩留半野遺九象夫
摳府金富儀侍中文烈公第也兼以文章功業顯當狀
達於天聽無一毫底緦至今鄒邦結好卜外吳然無患
家八之力也公位冢宰蕭儀入
擺居喉舌地國家安危人民利病士大夫之賢不肖言
為身一片丹哉天亲照弱寧贏馬退途巡及明王踐祚
泉出於石維素所遊真廛也怅態排徊不能去作詩云

文烈公
金富軾

節中朝其崇變其子孫以禮過之忽有二客到館小歇
令曰天上有三百六十使星有牽牛次日善中有三百
六十舍有馬無牛公卽日年中有三百六十日立春日
用土牛合座皆服其敬徒嘗傳衆方醉皇帝必與高句
示之道中人歎徒和進公略不揆思撥華立醉路小酬天地
云沈香淨間新曲送幾門前賀太平燕路小酬宗森
年金人陷汴京虜二帝北狩其間王成帝噲嘗大已賜與無疆及諸使人援
誠來聘請假遂往間二帝行在所而朝揚為咸帝玉許
公作表以答之天地云玄其間
不貴莫人無所職又示

此進士金永夫所飲酒也張公三十六牆之鐵信矣
仁王上得中興大華之勢於西都新開龍堰閣鳳輦西
巡置群臣宴命學士奉之必詩口號其略云帝山震以
乾雖有捐慶侯戒在后皆來鎸而歆丙固當與泉而同
云寔家拍慶僕付夏謹之云閤日吾王心允興
又云逬豫為諸使慶既付夏謹之云閤日吾王心允興
中公壽之子十八擢龍頭四儷六又組織為工者所此也公侍
曰非近代雖新學後生相封如大廣食盡禁足以與
不異御視雖新學後生相封如大廣食盡禁足以與
將御制命為袁禮真古新對如大臣讚

曹甞審奉使東都戲題詩至大醉悵悵彷徨夢與不知帳
下王人眠傍人奠笑風情解賦西江月一篇
金侍中縉平章上碕于也少以文章顯年未三十非招
出塞與大遼使人逢笑風情解賦西江月一篇
出郊雪始霽四顧滄然無所見唯有山頭易之及非
軸微吟卽云唱初伴行初見午山頭易之及非曽
鳳烈火飛初愕然曰真天地白旄翩雪軺審朝
閤童謠語托疾引歸及返諫所仇通天地白旄翩雪軺審朝
經國遠獣初若迂踈乃在小西戴
莫能測三子皆以文墨位宰相時久比

晉之古事出乘均此而作箴句興勿失青徐之舊屬支烈
公先入中貲八故在撫綏綿作性嗜酒讀書閒別室常
與士大夫討論文章雖妻兒不聞而不聞云蓋日金
夢馬羹羹自寡閒而下問二字發日得而

天星之精富家兒非止得而性好勝
不好為詞章及其有所作則公閒有蕭氏之八進七貴躬躬
篇什未得多傳於此而所傳者焱篙宗日多情熙豊
喚作盪州含題一絕云搞家餘夢抱肱宗
州客盪州真大誤一州風揚擄無疆

歲寒又焉知其非福又云諸侯而尊周王非歎期齋

摩達爲菩提達摩也

此原興法寺碑我太祖親製其文而崔光胤集
唐太宗皇帝書模刻于石辭義雄深偉麗如玄
圭示爲揖讓廊廟而字大小眞行相間鸞驚鳳

泊氣吞象外眞天下之寶也
朴浩金緣金富佾富載富儀洪灌印份權適尹
礪精鄭夢周李延訪儒雅而尹瓘吳延寵李頹
後云犬子某書者仁王韡也是時王與太子皆
靖國安和寺有石刻虀王唐律四韻詩一篇其
傍順李之氏崔惟淸鄭知常郭東珣林完胡宗

說後一　六

旦名臣賢士布列朝著討論潤色鬱鬱有中華
之風後世莫及焉

明王手寫前漢紀志表傳九十九篇目襃校
柳尙書仁侚宅見之萬機之餘存心於典籍而
筆札之妙不減古人嘆欹之不足因記楊連秀
觀德壽宮聽書前漢列傳贊詩云小臣濫巾緶
抛行手拟孝經未報草何曾把筆登史漢每拜
伏讀斤透裳可謂能言人腹中事矣
古人之詩目前寫景意在言外可盡而味不
盡若陶彭澤採菊東雞下悠然見南山陳簡齋

五一

亦是關丘壠此日誰知與仲多張安道歌鳳雲
云落魄卽作帝歸橫汳大風詩前慨汳詩彭殖
臨蕭颯何縈更欲多求猛士爲翹貢父塞上云
古邊功緣底事多因雙俤徉侯不如直與黃
金印情取沙場荒勳髏王介甫張良詩云漢業
存亡俯仰中留侯於此每從容固陵始護韓彭
地復道方圜雍齒封詩云漢人
驕功名無後在苟美將軍止面師考廣史事人
間久寂寒掣家所謂胡曾伯仲之間耳
詠史數十篇要之與胡曾伯仲也李敏垂李文順

說後二　七

後周使雙蕙來聘光廟表請留之寵待優渥崔
中令秛老有疏略曰雖慕華之風求取華之令
典雖用華之士未得華之高才盡爲無發也
周佇胡宗旦閩人顯王時與止朝往復文字
多佇所撰自喜又聰敏熊通雜藝故履勝之
莫有能辨者
楚楚自喜又聰敏熊通雜藝故履勝之營至今
諸然有德者之言也金文烈慧陞院信學華
金傳中仁存淸譎閣記載衣宋徐兢高驪圖經
諸寺碑崔文霸玉龍寺碑不爲表襮有成一家

五七

金樞密富軾文殊院記金壯元 君儒松廣社碑

亦可惜乎其有繁辭也尹政堂彦頥有禪學

其作雲門圓應國師碑深造理窟窮司諫知常

喜庄老為東山真靜先生碑飄飄有烟霞之想

速人欲過鴨江為界朴寅亮崇政修陳情表曰

晉天之下既莫非王土王臣尺地之餘何必曰

我疆我理又曰歸汶陽之舊田撫綏弊邑迴長

沙之拙祿抃舞昌辰逐帝鄉恩始或聞郭隗事有

有一向云功謝曹隨恩慚颯瞂其議荊公嘗

恩字否容曰退之聯句云報恩慚颯瞂始或者乃

說後二

眼杆公尺地之餘何必曰我疆我理豈亦別有

來處乎

劉黃不第我董登科則有雍窗且侯吾屬無患

我見魏徵殊嫵媚則有人言盧杞是姦邪林宗庇

嘗無對屯然而用之失實亦奚足尚哉林宗庇

授權學士迪啓云棄航歸上國止方學者莫之

先交錦遷故鄉都主人喟然歎崔文清以為

宋西也調之止方謬矣

世祖平阿里孛哥金文貞並賀表云赫斯怒麦

整旅揚周家黃鉞白旄麾克威允回功劉曲沃

公委於其順頹然其歸泊然而無所求於世其行高
矣安于公退而人進之公去而人思之此諸公所以
歌詩之意也而道傳亦敢以是爲序哥

陶隱文集序戊辰十月

日月星辰天之文也山川草木地之文也詩書禮樂
人之文也然天以氣地以形而人則以道故曰文者
載道之器言人文也得其道詩書禮樂之敎明於天
下順三光之行理萬物之宜文之盛至此極矣士生
天地間鍾其秀氣發爲文章或揚子天子之庭或仕
于諸侯之國如尹吉甫在周賦穆如之雅史克在魯

亦能陳無邪之頌至於春秋列國大夫朝聘往來能
賦稱詩感物喩志名晉之叔向鄭之子產亦可尚已
及漢盛時董仲舒賈誼之徒出對策獻書明天人之
蘊論治安之要而校乘相如遊於諸侯感能振英摛
藻吟詠性情以藹文德吾東方雖在海外世慕華風
文學之儒前後相望在高句麗曰乙支文德在新羅
曰崔致遠入本朝曰金侍中富軾李奎報其尤
者也近世大儒有若雞林益齋李公始以古文之學
倡号韓山稼亭李公京山樵隱李公從而和之今牧
隱李先生早承家庭之訓北學中原得師友淵源之

每託以微罪黜之至末年不過數人每日必御正殿
聽政省奏事稽遲則必使小臣趣以德惠安民
不欲與兵事禮接北使甚恭故北人無不愛敬詞
臣應制或指北朝爲胡狄則曰安有臣事大國
而慢稱如是耶必使刪改之及金國暴興則排羣議
上表稱臣自是世結懽盟邊境無虞不幸資讎橫恣
變生宮闈身遭坐辱及反正以外祖之故曲全其生
及其子孫宗族雖臺諫交攻拓俊京而華過錄功偉
保首領而王在位日久朝野無事及其薨近中外辰
慕雖北人聞之亦且嗟悼廟號曰仁不亦宜哉惜乎

惑妖僧妙清遷都之說一本屢幸西都大與土木西
人怨之脅衆以叛於是遣金富軾統率三軍攻圍孤
城不能遽拔士卒疲困糧餉廢曠持久僅乃克
之且以仁王之賢而有此舉何也益妙清假記術以
爲如是則社稷安而惡其尼武此仁王所以惑之也
樂其安而惡其尼武此仁王所以惑之也及其譽崩
禍作兵連不解悔之無及也雖誅妙清不免爲盛德
之累也

毅王諱晛仁王長子祚二十四年

性聰明嚴毅少好學問王之爲太子也仁王臨薨謂

文烈公金富軾文集

東文選

東人之文四六

補閑集

破閑集

櫟翁稗說

三峯集

雷川 金富軾과 그의 詩文

初版 印刷●2002年	8月　24日
初版 發行●2002年	8月　30日

著　者●金 智 勇

發行者●金 東 求

發行處●明 文 堂

서울특별시 종로구 안국동 17~8
대체　010041-31-001194
전화　（영）733-3039, 734-4798
　　　（편）733-4748
FAX 734-9209
Homepage www.myungmundang.net
E-mail　om@myungmundang.net
등록　1977. 11. 19. 제1~148호

값 20,000원
ISBN 89-7270-693-0 93810

中國學 東洋思想文學 代表選集